O SONHO MAIS DOCE

DORIS LESSING

O sonho mais doce

Tradução
Beth Vieira

COMPANHIA DAS LETRAS

Título original
The Sweetest Dream

Capa
Rita da Costa Aguiar

Foto de capa
Bettman/Corbis/Stock Photos

Preparação
Eliane de Abreu Santoro

Revisão
Olga Cafalcchio
Marise Simões Leal

A tradução dos versos de Gerard Manley Hopkins, reproduzidos na p. 247 *foi extraída de: Hopkins, Gerard Manley.* Poemas. *São Paulo, Companhia das Letras,* 1989. *Tradução e introdução de Aíla de Oliveira Gomes.*

Dados Internacionais de Catalogação na Publicação (CIP)
(Câmara Brasileira do Livro, SP, Brasil)

Lessing, Doris
O sonho mais doce / Doris Lessing ; tradução Beth Vieira. —
São Paulo : Companhia das Letras, 2005.

Título original : The Sweetest Dream
ISBN 85-359-0699-1

1. Romance inglês I. Título.

05-5584 CDD-823

Índice para catálogo sistemático:
1. Romances : Literatura inglesa 823

[2005]

EDITORA SCHWARCZ LTDA.
Rua Bandeira Paulista 702 cj. 32
04532-002 — São Paulo — SP
Telefone (11) 3707-3500
Fax (11) 3707-3501
www.companhiadasletras.com.br

Sou muito grata a meu editor na Flamingo, Philip Gwyn Jones; a meu agente, Jonathan Clowes, pelos bons conselhos e pelas críticas, e também a Antony Chennells pela ajuda com os trechos deste livro que tratam da Igreja católica.

Nota da autora

Não vou escrever o terceiro volume de minha autobiografia para não correr o risco de ferir pessoas vulneráveis. O que não significa que eu tenha romanceado minha autobiografia. À exceção de um personagem menor, não existem paralelos aqui com indivíduos da vida real. Espero ter conseguido recapturar o espírito sobretudo dos anos 60, aquela época contraditória do século XX que, vista em retrospecto e feitas algumas comparações, parece ter sido de uma inocência ímpar. Havia menos grosseria que nos anos 70 e muito pouco da fria cobiça dos anos 80.

Alguns acontecimentos descritos como tendo ocorrido no fim dos anos 70 e início dos 80 na verdade se passaram mais tarde, quase uma década depois. A Campanha pelo Desarmamento Nuclear se opôs com veemência a qualquer providência que as autoridades pudessem tomar para proteger a população dos resultados de um ataque ou acidente nuclear, até mesmo dos efeitos de resíduos radiativos, embora a salvaguarda dos cidadãos seja, seguramente, a responsabilidade primordial de qualquer governo. Aqueles que acreditavam que a população deveria ser protegida foram tratados como inimigos, xingados — *fascista* era o mais leve dos desaforos — e, às vezes, atacados fisicamente. Ameaças de morte... substâncias desagradáveis enfiadas na caixa do correio — toda a gama de achincalhes. Jamais houve campanha mais histérica, ruidosa e irracional.

Os estudantes da dinâmica dos movimentos de massa encontrarão tudo nos arquivos da imprensa escrita, e eu cheguei a receber cartas com coisas do tipo: "Mas isso foi loucura. Do que se tratou, mesmo?".

E lá se vão criaturas que foram crianças calorosas.

Um final de tarde de outono e, lá embaixo, a rua era um cenário de luzinhas amarelas que davam a sensação de intimidade, todo mundo já agasalhado para o inverno. Atrás dela, uma penumbra fria permeava o aposento, mas nada seria capaz de intimidá-la: flutuava tão alto quanto uma nuvem de verão, tão feliz quanto uma criança que tivesse acabado de aprender a andar. O motivo dessa leveza de espírito inusitada era um telegrama do ex-marido, Johnny Lennox — camarada Johnny —, enviado três dias antes. ASSINEI CONTRATO PARA FILME FIDEL DOMINGO MANDO PENSÃO DEVIDA ATRASADOS INCLUSIVE. Domingo chegara. A razão do "atrasados inclusive" fora, e ela tinha consciência disso, algo semelhante à exultação que ela sentia no momento: não havia como Johnny pagar os "atrasados inclusive", que àquela altura deviam significar tanto dinheiro que Frances nem se dava mais ao trabalho de calcular. Mas com certeza ele devia estar esperando uma boa quantia, para soar tão confiante. Nesse ponto, uma ligeira brisa — melhor dizendo, apreensão — atingiu-a em cheio. Confiança era — não, ela *não* deve dizer a ferramenta de ofício de Johnny, ainda que várias vezes na vida tivesse achado que sim; por acaso se lembrava de algum dia tê-lo visto contrariado ou mesmo desanimado pelas circunstâncias?

Na escrivaninha atrás dela havia duas cartas lado a lado, como uma lição sobre as improváveis mas freqüentes justaposições dramáticas da vida. Uma delas lhe oferecia um papel numa peça. Frances Lennox era uma atriz menor, ainda que sólida e confiável, que jamais fora convidada para fazer nada além de papéis secundários. Tratava-se de uma peça nova, brilhante, para dois atores apenas, e o papel masculino seria interpretado por Tony Wilde, que, até então, lhe parecera estar num plano tão superior que ela jamais nutrira qualquer ambição de imaginar seu nome e o dele aparecendo em pé de igualdade num programa. E fora *ele* quem pedira para que lhe oferecessem o papel. Dois anos antes, tinham atuado juntos, ela como sempre num papel funcional e secundário. Ao final de uma curta temporada — a peça não fizera sucesso — ouvira, enquanto entravam e saíam, alternando coxia e palco, para receber os aplausos: "Muito bem, foi muito bom". Sorrisos do Olimpo, tinha pensado, ciente de que Tony dera sinais de interesse por ela. Agora, se via numa efervescência de sonhos febris, sem que isso a pegasse propriamente de surpresa: sabia melhor que ninguém quão assentada estava, quão controlado se achava seu eu erótico. Só que era impossível deixar de imaginar como seria bom ter um certo espaço para desenvolver seu talento para a alegria (ela ainda o tinha, não tinha?), até mesmo para o prazer inconseqüente, e, ao mesmo tempo, mostrar no palco do que era capaz, havendo uma brecha. Entretanto não iria ganhar grande coisa, num teatro pequeno, com uma peça que era uma incógnita. Sem aquele telegrama de Johnny, não poderia se dar ao luxo de dizer sim.

A outra carta oferecia uma coluna (nome ainda por definir) de conselhos pessoais no jornal *The Defender*, emprego seguro e bem pago. Isso seria uma continuação da outra vertente de sua vida profissional como jornalista freelance, justamente a que lhe rendia algum dinheiro.

Escrevia sobre uma variedade de assuntos havia anos. De início, testara seus horizontes em pequenos jornais e tablóides locais, qualquer lugar que lhe pagasse um pouquinho. Depois passou a pesquisar para escrever artigos sérios que começaram a aparecer em periódicos nacionais. Ganhou nome como articulista sólida e equilibrada que muitas vezes lançava uma luz inesperada e original sobre um tema da época.

Ela se sairia bem. Para o que mais a experiência a equipara, se não para uma olhada isenta nos problemas dos outros? Mas aceitar esse emprego não traria prazer nenhum, nenhuma sensação de estar testando novos horizontes. Ao contrário, teria de endireitar os ombros com aquele enrijecimento interno proposital que é quase um bocejo reprimido.

Estava farta de problemas, de almas machucadas, dos extraviados e perdidos, que delícia seria dizer "Certo, vocês podem se virar sozinhos por uns tempos que eu estarei no teatro todas as noites e grande parte do dia também". (Lá vinha mais uma cutucada meio gelada: você perdeu o juízo? Sim, e estava adorando cada minuto.)

O topo de uma árvore ainda com suas folhas de verão, mesmo que já um tanto esgarçadas, brilhava: a luz de dois andares acima, vinda dos aposentos da velha, arrebatara a folhagem do escuro, lançando-a num movimento animado, quase verde: a cor era implícita. Julia estava em casa, portanto. Readmitir a sogra — a ex-sogra — nos pensamentos provocou nela uma apreensão bem familiar, devido ao peso da desaprovação que escorria pela casa, até atingi-la, e também a um outro motivo, algo do qual só se dera conta nos últimos tempos. Julia fora internada, poderia ter morrido, e Frances teve de reconhecer finalmente quanto dependia dela. Supondo que não houvesse mais Julia, o que faria ela, o que fariam eles?

Entretanto, todos costumavam chamá-la de *a velha*, inclusive Frances, até bem pouco tempo antes. Mas Andrew não. E ela havia reparado que Colin já começara a chamá-la de Julia. Os três aposentos do andar acima do seu — onde estava agora — e abaixo do de Julia eram habitados por Andrew, o filho mais velho, e Colin, o caçula, filhos dela e de Johnny Lennox.

Frances tinha três aposentos para si, um quarto, um escritório e um outro quarto sempre em uso por alguém de passagem, e uma vez escutara Rose Trimble dizer: "Para que ela precisa de três quartos, é puro egoísmo".

Ninguém perguntava: por que Julia precisa de quatro quartos? A casa era dela. Uma casa barulhenta e repleta de gente entrando e saindo, dormindo no chão, levando amigos cujos nomes muitas vezes Frances nem sabia, que possuía no topo uma zona estrangeira, que era toda ordem, onde o ar parecia delicadamente cor de malva, perfumado com violetas, cheia de armários contendo chapéus de várias décadas enfeitados com véus, pedrarias e flores, e tailleurs de um corte e tecido que não existiam mais em lugar nenhum. Julia Lennox descia as escadas e saía, as costas eretas, as mãos enluvadas — havia gavetas de luvas —, sapatos impecáveis, chapéus e mantôs nas cores violeta ou malva e, à volta dela, uma aura de essências florais. "Onde ela *arruma* essas roupas?", Rose perguntara antes de se dar conta daquela verdade pertencente ao passado, de que certas roupas podiam ser guardadas durante anos e anos, e não precisavam ser descartadas uma semana depois de compradas.

Na casa, abaixo da porção que Frances ocupava, havia uma sala de estar que ia da frente aos fundos, e ali, em geral num enorme sofá vermelho, os adolescentes trocavam suas confidências intensas, dois a dois; ou, se abrisse a porta de manso, veria "as crianças" enroscadas em cima dele, às vezes bem uma meia dúzia, qual uma ninhada de filhotes.

A sala não era usada o suficiente para justificar tamanho espaço tirado do miolo da casa. A vida transcorria na cozinha. Apenas quando davam uma festa, ela recebia os méritos devidos, mas as festas eram poucas, já que os jovens preferiam as discotecas e os concertos de rock; ainda que, pelo visto, achassem difícil se ausentar da cozinha e da grande mesa comprida que já fora usada por Julia, com uma das abas baixadas, para jantares formais, quando ainda "recebia". Como dizia ela.

Agora a mesa vivia em sua capacidade máxima, às vezes com dezesseis ou vinte cadeiras e banquetas em volta.

O apartamento no subsolo era amplo, e Frances nem sempre sabia quem acampava por lá. Sacos de dormir e acolchoados se amontoavam no chão, como detritos depois da borrasca. Ela se sentia uma espiã quando descia para conferir a situação. Exceto por fazer questão de que o mantivessem limpo e arrumado — eles eram tomados por acessos ocasionais de "arrumação" que pouca diferença faziam no estado geral das coisas —, preferia não interferir. Julia não tinha tais inibições. Costumava descer os poucos degraus, parava para supervisionar a cena de dorminhocos que de vez em quando se prolongava até o meio-dia ou mais tarde ainda, xícaras sujas pelo chão, pilhas de discos, rádios, roupas largadas em volta, amarfanhadas, em seguida dava as costas muito lentamente, uma figura severa apesar de seus veuzinhos e das luvas que, às vezes, ostentavam uma rosa presa ao pulso, e, tendo notado, pela rigidez de um dorso ou por uma cabeça nervosamente erguida, que sua presença fora percebida, voltava a subir devagar as escadas, deixando atrás de si, no ar estagnado, aromas de flor e pó-de-arroz caro.

Frances se debruçou na janela para ver se havia luz saindo da cozinha: sim, havia, portanto estavam todos lá, à espera do jantar. Quem, esta noite? Saberia logo mais. Foi então que o fusca de Johnny dobrou a esquina, estacionou com precisão e, de dentro, saiu o próprio. Na hora, três dias de sonhos tolos se dissolveram, enquanto pensava: Eu fui uma louca, eu estava maluca. O que me fez imaginar que alguma coisa mudaria? Se houvesse de fato um filme, então não haveria dinheiro nenhum para ela e os meninos, como sempre... mas ele não *dissera* que o contrato tinha sido assinado?

No tempo que levou para atravessar sem pressa o escritório, parando na escrivaninha para olhar as duas cartas fatídicas, chegar à porta, ainda se demorando, e então descer as escadas, foi como se os três últimos dias nunca tivessem acontecido. Ela não iria fazer a peça, não iria gozar da perigosa intimidade do tablado ao lado de Tony Wilde, e tinha certeza absoluta de que no dia seguinte escreveria ao *Defender* aceitando o emprego.

Com vagar, recobrando a compostura, desceu a escada e, depois, sorridente, parou na porta aberta da cozinha. De encontro à janela, com os braços esparramados para espalhar o peso do corpo no parapeito, estava Johnny, só bravatas e — ainda que não se desse conta disso — desculpas. Em volta da mesa, uma variedade de jovens; Andrew e Colin estavam ambos presentes. Todos olhavam para Johnny, que pregava sobre algum assunto, todos com admiração, exceto os filhos. Sorriam, como os outros, mas eram sorrisos ansiosos. Eles, como ela, sabiam que o dinheiro prometido para aquele dia desaparecera na terra dos sonhos. (Por que diabos fora contar? Era mais do que previsível!) Já acontecera tudo isso antes. E eles, como ela, sabiam que Johnny chegara naquele momento, quando a cozinha estava cheia de gente jovem, para não ser recebido com ira, lágrimas, censuras — mas isso pertencia ao passado, fazia já muito tempo.

Johnny abriu bem os braços, palmas viradas para ela, sorrindo dolorosamente, e disse: "O filme gorou... a CIA...". A um olhar de Frances, desistiu, calou a boca e se virou inquieto para os dois filhos.

"Não se incomode", disse Frances. "Na verdade eu não esperava outra coisa." Os meninos estavam de olho nela; a preocupação deles a fez se censurar ainda mais.

Parou à beira do fogão, onde vários pratos iriam muito em breve passar pela hora da verdade. Johnny, como se as costas de Frances o absolvessem, começou um velho discurso sobre a CIA, cujas maquinações dessa vez eram responsáveis pela não-realização do filme.

Colin, precisando de alguma âncora dos fatos, interrompeu para perguntar: "Mas, pai, eu pensei que o contrato...".

Johnny foi rápido. "Muita chateação. Você não entenderia... o que a CIA quer, a CIA consegue."

Um olhar cauteloso por cima do ombro mostrou a Frances o rosto de Colin retesado num nó de raiva, perplexidade e ressentimento. Andrew, como de hábito, parecia despreocupado, achando graça até, mas ela sabia quão distante estava disso. Essa cena, ou algo parecido, se repetira durante toda a infância dos meninos.

No ano em que a guerra começara, 1939, dois jovens, esperançosos e ignorantes — como os que estão em volta da mesa esta noite —, se apaixonaram, a exemplo de milhões de outros nos países em guerra, e se enlaçaram em busca de consolo naquele mundo cruel. Mas naquele mundo havia também emoção, o mais perigoso dos sintomas da guerra. Johnny Lennox levara Frances à Liga de Jovens Comunistas bem quando estava se desligando para se tornar um adulto, mesmo que não fosse ainda um soldado. Gozava de certa fama, o camarada Johnny, e precisava que ela soubesse. Das últimas fileiras em salas lotadas, Frances o escutara explicar que aquela era uma guerra imperialista e que as forças progressistas e democráticas deveriam boicotá-la. Logo mais, entretanto, ele estava de farda e, nas mesmas salas, para as mesmas platéias, conclamava todos a fazerem sua parte, porque a guerra passara a ser contra o fascismo, o ataque da Alemanha à União Soviética tinha mudado as coisas de figura. Havia desafetos e protestos, bem como seguidores fiéis; havia vaias e gargalhadas estridentes. Johnny era zombado por estar ali em pé explicando na maior calma a nova Linha do Partido como se não tivesse afirmado exatamente o oposto em ocasiões anteriores. Frances ficou impressionada com aquela tranqüilidade, aceitando — até mesmo provocando — a hostilidade com sua pose, os braços abertos, mãos espalmadas, sofrendo pelas duras necessidades da época. Estava de uniforme da RAF. Sua vontade fora ser piloto, mas a vista não ajudou, de modo que se tornou cabo, depois de recusar por motivos ideológicos a patente de oficial. Ficaria na administração.

Assim foi a introdução de Frances na política, ou, melhor dizendo, na política de Johnny. Quase uma façanha, talvez, ser jovem no final dos anos 30 e não se importar com política, mas era fato. O pai advogava no condado de Kent. O teatro fora sua janela para os encantos e as aventuras do grande mundo, primeiro em peças na escola, depois em teatros amadores, sempre em papéis principais, mas sempre do mesmo gênero, por causa de seu ar de "rosa inglesa" típica. Depois, também ela envergou a farda, uma das moças ligadas ao Ministério da Guerra, quase todas servindo de motorista para oficiais graduados. Moças atraentes e fardadas, naquele tipo de emprego, se divertiam bastante, ainda que esse aspecto costume ser deixado em segundo plano, por uma questão de respeito, e talvez até de vergonha, perante os mortos. Ela dançou um bocado, jantou fora, entregou muito de leve seu coração a franceses, poloneses e americanos charmosos, mas não esqueceu Johnny, nem as ardentes noites de amor angustiado que ensaiavam o desejo futuro de um pelo outro.

Enquanto isso, ele foi para o Canadá, cuidar dos aviadores da RAF que estavam sendo treinados lá. Já havia sido promovido a oficial e estava se saindo muito bem, suas cartas deixavam isso claro; depois voltou para casa, assistente de um figurão qualquer, com a patente de capitão. Ficava tão bonito de farda, e ela tão atraente de uniforme. Nessa sua semana de folga, casaram-se, Andrew foi concebido e, para ela, acabaram-se os bons tempos: pegou-se num quarto, ao lado de um bebê, solitária e com medo por causa dos bombardeios. Ganhara uma sogra, a temível Julia, que, com ar de dama de sociedade de alguma revista de moda de 1930, se abalou da casa que tinha em Hampstead — esta casa — para manifestar todo o seu choque diante das acomodações de Frances e oferecer abrigo. Frances não aceitou. Podia não ser um animal político, mas partilhava com todas as fibras do desejo fervoroso de sua geração de ser independente. Quando saiu de casa, foi para um quarto mobiliado. E agora, tendo sido reduzida a pouco mais que a mulher de Johnny, mãe de um bebê, era independente e podia se definir por essa idéia, se agarrar nela. Nada de mais, mas era dela.

Assim os dias e as noites se arrastaram, e ela tão distante da vida charmosa que tivera até pouco tempo antes que era como se nunca tivesse saído da casa dos pais em Kent. Os dois últimos anos da guerra foram duros, pobres, assustadores. A comida era ruim. Bombas que pareciam projetadas para esfrangalhar com os nervos dos outros afetavam os dela. As roupas eram difíceis de achar, e feias. Não tinha amigos, só se encontrava com outras mães de crianças pequenas. Receava sobretudo que, quando Johnny voltasse para casa, ficasse decepcionado com ela, uma moça gorda e cansada, nada parecida com a jovem elegante de uniforme por quem ele se apaixonara perdidamente. E foi o que aconteceu.

Johnny se saíra bem durante a guerra e fora notado. Ninguém podia dizer que não era inteligente e vivo, e sua política, incomum para a época. Ofereceram a ele bons empregos na Londres que se reformulava depois da guerra. Recusou todos. Não seria comprado pelo sistema capitalista: não mudara uma vírgula em suas idéias, sua fé. O camarada Johnny Lennox, de novo à paisana, estava preocupado apenas com A Revolução.

Colin nasceu em 1945. Dois filhos pequenos, num apartamento caquético em Notting Hill, então uma área decadente e pobre de Londres. Johnny parava pouco em casa. Trabalhava para o Partido. A esta altura é preciso explicar que, quando se dizia Partido, estava se falando no Partido Comunista, e o que deveria ser ouvido era O PARTIDO. Quando dois estranhos se conheciam, a conversa poderia ser mais ou menos assim: "Você também está no Partido?". "Estou, claro." "Bem que eu imaginei." Significando: Você é uma boa pessoa, gosto de você, de modo que você tem, como eu, de estar no Partido.

Frances não entrou para o Partido, embora Johnny tivesse dito para ela entrar. Era ruim para ele, palavras suas, ter uma mulher que recusava a filiação.

"Mas quem é que vai saber?", perguntou Frances, contribuindo para o desprezo dele por ela, porque não tinha interesse em política e jamais teria.

"O Partido sabe", disse Johnny.

"Azar", disse Frances.

Eles definitivamente não estavam se entendendo, e o Partido era de somenos importância na questão, ainda que uma grande irritação para Frances. Viviam com enorme dificuldade, para não dizer na miséria. Ele via nisso um sinal de graça interior. Na volta de um seminário de fim de semana, "Johnny Lennox e a Ameaça da Agressão Norte-Americana", encontrava Frances pendurando as roupas das crianças numa armação mambembe de roldanas e varetas pregada de modo precário na parede externa da cozinha, ou voltando, um filho pela mão, o outro no carrinho, de um passeio no parque. A parte de baixo do carrinho estaria cheia de sacos de compras e, enfiado atrás do filho, um livro que nutrira esperança de ler enquanto as crianças brincavam. "Você é uma verdadeira trabalhadora, Fran", ele elogiava.

Se ele se deliciava, a mãe não. Quando aparecia, nunca sem antes avisar por escrito, num papel branco e grosso em que era possível até se cortar, ela se sentava com nojo na ponta de uma cadeira que provavelmente continha resíduos de biscoitos untados ou de laranja. Ela anunciava: "Johnny, isto não pode continuar deste jeito".

"E por que não, Mutti?"

Ele a chamava de Mutti porque ela odiava.

"Seus netos", ele esclarecia, "serão motivo de glória para a Grã-Bretanha do Povo."

Frances não se permitia olhar Julia de frente em momentos assim, pois não queria ser desleal. Achava sua vida, tudo em sua vida, ela mesma inclusive, capenga, feia, aborrecida, e os absurdos de Johnny eram apenas uma parte disso. Mas um dia aquilo acabaria, tinha certeza. Teria de acabar.

E acabou, porque Johnny anunciou ter se apaixonado por uma camarada de verdade, integrante do Partido, e que estava indo morar com ela.

"E eu vivo como?", Frances perguntou, já sabendo o que esperar.

"Eu pago pensão, claro", falou Johnny, mas nunca pagou.

Ela arranjou lugar para os filhos numa creche municipal e conseguiu emprego num estabelecimento que fazia cenários e roupas para teatro. Era mal pago, mas ela segurava as pontas. Julia apareceu para se queixar de que as crianças estavam sendo negligenciadas e que suas roupas eram uma vergonha.

"Talvez fosse melhor você falar com seu filho", disse Frances. "Ele me deve um ano de pensão." Depois foram dois anos, em seguida três.

Julia perguntou se, caso ela recebesse uma quantia decente da família, largaria o emprego para cuidar dos meninos.

Frances disse que não.

"Mas eu não vou interferir. Prometo."

"Você não entende."

"Não, não entendo. Quem sabe você gostaria de me explicar?"

Johnny deixou a camarada Maureen e voltou para ela, Frances, dizendo que tinha cometido um engano. Ela o aceitou de volta. Estava solitária, faminta de sexo e sabia que os meninos precisavam de um pai.

Ele foi embora de novo, atrás de outra autêntica camarada. Quando voltou mais uma vez para Frances, ela disse: "Sai".

Trabalhava em tempo integral num teatro, ganhando pouco, mas o suficiente. Os meninos estavam então com dez e oito anos. Havia problemas o tempo todo na escola, e eles não estavam se saindo bem.

"O que você esperava?", disse Julia.

"Eu nunca espero coisa alguma", disse Frances.

Então as coisas mudaram de forma dramática. Frances ficou atônita ao saber que o camarada Johnny aceitara que Andrew cursasse uma boa escola. Julia queria que fosse a Eton, porque o marido estudara lá. Frances esperava que Johnny dissesse não para a Eton, e depois ficou sabendo que ele também estudara lá e que conseguira ocultar esse fato danoso durante todos aqueles anos. Julia não mencionara nada porque a carreira de Johnny na Eton não os cobrira exatamente de glória, nem a Johnny nem à família. Cursara três anos, mas depois largara os estudos em troca da Guerra Civil Espanhola.

"Está me dizendo que está contente por Andrew ir para aquela escola?", Frances lhe perguntou, ao telefone.

"Bem, pelo menos lá se recebe uma boa educação", disse Johnny airosamente, e ela não pôde deixar de ouvir na resposta o não declarado: Olhe o que fez por mim.

E assim foi que — com Julia pagando — Andrew deixou os cômodos miseráveis onde viviam a mãe e o irmão e foi para a Eton, passou as férias com amigos da escola e se tornou um estranho polido.

Frances compareceu a uma festa no final do ano letivo em trajes comprados para se enquadrar no que ela imaginava ser o adequado para a ocasião e usou o primeiro chapéu de sua vida. Acreditava ter se saído a contento e percebeu o alívio de Andrew ao vê-la.

Depois as pessoas vieram perguntar como estava Julia, viúva de Philip e nora do pai de Philip: um senhor de idade lembrava-se dele quando menino. Pelo visto era praxe dos Lennoxes freqüentar a Eton. Também perguntaram de Johnny, ou Jolyon. "Interessante...", disse um homem que fora professor de Johnny. "Uma escolha interessante de carreira."

Julia passou a comparecer a todas as ocasiões formais, onde foi muitíssimo bem tratada, o que não deixou de surpreendê-la: ao visitar a Eton naqueles breves três anos em que Jolyon freqüentara a escola, tivera a impressão de ser apenas a mulher de Philip, sem peso nenhum.

Colin não quis ir para a Eton, devido a uma profunda e complicada lealdade para com a mãe a quem vira lutar tanto aquele tempo todo. Não que não discutisse com ela, brigasse com ela, tivesse arranca-rabos e estivesse indo tão mal na escola que Frances, no íntimo, acabara convencida de que ele fazia isso de propósito para magoá-la. Mas se mantinha frio e irado com o pai, quando

Johnny aparecia para dizer que sentia tremendamente mas que não tinha mesmo dinheiro para lhes dar. Concordou em ir para uma escola progressista, a St. Joseph, Julia pagando tudo.

Johnny então veio com uma sugestão que Frances por fim não pôde recusar. Julia cederia a ela e aos meninos a parte de baixo da casa. Não precisava de todo aquele espaço, era ridículo...

Frances pensou em Andrew, voltando aos vários endereços esquálidos, ou não voltando, mas de todo modo jamais acompanhado de amigos. Pensou em Colin, que não fazia segredo do quanto detestava viver do jeito como vinham vivendo. Disse sim para Johnny, sim para Julia, e se descobriu no casarão que era de Julia e sempre seria.

Só ela sabia quanto isso lhe custara. Permanecera independente durante um bom tempo, pagando as despesas, suas e dos meninos, sem aceitar dinheiro de Julia nem dos pais, que teriam ficado felizes em ajudar. Agora lá estava ela, e era a capitulação final: aquilo que para os outros era um "arranjo sensato", para ela era derrota. Frances não era mais ela mesma, era um apêndice da família Lennox.

Johnny por seu lado fizera tudo o que se poderia esperar dele. Quando a mãe lhe disse que era sua obrigação sustentar os filhos, arrumar um emprego que lhe pagasse um salário, ele gritou com ela, disse que Julia era uma típica integrante das classes exploradoras, que só pensava em dinheiro, ao passo que ele trabalhava para o futuro da humanidade. Os dois discutiam, muito e ruidosamente. Escutando, Colin empalidecia, calado, e saía de casa durante horas ou dias. Andrew preservava seu sorriso garboso, divertido, sua pose. Passava bastante tempo em casa, agora, e chegava a levar amigos.

Enquanto isso, Johnny e Frances se divorciaram, pois ele quis se casar de papel passado, numa cerimônia à qual compareceram os camaradas e a própria Julia. Chamava-se Phyllida, sua mulher, e não era uma camarada, mas era bom material, segundo Johnny. Ele ainda faria dela uma comunista de verdade.

Essa historinha era o motivo de Frances se manter de costas para todo mundo, mexendo um ensopado que não precisava ser mexido. Reação retardada: os joelhos tremiam, a boca tinha um gosto ácido, porque só agora o organismo captara a má notícia, bem depois da cabeça. Estava brava, sabia, e tinha o direito de estar, porém mais consigo mesma do que com Johnny. Permitir-se passar três dias envolvida num sonho lunático, até aí tudo bem — mas por que envolver os meninos? Por outro lado, fora Andrew quem levara o telegrama para ela, quem esperara até que lhe fosse mostrado seu conteúdo, quem dissera: "Frances, seu marido errante finalmente vai fazer a coisa certa". Estava sentado de leve na ponta de uma poltrona, um jovem loiro atraente, cada vez mais parecido com um pássaro prestes a alçar vôo. Era alto, e isso o fazia ainda mais magro do que de fato era, a calça jeans folgada nas pernas compridas, as mãos delgadas, longas e elegantes pousadas sobre os joelhos, palmas para cima. Sorria, e ela sabia que a intenção do filho era boa. Estavam tentando ao máximo se dar bem, mas Frances continuava receosa em relação ao filho, devido aos muitos anos de rejeição por parte dele. Ele tinha dito "seu marido", não "meu pai". E gostava da nova mulher de Johnny, Phyllida, ainda que sempre comentasse que, no geral, ela era meio chata.

Havia lhe dado os parabéns pelo papel na nova peça e zombara diplomaticamente das colunas que tratam dos problemas sentimentais dos leitores.

Também Colin demonstrara afeição, coisa rara para ele, e telefonara para vários amigos, contando da nova peça.

Era tão ruim para ambos, era tudo tão *terrível*, mas ao fim e ao cabo apenas mais um pequeno golpe em anos e anos de bordoadas — como dizia a si mesma, esperando que os joelhos recuperassem a força enquanto se agarrava à beirada de uma gaveta com uma das mãos e mexia a panela com a outra, de olhos fechados.

Atrás dela, Johnny fazia uma peroração sobre a imprensa capitalista e suas mentiras a respeito da União Soviética e de Fidel Castro, e como Fidel estava sendo mal interpretado.

A prova de que Frances se deixara atingir muito pouco pelos anos da crítica ou do léxico de Johnny estava num comentário dela própria, feito havia pouco tempo, depois de uma palestra. "Ele parece ser uma pessoa interessante." Johnny rebateu na hora. "Acho que não consegui lhe ensinar coisa alguma, Frances. Você resiste a qualquer ensinamento."

"É, eu sei, eu sou burra." Isso fora uma repetição do grande momento fundamental e ao mesmo tempo final, quando Johnny havia voltado para ela pela segunda vez, esperando ser recebido: ele berrara que ela era uma cretina política, uma lúmpen pequeno-burguesa, uma inimiga da classe, e ela tinha dito: "Exato, eu sou burra, agora sai".

Não podia continuar ali parada, sabendo que os meninos a observavam, nervosos, magoados por causa dela, ainda que os outros se voltassem para Johnny com olhos brilhantes de amor e admiração.

Ela disse: "Sophie, me dê uma ajuda".

Na hora, apareceram mãos prestativas, a de Sophie e, pelo visto, a de todos os demais, e a comida foi posta no centro da mesa. Saíram cheiros deliciosos quando as tampas foram erguidas.

Sentaram-se contentes de não precisar olhar para Johnny. Todas as cadeiras estavam ocupadas, mas existiam outras, encostadas à parede, e, se ele quisesse, podia pegar uma e se acomodar também. Será que ele faria isso? Muitas vezes se sentava, e isso a deixava uma fúria, embora no entender do ex-marido, claro, o gesto representasse um elogio. Mas não, não nessa noite; tendo causado um certo efeito e obtido sua cota de admiração (como sempre), ele seguramente partiria — não? Johnny não partiu. As taças de vinho estavam cheias, à volta toda da mesa. Ele trouxera duas garrafas: o mão-aberta, que jamais entrava num lugar sem oferendas de vinho... ela não conseguia evitar essa bile, essas palavras amargas, chegando indesejadas à língua. Vá embora e pronto, ela pedia mentalmente. Vá embora.

Tinha preparado um enorme e substancial ensopado de inverno, feito com carne e castanhas, receita de Elizabeth David, cujo *French Country Cooking* fora largado aberto em algum lugar da cozinha. (Anos depois, ela diria, Santo Deus, fui parte de uma revolução culinária e não sabia.) Estava convencida de que os jovens não comiam "direito" a menos que fosse em sua mesa. Andrew servia purê de batatas com aipo. Sophie, o ensopado. O creme de espinafre e as cenouras na manteiga estavam sendo distribuídos por Colin. Johnny a tudo observava, calado nesse momento porque ninguém olhava para ele.

Por que não ia embora?

Em volta da mesa estavam os que considerava hóspedes regulares, ou ao menos uma parte. A sua esquerda, Andrew, que pusera uma porção generosa no prato, mas que agora observava a comida como se não reconhecesse o que era aquilo. Ao lado de Andrew se sentava Geoffrey Bone, colega de escola de Colin, que passava as férias inteiras com eles havia um tempão, muito tempo mesmo. Não se dava com os pais, Colin dissera. (Mas quem se dava, no fim das contas?)

Ao lado de Geoffrey estava Colin, que já virara o rosto redondo e vermelho para o pai, todo uma angústia acusatória, enquanto a faca e o garfo descansavam nas mãos. Ao lado de Colin, Rose Trimble, que já fora namorada de Andrew, ainda que por pouco tempo: um flerte obrigatório com o marxismo o levara a um seminário de fim de semana intitulado "A África Rompe os Grilhões!" e lá encontrara Rose. O caso entre eles (teria sido isso de fato? — ela tinha dezesseis anos) terminara, mas Rose continuava aparecendo, na verdade parecia ter se mudado para lá. Na frente de Rose se achava Sophie, uma moça judia no auge da beleza, esbelta, olhos negros reluzentes, cabelos negros reluzentes, e qualquer um que a visse teria que se afligir com a injustiça intrínseca da Sorte e, depois, com os imperativos da Beleza e suas demandas. Colin estava apaixonado por ela. Andrew também. Assim como Geoffrey. Ao lado de Sophie, e o exato oposto de Geoffrey, que era tão corretamente bonito, inglês, educado e bem-comportado, estava o tempestuoso e sofrido Daniel, que acabara de ser ameaçado de expulsão da St. Joseph por furto em loja. Era vice-monitor, e Geoffrey, como monitor, fora obrigado a lhe dizer que ou ele se emendava ou então — uma ameaça vazia, sem dúvida, feita para incutir neles a gravidade daquilo que todos faziam. O pequeno incidente, ironicamente discutido pela criançada escolada, era uma confirmação, desnecessária talvez, da injustiça inerente do mundo, uma vez que Geoffrey também furtava, e muito, mas era difícil associar aquele rosto franco e avidamente educado com algum delito. E havia ainda outro ingrediente ali: Daniel venerava Geoffrey, sempre o venerara, e ser repreendido por seu herói era mais do que poderia suportar.

Ao lado de Daniel havia uma menina que Frances nunca tinha visto, mas contava com esclarecimentos futuros. Era uma moça razoavelmente limpa e apresentável cujo nome parecia ser Jill. À direita de Frances estava Lucy, que não cursava a St. Joseph e sim a Dartington: era namorada de Daniel e vivia por ali. Lucy, que numa escola comum por certo teria se tornado monitora, sendo resoluta, inteligente, responsável e nascida para mandar, disse que as escolas progressistas, ou ao menos a Dartington, eram muito boas para certas pessoas, mas que outras precisavam de disciplina e que, por ela, teria ido para uma escola comum, com normas, regulamentos e exames para os quais fosse preciso estudar. Daniel disse que a St. Joseph era uma porcaria, uma escola hipócrita, que pregava a liberdade mas que, na hora do vamos ver, reprimia em nome da moral. "Eu não diria que ela reprime", explicou Geoffrey de maneira agradável, dirigindo-se a todos e protegendo seu acólito, "é mais uma questão de indicar os limites." "Para alguns", disse Daniel. "Injusto, admito", falou Geoffrey.

Sophie disse que adorava a St. Joseph e o Sam (o diretor). Os meninos tentaram permanecer indiferentes à notícia.

Colin continuava indo tão mal nos exames que sua vida desanuviada era um tributo à famosa tolerância da escola.

Das inúmeras queixas de Rose contra a vida, a maior delas era não ter sido mandada para uma escola progressista e, quando as virtudes ou coisa que o valha da St. Joseph eram discutidas, o que ocorria com freqüência e muito barulho, permanecia sentada em silêncio, o rosto sempre corado mais vermelho ainda de raiva. Os pais, tenebrosos e péssimos que eram, a tinham mandado para uma escola só para meninas em Sheffield, mas, embora tudo levasse a crer que tivesse largado os estudos e estivesse morando ali, as acusações contra seu colégio não diminuíram, e Rose costumava dizer aos prantos que eles não sabiam a sorte que tinham. Andrew na verdade acabara conhecendo os pais de Rose, ambos funcionários da câmara municipal. "E o que há de errado com eles?", Frances perguntara, esperando ouvir falar bem do casal, porque queria que Rose se fosse, já que não gostava da menina. (E por que ela não pediu a Rose para ir embora? Isso não se encaixava no espírito da época.) "Receio que sejam apenas gente comum", respondeu Andrew, sorrindo. "São pessoas convencionais de cidade pequena e acho que não sabem muito bem o que fazer com a filha."

"Ah", dissera Frances, vendo recuarem as possibilidades de Rose voltar para casa. E havia ainda outra coisa. Por acaso também ela, Frances, não reclamara que os pais eram uns chatos convencionais? Não que eram uns fascistas de merda, mas talvez os classificasse assim, caso tivesse à disposição tais epítetos, como Rose os tinha. Como podia criticar a garota por querer distância de pais *que não a compreendiam*?

Estavam todos repetindo o prato — todos exceto Andrew. Ele mal tocara na comida. Frances fingiu não ter reparado.

Andrew estava com problemas, mas de que proporções era difícil dizer.

Tinha se saído até que muito bem na Eton, fizera amigos, coisa que ela imaginava ser justamente o que se esperava dos alunos daquela escola, e iria para Cambridge no ano seguinte. Neste, dizia ele, vadiaria. E não havia dúvida quanto a isso. Às vezes, Andrew dormia até quatro ou cinco da tarde, parecia doente e escondia — o quê? — por trás do charme, da desenvoltura social.

Frances sabia que ele era infeliz — mas até aí nenhuma novidade, seus filhos eram infelizes. Alguma coisa precisava ser feita. Foi Julia quem desceu de sua porção até o andar dela na casa para perguntar: "Frances, você já entrou no quarto do Andrew?".

"Eu não ousaria entrar no quarto dele sem pedir primeiro."

"Você é mãe dele, se não me engano."

O abismo entre elas, iluminado por essa troca de palavras, fez com que Frances, como sempre, olhasse impotente para a sogra. Não sabia o que dizer. Julia, uma figura imaculada, ali parada feito o Juízo Final, esperava, e Frances se sentia como uma colegial, querendo mudar o peso do corpo de um pé para o outro.

"Mal dá para enxergar do outro lado, de tanta fumaça", disse Julia.

"Ah, entendo, você fala de fumo — maconha? Mas, Julia, muitos deles fumam." Não ousou dizer que já havia experimentado também.

"Quer dizer que para você não é nada? Que não tem importância?"

"Eu não disse isso."

"Ele dorme o dia inteiro, vive aturdido com aquela fumaça, não come."

"Julia, o que você quer que eu faça?"

"Fale com ele."

"Eu não posso... não poderia... ele não iria me escutar."

"Então falo eu." E Julia se foi, com uma meia-volta mimosa, deixando atrás de si o aroma de rosas.

Julia e Andrew conversaram. Logo Andrew começou a visitar Julia em seus aposentos, coisa que ninguém até então ousara fazer, e voltava muitas vezes com informações destinadas a abrir caminhos e azeitar engrenagens.

"Ela não é tão má quanto você pensa. Na verdade, é um amor."

"Não é exatamente a palavra que me viria à cabeça."

"Bem, eu gosto dela."

"Seria bom se ela descesse de vez em quando. Podia comer conosco."

"Ela não viria. Ela não aprova nosso jeito", disse Colin.

"Mas poderia nos reformar." — Uma tentativa de humor por parte de Frances.

"Ha! Ha! Mas por que você não convida?"

"Eu tenho medo da Julia", disse Frances, admitindo o fato pela primeira vez.

"Ela é que tem medo de você!", disse Andrew.

"Isso é absurdo. Eu tenho certeza de que ela nunca teve medo de ninguém."

"Escuta, mãe, você não entende. Ela sempre levou uma vida muito resguardada. Não está acostumada com nosso jeito bagunceiro. Você esquece que, até o vovô morrer, ela não devia preparar nem um ovo cozido sozinha? Já você dá conta de batalhões de famintos e fala a língua deles. Será que não percebe?" Ele tinha dito *deles*, não *nossa*.

"Tudo que eu sei é que ela fica lá em cima, comendo uma lasca de arenque defumado e um dedo de pão com uma taça de vinho, e nós aqui embaixo devorando refeições gigantescas. Nós podíamos mandar uma bandeja para ela, quem sabe."

"Vou perguntar se ela quer", Andrew falou, e presumivelmente o fez, mas nada mudou.

Frances se forçou a subir as escadas até o quarto do filho. Seis da tarde, já escurecendo. Isso fora algumas semanas antes. Bateu na porta, ainda que as pernas estivessem prestes a conduzi-la para baixo de novo.

Depois de uma boa espera escutou: "Pode entrar".

Frances entrou. Andrew estava deitado de roupa na cama, fumando. A janela atrás dele mostrava um borrão de chuva gelada.

"São seis da tarde", ela disse.

"Eu sei que são."

Frances sentou, sem o convite de que precisava. O quarto era bem grande, mobiliado com sólidos móveis antigos e algumas lindas lanternas chinesas. Andrew parecia o morador errado para aquele ambiente, e Frances não conseguiu se furtar de se lembrar do marido de Julia, o diplomata, que sem sombra de dúvida se sentira à vontade ali.

"Veio para me fazer um sermão? Não se incomode, a Julia já fez a parte dela."

"Estou preocupada", disse Frances com voz tremida; anos, décadas de preocupação amontoavam-se em sua garganta.

Andrew tirou a cabeça do travesseiro para examinar a mãe. Sem animosidade, mas com um certo cansaço. "Eu também assusto a mim mesmo. Mas acho que estou em vias de assumir minhas próprias rédeas."

"Será mesmo, Andrew? Será?"

"Afinal de contas, não é como se fosse heroína, ou pó, ou... afinal de contas, não há garrafas amontoadas debaixo da cama."

Havia, na verdade, algumas pílulas azuis espalhadas.

"E o que são esses comprimidos azuis, então?"

"Ah, os comprimidinhos azuis. Anfetamina. Não se preocupe com eles."

"E", disse Frances, recitando o velho texto e tentando em vão parecer irônica, "eles não viciam e você pode parar quando quiser."

"Quanto a isso, eu não sei. Acho que estou viciado — mas em fumo. Não resta dúvida de que tira um pouco da aspereza da realidade. Por que você não experimenta?"

"Já experimentei. Não senti nada."

"Pena. Eu diria que você tem realidade de sobra, nunca consegue lidar com ela toda."

Ele não falou mais nada, de modo que Frances esperou um pouco, levantou-se para ir embora e escutou, enquanto fechava a porta: "Obrigado por ter vindo, mãe. Apareça mais vezes".

Seria possível que quisesse a "interferência" dela — que estivesse esperando a visita, que quisesse conversar?

Nessa noite em particular sentiu claramente os laços que a ligavam aos dois filhos, mas era tudo horrível — os três estavam próximos um do outro por causa de uma decepção, de um golpe desfechado no mesmo lugar de sempre.

Sophie falava com Johnny. "Você está sabendo do novo papel maravilhoso que a Frances vai fazer? Ela vai ser uma estrela. É tão *maravilhoso*. Já leu a peça?"

"Sophie", disse Frances, "eu não vou mais fazer aquela peça."

Sophie fitou-a, os olhos enormes já cheios de lágrimas. "Como assim? Você não pode... não é... não *pode* ser verdade."

"Não vou mais atuar nela, Sophie."

Seus dois filhos olhavam para Sophie, talvez até tivessem lhe dado uns chutes por baixo da mesa: *cale a boca*.

"Ah", exclamou a bela menina, enterrando o rosto nas mãos.

"As coisas mudaram", disse Frances. "Não dá para explicar."

Agora os dois rapazes olhavam, cheios de acusações, para o pai. Ele se mexeu um pouco, pareceu ter dado de ombros, suprimiu o gesto e, de repente, se saiu com: "Tem mais uma coisa que eu vim dizer, Frances".

Então era por isso que ainda não tinha ido embora, que continuava ali parado, desconfortável, sem sentar: havia mais uma coisa para dizer.

Frances se preparou e reparou que Colin e Andrew fizeram o mesmo.

"Tenho um enorme favor para pedir a você", disse Johnny, diretamente à mulher que traíra.

"E qual é?"

"Você está sabendo sobre a Tilly, claro... você sabe, a filha da Phyllida?"

"Claro que sim."

Andrew, em virtude de suas visitas a Phyllida, deixara claro que a família não vivia em harmonia e que a menina estava dando muito trabalho.

"Ela parece não estar conseguindo lidar com a Tilly."

A essas palavras, Frances riu alto, porque já sabia o que inevitavelmente viria. E disse: "Não, é impossível, não *dá*".

"Dá, Frances, pense bem. Elas não se entendem. A Phyllida não agüenta mais. Nem eu. Eu quero que fique com a Tilly aqui. Você é tão boa com..."

Frances, engasgada de tanta raiva, viu os filhos empalidecerem; os três estavam sentados em silêncio, olhando um para o outro.

Sophie exclamou: "Ah, Frances, e você é tão boa, tão maravilhosa".

Geoffrey, que freqüentava a casa havia tanto tempo que com toda a justiça poderia ser considerado um membro da família, fez coro a Sophie com um: "Que idéia legal".

"Só um instante, Johnny", disse Frances. "Você está me pedindo para receber a filha de sua segunda mulher porque vocês dois não conseguem lidar com a menina?"

"Mais ou menos por aí", admitiu Johnny, sorrindo.

Houve uma pausa bem longa. Enquanto isso, passou pela cabeça dos entusiasmados Geoffrey e Sophie que Frances não estava levando a coisa naquele espírito universal do idealismo liberal que de início presumiram fosse ser sua reação natural. Aquele espírito de que *tudo é feito com a melhor das intenções no melhor dos mundos possíveis* que algum dia resumiria os "anos 60".

Frances conseguiu articular: "Você talvez esteja planejando contribuir com alguma coisa para o sustento dela?" — e percebeu que, dizendo isso, concordara.

Ao ouvir isso, Johnny olhou em volta os rostos jovens para ver se estavam tão surpresos quanto ele com aquela mesquinharia. "Dinheiro", ele disse altivo, "não é a questão aqui."

Frances foi de novo silenciada. Levantou, caminhou até a bancada ao lado do fogão e parou de costas para a sala.

"Quero trazer a Tilly para cá", disse Johnny. "Na verdade ela já está aqui. Ficou no carro."

Colin e Andrew se ergueram da mesa e foram até onde estava a mãe, parando cada qual de um lado. Isso permitiu que ela se virasse e enfrentasse Johnny cara a cara. Não conseguia falar. E Johnny, vendo sua ex-mulher ladeada pelos filhos, três pessoas furiosas e pálidas, acusatórias, também se calou, ainda que só por um instante.

Depois voltou ao ataque, estendeu os braços, palmas viradas para eles, e disse: "A cada um, segundo suas capacidades, a cada um, segundo suas necessidades". E deixou os braços caírem.

"Ah, mas isso é tão lindo", disse Rose.

"Legal", disse Geoffrey.

A recém-chegada, Jill, suspirou: "Ah, que bonito".

Todos os olhares estavam agora pousados em Johnny, uma situação à qual estava habituado. Ali parado, recebeu raios de censura, centelhas de amor, e sorriu diante de tudo. Era um homem alto, o camarada Johnny, com cabelos já meio grisalhos cortados como os de um romano, *a seu serviço sempre*, usando jeans muito justos e um paletó de couro preto no estilo Mao, feito especialmente para ele por um camarada da indústria do vestuário. Severidade era seu estilo favorito, com ou sem sorrisos, já que o sorriso não passava nunca de uma concessão temporária, mas nesse momento ele sorria de orelha a orelha.

"Está querendo dizer", falou Andrew, "que a Tilly está esse tempo todo aí fora esperando dentro do carro?"

"Minha nossa", disse Colin. "Típico."

"Eu vou buscá-la", disse Johnny, e saiu, passando pela ex-mulher e pelos filhos sem olhar para eles.

Ninguém se mexeu. Frances achava que, se os filhos não tivessem se aproximado tanto, envolvendo-a com seu apoio, ela teria caído no chão. Todas as faces em volta da mesa estavam voltadas para eles: que o momento era péssimo, o pessoal finalmente entendera.

Ouviram a porta da frente se abrir — Johnny, é claro, tinha a chave da casa da mãe —, e de repente lá estava, na entrada da cozinha, uma figurinha assustada, dentro de uma enorme japona, tremendo de frio, tentando sorrir, mas em vez do sorriso escapou um sonoro gemido ao olhar para Frances, que haviam lhe dito ser uma pessoa boa que iria cuidar dela "até que a gente acerte as coisas". Era um passarinho atingido por uma tempestade, e Frances já estava do outro lado da sala, com os braços em volta dela, dizendo: "Está tudo bem, calma, está tudo bem". Depois lembrou que não estava lidando com uma criança e sim com uma garota de catorze anos, por aí, e que seu impulso de se sentar e segurá-la no colo não seria o mais adequado. Johnny, por sua vez, logo atrás da garota, dizia: "Acho que o melhor é ir para a cama", e, em seguida, de modo geral: "Já vou indo". Mas não foi.

A menina lançava olhares de apelo para Andrew, a quem afinal conhecia, entre todos aqueles estranhos.

"Não se preocupe, eu cuido disso." Pôs o braço em volta de Tilly e se virou para sair.

"Vou colocá-la no subsolo. É gostoso e quentinho lá embaixo."

"Ah não, não, não, por favor não", a garota gritou. "Não, eu não consigo ficar sozinha, não consigo, não me force."

"Claro que não, se você não quer", disse Andrew. Depois, para a mãe: "Vou pôr uma cama extra no meu quarto, só por hoje". E levou-a de lá. Os outros continuaram em silêncio, observando como ele a convencia a subir as escadas.

Johnny estava cara a cara com Frances, que lhe disse em voz baixa, esperando que não fosse ouvida por mais ninguém: "Vá embora, Johnny. Saia daqui".

Ele tentou seduzir a platéia com um sorriso geral, cruzou o olhar com Rose — que de fato sorriu de volta, ainda que duvidosa —, sustentou a censura veemente de Sophie, balançou a cabeça muito severo para Geoffrey, a quem conhecia de anos. E se foi. A porta da frente se fechou. A porta do carro bateu.

Agora Colin zanzava atrás de Frances, tocando a mãe no braço, no ombro, sem saber o que fazer.

"Vamos", ele disse, "vamos lá para cima." Foram todos juntos. Subindo as escadas, Frances começou a xingar, primeiro baixinho, para não ser ouvida pelos jovens, depois em voz alta: "Foda-se ele, foda-se, foda-se, aquele merda, um *bosta* completo". Em sua saleta, desabou aos prantos numa poltrona, enquanto Colin, perdido, pensou por fim em arrumar alguns lenços de papel e depois um copo de água.

Nesse meio-tempo, Julia fora informada por Andrew do que estava ocorrendo. Desceu, abriu a porta de Frances sem bater e entrou. "Por favor me explique", disse ela. "Eu não entendo. Por que você o deixa agir desse jeito?"

Julia von Arne nascera numa região especialmente encantadora da Alemanha, perto de Stuttgart, uma área de colinas, regatos e vinhedos. Eram três filhos homens e ela, a única menina, numa família jovial e gentil. O pai era diplomata, a mãe era musicista. Em julho de 1914, Philip Lennox, um promissor terceiro secretário da embaixada britânica em Berlim, apareceu para fazer uma visita. Que a menina de catorze anos se apaixonasse pelo belo Philip — então com vinte e cinco — não seria novidade nenhuma, mas foi ele quem se apaixonou por ela. Julia era bonita, minúscula, tinha cachos dourados e usava vestidos que o rapaz romântico lhe dizia serem como flores. Ela fora educada com toda a severidade, por governantas inglesas e francesas, e a ele parecia que cada gesto dela, cada sorriso, cada virada de cabeça era algo formal, prescrito, como se ela se movesse numa dança. Como todas as meninas ensinadas a ter vergonha do próprio corpo, por causa dos tenebrosos perigos da imodéstia, os olhos falavam por ela, atingiam o coração com uma única mirada, e, quando ela baixava as pálpebras delicadas aos pedidos angustiados de amor, ele se sentia rejeitado. Philip tinha irmãs, com quem havia estado poucos dias antes, em Sussex, moças saudáveis e esportivas fruindo aquele verão excepcional, tão propalado depois em vários livros de memórias e romances. Betty, amiga de uma das irmãs, fora alvo de brincadeiras porque aparecera para o jantar com os braços marrons de sol, nos quais vários arranhões mais claros indicavam que estivera brincando no feno com os cachorros. A família observara para ver se Philip gostava da moça, que daria uma ótima esposa, e ele até que se mostrara disposto a considerar o assunto. Mas a pequena senhorita alemã lhe parecia tão encantadora quanto uma beldade entrevista num harém, só promessas e bênçãos ocultas, e ele imaginou que, se porventura fosse atingida por um raio de sol, derreteria como um floco de neve. Julia lhe deu uma rosa vermelha do jardim, e ele entendeu que ela estava lhe oferecendo o coração. Declarou seu amor ao luar e no dia seguinte falou com o pai dela. Sabia que catorze anos era muito pouco, mas estava pedindo permissão formal para propor casamento quando ela tivesse dezesseis. E assim foi que se separaram, em 1914, enquanto o conflito entrava em ponto de ebulição, mas, a exemplo de tantas famílias bem ajustadas e liberais, aos Von Arnes e aos Lennoxes era ridícula a idéia de Alemanha e Inglaterra se enfrentarem. Tanto que, quando a guerra estourou, fazia só duas semanas que Philip tinha deixado sua querida banhada em lágrimas. Naqueles tempos, os governos pareciam se sentir na obrigação de anunciar que a guerra estaria terminada por volta do Natal, e os namorados tinham certeza de que se reencontrariam muito em breve.

Quase que imediatamente, a xenofobia começou a envenenar o amor de Julia. A família não se importava que amasse o inglês — pois os respectivos imperadores não se diziam primos? —, mas os vizinhos comentavam e os criados faziam fuxico. Durante os anos de guerra, os rumores perseguiram Julia e a família. Seus três irmãos lutaram nas Trincheiras, o pai serviu no Ministério da Guerra e a mãe prestou serviços assistenciais, mas aqueles poucos dias febris em julho de 1914 marcaram a todos com maledicências e suspeitas. Julia nunca perdeu a fé em seu amor e em Philip. Ele foi ferido duas vezes, e, por vias tortas, ela ficou sabendo e chorou por ele. Pouco importava, gritava o coração de Julia, quão sérios tivessem sido os ferimentos, ela o amaria para sempre. Philip foi desmobilizado em 1919. Ela estava esperando por ele, sabia que ele iria buscá-la, e eis que na sala onde cinco anos antes os dois haviam flertado surge um homem que ela pressentiu que deveria reconhecer. Vinha com uma manga vazia alfinetada ao peito e o rosto tenso, sulcado. Julia contava então quase vinte anos. Philip viu uma moça alta — ela crescera vários centímetros — de cabelos loiros presos no alto da cabeça por uma grande haste de azeviche, de luto fechado por dois irmãos mortos. O terceiro, um garoto — não completara vinte anos —, fora ferido e estava sentado, ainda de farda, com a perna engessada apoiada numa banqueta. Os dois inimigos tão recentes se encararam. Em seguida, sem sorrir, Philip se aproximou com a mão estendida. O jovem fez um movimento involuntário de recuo e uma careta, depois se recuperou e, a civilidade restaurada, sorriu e também estendeu a mão. Essa cena, que afinal de contas viria a se repetir de várias maneiras dali para a frente, não carregava na época tanto peso como agora. Eles não teriam sido capazes de suportar a ironia, a ironia que celebra aquilo que insistimos em excluir de nossa visão das coisas: nossas fibras agora são mais grosseiras.

E então aqueles dois namorados, que não teriam se reconhecido na rua se houvessem se cruzado, foram obrigados a decidir se os sonhos que acalentaram um sobre o outro durante anos tenebrosos eram fortes o bastante para levá-los ao altar. Não restara nada da encantadora menina empertigada, nem do homem sentimental que, até ela se desfazer em poeira, levara uma rosa morta junto ao peito. Os grandes olhos azuis haviam entristecido, e ele costumava cair em profundos silêncios, do mesmo jeito que o cunhado, o irmão caçula, ao se lembrar de coisas que só poderiam ser entendidas por outros soldados.

Casaram sem alarde: não era exatamente época para festejar uma união anglo-germânica. Em Londres, a febre da guerra arrefecia, embora as pessoas ainda usassem os termos boche e huno para falar dos alemães. Eram polidas com Julia. Pela primeira vez, ela se perguntou se não havia sido um erro ter escolhido Philip, no entanto acreditava no amor que sentiam um pelo outro, e ambos fingiram que eram pessoas sérias por natureza, e não vítimas de uma amargura incurável. Aos poucos o conflito saiu de cena e o pior dos ódios da guerra passou. Julia, que sofrera na Alemanha por seu amor inglês, tentava agora se tornar inglesa, um ato de vontade. Falava a língua bastante bem, mas voltou a estudar e em pouco tempo pronunciava tudo como nenhum inglês jamais o fizera, num idioma mais que perfeito, todas as palavras separadas. Sabia que seus modos eram formais e tentou ser um pouco menos rígida. Suas roupas: também elas eram perfeitas, mas afinal, como mulher de um diplomata, precisava manter as aparências. Como dizem os ingleses.

Começaram a vida de casados numa casa pequena em Mayfair, onde ela recebia, como era esperado que fizesse, com a ajuda de uma cozinheira e de uma empregada, nos padrões aprendidos na infância, na casa dos pais. Nesse meio-tempo Philip descobrira que se casar com uma alemã não fora a melhor receita para uma carreira sem percalços. Conversas com superiores revelaram que determinados postos lhe estavam vedados — na Alemanha, por exemplo — e que poderia se ver empurrado para os acostamentos da via expressa que levava ao topo e acabar em lugares como África do Sul ou Argentina. Decidiu evitar decepções e optou por um cargo administrativo. Teria uma excelente carreira, mas nada dos encantos das missões estrangeiras. Às vezes, na casa de uma irmã, encontrava a Betty com quem poderia ter se casado — e que continuava solteira por causa do grande número de homens que haviam morrido — e pensava em como a vida talvez tivesse sido diferente com ela.

Quando Jolyon Meredith Wilhelm Lennox nasceu, em 1920, o menino teve uma ama e depois uma babá. Era uma criança comprida, magra, de cachos dourados, com um olhar azul belicoso, crítico, geralmente dirigido para a mãe.

Não demorou a saber pela babá que ela era alemã: teve um pequeno acesso de raiva e se comportou mal durante alguns dias. Foi visitar o lado alemão da família, mas a viagem não se mostrou nenhum sucesso: não gostou do lugar nem dos modos vigentes — devia sentar à mesa com as mãos postas de ambos os lados do prato quando não estivesse comendo, falar apenas quando lhe dirigissem a palavra e bater os calcanhares ao fazer um pedido. Nunca mais quis saber de voltar. Julia discutiu com Philip sobre a decisão de mandar o filho para um internato aos sete anos de idade. Philip lhe disse que todos da classe à qual pertenciam faziam o mesmo e que ela olhasse para ele! — tinha ido para o internato aos sete anos. Sim, ele se lembrava de ter sentido um pouco de saudade de casa... mas tudo bem, isso passava. Esse argumento, "Olhe para mim!", com vistas a diluir toda e qualquer oposição do interlocutor com a afirmação da própria superioridade ou, ao menos, retidão, não convenceu Julia. Em Philip, sempre houvera um lugar que lhe era vedado, uma reserva, uma frieza que, de início, atribuía à guerra, às trincheiras, às cicatrizes psicológicas ocultas dos soldados. Mas depois começou a ter dúvidas: nunca conseguira ter intimidade suficiente com as mulheres dos colegas do marido para perguntar se também elas sentiam haver esse local proibido em seus homens, uma região onde estava escrito VERBOTEN, Proibida a Entrada — mas era observadora, reparava um bocado nas coisas. Não, pensou ela, se você for tirar uma criança da mãe assim tão cedo... Perdeu a batalha, e perdeu o filho, que, a partir de então, foi educado, afável, ainda que quase sempre impaciente.

Ele fora bem na escola primária, mas na Eton não deu muito certo. Seus boletins não eram bons. "Ele não faz amigos muito facilmente." "Tende a ser solitário."

Ela lhe perguntou certa vez, durante umas férias, manobrando o filho até que estivesse numa posição da qual ele não poderia escapar com facilidade, porque o menino costumava fugir das perguntas e situações diretas: "Diga-me, Jolyon, o fato de eu ser alemã tem causado problemas para você?".

Os olhos pareceram faiscar, ele tentou fugir, mas enfrentou-a com um sorriso polido e falou: "Não, mãe, por que haveria de ter causado?".

"Eu me pergunto às vezes, só isso."

Pediu a Philip para "falar" com Jolyon, o que significava dizer, claro: Por favor, faça com que ele mude, ele está despedaçando meu coração.

"Ele é muito fechado", foi a resposta do marido.

Na verdade suas preocupações amainaram com o simples fato de se tratar da Eton, o fato e o peso da escola, provedora de excelência e garantia de sucesso. Ela entregara seu filho — seu filho único — ao sistema educacional inglês e esperava retribuição, que Jolyon se saísse bem, como o pai, e no tempo devido seguisse os mesmos passos, provavelmente como diplomata.

Quando o pai morreu, e logo em seguida a mãe, Philip quis mudar para o casarão em Hampstead. Era o solar da família, e ele, o filho, viveria ali. Julia gostava da casinha em Mayfair, tão fácil de administrar e de manter limpa, e não queria ir morar numa mansão com tantos aposentos. Mas foi o que acabou fazendo. Nunca, jamais, impôs sua vontade sobre a do marido. Eles não brigavam. Davam-se bem porque ela não insistia em suas preferências. Comportava-se como vira a mãe fazer, cedendo sempre ao pai. Bem, um dos lados tinha de ceder, da forma como Julia via as coisas, e não importava muito qual deles fosse. Paz na família era o mais importante.

A mobília da casinha, grande parte dela da casa na Alemanha, foi absorvida facilmente pela casa de Hampstead, onde Julia pelo visto não recebia nem uma fração do que costumava receber, embora houvesse tanto espaço para tudo. Entre outras coisas, porque Philip não era de fato um homem sociável: tinha um ou dois amigos chegados e se reunia com eles, em geral sozinho. E Julia supunha que devia estar ficando velha e chata, porque também já não se divertia mais tanto em festas como outrora. Mas havia jantares e, muitas vezes, gente importante, e ela ficava satisfeita de fazer tudo tão bem e que Philip tivesse orgulho dela.

Ia à Alemanha visitar os pais. Eles, já velhinhos, ficavam muito contentes de ver a filha, e Julia gostava do irmão, agora seu único irmão. Mas voltar era problemático, até mesmo assustador. A pobreza e o desemprego, os comunistas e depois os nazistas estavam por toda parte, e os bandos rondavam as ruas. Depois veio Hitler. Os Von Arnes desprezavam igualmente tanto os comunistas quanto Hitler e acreditavam que fossem ambos fenômenos desagradáveis que acabariam por sumir. Aquela não era a Alemanha deles, diziam. Sem sombra de dúvida não era o que Julia lembrava da sua Alemanha, quer dizer, se desconsiderasse, claro, os boatos maldosos durante a guerra. Uma espiã, tinham dito dela. Não as pessoas sérias, claro, não as pessoas educadas... bem, sim, houve uma ou duas. Decidiu que não gostava muito de visitar seu país, nessa época, e foi fácil não voltar quando os pais morreram.

Os ingleses eram, afinal, gente sensata, tinha de admitir. Seria inimaginável a existência de batalhas de rua entre comunistas e fascistas — bem, havia algumas escaramuças, mas não convinha exagerar, nada que se assemelhasse a Hitler.

Um dia chegou uma carta da Eton, dizendo que Jolyon sumira da escola deixando um bilhete em que falava ter partido para a Guerra Civil Espanhola, assinado camarada Johnny Lennox.

Philip usou de toda a influência para descobrir o paradeiro do filho. Brigada Internacional? Madri? Catalunha? Pelo visto ninguém sabia. Julia tendia a simpatizar com o filho, ficara chocada com o tratamento dispensado pela Grã-Bretanha e pelos franceses ao governo eleito da Espanha. O marido, que afinal era um diplomata, defendia seu governo e seu país, mas a sós com ela dizia estar envergonhado. Não admirava a política que defendia e conduzia.

Passaram-se meses. Então chegou um telegrama do filho, pedindo dinheiro: endereço, uma casa na Zona Leste de Londres. Julia percebeu de imediato que isso significava que ele queria que fossem visitá-lo, caso contrário teria dado o nome de um banco de onde pudesse sacar a quantia. Juntos, ela e Philip foram até uma casa numa rua pobre e encontraram Jolyon aos cuidados de uma mulher decente, do tipo que aos olhos de Julia logo se afigurou como uma possível criada. Ele estava num quarto no andar de cima, com hepatite, contraída, presumivelmente, na Espanha. Depois, conversando com a mulher, que dizia ser a camarada Mary, ficou aos poucos evidente que ela nada sabia sobre a Espanha e, em seguida, que Jolyon nunca estivera na Espanha. Passara o tempo todo lá, naquela casa, doente.

"Levou um certo tempo até eu ver que ele estava tendo um esgotamento nervoso", disse a camarada Mary.

Eram pessoas pobres, aquelas. Philip fez um cheque razoável e foi informado, mas de forma bastante educada, que eles não possuíam conta em banco, havendo nisso uma única implicação, sarcástica e justa: a de que contas bancárias eram para os ricos. Como não tinha aquela quantia no bolso, Philip falou que o dinheiro seria entregue no dia seguinte, e o foi. Jolyon — ele insistia em ser chamado de Johnny — estava tão magro que os ossos da face sugeriam a caveira, e, ainda que não parasse de dizer que a camarada Mary e família eram o sal da terra, concordou sem maiores problemas em voltar para casa.

Foi a última vez que seus pais ouviram falar da Espanha, mas na Liga de

Jovens Comunistas, onde se tornara famoso, ele era um herói da Guerra Civil Espanhola.

Johnny tinha um quarto, depois um andar inteiro, no casarão, e ali ia muita gente que perturbava os pais e deixava Julia tremendamente infeliz. Eram todos comunistas, em geral muito jovens, e viviam levando Johnny para assembléias, comícios, cursos de fim de semana, passeatas. Ela disse ao filho que, se ele tivesse visto as ruas da Alemanha cheias de bandos rivais, jamais se meteria com tal gente, e, em conseqüência da briga que se seguiu, Johnny simplesmente saiu de casa. Já começava a antecipar padrões de comportamento posteriores, morando na casa de camaradas, dormindo no chão ou em qualquer lugar onde houvesse um canto livre, e pedindo dinheiro aos pais. "Afinal de contas, suponho que vocês não queiram que eu morra de fome, mesmo sendo um comunista."

Julia e Philip nada sabiam a respeito de Frances, não até Johnny voltar à Inglaterra em licença e se casar com ela, se bem que Julia conhecia o suficiente do que ela qualificava como "esse tipo de moça". Vinha observando as jovens alinhadas, coquetes e ousadas que cuidavam dos oficiais graduados — algumas serviam no departamento do marido. Tinha se perguntado "É certo se divertir tanto assim no meio desta guerra terrível?". Bem, pelo menos ninguém poderia chamá-las de hipócritas. (Uma senhora já muito idosa, borrifando laquê em suas brancas madeixas e se olhando pesarosa no espelho, diria, décadas mais tarde: "Ah, nós nos divertíamos tanto, tanto — era tudo tão *glamouroso* — entende?".)

A guerra de Julia poderia de fato ter sido horrenda. Seu nome constava de uma lista de alemães que seriam mandados para o campo de internamento na ilha de Man. Philip lhe disse: "Nunca ninguém cogitou em internar você, foi apenas um erro administrativo". Erro ou não, foi necessária a intervenção de Philip para tirar o nome dela da lista. Aquele conflito afligia Julia com lembranças do anterior, e ela não conseguia acreditar que, uma vez mais, países que tinham tudo para ser amigos estavam em guerra. Não se sentia bem, dormia mal, chorava. Philip era bondoso — ele sempre foi um homem bom. Abraçava e embalava a mulher. "Pronto, minha querida, pronto, está tudo bem." Conseguia abraçá-la porque possuía uma daquelas ótimas próteses, capazes de fazer tudo. Bem, quase tudo. À noite, ele tirava o braço e o pendurava no suporte. Aí ele só podia abraçá-la parcialmente, e era Julia quem costumava envolvê-lo.

Os Lennoxes não foram convidados para o casamento do filho. Foram avisados, por telegrama, só quando ele já estava de partida para o Canadá outra vez. De início, Julia não acreditou na forma como eles estavam sendo tratados. Philip abraçou-a e disse: "Você não entende, Julia". "Não, não entendo, não entendo nada." Com um humor que lhe arranhou a voz, Philip disse: "Somos inimigos de classe, você não percebe? Não, não chore, Julia, ele vai crescer, eu espero". Mas fitava por cima do ombro da mulher, com a fisionomia emoldurada pelo desalento que Julia sentia — e que ela passou a sentir com mais freqüência e força a cada dia. Um desalento plangente, generalizado, garoento, que não conseguia espantar.

Sabiam que Johnny estava "se saindo bem" no Canadá. O que significava se sair bem naquele contexto? Logo depois de ele ter voltado para lá, chegou uma carta com uma foto dele e de Frances na escadaria do cartório. Estavam ambos de farda, a dela justa como um espartilho, e era uma loira vivaz, toda risonha. "Moça idiota", julgou Julia, pondo a carta e a foto de lado. Tinha chegado com um carimbo do censor, como se tivessem infringido os regulamentos — justamente o que ela achava. Depois Johnny mandou um bilhete dizendo: "Vocês podiam ir dar uma olhada para ver como vai a Frances. Ela está grávida".

Julia não foi. Em seguida chegou uma carta aérea, dizendo que o bebê nascera, um menino, e que ele achava que o mínimo que Julia poderia fazer era visitá-la. "O nome dele é Andrew", dizia um pós-escrito, uma lembrança tardia, pelo visto; e Julia então se lembrou da comunicação do nascimento de Jolyon, inscrita num cartão que era como porcelana fina, dos grandes envelopes de papel branco e grosso e das letras pretas elegantes que diziam *Jolyon Meredith Wilhelm Lennox*. Sem dúvida, todos os que a receberam jamais duvidariam de que ali estava uma nova adição importante à raça humana.

Imaginou que deveria ir ver a nora, adiou e, quando chegou ao endereço que Johnny fornecera, descobriu que Frances havia ido embora. Era uma rua lúgubre, com uma residência em ruínas, derrubada por uma bomba. Julia ficou aliviada de não ter de entrar em nenhuma casa dali, mas foi enviada a uma outra de aspecto ainda pior. Ficava em Notting Hill; a porta foi aberta por uma mulher desleixada que não sorriu e que lhe disse para bater naquela porta lá, a que está com o vidro rachado.

Bateu, e uma voz irritada gritou: "Espere um pouco, está bem, entre". Era uma sala grande, mal iluminada, de janelas sujas. Cortinas de cetim verde desbotado e tapetes esgarçados. Na penumbra esverdeada havia uma mulher jovem e gorda, de pernas abertas, sem meias, e um bebê escarrapachado no colo. Segurava um livro na mão, por cima da cabeça da criança; uma cabecinha trabalhando num ritmo constante, as mãos espalmadas abrindo e fechando na carne nua. O seio exposto, grande e frouxo, obedientemente porejava leite.

A primeira idéia que ocorreu a Julia foi que entrara na casa errada, porque aquela moça não poderia ser a mesma da fotografia. Enquanto permanecia ali parada, se forçando a admitir que estava de fato olhando para Frances, a mulher de Jolyon Meredith Wilhelm, a moça falou: "Por favor, sente-se". Soava como se ter de dizer aquilo, até mesmo contemplar a idéia de Julia ali na sala, fosse a gota d'água. Franziu o cenho enquanto livrava o seio de um desconforto, a boca do bebê estalou para fora do bico, e um líquido leitoso escorreu até a cintura caída. Tornou a arrumar o seio, a criança deu um grito abafado e, depois, se agarrou de novo ao bico com um pequeno movimento tremido de cabeça que Julia observara nos filhotes enfileirados nas tetas de uma cachorrinha recém-parida, uma dachshund que tivera muito tempo antes. Frances colocou um pedaço de pano — que Julia podia jurar se tratar de uma fralda — por cima do seio em descanso.

As duas se olhavam sem a menor simpatia.

Julia não se sentou. Havia uma poltrona, mas o assento continha manchas suspeitas. Poderia ter se acomodado na cama, que estava por fazer, mas não quis. Disse: "Johnny me escreveu pedindo para vir ver como você está".

A voz fria, branda, quase arrastada, modulada segundo alguma medida ou escala que apenas Julia conhecia, levou a moça a fitá-la de novo, e a rir em seguida.

"Estou como você vê, Julia."

Julia entrou em pânico. Achava o lugar tenebroso, um grau abaixo da sordidez. A casa em que ela e Philip haviam encontrado Johnny, na época do fiasco da Guerra Civil Espanhola, era pobre, de paredes finas, dava a sensação de ser provisória, mas estava limpa, e Mary, a senhoria, era uma mulher decente. Ali, se sentia presa num pesadelo. Aquela moça desavergonhada seminua, com seus imensos seios vazando, a mamada barulhenta da criança, um ligeiro odor de vômito, de fraldas... Julia achou que Frances a estava forçando, de forma brutalíssima, a olhar direto para uma fonte de vida indecorosa e suja, com cuja existência jamais tivera de lidar. Seu bebê lhe era apresentado como um pacote bem lavado, depois de alimentado pela ama. Julia se recusara a dar o peito; próximo demais do animal, ela achava, mas nunca ousara dizê-lo. Os médicos e as enfermeiras concordaram diplomaticamente com sua incapacidade de amamentar... a saúde... Julia muitas vezes brincava com o filho, que chegava à sala de estar munido de brinquedos, até se sentava com ele no chão e lhe fazia companhia durante uma hora, medida em minutos pela babá. Lembrava-se do perfume de sabonete e talco infantil. Lembrava-se de cheirar a cabecinha de Jolyon com tanto prazer...

Frances pensava: É inacreditável. *Ela* é inacreditável, e o escárnio corria o risco de explodir em gargalhada ruidosa.

Julia continuou ali parada no meio da sala, em seu alinhado tailleur de crepe de lã que não tinha um amassado, uma ruga. Abotoado até a garganta, onde uma echarpe de seda fornecia um laivo de malva. As mãos estavam cobertas por luvas de pelica cinza-claro e, ainda que totalmente protegidas das superfícies sujas a sua volta, faziam pequenos movimentos nervosos de rejeição e de censuras luxentas. Os sapatos eram como dois melros lustrosos, com fivelas de latão que a Frances pareciam fechaduras, como que para garantir que aqueles pés não voassem, nem mesmo começassem a ensaiar alguns poucos passos modestos de dança. O chapéu cinza estava cercado por um pequeno véu que não ocultava o olhar horrorizado e, ele também, estava preso por uma fivela de metal. Era uma mulher trancada numa gaiola, e, aos olhos de Frances, que sofria as pressões da solidão, da pobreza e da ansiedade, seu aparecimento naquela sala, que ela odiava e da qual só pensava em escapar, foi como uma provocação deliberada, um insulto.

"E o que devo dizer a Jolyon?"

"Quem? Ah, sim. Mas..." E foi então que Frances se endireitou com toda a energia na cadeira, uma das mãos sustentando a cabeça do bebê, a outra segurando o pedaço de pano sobre o seio exposto. "Não me diga que o Johnny lhe pediu para vir até aqui."

"Bem, sim, pediu."

Então as duas mulheres compartilharam um momento, um momento de incredulidade, e seus olhares de fato se enfrentaram numa pergunta. Quando leu a carta em que Johnny exigia que fizesse uma visita à mulher, Julia dissera a Philip: "Mas eu pensei que ele nos odiasse. Se não éramos bons o bastante para vê-lo se casar, então por que ele está me mandando visitar Frances?".

Philip respondera, com voz seca, e remota também, pois, como sempre, estava enredado em suas tarefas de guerra: "Vejo que você espera consistência. Em geral um erro, a meu ver".

Quanto a Frances, nunca ouvira Johnny chamar os pais de outra coisa senão de fascistas, exploradores e, na melhor das hipóteses, reacionários. Então como era possível que...

"Frances, eu gostaria muito de ajudá-la com algum dinheiro." Surgiu um envelope da bolsa.

"Ah, não, tenho certeza de que Johnny não aprovaria. Ele jamais aceitaria dinheiro de..."

"Creio que você vai descobrir que ele pode, sim, aceitar."

"Ah, não, não, Julia, por favor."

"Está bem, então, até logo."

Julia não pôs mais os olhos em Frances até depois de Johnny ter voltado da guerra, quando Philip, que àquela altura já estava doente e viria a morrer em breve, se disse preocupado com a nora e as crianças. As lembranças que tinha da primeira visita levaram-na a protestar e afirmar que com toda a certeza Frances não gostaria de vê-la, mas Philip dissera: "Por favor, Julia. Para eu ficar em paz".

Julia foi a Notting Hill, absolutamente convicta de que aquele apartamento fora escolhido pela sordidez e feiúra da área. Havia dois filhos, já. O que ela vira antes, Andrew, era um garotinho barulhento e cheio de energia, e havia um bebê, Colin. De novo, Frances estava dando de mamar. Estava gorda, disforme, desleixada, e a casa, Julia não tinha a menor dúvida, contrariava todas as normas sanitárias. Na parede havia um guarda-comida e dava para ver lá dentro uma garrafa de leite e um pedaço de queijo. A tela de arame das portas fora pintada, a tinta enchera os vãos: portanto o ar não poderia circular livremente. Roupas de criança estavam penduradas em armações frágeis de madeira que pareciam prestes a ruir. Não, disse Frances, numa voz gelada de hostilidade e censura. Não, ela não queria dinheiro nenhum, não, muito obrigada.

Ali parada, e sem se dar conta, Julia era só apelo, mãos esvoaçantes, olhos cheios de lágrimas.

"Mas, Frances, pense nas crianças."

Foi como se ela tivesse jogado ácido num lugar já machucado. Ah, sim, Frances pensava, e muito, em como seus pais, sem falar nos de Johnny, deviam enxergar a ela e a maneira como vivia com os meninos. Numa voz rígida de raiva, disse: "Acho que eu não faço outra coisa senão pensar nas crianças". O tom dizia *Como é que você ousa!*

"Por favor, deixe-me ajudá-la, por favor — Johnny é sempre tão cabeçudo, sempre foi, e não é justo com as crianças."

O problema era que, àquela altura, Frances concordava sem reservas quanto à teimosia de Johnny. Todo e qualquer vestígio de ilusão já se dissolvera, deixando um resíduo insolúvel de exaspero ante ele, os camaradas, a Revolução, Stalin e a cambada toda. Mas o que estava em questão, ali, não era Johnny, e sim ela e um minúsculo sentido de identidade e independência ameaçadas. Razão por que o *Pense nas crianças* de Julia acertou o alvo como uma bala envenenada. Que direito tinha ela, Frances, de lutar por sua independência, por seu próprio eu, à custa de... mas os meninos não estavam sofrendo, não estavam. Sabia que não estavam.

Julia se foi, prestou contas a Philip e tentou não pensar mais naqueles cômodos em Notting Hill.

Mais tarde, ao saber que Frances fora trabalhar num teatro, Julia pensou: Num teatro! Claro, só podia ser! Depois ela começou a atuar, e Julia se perguntou: Será que está fazendo papéis de criada?

Uma noite foi assistir ao espetáculo, sentou-se bem atrás, num lugar onde não poderia ser reconhecida, ou pelo menos era o que achava, e viu Frances interpretando um pequeno papel numa comediazinha muito boa. A nora estava mais magra, se bem que ainda sólida, e o cabelo claro frisado em ondas. Fazia a dona de um hotel em Brighton. Julia não encontrou mais nada daquela moça do pré-guerra, vestida com farda justinha e sempre risonha, mas o papel foi bem interpretado e sentiu um certo alento. Frances sabia que a sogra fora vê-la: o teatro era pequeno, e Julia estava usando um daqueles seus inimitáveis chapéus, com véu e tudo, e as mãos enluvadas permaneceram no colo o tempo todo. Nenhuma outra mulher na platéia estava de chapéu. Aquelas luvas, ah, aquelas luvas, que pândega.

Durante a guerra inteira, sobretudo nos piores momentos, Philip guardara na lembrança a imagem de uma certa luvinha de organdi suíço; aquelas pintinhas de branco no branco e aquele babado minúsculo no pulso afiguravam-se como coisas de uma frivolidade deliciosa que ria de si mesma, eram uma promessa de que a civilização voltaria.

Logo em seguida Philip morreu de um ataque cardíaco, e Julia não se surpreendeu. A guerra não havia sido brincadeira para ele. Trabalhara sem parar e ainda levara trabalho para casa, à noite. Ela sabia que o marido se envolvera em uma série de iniciativas perigosas e ousadas e que sofrera pelos homens que enviara para aquelas aventuras e, às vezes, para a morte. Ele havia se tornado um velho, durante a guerra. E, como acontecera com ela, o conflito o forçara a reviver o anterior: Julia sabia disso, pelos comentários secos e breves que o marido se permitia fazer. Eram duas pessoas que tinham se apaixonado de forma fatal e que viveram a vida em paciente ternura, como se estivessem decididas a proteger as lembranças, a ferida, de todo e qualquer toque mais duro e se recusassem a examiná-las muito de perto.

Assim foi que Julia se viu sozinha no casarão. Johnny apareceu dizendo que queria morar ali e que a mãe deveria se mudar para um apartamento. Pela primeira vez na vida Julia não recuou e disse: Não. Iria permanecer ali e não esperava que Johnny ou qualquer outra pessoa entendesse. Sua própria casa, a casa dos Von Arnes, havia se perdido. O irmão mais novo morrera durante a Segunda Guerra. A casa tinha sido vendida, e Julia ficara com o dinheiro. A casa onde relutara tanto em morar era agora seu lar, o único elo com aquela Julia que tinha uma casa, que esperava ter uma, que era definida por um lugar, e com as lembranças que guardava. Ela era Julia Lennox e ali era sua casa.

"Você é egoísta e gananciosa, como os membros de sua classe", disse Johnny.

"Você e Frances podem vir morar aqui, mas eu vou ficar."

"Muito obrigado, Mutti, mas temos que recusar."

"Por que Mutti? Você nunca me chamou assim quando era criança."

"Está tentando esconder o fato de que você é alemã, Mutti?"

"Não, não creio que esteja fazendo isso."

"Pois eu sim. Hipocrisia. É o que se espera de gente como você."

Ele estava realmente furioso. O pai não lhe deixara nada, tudo ficara para Julia. Planejara morar na casa e enchê-la com camaradas necessitados de um lar. Eram todos pobres, viviam num grande aperto depois da guerra, e ele sobrevivia dos trabalhos que fazia para o Partido, alguns ilegais. Estava furioso com Frances por ter recusado uma pensão de Julia. Quando Frances disse *mas, Johnny, como é que você pode querer aceitar dinheiro de um inimigo de classe*, Johnny deu nela, pela primeira e única vez na vida. Ela bateu de volta, bem mais forte. A pergunta não fora feita com a intenção de espicaçá-lo ou criticá-lo, tudo o que ela queria era que ele lhe explicasse.

Julia estava bem de vida, mas não era rica. Pagar a mensalidade de duas escolas, a de Andrew e a de Colin, estava dentro de seu orçamento, mas, se Frances não tivesse concordado em se mudar, o plano era alugar uma parte da casa. Agora economizava de um jeito que teria feito Frances rir, se soubesse. Julia não comprava mais roupas. Despediu a governanta, que morava no apartamento do subsolo; dependia de uma senhora que ia duas vezes por semana ajudar na casa e fazia ela mesma uma boa parcela dos serviços domésticos. (Essa senhora, mrs. Philby, tivera de ser convencida, paparicada e presenteada para continuar trabalhando quando Frances e seus malcriados chegaram.) Também não comprava mais comida na Fortnum's, mas acabara descobrindo, depois da morte de Philip, que tinha um gosto frugal e que os padrões exigidos de uma mulher casada com um funcionário do Ministério do Exterior não eram de fato os seus.

Quando Frances chegou, para ocupar toda a casa exceto o último andar, que ficou com Julia, foi um alívio. Ainda não gostava da nora, que parecia decidida a chocá-la, mas adorava os meninos e pretendia protegê-los dos pais. Na verdade, eles tinham medo dela, pelo menos no início, mas Julia nunca ficou sabendo disso. Achava que era Frances que os afastava, não sabia que ela instigava os filhos a irem visitar a avó. "Por favor, ela é tão boa para nós. E ela adoraria se vocês fossem." "Ah, *não*, isso é *demais*, a gente precisa mesmo ir?"

Frances foi ao jornal para fechar a questão do emprego e percebeu como estava certa em preferir o teatro. Como *freelance*, tinha pouca experiência em instituições e não via com bons olhos uma vida profissional comunitária. Assim que pisou no prédio onde funcionava o *The Defender*, reconheceu a atmosfera: sem sombra de dúvida ali reinava um espírito corporativista. O jornal continuava com seu histórico respeitável de defensor das boas causas, um histórico que remontava ao século XIX, e assim era visto por todos, sobretudo pelas pessoas que trabalhavam nele; e os anos 60 tinham tudo para fazer frente a qualquer grande época do passado. Frances foi recebida no rebanho por uma certa Julie Hackett. Era uma mulher branda, para não dizer feminil, com grandes chumaços de grossos cabelos pretos presos aqui e acolá com uma variedade de pentes e fivelas, uma figura sem dúvida fora de moda, porque via a moda como um escravizador das mulheres. Observava tudo a sua volta com a intenção de corrigir erros de fato e de crença e criticava os homens a cada frase, tomando como líquido e certo, como os crentes costumam fazer, que Frances concordava com ela em tudo. Estivera de olho em Frances, lera artigos seus publicados aqui e ali, e também no *Defender*, mas um deles a fizera se decidir. Uma matéria satírica, mas bem-humorada, sobre a Carnaby Street, que estava em vias de se transformar num símbolo da Inglaterra prafrentex que tanto atraía os jovens, para não falar os jovens de espírito, do mundo inteiro. Frances tinha dito que deviam todos estar sofrendo de alguma alucinação coletiva, uma vez que a rua era encardida, esfarrapada, e as roupas, se eram bonitas — algumas —, não eram melhores que as de ruas que não possuíam as sílabas mágicas de *Carnaby* na placa. Heresia! Uma acintosa heresia, sentenciou Julie Hackett, vendo em Frances uma alma gêmea.

Frances foi levada a um escritório onde uma secretária classificava em diversas pilhas as cartas endereçadas à Tia Vera, já que até mesmo as piores misérias da humanidade têm de se encaixar em categorias facilmente reconhecíveis. Meu marido é infiel, é alcoólatra, me bate, não me dá dinheiro suficiente, vai me largar para ficar com a secretária, prefere ficar com os companheiros de bar do que comigo. Meu filho é alcoólatra, drogado, engravidou uma moça, não quer sair de casa, está morando nas ruas de Londres, tem um salário mas não contribui com as despesas de casa. Minha filha... Pensões, benefícios, o comportamento de funcionários públicos, problemas de saúde... mas um médico se encarregava dessas. As cartas mais corriqueiras eram respondidas pela secretária, que assinava Tia Vera, numa das seções mais promissoras do jornal. A tarefa de Frances era examinar as cartas, encontrar um tema ou uma preocupação predominante e depois usá-los num artigo sério, longo, em local de destaque. Frances poderia escrever seus artigos e fazer as pesquisas em casa. Ela trabalharia para o *Defender*, mas não nele, e, por isso, sentia-se grata.

Quando desceu do metrô, na volta para casa, vindo do jornal, comprou comida e subiu a ladeira carregada.

Julia estava na janela, olhando para baixo, quando viu Frances se aproximar. Ao menos o casaco constituía um progresso, não era a mesma japona de sempre: quem sabe se poderia esperar que começasse a usar outra coisa que não o eterno jeans com malha? Caminhava com passos pesados, obrigando Julia a pensar num burrico carregando seus cestos. Perto da casa, estancou, e Julia pôde notar que Frances arrumara o cabelo, os fios aloirados caindo retos feito palha de um lado e outro da risca, como era moda.

De algumas das casas pelas quais tinha passado, saía uma música martelada e ritmada, tão alta quanto um coração raivoso, mas Julia avisara que não toleraria música em alto volume, não suportava, de modo que, ainda que fosse tocada, não era aos berros. Do quarto de Andrew saíam em geral acordes abafados de Palestrina ou Vivaldi; do de Colin, jazz tradicional; da sala, onde ficava a televisão, música e vozes intermitentes; do subsolo, o pum, pum, pum de que "as crianças" precisavam.

O casarão estava inteirinho iluminado, não havia uma janela às escuras, ele parecia emitir luz das paredes, bem como das janelas: a casa destilava luz e música.

Frances viu a sombra de Johnny pela cortina da cozinha, e na hora seu humor levou uma rasteira. Estava no meio de uma peroração, dava para ver pela movimentação dos braços, e, quando ela chegou à cozinha, Johnny já estava com a corda toda. Cuba, de novo. Em volta da mesa havia uma variedade de jovens, mas não teve tempo de ver quem eram. Andrew, sim, Rose, sim... o telefone tocou. Largou as sacolas pesadas, pegou o fone, era Colin, ligando da escola. "Mãe, já soube da notícia?" "Não, que notícia? tudo bem com você, Colin, você saiu hoje de manhã sem..." "Estou, estou, olha, acabamos de saber, está no noticiário. O Kennedy morreu." "*Quem?*" "O presidente Kennedy." "Você tem certeza?" "Levou um tiro. Ligue a televisão."

Por cima do ombro, ela disse: "O presidente Kennedy morreu. Foi baleado". Um silêncio, enquanto ela ligava o rádio. Nada no rádio. Virou-se para ver todos os rostos estatelados com o choque, inclusive o de Johnny. Ele estava se mantendo em silêncio pela necessidade de encontrar uma *formulação correta* e logo em seguida foi capaz de enunciar: "Precisamos avaliar a situação...", mas não pôde prosseguir.

"A televisão", disse Geoffrey Bone, e, como se fossem um só corpo, "as crianças" se levantaram da mesa, saíram da cozinha e subiram a escada até a sala de estar.

Andrew disse, gritando para eles: "Cuidado, a Tilly está assistindo". Depois correu atrás.

Frances e Johnny ficaram sozinhos, cara a cara.

"Presumo que tenha vindo perguntar sobre a sua enteada?", ela disse.

Johnny se inquietou: queria muito subir e ir assistir ao noticiário das seis na televisão, mas planejava dizer alguma coisa. Frances, encostada nas prateleiras ao lado do fogão, pensava: Muito bem, então, deixe ver se eu adivinho... E não deu outra, porque Johnny se saiu com: "É a Phyllida, infelizmente".

"Sim?"

"Ela não está bem."

"Foi o que ouvi do Andrew."

"Estou indo para Cuba daqui a alguns dias."

"Então é melhor levá-la com você."

"É que não há dinheiro suficiente e..."

"Quem está pagando?"

Nesse momento, Johnny lhe deu aquela olhada irritada de não-tem-jeito-mesmo com a qual sempre julgava o grau de burrice de Frances.

"A esta altura você não devia perguntar uma coisa dessas, camarada."

Houve tempo em que ela despencaria num pântano de inadequação e culpa — com que facilidade, então, Johnny fora capaz de fazê-la se sentir uma idiota.

"Mas estou perguntando. Você parece esquecido de que tenho bons motivos para me interessar por suas finanças."

"E quanto vai receber nesse seu novo emprego?"

Ela sorriu. "Não o suficiente para manter os seus filhos e agora também a sua enteada."

"E alimentar a cambada toda que aparece para comer de graça."

"O quê? Mandar embora um potencial tão bom para a Revolução? Você não iria querer isso."

"Eles são uns vagabundos drogados. Ralé." Mas decidiu não prosseguir no tema e passou a um tom de apelo cordial dirigido aos melhores instintos de Frances. "A Phyllida não está nada bem."

"E o que você espera que eu faça?"

"Quero que você fique de olho nela."

"Não, Johnny."

"Então o Andrew. Ele não tem nada melhor para fazer."

"Ele está ocupado tomando conta da Tilly. Ela está doente mesmo, sabia?"

"Boa parte é só para chamar a atenção."

"Então por que a largou aqui conosco?"

"Ah... foda-se", disse o camarada Johnny. "Desordens psicológicas não são meu forte, são o seu."

"Ela está doente. Está doente mesmo. E quanto tempo você vai ficar fora?"

Ele olhou para o chão, franziu o cenho. "Eu disse que iria por seis semanas. Mas com esta nova crise..." Lembrado da crise, falou: "Vou ver o noticiário". E saiu às pressas da cozinha.

Frances aqueceu a sopa, um ensopado de frango, o pão de alho, fez uma salada, empilhou frutas numa travessa, abriu uns queijos. Estava pensando na coitada da menina, Tilly. Um dia depois de ter chegado, Andrew fora até o escritório, onde ela trabalhava, para dizer: "Mãe, posso botar a Tilly no quarto sobressalente? Não dá para ela ficar dormindo no meu quarto; acho que é o que ela prefere, mas não dá".

Frances já esperava por isso: seu andar tinha de fato quatro cômodos — o quarto, o escritório, uma saleta e um quarto pequeno que, quando Julia administrava a casa, fora um quarto de hóspedes. Frances achava que o andar era dela, um lugar seguro, onde se via livre de todas as pressões, de todas as pessoas. Agora Tilly e sua doença estariam bem em frente, do outro lado de um pequeno hall. E o banheiro... "Está bem, Andrew. Mas eu não posso cuidar dela. Não da forma como ela precisa."

"Não. Eu cuido dela. Eu limpo o quarto para ela." Depois, enquanto se virava para subir a escada, falou em voz baixa, insistente: "Ela está muito mal mesmo".

"Eu sei."

"Está com medo de que a gente a mande para o hospício."

"Mas é claro que não, ela não é louca."

"Não", disse Andrew, com um sorriso enviesado que era, na verdade, um apelo do qual mal se dava conta. "Mas talvez eu seja."

"Não acho."

Ouviu quando Andrew desceu com a menina, levando-a para o quarto de hóspedes. Silêncio. Sabia o que estava acontecendo. Tilly enrodilhada na cama, ou no chão, e Andrew embalando, acalmando, até cantando para ela — Frances o ouvira fazer isso.

Observara essa cena pela manhã. Estava preparando a comida do jantar quando Andrew sentou à mesa com Tilly, ela embrulhada num xale de criança que encontrara num baú e do qual se apropriara. Na frente dela havia uma cumbuca de leite e cereais e uma outra diante de Andrew. Ele fazia a brincadeira do aviãozinho. "Uma para o Andrew... uma para a Tilly... uma para o Andrew..."

Ao "uma para a Tilly" ela abriu a boca enquanto fitava Andrew com grandes olhos azuis angustiados. Parecia não saber como piscar. Andrew inclinou a colher e ela cerrou os lábios, sem engolir. Andrew engoliu seu bocado e começou tudo de novo. "Uma para a Tilly... uma para o Andrew..." Quantidades minúsculas de comida chegavam à boca de Tilly, mas ao menos Andrew estava botando alguma coisa no estômago.

Andrew disse para a mãe: "A Tilly não come. Não, não, é muito pior que eu. Ela não come nada".

Isso foi antes que anorexia se tornasse um termo familiar, como sexo e AIDS.

"E por que não? Você sabe?" Significando por favor, me diga por que você acha tão difícil comer.

"No caso dela, eu diria que é a mãe."

"Não no seu, então?"

"Não, eu diria que, no meu, é meu pai."

A autodepreciação jocosa, o jeito cativante daquela personalidade que a Eton criara para ele, pareciam ter entrado em descompasso com seu verdadeiro eu e se tornado uma série de bizarrias, como máscaras deslocadas. Os olhos se arregalaram, sombrios, ansiosos, num apelo.

"O que vamos fazer?", disse Frances, angustiada.

"Dê um tempo, só um pouco, mais nada, vai dar tudo certo."

Quando "as crianças" — ela precisa parar de dizer isso — voltaram em bloco para sentar em volta da mesa, à espera da comida, Johnny não estava junto. Todos ouviram a briga que acontecia no topo da casa. Gritos, imprecações — não dava para distinguir as palavras.

Andrew disse: "Ele quer que a Julia vá morar no apartamento dele para cuidar da Phyllida enquanto ele estiver em Cuba".

Os jovens olharam para ela, para ver a reação. Ela riu. "Ai, meu Deus. Ele não toma jeito mesmo."

Depois se entreolharam — censura nos olhos. Quer dizer, nos de todos, exceto nos de Andrew. Eles admiravam Johnny e achavam que era azedume de Frances. Andrew lhes disse, de cara séria: "É simplesmente inviável. Não é justo pedir isso a Julia".

A parte de cima da casa, onde Julia vivia, era muitas vezes alvo de zombaria, e ela já fora chamada de "a velha". Mas, desde que Andrew voltara e fizera amizade com a avó, estavam tendo que seguir seu exemplo.

"Por que ela haveria de cuidar da Phyllida?", disse Andrew. "Ela já tem preocupação de sobra, conosco."

Essa nova maneira de encarar a situação provocou um silêncio pensativo.

"Ela não gosta da Phyllida", disse Frances, em apoio a Andrew. Suprimindo: Nem de mim. Ela nunca gostou das mulheres de Johnny.

"Não é para menos", comentou Geoffrey. Frances o olhou com ar de interrogação: havia alguma novidade ali.

"Ela veio aqui hoje à tarde", disse o rapaz.

"Estava querendo falar com você", completou Andrew.

"Aqui? Phyllida?"

"Ela é doida", disse Rose. "Eu estava aqui. É pancada. Completamente maluca." E deu risada.

"O que ela queria?", perguntou Frances.

"Eu a mandei embora", respondeu Andrew. "Disse que não devia ter vindo."

Lá em cima, as portas bateram, Johnny deu um grito e desceu aos saltos, seguido de uma única palavra de Julia: "Imbecil!".

Ele apareceu, soltando faíscas de raiva.

"Vaca velha", disse ele, "vaca fascista."

"As crianças" olharam para Andrew, em busca de diretrizes. Ele estava pálido, parecia doente. Vozes ardidas — brigando — era demais para ele.

"*Demais*" foi a exclamação de Rose em apreço ao desconforto geral da situação.

Andrew falou: "A Tilly vai ficar nervosa de novo". Ergueu-se para sair, e Frances apelou, receosa de que o filho tivesse encontrado uma desculpa para não comer. "Por favor, sente." Ele obedeceu, e ela se surpreendeu com o fato.

"Você sabia que a sua... que a Phyllida esteve aqui?", disse Rose, rindo, para Johnny. De rosto enrubescido, olhos cintilando.

"O *quê?*", fez Johnny, brusco, com uma olhada rápida para Frances. "Ela esteve aqui?"

Ninguém disse nada.

"Eu vou falar com ela", disse Johnny.

"Os pais dela são vivos?", perguntou Frances. "Ela podia ficar com eles, enquanto você está em Cuba."

"Ela odeia os dois. Com razão. São uns lúmpens imprestáveis."

Rose estava com o dorso da mão pregado na boca, reprimindo mais hilaridade.

Enquanto isso, Frances olhava em volta, fazendo um levantamento dos presentes. Além de Geoffrey — claro, de Andrew e de Rose, havia Jill e Sophie, que chorava. Havia também um garoto que lhe era desconhecido.

Nesse instante o telefone tocou. Era Colin de novo. "Estive pensando. A Sophie está aí? Ela deve estar tremendamente angustiada. Deixe eu falar com ela."

Isso os fez lembrar que Sophie tinha de estar angustiada, porque o pai morrera de câncer um ano antes, e o motivo de ela estar ali quase toda noite era o fato de, em casa, a mãe chorar sem parar e reivindicá-la para sofrer junto. A morte de Kennedy iria, claro...

Ao telefone, Sophie soluçava, e eles escutaram: "Colin, obrigada, obrigada, você entendeu, Colin, eu sabia que você iria entender, você está vindo, obrigada, obrigada".

Quando voltou para seu lugar na mesa, disse: "O Colin vai tomar o último trem esta noite". Enterrou o rosto nas mãos, longas mãos elegantes de unhas esmaltadas de rosa, no exato tom que fora prescrito aquela semana pelos árbitros da moda da St. Joseph, entre os quais ela se incluía. Longos cabelos negros brilhantes caíram sobre a mesa, como que a materializar a noção de que nunca, jamais, precisaria sofrer sozinha muito tempo.

Rose falou azedamente: "Todos nós sentimos a morte de Kennedy, não?".

Jill não deveria estar na escola? Mas, na St. Joseph, os alunos iam e vinham sem grandes preocupações com horários, matérias ou exames. Quando os professores sugeriam uma abordagem mais disciplinada, talvez fossem lembrados dos princípios que fundaram a escola, sendo o autodesenvolvimento o principal deles. Colin tinha ido para o colégio de manhã e já estava voltando. Geoffrey dissera que talvez fosse no dia seguinte: sim, estava lembrado de que era monitor. Teria Sophie "largado" os estudos por completo? Sem dúvida passava mais tempo ali do que lá. Jill ficava no apartamento de baixo com seu saco de dormir e subia para comer. Dissera a Colin, que por sua vez contara à mãe, que precisava de um tempo. Daniel voltara para a escola, mas era muito provável que aparecesse junto com Colin: qualquer desculpa servia. Frances sabia que todos tinham certeza de que bastava virarem as costas para que acontecesse tudo quanto é tipo de coisa deliciosamente dramática.

Havia um rosto novo, na ponta da mesa, sorrindo de modo apaziguador para ela, esperando que ela dissesse: "Quem é você? O que está fazendo aqui?". Mas Frances simplesmente pôs um prato de sopa na frente dele e sorriu. "Eu me chamo James", ele disse, corando. "Olá, James", ela disse. "Sirva-se de pão — ou do que quiser." Uma grande mão constrangida alcançou um grosso naco de pão integral (natural). Com ele nas mãos, o garoto olhava em volta, com manifesto prazer.

"O James é um amigo meu, bem, na verdade é meu primo", disse Rose, conseguindo soar ao mesmo tempo agressiva e nervosa. "Eu disse que não tinha problema ele vir... quer dizer, vir jantar..."

Frances percebeu que ali estava mais um refugiado de alguma família horrenda e, mentalmente, reviu quanta comida teria de comprar para o dia seguinte.

Nessa noite eram sete à mesa, contando com ela. Johnny estava de pé, rígido como um soldado, na janela. Queria ser convidado a sentar. Havia um lugar vazio. Mas ela não o faria nem amarrada, não se importava que sua reputação ficasse manchada com "as crianças".

"Antes de ir, diga, quem matou Kennedy?"

Johnny encolheu os ombros, admitindo finalmente uma derrota.

"Talvez tenham sido os soviéticos", sugeriu o recém-chegado, ousando reivindicar seu lugar na turma.

"Isso é absurdo", disse Johnny. "Os camaradas soviéticos não participam de atividades terroristas."

O pobre James se acabrunhou.

"Talvez tenha sido Fidel?", falou Jill. Johnny já a encarava com frieza. "Quer dizer, a baía dos Porcos, quer dizer..."

"Ele também não participa de terrorismo", disse Johnny.

"Me dê uma ligada, antes de ir", disse Frances. "Você falou dois dias, foi isso?"

Ainda assim ele não saiu.

"Foi algum louco", falou Rose. "Algum louco atirou nele."

"Quem pagou o louco?", James indagou, tendo se recuperado de novo, ainda que ruborizado com o esforço de se impor.

"Não podemos descartar a CIA", Johnny interpôs.

"Nunca podemos descartar a CIA", disse James, ganhando a aprovação de Johnny sob a forma de um sorriso e um meneio de cabeça. Ele era um rapaz corpulento, por certo mais velho que Rose, mais velho que qualquer um deles, à exceção de Andrew, talvez. Rose viu a inspeção que Frances fez e reagiu na hora: estava sempre em alerta para qualquer crítica. Disse: "O James é louco por política. É amigo do meu irmão mais velho. Largou a escola".

"Ora, ora, não me diga", falou Frances, "mas que novidade."

"Como *assim*?", perguntou Rose com violência, raivosa. "Por que você disse isso?"

"Rose, foi só uma piada."

"Ela gosta de fazer piadas", disse Andrew, em socorro da mãe, como se estivesse dando testemunho de seu caráter.

"E por falar em piada", disse Frances. Quando correram todos lá para cima, para assistir ao noticiário na televisão, vira no chão dois grandes sacos plásticos cheios de livros. Apontava agora para eles, falando com Geoffrey, que não conseguiu reprimir um sorriso de orgulho. "Pelo que vejo, hoje o dia rendeu."

Todos riram. A maioria deles furtava por impulso, de várias lojas, mas para Geoffrey era um negócio. Ia regularmente às livrarias e fazia uma limpeza. Livros didáticos, se possível, ou qualquer outra coisa que desse. Ele dizia que os estava "liberando". Era uma piada da Segunda Guerra e um elo tristonho com o pai, que fora piloto de bombardeiro. Geoffrey contara a Colin que achava que o pai nunca mais reparara em nada desde o fim da guerra. "Pelo menos não na minha mãe ou em mim." O pai podia perfeitamente ter morrido naquela guerra, pelo tanto de atenção que dava à família. "Bem-vindo ao clube", fora a resposta de Colin. "A Guerra, a Revolução, que diferença faz?"

"Abençoada seja a Foyle's", disse Geoffrey. "Eu liberei mais ali do que em qualquer outra livraria de Londres. Uma benfeitora da humanidade, a Foyle's." Mas olhava meio nervoso para Frances. "Ela não aprova", ele disse.

Eles sabiam que Frances não aprovava. Muitas vezes dissera: "Foi a criação desastrada que eu tive. Fui criada para pensar que roubar é errado". Agora, sempre que ela ou qualquer outra pessoa faziam uma crítica ou não concordavam com os outros, eles entoavam: "Foi sua criação desastrada". Mas aí Andrew jogara água fria: "Essa piada está ficando meio manjada".

Viera então uma meia hora barulhenta de variações de piadas surradas sobre criações desastradas.

Johnny tinha retomado sua peroração costumeira: "É isso mesmo, peguem o que puderem dos capitalistas. Eles roubaram tudo isso de vocês, para começo de conversa".

"Seguramente não de nós?" — Andrew desafiou o pai.

"Roubaram dos trabalhadores. Das pessoas comuns. Peguem deles o que conseguirem, os miseráveis."

Andrew nunca furtara nada das lojas, achava um comportamento inferior, coisa para palermas, e disse, num desafio direto: "Não era melhor você voltar para a Phyllida?".

Em Frances ele não precisava atentar, mas a cortada do filho levou Johnny para a porta. "Nunca se esqueçam", advertiu de maneira geral, "que devem confrontar tudo que fazem, cada palavra, cada pensamento, com as necessidades da Revolução."

"E então, o que conseguiu hoje?", Rose perguntou a Geoffrey. Admirava-o quase tanto quanto a Johnny.

Geoffrey tirou os livros dos sacos plásticos e fez com eles uma torre sobre a mesa.

Eles aplaudiram. Mas não Frances, nem Andrew.

Frances pegou de dentro da pasta uma das cartas que trouxera para casa, enviadas ao jornal. Leu em voz alta: "'Querida Tia Vera'... essa sou eu... 'Querida Tia Vera, eu tenho três filhos, todos eles na escola. Toda tarde eles chegam em casa com mercadorias furtadas, na maioria doces e biscoitos...'" Nisso a turma gemeu. "'Mas pode ser qualquer coisa, inclusive livros de escola...'" Eles aplaudiram. "'Hoje, porém, o mais velho, o menino, voltou com um jeans muito caro.'" Eles aplaudiram de novo. "'Eu não sei mais o que fazer. Quando a campainha toca, eu penso: É a polícia.'" Frances lhes deu tempo suficiente para gemer. "'E tenho medo por eles. Gostaria muito de um conselho seu, Tia Vera. Estou completamente desnorteada.'"

Guardou a carta de volta no lugar.

"E o que você vai aconselhar?", Andrew indagou.

"Talvez você possa me dizer o que é melhor, Geoffrey. Afinal de contas, um monitor deve estar bem a par dessas coisas."

"Ah, não faça assim, Frances", disse Rose.

"Ah", gemeu Geoffrey, a cabeça entre as mãos, fazendo os ombros chacoalharem como se soluçasse, "ela leva a sério."

"Levo a sério, sim", disse Frances. "Isso é furtar. Vocês são ladrões." Isso foi dito com a liberdade que o tempo de convívio com o garoto permitia. Ele morava havia anos na casa. "Você é um ladrão. Só isso. E eu não sou o Johnny."

Agora um silêncio de fato aturdido. Rose soltou uma risadinha. A cara vermelha do recém-chegado, James, era o mesmo que uma confissão.

Sophie exclamou: "Mas, Frances, eu não sabia que você desaprovava a gente tanto assim".

"Pois eu desaprovo", disse Frances, o rosto e a voz mais suaves, porque se tratava de Sophie. "Fiquem todos sabendo."

"Foi a criação desastrada dela...", começou Rose, mas desistiu a uma olhada de Andrew.

"E agora eu vou ver o noticiário e tenho trabalho a fazer." Saiu, dizendo: "Durmam bem, todos vocês". Dando permissão, dessa forma, a qualquer um, a James, por exemplo, para passar a noite ali, se quisesse.

Assistiu ao noticiário, um pouco. Pelo visto, algum louco dera um tiro em Kennedy. No que lhe dizia respeito, era mais um homem público morto. Provavelmente merecia. Jamais se permitiria ventilar um tal pensamento, tão distanciado do espírito da época. Às vezes lhe parecia que a única coisa de útil que aprendera durante sua longa associação com Johnny fora como permanecer calada a respeito daquilo que de fato pensava.

Antes de se acomodar para trabalhar — o que, nessa noite, significava repassar umas cento e poucas cartas que levara para casa —, abriu a porta do quarto de hóspedes. Silêncio e escuridão. Foi pé ante pé até a cama e se curvou sobre a silhueta sob as cobertas, que podia ser a de uma criança. E, de fato, Tilly estava com o dedo na boca.

"Eu não estou dormindo", disse uma vozinha.

"Estou preocupada com você", falou Frances, e ouviu a voz tremer: prometera a si própria não se envolver emocionalmente, pois de que adiantaria? "E se eu lhe trouxesse uma xícara de chocolate quente, que tal?"

"Eu tomo um pouquinho."

Frances fez o chocolate no escritório, onde tinha uma chaleira e o básico, e levou-o para a menina, que disse: "Não quero que pense que não sou grata".

"Quer que eu acenda a luz? Quer tentar tomar agora?"

"Deixe no chão."

Frances acatou, sabendo que muito provavelmente a xícara ainda estaria ali, intocada, pela manhã.

Trabalhou até tarde. Ouviu Colin chegar e depois ele e Sophie irem para o grande sofá, onde ficaram conversando — escutou a voz deles na sala, logo abaixo de onde estava: o velho sofá vermelho ficava na mesma altura da sua escrivaninha. Imediatamente acima, havia a cama de Colin. Escutou ruídos abafados de conversa e, depois, passos cautelosos no andar de cima. Bem, Frances tinha certeza de que Colin sabia como se cuidar: ele tinha dito isso com muita clareza ao irmão, que o doutrinava sobre essas questões.

Sophie tinha dezesseis anos. O desejo de Frances era abraçar a menina e protegê-la. Bem, nunca sentira nada parecido com Rose, Jill, Lucy nem com as outras jovens que iam e vinham. Então por que Sophie? Ela era tão linda, devia ser isso: era isso que ela queria guardar e manter seguro. E que absurdo, *isso* — ela, Frances, devia se envergonhar. E estava envergonhada, com uma porção de coisas. Abriu a porta e escutou. Lá na cozinha, havia mais gente além de Andrew, Rose, James... descobriria pela manhã.

Dormiu um sono inquieto e por duas vezes foi até o hall ver como estava Tilly; numa das vezes encontrou um quarto todo às escuras, calmaria e um vago cheiro abafado de chocolate. Na outra, viu Andrew subindo em direção ao quarto, após missão semelhante, e voltou para a cama. Continuou acordada. O problema eram aqueles furtos em lojas. Assim que Colin entrou na St. Joseph, depois de completar mal e porcamente o primeiro grau numa escola pública, coisas que ela sabia não serem do filho deram de aparecer em casa, nada de muito grandioso, uma camiseta, caixinhas de esferográficas, um disco. Lembrava-se de ter ficado impressionada no dia em que ele roubou uma antologia de poesia. Ela o advertiu. Ele se queixou, dizendo que todo mundo roubava e que ela era uma quadrada. E não se pense que o negócio parou por aí. Colin estava numa escola progressista! Uma das primeiras colegas, que costumava entrar e sair com muita freqüência, mas menos liberdade, já que eles eram menores, uma menina chamada Petula, informara a Frances que Colin andava roubando amor: o professor tinha dito isso. O assunto fora discutido ruidosamente à mesa do jantar. Não, não o amor dos pais, mas o do diretor, que o escolhera para uma tarefa ou outra. Geoffrey, já na época, cinco anos antes, mais ou menos parte da casa, se orgulhava do que afanava das lojas. Frances ficara chocada, mas não dissera mais nada além de: Bem, então se cuide para não ser pego. Se não disse *não faça mais isso* foi por saber que não seria ouvida e também por não fazer idéia de quão disseminado o hábito acabaria se tornando. E, além disso, e era o que a mantinha acordada agora, porque gostava de ser um deles, dos jovens prafrentex que passaram a ser os novos árbitros dos modos e morais. Havia — houvera — sem a menor sombra de dúvida uma sensação de *nós contra eles*. Petula, aquela menina elétrica (agora numa escola para filhos de diplomatas em Hong Kong), tinha dito que furtar sem ser pego era um rito de iniciação, e que os adultos precisavam entender isso.

Nessa noite, Frances ia ter de escrever um artigo longo, coerente e equilibrado sobre o mesmo assunto. Na verdade estava arrependida de ter aceitado o novo emprego. Seria obrigada a tomar partido numa série de questões, e era de sua natureza enxergar os pontos de vista opostos. Em geral se recusava a dizer mais que: "É, é tudo muito complicado".

Nos últimos tempos, passara a ver a questão do furto como algo decididamente errado, não devido a sua criação desastrada, mas sim porque durante anos e anos escutara as exaltações de Johnny a qualquer comportamento anti-social, quase como se ele fosse um líder de guerrilha: atacar e recuar. Um belo dia, ocorreu-lhe uma verdade bem simples. O que ele desejava era arrebentar com tudo, como Sansão. Era disso que se tratava. "A Revolução", sobre a qual ele e os compadres tanto falavam, seria o mesmo que disparar um lança-chamas para todos os lados, deixar só terra carbonizada e, então — bem, era simples —, ele e os camaradas reconstruiriam o mundo a sua imagem e semelhança. Uma vez divisada, a idéia era óbvia, mas precisava ser enfrentada: como pessoas incapazes de organizar a própria existência, que viviam em permanente confusão, poderiam construir algo que valesse a pena? Essa idéia sediciosa — que estava muito, muito à frente de seu tempo, ao menos nos círculos aos quais fora apresentada — convivia lado a lado com uma emoção que ela mal sabia presente. Ela achava que Johnny era... não havia necessidade de soletrar isso... tinha uma enorme clareza sobre o que pensava, mas ao mesmo tempo se fiava na aura de otimismo esperançoso que o rodeava, a ele, aos camaradas e a tudo que faziam. Acreditava sim — mas mal se dava conta — que o mundo ficaria cada vez melhor, que o Progresso já estava engatilhado, que os males do momento iriam se dissolver aos poucos e que toda a humanidade se veria numa época feliz e saudável. E quando ia para a cozinha preparar travessas de comida para "as crianças", ao ver aquelas carinhas jovens, ao ouvir as vozes irreverentes, confiantes, achava que estava lhes garantindo esse futuro, numa promessa silenciosa. De onde viera a promessa? De Johnny, fora absorvida do camarada Johnny, e, conquanto sua mente o criticasse mais e mais, todos os dias, dependia emocionalmente, sem o saber, de Johnny e de seus doces e admiráveis mundos novos.

Dali a poucas horas iria sentar para escrever seu artigo e dizer o quê?

Se não havia se oposto ao furto em sua própria casa, mesmo que tivesse acabado por desaprovar muito seriamente esse tipo de atividade, então que direito tinha de dizer aos outros o que fazer?

E como estavam confusos aqueles pobres jovens. Ao sair da cozinha, na noite anterior, ouvira as risadas, mas eram risadas desconfortáveis; ouvira a voz de James, mais alta que as outras, porque o rapaz queria muito ser aceito por aqueles espíritos livres. O coitado fugira de uma entediante família provinciana (assim como ela) para as delícias da "Swinging London" e para uma casa qualificada por Rose como Salão da Liberdade — Frances adorava a expressão —, onde tinha ouvido a mesma condenação — claro que também furtava, todos furtavam —, assim como ela ouvira a censura dos pais.

Eram nove horas, já, tarde para Frances. Precisava levantar. Abriu a porta para o hall e viu Andrew sentado no chão, de onde podia espiar o quarto onde se encontrava a menina. A porta estava aberta. Ele moveu os lábios sem emitir nenhum som: Olhe, veja só.

O pálido sol de novembro jorrava no quarto em frente, onde havia uma frágil figura muito ereta, com uma auréola de cabelos claros, vestida com alguma coisa rosada fora de moda — um roupão? —, empoleirada numa banqueta alta. Se Philip pudesse vê-la, com que facilidade não teria se convencido de que era sua menina Julia, seu antigo amor. Sobre a cama, bem embrulhada no xale de bebê, Tilly se apoiava em travesseiros e olhava com um olhar fixo para a velha senhora.

"Não", veio a voz fria e precisa de Julia, "não, seu nome não é Tilly. Que nome mais bobo. Qual é seu nome verdadeiro?"

"Sylvia", balbuciou ela.

"Então por que você diz que se chama Tilly?"

"Eu não conseguia dizer Sylvia quando eu era pequena, aí então eu dizia Tilly." Isso era muito mais do que qualquer um até então ouvira de sua boca.

"Muito bem. Eu vou chamá-la de Sylvia."

Julia tinha na mão um caneco com alguma coisa e uma colher dentro. E então, cuidadosa e lindamente, fez com que uma quantia adequada do conteúdo da caneca — havia um cheiro de sopa — enchesse a colher, que ela segurava de encontro aos lábios de Tilly, ou Sylvia. Que estavam cerrados.

"Agora me escute direitinho. Eu não vou permitir que você se mate porque é uma tola. Não vou permitir. E agora precisa abrir a boca e começar a comer."

Os lábios descorados se abriram um tantinho, mas abriram, e o tempo todo a menina olhava fixo para Julia, pelo visto hipnotizada. A colher entrou, e seu conteúdo sumiu. Os observadores esperaram, respiração suspensa, para ver se havia algum movimento de engolir. Houve.

Frances olhou para o filho e viu que ele engolia em solidariedade.

"Fique sabendo", Julia continuou, enquanto a colher era recarregada, "que eu sou sua avó torta. E não permito que meus filhos e netos se comportem dessa maneira tola. Você precisa me entender, Sylvia..." E lá foi a colher — e uma engolida. E de novo Andrew fez um gesto de quem engolia. "Você é uma menina muito bonita e inteligente..."

"Eu sou horrorosa", veio dos travesseiros.

"Não acho. Mas, se você decidiu ser horrorosa, então acho que vai ser, mas eu não vou permitir."

A colher entrou, e ela engoliu.

"Primeiro, vou fazer você ficar boa de novo, e aí você vai voltar para a escola e fazer seus exames. Depois disso, você vai para a faculdade, fazer Medicina. Eu lamentei não ter podido ser médica, mas você pode ser médica no meu lugar."

"Não posso. Não posso. Não posso voltar para a escola."

"Por que não? O Andrew me contou que você era boa nos estudos, antes de virar uma boba. E agora pegue esta xícara e tome o resto sozinha."

Os observadores mal respiraram nesse momento — seguramente? — crítico. Supondo que Tilly-Sylvia recusasse a xícara com a sopa da vida e pusesse o dedo na boca de novo? Supondo que cerrasse os lábios outra vez? Julia mantinha a xícara junto à mão que não agarrava o xale em volta do corpo. "Pegue." A mão tremeu, mas abriu. Julia colocou a caneca com cuidado dentro da mão e manteve a dela em volta. A mão se ergueu de fato, a caneca chegou até os lábios e por cima dela veio o sussurro: "Mas é tão difícil".

"Eu sei que é difícil."

A mão trêmula segurava a xícara nos lábios, enquanto a de Julia lhe proporcionava sustentação. A menina deu um gole, engoliu. "Eu vou vomitar", cochichou.

"Não, não vai. Pare com isso, Sylvia."

De novo Frances e o filho aguardaram, segurando a respiração. Sylvia não vomitou, ainda que tenha controlado uma onda de ânsia quando Julia disse "Pare com isso".

Nesse meio-tempo, descendo do "andar dos meninos", vieram Colin e, atrás dele, Sophie. Os dois pararam. Colin ruborizado feito um pimentão e Sophie meio rindo, meio chorando, com cara de quem está prestes a correr lá para cima de novo, mas em vez disso se aproximou de Frances, abraçou-a e disse: "Minha querida Frances". E correu lá para baixo, rindo.

"Não é o que você está pensando", disse Colin.

"Eu não estou pensando nada", falou Frances.

Andrew se limitou a sorrir, guardando consigo o que achava.

Então Colin viu a pequena cena pelo vão da porta, entendeu-a e disse: "Que bom para a vovó", antes de descer a escada aos saltos.

Julia, que não tomara conhecimento da platéia, desceu da banqueta e alisou a roupa. Pegou a xícara da mão da menina. "Daqui a uma hora eu volto para ver como você está. Depois levo você até meu banheiro e você troca de roupa. Você vai ficar boa em dois tempos, você vai ver."

Apanhou a xícara de chocolate frio deixada na noite anterior por Frances, saiu do quarto e entregou-a a ela. "Acho que isso é seu", ela disse. E em seguida, para Andrew: "Acho melhor você também parar com essas tolices". Deixou a porta do quarto aberta e subiu as escadas, segurando a barra da saia rosa, que farfalhava, com uma das mãos.

"Então quer dizer que deu tudo certo", disse Andrew para a mãe. "Muito bem, Sylvia", falou para a menina, que sorriu, ainda que debilmente. Ele correu lá para cima. Frances ouviu uma porta fechar, a de Julia, e depois outra, a de Andrew. No quarto em frente, uma mancha de sol descansava sobre um travesseiro, e Sylvia, porque não restava dúvida de que ela era Sylvia agora, mantinha a mão sobre a mancha, virando-a de um lado e outro, examinando.

Nesse instante, alguém esmurrou a porta da frente, a campainha soou várias vezes enquanto uma voz de mulher berrava. A menina sentada ao sol em cima da cama deixou escapar um grito e mergulhou sob as cobertas.

Quando a porta abriu, o berro *me deixa entrar* foi ouvido pela casa inteira. Uma voz rouca e histérica. "Me deixa entrar, me deixa *entrar*."

Andrew saiu do quarto com estardalhaço e apareceu aos saltos na escada, dizendo: "Deixe isso comigo, ah, *Cristo*, feche a porta da Tilly". Frances fechou a porta, enquanto Julia dizia lá de cima: "O que foi, quem é?". Andrew respondeu com um grito abafado: "A mãe dela. A mãe da Tilly".

"Então receio que a Sylvia vai ter uma recaída", falou Julia, ainda parada ali, de guarda.

Frances continuava de camisola e entrou no quarto para enfiar um jeans e uma malha, correndo depois lá para baixo, na direção da altercação de vozes.

"Cadê ela? Eu quero falar com a Frances", gritava Phyllida, enquanto Andrew dizia baixinho: "Quieta, não berre, eu vou chamá-la".

"Eu estou aqui", disse Frances.

Phyllida era uma mulher alta, seca como um pau, com uma vasta cabeleira mal tingida de cabelos arruivados e unhas compridas, pontudas como agulhas, esmaltadas de roxo vivo. Ela apontou a manzorra irada para Frances e falou: "Eu quero minha filha. Você roubou minha filha".

"Não diga bobagem", disse Andrew, saçaricando em volta da mulher histérica feito um inseto tentando decidir por onde atacar. Pousou a mão conciliatória no ombro de Phyllida, mas ela se desvencilhou, e Andrew então gritou com ela, de repente descontrolado e surpreso consigo mesmo. "Pare com isso." Ele se encostou à parede, recuperando a compostura. Tremia.

"E eu como fico?", perguntou Phyllida. "Quem vai tomar conta de mim?"

Frances percebeu que também tremia; o coração estava aos pulos, a respiração difícil: ela e Andrew haviam sido afetados por esse dínamo de energia emotiva. E de fato Phyllida, cujos olhos fitavam cegamente o nada, como uma carranca na proa de um navio, e que continuava ali, ereta e triunfante, parecia mais calma que eles.

"Não é justo", anunciou ela, apontando as garras roxas para Frances. "Por que ela pode vir morar aqui e eu não?"

Andrew se recuperara. "Ora, ora, Phyllida", disse ele, com o sorriso irônico que o protegia já de volta aos lábios, "Phyllida, você não pode fazer uma coisa dessas e sabe disso."

"Por que não?", perguntou ela de novo, voltando a atenção para ele. "Por que ela pode ter uma casa e eu não?"

"Mas você tem uma", disse Andrew. "Eu fui visitá-la ontem mesmo, já esqueceu?"

"Mas ele está indo embora, ele vai me deixar." Em seguida, guinchando. "Ele está indo embora e me deixando sozinha." Depois, mais calma, para Frances. "Você sabia disso? E então, sabia ou não? Ele vai me deixar, assim como deixou você."

Esse comentário racional parecia uma prova, aos olhos de Frances, de que a histeria tinha sido transferida inteira para ela; estava tremendo e de joelhos bambos.

"Bem, por que não diz alguma coisa?"

"Eu não sei o que dizer", Frances conseguiu articular. "Não sei por que você veio aqui."

"Por quê? Você ainda tem a coragem de me perguntar por quê?" E começou a gritar. "Tilly, Tilly, cadê você?"

"Deixa a Tilly em paz", disse Andrew. "Você vive se queixando que não consegue lidar com ela, então deixe que a gente ao menos tente."

"Mas ela está aqui. *Ela* está aqui. E eu? Quem vai cuidar de mim?"

O ciclo estava com todo o jeito de continuar indefinidamente.

Andrew respondeu baixinho, mas a voz saiu trêmula. "Você não pode esperar que Frances cuide de você. Por que ela faria uma coisa dessas?"

"Mas e eu? E eu?" Agora a coisa era mais um grunhido e, pela primeira vez, aqueles olhos raivosos pareciam estar enxergando Frances. "Você não é nenhuma Brigitte Bardot, não é mesmo? Então por que ele vive aqui o tempo todo?"

Isso lançou uma luz inesperada sobre a questão. Frances não se sentia capaz de falar.

Andrew disse: "Ele vem aqui porque nós estamos aqui, Phyllida. Nós somos filhos dele, lembra? Colin e eu — será que você esqueceu que nós existimos?". Pelo visto, sim. E, de repente, depois de ficar ali parada por alguns momentos, Phyllida baixou o dedo estendido, acusatório, e piscou várias vezes, como se estivesse despertando. Deu meia-volta e bateu a porta.

Frances sentiu o corpo amolecer. Tremia tanto que foi obrigada a se encostar na parede. Andrew continuava ali ao lado, derreado, sorrindo com comiseração. Ela pensou: Mas ele é jovem demais para lidar com esse tipo de coisa. Cambaleou até a porta da cozinha, segurou-se nela enquanto entrava, e viu Colin e Sophie à mesa, comendo torradas.

Colin, ela percebeu na hora, estava naquele seu humor de desaprovação total. Sophie estivera chorando outra vez.

"Bem", disse o menino, com uma fúria gelada, "o que você esperava?"

"Como assim?", perguntou Frances, absurdamente, mais para tentar ganhar tempo. Esgueirou-se para uma cadeira e enterrou a cabeça nos braços. Sabia o que o filho queria dizer. Era uma acusação generalizada: de que ela e o pai tinham escangalhado tudo, que ela não era uma mãe convencional e satisfatória, como as outras, e que havia essa família boêmia, contra a qual ele tinha surtos violentos de ressentimento, contrabalançados por ondas de afetuosidade.

"Ela simplesmente aparece aqui", disse Colin, "ela simplesmente aparece, apronta uma cena e agora somos nós que temos que cuidar da Tilly."

"Ela quer ser chamada de Sylvia", disse Andrew, que entrara na cozinha e estava à mesa.

"Pouco me importa como ela se chama. Por que ela está aqui?"

E de repente estava chorando, parecendo uma coruja arrepiada, com seus óculos de aro preto. Se Andrew era todo altura e magreza, Colin era arredondado, com uma fisionomia suave e franca, nesse momento inchada de tanto chorar. E Frances então entendeu que, durante a noite anterior, Colin e Sophie certamente tinham ficado deitados nos braços um do outro, chorando, ela pelo pai morto, e ele pela mágoa que sentia de — bem, de tudo.

Andrew, que a exemplo de Frances, ainda tremia, abalado, disse: "Mas por que descontar na mamãe? Não é culpa dela".

Se alguma coisa não fosse feita, os dois irmãos iriam começar uma briga; era muito freqüente, isso, porque Andrew tomava as dores de Frances, e Colin a acusava.

Frances falou: "Por favor, Sophie, faz um chá para mim — e tenho certeza de que o Andrew gostaria de um também".

"Minha nossa, e como", disse Andrew.

Sophie se levantou de um salto, contente de ser solicitada. Colin, tendo perdido o apoio da presença dela, ali ao seu lado, piscou de modo vago, tão infeliz que Frances quis abraçá-lo... mas ele jamais toleraria uma coisa dessas.

Andrew disse: "Eu vou dar um pulo na casa da Phyllida mais tarde. Ela já vai estar mais calma. Até que ela não é má, quando não está nesse estado". E depois saltou da mesa. "*Nossa*, eu me esqueci da Tilly, quer dizer, da Sylvia, e ela deve ter ouvido tudo. Ela fica em frangalhos quando a mãe começa a pegar no pé dela."

"Eu, com certeza, estou em frangalhos", disse Frances. "Não consigo parar de tremer."

Andrew saiu correndo da cozinha e não voltou mais. Julia tinha descido para ficar com Sylvia, que se escondera debaixo das cobertas, gemendo: "Não deixe ela chegar perto, não deixe ela chegar perto". Julia, por seu lado, repetia sem parar: "Calma. Ela vai embora já, já".

Frances tomou seu chá em silêncio, enquanto a tremedeira passava. Se tivesse lido em um livro que a histeria era contagiosa, teria dito: Bem, sim, isso faz sentido! Mas ainda não passara pela experiência. Estava pensando: Se é com isso que Tilly tem convivido nos últimos tempos, não espanta que esteja um caco.

Sophie voltara a se sentar ao lado de Colin, e os dois estavam abraçados, qual um casal de órfãos. Logo depois, saíram para pegar o trem de volta à escola, e Colin lançou para a mãe um sorriso de desculpas, antes de ir. Sophie abraçou-a. "Frances, eu não sei o que eu faria se não pudesse vir aqui."

E agora Frances precisava escrever seu artigo.

Pôs de lado as cartas sobre furtos em lojas e pegou outro tema: "Querida Tia Vera, estou tão preocupada que nem sei o que fazer". A filha, com quinze anos de idade, estava fazendo sexo com um rapaz de dezoito. "Essas jovens, elas acham que são a Virgem Maria e que nada vai lhes acontecer." Ela aconselhou a mãe preocupada a dar anticoncepcional para a filha. "Procure um clínico geral", escreveu. "Os jovens estão começando a ter relações sexuais muito antes que nós, na nossa época. Você podia perguntar a ele sobre as novas pílulas anticoncepcionais. Haverá problemas. Nem todas as adolescentes são responsáveis, e a nova pílula tem de ser tomada regularmente, todos os dias."

E foi assim que o primeiro artigo de Frances provocou uma tempestade de indignação moral. Chegaram cartas aos montes escritas por pais aterrorizados, e Frances pensou que iria ser posta no olho da rua, mas Julie Hackett ficou satisfeita. Frances estava fazendo o que fora contratada para fazer, como aliás era de esperar de alguém com coragem suficiente para dizer que a Carnaby Street era uma ilusão fajuta.

As ondas de refugiados que irromperam em Londres, fugindo de Hitler e posteriormente de Stalin, eram muito pobres, miseráveis mesmo; viviam de modo precário, fazendo uma tradução aqui, uma resenha ali, dando aulas no idioma pátrio. Trabalhavam como porteiro de hospital, operário de obra, em serviços domésticos. Havia uns poucos cafés e restaurantes tão pobres quanto eles, que supriam a necessidade nostálgica de conversar sobre política e literatura em torno de um cafezinho. Saídos de universidades de toda a Europa, eram intelectuais, palavra fatal e fonte de muita suspeita no seio dos filisteus xenófobos, que nem sempre se consideravam elogiosos quando admitiam que os recém-chegados eram mais instruídos que eles. Um bar em especial servia goulash com bolinhos de massa, sopas encorpadas e outros pratos de igual sustância a náufragos que, logo mais, viriam a acrescentar valor e brilhos diversos à cultura nativa. Lá pelo final dos anos 50, 60, eram editores, escritores, jornalistas, artistas e até um ganhador do prêmio Nobel. Um estranho que entrasse no Cosmo imaginaria que aquele seguramente era o lugar mais incrementado do norte de Londres porque, àquela altura, todos já envergavam o uniforme geral do não-conformismo: camisa pólo e jeans caros, jaquetas Mao ou de couro, cabelos desgrenhados ou o sempre popular corte *à la* imperador romano. Havia mulheres também, umas poucas, de minissaia, em sua maioria namoradas, absorvendo os estrangeirismos enquanto tomavam o melhor café de Londres e comiam bolos cremosos de inspiração vienense.

Frances adquirira o hábito de ir ao Cosmo para trabalhar. Na porção da casa que achara ser sua, a salvo de invasões, ela agora ouvia os passos de Julia, ou de Andrew, já que ambos visitavam Sylvia para lhe dar xícaras disso ou daquilo e insistiam para que ela deixasse tudo aberto, porque a menina temia toda e qualquer porta fechada. E Rose dera de perambular pela casa. Uma vez, Frances a encontrara xeretando em seus papéis na escrivaninha; ela riu e disse, sem se dar por achada: "Ah, Frances", antes de sair correndo. Fora pega no quarto de Julia, pela própria Julia. Não roubava, ou não roubava muito, mas era por natureza uma espiã. Julia disse a Andrew que seria melhor pedir a Rose que fosse embora; Andrew contou a Frances o que Julia dissera; e Frances, aliviada porque não gostava da moça, disse a ela que era hora de voltar para a família. Colapso de Rose. Relatórios vindos do subsolo, de onde Rose não arredara pé ("É meu *espaço*"), davam conta de que ela passava o tempo todo na cama, chorando, pelo visto em péssimo estado. A situação amainou, e Rose surgiu novamente na mesa do jantar, rebelde, irada e conciliatória.

Pode-se dizer que lamentar os pequenos desentendimentos domésticos e depois optar por ficar sentada num canto do Cosmo, que reverberava com debates e discussões o tempo inteiro, era — indiscutivelmente — um tanto desarrazoado. Sobretudo quando as conversas escutadas seriam sem dúvida de cunho revolucionário. Todo mundo ali tinha algum tipo de ideal revolucionário, ainda que estivesse fugindo dos resultados da revolução. Em sua maioria, representavam alguma fase do Sonho e eram capazes de discutir horas a fio sobre como fora tal ou tal assembléia na Rússia de 1905 ou de 1917, o que ocorrera em Berchtesgaden ou quando as tropas alemãs invadiram a União Soviética e o estado dos poços de petróleo da Romênia em 1940. Falavam de Freud e de Jung, de Trótski e Bukárin, de Arthur Koestler e da Guerra Civil Espanhola. E Frances, cujos ouvidos se fechavam bem fechados quando Johnny começava uma de suas arengas, achava aquilo tudo muito apaziguante, ainda que não escutasse ativamente as conversas. Verdade que um bar barulhento cheio de fumaça de cigarro (então um acompanhamento indispensável à atividade intelectual) é mais privado que uma casa sempre repleta de gente querendo bater um papo. Andrew gostava do Cosmo. Assim como Colin: diziam que as energias do lugar eram boas, sem falar nas vibrações positivas.

Johnny era freqüentador assíduo, mas estava em Cuba, de modo que Frances se sentia a salvo.

E não era a única ali que trabalhava para o *Defender*. Havia um homem, que escrevia artigos sobre política e a quem fora apresentada por Julie Hackett nos seguintes termos: "Este é nosso politiqueiro-mor, Rupert Boland. Meio metido a sabe-tudo, mas não é má pessoa, mesmo sendo homem".

Não era alguém em quem se reparasse de pronto, numa situação normal, mas ali ele se destacava porque usava um terno marrom muito sem graça e gravata. Tinha uma fisionomia agradável. Escrevia, ou tomava notas, com uma esferográfica, como ela. Os dois sorriram e balançaram a cabeça um para o outro, e, naquele momento, Frances viu um sujeito alto, de paletó Mao, se levantar para ir embora. Santo Deus, era Johnny. Ele pendurou um casaco forrado de pêlo de carneiro nos ombros, na cor azul — os *afghan coats* eram a última palavra na Carnaby Street —, e saiu. E logo ali, a algumas mesas de distância, num canto e obviamente tentando não ser vista (decerto por Johnny), estava Julia. Conversava com... era sem dúvida um amigo íntimo. Namorado? Não fazia muito tempo, Frances soubera que Julia tinha pouco mais de sessenta anos. Mas não, Julia não poderia estar tendo um caso (ela usaria quem sabe a palavra *liaison*) numa casa atulhada de jovens eternamente de olho em tudo. Era tão absurdo quanto Frances ter um amante.

Ao abrir mão do teatro, coisa que com certeza fizera para sempre, sentia que fechara as portas para o romance, ou para um amor mais sério.

E Julia... Frances achava que Julia devia se sentir muito solitária, enfurnada sozinha no alto de uma casa barulhenta e cheia de gente, onde os jovens a chamavam de velha ou, até mesmo, de velha fascista. Ela escutava música clássica no rádio e lia. Mas saía de vez em quando, e pelo visto era para lá que ela ia.

Julia usava um tailleur azul-enfumaçado e um chapéu puxado para o malva com — é claro — um veuzinho de renda. As luvas estavam sobre a mesa. O cavalheiro seu amigo, de cabelos grisalhos, bem-apanhado, era tão elegante e fora de moda quanto ela. Ele se ergueu da mesa, curvou o corpo para a mão estendida de Julia, e seus lábios roçaram o ar por sobre ela. Ela sorriu, meneou a cabeça e ele se foi. Seu rosto, quando ele partiu, compôs-se numa expressão que Frances interpretou como sendo de estoicismo. Julia passara uma hora livre de suas amarras e agora voltaria para casa ou, talvez, fizesse alguma comprinha frugal. Quem ficara tomando conta de Sylvia? Isso significava que Andrew devia estar em casa. Frances não voltara ao quarto do filho, mas achava que ele passava horas demais lá em cima, sozinho, fumando e lendo.

Era sexta-feira. Nessa noite podia contar com mesa cheia, rodeada de cadeiras. Seria uma ocasião especial, e todos sabiam disso, inclusive a turma da St. Joseph, porque Frances ligara para Colin para dizer que Sylvia desceria para o jantar e que por favor ninguém se esquecesse de chamá-la pelo nome, não pelo apelido. "E peça a eles para serem delicados, Colin." "Obrigado pela grande confiança demonstrada", o filho respondera.

Nesse ínterim, o cuidado protetor que Colin tinha com Sophie se transformara em amor, e os dois eram vistos como um casal na St. Joseph. "Um casal de pombinhos", Geoffrey dissera, com magnanimidade, já que não havia como não ficar com ciúmes. De Geoffrey podiam esperar um comportamento cavalheiresco, mesmo que furtasse em lojas... mesmo que fosse um ladrão. O que era bem mais do que se poderia dizer de Rose, cuja inveja de Sophie estava estampada nos olhos e no rosto despeitado.

Querida tia Vera. Nossos dois filhos não querem voltar para a escola. O menino está com quinze anos. A menina com dezesseis. Cabularam aula meses e meses, até que soubemos. Depois a polícia nos contou que eles estão andando com uns tipos pouco recomendáveis. Agora mal param em casa. O que devemos fazer?

Sophie tinha dito que não voltaria para a escola depois do Natal, mas talvez mudasse de idéia para poder ficar com Colin. Ele, no entanto, já avisara que estava indo mal e que não queria fazer os exames finais, marcados para o verão seguinte. Ele tinha dezoito anos. Disse que os exames eram uma besteira e que estava velho demais para ir à escola. Rose — que *não* era responsabilidade dela — largara os estudos por completo. Assim como James. Sylvia não freqüentava a escola havia meses. Geoffrey ia bem, sempre fora, e parecia o único apto a fazer os exames. Daniel prestaria os exames por causa de Geoffrey, mas não era inteligente como seu ídolo. Jill passava mais tempo ali do que na escola. Lucy, da Dartington, faria os exames e se sairia muitíssimo bem, isso era evidente.

Já Frances, obediente como ela só, tinha freqüentado a escola, não perdera nenhuma aula, fizera os exames e teria ido para a faculdade se a guerra e Johnny não tivessem interferido. Ela não conseguia entender qual era o problema. Não se divertira muito na escola, mas enxergara o processo como uma experiência necessária. Teria de ganhar a vida, esse era o xis da questão. Mas os jovens não pareciam mais preocupados com isso.

E escreveu então a carta que gostaria de publicar, mas que naturalmente não poria no jornal.

Cara senhora Jackson, eu não faço a menor idéia de como aconselhá-la. Parece que criamos uma geração que acha que a comida simplesmente aparece no prato, caída do céu, e que não é preciso trabalhar para consegui-la. Com a minha mais sincera comiseração, Tia Vera.

Julia estava se levantando. Pegou a bolsa, as luvas, um jornal e, ao passar por Frances, meneou a cabeça. Frances, tarde demais, se ergueu para puxar uma cadeira, mas Julia já se fora. Se tivesse lidado direito com a situação, Julia teria sentado — houve um breve momento de hesitação. E então, por fim, talvez tivesse se tornado amiga da sogra.

Frances continuou na mesa, pediu mais café, depois uma sopa. Andrew tinha dito que, com uma boa dose de sorte com os horários, se você pedisse a sopa de goulash ela vinha bem mais densa, do fundo do caldeirão, feito um ensopado, muito boa mesmo. Quando veio, o goulash que lhe coubera saíra evidentemente da porção mediana da panela.

Ela não sabia o que escrever para o terceiro artigo. O segundo fora sobre maconha, coisa fácil. Um artigo equilibrado e informativo, mais nada, e chegaram muitas cartas em resposta.

Que pessoal mais atraente, os freqüentadores do Cosmo, uma gente vinda de toda a Europa; claro que já havia então alguns ingleses, atraídos pelo clima. A maioria judeus. Mas nem todos.

Julia tinha comentado na frente das "crianças", quando uma delas lhe perguntou se fora uma refugiada: "Estou na incômoda posição de ser uma alemã que não é judia".

Choque e indignação. A condição fascista de Julia estava confirmada: ainda que eles usassem o termo fascista com a mesma facilidade com que diziam foda ou merda, sem que isso significasse necessariamente muito mais do que alguém a quem não aprovavam por completo.

Sophie gemera que Julia lhe dava arrepios, todos os alemães lhe davam arrepios.

Sobre Sophie, Julia comentara: "Ela tem a beleza da jovem judia, mas vai acabar um trapo velho, como todas nós".

Se Sylvia-Tilly estava descendo para o jantar, então a comida precisava ser adequada para ela. Não podia receber um prato diferente dos outros, entretanto a menina não comia nada além de batata. Muito bem, Frances faria uma enorme torta de carne moída coberta com purê de batata, e quem estivesse de regime poderia deixar o purê de lado e comer o restante. Haveria legumes. Rose não comia legumes, mas gostava de salada. Geoffrey nunca comia nem peixe nem verduras: ela se preocupava com a dieta de Geoffrey havia anos, e ele não era nem sequer filho seu. O que pensariam os pais do menino, já que ele pouco ia para casa, estava sempre ali atrás deles — melhor dizendo, de Colin? Um dia ela lhe perguntou, e ele disse que os pais estavam até que satisfeitos que tivesse um lugar para ir. Ambos trabalhavam demais. Eram quakers. Religiosos. Uma família sem graça, pelo visto. Frances acabou se afeiçoando a Geoffrey, mas não iria de jeito nenhum desperdiçar tempo se preocupando com Rose. Cuidado, Frances: se havia uma coisa que aprendera na vida era não dizer que iria aceitar ou recusar isso ou aquilo do Destino, dono de idéias muito particulares a respeito de tudo.

Mas talvez o destino seja apenas o próprio temperamento a atrair de forma invisível indivíduos e acontecimentos. Existem pessoas que usam de uma certa passividade em relação à vida (durante a juventude, de maneira inconsciente, quem sabe; depois, por imposição externa, como parte do caráter), pessoas que se limitam a observar para ver o que vai lhes aterrissar no prato, ou lhes cair no colo, algo ali bem na cara — "O que há de errado com você? Será que não enxerga?" —, e que, em seguida, mais do que agarrar isso ou aquilo, esperam, deixam que se desenvolva, que se mostre. Aí então a tarefa é fazer o melhor com o que veio, fazer o que der.

Será que ela teria acreditado, aos dezenove anos, casada com Johnny, quando não havia motivo nenhum para esperar outra coisa que não fosse a guerra e tempos ruins, que um dia acabaria como uma espécie de mãe-de-todos? Em que momento, ao longo do caminho, ela deveria ter dito (caso estivesse decidida a evitar esse destino): "Não, eu não quero."? Lutara contra a casa de Julia, mas talvez fosse melhor ter sucumbido bem antes, dizer sim, sim, a tudo quanto estava acontecendo, e dizê-lo de forma consciente, aceitando o que viria, como era agora sua filosofia. Dizer não equivale em geral ao ato de se divorciar de um para se casar com outro idêntico tanto no aspecto quanto no caráter: carregamos gabaritos invisíveis, tão inegavelmente nossos quanto impressões digitais, mas não nos damos conta deles até olharmos em volta e nos vermos espelhados.

"Sabemos o que somos..." (Ah, não, não sabemos, não!) "... mas não o que podemos ser."

Houve tempo em que achava difícil acreditar que poderia viver de modo casto, sem algum homem na mira... mas continuava alimentando fantasias sobre um homem em sua vida que não fosse um louco egotista feito Johnny. Mas que homem iria querer assumir uma tribo de jovens, todos "perturbados" por esse ou aquele motivo? Lá estavam eles, felizes de viver na Swinging London, rodeados por promessas de tudo quanto é tipo, fruto da mente de publicitários de no mínimo dois continentes, e, no entanto, se por um lado caíam nos agitos de Londres — "as crianças" já estavam com ingressos comprados para o grande concerto de jazz do sábado, o dia seguinte —, também estavam desnorteados, e dois deles, seus filhos, por causa dela e de Johnny. E da guerra, claro.

Frances pegou seu fardo, sacolas pesadas de comida, pagou a conta e subiu a ladeira.

Uma neblina perolada pós-Decreto Antipoluição do Ar flutuava do lado de fora das janelas e salpicava o cabelo e os cílios das "crianças", que entraram em casa rindo, abraçados uns aos outros como se fossem sobreviventes. Japonas úmidas forravam o corrimão da escada, e todas as cadeiras em volta da mesa, exceto duas à esquerda de Frances, estavam ocupadas. Colin sentou ao lado de Sophie, percebeu que ficaria do lado do irmão, na terceira cadeira, foi mais que depressa para a cabeceira, parou ao lado de Geoffrey, sentado na ponta oposta à de Frances, e reivindicou o lugar de importância empurrando Geoffrey para fora com um safanão das nádegas. Um momento de colegiais, bruto e tosco, jovem demais para a condição de quase adultos dos dois rapazes. Geoffrey foi então se sentar à direita de Frances, sem olhar para Colin. Sophie, que sofria com qualquer discórdia, levantou para ir até Colin, curvou o corpo, pôs o braço em volta dele e o beijou no rosto. Colin não se permitiu sorrir, mas depois não conseguiu evitar um sorriso débil e amoroso para ela, que acabou por incluir a mesa inteira. Todos riram. Rose... James... Jill — esses três pareciam bem instalados no subsolo; Daniel ficou ao lado de Geoffrey, o monitor e seu vice. Lucy estava ao lado de Daniel, tendo vindo da Dartington para passar o fim de semana com ele. Doze lugares. Todos à espera, devorando famintos o pão, sentindo os aromas que saíam do forno. Por fim Andrew entrou, o braço ao redor de Sylvia. Ela continuava embrulhada no xale de bebê, mas de jeans limpo, largo para ela, e uma malha de Andrew. O cabelo pálido e rebelde fora penteado, fazendo-a ainda mais infantil. Mas sorria, mesmo que os lábios tremessem.

Colin, que se ressentia com a presença dela na casa, levantou-se, sorridente, e fez uma curvatura ligeira. "Bem-vinda, Sylvia", ele disse, e os olhos da menina se encheram de lágrimas com o coro de "Oi, Sylvia".

Ela sentou ao lado de Frances, Andrew ao lado dela. A refeição podia começar. Em instantes, as travessas enchiam a mesa. Colin levantou para servir o vinho, se antecipando a Geoffrey, que se preparava para fazê-lo, enquanto Frances servia a comida. Um momento de crise: chegara a vez de Andrew e em seguida seria a de Sylvia. Andrew disse "Deixa que eu sirvo" e então começou uma pequena encenação. Em seu prato, ele pôs uma única cenoura e, no de Sylvia, uma outra cenoura. Agia com solenidade, cenho franzido, judicioso, e Sylvia já começara a rir, embora os lábios ainda executassem pequenos movimentos nervosos, doídos. No prato dele, uma colherada de repolho e uma no dela, ignorando a mão que se levantara por instinto para interrompê-lo. Para ele, uma simples amostra da carne moída, e o mesmo para ela. E depois, com um ar de descaso, uma boa porção de purê para ela, e para ele. Estavam todos rindo. Sylvia olhava para seu prato, mas Andrew, com uma cara de vamos-acabar-logo-com-isso, pegara uma garfada de purê e estava à espera de que ela fizesse o mesmo. Ela fez — e engoliu.

E agora, tentando não ficar espiando a luta que Andrew e Sylvia travavam com eles mesmos, Frances ergueu sua taça de Rioja — sete xelins a garrafa por aquele vinho tão agradável ainda por ser "descoberto" — e brindou a Educação Progressista, uma velha piada entre eles.

"Onde está a Julia?", veio a vozinha de Sylvia.

Um silêncio ansioso. Então Andrew disse: "Ela não faz as refeições com a gente".

"E por que não? Por que não? É tão gostoso com vocês."

Um momento de verdadeiro progresso, como Andrew mais tarde relataria a Julia: "Nós vencemos, Julia, vencemos mesmo". Frances se sentiu gratificada: chegou a ficar com os olhos marejados. Andrew pôs a mão no ombro de Sylvia e, sorrindo para a mãe, disse: "De fato, é. Mas a Julia prefere ficar lá em cima, sozinha".

Tendo inadvertidamente criado uma imagem do que deveria significar a solidão, foi atingido em cheio e deu um salto da mesa, dizendo: "Vou convidá-la de novo". Isso era em parte uma maneira de aliviá-lo do fardo e do desafio do prato ainda quase intocado. Assim que ele saiu rumo à escada, Sylvia largou os talheres.

Instantes depois, Andrew voltou e sentou-se com um "Ela disse que talvez apareça mais tarde".

O que causou um momento não muito longe do pânico. Apesar dos esforços de Andrew a favor da avó, eles todos tinham a tendência de enxergar em Julia uma espécie de bruxa velha, alguém de quem zombar. O contingente da St. Joseph não poderia saber o quanto Julia batalhara durante uma, duas semanas, com a doença de Sylvia, lhe fazendo companhia, dando banho nela, obrigando-a a engolir bocados disso e goles daquilo. Julia pouco dormira nesse período. E ali estava sua recompensa, Sylvia pegando o talher de novo e observando como Andrew erguia o dele, como se tivesse esquecido como usá-lo.

O momento difícil passou, os jovens saciaram seu apetite adolescente, e Frances comeu mais do que o normal, para servir de exemplo aos dois à esquerda. Foi uma noite maravilhosa, com laivos de ternura por conta de Sylvia e da preocupação que todos demonstraram por ela. Como se a enlaçassem coletivamente enquanto engolia um bocado após o outro. E Andrew também.

E aí de repente viram a menina empalidecer e tremer. "Meu pai...", ela sussurrou. "Quer dizer, ele é meu padrasto..."

"Não, não", disse Colin, "está tudo bem, ele foi para Cuba."

"Acho que não", disse Andrew, se pondo de pé de um salto para interceptar Johnny, que estava no hall em frente à cozinha. Andrew fechou a porta, mas foi possível ouvir a voz sem cerimônia, confiante e razoável de Johnny, e a de Andrew dizendo: "Não, pai, não, você não pode entrar, eu explico depois".

Vozes falando alto, depois baixo, e em seguida Andrew voltou, deixando a porta aberta e sentando de novo ao lado de Sylvia. Estava vermelho, bravo, e agarrou o garfo como se fosse uma arma.

"Mas por que ele não está em Cuba?", perguntou Colin, com petulância de criança.

Os irmãos se entreolharam, como se de repente fossem uma só pessoa, trocando entendimentos.

"Ele ainda não foi, mas acho que vai", disse Andrew. E acrescentou, ainda bravo: "Na verdade, acho que ele vai para Zanzibar — ou para o Quênia". Uma pausa, enquanto os irmãos se comunicavam, com sorrisos e olhares irados. "Ele não está sozinho, está com um preto... um homem de lá... um camarada africano." Essas acomodações ao espírito da época eram assimiladas com todo o rigor pelos demais. Eles levavam a África e seus problemas a sério, as escolas progressistas haviam se encarregado disso, e até mesmo Rose, de uma escola longe de ser progressista, escolheu as palavras: "A gente tem que ser gentil com as pessoas de pele escura, é o que eu acho".

Sylvia não se recuperara. O talher continuava frouxo em sua mão magra.

E então James, que compreensivelmente não estava entendendo nada, perguntou: "Por que ele está indo para a África e não para Cuba?".

Ao ouvir isso os irmãos riram, os dois juntos, e não foi uma risada agradável, ao passo que Frances teve de se esforçar para não fazer coro, embora a vontade fosse enorme. Sempre tentara não criticar Johnny em público.

Num tom de orador, Colin falou: "Mantenha-os no escuro", e Frances, ouvindo a citação, foi obrigada a rir. "É isso aí", disse Andrew, "mantenha-os no escuro."

"Por que vocês estão rindo?", perguntou Sylvia. "Qual é a graça?"

Na hora, Andrew parou de zombar e apanhou o talher outra vez. Mas, para ele e para Sylvia, a refeição estava terminada. "O Johnny vem para cá", ele disse a ela. "Foi só buscar alguma coisa no carro. Se você não quiser cruzar com ele..."

"Ah, não, não quero, por favor, não", disse a enteada de Johnny e lá foi ela, apoiada no braço de Andrew. Os dois deixaram a cozinha. Ao menos tinham ambos engolido alguma coisa.

Frances falou, quando estavam saindo: "Digam à Julia para não descer, senão eles vão brigar de novo".

O jantar prosseguiu com menos alvoroço.

O pessoal da St. Joseph estava falando sobre um livro que Daniel furtara de um sebo, *A provação de Richard Feverel*. Ele tinha lido, achado legal e dito que o pai tirânico era igualzinho ao seu. Recomendara a Geoffrey, que, para agradar o amigo, achara ótimo, depois o romance migrara para Sophie, que falou que era o melhor livro que já tinha lido na vida, que a história a fizera chorar. Agora era Colin quem estava lendo. Rose interveio: "Por que eu não posso ler também? Não é justo".

"Não é o único exemplar no mundo", disse Colin.

"Eu tenho um exemplar e empresto para você", disse Frances.

"Ah, Frances, muito obrigada, você é tão boazinha comigo."

O que significava, como todos sabiam, eu espero que você continue sendo boazinha comigo.

Frances aproveitou. "Vou buscá-lo." Era uma desculpa para sair da cozinha, que dali a pouco estaria rodopiando em correntes discordantes. E tudo transcorrera tão bem até ali... A sala ficava no andar de cima; ela subiu a escada, encontrou *A provação de Richard Feverel* numa das estantes de parede e, quando se virou, viu Julia sentada na semipenumbra, sozinha. Desde que Frances assumira a porção inferior da casa, nunca vira a ex-sogra ali. Aquele seria o momento ideal para se sentar e tentar ficar amiga de Julia, mas, como sempre, estava com pressa.

"Eu estava descendo para ver vocês", disse ela, "mas soube que o Johnny chegou."

"Não posso impedi-lo de vir", disse Frances. Ela estava de ouvido atento para os ruídos que vinham lá de baixo, da cozinha — estariam todos bem, sem briga? E para os que vinham lá de cima... estaria tudo bem com Sylvia?

Julia disse: "Ele tem casa. Mas me parece que ele não fica muito por lá".

"Bem", disse Frances, "com a Phyllida dentro, quem há de culpá-lo?"

Esperava que isso provocasse ao menos um sorriso em Julia, mas em vez disso ela continuou a falar. "Eu devo dizer..." E Frances esperou pelo que com certeza seria mais uma dose de crítica. "Você é tão fraca com o Johnny. Ele a trata de forma abominável."

Frances estava pensando: Então por que dar a ele a chave da casa? — ainda que soubesse que seria impossível Julia recusar ao filho as chaves de uma casa que ele considerava sua. Além disso, e os meninos? Ela disse, tentando não ser muito séria: "Quem sabe devêssemos trocar as fechaduras?".

Mas Julia levou a sério. "Eu providenciaria a troca se não tivesse certeza de que na mesma hora você daria a chave nova para ele." Levantou-se, e Frances, que planejava sentar, viu escapar mais uma oportunidade.

"Julia", disse Frances, "você vive me criticando, mas não é você quem me sustenta." E o que estaria querendo dizer com isso, exceto que Julia a fazia se sentir como uma colegial que deixava a desejar em tudo?

"O que você quer dizer? Eu não compreendo." Julia estava furiosa, e magoada.

"Eu não quis dizer... você tem sido tão boa... sempre tão generosa... não, tudo que eu quis dizer foi que..."

"Não creio que tenha faltado com minhas responsabilidades para com a família", disse Julia, e Frances percebeu, incrédula, que Julia podia chorar facilmente. Ela ficara magoada, e foi o simples fato de uma coisa dessas ser possível que fez Frances gaguejar. "Julia... mas Julia... você está enganada, eu não quis dizer..." E então: "Ah, *Julia*" num tom diferente, que levou a outra a parar a meio caminho da porta para examiná-la, como se disposta a ser tocada, abordada; até mesmo a abordar.

Porém lá embaixo uma porta bateu, e Frances exclamou, em desespero: "Aí vem ele, é o Johnny".

"É, é o camarada Johnny", disse Julia, voltando aos seus aposentos.

Frances desceu para a cozinha e encontrou Johnny em sua pose de hábito, de costas para a janela, e com ele havia um belo jovem negro, usando roupas mais caras do que qualquer um ali presente, sorrindo enquanto Johnny o apresentava. "Este é o camarada Mo, da África Oriental."

Frances se sentou, empurrando o livro por sobre a mesa na direção de Rose, mas Rose estava de olho grudado no camarada Mo, e em Johnny, que retomou a palestra sobre a história da África Oriental e dos árabes para impressionar o companheiro.

E Frances se viu então num dilema. Não queria convidar o ex-marido para se sentar. Já tinha até pedido — mesmo que Julia nunca fosse acreditar nisso — para ele não aparecer durante as refeições e para telefonar antes de vir. Mas lá estava o convidado, e claro que ela devia...

"Você quer comer alguma coisa?", Frances perguntou, e o camarada Mo esfregou as mãos e riu, dizendo que estava faminto, ocupando de imediato a cadeira ao lado dela. Johnny, convidado a sentar, disse que tomaria só uma taça de vinho — levara uma garrafa. Nas cadeiras em que, minutos antes, se achavam Andrew e Sylvia, agora estavam o camarada Mo e Johnny, e os dois homens puseram nos pratos tudo o que restara da torta de carne, mais os legumes.

Frances estava brava a ponto de se sentir desacorçoada: de que adiantava ficar brava com Johnny? Era óbvio que ele não comia fazia dias; ele estava devorando o pão, tomando grandes goles de vinho, enchendo de novo sua taça e a do camarada Mo, entre garfadas de comida. Os jovens estavam vendo apetites ainda maiores que os deles próprios.

"Vou servir a sobremesa", disse Frances, a voz entorpecida de raiva.

Sobre a mesa foram postas as delícias açucaradas da lojinha cipriota, uma mistura de mel, nozes e massa folhada, um prato de frutas e o pudim de chocolate que fizera especialmente para "as crianças".

Colin, depois de fitar o pai, em seguida a mãe: *Por que você o deixou sentar? Por que você o deixou...?*, levantou da mesa, arrastou a cadeira, encostou-a na parede. E foi embora.

"Sinto como se estivesse em minha própria casa, aqui", disse o camarada Mo, comendo o pudim de chocolate. "E será que estou reconhecendo estes doces? São parecidos com os da cozinha árabe que nós temos."

"Cipriota", disse Johnny, "decerto influenciada pelo Oriente...", e começou a discorrer sobre a culinária do Mediterrâneo.

Estavam todos escutando, fascinados: ninguém poderia dizer que Johnny fosse chato quando parava de falar em política, mas era bom demais para durar. Em pouco tempo já havia voltado ao assassinato de Kennedy e aos prováveis papéis da CIA e do FBI. Dali partiu para os planos norte-americanos de tomar conta da África e, como prova, contou a eles que o camarada Mo fora procurado pela CIA, com ofertas gordas de dinheiro. Com todos os dentes e as gengivas à mostra, o camarada Mo confirmou, orgulhoso. Um agente da CIA em Nairóbi o procurara com uma proposta de financiar seu partido, em troca de informações. "E como é que você sabe que ele era da CIA?" James quis saber, e o camarada Mo disse que "todo mundo sabia" que a CIA circulava pela África feito um leão atrás da presa. Ele riu, deliciado, em busca de aprovação. "Vocês deviam vir nos visitar. Venham ver por si mesmos, vão se divertir muito", ele disse, sem ter a menor idéia de que descrevia um futuro glorioso. "Johnny prometeu que vai."

"Ah, eu pensei que ele estava indo agora — já", disse James, e foi a vez de os olhos do camarada Mo girarem na direção de Johnny, interrogativos, enquanto dizia: "O camarada Johnny é bem-vindo a qualquer hora".

"E então você não falou para o Andrew que estava indo para a África?", perguntou Frances, com o intuito exclusivo de provocar o *mantenha-os no escuro*. E, sorrindo, Johnny lhes deu o aforismo. "Mantenha-os sempre no escuro."

"Quem?", Rose quis saber.

"É óbvio, Rose, a CIA", disse Frances.

"Ah, é, a CIA", repetiu James, "claro." Estava absorvendo informação, que era justamente seu grande talento e principal propósito.

"Mantenha-os no escuro", disse Johnny. E, no seu jeito mais severo, para seu ávido discípulo James: "Na política, nunca se deve deixar que a mão esquerda saiba o que faz a direita".

"Ou talvez", interveio Frances, "o que a esquerda está aprontando."

Ele ignorou a ex-mulher: "Você precisa encobrir suas pegadas, camarada James. Nunca facilitar as coisas para o inimigo".

"E se eu também fosse para Cuba?", sugeriu Mo. "O camarada Fidel está incentivando laços com os países africanos libertos."

"E mesmo com os não libertos", disse Johnny, entregando aos presentes alguns segredos da política.

"O que você vai fazer em Cuba?", perguntou Daniel do outro lado da mesa, realmente interessado, fitando Johnny com sua cabeleira ruiva em fogo, suas sardas e aquele olhar sempre tenso de quem se sabe eternamente indigno de lamber as botas de — por exemplo, Geoffrey. Ou Johnny.

James se virou para ele. "Não se deve fazer esse tipo de pergunta", e buscou com os olhos a aprovação de Johnny.

"Exato", disse Johnny, levantando-se da mesa para ocupar sua posição de conferencista, de volta ao parapeito da janela, à vontade, mas eternamente alerta.

"Eu quero ver um país que só conheceu a escravidão e a sujeição construir a liberdade, construir uma nova sociedade. Fidel fez milagres em cinco anos, mas os próximos cinco vão mostrar uma mudança real. Estou contando poder levar meus filhos Andrew e Colin, levá-los para que vejam com os próprios olhos... Onde estão eles, falando nisso?" Posto que não reparara até o momento na ausência dos dois.

"O Andrew está com a Sylvia", disse Frances. "Vamos ter que chamá-la assim, a partir de agora."

"Por quê, ela mudou de nome?"

"Esse *é* o nome dela", disse Rose, emburrada: Rose vivia dizendo que odiava seu nome e que queria se chamar Marilyn.

"Eu só a conheci como Tilly, na verdade", disse Johnny, com um trejeito cômico que por alguns instantes fez lembrar Andrew. "Bem, e então, cadê o Colin?"

"Fazendo dever de casa", disse Frances. Algo muito improvável, mas isso Johnny não tinha como saber.

Johnny estava inquieto. Os filhos eram sua platéia predileta, ainda que ignorasse quão severa ela era.

"E você pode ir para Cuba assim sem mais nem menos, como um turista?", perguntou James, obviamente desaprovando os turistas e suas frivolidades.

"Ele não vai como turista", disse o camarada Mo. Sentindo-se deslocado na mesa, enquanto seu companheiro de lutas discursava diante de todos, se levantou e foi se colocar ao lado de Johnny. "Fidel o convidou."

Era a primeira vez que Frances ouvia falar nisso.

"E ele a convidou também", prosseguiu o camarada Mo.

Johnny evidentemente não estava contente: não queria que isso viesse à tona.

O camarada Mo disse: "Um amigo de Fidel esteve no Quênia, para a celebração da Independência, e me disse que Fidel gostaria de convidar Johnny e a mulher de Johnny".

"Decerto estava falando da Phyllida."

"Não, era você. Ele disse camarada Johnny e camarada Frances."

Johnny estava possesso. "O camarada Fidel obviamente não sabe da indiferença de Frances para com os assuntos do mundo."

"Não", disse o camarada Mo, sem reparar pelo visto que Johnny estava para explodir, bem ali no seu cotovelo. "Ele disse que ficou sabendo que ela é uma atriz famosa e que será bem-vinda para dar início a um grupo teatral em Havana. E eu estendo um convite nosso para fazer a mesma coisa. Você poderia começar um teatro revolucionário em Nairóbi."

"Ah, Frances", Sophie sussurrou, juntando as mãos, os olhos derretendo de prazer, "que coisa maravilhosa, que coisa mais absolutamente *maravilhosa*."

"Frances parece mais propensa a aconselhar famílias com problemas", disse Johnny e, pondo um ponto final decidido naquele monte de besteiras, ergueu a voz, dirigindo-se aos jovens. "Vocês são uma geração felizarda. Irão construir um novo mundo, meus jovens camaradas. Vocês têm a capacidade de enxergar através de todos os velhos embustes, de todas as mentiras, das ilusões — vocês podem derrubar o passado, destruí-lo, construir de novo... este país tem dois aspectos principais. Por um lado, é rico, com uma infra-estrutura sólida e já estabelecida, ao passo que, por outro, está cheio de atitudes antiquadas e ridículas. Eis aí o grande problema. Problema de vocês. Posso até ver a Grã-Bretanha do futuro, livre, rica, sem pobreza, a injustiça mera lembrança..."

Ficou nisso um bom tempo, repetindo exortações que lembravam promessas. *Vocês* vão transformar o mundo... é sobre os ombros da geração de *vocês* que recairá a responsabilidade... o futuro está nas mãos de *vocês*... *vocês* viverão para ver o mundo um lugar melhor, um lugar glorioso, e saberão que foi graças aos esforços de *vocês*... que coisa mais maravilhosa ter a idade de *vocês*, agora, com tudo que *vocês* têm na mão...

Rostinhos jovens, olhares jovens, brilhavam, adorando a ele e a tudo que dizia. Johnny estava no seu elemento, absorvendo admiração. Ali parado feito Lênin, uma das mãos apontando para o futuro, a outra cerrada sobre o coração.

"Ele é um grande homem", concluiu, numa voz suave, reverente, fitando o grupo com severidade. "Fidel é genuinamente um grande homem. E está nos apontando o caminho do futuro."

Uma das fisionomias ali mostrava não estar alinhada às demais, em relação a Johnny: James, que o admirava tanto quanto Johnny seria capaz de desejar, estava às voltas com a necessidade de um esclarecimento.

"Mas, camarada Johnny...", ele disse, levantando a mão como se estivesse na sala de aula.

"E agora boa noite", disse Johnny. "Tenho uma assembléia. Assim como o camarada Mo aqui do meu lado."

O meneio de cabeça sério mas cheio de camaradagem não incluiu Frances, a quem lançou um olhar gelado. Lá se foi ele, seguido pelo camarada Mo, que disse a Frances: "Obrigado, camarada. Você salvou minha vida. Eu estava realmente faminto. E agora parece que tenho uma assembléia".

Permaneceram todos em silêncio, escutando o Fusca de Johnny pegar e partir.

"Talvez vocês possam lavar a louça", disse Frances. "Eu tenho que trabalhar. Boa noite."

Ela se demorou um pouco para ver quem iria aceitar o convite. Geoffrey, é claro, o menino bonzinho; Jill, que obviamente estava apaixonada por Geoffrey; Daniel porque estava apaixonado por Geoffrey, mas com certeza não sabia disso; Lucy... bem, todos eles, na verdade. Rose?

Rose continuou sentada: nem fodendo ela iria se deixar usar.

Os influxos do Natal, essa festa contumaz, disseminavam terror já na noite do dia 12 de dezembro, quando, com um certo espanto, Frances se pegou bebendo à independência do Quênia. Erguendo a taça, cheia até a borda de Rioja, James disse: "A Kennyatta, ao Quênia, à Liberdade". Como sempre, aquela sua face amistosa, ainda que pública, debaixo dos cachos rebeldes de cabelos negros, enviou mensagens à volta toda sobre reservatórios ilimitados de grandeza de espírito. Olhares animados, rostos efervescentes: as últimas arengas de Johnny continuavam reverberando neles.

Uma enorme refeição fora consumida, um tiquinho dela por Sylvia, que estava como de hábito junto ao cotovelo esquerdo de Frances. Em sua taça havia um fundinho de vermelho: Andrew tinha dito que ela precisava beber um pouco, que faria bem para ela, e Julia apoiara. A fumaça de cigarro estava mais densa do que de costume; pelo visto estavam todos fumando por causa da libertação do Quênia. Mas não Colin, que abanava as ondas de fumaça que lhe chegavam ao rosto. "O pulmão de vocês vai apodrecer", ele disse. "Bem, é só esta noite", respondeu Andrew.

"Eu vou para Nairóbi no Natal", James anunciou, olhando em torno, orgulhoso mas sem graça.

"Ah, seus pais vão para lá?", Frances indagou sem pensar no que dizia, enquanto um silêncio geral rebatia a pergunta.

"Você acha mesmo?", zombou Rose, apagando o cigarro e acendendo furiosamente um outro.

James contrapôs: "Meu pai lutou no Quênia. Ele era soldado. E diz que é um bom lugar".

"Ah, quer dizer que seus pais moram lá? Ou estão planejando ir para lá? Você vai visitá-los?"

"Não, eles não moram lá", disse Rose. "O pai dele é fiscal de renda em Leeds."

"E daí, por acaso é crime, isso?", perguntou Geoffrey.

"Eles são tão quadrados", continuou Rose. "Vocês não iam acreditar."

"Eles não são tão maus assim", disse James, que não gostou do comentário. "Mas a gente tem que fazer certas concessões aos que ainda não estão conscientizados politicamente."

"Ah, quer dizer então que você vai conscientizar seus pais — não me faça rir", disse Rose.

"Eu não falei isso", rebateu James, virando-se da prima para Frances. "Eu vi as fotos que meu pai tirou de Nairóbi. É legal, lá. É por isso que eu vou."

Frances compreendeu que não havia necessidade de dizer alguma coisa tão crassa quanto: Você tirou passaporte? Tem visto? Como é que vai pagar a viagem? E você só tem dezessete anos.

James estava flutuando nos braços de um sonho adolescente que não precisava da sustentação de realidades cacetes. Ele se veria como que por um passe de mágica na avenida principal de Nairóbi... ali cruzaria com o camarada Mo... tornar-se-ia um dos amados camaradas pelos quais logo mais seria aclamado líder, faria discursos inflamados. E, como tinha dezessete anos, haveria uma garota. Como imaginaria ele essa menina? Negra? Branca? Frances não tinha idéia. James continuou falando das lembranças do pai sobre o Quênia. As sombrias verdades da guerra tinham sido apagadas, e tudo o que restara eram céus azulíssimos, muito espaço aberto e um camarada decente (corrigido para *sujeito legal*) que salvara a vida de seu pai. Um negro. Um soldado nativo salvando a vida de um soldado britânico.

Qual fora o sonho equivalente de Frances aos, vejamos, dezesseis, não, ela era uma colegial ocupada na época, mas aos dezenove anos? Sim, tinha quase certeza de ter alimentado fantasias de poder cuidar de soldados, como enfermeira, tudo por causa do fascínio de Johnny pela Guerra Civil Espanhola. Onde? Numa paisagem rochosa, com vinho e azeitonas. Mas onde? Os sonhos adolescentes não precisam de pontos no mapa.

"Você não pode ir para o Quênia", disse Rose. "Seus pais não vão deixar."

Trazido de volta à Terra, James pegou a taça e esvaziou-a.

"Já que o assunto veio à baila", disse Frances, "eu queria falar com vocês sobre o Natal." Diante das fisionomias apreensivas, não conseguiu ir adiante. Todos sabiam o que iriam ouvir, porque Andrew já os prevenira.

E então o filho reforçou: "É que não vamos ter Natal este ano. Eu vou para a casa da Phyllida, no dia 25. Ela me ligou e disse que não tem tido notícias do meu... de Johnny e que tem horror ao Natal".

"Quem não tem?", disse Colin.

"Ah, Colin", disse Sophie, "não seja assim."

Colin então, sem olhar para ninguém, completou: "E eu vou passar na casa da Sophie por causa da mãe dela. Ela não pode ficar sozinha no dia de Natal".

"Mas eu pensei que você fosse judia", disse Rose para Sophie.

"A gente costumava comemorar o Natal", respondeu Sophie. "Quando meu pai era vivo..." E se calou, mordendo os lábios, os olhos cheios de água.

"E a Sylvia vai passar o Natal com a Julia na casa de uma amiga da Julia", disse Andrew.

"E eu", falou Frances, "pretendo ignorar o Natal por completo."

"Mas, Frances", acudiu Sophie, "isso é horrível, você não pode."

"Horrível não. Maravilhoso. E você, Geoffrey, não acha que devia ir passar o Natal na sua casa? Eu acho que sim, sabia?"

O rosto educado de Geoffrey, sempre atento ao que pudesse ser esperado dele, sorriu, concordando. "Eu sei, Frances. Eu sei. Você tem razão. Eu vou para casa. E minha avó está morrendo", ele acrescentou, no mesmo tom.

"Então eu também vou passar em casa", disse Daniel. O cabelo ruivo pegou fogo, e o rosto ficou ainda mais vermelho, quando disse: "Eu vou visitar você, então".

"Como quiser", disse Geoffrey, revelando com essa secura que talvez ansiasse por umas férias de Daniel.

"James", disse Frances, "por favor, vá para sua casa."

"Você está me mandando embora?", ele perguntou, bem-humorado. "Não a culpo. Será que eu abusei da hospitalidade?"

"Por enquanto, sim", disse Frances, que era incapaz, por natureza, de mandar alguém embora permanentemente. "Mas e a escola, James? Você não vai terminar a escola?"

"Claro que vai", disse Andrew, revelando com isso que admoestações já tinham sido feitas. Seus quatro anos a mais que os outros lhe davam esse direito. "É ridículo, James", continuou, falando direto com ele. "Só falta mais um ano até os exames finais do colegial. Não vai matar ninguém."

"Você não conhece a minha escola", disse James, introduzindo o desespero na equação. "Se conhecesse..."

"Qualquer um consegue agüentar um ano de sofrimento. Ou até mesmo três. Ou quatro", rebateu Andrew, dando uma espiada culpada na mãe: ele estava fazendo uma revelação.

"Certo", disse James. "Eu volto. Mas...", e olhou então para Frances, "sem a liberdade desta casa, acho que não vou conseguir sobreviver."

"Você pode vir nos visitar", disse Frances. "Nos fins de semana."

Restavam ainda Rose e a incógnita chamada Jill, a loira sempre muito bem penteada, limpa e educada que quase nunca falava, mas ouvia, e como ouvia.

"Eu não vou para casa no Natal", disse Rose. "Não vou."

Frances então disse: "Você não vê que seus pais poderiam até me processar por alienar você deles — bem, uma coisa dessas qualquer".

"Eles estão pouco se importando comigo. Não estão nem aí."

"Isso não é verdade", disse Andrew. "Você pode não gostar deles, mas eles ligam, sim, e bastante. Eles me escreveram. Parecem achar que sou boa influência."

"Isso é piada", disse Rose.

As regiões recônditas por trás desse minúsculo diálogo foram identificadas, e os demais se entreolharam.

"Eu disse que não vou." Rose lançava olhares acuados em volta, para todo mundo: parecia até que eram seus inimigos.

"Escute, Rose", disse Frances, com a intenção de manter fora da voz a aversão que tinha pela garota, "o Salão da Liberdade vai fechar as portas no Natal." Sem especificar por quanto tempo.

"Mas eu posso ficar no apartamento lá no subsolo, não posso? Não atrapalho nada."

"E como é que você vai fazer para...", disse Frances, mas parou no meio.

Andrew recebia mesada e vinha dando dinheiro a Rose. "Ela pode sair por aí falando que eu a tratei mal", ele dissera. "Bem, ela se queixa, conta a todo mundo que eu fiz mal a ela. Como o fidalgo malvado e a vendedora de leite. Acontece que ela estava muito a fim de mim, mas eu não estava a fim dela." Frances tinha pensado, na época: Ou a fim do rapaz glamouroso formado na Eton e de todas as amizades dele? Andrew dissera: "Acho que o grande lance foi ela ter vindo para cá. Foi uma baita revelação. A casa dela era meio bitolada — os pais são bonzinhos, mas...".

"E você — e a Julia — vão sustentá-la por tempo indefinido?"

"Não. Eu dei um basta. Afinal, ela se saiu muito bem em troca de um beijo ou dois ao luar."

Mas agora estavam diante de uma hóspede que não queria ir embora.

Era como se Rose estivesse sendo ameaçada de prisão, acompanhada de tortura. Um animal numa jaula pequena demais talvez agisse assim, fuzilando em volta com os olhos.

Era tudo absurdo, ridículo... Frances insistiu, ainda que a violência da garota fizesse seu coração bater mais forte. "Rose, eu só estou dizendo para você ir passar o Natal na sua casa. Faça isso. Eles devem estar preocupadíssimos com você. E você precisa conversar com eles sobre a escola..." Ao ouvir isso, Rose explodiu da cadeira e disse: "Mas que merda, só faltava isso...", e saiu correndo da cozinha, aos berros, se debulhando em lágrimas. Eles a ouviram descer ruidosamente a escada que levava ao apartamento no subsolo.

"Nossa", disse Geoffrey, afável, "quanto estardalhaço."

Sylvia disse: "Mas então essa escola deve ser um pavor, se ela a odeia tanto assim". Concordara em voltar a estudar, enquanto morasse ali "com a Julia", como dizia ela. E tinha dito que sim, que iria se aplicar para ser médica.

O que inflamava Rose por dentro, o que a corroía com o ácido da inveja, era que Sylvia — "E ela nem ao menos é parente, é só a enteada do Johnny" — morasse na casa como se tivesse direito a isso, e que Julia pagasse para ela morar ali. Pelo visto Rose acreditava que o justo seria Julia pagar para que ela, Rose, fosse para uma escola progressista e ficasse ali quanto quisesse.

Colin tinha dito a ela: "Você acha que a minha avó tem sacos de dinheiro, é? É pesado, para ela, assumir a escola da Sylvia. Ela já paga a minha e a do Andrew".

"Não é justo", fora a resposta de Rose. "Eu não vejo por que ela tem que ficar com tudo."

E, por último, havia Jill, que não dissera uma palavra. Vendo que todos olhavam para ela, falou: "Eu não vou para casa. Mas vou passar o Natal com uma prima em Exeter".

Na manhã seguinte, Frances encontrou Jill na cozinha, fervendo uma chaleira de água para o chá. Uma vez que havia o suficiente de tudo na cozinha do subsolo, isso talvez significasse que Jill estava querendo conversar.

"Vamos sentar e tomar um chá", disse Frances, já se acomodando.

Jill foi ter com ela, na ponta da mesa. Obviamente, esse não seria igual aos encontros com Rose. A moça vigiava os movimentos de Frances, não com hostilidade, mas sim com um olhar triste, sério. De braços cruzados no corpo, como se com frio.

Frances começou: "Jill, você sabe que estou numa posição muito difícil em relação a seus pais".

"Ah, pensei que você ia me dizer que não vê por que me sustentar. Está bem. Mas..."

"Eu não ia dizer isso. Mas será que não percebe que seus pais devem estar ficando loucos de tanta preocupação?"

"Eu disse a eles onde ia ficar. Eu disse que estava aqui."

"Está pensando em não voltar mais para a escola?"

"Não vejo sentido em voltar."

Ela não estava indo bem na escola, mas na St. Joseph o argumento não era decisivo.

"E será que não vê que eu me preocupo com você?"

Nesse ponto, a garota deu a impressão de ter se animado, deixado para trás a apreensão, e, inclinando-se para a frente, disse: "Ah, Frances, não, você não deve se preocupar. É tão bom aqui. Eu me sinto segura".

"E você não se sente segura em casa?"

"Não é isso. É só que eles... não gostam de mim." E recuou para dentro de sua concha, abraçando o próprio corpo, esfregando os braços como se estivesse de fato com frio.

Frances reparou que Jill pintara gordos traços negros em volta dos olhos. Algo novo numa mocinha tão arrumada. E usava um dos minivestidos de Rose.

A vontade de Frances foi abraçá-la, segurá-la no colo. Jamais tivera o mesmo impulso com Rose: tudo o que desejava é que ela desse o fora. De modo que então gostava de Jill, mas não gostava de Rose. Mas que diferença isso fazia, se tratava a todos exatamente igual?

Frances sentou sozinha na cozinha, e a mesa que ela havia limpado e encerado brilhava feito uma piscina. De fato, era uma mesa muito bonita, pensou, agora que era possível vê-la. Sem um prato ou uma xícara em cima e sem ninguém em volta. Era Dia de Natal e fazia pouco se despedira de Colin e Sophie, ambos vestidos para o almoço natalino, embora Colin nutrisse imenso desprezo por roupas. Depois fora a vez de Julia, num tailleur de veludo cinza e uma espécie de boininha enfeitada com uma rosa e véu azul. Sylvia estava com um vestido comprado por Julia, e, para Frances, foi um alívio a turma do jeans e da camiseta não ter presenciado a cena: imagine o pessoal rindo de Sylvia, que poderia perfeitamente ter ido à missa cinqüenta anos atrás com aquele vestido azul. Pelo menos ela se recusara a usar chapéu. Por último se despedira de Andrew, que iria oferecer seu consolo a Phyllida. Tinha enfiado a cabeça no vão da porta para dizer: "Todos nós invejamos você, Frances. Quer dizer, todos exceto a Julia, ela está preocupada de você ficar aqui sozinha. E pode esperar que vem presente. Ela só não teve cara para dizer".

Frances estava sozinha. Pelo país todo, mulheres labutavam na beira do fogão, regando vários milhões de perus enquanto o pudim de Natal cozinhava em banho-maria. Couves-de-bruxelas soltavam vapores sulfúricos. Campos inteiros de batatas estavam sendo comprimidos em volta das aves. O mau humor imperava, mas ela, Frances, estava refestelada qual uma rainha, sozinha. Apenas aqueles que já conheceram a pressão de adolescentes descomedidos, ou de dependentes emocionais que sugam, mamam e exigem, podem entender o puro prazer de estar livre, ainda que por uma hora apenas. Frances sentiu o corpo relaxar, estava qual um balão prestes a subir e sair voando. E o silêncio era total. Em outras casas, músicas natalinas soavam ou martelavam, mas ali não havia televisão, nem mesmo um rádio... mas, espere, alguma coisa fazia barulho lá embaixo — seria Rose? Mas ela disse que iria passar o Natal com Jill, na casa das primas. A música devia estar vindo da casa vizinha.

De modo que, no geral, era o silêncio. Inspirou o ar, expirou, ah, que felicidade, não tinha absolutamente nada com que se preocupar, nem sequer pensar, por horas e horas. A campainha tocou. Xingando, abriu a porta e deu de cara com um rapaz sorridente, de roupas próprias para a ocasião, vermelhas como convinha no Natal, que lhe entregou, com uma vênia, uma bandeja embrulhada em musselina branca torcida no centro e presa com um laço vermelho. "Feliz Natal", ele disse, e, em seguida "*Bon appetit*". E lá se foi, assobiando o "Bom rei Venceslau".

Frances pôs a bandeja no centro da mesa. Havia um cartão junto, anunciando que vinha de um restaurante elegante, do tipo sério, e, quando a musselina foi aberta, o que viu ali dentro foi um pequeno banquete, com um outro cartão, "Com os melhores votos, Julia". *Melhores votos*. Sem a menor sombra de dúvida era culpa de Frances o fato de Julia não poder dizer *Com carinho*, mas tudo bem, não iria se preocupar com isso justamente no Natal.

Era tudo tão bonito que não quis desmanchar nada.

Uma tigela de porcelana branca continha uma sopa verde e fria, com gelo raspado por cima, que um dedo curioso anunciou ser uma mistura de oleosidade aveludada e acidez — o que seria? Azedinha? Um prato azul, decorado com rufos de alface de um verde brilhante, fingindo-se de alga-marinha, continha conchas de vieira e, dentro delas, fatias do molusco com cogumelos. Duas codornas descansavam lado a lado sobre uma camada de aipo salteado. Ao lado, um cartão dizia "Esquentar por dez minutos". Havia também um minipudim de Natal feito com chocolate e enfeitado com azevinho. E uma travessa de frutas que Frances nunca experimentara e das quais mal sabia o nome, groselhas do Cabo, lechias, maracujás, goiabas. E mais uma fatia de queijo Stilton. Garrafinhas de champanhe, borgonha e porto cercavam o banquete. Hoje em dia, não haveria nada de extraordinário nessa pequena extravagância bem-humorada que homenageava o almoço de Natal ao mesmo tempo em que zombava dele, mas, na época, foi como ter o vislumbre de um campo celestial, foi como se uma andorinha vinda das plenitudes do futuro tivesse pousado ali na mesa da cozinha. Frances não conseguiu comer nada, seria um crime. Continuou ali sentada, olhando para aquilo e pensando que Julia devia gostar dela, no fim das contas.

Frances chorou. No Natal, chora-se. É obrigatório. Chorou por causa da gentileza da sogra para com ela e os filhos, por causa do encanto daquela refeição faiscando seduções, por causa da própria incredulidade diante de tudo por que já passara e conseguira superar até o momento e, depois, indo ao cerne da questão, chorou pelas tristezas de Natais passados. Ah, meu Deus, aqueles Natais quando os meninos eram pequenos, todos morando naqueles cômodos horrendos, e tudo tão feio, e eles quase sempre com frio.

Depois enxugou os olhos e continuou ali sentada, sozinha. Uma hora, duas horas. Nenhuma alma na casa... aquele rádio estava ligado lá embaixo, não no vizinho, mas optou por ignorá-lo. Talvez alguém o esquecera ligado. Quatro da tarde. As fornecedoras de gás e eletricidade ficariam aliviadas de terem, uma vez mais, conseguido lidar com o almoço natalino nacional. Mulheres cansadas e irritadas, de Land's End às Orkneys, estariam sentadas dizendo: "Agora *vocês* lavam a louça". Bem, boa sorte para elas.

Em poltronas e sofás, as pessoas estariam cochilando, e o discurso da Rainha seria ouvido intermitentemente, interrompido de vez em quando pelos resultados de muita comida. Estava escurecendo. Frances se levantou, fechou bem as cortinas, acendeu as luzes. Sentou-se de novo. Estava ficando com fome, mas não conseguia se imaginar estragando o belo banquete. Comeu uma fatia de pão com manteiga. Serviu-se de um cálice de Tio Pepe. Em Cuba, Johnny estaria discursando para quem calhasse de estar a seu lado a respeito de alguma coisa: sobre as condições na Grã-Bretanha, com certeza.

Podia ir lá para cima tirar uma soneca, afinal não era sempre que tinha a chance de fazer isso. A porta da frente se abriu, depois a da cozinha, e lá estava Andrew.

"Você andou chorando", ele anunciou, sentando perto dela.

"É. Um pouco. Foi bom."

"Eu não gosto de chorar", ele comentou. "Me assusta, porque eu fico com medo de não conseguir parar nunca mais."

E então ele enrubesceu e disse: "Ah, meu Deus...".

"Ah, Andrew, sinto muito."

"Pelo quê? Como é que você podia imaginar..."

"Tudo podia ter sido feito de um jeito bem diferente, eu suponho."

"O quê? O que podia ter sido feito? Ah, *Deus*."

Serviu-se de uma taça de vinho e sentou abraçado a si mesmo, quase igual a Jill, poucos dias antes.

"É Natal", disse Frances. "Só isso. O grande provocador de lembranças infelizes."

Ele, por assim dizer, espantou essa idéia com a mão, que dizia *basta, não fale mais nada*. E se inclinou para examinar o presente de Julia. Como Frances fizera, mergulhou um dedo na sopa: uma careta de apreço. Provou um pouquinho de vieira.

"Estou me sentindo uma tremenda hipócrita, Andrew. Mandei todo mundo embora, fiz todos eles se comportarem, mas eu pouco visitava meus pais, depois que saí de casa. Eu passava o dia 25 com eles e partia no dia seguinte, às vezes no mesmo dia."

"E será que quando eles eram jovens iam passar o Natal em casa — os seus pais?"

"Seus avós."

"É, suponho que sejam. Foram."

"Eu não sei. Conheço tão pouca coisa deles. Houve a guerra, uma espécie de abismo em minha vida, e, do outro lado, aquela vida. E agora eles estão mortos. Quando saí de casa, pensava o mínimo possível neles. Simplesmente não conseguia lidar com eles. E pouco contato tive, só que agora fico pressionando a Rose quando ela não quer ir para casa."

"Imagino que você não tinha quinze anos quando saiu de casa."

"Não, dezoito."

"Então pronto, você está limpa."

O absurdo os fez dar risada. Uma compreensão maravilhosa: estava se dando muito bem com o filho mais velho. Bem, isso vinha acontecendo desde que ele crescera — o que não fazia muito tempo. Que grande prazer era, que consolo para...

"E a Julia, ela também não passou muitos Natais com os pais dela, não é?"

"E como poderia, se estava aqui?"

"Quantos anos ela tinha quando veio para Londres?"

"Vinte, eu acho."

"O *quê?*" Andrew chegou a erguer as mãos para tapar a boca e a parte inferior do rosto, depois as baixou para dizer: "Vinte anos. É a minha idade. E às vezes acho que ainda não aprendi nem como amarrar os sapatos".

Em silêncio, imaginaram uma Julia muito jovem.

Ela disse: "Tem uma foto. Eu já vi. Uma foto de casamento. O chapéu tem tanta flor que mal se vê o rosto dela".

"Sem véu?"

"Sem véu."

"Meu Deus, vir para cá, totalmente sozinha, para viver conosco, os ingleses gelados. E o meu avô, como ele era?"

"Eu não o conheci. Eles não aprovavam muito a conduta do Johnny. A minha então nem se fala." Tentando encontrar razões para a enormidade de tudo, continuou: "Era a Guerra Fria".

O filho, agora de braços cruzados sobre a mesa, apoiando o peso do corpo, de cenho franzido e olho grudado na mãe, tentava entender. "A Guerra Fria", repetiu.

"Santo Deus!", ela disse. Acabara de se lembrar de mais coisas. "Claro, eu tinha esquecido, meus pais também não aprovavam muito a conduta do Johnny. Chegaram a me mandar uma carta dizendo que eu era inimiga do país. Uma traidora — é, acho que eles disseram isso. Depois pensaram melhor e vieram me ver — você e o Colin ainda eram bem pequenos. Johnny estava em casa e chamou-os de refugos da história." Frances parecia prestes a cair no choro, mas era de exaspero com as lembranças.

As sobrancelhas do rapaz fizeram um arco, o rosto lutou com o riso, perdeu, e ele ficou abanando os braços, como que para cancelar aquele riso. "É tudo tão engraçado", ele disse, tentando se desculpar.

"Imagino que sim, é engraçado, sim."

Ele baixou a cabeça nos braços, soltou um suspiro e ficou assim bem um minuto. Através dos braços, vieram as palavras: "Eu simplesmente acho que não tenho energia suficiente para...".

"O quê? Energia para quê?"

"Onde foi que vocês conseguiram essa confiança toda? Acredite, eu sou uma coisinha muito frágil, comparado a vocês. Talvez eu também seja um refugo da história."

"O quê? Como assim?"

Andrew ergueu o rosto. Estava vermelho e lavado em lágrimas. "Tudo bem, não tem importância." Abanou as mãos de novo, dispersando os maus pensamentos. "Sabe de uma coisa, eu podia muito bem dar uma experimentada nesse seu banquete."

"A Phyllida não fez um almoço de Natal para você?"

"Ela estava daquele jeito. Chorando, gritando e desmaiando feito louca. Ela é meio louca, mesmo, você sabia? Louca de fato."

"É, eu sei."

"A Julia diz que foi porque eles a mandaram embora — a Phyllida — para o Canadá, no começo da guerra. Obviamente ela teve azar, a família não era das melhores. Ela detestou tudo. E, quando voltou para casa, era uma outra criança, os pais disseram. Eles mal se reconheceram. Ela tinha dez anos quando foi embora. Quase quinze quando voltou."

"Então só me resta dizer coitada dela."

"Pois é. E veja o enrosco em que se meteu com o camarada Johnny." Ele puxou a bandeja para si, levantou para pegar os talheres, sentou-se de novo e tinha acabado de mergulhar a colher na sopa quando a porta da frente bateu, a porta atrás deles se abriu com estrondo e Colin entrou, trazendo atrás de si o ar frio, a impressão do escuro lá fora e, qual uma acusação contra os dois, sua fisionomia tristonha.

"Estou vendo comida? Comida de verdade?"

Sentou-se e, usando a colher que Andrew acabara de pegar, começou pela sopa.

"E o almoço de Natal?"

"A mãe dela de repente virou-se toda judia para cima da gente e disse que não queria comemorar o Natal. Mas eles sempre tiveram Natal." Ele devorara a sopa. "Por que você não faz umas comidas assim?" A acusação era para Frances. "Isto sim é que é sopa."

"E quantas codornas você imagina que eu teria que assar para cada um, com o apetite que vocês têm?"

"Espera um pouco", Andrew disse. "Vamos fazer direito." Levou um prato para a mesa, depois outro, para o irmão, e mais talheres. Pôs uma codorna em seu prato.

"Aí diz que é preciso esquentar por dez minutos", disse Frances.

"Não faz diferença. Delícia."

Comiam competindo um com o outro. E, tendo chegado ao fim das codornas, as colheres voaram juntas para o pudim. Que sumiu em dois bocados.

"E não tem pudim de Natal?", perguntou Colin. "Sem pudim de Natal no Natal?"

Frances levantou da cadeira, alcançou, na última prateleira, uma lata contendo o pudim de Natal, que vinha maturando placidamente no armário, e em dois tempos o colocou no banho-maria.

"Quanto tempo demora?", Colin perguntou.

"Uma hora."

Ela pôs filões de pão na mesa, depois manteiga, queijo, pratos. Eles acabaram com o Stilton e começaram então a comer a sério, depois de empurrar a bandeja vandalizada para o lado.

"Mãe", disse Colin, "a gente tem que trazer a Sophie para morar aqui."

"Mas ela praticamente mora aqui."

"Não — do jeito certo. Não tem nada que ver comigo... quer dizer, eu não estou dizendo que a Sophie e eu estamos firmes, não é isso. Mas ela não pode continuar na casa dela. Você não imagina como ela é, a mãe da Sophie. Ela chora e se agarra na filha, diz que têm que saltar juntas de uma ponte, ou tomar veneno. Já pensou viver assim?" Foi como se ele acusasse a própria Frances e, ao se dar conta, falou de um jeito diferente, quase pedindo desculpas. "É que você não faz idéia de como é aquela casa, é como entrar no Buraco Negro de Calcutá."

"Você sabe o quanto eu gosto dela. Mas não consigo imaginar Sophie lá no subsolo, morando com a Rose e mais o bando que sempre aparece. Suponho que esteja pensando em trazê-la para morar com você, não?"

"Bem... não, isso não... isso não *dá*. Mas ela podia acampar na sala, a gente quase nunca a usa."

"Se você terminou com ela, será que tenho sua permissão para tentar a sorte?", indagou Andrew. "Eu estou loucamente apaixonado por ela, como todos já sabem."

"Eu não falei..."

E então os dois rapazes reverteram à condição *colegial* e começaram o empurra-empurra, as cotoveladas, as joelhadas.

"Feliz Natal", disse Frances, e eles desistiram.

"Falando em Rose, cadê ela?", disse Andrew. "Ela foi para casa?"

"Claro que não", disse Colin. "Ela está lá embaixo, alternando soluços com maquiagem."

"Como é que você sabe?", perguntou Andrew.

"Você está se esquecendo das vantagens de uma escola progressista? Eu sei tudo sobre as mulheres."

"Quem me dera. Apesar de minha educação, sob todos os aspectos, ser melhor que a sua, no departamento humano eu falho o tempo inteiro."

"Você está se saindo muito bem com a Sylvia", disse Frances.

"Estou, mas ela não é mulher, certo? Está mais para fantasma de garotinha assassinada."

"Que *horror*", disse Frances.

"E que verdade", disse Colin.

"Se a Rose está mesmo lá embaixo, desconfio que seria melhor um de vocês dois convidá-la para subir."

"Será que precisa mesmo?", perguntou Andrew. "É tão bom *en famille* uma vez na vida."

"Vou até lá perguntar se ela quer subir, senão ela vai tomar uma overdose e depois dizer que a culpa é nossa."

Colin saltou da cadeira e desceu a escada. Os dois que ficaram nada disseram, apenas se entreolharam ao ouvir o berro estridente, presumivelmente de boas-vindas, depois a voz sensata de Colin e, em seguida, lá estava ela, impelida por Colin.

Vinha ultramaquiada, os olhos delineados de preto, cílios postiços, sombra roxa. Além de raivosa, acusatória, carente e, sem a menor sombra de dúvida, prestes a chorar.

"Daqui a pouco o pudim de Natal está pronto", disse Frances.

Mas Rose vira as frutas na bandeja e estava mexendo nelas. "O que é isto?", exigiu saber, agressiva. "O que é isto?" Segurava uma lechia.

"Você já deve ter experimentado, é aquilo que eles servem depois da comida chinesa, de sobremesa", disse Andrew.

"Que comida chinesa? Eu nunca comi comida chinesa."

"Permita-me." Colin descascou a lechia, pedacinhos rugosos de casca delicadamente entalhados expondo o perolado luminoso da fruta, tal qual um minúsculo ovo lunar, que, depois de tirado o caroço preto brilhante, ele entregou a Rose. Ela engoliu e falou: "Não vi nada de mais, não precisava tanto escarcéu".

"Você tem que deixá-la repousar um certo tempo na língua, deixar que o âmago da fruta fale com o seu âmago", disse Colin. E, envergando sua mais convincente carapuça de coruja, parecia até um aprendiz de juiz, só faltava a peruca, abriu outra lechia e entregou-a a Rose, com toda a delicadeza, entre o indicador e o polegar. Ela ficou com a fruta na boca, feito uma criança que se recusa a engolir, depois engoliu e disse: "Quanta cascata".

Na hora os irmãos arrastaram o prato de frutas para si e dividiram-nas entre eles. Rose, sentada também, olhava de boca aberta e agora de fato ia começar a chorar. "Oohh, vocês são horríveis. Não é culpa minha nunca ter comido comida chinesa."

"Bem, mas pudim de Natal você já conhece, e é isso que vamos comer em seguida", disse Frances.

"Estou com tanta fome", choramingou Rose.

"Então coma pão com queijo."

"Pão com queijo no Natal?"

"É só o que eu tenho", disse Frances. "Agora fecha a boca, Rose."

A menina parou a meio gemido, olhou para Frances incrédula e, depois, percorreu toda a gama do adolescente incompreendido: olhar rancoroso, beicinho e peito arfante.

Andrew cortou uma fatia de pão, encheu de manteiga e pôs o queijo por cima. "Toma."

"Eu vou engordar se comer isso tudo de manteiga."

Andrew pegou sua oferta de volta e começou ele mesmo a comer. Rose continuava à mesa, inflada de indignação e lágrimas. Ninguém lhe deu atenção. Acabou pegando o pão, cortou uma fatia fina, passou um pouco de manteiga e completou com umas migalhas de queijo. Mas, em vez de comer, ficou olhando fixo para aquilo: *Vejam só meu almoço de Natal.*

"Eu vou cantar uma canção de Natal", disse Andrew, "para matar o tempo até o pudim ficar pronto."

Ele começou o "Noite Feliz", mas Colin disse: "Cala a boca, Andrew, isso é mais do que eu seria capaz de suportar. Sério mesmo".

"Acho que já deve dar para comer o pudim", disse Frances.

A massa corpulenta, escura e brilhante do pudim foi transposta para um belo prato de porcelana azul. Ela pôs pratinhos, colheres e serviu mais vinho. Enfiou o galho de azevinho que viera no presente de Julia sobre o pudim. Achou uma lata de creme de ovos com maisena.

Eles comeram.

Logo mais o telefone tocou. Era Sophie, aos prantos, de modo que Colin foi para o andar de cima para poder conversar mais longamente com ela, bem longamente, muito longamente, até que desceu dizendo que ia voltar para a casa dela, que ia passar a noite lá, a pobre Sophie não estava conseguindo agüentar. Ou talvez ele a trouxesse de volta.

E então foi a vez de o táxi de Julia parar na frente da casa, e lá estava Sylvia, corada, sorridente, bonita: quem teria imaginado algo assim, algumas semanas antes? Ela lhes fez uma mesura, em seu vestido de boa menina, e ambos gostaram e acharam graça na gola de renda, nos punhos de renda e no bordado. Julia entrou atrás. Frances disse: "Oh, Julia, por favor, sente".

Mas Julia tinha visto Rose, que àquela altura estava parecida com um palhaço, a maquiagem toda borrada de tanto chorar, se entupindo de pudim de Natal.

"Uma outra hora."

Dava para ver que Sylvia teria preferido ficar com Andrew, mas subiu junto com Julia.

"Vestido idiota", disse Rose.

"Você tem razão", disse Andrew. "Não é seu estilo mesmo."

Frances lembrou então que não agradecera e, contrariada consigo mesma, correu escada acima. Alcançou Julia no último patamar da escada. Agora lhe daria um abraço. Simplesmente poria os braços em volta dessa mulher tão rígida, tão crítica, e lhe daria um beijo. Não conseguiu, os braços não quiseram se levantar, não quiseram ir ao encontro de Julia.

"Obrigada", disse ela. "Foi uma idéia adorável. Você não imagina o que fez por mim..."

"Fico feliz de que tenha gostado", disse Julia, virando para sua porta, e Frances ainda teve tempo de dizer, sentindo-se fútil, ridícula: "Obrigada, muitíssimo obrigada". Sylvia não tinha a menor dificuldade em beijar Julia e em se deixar beijar e abraçar por ela, e chegava mesmo a sentar nos joelhos dela.

Era maio, e as janelas estavam abertas para um alegre fim de tarde primaveril, os pássaros no maior estardalhaço, sobrepujando o barulho do trânsito. Uma chuva leve cintilava nas folhas e flores de primavera.

O grupo em volta da mesa poderia integrar o coro de algum musical: estavam todos vestidos com túnicas listradas de azul e branco, as das meninas por cima das calças justinhas de malha preta. Frances, achando que talvez isso pudesse contribuir para estabelecer uma diferenciação, vestia uma túnica listrada de branco e preto. Os meninos usavam as mesmas listras horizontais, só que com jeans. O cabelo batia — tinha de bater — no mínimo nas orelhas, era uma afirmação de independência, e as meninas ostentavam o corte Evansky, todas elas. Um corte de cabelo Evansky, esse era o maior desejo de toda garota prafrentex e, por bem ou mais provavelmente por mal, todas conseguiam tê-lo. O Evansky lembrava o corte à la garçonne dos anos 20, com uma franja até a sobrancelha. Liso, nem é preciso dizer. Cabelos crespos, nem *pensar*. Até o cabelo de Rose, aquela massa de cabelos crespos, era Evansky. Cabelinhos bem arrumadinhos, mocinhas charmosinhas, bonequinhas engraçadinhas, e, ao lado, os rapazes, uns pôneis peludos; todo mundo de listras azuis e brancas, inspiradas nas camisas de marinheiro, combinando com as canecas também azuis e brancas usadas no café da manhã. Quando o *geist* fala, o *zeit* obedece. Lá estavam eles, rapazes e moças da revolução sexual, embora eles ainda não soubessem que seria por isso que ficariam famosos.

Havia uma exceção ao imperativo Evansky, sob vários aspectos tão poderoso quanto o de um Vidal Sassoon. Madame Evansky, uma senhora decidida, se recusara a cortar o cabelo de Sophie. Parou atrás da garota, ergueu aquela profusão acetinada de cabelos negros, deixou que escorregassem entre os dedos e depois declarou: "Eu sinto muito, mas não posso". E depois, como Sophie protestasse: "Além disso, você tem um rosto comprido. Não cairia bem em você". Sophie ficou passada, sentindo-se rejeitada, banida, e Madame Evansky acrescentou: "Pense um pouco mais no assunto e, se quiser mesmo — mas me mataria: cortar isso fora".

De modo que, solitária entre as meninas, Sophie continuava com suas lustrosas melenas negras intactas e achava que era uma espécie de anomalia monstruosa.

Os cata-ventos do tempo rodaram um bocado em quatro meses. O que eram quatro meses? — nada, entretanto tudo mudara.

Primeiro, Sylvia. Também ela atingira total uniformidade. O corte de cabelo, consentido a duras penas por Julia, não assentou lá muito bem, mas todos sabiam como era importante para ela sentir-se normal e igual aos demais. Comia, ainda que não muito, e obedecia a Julia em tudo. A velha senhora e a menina passavam horas juntas, na saleta de estar de Julia. Oferecendo as guloseimas e os chocolates que seu admirador Wilhelm Stein lhe levava, Julia contava histórias sobre a Alemanha do pré-guerra — pré-Primeira Guerra Mundial. Sylvia certa vez perguntou, com delicadeza, já que teria preferido morrer a magoá-la: "Quer dizer então que nunca acontecia nada de ruim?". Julia ficou surpresa, depois riu. "Eu preferiria não ter que admitir, mas de vez em quando aconteciam coisas ruins." No entanto ela não conseguia se lembrar das coisas ruins. Sua mocidade lhe parecia, naquela casa cheia de música e pessoas bondosas, um paraíso. E haveria alguma coisa semelhante agora, em algum lugar?

Andrew prometera à mãe e à avó que iria para Cambridge no outono, mas enquanto isso pouco saía de casa. Ficava por ali mesmo, lia e fumava no quarto. Sylvia o visitava, batendo formalmente na porta, arrumava o quarto e ralhava com ele. "Se eu consigo, você também." O que significava, naquele momento, parar de puxar fumo. Para ela, que se rasgara inteira e que voltara a juntar os pedaços com tanta dificuldade, qualquer coisa era uma ameaça — álcool, tabaco, fumo, vozes alteradas e gente discutindo a punham direto de volta sob as cobertas, com os ouvidos tampados. Voltara a freqüentar a escola e já estava indo bem. Julia acompanhava seus deveres de casa toda noite.

Geoffrey, que era inteligente, passaria sem dificuldade nos exames e dali iria para a London School of Economics para estudar — é claro — Política e Economia. Disse que não iria se preocupar com Filosofia. Daniel, a sombra de Geoffrey, disse que também iria para a LSE e faria o mesmo curso.

Jill fizera um aborto e estava em seu lugar de costume, pelo visto intocada pela experiência. O mais impressionante é que "as crianças" tinham se virado sozinhas, sem a interferência dos adultos. Nem Frances nem Julia ficaram sabendo, nem mesmo Andrew, que pelo visto era considerado adulto demais e um possível inimigo. Colin foi quem procurou os pais da moça — ela estava com medo de ir — e contou que ela estava grávida. Eles enfiaram na cabeça que o pai era Colin e não aceitaram negativas. Quem era? Ninguém nunca soube, ainda que Geoffrey tivesse sido acusado: era bonito demais e vivia sendo apontado como responsável por corações partidos e promessas dilaceradas.

Colin conseguiu o dinheiro para o aborto com os pais de Jill e foi falar com o clínico geral, que, por fim, sugeriu um número de telefone adequado. Só depois de Jill estar de volta, sã e salva, no apartamento no subsolo, foi que Julia,

Frances e Andrew foram informados. Mas os pais dela disseram que ela não voltaria para a St. Joseph, se era esse o tipo de coisa que podia acontecer por lá.

Sophie e Colin haviam se separado. Sophie, que jamais, em toda a sua vida, faria qualquer coisa pela metade, fora demais para Colin: ela o amava até a morte, ou ao menos até alguma coisa parecida à doença. "Suma da minha frente", ele acabara gritando para ela, "me deixe em paz." E não saiu do quarto durante alguns dias. Depois foi até a casa de Sophie, pediu perdão, disse que era tudo culpa dele, que estava "meio desencontrado" e implorou para que voltasse, por favor, todos nós estamos com saudades, e a Frances não pára de dizer: "Que fim levou a Sophie?". E, quando Sophie voltou, muito contrita, como se o erro fosse dela, Frances abraçou-a e disse: "Sophie, você e o Colin são uma coisa, mas você vir aqui quando quiser é outra bem diferente".

Nos fins de semana, Sophie ia para Londres com a turma da St. Joseph, passava as noites de sexta com eles e voltava para a mãe, que, segundo ela, estava bem melhor. "Se bem que não demonstre. Ela fica esborrachada no sofá o tempo todo e está com uma cara *péssima*." A depressão, que dirá a depressão clínica, ainda não entrara no vocabulário e na consciência correntes. As pessoas ainda diziam: "Ai, Deus do céu, eu ando tão deprimida". O que significava que estavam de mau humor. Sophie, uma boa filha até onde lhe era possível, ia para casa no sábado à noite, mas não ficava lá durante o dia. Nos jantares de sábado e domingo, ela estava em seu lugar, em volta da mesa.

Algo maravilhoso lhe acontecera. Muitas vezes, para ir às aulas de canto e dança, Sophie descia a ladeira até Primrose Hill e, de lá, atravessava o Regent's Park a pé. Nesse parque, numa clareira relvada cheia de canteiros de flores, há uma estátua de uma jovem com um cabritinho chamada de *A Protetora dos Indefesos*. A moça de pedra seduzira Sophie. De repente, ela se pegou pondo uma folha sobre o pedestal, depois uma única flor e em seguida um pequeno ramalhete. Adquiriu o hábito de levar uns biscoitos para depois ficar espiando de longe os pardais ou algum melro voando até os pés da estátua para comer as migalhas. Certa vez, colocou uma grinalda de flores em volta do pescoço do cabrito. Um dia, encontrou um livrinho sobre o pedestal chamado *A linguagem das flores* e, atado nele com uma fita, um buquê de lilases e rosas vermelhas. Não viu ninguém por perto que pudesse ser o responsável, apenas gente passeando no parque. Ficou alarmada ao perceber que fora vigiada. À mesa do jantar, contou a história, rindo de si mesma por causa do amor que tinha pela moça de pedra, e mostrou *A linguagem das flores* para todo mundo. O livro rodou de mão em mão. Lilases significavam "Primeiras Emoções do Amor", e uma rosa vermelha, "Amor".

"Você não vai responder para ele?", Rose exigiu saber, furiosa.

"Adorável Rose", disse Colin, "claro que ela vai responder."

E todos se debruçaram sobre o livro para estudar uma mensagem adequada. Mas o que Sophie queria dizer era "Sim, eu estou interessada, mas não tire conclusões apressadas". Nada no livro parecia adequado. No fim, decidiram-se por campânulas-brancas, que significavam "Esperança" — mas elas já tinham florido e morrido —, e pervinca, "Início de Amizade". Sophie disse que talvez ainda houvesse algumas no quintal da mãe. E o que mais?

"Ora, seja ousada", disse Geoffrey. "Viva perigosamente. Lírio-do-vale — 'Retorno da Felicidade'. E flox — 'Concordância'."

Sophie depositou seu ramalhete no pedestal e esperou; foi embora, voltou e viu que as flores tinham sumido. Mas podiam ter sido levadas por uma outra pessoa. Mas não, porque, quando apareceu no dia seguinte, encontrou lá um rapaz que disse que acompanhava os movimentos dela fazia "um tempão", mas que era muito tímido para se aproximar sem a linguagem das flores. Uma história um tanto improvável, porque de tímido ele não tinha nada. Era ator, estudava na academia para onde Sophie pretendia ir no outono. Chamava-se Roland Shattock, o rapaz, de uma beleza macilenta, dramático em tudo, meio trotskista. Depois disso, aparecia com freqüência para jantar e estava ali nessa noite. Mais velho que os outros, um ano mais velho que Andrew inclusive, envergava um olhar de sabedoria mundana no rosto e uma jaqueta de camurça tingida de roxo com franjas; sua presença era tida como uma visitação do mundo adulto e algo assim como um bilhete de entrada para lá. Se *ele* não os via como "crianças", então... Nunca lhes passou pela cabeça idealista que o rapaz no mais das vezes precisasse era de uma boa refeição.

Quando Roland estava por ali, Colin em geral se mantinha calado, e até mesmo se retirava mais cedo, sobretudo nos dias em que Johnny os visitava, porque as discussões entre o jovem trotskista e o velho stalinista eram ruidosas, ferozes e muitas vezes feias. Sylvia também subia e ia ficar com Julia.

Johnny estivera em Cuba e conseguira fazer um filminho. "Mas não vai dar muito dinheiro, eu receio, Frances." Nesse meio tempo, fora visitar a Zâmbia independente, com o camarada Mo.

Agora Rose: houve dificuldades o tempo inteiro. Para Frances, os problemas pareceram diários, durante os quatro meses. Rose não queria voltar para a escola e não queria ir para casa. Estava disposta a freqüentar a St. Joseph se pudesse ficar morando com eles. Andrew viajou para falar de novo com os pais dela. Para o casal, aquele jovem charmoso e tão fino tinha planos para a filha, o que facilitou o acordo, mas não para que cursasse a St. Joseph, que estava além de suas posses, mas um externato em Londres. Eles pagariam as mensalidades e lhe dariam uma mesada para roupas. Mas não contribuiriam para as despesas de acomodação e comida. Deram a entender que era responsabilidade de Andrew pagar por isso. O que significava dizer a responsabilidade era de Frances.

Quem sabe ela poderia contribuir fazendo alguma coisa em troca, como serviços de casa — sim, porque havia sempre muitos problemas para manter a casa limpa, apesar da senhora Philby, que nunca fazia muito mais do que passar o aspirador. "Não seja tola", disse Andrew. "Você consegue imaginar a Rose erguendo um dedo?"

Encontraram uma escola do tipo progressista em Londres, e Rose concordou com tudo. "Se ela ficasse aqui, não haveria mais nenhum problema." Depois Andrew surgiu dizendo que tinha havido um problemão. Rose estava com medo de contar. Jill também estava no meio. As jovens haviam sido apanhadas sem bilhete no metrô, e era a terceira vez para as duas. Tinham sido chamadas para ir falar com o encarregado de casos de delinqüência juvenil, no prédio da Polícia do Transporte. Haveria multas, sem sombra de dúvida, e o reformatório era uma possibilidade real. Frances estava brava demais com Rose — daquele seu jeito já bem conhecido, uma emoção mortiça e desanimada, feito indigestão crônica, para confrontá-la —, mas pediu a Andrew que dissesse a elas que iria junto à entrevista. Na manhã aprazada, desceu e encontrou as duas garotas fumando na cozinha, emburradas e unidas em seu ódio pelo mundo. Estavam ambas maquiadas feito dois ursos pandas, com sombra branca e delineador preto em volta dos olhos, as unhas pintadas de negro. Usavam minivestidos minúsculos da Biba, roubados, é claro. Não poderiam ter escolhido uma aparência melhor para colocar a Autoridade contra elas.

Frances disse: "Se vocês estão interessadas de fato em escapar só com um sermão, podiam ao menos ir lavar esse rosto". Havia nela uma certa curiosidade em saber se as meninas estavam decididas a dificultar o máximo possível as coisas, se talvez até mesmo quisessem ser mandadas para o reformatório. Isso, é claro, seria bem feito para Frances: não se pode ser *in loco parentis* sem em algum momento receber a punição no fundo dirigida aos pais delinqüentes.

Rose na mesma hora falou: "Não vejo por quê".

Frances esperou, também curiosa em saber qual seria a resposta de Jill. Mal dava para enxergar, por trás de toda a raiva e pintura, a moça outrora calada, boazinha, respeitosa, que ficava sentada a noite inteira sem dizer palavra, só sorrindo.

Pegando a deixa de Rose: "Eu também não vejo por quê".

Foram de metrô, Frances pagou os bilhetes das três e reparou nos sorrisos sarcásticos que acompanharam a compra. Logo mais estavam no prédio onde aqueles que se esquivavam de pagar a passagem, os jovens, enfrentavam seu destino na pessoa de uma senhora Kent que usava uniforme azul-marinho do tipo genérico, sugerindo a majestade do funcionalismo. Mas tinha um rosto bondoso, ainda que mantivesse o ar severo, para inspirar respeito.

"Por favor, sentem-se", ela disse. Frances sentou-se de um lado, ao passo que as jovens, tendo ficado em pé feito cavalos teimosos tempo suficiente para demonstrar alguma coisa, desabaram na cadeira de forma a sugerir que tinham sido empurradas.

"É muito simples", disse a senhora Kent, embora seu suspiro, do qual certamente não tivera consciência, sugerisse o contrário. "Vocês duas foram advertidas duas vezes. Sabiam que a terceira seria a última. Eu poderia mandá-las para o juiz, e caberia a ele decidir se vocês seriam enviadas a alguma instituição ou não, mas, se vocês me derem sua palavra de honra de que vão se comportar direito, poderão se safar com uma multa, mas seus pais ou responsáveis terão de responder pelo comportamento de vocês." Ela dizia isso, ou alguma coisa parecida, com tamanha freqüência que sua esferográfica expressava o tédio e o exaspero, traçando rabiscos num bloco de notas. Terminado o sermão, sorriu para Frances.

"A senhora é mãe de uma dessas meninas?"

"Não. Não sou."

"É tutora delas? Tem alguma habilitação legal?"

"Não, mas elas moram comigo — na nossa casa, e irão para a escola de lá." Ainda que soubesse que Rose iria, não tinha a menor idéia dos planos de Jill, de modo que estava mentindo.

A senhora Kent se demorava na inspeção que fazia das duas, ambas emburradas, pernas para um lado, pernas para o outro, pernas cruzadas, joelhos levantados, mostrando os fundilhos da meia-calça. Frances reparou que Jill tremia: não teria acreditado que aquela garota impassível fosse capaz disso.

"Será que podemos conversar em particular um instante?", a funcionária perguntou a Frances. Levantou-se e dirigiu-se às meninas: "Nós não vamos demorar". Indicou uma porta, e Frances seguiu-a até um escritório pequeno, privado, obviamente seu esconderijo para fugir às tensões dessas entrevistas.

Foi até a janela, e Frances fez o mesmo. Olhavam para um pequeno jardim onde dois namorados lambiam um mesmo sorvete de casquinha. A funcionária falou: "Gostei do seu artigo sobre o Crime Juvenil. Até recortei".

"Obrigada."

"Não sei por que eles fazem isso. Nós entendemos quando garotos pobres agem dessa forma, e há uma política mais branda para os casos mais difíceis, mas eles me aparecem aqui, rapazes e moças vestidos no maior apuro, eu não entendo. Um deles me disse outro dia — e olhe que está numa ótima escola — que não pagar a passagem era uma questão de princípio; eu perguntei que princípio, e ele me disse que era marxista. Que quer destruir o capitalismo."

"Sabe que isso me soa meio familiar?"

"Que tipo de garantia a senhora pode me dar de que essas meninas não estarão aqui na minha frente dentro de uma semana?"

"Nenhuma. Garantia nenhuma. Estão as duas brigadas com os pais e desabaram em cima de mim. As duas largaram os estudos, mas tenho esperança de que voltem para a escola."

"Entendo. Um amigo do meu filho — um colega de escola — passa mais tempo conosco do que na casa dele."

"E diz que os pais são um saco?"

"Que eles não o entendem. Nem eu, tampouco. Diga-me uma coisa, precisou fazer muita pesquisa para o seu artigo?"

"Um bocado."

"Mas não forneceu nenhuma resposta."

"Eu não sei qual é a resposta. Por acaso saberia me dizer por que uma jovem — estou me referindo à morena aí fora, Rose Trimble —, que acabou de ver todos os seus problemas solucionados, haveria de optar bem agora por fazer uma coisa que ela sabe que pode estragar tudo de novo?"

"Eu chamo isso de caminhar na beira do precipício. Eles gostam de testar limites. Andam na corda-bamba, mas esperam que haja alguém para apanhá-los. E a senhora está fazendo isso com as duas, não está?"

"Suponho que sim."

"Ficaria surpresa se soubesse quantas vezes ouço a mesma história."

As duas mulheres continuavam paradas na janela, unidas por uma espécie de desespero.

"Quem me dera entender o que está havendo", disse a funcionária.

"Nem me diga."

Voltaram para a sala onde as jovens, que até então estavam de risadinhas para cá e para lá, à custa das duas mulheres mais velhas, retomaram seu silêncio e o ar emburrado.

"Vou lhes dar mais uma chance", disse a funcionária. "A senhora Lennox disse que vai ajudar vocês. Na verdade estou fazendo uma concessão; espero que as duas compreendam que escaparam por pouco. Vocês são duas moças de muita sorte por terem uma amiga tão boa." Este último comentário foi um erro, ainda que involuntário, da parte da senhora Kent. Deu até para Frances escutar o ressentimento fervilhando dentro das duas, ou pelo menos em Rose, diante da possibilidade de que algum dia ficasse devendo alguma coisa a alguém.

Na calçada em frente ao prédio, disseram que iam fazer compras.

"Se eu recomendasse a vocês que não furtassem nada", disse Frances, "será que me ouviriam?"

Mas elas se foram sem nem olhar para Frances.

À noite, anunciaram à mesa de jantar que tinham afanado os vestidos Biba, ou do tipo Biba, que estavam usando, ambos tão curtos que só poderiam ter sido escolhidos com a intenção de escandalizar ou fazer crítica.

De fato Sylvia disse que achava a roupa muito curta, num esforço para se afirmar que lhe custara um bocado.

"Muito curto para quê?", zombou Rose. Não olhara nem uma vez sequer para Frances, durante todo o jantar, e a crise da manhã poderia perfeitamente jamais ter ocorrido. Jill, contudo, disse num resmungo apressado que combinava polidez com agressividade: "Obrigada, Frances, muito obrigada mesmo".

Andrew lhes disse que tinham tido uma sorte danada, e Geoffrey, o larápio consumado, completou dizendo que era fácil não ser pego, tendo cuidado.

"Não dá para ter cuidado no metrô", comentou Daniel, que também não pagava a passagem, seguindo o exemplo de Geoffrey, seu ídolo. "É questão de sorte. Ou eles pegam ou não pegam."

"Então não ande de metrô sem bilhete", retrucou o amigo. "Não mais que duas vezes. É burrice."

Daniel, criticado em público por Geoffrey, ficou vermelho e disse que andava "havia anos" sem bilhete e que só fora pego duas vezes.

"E a terceira vez?", Geoffrey perguntou, num esforço para educar o discípulo.

"Na terceira, leva bala", responderam em coro.

Essa foi a semana em que Jill fez o favor de engravidar, ou melhor, fez um convite à gravidez.

Todos esses dramas se desenrolaram nos quatro meses depois do Natal e, como se nada tivesse acontecido, cá estão os protagonistas, cá estão os meninos e as meninas, sentados em volta da mesa, neste anoitecer de primavera, fazendo planos para o verão.

Geoffrey disse que iria para os Estados Unidos se juntar aos combatentes pela igualdade racial "nas barricadas". Uma experiência útil para o curso de Política e Economia na LSE.

Andrew declarou que iria ficar em casa, lendo.

"Não *A provação de Richard Feverel*", disse Rose. "Que porcaria."

"Esse também", retrucou Andrew.

Sylvia, convidada para passar as férias com Jill em Exeter, na casa das primas ("O lugar é legal, eles têm cavalos"), recusou, iria ficar em casa, lendo também. "Julia diz que eu preciso ler mais. Cheguei a ler alguns livros que eram do Johnny. Vocês podem não acreditar, mas, até eu vir para esta casa, não sabia que existiam livros que não falam de política." O que significava, como todos bem o sabiam, que Sylvia não podia se afastar de Julia: sentia-se frágil demais para se agüentar sozinha.

Colin disse que talvez fosse colher uvas na França, ou quem sabe tentasse escrever um romance: houve um gemido geral.

"E por que ele não poderia escrever um romance?", perguntou Sophie, que sempre tomava o partido de Colin, justamente porque ele a magoara tanto.

"Talvez eu escreva um romance sobre a St. Joseph", disse Colin. "Vou pôr todos nós nele."

"Isso não é justo", Rose interveio na hora. "Você não pode me pôr porque eu não estou na St. Joseph."

"Quanta verdade aí", disse Andrew.

"Ou talvez eu escreva um romance sobre você", continuou Colin. "*As provações de Rose*. Que tal?"

Rose o encarou bem nos olhos; depois, desconfiada, olhou em volta. A expressão dos outros era de solenidade total. Acuar Rose havia se transformado num esporte freqüente demais, e Frances tentou desanuviar o ambiente, que prenunciava lágrimas, perguntando: "E quais são seus planos, Rose?".

"Eu vou ficar com as primas da Jill. Ou talvez vá de carona para Devon. Ou talvez fique aqui", acrescentou, apresentando a Frances um desafio. Sabia que Frances ficaria contente de vê-la pelas costas, mas não acreditava que isso tivesse algo a ver com alguma qualidade desagradável sua. Rose não sabia que era quase impossível alguém gostar dela. Em geral ninguém gostava e, a seu ver, era por causa da injustiça generalizada do mundo: não que ela fosse usar a palavra *gostar*, ou mesmo pensar nela: as pessoas implicavam com ela, arrotavam vantagens para cima dela. Pessoas boas, ou então bonitas, ou pessoas charmosas e, às vezes, as três coisas ao mesmo tempo; pessoas que confiavam umas nas outras, que nunca faziam a menor idéia de como eram os pequenos infernos habitados por alguém como Rose.

James disse que iria para um acampamento de verão, recomendado por Johnny, para estudar a senescência do capitalismo e as contradições internas do imperialismo.

Daniel, muito melancólico, falou que não lhe restava alternativa senão ir para casa, e Geoffrey, muito bondoso, disse: "Tranqüilo, o verão não dura para sempre".

"Dura sim, ô se dura", disse Daniel, o rosto inflamado de tristeza.

Roland Shattock disse que iria levar Sophie para andar na Cornualha. Reparando alguns sinais de apreensão em certas fisionomias — na de Frances e de Andrew —, ele completou: "Sem pânico, gente, ela estará segura comigo. Acho que sou bicha".

Essa declaração, que hoje em dia seria recebida com pouco mais que um "É mesmo?", ou quem sabe suspiros por parte das mulheres, foi casual demais para ser diplomática, e houve um desconforto geral.

Sophie de imediato exclamou que não ligava para isso, que apenas gostava de ficar ao lado de Roland. Andrew deu a impressão de estar graciosamente pesaroso e quase deu para ouvi-lo pensando: mas *eu* não sou.

"Ah, bem, talvez eu não seja", emendou Roland. "Afinal de contas, Sophie, eu sou louco por você. Mas não tenha medo, Frances, eu não vou raptar menores."

"Eu tenho quase dezesseis anos", Sophie disse, indignada.

"Pensei que você fosse bem mais velha, quando eu a vi sonhando tão lindamente no parque."

"Eu sou bem mais velha." O comentário fora sincero: estavam implícitas a doença da mãe, a morte do pai e, depois, os maus-tratos de Colin.

"Minha linda sonhadora", disse Roland, beijando-lhe a mão, mas numa paródia do beija-mão continental que saúda o ar por sobre uma luva ou, como no caso, por sobre dedos cheirando de leve a ensopado de frango, que Sophie estivera ajudando Frances a mexer. "Mas, se eu acabar na prisão, terá valido a pena."

Quanto a Frances, esperava semanas tranqüilas e produtivas.

A carta incendiária veio endereçada a "J... indecifrável... Lennox" e foi aberta por Julia, que, tendo visto que era para Johnny, *Prezado camarada Johnny Lennox*, e que a primeira frase era "*Eu gostaria que me ajudasse a abrir os olhos das pessoas para a verdade*", leu, releu e, depois de ter acomodado as idéias, telefonou para o filho.

"Estou com uma carta aqui que veio de Israel, de alguém chamado Reuben Sachs, para você."

"Um bom sujeito", disse Johnny. "Vem mantendo uma posição consistentemente progressista como marxista não-alinhado, defendendo relações pacíficas com a União Soviética."

"Seja como for, ele quer que você convoque um encontro dos seus amigos e camaradas para ouvi-lo contar as experiências que teve num presídio tcheco."

"Deve ter havido um bom motivo para ele ter ido parar lá."

"Foi detido como espião sionista a serviço do imperialismo norte-americano." Johnny ficou calado. "Ficou preso durante quatro anos, foi torturado, tratado com brutalidade e por fim solto... Eu tomaria como um favor muito especial se você não dissesse *Infelizmente às vezes erros são cometidos*."

"O que você quer, Mutti?"

"Acho que você devia fazer o que ele pede. Ele diz que gostaria de abrir os olhos das pessoas para a verdade dos métodos usados pela União Soviética. Por favor, não me venha com a história de que ele é algum tipo de agitador."

"Não vejo como isso poderia ser útil."

"Nesse caso, vou convocar uma reunião eu mesma. Afinal de contas, Johnny, estou na feliz posição de saber quem são seus conhecidos todos."

"E o que a leva a pensar que eles compareceriam a uma reunião convocada por você, Mutti?"

"Vou mandar uma cópia desta carta para cada um deles. Quer que eu leia para você?"

"Não, eu conheço o tipo de mentira que está sendo espalhado por aí."

"Ele deve chegar dentro de duas semanas e virá a Londres só para isso — para se dirigir aos camaradas. Ele também vai a Paris. Quer que eu sugira uma data?"

"Se quiser."

"Mas precisa ser um dia em que você esteja livre. Acho que ele faz questão da sua presença."

"Eu ligo dando a data. Mas desde já quero deixar bem claro que não me associo a nenhuma propaganda anti-soviética."

Na noite em questão, a grande sala de estar recebeu uma turma inusitada. Johnny convidara colegas e camaradas, e Julia chamara aqueles que achava que o filho deveria ter convidado. Havia gente que ainda integrava o Partido, outros que haviam se desligado em diversos momentos de crise — o pacto Hitler-Stalin, o Levante de Berlim, Praga, Hungria, e mesmo um ou dois ainda do tempo do ataque à Finlândia. Umas cinqüenta pessoas ao todo; a sala estava abarrotada de cadeiras e de gente encostada à parede. Todos se qualificavam como marxistas.

Andrew e Colin estavam presentes, não sem antes se queixar de que era tudo uma grande chatice. "Por que você está fazendo isso?", Colin perguntara à avó. "Não faz seu gênero, faz?"

"A minha esperança, ainda que provavelmente eu não passe de uma velha boboca, é que Johnny crie um pouco de juízo."

A turma da St. Joseph estava em época de exames. James partira para os Estados Unidos. As meninas do subsolo tinham feito questão de ir a uma discoteca: política era um saco.

Reuben Sachs jantou com Julia, sozinho: Frances teria concordado com as meninas, até mesmo com o linguajar delas. Reuben era um homenzinho redondo, desesperado, sincero, que não conseguia parar de falar sobre o que lhe acontecera, de modo que a reunião, quando começou, foi apenas uma continuação daquilo que ele estivera contando a Julia, que, depois de informá-lo de que nunca fora comunista e de que não precisava ser persuadida, manteve-se em silêncio, uma vez que estava mais do que evidente que a grande necessidade dele era falar, enquanto ela — ou qualquer um — escutava.

Durante anos, mantivera-se numa posição política difícil em Israel, como socialista que rejeitava o comunismo mas que pedia a todos os socialistas não-alinhados do mundo que apoiassem relações pacíficas com a União Soviética: o que significava colocar estes últimos numa posição muito difícil perante os próprios governos. Fora xingado de comunista durante toda a Guerra Fria. Seu temperamento não se adequava, por natureza, a apuros permanentes e ataques de todos os lados. Isso se via no discurso agitado, efervescente, nos apelos e no olhar irado, enquanto as palavras que se repetiam feito um refrão eram "nunca transigi em questões de crença."

Estava numa visita fraternal a Praga, participando de uma Missão de Paz e Boa Vontade, quando foi preso como espião sionista a serviço do imperialismo norte-americano. Na viatura policial, falara com seus captores nos seguintes termos: "Como podem vocês, representantes de um Estado Operário, sujar as mãos com um trabalho desses?". E quando eles o espancaram, e continuaram a espancar, persistiu em empregar as mesmas palavras. Assim como no presídio. Os guardas eram uns brutos, bem como os interrogadores, mas tratava a todos como pessoas civilizadas. Falava seis línguas, mas insistiam em interrogá-lo numa que ele não conhecia, o romeno; portanto, de início, não sabia do que estava sendo acusado, ou seja, de tudo quanto é tipo de atividade anti-soviética e antitcheca. Mas: "Eu sou bom em idiomas...". Aprendera o suficiente de romeno durante os interrogatórios para acompanhar, e depois defender, seu caso. Durante dias, meses, anos, fora espancado, insultado, passara longos períodos sem comer, sem dormir — enfim, havia sido torturado de todas as formas preferidas pelos sadistas. Durante quatro anos. E continuou insistindo em sua inocência, explicando a seus interrogadores e carcereiros que, ao fazer coisas como aquela, estavam sujando a honra do povo, do Estado Operário. Levou um tempo enorme até perceber que seu caso não era o único e que o presídio estava cheio de pessoas como ele, que mandavam recados através de batidas nas paredes para dizer que estavam tão pasmadas quanto ele de se verem presas. Também lhe explicaram que "o idealismo não é apropriado para circunstâncias assim, camarada". E a venda caiu-lhe dos olhos, nas suas próprias palavras. Mais ou menos na mesma época em que parou de apelar para o lado bom e para a solidariedade de classe de seus torturadores, depois de perder a fé nas possibilidades a longo prazo da Revolução Soviética, foi libertado numa das novas alvoradas do Império Soviético. E descobriu que continuava sendo um homem com uma missão, só que agora a de abrir os olhos dos camaradas ainda iludidos com a natureza do comunismo.

Frances decidiu que não queria ouvir as "revelações" que já absorvera décadas antes, mas entrou de manso na sala, depois de cheia, e sentou-se bem atrás, ao lado de um homem de quem não se lembrava e que obviamente se lembrava bem dela, pelo jeito como a cumprimentou. Johnny se achava num canto, ouvindo sem preconceitos. Os filhos ficaram ao lado de Julia, do outro lado da sala, e não olharam para o pai. Em seus rostos, aquele mesmo ar de tensão infeliz que ela vinha observando já havia muitos anos. Se evitavam os olhos do pai, para ela enviavam sorrisos de apoio, tristes demais para se passarem por irônicos, ainda que a intenção fosse essa. Naquela sala estavam as pessoas com quem tinham convivido na infância, alguns pais de crianças com quem haviam brincado.

Quando Reuben começou sua história com "Estou aqui para lhes contar a verdade sobre a situação, é meu dever...", a sala ficou em silêncio, e ele não poderia reclamar de falta de atenção da platéia. Mas aqueles rostos... não eram as expressões que em geral vemos numa assembléia, reagindo ao que é dito com sorrisos, meneios de cabeça, assentimentos, rejeições. Eram fisionomias educadas, mas vazias. Alguns continuavam sendo comunistas, haviam sido comunistas a vida toda e jamais mudariam: existem pessoas que não conseguem mudar, depois que se decidem por isso ou aquilo. Alguns já tinham sido comunistas, talvez criticassem a União Soviética, até mesmo com fervor, mas eram todos socialistas e conservavam sua crença no progresso, na escada para sempre ascendente rumo a um mundo melhor. E a União Soviética fora um símbolo tão poderoso dessa fé que — como viria a ser dito décadas depois por gente que mergulhara no sonho — "a União Soviética é nossa mãe, e ninguém insulta a própria mãe".

Estavam todos ali sentados, ouvindo a história de um homem que cumprira quatro anos de trabalhos forçados num presídio comunista, que fora tratado com brutalidade, uma história penosamente emotiva, tanto que às vezes Reuben Sachs chorava, explicando que era por terem "sujado e manchado o grande sonho da humanidade", mas o apelo que se fazia era à razão.

E, por esse motivo, a fisionomia das pessoas que tinham comparecido à reunião "para ouvir a verdade" continuava desprovida de qualquer expressão; elas pareciam até mesmo um tanto aparvalhadas, como se a narrativa não tivesse relação nenhuma com elas. Durante uma hora e meia, o emissário da "verdade da situação" falou, até encerrar com um apelo emocionado que lhe fizessem perguntas, mas ninguém abriu a boca. Como se nada tivesse sido dito, a reunião terminou, porque as pessoas se levantaram e, tendo agradecido a Frances, achando que era ela a anfitriã, e meneado a cabeça para Johnny, foram embora. Nada foi dito. E, quando começaram a conversar entre si, falaram sobre outros assuntos.

Reuben Sachs continuou sentado, à espera daquilo que o levara até Londres, mas podia perfeitamente ter feito uma palestra sobre as condições da Europa medieval ou mesmo sobre o homem da Idade da Pedra. Ele não conseguia acreditar no que estava vendo, no que acontecera.

Julia também continuou sentada em seu lugar, observando, sardônica, um tanto amargurada, ao passo que Andrew e Colin zombavam abertamente. Johnny se foi, com algumas outras pessoas, sem olhar para os filhos nem para a mãe.

O homem junto de Frances não se mexera. Por seu lado, ela achava que tivera razão em não querer participar: estava sendo atacada por uma infelicidade antiga e precisava recobrar a compostura.

"Frances", ele disse, tentando chamar a atenção dela, "o que ouvimos não foi nada agradável."

Ela lhe deu um sorriso mais vago do que ele gostaria de receber, mas depois reparou naquele rosto e pensou que ali ao menos estava uma pessoa que assimilara o que fora dito.

"Meu nome é Harold Holman. Mas parece que você não está lembrada. Eu circulava um bocado com Johnny, nos velhos tempos... Eu freqüentava sua casa quando nossos filhos eram pequenos — eu estava casado com a Jane, na época."

"Acho que eu bloqueei toda essa fase."

Andrew e Colin observavam tudo: a sala já estava quase vazia, e Julia ia levar o tremendamente decepcionado portador da verdade lá para cima.

"Posso ligar para você?", Harold perguntou.

"Por que não? Mas é melhor ligar para o *Defender*." E baixou a voz, por causa dos filhos. "Vou estar lá amanhã."

"Certo", ele disse e foi embora. Havia sido uma coisa tão casual que só depois de ele ter ido embora Frances começou a entender que o sujeito estava interessado nela como mulher: já perdera o hábito de esperar algo do gênero. E Colin lhe apareceu do lado para perguntar: "Quem é aquele homem?".

"Um velho amigo do Johnny — dos velhos tempos."

"E por que é que ele quer telefonar para você?"

"Eu não sei. Talvez a gente saia para tomar um café, em nome dos velhos tempos", ela disse, mentindo sem cerimônia porque aquele outro aspecto de si começara a voltar à tona.

"Vou para o colégio", disse Colin, abrupto, desconfiado, e, sem se despedir, saiu para pegar o trem.

Quanto a Andrew, ele anunciou: "Vou subir para ajudar a Julia com o nosso convidado, coitado", e deixou-a com um sorriso que era ao mesmo tempo cúmplice e de advertência, embora ela duvidasse que o filho tivesse se dado conta disso.

Uma mulher que bate a porta na cara de seu eu amoroso de modo tão radical quanto Frances o fizera tinha de se surpreender quando, de repente, ela se abre. Gostara de Harold, isso era óbvio, pela maneira como voltava à vida, como seu sangue corria, toda ela tomada de entusiasmo.

E, no entanto, por quê? Por que ele? Ele a pegara com a guarda arriada, sem dúvida. Que extraordinário. A ocasião fora extraordinária, quem poderia acreditar numa coisa assim, sem ter estado presente? Não ficaria nem um pouco admirada se esse Harold tivesse sido a única pessoa na sala a *pegar* o que Reuben Sachs dissera. Uma boa gíria, pegar. Você pode ficar sentado uma hora e meia ouvindo informações que deveriam estilhaçar sua preciosa cidadela de fé em mil pedacinhos, ou que não se encaixam com facilidade com o que você já tem na cabeça, mas você não *pega*. Você pode pegar uma carona...

Frances não dormiu bem essa noite, isso porque estava se deixando levar por sonhos, qual uma jovem apaixonada.

Ele telefonou na tarde seguinte e convidou-a a ir passar o fim de semana com ele numa cidadezinha em Warwickshire, e ela disse que sim, com a maior simplicidade, como se fizesse isso sempre. E era forçada a se perguntar de novo o que, naquele homem, o tornava capaz de girar, com tanta facilidade, a chave de uma porta que ela mantivera trancada. *Ele* era um homem forte, sorridente, arruivado, cuja expressão característica era a de alguém que faz uma avaliação fria e bem-humorada de tudo. Era, ou fora, funcionário de alguma organização educativa. Um sindicalista?

Ela supunha que o grupo de sempre aparecesse para o fim de semana e subiu até os aposentos de Julia para dizer que gostaria de tirar uma folga. Usando essas palavras.

Julia deu a impressão de sorrir de leve. Seria um sorriso? Não maldoso... "Coitada de você", ela disse, surpreendendo a nora. "Você vive uma vida tão monótona."

"Vivo?"

"Eu acho que vive. E os jovens podem cuidar de si mesmos uma vez na vida."

E, ao sair, escutou baixinho: "Volte para nós, Frances", e isso a espantou de tal forma que se virou, mas Julia já tinha apanhado seu livro de novo.

Volte para nós... ah, era muito perspicaz da parte dela, desconfortavelmente perspicaz. Porque fora tomada por uma revolta contra sua vida, contra a canseira interminável daquilo tudo, e vagava numa paisagem de sonhos febris, onde se perderia — e nunca mais voltaria para a casa de Julia.

Isso sem falar dos filhos, e eles não eram sopa. Informados de que a mãe passaria o fim de semana fora, ambos reagiram como se ela fosse ficar fora no mínimo seis meses.

Colin, da escola, disse ao telefone: "E aonde você vai? Com quem você vai?".

"Com um amigo", foi a resposta, seguida de um silêncio desconfiado.

Andrew, por seu lado, lhe deu o mais desolado dos sorrisos, um sorriso cheio de medo, mas o filho seguramente não sabia disso.

Ela era a única coisa estável na vida deles, sempre tinha sido, e não adiantava dizer que já tinham idade suficiente para dar à mãe um pouco de liberdade. Mas com que idade crianças com alicerces assim tão frágeis deixam de precisar do pai, ou da mãe, ali presente o tempo inteiro? Lá estava a mãe deles, saindo para passar um fim de semana com um homem, e eles sabiam. Se alguma vez tivesse feito algo parecido antes... mas vivera sempre conforme a situação dos filhos, as necessidades deles, como se para compensar as falhas de Johnny. "Como se?" — não, ela *tinha* tentado compensá-los pelo que Johnny não fora. E como.

No sábado, Frances saiu de casa tentando não fazer barulho. Temia que Andrew, com seu sono leve, estivesse de sobreaviso, ou que Colin acordasse bem antes do que era seu hábito. Da calçada, ainda deu uma olhada para cima para ver se havia alguém espiando — mas não tinha ninguém nas janelas. Eram sete horas de um magnífico dia de verão, e seu humor, apesar da culpa, ameaçava lançá-la num firmamento de irresponsabilidade: lá estava ele, seu galã, seu namorado, sorrindo, obviamente satisfeito com o que via, uma loira (ela tinha ido arrumar o cabelo) de vestido de linho verde, se instalando no carro e girando no assento para rirem juntos da aventura.

Cruzaram sem maiores problemas os subúrbios de Londres e entraram na estrada, ela fruindo da satisfação que proporcionava a ele e do prazer que sentia ao lado daquele belo homem arruivado, ao mesmo tempo em que combatia a lembrança das fisionomias tristonhas dos filhos.

Cara Tia Vera, sou divorciada e tenho dois filhos. Estou tentada a ter um caso, mas receio abalar os meninos. Eles me vigiam feito dois gaviões. O que devo fazer? Eu queria me divertir um pouco. Será que não tenho direito a nada?

Muito bem, então. Se ela, Frances, estava a fim de *se divertir*, então em frente, marche: e expulsou os filhos com firmeza do pensamento. Ou isso, ou então dizer àquele homem: Dê ré e volte, eu me enganei.

Pararam na beira do rio, perto de Maidenhead, para tomar o café da manhã, descansaram mais tarde numa cidade cujos jardins públicos pareciam convidativos, seguiram em frente, foram atraídos por um pub simpático e almoçaram num outro jardim enquanto os pardais saltitavam no chão.

A certa altura, ele perguntou: "Está tendo dificuldade em refrear a descrença?".

"Estou", e impediu-se de acrescentar: "São os meninos, entende?".

"Foi o que pensei. Quanto a mim, não estou tendo o menor problema." E a risada que veio em seguida trazia em si triunfo suficiente para levá-la a buscar o motivo. Havia alguma coisa ali que ela não estava entendendo — mas tudo bem. Sentia-se irresponsavelmente feliz. De fato, levava uma vida muito insípida: Julia tinha razão. Pegaram estradas vicinais para evitar as auto-estradas, se perderam e, nesse tempo todo, olhares e sorrisos prometiam: à noite estaremos um nos braços do outro. O dia continuava quente, envolto numa neblina de seda dourada, e, mais para o final da tarde, sentaram-se num outro jardim, à beira de um rio, observados por melros, um tordo e um cachorrão amistoso que ficou do lado até ganhar um pedaço de bolo de cada um, quando então se retirou, a cauda abanando devagar.

"Um cachorro gordo", disse Harold Holman, "e é isso que eu vou virar, depois deste fim de semana." Repleto. De fato, pelo visto era assim que ele estava, mas havia ali um ingrediente a mais, um prazer com ela, com a situação, que a fez dizer, sem ter tido a intenção: "E o que exatamente o faz se sentir tão satisfeito consigo mesmo?". Ele entendeu na hora, e de tal forma que a agressividade da pergunta, da qual ela se arrependeu porque contrariava o contentamento radiante que sentia, foi anulada quando ele disse: "Ah, é verdade, você tem razão, você tem razão", e lhe dirigiu uma olhada risonha que lembrava um leão preguiçoso, as patas cruzadas na frente, erguendo a cabeça imponente num bocejo vagaroso. "Eu vou contar, vou lhe contar tudo. Mas antes quero parar num lugar, enquanto a luz ainda está assim." E lá se foram de novo, pelo condado de Warwickshire, estacionaram na frente do hotel, e ele saiu para abrir a porta do carro para ela. "Venha dar uma espiada nisto." Do outro lado da rua havia árvores, túmulos, arbustos e um velho teixo. "Eu queria muito lhe mostrar isto — não, você está enganada, nunca trouxe mulher nenhuma aqui, mas tive que parar nesta cidade, meses atrás, e pensei, é pura magia, este lugar. Mas eu estava sozinho."

Atravessaram a rua de mãos dadas e entraram no velho cemitério, onde o teixo parecia quase tão alto quanto a igrejinha. Era um poente de começo de verão, e a lua surgia brilhante no céu já quase escuro. As lápides pálidas debruçavam-se desordenadas para lá e para cá, como se falassem com eles. Um hálito morno de verão, e fiapos de neblina fria roçaram o rosto de ambos. Abraçaram-se, beijaram-se e ficaram assim grudados um bom tempo, ouvindo os recados do corpo um do outro. Aí então a pressão de emoções impartilháveis os separou, embora ainda estivessem de mãos dadas, e ele disse: "É", com um pesar silencioso que não precisou de explicação. Ela pensava: "Eu podia ter me casado com alguém assim, em vez de...". Julia o chamara de imbecil. Como Johnny não havia ligado após a reunião "para que todos soubessem a verdade", ela telefonara para o filho querendo saber o que tinha achado, ou melhor, o que ele estaria disposto a dizer. "E então?", ela perguntou. "Não resta dúvida de que vale a pena refletir sobre... o que aquele israelense contou, não?" "Você precisa aprender a ver as coisas de uma perspectiva de longo prazo, Mutti." "*Imbecil.*"

O cemitério foi tomado pela escuridão, a lua clareou, e as lápides luziram, brilhantes e fantasmagóricas. Foram se encostar no tronco do teixo, sob o negrume que havia embaixo da árvore, observando o luar. Depois caminharam em volta dos túmulos, todos antigos, nada ali tinha menos de um século, e em breve estavam no quarto do hotel antiquado, onde se registraram como Harold Holman e Frances Holman.

Na verdade ela pensava: Ora, por que não, eu podia me casar com este homem, podíamos ser felizes, afinal todo mundo se casa e é feliz — mas a lembrança do peso e da complexidade da casa de Julia suplantou a idéia boba, e ela expulsou também a lembrança, na intenção de ser feliz por uma única noite.

E ela o foi, ambos foram. "Feitos um para o outro", ele sussurrou no ouvido dela para depois exclamar a mesma coisa em voz alta, exultante. Ficaram deitados lado a lado, enlaçados, enquanto lá fora a noite breve caminhava rápido rumo a uma alvorada que não seria adiada por nuvem nenhuma: a luz rebrilhava nos vidros das janelas. "Sou apaixonado por você faz anos", ele disse, "anos. Desde quando a vi pela primeira vez com os meninos ainda pequenos, a mulher de Johnny. Não faz idéia de quantas vezes pensei em ligar e convidar você para dar uma fugida, tomar um drinque na esquina. Mas você era a mulher de Johnny, e eu tinha muito respeito por ele."

A animação de Frances levou um baque, e ela desejou que ele não continuasse nessa linha: mas Harold precisava, isso era óbvio, porque ali estava a triste face da verdade. "Isso deve ter sido naquele apartamento horrendo em Notting Hill."

"Era horrendo? Mas nós não estávamos interessados em luxo, naquela época." E riu alto, fruto de um excesso de tudo, antes de dizer: "Ah, Frances, se você alguma vez teve um sonho que nunca imaginou possível de se concretizar, então vai entender o que esta noite significa para mim".

Frances pensava em si mesma na época, gorda e preocupada, sempre às voltas com os meninos, sempre com uma criança agarrada nela, ou em cima dela, subindo nela, competindo pelo colo dela. "E o que exatamente você viu em mim, na época, eu gostaria de saber."

Ele se calou uns instantes. "Era tudo junto. Johnny — ele era um herói para mim, na época. E você era a mulher de Johnny. Vocês formavam um casal e tanto, eu invejava os dois e invejava o Johnny. E os meninos — eu ainda não tinha filhos. Eu queria ser como vocês."

"Como Johnny."

"Eu não sei explicar. Vocês eram quase que — uma família sagrada", ele riu, atirou as pernas para o alto, sentou na beira da cama, esticou os braços na luz enluarada do quarto e disse: "Você era maravilhosa. Calma... serena... nada era capaz de perturbá-la. E eu via que o Johnny não era necessariamente a pessoa mais fácil... eu não estou fazendo críticas a ele".

"E por que não? Eu faço." Será que ela iria mesmo demolir esse sonho — não podia. Mas claro que sim, claro que podia. "Você faz idéia do quanto eu odiava o Johnny na época?"

"Bem, claro que todos nós odiamos aqueles de quem gostamos, às vezes. A Jane — ela era um saco."

"Johnny era um saco sempre."

"Mas que herói!"

Ela estava sentada com o braço enlaçado em volta do pescoço dele, tão próxima quanto podia daquela vitalidade exuberante. Seus seios estavam colados ao braço dele. Como estava gostando do próprio corpo, nessa noite, só porque ele gostava. Seios macios e pesados, e os braços — podia garantir que eram belos. "Quando eu vi o Johnny naquela sala na outra noite, me perguntei se vocês dois ainda..."

"Santo Deus, não", e Frances se afastou dele, em corpo, na mente, mesmo no gostar, ao menos por aquele momento. "Como pôde pensar uma coisa dessas?" "Bem, e por que ele não haveria de..." "Esqueça o Johnny", ela disse. "Volte para cá." Deitou-se, e ele foi se deitar ao lado dela, sorrindo.

"Eu admirava aquele homem mais do qualquer outra pessoa no mundo. Para mim, ele era uma espécie de deus. Camarada Johnny. Era bem mais velho que eu..." Ergueu a cabeça para olhar para ela.

"O que significa que eu sou bem mais velha que você."

"Não esta noite. Eu estava meio confuso quando o conheci — numa assembléia, como sempre. Eu era um garoto. Tinha levado bomba nos exames. Meus pais disseram: 'Se você virou comunista, não pise mais nesta casa'. E o Johnny foi bom para mim. Uma figura paterna. Decidi ser digno dele."

Nesse momento Frances controlou os músculos do diafragma, mas, se foi para reprimir o riso ou as lágrimas, é difícil dizer.

"Consegui um quarto na casa de um camarada. Tornei a prestar os exames. Fui professor por uns tempos, na época eu era do Sindicato... mas a questão é que eu devo tudo ao Johnny."

"Bem, dizer o quê? Sorte dele. E, certamente, sorte sua também, não?"

"Se eu tivesse acreditado, na época, que estaria com você agora, segurando você em meus braços, acho que teria enlouquecido de tanta alegria. A mulher de Johnny, em meus braços."

Fizeram amor de novo. Sim, foi amor, um amor amigável, amoroso também, enquanto o riso borbulhava no caldeirão, bem longe dos ouvidos dele, mas ao alcance dos dela.

Dormiram. Acordaram. E então pareceu que ele tivera sonhos maus, porque ficou ali na cama deitado de costas, abraçado nela, mas de um jeito que dizia *Espere*. Por fim, falou com voz triste: "Foi um golpe muito duro, você sabe, o que aquele tal de Sachs disse".

Ela decidiu deixar passar.

"Não se pode dizer que não tenha sido um choque."

Ela decidiu falar. "Os jornais", pronunciou devagar. "Os jornais vêm noticiando há anos. A televisão. O rádio. Os expurgos, os campos de prisioneiros. Os assassinatos. Há anos."

Silêncio prolongado. "É, pois é, mas eu não acreditei. Bem, uma parte, claro... mas nada parecido — com o que ele contou."

"Como pôde não acreditar?"

"Eu não queria, acho."

"Exato." E em seguida se ouviu dizendo: "E aposto que ainda não ficamos sabendo nem da metade".

"Por que você diz uma coisa dessas? Parece que está muito satisfeita consigo mesma."

"Suponho que sim. Já é alguma coisa ver que eu estava com a razão, depois de anos sendo repelida — sendo massacrada. De estar sendo repelida *agora*."

Ele estava consternado. Mas ela continuou. "Eu não concordava com o Johnny. Discordei logo no começo..." Suprimiu *Logo que ele voltou da Guerra Civil Espanhola*. Uma vez que, afinal de contas, ele nem sequer havia ido. Suprimiu *quando vi o hipócrita desonesto que ele era*. Porque, afinal de contas, como se poderia chamar Johnny de desonesto? Ele acreditava em cada palavra daquilo.

"Eu me deixei levar pelo charme da coisa. Eu tinha dezenove anos. Mas não durou."

Ele não gostou do que ouviu, não gostou nem um pouco, e ela permaneceu ali do lado, calada, em comunhão suficiente para se sentir magoada porque ele se magoara.

Houve um longo silêncio entorpecido: lá fora, o dia já estava quente, e o trânsito começara.

"Parece que foi tudo para nada", ele disse por fim. "Que foram só... mentiras e tolices." Dava para ouvir as lágrimas naquela voz. "Que desperdício. Todo aquele esforço... pessoas mortas por nada. Gente boa. E que ninguém venha me dizer que não eram." Silêncio. "Não que eu dê importância demasiada ao fato, mas me sacrifiquei tanto pelo Partido. E tudo para nada."

"Nem tanto, afinal o camarada Johnny inspirou pensamentos nobres em você."

"Não zombe."

"Não estou zombando. Vou atribuir a ele uma boa nota. Pelo menos foi bom com você."

"Eu ainda não digeri. Ainda nem comecei a digerir tudo."

E assim continuaram lado a lado, e, se ele abria mão de sonhos, sonhos tamanhos, sonhos tão doces, ela por seu lado pensava: É óbvio que sou uma tremenda egoísta, bem que o Johnny dizia. O Harold aqui preocupado com o futuro de ouro da raça humana, adiado indefinidamente, e eu pensando em tudo que deixei passar na vida. Frances mal podia suportar a dor da reflexão. O doce peso de um homem dormindo entre os braços, a boca de um roçando a pele do rosto do outro, o terno volume dos testículos de um homem nas mãos, o escorregadio delicioso do...

"Vamos descer para tomar café", ele disse. "Senão, acho que vou chorar."

Tomaram café com sobriedade, numa saleta bem arrumada, e deixaram o hotel, reparando que, de manhã, o cemitério tinha um aspecto abandonado, decrépito, e que a magia da noite anterior iria parecer patética se não saíssem logo dali. E foi o que fizeram, indo a um lugar no qual, deitado numa colina relvada, ele lhe disse que ali, onde estavam, com vistas desfraldadas em todas as direções, era o coração da Inglaterra. E então — e ela entendeu de maneira absoluta — ele chorou pelo sonho perdido, e Frances pensou: Somos feitos um para o outro, mas nunca mais nos veremos. Era o fim de alguma coisa. Para ele. E para ela também: o que faço eu, saracoteando no coração da Inglaterra com um homem despedaçado por causa de — bem, não por minha causa.

No final da tarde, pediu-lhe que a deixasse em algum lugar onde pudesse tomar um táxi, porque não conseguiria enfrentar a possibilidade de ser vista a seu lado por uma casa com tantos olhos ciumentos, famintos. Beijaram-se, cheios de arrependimentos. Ele a viu entrar num táxi e saíram cada qual numa direção. Lá foi ela, galgando ligeira as escadas, possuída por aquela energia que vem de fazer amor, direto para o banheiro, com medo de estar cheirando muito a sexo. Depois subiu aos aposentos de Julia, bateu e esperou pela inspeção fria e minuciosa — que veio. Como esta não tivesse sido antipática, e sim gentil, sentou-se sem dizer nada, apenas sorrindo para Julia, os lábios trêmulos.

"É duro", disse Julia, e parecia saber o quanto era duro. Foi até um armário, cheio de garrafas interessantes, serviu um conhaque e levou-o para Frances.

"Vou ficar cheirando a bebida", disse ela.

"Não faz mal", disse Julia, que foi acender a chama da pequena cafeteira e ali ficou, de costas para Frances; fez isso por tato, porque Frances ainda precisava chorar muito. A certa altura apareceu uma xícara de café preto bem forte ao lado do conhaque.

A porta se abriu — sem que tivesse havido uma batida antes; Sylvia entrou correndo. "Ah, Frances, eu não sabia que você estava aqui. Eu não sabia que ela estava aqui, Julia." Ela parou hesitante, sorridente, depois correu para Frances, abraçou-a, o rosto colado em seus cabelos. "Ah, Frances, não sabíamos onde você estava. Você foi embora. Você nos deixou. Achamos que você tinha enjoado de todos nós e nos deixado."

"Claro que eu não faria isso", disse Frances.

"Verdade", disse Julia. "A Frances tem que ficar aqui, eu acho."

O verão espichou, se soltou, respirou lento, mais lento ainda, e o tempo esparramou-se em volta, como lagoas rasas nas quais boiar e folgar: tudo isso acabaria quando "as crianças" voltassem. As duas que continuaram ali ocupavam pouco espaço no casarão. Frances de vez em quando via Sylvia, do outro lado do patamar da escada, deitada na cama lendo um livro, de onde acenava. "Ah, Frances, este livro é tão bom", ou subindo a escada para ir falar com Julia. Ou então divisava as duas descendo a rua para ir às compras — Julia e sua amiguinha Sylvia. Andrew também passava o tempo todo na cama, lendo. Frances tinha — cheia de sentimentos de culpa, nem é preciso dizer — batido em sua porta, ouvido "Pode entrar", entrado e, não, o quarto estava livre de fumaça. "Aí está, mãe", Andrew disse com voz arrastada, porque tudo em volta dele tinha diminuído de ritmo, como as pulsações da própria Frances, "você devia confiar um pouco mais em mim. Eu não sou mais um maconheiro a caminho da perdição."

Frances não vinha fazendo comida. De vez em quando cruzava com Andrew na cozinha, preparando um sanduíche, e ele então se oferecia para fazer outro para ela. Ou vice-versa. Sentavam-se em pontas opostas da mesa e contemplavam abundância: tomates que vinham das mercearias cipriotas de Camden Town, densos de sol verdadeiro, cheios de protuberâncias e até mesmo disformes, mas, quando a faca os partia ao meio, a feracidade e a opulência rude de seu cheiro enchiam a cozinha. Comiam tomate com pão e azeitonas gregas e, às vezes, conversavam. Andrew chegou a comentar que talvez fizesse Direito. "Por que você está hesitando a respeito?" "Acho que vou fazer Direito Internacional. O conflito entre as nações. Mas confesso que ficaria muito feliz de passar a vida na cama, lendo." "E de vez em quando comendo tomate." "A Julia contou que um tio dela passou a vida na biblioteca dele, lendo. E imagino que pondo em ordem os investimentos."

"Quanto dinheiro será que ela tem?"

"Vou perguntar, qualquer dia desses."

Um pequeno incidente grosseiro interrompeu a paz vigente. Uma noite, depois que Frances já tinha ido dormir, Andrew abriu a porta para dois rapazes franceses que se declararam amigos de Colin, que por sua vez tinha dito a eles que poderiam passar a noite ali. Um deles falava um inglês excelente, e Andrew falava bem o francês. Ficaram em volta da mesa até tarde, bebendo vinho e comendo tudo o que encontraram, enquanto se desenrolava aquele jogo em que os dois lados querem praticar a língua um do outro. O semicalado sorria e ouvia. Tudo levava a crer que os dois houvessem ficado amigos de Colin durante a colheita de uvas, em seguida Colin fora para a casa deles, na Dordogne —

no momento viajava de carona pela Espanha —, e pedira a eles que dessem um alô para a família.

Os rapazes foram instalados no quarto de Colin, onde abriram os sacos de dormir para não usar a cama e perturbar o mínimo possível. Nada poderia ter sido mais amistoso e civilizado do que os dois irmãos, mas, pela manhã, um mal-entendido os levara ao banheiro de Julia. Estavam os dois ali na maior folia, reclamando da falta de uma ducha, admirando a fartura de água quente, divertindo-se com os sais de banho e o sabonete com perfume de violeta, fazendo muita algazarra. Eram umas oito horas: planejavam sair logo cedo, para começar a viagem. Julia escutou ruídos de água e vozes jovens aos berros, bateu na porta uma, duas vezes. Eles não escutaram. Ela abriu a porta e topou com dois rapazes pelados, um deles refestelado em sua banheira, soprando bolhas de sabão, o outro fazendo a barba. Seguiu-se então uma rajada de exclamações adequadas ao contexto, *merde* a mais freqüente e ruidosa delas. Os meninos estavam sendo interpelados por uma velha senhora de rolinhos no cabelo, usando um robe de chiffon rosa, no francês que ela aprendera na sala de aula, com uma série de *mademoiselles*, cinqüenta anos antes. O que estava no banho saltou da banheira, sem nem mesmo alcançar uma toalha para se cobrir, enquanto o outro se virou, barbeador na mão, queixo caído. Era evidente que estavam espantados demais para reagir. Julia deu as costas, os dois recolheram suas coisas e fugiram lá para baixo, onde Andrew ouviu a história e riu. "Mas onde foi que ela arrumou aquele francês?", eles questionaram. "Deve ser do Antigo Regime, no mínimo." "Não, foi com Luís XIV." E assim fizeram muita piada, enquanto tomavam café, para depois começar a viagem de carona por Devon, que, em meados de 1960, era *o* lugar mais bacana depois da Swinging London.

Frances, porém, não conseguiu rir. Foi falar com Julia e encontrou a velha senhora não em sua saleta, vestida e impecável, mas sim na cama, aos prantos. Julia viu Frances e levantou-se, mas sem firmeza nos pés. E então, por vontade própria, os braços de Frances enlaçaram Julia, e o que até ali parecera uma impossibilidade foi a coisa mais natural do mundo. A velhinha frágil encostou a cabeça no ombro da mulher mais jovem e disse: "Eu não entendo. Hoje aprendi que não entendo nada". E gemeu, de um jeito que Frances não teria acreditado ser possível, vindo dela, para em seguida se desvencilhar e atirar-se de novo na cama. Frances se acomodou ao lado dela, abraçando uma Julia que soluçava e gemia. Evidentemente, não se tratava mais só de um banheiro dessacralizado. Quando ficou um pouco mais calma, Julia conseguiu dizer: "Você acolhe qualquer um". E Frances respondeu: "Mas o Colin ficou hospedado com eles". E Julia de novo: "Qualquer um pode dizer isso. E daqui a pouco serão baderneiros americanos dizendo que são amigos de Geoffrey". "Exato, isso me parece bastante provável. Julia, você não acha isso bonito, a forma como esses jovens saem pelo mundo viajando — feito trovadores...", ainda que essa talvez não fosse a melhor comparação, porque Julia deu uma risada raivosa e disse: "Tenho certeza de que os trovadores eram mais bem-educados". E começou a chorar de novo. "Você acolhe qualquer um."

Frances perguntou se deveria chamar Wilhelm Stein, e Julia concordou.

Enquanto isso, a senhora Philby chegara e saíra perguntando, como na história dos três ursinhos, "quem tinha dormido no quarto de Colin?". Contaram. A velha senhora era da mesma safra de Julia, tão elegante e ereta quanto ela, as roupas pobres muito limpas e arrumadas, chapeuzinho preto, saia preta e blusa estampada, sempre com uma expressão que recusava conversa com o mundo que surgira sem qualquer participação de sua parte. "São uns porcos", ela disse. Lá se foi Andrew correndo para o quarto do irmão, onde encontrou uma laranja que escapara de uma mochila e umas migalhas de croissant. Se essa quantidade de sujeira era o bastante para desorientar a senhora Philby — se bem que àquela altura ela já devia ter se acostumado, não? —, então o que não diria do banheiro, que Sylvia e Julia deixavam quase impecável. "Minha nossa!", Andrew exclamou e saiu à toda para inspecionar uma cena tempestuosa de água espirrada e toalhas jogadas no chão. Fez uma arrumação preliminar e informou a senhora Philby de que já podia entrar, que era só água.

Andrew e Frances estavam à mesa quando apareceu Wilhelm Stein, doutor em filosofia e livreiro de obras sérias. Ele foi direto ver Julia, sem entrar na cozinha; depois desceu e parou na porta, sorrindo, muito ligeiramente respeitoso, um cavalheiro de idade tão perfeito a seu modo quanto Julia.

"Creio que não deva ser muito fácil para vocês entender o tipo de criação da qual Julia foi vítima — é, acho que posso pôr nesses termos, porque na minha opinião essa criação a incapacitou por completo para viver no mundo onde agora se encontra." Ele, assim como Julia, falava um inglês perfeito, e Andrew comparava isso com o francês exclamativo, expletivo e animado que ouvira na noite anterior.

"Por favor, sente-se, doutor Stein", disse Frances.

"Será que já não nos conhecemos bem o bastante para nos tratarmos por Frances e Wilhelm? Eu acho que sim, Frances. Mas agora não posso sentar, vou buscar o médico. Estou com o carro aqui." Estava prestes a ir embora, mas ainda se virou para dizer, sentindo, evidentemente, que não tinha se explicado o suficiente. "Os jovens desta casa — e eu considero você uma exceção, Andrew — são às vezes um tanto..."

"Brutos", disse Andrew. "Concordo. São tipos que chocam." Falou isso com voz severa, e o doutor Stein recebeu a pequena caçoada com uma mesura e um sorriso.

"Devo lhe dizer que quando tinha sua idade eu também era um tipo que chocava. Eu era — um arruaceiro." Fez uma careta à lembrança. "Talvez você ache difícil de acreditar, me vendo agora." E sorriu outra vez, se divertindo com a imagem que sabia estar apresentando — e apresentando conscientemente, uma das mãos pousadas no castão de prata da bengala, a outra espalmada como se dissesse: Exato, você tem que me entender por inteiro. "Olhando para mim, seria difícil me ver como... Eu andava com os comunistas em Berlim, com tudo que isso implica. Com *tudo* que isso implica", ele insistiu. "Sim, assim foi." Suspirou. "Acho que ninguém discordaria de que nós, alemães, somos de extremos, não? Ou que podemos sê-lo. Pois muito bem, então, Julia von Arne era um extremo, e eu era outro. Às vezes me divirto pensando o que eu, aos vinte anos, teria dito de Julia menina. E damos risada disso juntos. Enfim, eu tenho a chave e vou entrar direto quando voltar com o médico."

Em agosto apareceu por lá um certo Jake Miller, leitor de um artigo de Frances que fazia troça da recente mania por tudo quanto era onda estrangeira, do tipo ioga, I-Ching, o Maharishi e Subud. O editor do *Defender* tinha dito que precisava de uma matéria engraçada para encher espaço durante a "temporada boba" do verão, e foi isso que levou Jake Miller a ligar para o jornal perguntando a Frances se poderia visitá-la. A curiosidade disse sim por ela, e lá estava ele, na sala de estar, um homem corpulento, infinitamente sorridente, com presentes de livros místicos. Os sorrisos de amor, paz e boa vontade ilimitada logo mais se tornariam obrigatórios no rosto dos bons, ou talvez fosse melhor dizer dos jovens e bons, e Jake era um dos arautos, ainda que não fosse mais um jovem e sim um quarentão. Fugia da Guerra do Vietnã. Frances se resignou a ouvir um discurso, mas não era a política que lhe interessava. Ele a reivindicava como companheira de conspiração no terreno da experiência mística. "Mas foi só uma brincadeira, o que eu escrevi", ela protestou, enquanto ele sorria, dizendo: "Mas eu sei que você só escreveu daquele modo porque não teve outro jeito, que na verdade estava se comunicando com aqueles de nós que são capazes de entender".

Jake dizia ter uma série de poderes especiais, por exemplo, o de conseguir dissolver as nuvens olhando para elas, e, de fato, parada na janela, vendo um céu em turbilhão, Frances viu nuvens passarem e se dissiparem. "É muito fácil", ele disse, "até mesmo para pessoas pouco desenvolvidas." Ele entendia a linguagem dos pássaros e se comunicava com almas gêmeas através da percepção extra-sensorial. Frances poderia ter dito que obviamente não era uma alma gêmea, já que Jake fora obrigado a telefonar para ela, mas a cena, um tanto irritante, um tanto divertida, foi encerrada pela entrada de Sylvia com um recado de Julia — só que Frances jamais ficou sabendo qual era o recado. Sylvia estava usando uma jaqueta de algodão estampada com os símbolos do zodíaco, comprada porque servira e porque, sendo tão magrinha, era difícil encontrar roupas para ela: a jaqueta na verdade estava na seção infanto-juvenil. O cabelo fora preso em duas marias-chiquinhas finas, uma de cada lado do rosto sorridente. Os sorrisos de um e de outro se cruzaram e combinaram. Em instantes, Sylvia conversava com aquele novo tipo de amigo caloroso, que a esclareceu sobre seu signo solar, sobre o I-Ching e sobre sua aura provável. Mais alguns instantes e o americano simpático estava no chão, lendo nas varetas de milefólio o que fora reservado a ela pelo destino, e a leitura deixou Sylvia tão impressionada que ela jurou que ia sair e comprar um livro igual. Perspectivas e possibilidades com as quais nunca sonhara preencheram-lhe todo o ser, como se até então tivesse estado tudo um tanto vazio, e aquela menina, que mal conseguia pôr o pé fora de casa sem Julia, agora caminhava ao lado de Jake de Illinois, em busca de tratados iluminantes. Voltou já bem tarde para os padrões dela; passava das dez da noite quando subiu correndo as escadas, à procura de Julia, que a recebeu com os braços estendidos para um abraço, mas os deixou cair, ao mesmo tempo em que se sentava pesadamente para fitar aquela jovem presa de uma vivacidade que não julgava possível. Julia ouviu a conversa de Sylvia num silêncio que se tornou tão carregado e crítico que a menina parou de falar.

"Sylvia, minha pobre criança, de onde veio toda essa bobagem?"

"Mas, Julia, não é bobagem, não é mesmo. Eu vou explicar, escute..."

"Claro que é bobagem", disse Julia, levantando-se e dando-lhe as costas. Era para fazer um café, mas Sylvia viu nisso uma fria rejeição e começou a chorar. Não sabia, mas os olhos de Julia também estavam cheios de lágrimas, e ela lutava consigo mesma para não chorar. Que essa criança, *sua* criança, pudesse traí-la dessa forma — era assim que se sentia. Entre as duas, a velha senhora e a pequena adorada, a criança para quem Julia dera seu coração, sem reservas e pela primeira vez na vida — era como se sentia agora —, havia apenas suspeita e mágoa.

"Mas, Julia; mas, Julia..." Julia não se virou, e Sylvia desceu correndo as escadas, atirou-se na cama e chorou tão alto que Andrew escutou e foi até seu quarto. Ela contou a história toda e ele disse: "Agora pare com isso. Não adianta nada. Eu vou falar com a minha avó".

E foi.

"E quem é esse homem? Por que Frances o recebeu?"

"Mas você fala como se ele fosse um ladrão ou um vigarista."

"Um vigarista é exatamente o que ele é. Ele passou o conto-do-vigário na pobre Sylvia."

"Olha, vovó, esse negócio de ioga e coisas do gênero está por toda parte — você leva uma vida meio isolada, caso contrário já saberia disso." Falava de um jeito cômico, mas estava espantado com a infelicidade daquele rosto idoso. Sabia perfeitamente qual era o verdadeiro problema, mas resolveu persistir no nível das causas simples. "Claro que ela vai deparar com esse tipo de coisa na escola, você não pode protegê-la." Enquanto falava, lembrou que dava uma olhada no horóscopo toda manhã, ainda que não acreditasse, claro, e que já tinha até brincado com a idéia de ir ler a sorte. "Acho que você está fazendo tempestade em copo d'água", ousou dizer, e viu enfim a avó menear a cabeça, depois suspirar.

"Muito bem. Mas como é que essa... essa... infelicidade de repente se espalhou por todo lado?"

"Boa pergunta", disse Andrew, dando um abraço nela, mas foi como pôr os braços em torno de uma massa informe.

Julia e Sylvia fizeram as pazes. "Fizemos as pazes", a menina contou a Andrew, como se alguma coisa triste e pesada tivesse se tornado leve e inofensiva.

Julia no entanto não quis saber sobre as novas descobertas de Sylvia, não quis saber de atirar as varetas do I-Ching, nem de falar sobre budismo, e assim foi que a intimidade perfeita entre as duas, a intimidade que só é possível entre um adulto e uma criança, confiante, sincera e tão fácil quanto respirar, chegou ao fim. E ela tem de acabar para que o mais jovem possa crescer, só que, mesmo quando o adulto sabe disso e espera que isso aconteça, os corações sangram e se partem. O problema é que Julia nunca tivera esse tipo de amor por uma criança, sem dúvida não por Johnny; não sabia que uma criança que cresce — e Sylvia passara por um rápido processo de crescimento com ela — se torna um estranho. De repente, Sylvia não era mais a donzela sempre em volta da barra da saia de Julia, receosa de se afastar. Estava madura o suficiente para consultar as varetas de milefólio — a quem solicitara um conselho — e entender que devia ir visitar a mãe. Foi, sozinha, e, em vez de encontrá-la aos berros, histérica, encontrou Phyllida calma, contida e mesmo grave. Estava só: Johnny fora a uma assembléia.

Sylvia esperava que viessem as censuras e acusações que não suportava; sabia que teria de fugir correndo, caso viessem, mas Phyllida disse: "Você deve fazer o que achar melhor. Sei que deve ser bem melhor para você lá, com outras pessoas da sua idade. E sua avó parece que gostou de você pelo que ouvi dizer".

"Gostou, e eu a adoro", disse a menina, com toda a simplicidade, para em seguida tremer de medo do ciúme da mãe.

"O amor é muito fácil quando se é rico", disse Phyllida, mas isso foi o mais próximo que chegou de uma crítica. A determinação de se comportar direito, de não deixar escapar os demônios que urravam e a rasgavam por dentro, provocou uma lentidão, um quase embotamento. Ela repetiu: "É melhor para você. Eu sei disso". E: "Você precisa decidir por si mesma". Como se tudo já não tivesse sido decidido muito tempo antes. Não ofereceu um chá à filha, nem um refrigerante, nada. Continuou sentada, agarrada aos braços da poltrona, olhando fixo para Sylvia, piscando com irregularidade, e então, quando ia tudo explodir dentro dela, disse apressada: "Acho melhor você ir agora, Tilly. Sim, eu sei que você agora é Sylvia, mas para mim você ainda é a Tilly".

E Sylvia se foi, ciente de que por um triz não ouvira um berreiro.

Colin voltou primeiro: disse que tinha sido ótimo, e foi tudo que falou. Passava um bocado de tempo no quarto, lendo.

Sophie apareceu para dizer que iria começar a escola de arte dramática e que iria morar com a mãe, que ainda precisava dela. "Mas eu espero que vocês me deixem vir bastante — eu gosto tanto dos nossos jantares, Frances, eu gosto tanto das nossas noites." Frances a tranqüilizou, abraçou e percebeu, ao tocar Sophie, que havia algum problema.

"O que foi, Sophie? Alguma coisa que ver com o Roland? Você não se divertiu na viagem?"

Sophie respondeu, sem intenção de fazer piada: "Acho que não tenho idade suficiente para ele".

"Ah, entendo. Foi ele quem disse isso?"

"Ele disse que, se eu tivesse mais experiência, eu entenderia. É engraçado, Frances. Às vezes eu sinto como se ele não estivesse presente — ele está comigo mas... mesmo assim ele me ama, ele diz que me ama..."

"Bem, então pronto."

"Fizemos um monte de coisas boas. Andamos à beça, fomos ao teatro, encontramos muita gente, foi maravilhoso."

Geoffrey ia começar o curso na LSE. Deu uma passada para dizer que achava que já estava crescido o bastante e que era hora de ter um lugar próprio onde morar. Ia dividir acomodações com alguns americanos que conhecera durante as passeatas na Geórgia; era uma pena que Colin fosse um ano mais novo que ele, caso contrário poderia ir morar com eles. Falou também que queria continuar aparecendo "como nos velhos tempos", que, para ele, sair de lá era como deixar a casa dos próprios pais.

Daniel, mais novo que Geoffrey, tinha mais um ano de escola, um ano sem Geoffrey.

James também ia para a LSE.

Jill continuava sendo a incógnita do páreo. Ela não voltou com Rose, que, se nunca falou por onde andara, não perdeu a chance de contar que Jill estivera em Bristol com um amante. Entretanto garantiu que ela retornaria.

Rose continuou morando lá embaixo e anunciou que ia pegar firme nos estudos. Ninguém acreditou, e estavam todos errados. Na verdade, era uma moça inteligente, sabia disso e estava decidida a "mostrar para eles". Mostrar para quem? Frances teria de ser a primeira da lista, mas na verdade eram todos eles. "Eu mostro a eles", ela resmungava, quase como um mantra sempre que chegava a hora dos deveres de casa, sempre que seu rendimento na escola ficava aquém do esperado e quando era advertida para não fumar em classe.

A determinação de Sylvia de ir bem na escola não era apenas em benefício de Julia, era em homenagem a Andrew também, que continuava a ser como um irmão mais velho, afetuoso e gentil: quando estava em casa, e não em Cambridge.

Problemas financeiros... quando Frances se mudou para a casa de Julia, ficara combinado que a ex-sogra pagaria todos os impostos, mas que ela, Frances, ficaria responsável pelo restante: gás, luz, água, telefone. E também pela senhora Philby e a auxiliar que levava para ajudar quando "as crianças" extrapolavam. "Crianças? Porcalhões, isso sim." Frances comprava ainda a comida, supria a casa de tudo quanto era necessário e, para resumir, precisava de muito dinheiro. Estava ganhando esse dinheiro. A anuidade de Cambridge chegara semanas antes, e Julia pagara: segundo ela, o ano de folga de Andrew fora de grande ajuda. As mensalidades da escola de Sylvia eram custeadas por Julia. Depois foi a vez da conta de Colin, que Frances levou para a mesinha no último patamar da casa — onde era posta a correspondência de Julia —, com o coração trepidando; e seu receio se confirmou quando Julia desceu com a conta da St. Joseph na mão. Julia também estava nervosa. Desde a queda das barreiras entre as duas, Julia vinha sendo mais afetuosa com Frances, mas também mais exigente e crítica.

"Sente-se, Julia."

Julia sentou-se, não sem antes remover um par de meias de Frances.

"Ah, desculpe", disse Frances, e Julia aceitou o pedido de desculpas com um sorrisinho apertado.

"O que significa isso de psicanálise para o Colin?"

Era o que Frances temia: já tinha havido algumas conversas entre a escola e ela, e também entre Colin e ela, com Sophie no meio. "Ah, *que ótimo*, Colin, isso vai ser *tão bom*!"

"O diretor me descreveu como sendo uma oportunidade para ele ter alguém com quem falar."

"Eles podem chamar do que quiser. Vai custar milhares, milhares de libras, todo ano."

"Escute, Julia, eu sei que você não aprova essa história de psico isso e aquilo. Mas já lhe passou pela cabeça que ele vai ter um homem com quem conversar? Bem, eu espero que seja um homem. Esta é uma casa tão cheia de mulheres, e o Johnny..."

"Ele tem um irmão, ele tem o Andrew."

"Mas eles não se dão."

"Não se dão? Onde já se viu?" E então houve uma pausa, enquanto Julia estendia e fechava os dedos pousados sobre os joelhos. "Meus irmãos, eles brigavam às vezes. É normal os irmãos brigarem."

Frances sabia que ela tivera irmãos e que eles haviam morrido naquela velha guerra. Os dedos penosamente inquietos de Julia os trouxeram para a sala, junto com seu passado... os irmãos mortos. Os olhos dela estavam cheios de lágrimas, Frances poderia jurar, ainda que estivesse de costas para a luz.

"Eu concordei que Colin falasse com alguém porque... ele é tão infeliz, Julia."

Frances ainda não tinha certeza se Colin aceitaria. Tudo o que ele dissera fora: "É, eu sei, o Sam me disse". O diretor. "Eu falei para ele que quem deveria ir fazer análise é meu pai." "Esse dia ainda está para chegar", Frances respondera. E ele acrescentara: "Verdade, e por que não você? Até que não seria mal ter a quem falar". "Com *quem*." "Não acho que eu seja mais louco que os outros." "Concordo."

Julia então se levantou da cadeira e disse: "Existem certas coisas com as quais não vamos poder concordar nunca. Mas não foi isso que eu vim dizer. Mesmo sem essa tolice de análise, eu não tenho como pagar a escola de Colin. Pensei que ele já tivesse terminado, e aí fico sabendo que ele vai fazer mais um ano".

"Ele concordou em prestar os exames de novo."

"Mas eu não tenho como pagar a escola dele, de Andrew e de Sylvia. Vou pagar a faculdade dos dois até que sejam independentes. Mas o Colin — não vou poder. E você agora está ganhando dinheiro, espero que seja o suficiente."

"Não se preocupe, Julia. Sinto que tudo isso tenha despencado em cima de você."

"E suponho que não adianta pedir ao Johnny. Ele deve ter algum dinheiro, está sempre viajando para lá e para cá."

"Não é ele quem paga as viagens."

"Por que isso? Por que os outros pagam as coisas dele?"

"Ah, ele é o camarada Johnny, você sabe como é. Ele é meio que estrela, Julia."

"Ele é um tolo", disse a mãe de Johnny. "Por que será? Não acho que eu seja uma tola. E o pai dele com certeza não era nenhum tolo. Mas Johnny é um idiota." Julia parou na porta, dando uma olhada de especialista no aposento que um dia fora sua saleta de estar particular. Sabia que Frances não gostava da mobília — uma mobília tão boa; nem das cortinas, que durariam mais outros cinqüenta anos, se fossem bem cuidadas. Julia suspeitava que estivessem juntando poeira e provavelmente traças. O velho tapete, que viera da casa na Alemanha, estava esgarçado em certos trechos.

"E eu suponho que vá defendê-lo. Como de hábito."

"Eu, defendê-lo? Quando foi que *eu* defendi a política dele?"

"Política dele! Aquilo não é política, aquilo é apenas — burrice."

"É a política da metade do mundo, Julia."

"Ainda assim é burrice. Bem, Frances, eu não queria preocupá-la ainda mais, você já tem problemas suficientes, mas não há como evitar. Se você não puder mesmo pagar a escola do Colin, então vamos ter que hipotecar a casa."

"*Não*, não, não... absolutamente *não*."

"Bem, me diga se tiver dificuldades." E saiu.

Haveria dificuldades. A escola de Colin era caríssima, e ele concordara em ficar o ano inteiro lá. Já tinha passado da idade, estava com quase dezenove anos, e isso era um constrangimento. A conta da clínica Maystock — o "com quem falar" — custaria uma fortuna. Teria de arranjar mais trabalho. Pediria um aumento. Sabia que seus artigos haviam feito a circulação do *Defender* crescer. Poderia escrever para outros jornais, com pseudônimo. Esses problemas eram discutidos, por incrível que pareça, com Rupert Boland, no Cosmo. Ele também tinha problemas financeiros, de natureza não especificada. Gostaria de deixar o *Defender*, que segundo ele não era lugar para homens, mas ganhava bem. Ganhava por fora fazendo pesquisa para a televisão e para o rádio: ela poderia fazer o mesmo. Ainda assim, precisaria de mais, precisaria de muito mais. Johnny: quem sabe pedisse a ele de novo? Julia estava certa, ele vivia a vida de um — do equivalente atual de um paxá, participava de delegações e missões de boa vontade, sempre nos melhores hotéis, todas as despesas pagas, levando saudações camaradas de um canto do mundo para outro. Devia estar recebendo dinheiro de algum lugar: quem pagava o aluguel? Ele não trabalhava em coisa alguma, nunca trabalhara.

Junto com o outono, começou uma situação bizarra. Colin vinha duas vezes por semana de trem da St. Joseph para a clínica Maystock, onde tinha consulta com um tal de doutor David. Um homem: Frances ficou encantada. Colin teria um homem com que falar, um homem fora da situação familiar. ("Se é disso que ele precisa, por que não o Wilhelm?" perguntara Julia. "Ele gosta do Colin." "Mas, Julia, será que você não entende, ele está próximo demais, ele é parte do nosso mundo." "Não, eu não entendo.") O problema é que, em obediência a essa ou àquela teoria psicanalítica, o doutor David não dizia uma palavra. Dizia um boa-tarde, sentava na poltrona, depois de um rápido aperto de mão, e dali em diante não abria a boca durante uma hora inteira. Não falava um á. "Ele só sorri", contou Colin. "Eu digo alguma coisa e ele sorri. No fim fala: Seu tempo acabou, nos vemos na próxima quinta."

Colin ia direto da Maystock para casa e para onde quer que a mãe estivesse. E ali despejava sobre ela tudo aquilo que não conseguira dizer para o doutor David. A coisa vinha aos borbotões, as queixas, as tristezas, as raivas, tudo o que Frances esperava que o filho finalmente descarregasse nos ombros profissionais do doutor David. Que se mantinha calado, olhando, de modo que Colin também ficava calado, olhando, frustrado e com raiva. Ele gritava com a mãe que o doutor David o estava torturando, que era tudo culpa da escola, que o obrigava a ir à clínica Maystock. E que era culpa dela estarem na situação em que estavam. Por que se casara com Johnny? — ele berrava para ela. Aquele comunista, todo mundo sabia o que era o comunismo, mas ela se casara com ele, com Johnny, que não passava de um fascista metido a comissário do povo, e ela, Frances, se casara com ele, e aquela merda toda caíra em cima dele e de Andrew. E assim ele esperneava, parado no meio da sala ou da cozinha, mas era com o doutor David que esperneava, porque estava tudo comprimido lá dentro e era preciso descarregar em algum lugar. No caminho inteiro até Londres, no trenzinho vagaroso, ele ensaiava as acusações contra a vida, o pai, a mãe, para contar ao doutor David, mas o doutor David só sorria. E então tudo aquilo tinha de explodir de algum jeito, e explodia em cima da mãe. E olhe só, ele gritava em cada uma de suas visitas, olhe só esta casa, cheia de gente que não tem o menor direito de estar aqui. O que faz a Sylvia aqui? Ela não era da família. Ela se apossava de tudo, todos eles se apossavam de tudo, e Geoffrey era um parasita. Será que algum dia Frances já havia parado para calcular o quanto eles haviam gasto com Geoffrey em todos aqueles anos? Poderiam ter comprado outra casa do tamanho da casa da Julia com o dinheiro. Por que o Geoffrey não saía de lá? Todo mundo dizia que Geoffrey era seu amigo, mas ele nunca fora muito com a cara de Geoffrey, a escola é que decidira que Geoffrey era seu amigo, o Sam é que decidira que eles se complementavam, ou seja, em outras palavras, não tinham porra nenhuma em comum, mas seria bom para eles, pois bem, para ele, Colin, não fora, e Frances era conivente com a escola, às vezes ele achava que Geoffrey era mais filho dela do que ele, e veja só o Andrew, passou um ano todo deitado na cama, fumando maconha, e será que Frances sabia que ele também tinha experimentado cocaína, bem, ela não sabia disso, não é mesmo? E, se não sabia, por que não sabia? Por que Frances nunca sabia de nada. Deixava tudo e todos à vontade, e o que dizer de Rose, o que faz Rose nesta casa, me diga, vivendo à nossa custa, se apossando de tudo, ele não queria Rose morando ali, ele odiava Rose, será que Frances sabia que ninguém gostava da Rose, no entanto lá estava ela, morando lá embaixo, refestelada no apartamento e ai de quem pusesse a cabeça no vão da porta, ela fazia um berreiro, mandava embora. Era tudo culpa de Frances, às vezes ele se achava a única pessoa sã na casa, mas era ele que tinha de ir para a clínica, ser torturado pelo doutor David.

Escutando Colin, enquanto ele discursava, tirando e pondo os óculos de aros pretos, agitando as mãos para todos os lados, sapateando, Frances ouvia o que nenhum ser humano deveria ouvir, nunca: os pensamentos sem censura de outrem. (Ninguém exceto o doutor David e congêneres, vale ressaltar.) Provavelmente não seriam pensamentos muito diversos dos de tantas outras pessoas, quando ferventes feito lava. Ainda bem que as pessoas não podiam ouvir o que os outros pensavam delas, como Frances tinha de fazer agora, com Colin. A ladainha de misérias durava uma hora, o tempo que teria durado com o doutor David. Depois ele dizia, numa voz até que amistosa, normal: "Agora preciso pegar o trem". Ou: "Eu vou passar a noite aqui e pegar o primeiro trem amanhã". E o Colin que ela conhecia aparecia de volta, sorridente, ainda que de um jeito meio perplexo, frustrado. Devia ficar absolutamente exausto após os desabafos.

"Você não precisa ir fazer análise", ela lembrava a ele. "Você pode dizer não. Quer que eu diga a eles que decidiu não ir mais?"

Mas Colin não queria parar de ir a Londres duas vezes por semana, de freqüentar a clínica Maystock, de ir *vê-la*, Frances sabia disso, porque, sem a frustração dos sessenta minutos com o analista, ele não poderia gritar e esbravejar com ela, dizer o que vinha pensando havia tempos mas que nunca deixara escapar, nunca fora capaz de deixar escapar.

Depois de uma hora ouvindo o berreiro, Frances ficava tão cansada que ia para a cama, ou continuava largada na poltrona. Uma tarde, sentada ali no escuro, Julia bateu, abriu a porta, viu que o aposento estava às escuras e só então notou a presença de Frances. Julia acendeu a luz. Ouvira Colin gritando com a mãe e ficara meio perturbada com isso, mas não fora essa a razão de ter descido.

"Você sabia que a Sylvia ainda não voltou?"

"São só dez da noite."

"Posso sentar?" E Julia sentou, as mãos demolindo o lencinho no colo. "Ela é muito jovem para ficar na rua até esta hora, com um bando de gente pouco recomendável."

Sylvia às vezes ia da escola para um certo apartamento em Camden Town onde Jake e amigos passavam boa parte do tempo. Eram todos adivinhos, um ou dois por profissão, ou escreviam horóscopo para jornais, todos iniciados em ritos diversos, em sua maioria inventados por eles mesmos; gostavam de fazer uma roda em torno da mesa para invocar espíritos, ingeriam substâncias misteriosas chamadas de Bálsamo da Alma, Mistura Mental ou Essência da Verdade — em geral pouco mais que chás de ervas e especiarias — e viviam num mundo de significado e alcance bem além do da maioria das pessoas. Sylvia fazia muito sucesso entre eles. Era o xodó do grupo, a neófita por quem os possuidores do conhecimento anseiam, e, como tal, ficou encarregada de segredos de alto significado. Ela gostava do pessoal porque eles gostavam dela e porque era sempre bem-vinda. Nunca se comportou de forma irresponsável, nunca deixou de telefonar para dizer que chegaria mais tarde e, se ficava com eles mais tempo do que tinha dito, telefonava de novo para Julia.

"Se você precisa mesmo andar com essa gente, Sylvia, o que eu posso dizer?"

Frances também não aprovava, mas sabia que a menina acabaria superando essa fase.

Para Julia, era uma tragédia, perdera sua pequena ovelha, seduzida por uns lunáticos doentes.

"Aquela gente não é normal, Frances", disse ela nessa noite, perturbada e prestes a chorar.

Frances não tentou fazer piada com um "E quem o é?" — Julia teria embarcado em mil e uma definições. Sabia que a sogra tinha descido por outro motivo que não sua ansiedade em torno de Sylvia e aguardou.

"E como você explica que um filho fale com a própria mãe do jeito como Colin fala com você?"

"Ele tem que falar com alguém."

"Mas é ridículo, as coisas que ele diz... eu ouço tudo, a casa inteira ouve."

"Ele não pode dizer para o Johnny, então diz para mim."

"Mas é assombroso que eles tenham permissão para se comportar dessa forma. E por que se comportam assim?"

"Porque estão desnorteados. Não é engraçado, Julia, você não acha estranho?"

"O que eu acho estranho é o comportamento deles."

"Não, escute, eu sempre penso nisso. Eles são todos tão privilegiados, eles têm tudo, têm muito mais do que qualquer um de nós algum dia teve — quer dizer, talvez com você tenha sido diferente."

"Não, não, eu não tinha um vestido novo por semana. E eu não roubava." A voz de Julia subiu de tom. "Aquela sua cozinha cheia de larápios, Frances, eles são uns ladrões, sem moral alguma. Quando querem alguma coisa, vão e roubam."

"O Andrew não rouba. Nem o Colin. E acho que a Sophie nunca roubou."

"A casa está cheia... você deixa eles entrarem aqui, eles se aproveitam de você, e são todos uns ladrões e mentirosos. Esta casa era um lugar decente. Nossa família era decente e nós éramos respeitados."

"Eu sei, e me pergunto por que eles são como são. Têm tanta coisa, muito mais do que qualquer outra geração já teve, e no entanto estão todos..."

"Todos desnorteados", disse Julia, levantando. Depois parou na frente de Frances, as mãos semi-erguidas, como se estivesse segurando algo invisível — alguém — que ela torcia como se fosse um pano. "É um bom termo, esse: *desnorteado*. E eu sei por que eles estão desse jeito. Abalado, foi esse o termo que você usou para o Colin? São filhos da guerra, por isso. Duas guerras tremendas e eis o resultado. Eles são filhos da guerra. Você acha mesmo que pode haver guerras como aquelas, guerras tenebrosas, terríveis, impunemente? Você acha que podemos virar e dizer, muito bem, isso tudo acabou, agora vamos voltar ao normal? Nada mais é normal. Os jovens não são normais. E você também...", mas se interrompeu, e Frances não ouviria o que Julia achava dela. "E agora a

Sylvia, com aqueles espiritualistas, como eles se autodenominam, você sabia que eles apagam as luzes e ficam sentados, de mãos dadas, enquanto alguma idiota finge estar falando com fantasmas?"

"Eu sei."

"No entanto continua aí plantada, sem impedir nada."

Frances disse, no momento em que a velha senhora saiu: "Julia, nós não podemos impedi-los de nada".

"Pois eu vou impedir a Sylvia. Vou dizer a ela que volte para a mãe, se quer continuar andando por aí com aquela gente."

A porta se fechou e, em voz alta, Frances disse para a sala vazia: "Não, Julia, você não vai fazer isso, você está apenas resmungando consigo mesma, feito uma velha bruxa, para desafogar as mágoas".

Nessa mesma noite, com o "esta casa era um lugar decente" de Julia ainda ressoando no ouvido, a campainha da frente tocou, tarde já, e Frances desceu para ver quem era. Na porta havia duas meninas de uns quinze anos encarando-a com um olhar hostil mas exigente que prenunciava o que ia ouvir e que foi: "Deixe a gente entrar. A Rose está esperando".

"Eu não estava esperando ninguém. Quem são vocês?"

"A Rose falou que a gente pode morar aqui", disse uma delas, pelo visto prestes a empurrar Frances e entrar.

"Não cabe a Rose dizer quem pode e quem não pode morar aqui", disse Frances, bastante espantada com o próprio pé firme. Em seguida, como uma das meninas continuasse parada, hesitante, acrescentou: "Se vocês querem falar com ela, voltem amanhã numa hora mais razoável. Ela já deve estar dormindo".

"Não está, não." Frances olhou então para a janela do apartamento de baixo e viu Rose gesticulando furiosamente para as amigas. Também ouviu: "Eu disse que ela era uma megera".

As meninas se foram com gestos de *eu não disse?* para Rose. Uma delas ainda falou em voz bem alta, por cima do ombro: "Quando a gente ganhar a Revolução, você vai se arrepender".

Frances foi direto dar uma palavrinha com Rose, que já estava a postos, esperando, trêmula de raiva. O cabelo preto, livre do jugo do corte Evansky, parecia ouriçado, e, com aquela vermelhidão toda no rosto, a menina dava realmente a impressão de estar prestes a avançar sobre Frances.

"Que diabos está pretendendo com isso de dizer para os outros que eles podem vir morar aqui?"

"O apartamento é meu, não é? Eu faço o que eu quiser no meu apartamento."

"O apartamento não é seu. Nós permitimos que você fique aqui até terminar a escola. Mas, se houver pessoas precisando de um lugar para ficar, elas vão dormir no outro quarto."

"Eu vou alugar o quarto."

E Frances então se viu emudecida de espanto diante do absurdo, não que fosse uma situação inusitada em se tratando de Rose. Mas, ao notar aquele olhar triunfante de quem não fora contestada, falou: "Nós não cobramos nada de você para morar aqui. Você vive nesta casa sem pagar um centavo, como é que foi lhe passar pela cabeça que podia alugar um quarto?".

"Eu tenho que alugar", berrou Rose. "Não dá para viver com o que meus pais me dão. É uma miséria. Eles são tão pão-duros!"

"E por que você haveria de precisar de mais dinheiro, se não gasta nada para morar aqui, come conosco, e as mensalidades da escola estão pagas?"

Rose, porém, estava uma fúria, fora de controle. "Uns merdas, todos vocês, é isso que vocês são. E não gostam das minhas amigas. Elas não têm para onde ir. Estão dormindo num banco na estação de King's Cross. Suponho que seja isso que você gostaria que eu fizesse."

"Se é isso que você quer, à vontade. Eu não vou impedir."

Rose berrou: "Aquela jóia do Andrew me deixa grávida e depois você me atira fora feito um cachorro".

Isso pegou Frances de surpresa, mas depois lembrou que não era verdade... e em seguida que o aborto de Jill fora arranjado sem que ela tivesse sabido de nada. A hesitação deu à garota uma vantagem, e ela berrou: "E olha só a Jill, você a obrigou a fazer um aborto que ela não queria".

"Eu não sabia que ela estava grávida. Eu não sabia de nada", disse, ao mesmo tempo em que caía em si: estava discutindo com Rose, coisa que ninguém em sã consciência faria.

"E suponho que também não soubesse nada a meu respeito, não? Esse papo melado de ser bonzinho com a Rose, e o tempo inteiro você estava era acobertando o Andrew."

"É mentira sua. Eu sei quando você está mentindo." Em seguida se surpreendeu de novo: Colin dizia que ela nunca sabia de nada do que se passava: e se Rose tivesse ficado grávida? Mas não, Andrew teria lhe contado.

"E eu não vou continuar morando aqui se você insiste em ser tão cruel comigo. Eu sei quando não sou bem-vinda."

O grotesco dessa última declaração acabou provocando uma risada em Frances, mas era, em parte, também de alívio de pensar que Rose podia mesmo ir embora. O grau desse alívio lhe dizia o tamanho do fardo que representava a presença da garota. "Ótimo. Eu concordo com você, Rose. Obviamente, é melhor você ir embora, se é assim que você se sente."

E subiu as escadas, num silêncio igual àquele que dizem morar no âmago de uma tormenta. Uma última espiada mostrou o rosto de Rose erguido no que parecia ser uma prece — mas depois ela urrou.

Frances fechou a porta, correu para o quarto e se atirou na cama. Ah, meu Deus, ficar livre de Rose, simplesmente ficar livre de Rose: mas o bom senso esgueirou-se de volta. Claro que ela não vai embora.

Ouviu os passos pesados da menina na escada, ouviu quando martelou a porta do quarto de Andrew. Ela ficou lá um bom tempo. Frances — na verdade a casa inteira — ouviu os soluços, os berros, as ameaças.

Aí, bem depois da meia-noite, ela passou pé ante pé diante dos aposentos de Frances e fez-se silêncio.

Uma batida na porta: lá estava Andrew. Branco de exaustão.

"Posso sentar um pouco?" Sentou. "Você nem imagina como me divirto", ele disse, preservando a pose apesar de tudo, "toda vez que eu vejo você neste cenário inacreditável."

Frances viu a si mesma no jeans surrado, uma malha velha por cima, pés descalços, em meio à mobília de Julia, que seguramente deveria estar num museu. Conseguiu sorrir e sacudir a cabeça, querendo com isso dizer: Já passou dos limites.

"Ela disse que você a expulsou de casa."

"Quem me dera. Ela disse que vai embora."

"Receio que não teremos essa sorte toda."

"Ela diz que você a engravidou."

"O quê?"

"Foi o que ela disse."

"Não houve penetração. A gente deu uns beijos, coisa e tal, mais por farra do que qualquer outra coisa. Não mais que uma hora. É incrível como esses cursos que a esquerda organiza no verão são...” E cantarolou: “... a menor brisa parece dizer baixinho sexo, sexo, sexo, por favor”.

“O que vamos fazer? Por que nós simplesmente não a colocamos no olho da rua, Deus meu, por quê?

“Mas, se a gente mandar a Rose embora, ela vai ficar na rua. Ela não vai voltar para a casa dela.”

“Desconfio que não.”

“É só por um ano. Vamos ter que agüentar.”

“O Colin está uma fúria porque ela mora aqui.”

“Eu sei. Não esqueça que todos escutamos as queixas dele contra a vida. Contra a Sylvia. E provavelmente contra mim também.”

“Mas sobretudo contra mim.”

“E agora eu vou descer e dizer que se por acaso ela insinuar mais uma vez que eu a engravidei... espera aí, por acaso ela também disse que eu a levei para fazer um aborto?”

“Não chegou a tanto, mas não vai demorar.”

“Meu Deus, que cobra.”

“E que veneno. Ninguém pode com ela.”

“Pois então veja o que eu vou fazer.”

“E o que você vai fazer? Chamar a polícia? Por falar nisso, por onde será que anda a Jill? Ela está sumida.”

“As duas brigaram. O mais provável é que Rose a tenha posto para fora.”

“E para onde teria ido? Alguém sabe? Afinal eu supostamente sou *in loco parentis*.”

“*Loco* é uma ótima palavra, no contexto.” E saiu.

Entretanto aos poucos Frances ia se dando conta de que, muito embora as “crianças” a vissem como uma espécie de aberração benigna da natureza e a si próprias como um tanto sortudas de tê-la por perto, não era a única *in loco parentis*. Chegara uma carta da Espanha, depois do verão, de uma inglesa que morava em Sevilha, dizendo que tinha gostado muito de Colin, um moço encantador. (Colin, encantador? Bem, seguramente não nesta casa.) “Uma turma muito simpática este ano. Nem sempre as coisas são tão fáceis assim. Às vezes eles aparecem com cada problema! E eu acho extraordinária a forma como eles vão morar na casa dos pais dos outros. Minha filha dá uma milhão de desculpas para não vir para cá. Tem uma casa alternativa em Hampshire, com um ex-namorado. Não nos resta alternativa senão aceitar que assim são as coisas, hoje em dia."

Uma carta da Carolina do Norte. "Olá, Frances Lennox! Sinto como se a conhecesse bem. Seu Geoffrey Bone esteve conosco durante algumas semanas, com outros jovens de várias partes do mundo, todos para participar da Luta pelos Direitos Civis. Eles aparecem na minha porta, os jovens desgarrados do mundo — não, não, Geoffrey não se inclui nessa categoria, nunca conheci um rapaz tão senhor de si. Mas eu os acolho, assim como você, e assim como minha irmã Fran na Califórnia. Meu filho Pete planeja ir para a Grã-Bretanha no próximo verão e tenho certeza de que vai dar uma passada por aí." Da Escócia, da Irlanda, da França... cartas que foram para uma pasta de missivas semelhantes, que chegaram durante anos e anos, na época em que mal via Andrew, o filho mais velho.

E assim foi que as mães-substitutas que proliferaram por toda parte nos anos 60, tomaram conhecimento umas das outras e entenderam que eram parte de um fenômeno: o *geist* estava fazendo das suas de novo. Entraram em rede, antes que o termo fizesse parte da língua. Eram uma rede de formadoras. De formadoras *neuróticas*. Como "as crianças" tinham explicado, Frances era movida por uma culpa ou outra, arraigada desde a infância. (Ela respondera que não se espantaria nem um pouco.) Já Sylvia seguia uma linha diferente. (Origem de "linha" — jargão do Partido.) Sylvia aprendera com seus colegas prafrentex que Frances cuidava de seu carma, danificado numa vida pregressa.

Numa das visitas de Colin para esbravejar com a mãe, ele apareceu com um menino chamado Franklin Tichafa, nascido na Zimlia, uma colônia britânica que, segundo Johnny, estava em vias de seguir o exemplo do Quênia. Todos os jornais diziam isso. Franklin era um menino negro, roliço e sorridente. Colin disse à mãe que não podiam chamá-lo de menino por causa das más conotações da palavra boy, mas Frances retrucara: "Ele não é homem ainda, é? Se ele tem só dezesseis anos e não pode ser chamado de boy, quem é que pode?".

"Ela faz de propósito", Andrew comentou. "Só para irritar."

Em parte era verdade. Muito tempo antes, Johnny se queixara de que Frances às vezes bancava a obtusa política de propósito, só para constrangê-lo na frente dos camaradas. E de fato algumas vezes o fizera, tão deliberadamente quanto agora.

Todos gostavam de Franklin — batizado em honra de Franklin Roosevelt —, que fazia literatura na St. Joseph para agradar aos pais, mas que planejava estudar economia e política na faculdade.

"Isso é o que todos vocês vão estudar", disse Frances. "Política e economia. O mais extraordinário é que alguém ainda esteja interessado nesses cursos, tendo em vista que eles nunca acertam, sobretudo os economistas."

Esse comentário estava tão à frente de seu tempo que ninguém deu bola para ele, talvez nem o tenham escutado.

No dia em que Franklin apareceu, Colin não subiu aos aposentos da mãe para sua sessão costumeira de acusações: não tinha ido à clínica Maystock. Franklin estava com ele no quarto, levara um saco de dormir. Frances os ouvia lá em cima, conversando, rindo... e o coração sobrecarregado pareceu respirar mais à vontade, era como se Colin no fundo só precisasse de um bom amigo, de alguém com quem rir um bocado: eles fizeram muita folia e, como costuma acontecer com rapazes (ou meninos), houve muitos socos, tapas e brincadeiras brutas.

Franklin continuou a visitá-los, com bastante freqüência, e Colin disse que estava cheio da Maystock. Chegou a pegar o doutor David dormindo enquanto se remexia na poltrona dos pacientes, à espera de que o grande homem dissesse finalmente alguma coisa.

"Quanto ele está recebendo?"

Frances contou.

"Belo trabalho, para quem tem a sorte de arrumar um", respondeu Colin Mas por acaso estaria ele guardando tudo lá dentro de novo? Teria gasto toda a raiva naquelas tardes com ela? Frances não tinha idéia. O fato é que continuava indo mal na escola e queria largar os estudos.

Foi Franklin quem lhe disse que era besteira. "Seria um mau passo", disse ele, à mesa do jantar. "Você vai se arrepender quando for adulto."

Este último comentário era uma citação direta. Em qualquer grupo de jovens, sempre ouvimos a repetição, por troça ou a sério, de ditados, advertências e censuras saídos originalmente da boca dos mais velhos. "Você vai se arrepender quando for adulto" fora dito pela avó de Franklin ao pé do fogo — uma acha queimando no centro de uma choça — numa aldeia onde uma cabra podia empurrar a porta na esperança de encontrar algo para roubar e comer. Uma negra cheia de ansiedades, a quem Franklin contara que não ia aceitar a bolsa ganha da St. Joseph — ele estava apavorado —, tinha lhe dito: "Você vai se arrepender quando for adulto".

"Eu já sou adulto", disse Colin.

Era novembro de novo, escuro e garoento. Como era fim de semana, estavam todos ali. À esquerda de Frances estava Sylvia, e os demais tomavam cuidado para não reparar que ela travava uma batalha com a comida. Largara o círculo mágico daqueles que não conseguiam jamais afirmar algo sem uma troca de olhares significativos e vozes carregadas de importância que diziam — como Julia poderia ter dito — : "Eles não são pessoas muito recomendáveis". Jake aparecera visivelmente nervoso e pedira para falar com Frances. "Estamos com um problema, aqui, Frances. É uma questão cultural. Acho que nós, americanos, somos mais desinibidos que vocês."

"Receio estar em ligeira desvantagem, Jake. A Sylvia não me contou nada sobre o porquê de ela ter..."

"Mas não há nada para contar, acredite em mim."

Sylvia confidenciou a Andrew que não tinha ficado "irritada" por causa dos desbragados ritos satânicos imaginados e até mesmo ironizados por eles, ainda que tivesse dito e repetido que eram apenas tolices, nada mais que sessões que haviam saído errado — ou certo, dependendo do ponto de vista — e provocado aparições ruidosas portadoras de alguma comunicação urgente, como por exemplo que ela, Sylvia, devia andar sempre de azul e com um amuleto turquesa. Não foi isso. É que Jake tinha lhe dado um beijo e dito que ela já passara da idade de ser virgem. Ela o esbofeteara com força e o chamara de velho tarado. Para Andrew, era óbvio que Jake havia tentado lhe oferecer delícias sexuais misteriosas, mas Sylvia disse: "Ele tem idade suficiente para ser meu avô". E tinha. Quase.

Andrew estava lá para passar o fim de semana porque Colin ligara para ele avisando que Sylvia sofrera uma recaída. Fora Colin quem ligara: portanto, a que vinha aquele esperneio contra a presença dela na casa? "Você tem que vir, Andrew. Você sempre sabe o que fazer." E quanto a Julia — será que ela sabia o que fazer? Pelo visto, não mais. Ao ficar sabendo que Sylvia voltara para seu quarto e que não passava mais as noites fora de casa, dissera naquela voz carregada de pesar que agora parecia ser eternamente a sua: "Pois é, Sylvia. Mas também pudera, andando com aquele tipo de gente".

"Mas não aconteceu nada, Julia", Sylvia sussurrara, tentando abraçá-la. Os braços de Julia, que até pouco tempo faziam isso com tanta facilidade, tornaram a abraçá-la, mas não como antes. Sylvia chorou em seu quarto, por causa daqueles velhos braços rígidos que a censuravam.

Sylvia estava sentada, revirando um fragmento de batata com creme de leite, feita porque ela gostava.

Andrew estava ao lado dela, Colin ao lado de Andrew, e, ao lado de Andrew, Rose. Sem trocar uma palavra ou um olhar. James chegara da escola e dormiria no chão da sala. Em frente a Rose estava Franklin, que já bebera um pouco mais do que devia. As garrafas de vinho espalhavam-se sobre a mesa; haviam sido levadas por Johnny, que ocupava seu posto à janela. Ao lado de Franklin sentava Geoffrey, cursando o primeiro trimestre da LSE. Vestido de guerrilheiro, usando excedentes do exército. Aparecera porque tinha cruzado com Johnny no Cosmo e soubera que ele estaria presente. Faltava Sophie, mas ela passara por lá à tarde para ver a querida Frances. Estava achando a vida difícil, não por causa da escola de arte dramática, onde vinha se saindo brilhantemente, e sim por causa de Roland Shattock. Nessa noite, fora a uma discoteca com ele. Ao lado de Frances, estava Jill, que reaparecera aquela tarde. Perguntando, tímida, se podia ficar para o jantar. Estava com o pulso esquerdo enfaixado e parecia em mau estado. Rose a cumprimentara com: "Ah, e o que você pensa que veio fazer aqui?". Jill esperou até haver risada e barulho suficientes e então se virou para Frances: "Será que eu posso ficar morando no quarto lá embaixo? É você quem decide quem pode ficar aqui, não é verdade?". O problema era que Colin tinha dito que queria que Franklin usasse o quarto e que fosse convidado para o Natal. E, obviamente, Jill e Rose não poderiam ficar juntas.

"Você está planejando voltar a estudar?", perguntou Frances.

"Eu não sei se eles vão me aceitar", Jill respondeu, com um olhar acanhado de súplica que significava: será que você não quer pedir para eles me aceitarem de volta?

Mas onde ela iria morar?

"Você esteve no hospital?"

A menina fez que sim com a cabeça. Em seguida, ainda num cochicho:

"Fiquei lá um mês". O que significava na seção psiquiátrica e também que Frances entenderia isso. "Será que não dá para eu dormir na sala?"

Andrew, pelo visto absorto com Sylvia, incentivando-a, rindo quando ela fazia alguma piada sobre suas dificuldades, escutava também o diálogo entre a mãe e Jill e, cruzando o olhar com Frances, abanou a cabeça. O gesto de negativa não poderia ter sido mais explícito, ainda que fosse apenas um pequeno *não*, e a intenção fora que passasse despercebido. Mas Jill percebera. Calou-se, de olhos baixos, os lábios trêmulos.

"O problema é onde vamos pôr você para dormir", Frances disse. E Jill por certo não conseguiria acompanhar as aulas, ainda que Frances desse um jeito para que fosse readmitida. O que fazer?

Esse pequeno e triste drama transcorria na ponta da mesa onde estava Frances; na outra, era só bom humor barulhento. Johnny lhes contava de uma viagem feita com uma delegação de bibliotecários à União Soviética, e a piada era feita à custa dos delegados que não integravam o Partido e que haviam cometido gafe atrás de gafe. Um deles exigira garantias — numa reunião com a União de Escritores Soviéticos — de que não existia censura na União Soviética. Outro quis saber se a União Soviética, "a exemplo do Vaticano", tinha um índex de livros proibidos. "Quer dizer", declarou Johnny, "isso realmente é uma imperdoável ingenuidade política."

Havia também as últimas eleições, que devolveram o Partido Trabalhista ao poder. Johnny se mantivera ativo: questão espinhosa porque, conquanto por um lado os trabalhistas fossem obviamente uma ameaça muito maior às massas trabalhadoras do que os conservadores (confundindo as cabeças com formulações incorretas), por outro lado, considerações táticas exigiam que fossem apoiados. James escutava os meandros disso tudo como se fosse sua música predileta. Johnny o cumprimentara com um meneio companheiro de cabeça e uma das mãos em seu ombro, mas no momento se concentrava no recém-chegado, ainda por ser seduzido, o africano Franklin. Fez um breve discurso sobre a política colonialista imposta à Zimlia, recontou os crimes da política colonialista no Quênia, com ênfase toda especial nos momentos em que a Grã-Bretanha não se comportara direito, e começou a exortá-lo a lutar pela liberdade da Zimlia. "Os movimentos nacionalistas da Zimlia não estão tão desenvolvidos quanto o Mau Mau, mas cabe a jovens como você libertar o povo da opressão." Johnny estava com a taça numa das mãos, a esquerda, inclinado para a frente, olhos grudados em Franklin, enquanto sacudia o indicador da direita para o menino, como se o mirasse com um revólver. Franklin se remexeu na cadeira, desconfortável, e disse: "Com licença" — ia ao banheiro, como se viu depois, mas na hora parecia estar fugindo e, quando voltou, sorriu e estendeu o prato na direção de Frances, querendo uma segunda porção de comida, sem olhar para Johnny, que aguardava seu retorno. "A história está obrigando sua geração a arcar com responsabilidades muito maiores do que qualquer outra geração africana. Quem me dera ser jovem de novo, quem me dera ter tudo ainda pela frente."

E, uma vez na vida, aquela fisionomia normalmente cristalizada em autoridade marcial se suavizou numa expressão melancólica. Johnny estava envelhecendo, era um combatente idoso agora, e como devia odiar isso, pensou Frances, porque a cada dia chegavam notícias de novos avatares mais jovens da Revolução. O coitado do Johnny estava fora de circulação. Nesse mesmo momento, Franklin ergueu a taça, num gesto amalucado que mais parecia uma paródia, e disse: "À Revolução na África", e caiu de boca na mesa, desmaiado, enquanto Jill se levantava dizendo: "Com licença, com licença, preciso ir andando".

"Você quer dormir aqui esta noite? Tem lugar na sala. O James e você podem fazer companhia um para o outro."

De pé, Jill sacudiu a cabeça, apoiando-se com uma das mãos — por sorte — no braço de Frances, em seguida desmaiou a seus pés.

"Eis aí uma bela comoção", foi o comentário entusiasmado de Johnny, limitando-se a observar enquanto, de um lado, Geoffrey e Colin acordavam Franklin e levavam um copo de água até a boca do menino, e, de outro, Frances erguia Jill do chão. Rose continuou sentada, jantando, como se nada tivesse acontecido. Sylvia murmurou que gostaria de ir deitar, e Andrew a levou lá para cima.

Franklin foi ajudado a chegar ao segundo quarto no apartamento de baixo, e Jill foi posta num saco de dormir na sala. James disse que tomaria conta dela, mas logo pegou no sono. Frances desceu durante a noite para dar uma espiada nela e encontrou os dois dormindo. Com a pouca luz que vinha do hall, Jill não parecia nada bem. Alguém precisava tomar conta da garota. Claro que Frances teria de ligar para os pais e avisá-los da situação: eles provavelmente não sabiam de nada. E, de manhã, teria de pedir a Jill que fosse para casa.

Mas de manhã Jill tinha ido embora, sumido na turbulenta e perigosa Londres. E Rose, quando lhe perguntaram se sabia onde Jill podia estar, respondeu que não era guarda-costas de ninguém.

Nervosismo por causa de Franklin estava na ordem do dia: ele dividiria espaço com Rose. Estavam todos com medo de que ela tivesse preconceito racial, "com os antecedentes que tinha" — a evasiva usada por Andrew quando se referia à questão de classes. Mas aconteceu o contrário: Rose foi "legal" com Franklin. "Ela está sendo muito legal", anunciou Colin. "E ele acha que ela é ótima."

Ele achava. Ela era. E começou a nascer uma amizade improvável entre o jovem negro bem-humorado e gentil e a moça rancorosa, cuja raiva borbulhava e explodia, tão seguramente quanto a mancha vermelha de Júpiter.

Frances e os filhos ficaram espantados, não poderiam imaginar duas pessoas mais diferentes, mas na verdade eles habitavam um cenário moral semelhante. Rose e Franklin jamais saberiam de fato quanta coisa tinham em comum.

Desde o primeiro momento na casa, Rose se viu possuída por uma fúria silenciosa contra o fato de que aquela gente pudesse chamar de seu, como se por direito próprio, o casarão, os móveis, coisas que lembravam o cinema, o dinheiro... Mas essa era apenas a base de uma angústia mais profunda, sim, exato, de um ardume amargo que queimava o tempo inteiro. Aquele desembaraço deles com tudo, aquela certeza toda, o quanto eles sabiam. Rose nunca falava de livros — mas passou por uma fase em que fazia testes, mencionando obras que ninguém em sã consciência teria lido — que eles não tinham lido, dos quais nunca tinham ouvido falar. Parava no meio daquela sala de estar, com duas paredes forradas de livros do teto ao chão, e sabia que eles tinham lido todos. "Frances", ela desafiou um dia, tendo sido descoberta ali, mãos nos quadris, fuzilando os livros com os olhos, "você leu mesmo todos esses livros?" "Bem, sim, li, acho que li." "E quando foi que você leu? Você tinha livros em casa, quando era jovem?" "Tinha, nós tínhamos os clássicos. Acho que todo mundo tinha, naquele tempo." "Todo mundo, todo mundo! Quem é todo mundo?" "A classe média", respondeu Frances, decidida a não se deixar intimidar. "E uma boa parcela da classe operária também." "Ah! E quem falou?" "Vá conferir. Não é difícil descobrir esse tipo de coisa." "E quando é que você encontrava tempo para ler?" "Deixa eu ver..." Frances estava se lembrando de si mesma, quase sempre sozinha, com dois filhos pequenos, o tédio aliviado pela leitura. Lembrou-se de Johnny fazendo pressão para que lesse isso, lesse aquilo... "Johnny foi uma boa influência." No íntimo, continuava insistindo que era preciso ser justa. "Ele é muito lido, você sabe. Os comunistas em geral são. É engraçado, não é verdade, mas são. Ele me fez ler."

"Todos esses livros", Rose repetiu. "Bem, nós não tínhamos livros."

"Nada mais fácil do que recuperar o tempo perdido. Pegue emprestado o que você quiser."

Mas a sem-cerimônia com que isso foi dito fez Rose cerrar os punhos. Qualquer coisa que se mencionasse, eles pareciam conhecer — uma idéia, um pedaço da história. Davam a impressão de possuir um banco de conhecimentos: não importava qual fosse a pergunta, eles sabiam tudo.

Rose tirava alguns livros das prateleiras, mas não gostava. Lia devagar, é verdade, mas não era esse o problema. Perseverou contudo e levou o exercício adiante. Sentia uma espécie de raiva daquilo que lia, uma raiva que se intrometia entre ela e a história ou os fatos que tentava absorver. E isso porque aquela gente tinha tudo aquilo como herança, ao passo que ela, Rose...

Quando Franklin chegou e se viu em meio à riqueza complexa de Londres, viveu dias de verdadeiro pânico, desejando não ter jamais aceitado a bolsa. Era coisa demais para se esperar dele. O pai fora professor primário numa escola de uma missão católica. Os padres, vendo que o menino era inteligente, incentivaram, apoiaram, até o dia em que perguntaram a uma pessoa de posses — Franklin jamais saberia seu nome — se estaria disposta a acrescentar aquele garoto promissor a sua lista de beneficiados. Um compromisso dispendioso: dois anos na St. Joseph e, depois, com sorte, uma faculdade.

Ao voltar para casa, terminado o curso na escola da missão, Franklin sentiu vergonha do passado dos pais. Continuava sentindo. Um punhado de choças cobertas de palha no meio do mato, sem eletricidade, sem telefone, sem água corrente, sem privada. A única mercearia ficava a oito quilômetros de distância. Em comparação com a aldeia, a escola da missão, com todas as suas amenidades, lhe parecera um lugar rico. Agora, em Londres, ocorrera um deslocamento violento: ele se via rodeado por opulência, por maravilhas tamanhas que a missão passou a lhe parecer mesquinha, miserável. Vivera os primeiros dias em Londres com um padre simpático, amigo dos padres da missão, que sabia que o menino ficaria em estado de choque e que o levou para tomar ônibus, metrô, aos parques, aos mercados de rua, às grandes lojas, aos supermercados, ao banco, para comer em restaurantes. Tudo isso para que fosse se acostumando, mas depois Franklin partiu para a St. Joseph, um lugar que era um paraíso, construções que eram como ilustrações de um livro, espalhadas em campos verdejantes, meninos e meninas todos brancos, exceto por dois nigerianos que lhe eram tão estranhos quanto os brancos, os professores tão diferentes dos padres católicos, todos tão gentis, tão bons... ele nunca experimentara aquele tipo de bondade por parte dos brancos fora da escola da missão. Colin estava num quarto no mesmo corredor que ele, duas portas adiante. Para Franklin, o quartinho tinha absolutamente tudo que qualquer um poderia desejar, inclusive telefone. Era um pequeno paraíso, mas um dia ouviu Colin reclamando que era pequeno demais. A comida — a variedade dela, a abundância, cada refeição constituía um banquete, mas ouviu resmungos de que era monótona. Na missão, não tinha muito além de mingau de milho e algumas conservas para comer.

Aos poucos, foi crescendo dentro dele um sentimento poderoso que às vezes ameaçava esguichar de sua boca em golfadas de insultos e acusações inflamadas, mas ele continuou sorridente, afável e obediente. Não é justo, não é certo: por que eles têm tanto e *tanta certeza de tudo*? Era isso que doía lá dentro, que espicaçava seu íntimo: eles não faziam a menor idéia da sorte que tinham. E quando voltou com Colin para o casarão, que, a seus olhos, parecia um palácio (e foi o que pensou de início), viu um lugar forrado de coisas belas e se pegou sentado em silêncio, enquanto todos riam e faziam piadas. Observou o irmão mais velho, Andrew, e a ternura dele para com a menina que estivera doente, e, em sua imaginação, tomou o lugar dela, sentado ali entre Frances e Andrew, ambos tão bondosos com ela, tão delicados. Depois da primeira visita, lhe aconteceu o mesmo que acontecera ao ficar sabendo sobre a bolsa. Não conseguiu lidar com a situação, não estava à altura, metade do tempo nem sabia para que serviam certos objetos — um utensílio de cozinha, um móvel. Mas voltou uma, duas, várias vezes e se descobriu sendo tratado como um filho da casa. Johnny foi meio difícil de início. Franklin já tivera contato com as doutrinas de Johnny, com aquele tipo de papo, e resolvera que não queria nada com uma política que o assustava. Os politiqueiros o haviam exortado a não deixar nenhum branco vivo, mas tudo o que experimentara de bom viera dos padres brancos da missão — apesar de serem extremamente severos —, viera de um protetor desconhecido, branco também, e agora vinha de pessoas bondosas, tanto na escola quanto naquela casa. Entretanto ele queimava, ele sofria: era a inveja, e ela o estava envenenando. *Eu quero. Eu quero. Eu quero. Eu quero...*

Sabia que grande parte daquilo que pensava não podia ser dito. As idéias que tinha eram perigosas e não podiam ser externadas. E tampouco com Rose eram comentadas. Nem ele nem Rose jamais se permitiram revelar um ao outro as lúgubres cenas envenenadas que lhes passavam pela cabeça. Mas gostavam de estar juntos.

Franklin levou um bom tempo para entender o que as pessoas ali eram umas das outras, seus parentescos e graus de relacionamento. Não o surpreendia ver aquele pessoal todo em volta da mesa, ainda que, para fazer a comparação, tivesse de voltar a sua aldeia, onde estava acostumado a ver gente ser acolhida, alimentada e posta em algum canto para dormir. Na casinha do pai e da mãe, na missão, pouco mais que um cômodo acanhado e uma cozinha, não havia espaço para o tipo de hospitalidade casual da aldeia. Quando Franklin passava as férias com os avós, via no meio da choça, em volta da grande acha de lenha que fumegava a noite toda, estranhos que nunca vira na vida, e talvez nunca mais visse, embrulhados em cobertores, dormindo ao redor do fogo: parentes distantes, de passagem. Ou conhecidos em maré de pouca sorte, em busca de refúgio. No entanto aquele calor amistoso caminhava lado a lado com uma pobreza da qual se envergonhava — pior, que não conseguia mais compreender. Quando voltasse para casa, depois disso tudo, seria capaz de suportá-la? — ele pensava, vendo as roupas de Rose empilhadas sobre a cama, vendo o que os companheiros de escola tinham: era interminável a quantidade de posses, o que esperavam possuir. E ele com umas poucas roupas preservadas com o maior cuidado, que haviam custado tanto aos pais adquirir.

E, além disso, os livros na sala de cima. Na missão, havia a Bíblia, o missal e *A viagem do peregrino*, que lera várias e várias vezes. Assim como jornais velhos que encontrava empilhados para forrar prateleiras ou gavetas da despensa, na missão. Tinha paixão pela *Enciclopédia para crianças de Arthur Mee*, que encontrara jogada numa pilha de lixo — descartada por uma família de brancos. Agora era como se os sonhos alimentados desde criança tivessem se concretizado naquelas paredes de livros na sala de estar. Ele pegava um qualquer, virava as páginas, e a preciosidade pulsava em suas mãos. Levava livros para o quarto, às escondidas de Rose, na esperança de que ela não visse, porque um dia ela o chocara com um: “Eles só fingem que lêem esses livros, sabia? É tudo cascata”.

Mas riu, porque ela queria que ele risse: Rose era sua amiga. Falou que pensava nela como uma irmã: sentia falta das irmãs.

Esse ano o Natal ia ser de verdade, porque Colin e Andrew passariam as festas em casa. A mãe de Sophie tinha dito que não queria ser desmancha-prazeres e que iria para a casa da irmã. Sentia-se mais animada, parara de chorar dia e noite e estava fazendo um curso de “Aconselhamento para Pessoas Enlutadas”.

Como Johnny se encontrava no país, à espera da próxima viagem, Phyllida presumivelmente teria alguém para cuidar dela, e Andrew não precisaria visitá-la.

Assim que Frances disse que haveria Natal, baixou um espírito de frivolidade em todos: na fisionomia, nos olhares e também nas piadas e zombarias em torno da data — que foram no entanto moderadas, por causa da alegria de Franklin. Era como se ele não agüentasse mais esperar pela festa sobre a qual já havia lido tanta coisa nos jornais, que vira anunciada na televisão e que enchia as lojas de cores vibrantes. Intimamente, estava triste porque haveria troca de presentes e ele tinha tão pouco dinheiro. Frances notou que seu paletó era de um tecido leve, que ele não tinha uma malha grossa, e, como presente de Natal, deu um dinheiro para que ele comprasse roupas mais condizentes com o inverno. Ele guardou o dinheiro numa gaveta e a todo momento sentava na cama, revirando-o de um lado a outro, como uma galinha choca faz com os ovos. Que aquela quantia estivesse nas mãos dele, nas mãos *dele*, fazia parte do milagre que lhe parecia ser o Natal. Mas Rose abriu a porta para saber como ele estava, viu Franklin debruçado sobre a gaveta, avançou e contou as notas. “De onde foi que você roubou?”

Era de tal forma o que sempre esperara ouvir dos brancos que gaguejou: “Mas *missus, missus*...”. Rose não conhecia essa forma de tratamento usada pelos humildes e insistiu: “Onde foi que você arranjou?”.

“Foi a Frances quem me deu, para comprar roupa.”

O rosto da garota incendiou-se de fúria. Frances não lhe dera tanto, só o bastante para um vestido da Biba e outra visita a Madame Evansky. Em seguida disse: "Você não precisa comprar roupa". Estava sentada na cama bem junto dele, com o dinheiro na mão, tão perto que qualquer suspeita por parte de Franklin de que houvesse algum preconceito teve se ser abandonada. Nenhum branco em toda a colônia, nem mesmo os padres, sentaria assim tão perto de um negro num gesto casual de amizade.

"Existem coisas melhores para se fazer com dinheiro", disse Rose, devolvendo-o com relutância. Viu-o colocar o maço de volta na gaveta.

Geoffrey apareceu um final de tarde e se uniu a Rose no plano de equipar o guarda-roupa de Franklin. Ao começar o curso na LSE, ficara encantado de ver que o furto como forma de minar o sistema capitalista, fosse ele de roupas, livros ou o que mais desse na telha, era hábito generalizado. Imagine pagar por alguma coisa; existiria algo mais politicamente ingênuo que isso? Não, o certo era "liberar": a velha palavra da Segunda Guerra Mundial estava tendo uma sobrevida.

Geoffrey viria para o Natal — "Natal a gente passa em casa" — e nem sequer se dera conta do que tinha dito.

James declarou estar seguro de que os pais não se incomodariam com sua ausência: ele iria vê-los no Ano Novo.

Lucy, da Dartington, viria: os pais estavam de partida para a China em alguma missão humanitária.

Daniel disse que teria de ir para casa, mas que esperava que guardassem um pedaço de bolo para ele.

De Jill, chegara uma cartinha melancólica. Ela pensava em todos eles. Eram seus únicos amigos. "Por favor me escrevam. Por favor, me mandem algum dinheiro." Sem endereço.

Frances escreveu aos pais de Jill, perguntando se por acaso tinham tido notícias. Jill já havia escrito uma outra carta, antes disso, confessando que não conseguira freqüentar a escola, e Frances transmitira a informação aos pais dela. A carta que recebera de volta, na época, dizia: "Por favor, não se culpe, senhora Lennox. Nós nunca conseguimos fazer nada por Jill". Desta vez, a carta dizia: "Não, ela não julgou conveniente entrar em contato conosco. Ficaríamos agradecidos se pudesse nos informar, caso ela apareça por aí. Na St. Joseph, ninguém sabe de nada. De nada".

Frances escreveu aos pais de Rose dizendo que ela tinha se saído bem no primeiro semestre. Os pais responderam: "A senhora talvez não saiba, mas não temos tido nenhuma notícia da nossa menina e agradecemos pelas informações que mandou. A escola nos enviou uma cópia do boletim. O original deve ter ido para a senhora. Ficamos surpresos. Ela costumava se orgulhar muito — ou ao menos era o que nos parecia, infelizmente — em nos mostrar o quanto conseguia ir mal na escola".

Sylvia também tinha ido bem. Em parte, graças ao acompanhamento dado por Julia, ainda que meio arrefecido nos últimos tempos. Sylvia fora procurá-la outra vez e, com a voz trêmula de amor e lágrimas, dissera: "Por favor, Julia, não continue assim tão brava comigo. Eu não agüento". As duas se derreteram uma nos braços da outra e quase, apenas quase, conseguiram recuperar o mesmo grau de intimidade. Havia entretanto um pequeno senão, para Julia: Sylvia dissera que "queria procurar a religião". Ouvir Franklin contar o que os jesuítas fizeram por ele a comovera profundamente; pretendia estudar e se converter ao catolicismo. Julia comentara que, no que lhe dizia respeito, tudo o que no passado haviam esperado dela era que comparecesse à missa aos domingos, "mas não passou disso". Imaginava que ainda pudesse se dizer católica.

Sylvia, Sophie e Lucy passaram a véspera do Natal enfeitando uma árvore minúscula para pôr na janela e ajudaram Frances nos preparativos da comida. Estavam se permitindo ser meninas de novo. Frances poderia jurar que aquelas criaturas risonhas tinham dez ou onze anos. O negócio em geral complicado de preparar o almoço de Natal tornou-se alvo de piadas e, sim, de diversão também. De repente lá estava Franklin, atraído pelo barulho. Geoffrey, James — eles dormiriam na sala —, Colin e Andrew, todos contentes descascando castanhas e preparando o recheio. Em seguida a ave imensa foi untada com manteiga e óleo e exposta na assadeira para os aplausos.

As coisas continuaram nesse ritmo, depois ficou tarde, e Sophie disse que não precisava ir para casa, que a mãe estava bem agora, que ela trouxera consigo o vestido que iria usar no dia seguinte. Quando Frances foi para a cama, escutou os jovens na sala de estar, logo abaixo de seu quarto, fazendo uma festa preliminar só deles. Pensava em Julia dois andares acima, tão sozinha quanto ela, ciente de que Sylvia estava com os outros, não com ela... Julia tinha dito que não participaria do almoço de Natal, mas convidara a todos para um verdadeiro chá natalino na sala de estar, agora cheia de garotos se embebedando.

Na manhã de Natal, como milhões de outras mulheres pelo país inteiro,

Frances foi a primeira a descer para a cozinha. A porta da sala, deixada aberta presumivelmente em nome da ventilação, exibia silhuetas enroscadas.

Sentou à mesa, de cigarro na mão, com uma xícara de chá forte que exalava os aromas de colinas onde mulheres mal pagas colhiam as folhas que seriam consumidas naquele lugar exótico, o Ocidente. A casa estava silenciosa — mas não, um rumor de pés, e Franklin apareceu lá de baixo, sorrindo. Vestia a nova jaqueta, uma malha grossa, e levantou um pé e depois o outro, para mostrar os sapatos novos, as meias; ergueu a malha para mostrar a camisa xadrez, e a camisa para mostrar a camiseta azul. Abraçaram-se. Para Frances, foi como abraçar a corporificação do Natal, porque o garoto, de tão feliz, começou uma dança, batendo palmas: "Frances, Frances, Mãe Frances, você é uma mãe, você é uma mãe para mim".

Enquanto isso, Frances reparou que misturado à exuberância daquela felicidade existia um sentimento de culpa visível: aquelas roupas haviam sido liberadas.

Ela lhe fez um chá, ofereceu torradas — mas ele não quis, estava guardando espaço para o festim de Natal — e, quando o garoto se sentou, ainda sorrindo, na outra ponta da mesa, Frances decidiu que precisava ofuscar um pouco aquela alegria, com ou sem Natal. "Franklin", ela disse, "eu gostaria que você soubesse que não somos todos ladrões neste país."

Na mesma hora a fisionomia do rapaz adquiriu um ar solene, franziu-se em dúvidas, e ele começou a dardejar olhadas em volta, como se à procura dos possíveis acusadores.

"Não diga nada", ela falou. "Não precisa. Eu sei que não deve ter sido culpa sua — está me entendendo? Estou apenas querendo que saiba que nem todos nós roubamos aquilo que queremos."

"Eu levo as roupas de volta", ele disse, toda a alegria perdida.

"Não, claro que não vai fazer isso. Quer ir para a cadeia? Apenas ouça o que eu acabei de dizer, só isso. Não pense que são todos como..." Mas não quis nomear os culpados e acabou caindo na piada: "Nem todo mundo *libera* mercadoria".

Franklin continuou ali sentado, mordendo o lábio. Aquela expedição tão alegre até os tesouros da Oxford Street, os três juntos, em tamanho companheirismo, as roupas de lã, roupas coloridas, coisas tão necessárias, chegando às mãos de Rose, às de Geoffrey, sendo enfiadas num enorme saco de compras —

ele não estava liberando nada, estava apenas extasiado com a destreza deles. Fora uma viagem a uma terra mágica de possibilidades, como ir ao cinema, e, em vez de assistir às maravilhas, se tornar parte delas. Assim como no dia anterior Sylvia, Sophie e Lucy haviam voltado a ser crianças, uma "ciranda risonha", nas palavras de Colin, Franklin se tornara um menininho, lembrando o quão distante estava de casa, um estrangeiro escarnecido por uma opulência que jamais teria.

E então foi a vez de Sylvia, que, tendo decidido que o Evansky não era para ela, usava fitas vermelhas nas duas tranças douradas. Ela deu um abraço em Frances e outro em Franklin, que, de tão agradecido com o que lhe parecia um perdão, chegou a sorrir de novo, ainda que continuasse a abanar a cabeça para si mesmo, tristonho, lançando olhares doídos para Frances; mas, por causa de Sylvia, de sua graça, de sua bondade, em breve as coisas voltaram ao normal — ou quase.

A cozinha encheu-se de jovens já de ressaca, necessitados de mais uma bebida, e até que todos estivessem sentados em volta da mesa, com a ave colossal diante deles, pronta para ser trinchada, o pessoal já caíra naquele estado de excesso que indica sono iminente. E de fato James cabeceou em cima do prato e teve de ser acordado. Franklin, sorridente outra vez, olhou para o prato repleto, lembrou da aldeia pobre da família, deu graças em silêncio e comeu. Como comeu. As moças, inclusive Sylvia, não se saíram de todo mal, e o barulho era incrível, porque "as crianças" tinham voltado a ser adolescentes, ainda que Andrew, "o velho", continuasse tendo a idade que tinha, assim como Colin, apesar de suas tentativas de entrar no espírito. Mas Colin era assim mesmo, sempre olhando do lado de fora para as coisas, ou por cima delas, por mais que se esforçasse nas palhaçadas, por mais que quisesse ser um deles — e sabia disso.

O pudim de Natal chegou envolto em conhaque flamejante, numa cozinha às escuras para recebê-lo, e àquela altura eram quatro da tarde e Frances disse que a sala de cima precisava ser arejada e limpa para o chá de Julia. Chá? Não cabia mais nem uma migalha em ninguém. Gemidos, vários, enquanto mãos estendidas pegavam mais um ou dois pedacinhos de pudim, uma colherada de creme, uma tortinha de frutas secas.

As meninas subiram e empilharam os sacos de dormir num canto. Abriram todas as janelas, porque a sala de fato fedia. Levaram para baixo garrafas vazias que haviam passado a noite debaixo das poltronas ou nos cantos e sugeriram que talvez Julia pudesse ser convencida a dar sua festinha uma hora mais tarde, digamos às seis? Nem pensar numa coisa dessas.

James descansava a cabeça entre as mãos, semi-adormecido, e Geoffrey dizia que se não tirasse uma soneca morreria. Rose e Franklin prontamente ofereceram suas camas lá embaixo, e todos teriam se dispersado, não fosse alguém bater à porta da frente e, em seguida, a porta da cozinha se abrir. Lá estava Johnny, se permitindo um relaxamento fisionômico natalino, os braços cheios de garrafas, ao lado de seu mais novo companheiro, um dramaturgo da classe operária recém-chegado de Hull. Derek Carey estava tão jovial quanto Papai Noel e tinha motivos para tanto, pois continuava intoxicado com a cornucópia que era Londres. As bênçãos começaram logo na primeira noite, fazia duas semanas. Durante uma festa depois do espetáculo, observara de longe, maravilhado, duas loiras magníficas, com sotaques grã-finos, que de início julgou serem falsos. Pensou que fossem prostitutas. Mas não, eram trânsfugas do soçaite que haviam resolvido mergulhar nos leitos pantanosos e matagais pungentes da Swinging London. “Ai, meu Deus”, ele gaguejou para uma delas, “se eu pudesse ir para a cama com você, se eu pudesse dormir com você, eu estaria tão próximo do paraíso quanto jamais poderia almejar.” Aguardara encolhido a punição, física ou verbal, mas em vez disso escutou: “E estará, meu pombinho, estará”. Depois a outra lhe tascou um beijo de língua do tipo que, para conseguir, precisaria ter dado duro semanas, ou meses, em sua terra natal. Dali para a frente as coisas foram de vento em popa, terminando com os três numa mesma cama, e, em cada novo lugar que conhecia, procurava e encontrava novas delícias. Nessa noite de Natal, estava bêbado: não se poderia dizer que tivesse ficado sóbrio nas duas últimas semanas. Parado diante da carcaça do peru, já sendo energicamente cutucada por Johnny, Derek se pôs a fazer o mesmo. Os filhos de Johnny continuaram sentados em silêncio, sem olhar para o pai.

“Presumo que vocês queiram comer um pouco de peru, não?”, Frances perguntou a eles, entregando os pratos. Derek na hora respondeu: “Ah, sim, isso seria uma maravilha”, e encheu o dele, enquanto Johnny servia o seu, já se sentando. Colin e Andrew foram para a sala. De fato, pelo visto não havia motivo para perguntar: “E Phyllida? Tem alguma coisa para comer?”.

A presença dos dois homens expulsara o prazer da cozinha, e os jovens que ainda restavam se retiraram para a sala de estar, onde viram que Julia pusera sobre uma toalha de renda branca um aparelho de chá de porcelana finíssima, travessas com *stollen* alemão e bolo inglês de Natal.

Frances foi largada com eles. Sentou-se e ficou vendo os dois comer.

"Frances, preciso conversar com você sobre a Phyllida."

"Não se importem comigo", disse o dramaturgo. "Eu não vou escutar. Mas, acreditem, estou mais que familiarizado com enrascadas matrimoniais. Infelizmente."

Johnny raspou o prato, serviu pudim de Natal numa tigela, despejou creme por cima e foi, de tigela na mão, para seu lugar de costume, de volta para a janela. "Vou direto ao ponto."

"Certo."

"Ora, ora, crianças", disse o dramaturgo. "Vocês não estão mais casados. Não precisam mais mostrar os dentes e rosnar." Serviu-se de vinho.

"Eu e a Phyllida fracassamos redondamente", disse Johnny. "Para ir direto ao ponto...", repetiu, "eu quero me casar de novo. Ou talvez a gente dispense as formalidades — tolices burguesas, de qualquer maneira. Eu encontrei uma camarada de verdade, o nome dela é Stella Linch, talvez se lembre dela — Guerra da Coréia, aquela época."

"Não", disse Frances. "E o que vai fazer da Phyllida? Não, não me diga que você vai sugerir que ela venha para cá!"

"Vou, vou sim. Quero que ela venha morar no apartamento lá de baixo. Tem espaço de sobra nesta casa. E a casa é minha, caso não esteja lembrada."

"Não da Julia?"

"Moralmente, é minha."

"Mas você já tem uma família descartada morando nela."

"Ora, ora", repetiu o dramaturgo. E deu um soluço. "Saúde. Desculpe."

"A resposta é não, Johnny. A casa já está cheia e há uma coisa que você parece não ter entendido. Se a mãe vier para cá, a Sylvia sai na mesma hora."

"A Tilly fará o que lhe mandarem fazer."

"Esquece que ela tem mais de dezesseis anos?"

"Então já tem idade suficiente para ir visitar a mãe. Ela nem chega perto da Phyllida."

"Você sabe tão bem quanto eu que a única coisa que a Phyllida sabe fazer é berrar com ela. De qualquer modo, não seria melhor você perguntar para a Julia?"

"A bruxa velha. Ela está gagá."

"Não, Johnny, ela não está gagá. E acho melhor você se apressar, porque vai haver um chá lá na sala."

"Um chá?", disse o camarada de Leeds. "Ah, mas que chique. Muito chique, um chá." Oscilou na cadeira, pôs mais vinho numa taça já metade cheia e disse: "Desculpem". E adormeceu ali sentado, de boca aberta.

Acima dela, na sala de estar, soaram vozes — a de Johnny, a da mãe. "Tolo idiota", Frances escutou, na voz de Julia, seguida pelos passos de Johnny na escada, vários degraus por vez, até entrar na cozinha. Uma vez na vida, estava desorientado, ruborizado. "Eu tenho direito de ficar com uma mulher que é uma camarada de verdade", disse para Frances. "Pela primeira vez na vida vou ter uma mulher a minha altura."

"Foi o que você disse sobre a Maureen, está lembrado? Sem falar na Phyllida."

"Que absurdo. Eu nunca disse nada parecido."

Então o dramaturgo recobrou a consciência: "Alguns segundos fora do ringue" — e pegou no sono de novo.

Sophie apareceu para dizer que a festa tinha começado.

"Eu vou deixar vocês dois se digladiando com os pecados do mundo", disse Frances, saindo.

Antes de ir para a sala, foi ao quarto, pôs um vestido novo e penteou o cabelo, uma transformação que lhe permitiu lembrar, olhando no espelho, que em seu tempo era considerada uma bela loira. E, no palco, mais de uma vez fora bela. E com Harold Holman, durante aquele fim de semana que agora parecia fazer tanto tempo, sem sombra de dúvida fora bela.

No começo de dezembro, Julia aparecera nos aposentos de Frances com um ar meio constrangido: o que não era de forma alguma seu estilo. "Frances, eu não quero que você se ofenda comigo..." Estava segurando um daqueles seus grossos envelopes brancos, com o destinatário, *Frances*, escrito com sua letra elegante. Lá dentro, notas de dinheiro. "Eu não consegui pensar num jeito simpático de fazer isso... mas me deixaria muito feliz... por favor, vá a um cabeleireiro e compre um vestido bonito para o Natal."

Frances costumava usar o cabelo liso, partido ao meio, mas o cabeleireiro (obviamente não um Evansky nem um Vidal Sassoon, que só toleravam o estilo atual) conseguiu fazê-lo parecer a última palavra em chique. E ela pagara mais por aquele vestido do que jamais pagara na vida. Nem pensar em colocá-lo para o almoço, com toda aquela comida para preparar, mas agora entrava na sala de estar como uma mocinha tímida. Na hora vieram os elogios, de Colin também — uma leve mesura quando se levantou para lhe oferecer o lugar. O hábito faz o monge e os bons modos. Havia alguém mais fazendo questão de admirá-la. O distinto Wilhelm de Julia levantou-se, curvou-se sobre sua mão — infelizmente ainda devia estar cheirando a cozinha — e beijou o ar logo acima.

Julia meneou a cabeça e sorriu um parabéns.

"Você me mima demais, Julia", disse Frances, e a sogra respondeu: "Minha cara, se ao menos você soubesse o que significa de fato ser amada e mimada".

E agora Julia servia o chá de um bule de prata, e Sylvia, sua dama de companhia, distribuía fatias de *stollen* e do pesado bolo de Natal. Em suas poltronas, Geoffrey, James, Colin e Andrew lutavam para continuar acordados. Franklin vigiava Sylvia saltitando em volta como se ela tivesse aparecido do nada por um lance de mágica. A conversa ficou entre Wilhelm, Frances, Julia e as três moças, Sophie, Lucy e Sylvia.

Um problema: as janelas continuava abertas e era, afinal de contas, pleno inverno. Uma escuridão fria e fresca pairava do lado de fora da sala poluída, onde Julia relembrava, e eles sabiam que era fato, os tempos em que recebia embaixadores e políticos ali. "Até mesmo, certa vez, um primeiro-ministro." E, num canto, uma pilha de sacos de dormir, junto com uma garrafa vazia de vinho, que passara despercebida.

Julia usava um *tailleur* de belbutina cinza com renda, e granadas nas orelhas e no pescoço, que faiscavam e censuravam todos eles. Estava lhes contando sobre os antigos Natais, quando era menina, em sua casa na Alemanha, uma narrativa animada, ainda que um tanto formal, como se estivesse lendo um livro de velhas lendas, enquanto Wilhelm Stein escutava, meneando a cabeça para confirmar o que ela dizia.

"Pois é", ele disse em meio ao silêncio. "É verdade. Bem, Julia, minha cara, temos que admitir que os tempos mudaram."

De lá de baixo, vinham os ecos de uma discussão animada entre Johnny e o dramaturgo. Geoffrey, que já quase caíra da poltrona de tanto sono, se levantou e, com um pedido de desculpas, saiu da sala, seguido de James. Frances estava passada de tanta vergonha, mas ficou feliz que tivessem ido embora porque ao menos se podia confiar nas meninas, que não iriam cochilar sentadas, segurando mimosas xicrinhas de chá como se não fizessem outra coisa na vida. Rose não, claro. Ela ficou num canto, à parte.

Julia disse: "Eu acho que as janelas...". Sylvia se levantou na hora para fechá-las e puxou as cortinas pesadas de brocado forrado e entretelado que haviam desbotado, após sessenta anos, para um azul esverdeado que fazia o azul de Frances parecer grosseiro. Rose um dia ameaçara tirar as cortinas para fazer um vestido "*à la* Scarlet O'Hara", e quando Sylvia objetou, dizendo: "Mas Rose, eu tenho certeza de que a Julia não iria gostar", ela respondera: "Você não entende mesmo, não tem um pingo de senso de humor". O que era certamente uma verdade.

Andrew então se desculpou, dizendo que sem dúvida eles eram uns bárbaros embriagados, mas se Julia visse o almoço que tinham acabado de devorar, ela os perdoaria.

As fatias de *stollen* e de bolo continuavam intocadas nos minúsculos pratos de porcelana verde enfeitada com botões de rosa.

Uma gargalhada soou lá embaixo. Julia sorriu com ironia. Sorriu, mas havia lágrimas em seus olhos. "Oh, Julia", murmurou Sylvia, se erguendo e envolvendo-a num abraço, de tal sorte a pousar o rosto no capacete prateado de ondinhas e rolinhos. "Nós adoramos seu chá, está tudo uma delícia, verdade, mas se você fizesse idéia do..."

"Sei, sei, sei", disse Julia. "Sim, eu sei." Levantou-se. Wilhelm Stein se levantou também e pôs o braço em volta dela, com tapinhas de leve em sua mão. E então as duas criaturas tão distintas pararam no meio da sala, moldura perfeita para ambos, e Julia disse: "Bem, minhas crianças, creio que já basta".

E saiu, apoiada no braço de Wilhelm.

Por alguns instantes ninguém se mexeu, depois Andrew e Colin se espreguiçaram e bocejaram. Sylvia e Sophie começaram a recolher as coisas do chá. Rose, Franklin e Lucy saíram para se unir ao grupo animado na cozinha. Frances não saiu do lugar.

Johnny e Derek estavam sentados cada qual numa ponta da mesa, conduzindo uma espécie de seminário. Johnny lia trechos do *Manual da revolução*, que ele escrevera e que fora publicado por uma editora respeitável. Estava rendendo algum dinheiro — como dissera o autor de uma resenha: "É um livro que tem tudo para se tornar um sucesso eterno de vendas".

Derek Carey contribuía para o bem-estar das nações exortando os jovens, nas assembléia todas, a preencher os formulários do censo de forma incorreta, a rasgar qualquer comunicado oficial que lhes caísse nas mãos, a trabalhar de carteiro nos correios para poder destruir as cartas e a roubar o máximo possível das lojas. Qualquer coisa, por menor que fosse, ajudava a derrubar as estruturas de um Estado tão opressivo como a Grã-Bretanha. Nas últimas eleições, haviam sido aconselhados a anular as cédulas escrevendo comentários ofensivos nelas, tais como Fascista!. Rose e Geoffrey, precisando se distinguir em meio a um grupo tão animado, descreveram sua mais recente expedição às lojas. Em seguida Rose correu lá para baixo, voltou com sacos de compras cheios de presentes roubados e começou a distribuição: em sua maioria, tigres, pandas e ursos de pelúcia, mas apareceu também uma garrafa de conhaque — entregue a Johnny — e uma de Armagnac, que foi para Derek. "Assim que eu gosto, camarada", disse o dramaturgo com uma piscada companheira que atingiu a alma de Rose, sedenta de um elogio; era o mesmo que uma medalha de honra. E Johnny lhe fez a saudação com o punho cerrado. Ninguém jamais vira Rose tão feliz.

Franklin, que desejava muito poder dar um presente a Frances, contava ganhar alguma coisa, mas viu que nenhum daqueles objetos "liberados" iria chegar a suas mãos. Estava preocupado. Rose disse: "E isto é para a Frances". Era um canguru, com um filhote na bolsa. Ela levantou o brinquedo para mostrá-lo, sorrindo para todos à espera de aplausos, mas Geoffrey tirou o bicho de pelúcia das mãos dela, ofendido com a crítica. Franklin admirou o canguru e achou-o um elogio maravilhoso para Frances, a mãe de todos eles; não tinha entendido a reação de Geoffrey e pediu o canguru. Geoffrey lhe entregou, e o menino ficou ali sentado, pondo e tirando o filhote da bolsa.

"Você podia introduzir o canguru na Zimlia", disse Johnny. Ergueu a taça. "À libertação da Zimlia."

Franklin procurou em volta dos destroços da mesa uma taça, ergueu-a para que Rose a enchesse e bebeu "À libertação da Zimlia".

Ao mesmo tempo em que esse tipo de brincadeira o deixava animado, também o fazia sentir medo. Sabia tudo sobre a guerra tremenda travada no Quênia: eles tinham "visto" isso na aula e ele não entendia por que Johnny — e pensando bem os professores da St. Joseph também — queriam tanto que a Zimlia entrasse em guerra. Mas nesse momento, contente com a comilança, com a bebida e o canguru, bebeu de novo, dessa vez ao brinde de Derek, "À Revolução", enquanto se perguntava que Revolução e onde.

Depois disse: "Eu vou dar isto aqui para a Frances" e já estava no meio da escada quando lembrou que era roubado e que Frances lhe passara um sabão de manhã. Mas não queria voltar à cozinha com aquilo, e esse foi o motivo de o bichinho de pelúcia ir parar em Sylvia, que levava uma bandeja grande carregada de louça para os aposentos de Julia.

"Mas que graça", ela disse, enquanto Franklin enfiava o canguru debaixo do braço da garota, já que ela estava com as mãos ocupadas. Mas ela largou a bandeja no patamar e admirou o canguru. "Ah, Franklin, que bom!" E lhe deu um beijo, com um abraço caloroso e apertado que o fez inchar de alegria.

Na sala, restavam agora Andrew, dormindo escarrapachado numa poltrona, mãos na barriga, mais Colin e Sophie enlaçados no divã, também adormecidos.

Franklin parou para olhá-los, ao mesmo tempo em que seu coração levava um novo baque ao se lembrar de sua perplexidade com tudo. Sabia que Colin e Sophie tinham sido "amigos" mas já não eram mais, e que Sophie tinha um "amigo" que fora passar o Natal com a família. Então o que faziam os dois nos braços um do outro, a cabeça de Sophie no ombro de Colin? Franklin ainda não dormira com uma garota. Na missão, não existiam garotas, e os meninos eram vigiados pelos padres, que sabiam tudo o que se passava. Em casa, com os pais, era a mesma coisa. Visitando os avós, ele provocara as meninas e brincara com elas, mas nada mais que isso.

Assim como muitos recém-chegados a Londres, Franklin ficara confuso desde o início com o que estava ocorrendo. A princípio, achou que não havia moral nenhuma, mas logo começou a desconfiar que devia haver. Mas qual era? Na St. Joseph, meninas e meninos dormiam juntos, ele sabia: ao menos era o que parecia. Nos prados atrás da escola, os casais se deitavam juntos na grama, e Franklin, solitário, escutava as risadas e, pior, os silêncios. Achava que as mulheres da ilha estavam disponíveis para qualquer um, disponíveis para ele, se ao menos conseguisse encontrar as palavras corretas. Entretanto vira um rapaz nigeriano, que acabara de entrar na St. Joseph, se aproximar de uma moça e dizer: "Posso passar no seu quarto hoje à noite se eu levar um bom presente?". Ela lhe deu tamanho tapa que o menino caiu no chão. Franklin vinha revirando na cabeça palavras semelhantes, para tentar a sorte. No entanto, a menina que esbofeteara o colega vivia enroscada na cama com outro, cujo quarto ficava no mesmo corredor, e deixava a porta aberta para todo mundo ver o que se passava. Ninguém prestava a menor atenção.

Franklin desceu de novo a escada, parando para escutar na porta da cozinha a palestra de Johnny, cujas táticas de guerrilha para destruir o complexo militar imperialista eram muito semelhantes às táticas de Derek: o furto pelo visto era considerado uma das armas principais. Desceu para o quarto e para a gaveta onde estava seu dinheiro. Parecia haver menos: contou: tinha menos da metade. Continuava ali parado, contando, quando escutou Rose se aproximar por trás.

"Metade do dinheiro sumiu", ele disse, em desespero.

"Eu peguei metade. Mereci, você não acha? Você conseguiu todas as roupas de graça. Se tivesse comprado, não teria conseguido nada tão bacana. Portanto saiu ganhando, não saiu? Você tem roupa nova e ainda metade do dinheiro."

Ele a fitou com o rosto franzido de suspeita, emburrado, com raiva. Aquele dinheiro, para ele, significava mais que um presente de Frances, que era uma mãe para ele. O dinheiro significava que fora acolhido por aquela família, que se tornara um parente.

Além de não se abalar, Rose manifestou desprezo. "Você não entende nada. Eu mereci, será que não percebe?"

Ele deu de ombros, num gesto de impotência, e ela continuou ali uns instantes, enfrentando o olhar do menino, antes de voltar lá para cima.

Franklin procurou um lugar para esconder o dinheiro naquele quarto que não tinha um esconderijo. Em casa, dava para enfiar coisas proibidas na palha do telhado, enterrá-las no chão de terra batida ou no meio do mato. Na casa dos pais, havia tijolos que podiam ser deslocados e recolocados no lugar. No fim, pôs o dinheiro de volta na gaveta. Sentou na beira da cama e chorou, de saudades de casa, de vergonha porque Frances estava brava e porque não se sentia à vontade com os revolucionários lá em cima, que no entanto o tratavam como se fosse um deles. Acabou dormindo um pouco e, quando subiu para a cozinha, os dois homens tinham ido embora e todo mundo estava lavando a louça. Juntou-se aos jovens com alívio, até mesmo prazer; era um deles. Pelo visto haveria jantar, ainda que estivessem fazendo piada, dizendo que seria impossível comer mais alguma coisa. Um tanto tarde, lá pelas dez, a carcaça do peru surgiu novamente, junto com uma variedade de recheios e petiscos, e havia ainda uma enorme bandeja de batatas assadas. Estavam todos sentados em volta da mesa, cansados, satisfeitos com eles mesmos e com o Natal, quando houve uma batida na porta da frente. Frances espiou pela janela e viu uma mulher na calçada, hesitando entre bater de novo e ir embora. Colin foi ficar ao lado da mãe. Ambos receavam que pudesse ser Phyllida.

"Eu atendo", disse Colin, saindo, e Frances viu o filho conversar com a estranha, que oscilava um pouco. Ele colocou a mão no ombro dela, para segurá-la, depois a levou para dentro, com o braço direito em volta de sua cintura.

Ela estivera vagando no escuro, ou em ruas pouco iluminadas, e parou piscando com a luz brilhante do hall. Frances apareceu. A estranha lhe disse: "É você o xodó do meu coração?". Aparentava ser de meia-idade, mas era difícil dizer, porque o rosto estava encardido, bem como as mãos, belas mãos brancas, na verdade, que se agarravam em Colin. Parecia alguém resgatado de um incêndio ou de uma catástrofe. A fisionomia de Colin estava repuxada de angústia, o jovem de coração mole estava em lágrimas. "Mãe", ele disse, num apelo, e Frances foi para o outro lado e, juntos, ela e o filho levaram a pobre enjeitada escada acima, para dentro da sala de estar, agora vazia e arrumada.

"Que sala mais linda", disse a mulher, e quase despencou no chão. Colin e Frances a puseram no sofá grande e, na hora, ela ergueu a mão imunda para dar o ritmo enquanto cantava... o que mesmo? — sim, uma velha canção do teatro de variedades, "*I dillied and dallied, I dallied and I dillied* eu... eu desperdicei muito tempo, meus queridos, desperdicei muito tempo, e agora estou muito longe de casa". Ela tinha uma voz clara, límpida, correta e doce. As roupas que usava não eram miseráveis e ela não tinha jeito de pobre, embora estivesse sem dúvida doente. O hálito não cheirava a bebida. E lá veio outra música, "Sally... Sally...". A voz suave subiu algumas escalas e se manteve. "Pois é, querido, pois é", disse, virando-se para Colin, "você tem um bom coração, dá para ver." Grandes olhos azuis, olhos inocentes, infantis mesmo, estavam voltados para Colin. Sem tomar conhecimento de Frances. "Um bom coração, mas tome cuidado. Os bons corações sempre acabam mal, e quem para saber disso melhor que Marlene?"

"Como você se chama, Marlene?", perguntou Frances, segurando uma mão suja, fria demais, sem vitalidade. A mão pousou trêmula na sua.

"Meu nome se perdeu, minha querida. Perdeu-se por aí, mas Marlene serve." E se pôs a falar em alemão, carinhos em alemão. Depois mais cantoria, fragmentos de canções. Músicas da Segunda Guerra, sendo Lili Marlene uma delas, várias vezes, e mais alemão. "*Ich liebe dich*", disse a eles. "Amo, sim."

Frances disse: "Vou buscar a Julia". E lá se foi, para encontrar Julia jantando com Wilhelm, cada qual de um lado de uma pequena mesa posta com pratarias e cristais. Ela explicou, e Julia comentou, com a intenção de fazer uma pilhéria mas em tom de queixa: "Vejo que esta casa ganhou mais uma extraviada da sorte. Há limites para a hospitalidade, Frances. Quem é essa senhora?".

"Não é bem uma senhora. Mas extraviada, não resta dúvida."

Ao voltar para a sala, Andrew também estava lá, com um copo de água, que segurava junto aos lábios da desconhecida.

"Eu não sou muito de água", ela disse e recostou-se outra vez, cantarolando que outra dose não iria lhe fazer mal nenhum. E, de novo, mais alemão. Julia escutava. Fez um gesto para Wilhelm, e sentaram-se os dois, em poltronas pegadas, preparados para dar o veredicto.

Wilhelm disse: "Posso chamá-la de Marlene?".

"Me chame do que quiser, querido, me chame do que tiver vontade. Pedras e paus que me quebrem os ossos. Já me quebraram uma vez, faz muito tempo." E chorou então um pouquinho, com soluços entrecortados, feito uma criança. "Doeu", informou a eles. "Doeu quando eles fizeram isso. Mas os alemães eram uns cavalheiros. Eram bons rapazes."

"Marlene, você estava no hospital?", perguntou Julia.

"Estava, querida. Sou uma foragida do hospital, pode-se dizer assim, mas eles vão receber a pobre Molly de volta, eles são bons para a pobre Molly." E cantou: "Não tem ninguém mais bonita que Sally. Ela é o xodó do meu coração...". Em seguida o agudo e doce "*Sally, Sally...*".

Julia se ergueu, fez sinal para que Wilhelm continuasse onde estava e com um gesto pediu que Frances fosse até o hall. Colin foi junto e disse: "Eu acho que a gente devia ficar com ela aqui. Ela está doente, não está?".

"Doente e maluca", disse Julia. Depois, com uma certa delicadeza que suavizou a rigidez, falou direto com o neto: "Você sabe o que ela é — o que ela era?".

"Não faço idéia."

"Ela divertia os alemães em Paris, durante a última guerra. Ela é uma prostituta."

Colin gemeu: "Mas não é culpa dela".

O Espírito dos Anos 60, com olhar apaixonado, voz trêmula e mãos estendidas em atitude de súplica, interpelava o passado da raça humana responsável por todas as injustiças, corporificado ali por Julia, que disse: "Ah, que menino mais tolo, culpa dela, culpa nossa, culpa deles, que importância tem isso? Quem vai cuidar dela?".

Frances disse: "O que fazia uma moça inglesa trabalhando de prostituta para os alemães em Paris?".

E de repente, num tom que nenhum dos dois jamais ouvira em sua voz, Julia disse: "Prostitutas nunca têm problema com passaportes, são sempre bem-vindas".

Frances olhou para Colin, Colin para Frances: o que significaria aquilo? Mas, com os velhos, são muito freqüentes esses momentos, uma mudança na voz, uma careta de dor, uma aspereza — como agora —, que é tudo que restou de alguma mágoa ou decepção... e depois, pronto, acabou, foi-se. Ninguém jamais saberá.

"Eu vou ligar para o Friern Barnet", disse Julia.

"Não, por favor, não, não", disse Colin.

Julia voltou para a sala, interrompeu *Sally* e curvou-se para perguntar: "Molly? Você se chama Molly? Diga-me uma coisa, você veio do Friern Barnet?".

"É, eu fugi por causa do Natal. Fugi para ver meus amigos, mas onde eles foram parar, eu não sei. Mas o Friern é bom para mim, e o Barnet mais ainda, eles vão receber a pobre Molly de volta."

"Vá telefonar", Julia disse para Andrew. E ele foi.

"Eu não vou perdoar ninguém aqui", disse Colin, furioso, desesperado, rejeitado.

"Pobre rapaz", disse Wilhelm.

"Mandá-la de volta para... para..."

"Para o manicômio, é isso que você ia dizer, meu querido, mas não faz mal, não fique triste. E também não fique louco." E ela riu.

Andrew voltou após telefonar. Sentaram-se todos e esperaram, Colin de olhos banhados em lágrimas, ouvindo a louca no divã cantar *Sally* o tempo inteiro, com aquela voz aguda, doce e límpida que partia o coração, e não só o de Colin.

Lá embaixo, a mesa se acalmara com a crise, que fora discutida e acabara dispersando o grupo.

A campainha soou. Andrew desceu para atender. Voltou com uma mulher de meia-idade cansada, vestida com uma roupa cinzenta que parecia um avental e que levava no braço — sim, era uma camisa-de-força.

"Que coisa, Molly", disse ela, em tom de censura, para a fugitiva. "Que hora para fazer isso conosco. Você sabe que sempre temos pouca gente no Natal."

"Molly má", disse a doente se levantando, apoiada por Frances. E bateu na própria mão. "Molly Marlene malvada."

A funcionária examinou a paciente e decidiu que não haveria necessidade de usar força. Pôs o braço em volta de Molly, ou Marlene, caminhou com ela até a porta e desceu a escada, com todos atrás, todos exceto Julia.

"Adeuzinho... não chorem..." Virou-se no hall para olhá-los. "Foram tempos muito bons, aqueles. Eles me chamavam de Marlene... era meu nome de guerra. Eles sempre me pediam para cantar minha Sally." E, cantando sua Sally, saiu na frente, o braço apoiado na guardiã, que se virou para dizer: "É o Natal, sabe? Todos eles ficam nervosos na época do Natal".

Colin, lágrimas escorrendo pelo rosto, disse para a mãe: "Como você pôde fazer uma coisa dessas? Nós não poríamos nem um cachorro para fora numa noite como esta", e subiu, com Sophie, que ainda estava na cozinha, atrás dele, para consolá-lo e confortá-lo. A noite chegava a estar agradável, para o inverno: como se fosse essa a questão.

Na tarde seguinte, Colin pegou o ônibus que passava pelo hospital para doentes mentais. Tudo o que sabia sobre o lugar era que atendia a região norte de Londres. Vasta, uma mansão, com associações que a faziam parecer cenário de romance gótico, a instituição admitiu Colin num corredor que pelo visto devia ter um quilômetro de comprimento, pintado com um verde brilhante de vômito. No final dele, encontrou uma escadaria e, nos degraus, a mulher que fora buscar a pobre e louca Molly-Marlene na noite anterior. Ela lhe disse que Molly Smith estava na sala 23 e que não devia ficar decepcionado se ela não se lembrasse dele. Usava um avental de plástico, levava algumas toalhas no braço e carregava um sabonete de cheiro forte na mão. A sala 23 era ampla, com janelões imensos, iluminada e arejada, mas precisava de uma mão de tinta. Havia galhos de azevinho grudados nas paredes com fita adesiva, servindo de decoração de Natal. Homens e mulheres de idades variadas se achavam sentados em poltronas surradas, alguns sem olhar para nada, outros fazendo movimentos inquietos, que eram a expressão visível de sonhos de estar em algum outro lugar, e os demais, um grupo de umas dez pessoas, reunidos como numa festinha, seguravam canecos de chá, passavam biscoitos e conversavam. Uma delas era Molly, ou Marlene. Desajeitado e constrangido, tão desarvorado quanto uma criança numa sala cheia de adultos, Colin disse: "Olá, lembra de mim? Você esteve em casa ontem à noite".

"Ah, estive, é, querido? Minha nossa, eu não me lembro. Eu estava andando na rua, então? Às vezes eu saio por aí andando e então... mas sente-se, querido. Como se chama?"

Colin se acomodou numa cadeira vazia, perto dela, com os olhos de cada uma das pessoas naquela sala em cima dele: todos ansiavam para que acontecesse algo de interessante. Ele tentava entabular conversa quando a auxiliar, ou enfermeira ou guardiã da noite anterior entrou e disse: "O banheiro está livre". Um homem de meia-idade se levantou e saiu.

"Eu sou a próxima", disse Molly, sorrindo com um vago mas sincero interesse para Colin, que conseguiu gaguejar: "Há quanto tempo — quer dizer, você está aqui faz tempo?".

"Ah, sim, meu querido, muito, muito tempo."

A auxiliar, ainda munida das toalhas e do sabonete, mas parada na porta, como se montasse guarda, disse para Colin: "Aqui é a casa dela. A casa da Molly".

"Bem, eu não tenho nenhuma outra", disse Molly, rindo alegremente. "Às vezes eu saio por aí, andando, depois volto para cá."

"É, você sai por aí, e nem sempre volta para cá, e aí somos nós que temos que achá-la", interveio a auxiliar, toda sorrisos.

Colin se agüentou durante uma hora inteira e, quando já pensava em partir, não podia mais suportar aquilo, entrou uma menina, tão confusa quanto ele. Sua casa fora uma daquelas nas quais Molly batera, não na noite anterior e sim na véspera do Natal.

A menina, uma coisinha bonita e nova, o rosto demonstrando todo o espanto que Colin sentia, sentou ao lado dele e contou tudo sobre a escola, uma daquelas escolas para boas meninas, conversa que Molly e seus amigos escutaram como se fossem notícias da Tartária. Aí a auxiliar falou que era hora do banho de Molly.

Alívio geral. E lá se foi Molly para o banho, com a auxiliar ou guardiã atrás dela. "Veja lá, hein Molly, seja uma boa menina." Os que ficaram para trás discutiam sobre quem iria em seguida: ninguém queria, porque Molly deixava o banheiro inundado.

"Aquilo fica um pântano depois que ela acaba", disse a sério uma velha senhora furiosa, falando com os dois jovens. "Parece até que um hipopótamo andou pelo banheiro."

"E o que sabe você sobre hipopótamos?", zombou um velho senhor furioso, obviamente páreo para ela. "Você vive falando fora de hora."

"Eu sei tudo sobre os hipopótamos", retrucou a velha brava. "Eu costumava ficar olhando para eles da varanda da nossa casa, às margens do Limpopo."

"Qualquer um pode dizer que morou à beira do Limpopo ou do Danúbio azul. Quando não tem ninguém para provar o contrário", redargüiu ele.

Colin e a menina, que se chamava Mandy, deixaram o hospital, e Colin a levou para jantar em casa, onde todos queriam saber sobre o pavoroso hospital e seus pacientes.

"Eles são iguaizinhos a nós", disse Colin, e Mandy acrescentou prontamente: "É, não entendo por que eles estão ali".

Mais tarde Colin enfrentou Julia, depois a mãe. É duro, muito duro, para os que são mais velhos e já foram castigados pelo mundo, ter de ficar escutando o jovem idealista exigindo explicações para as tristezas do mundo. "Por quê, mas *por quê?*" Colin queria saber, e a coisa não parou por aí, porque ele voltou ao hospital, mas se viu derrotado, já que Molly não se lembrava mais da visita que ele lhe fizera. No fim, deixou com ela seu endereço e telefone. "Para o caso de algum dia precisar de alguma coisa" — isso para alguém que precisava de tudo e, antes de mais nada, de recuperar o juízo. Mandy fez o mesmo.

"Isso foi uma grande tolice", Julia disse.

"Isso foi muito bonito", disse Frances.

Mandy se tornou por uns tempos uma das "crianças" em volta da mesa do jantar, algo fácil para ela, uma vez que pai e mãe trabalhavam fora. Ela não disse que eles eram um saco e sim que faziam o possível. Era filha única. Depois a família se mudou para Nova York. Ela e Colin se corresponderam durante anos.

Mas seriam necessárias duas décadas para que se encontrassem de novo.

Nos anos 80, por força de novos imperativos ideológicos, todos os asilos e hospitais psiquiátricos do país foram fechados e seus doentes largados à própria sorte. Colin recebeu uma carta com garranchos frouxos onde se lia: *Colin* — e mais nada, além de um endereço. Ele foi a Brighton e encontrou a numa pensão administrada por filantropos que cuidavam dos ex-pacientes mentais em troca de cada centavo recebido da previdência e em condições que a Dickens pareceriam familiares.

Molly era então uma velhinha doente que Colin não reconheceu, mas que parecia saber quem ele era. "Ele tinha um rosto tão bondoso", disse Molly-Marlene Smith — se é que Smith era de fato seu sobrenome. "Diga para ele, um rosto tão bonito, aquele menino. Você conhece o Colin?"

Estava morrendo por causa da bebida. Bem, e por que mais?... E, ao visitá-la numa outra ocasião, Colin voltou a ver Mandy, já então uma senhora norte-americana elegante, com um filho ou dois e um marido ou dois. Tornou a encontrá-la no enterro, depois Mandy pegou o avião para Washington e desapareceu da vida dele.

Houve um outro evento, naquela noite de Natal.

Bem tarde já, bem depois da meia-noite, Franklin voltou lá para cima, tomando cuidado para não acordar Rose, que dava a impressão de adormecida. A cozinha estava às escuras. Franklin continuou subindo, passou pela sala de estar — onde Geoffrey e James acampavam com seus sacos de dormir —, rumo ao patamar onde ficava o quarto de Sylvia. Havia uma luz acesa ali. Bateu na porta dela com um pouco mais de força que uma bicada de galinha. Não ouviu som nenhum. Tentou de novo, a mais suave das pancadas: não ousou bater mais alto. E então, bem acima dele, surgiu Andrew.

"O que você está fazendo? Está perdido? Aí é o quarto da Sylvia."

"Ãn, ah, desculpe. Eu pensei..."

"Já é tarde. Volte para a cama."

Franklin desceu as escadas até ficar fora do alcance de Andrew e ali arriou, a cabeça entre os joelhos. Chorando, mas bem baixinho, para não ser ouvido.

Depois sentiu um braço sobre seus ombros, e Colin disse: "Pobre Franklin. Mas não dê importância. Não fique chateado com o Andrew. Ele é daqueles que nasceram para mandar".

"Eu gosto dela", soluçou Franklin. "Eu amo a Sylvia."

Colin aumentou a pressão do braço, encostou o rosto na cabeça do amigo e esfregou-o de leve naquela grenha macia que parecia mandar um recado de força e saúde, como um campo de urzes. "Na verdade você não gosta", ele disse. "Ela ainda é muito novinha, sabia — é, certo, ela pode ter uns dezesseis ou dezessete anos, sei lá, mas ainda... não é muito madura, sabia? Tudo culpa dos pais. Eles desnortearam a menina." Nessa altura, Colin, espantado ele próprio, sentiu o riso borbulhar lá dentro: o absurdo o confrontava. Mas perseverou. "Os pais são todos um saco", informou a Franklin, transformando a risada em tosse.

Franklin estava mais atônito do que nunca. "Eu acho a sua mãe tão legal. Ela é tão boa para mim."

"Ah, sim, faço idéia. Mas não adianta, quer dizer, estou falando da Sylvia. Você vai ter que se apaixonar por uma outra. Que tal..." E começou a desfiar uma lista de nomes de colegas de escola, cantarolando um por um, como uma canção. "Tem a Jilly e tem a — Jolly. Tem a Milly e tem a Molly. Tem a Elizabeth e a Margaret, tem a Caroline e a Roberta." Depois, com voz normal e uma risada feia: "Ninguém pode dizer que sejam imaturas".

Mas eu gosto mesmo dela, Franklin dizia consigo mesmo. Aquela moça pálida e delicada, de cabelos dourados esvoaçantes, ela o encantava, segurá-la nos braços seria... Virou o rosto para o outro lado, para que Colin não visse, e calou-se. Colin percebeu que os ombros sob seu braço estavam quentes e desolados. Identificava-se por completo com aquela tristeza toda, sabia perfeitamente que nada que dissesse faria Franklin se sentir melhor. Começou a embalá-lo de leve. Franklin pensava consigo que o que mais queria era voltar para a África naquela noite mesmo, voltar para sempre, não agüentava mais, entretanto sabia que Colin estava sendo bondoso com ele. E que era gostoso ficar ali sentado, com os braços do menino gentil em seu ombro.

"Você quer trazer seu saco de dormir para o meu quarto? É melhor do que ficar com a Rose, e nós podemos dormir o quanto quisermos."

"Sim... não, não, está tudo bem. Eu vou descer agora. Obrigado, Colin." Mas eu gosto mesmo dela, repetia consigo mesmo.

"Então está bem", disse Colin, se levantando para subir.

E Franklin para descer. No caminho, ia pensando, eu vou ouvir amanhã — vale dizer, de Andrew. Mas Andrew nunca tocou no assunto. E Sylvia nunca soube que Franklin fora forçado por seus anseios a subir a escada para bater na porta do quarto dela.

Quando Franklin chegou ao fim da escada, encontrou Rose na entrada do apartamento de mãos nos quadris, o rosto retorcido de suspeitas.

"Se você pensa que vai dormir com a Sophie, é melhor pensar duas vezes. O Colin é louco por ela, mesmo que esse tal de Roland Shattock não seja."

"Sophie", gaguejou Franklin.

"Claro, eu sei, vocês todos babam por ela."

"Foi um engano. Um engano, só isso."

"É mesmo? Pois olhe que a mim você não engana." E, virando as costas para ele, Rose foi dormir.

Seguramente não estava apaixonada por Franklin, nem sequer interessada nele, mas gostaria que o rapaz tivesse tentado. Uma irmã, bem, ela mostraria que tipo de irmã. Não podia dizer não para um garoto preto, podia? Isso iria magoá-lo.

Em sua cama, Franklin se enroscou num nó apertado, feito um punho cerrado, e chorou amargamente.

Aquele ano tumultuado, 1968, foi bastante sossegado na casa de Julia; havia um bom tempo que não se achava abarrotada de "crianças", e sim de adultos comportados.

Quatro anos: é um tempo enorme — quer dizer, quando se é jovem.

Sylvia acabara se mostrando quase que inacreditavelmente brilhante: condensou dois anos de estudos em um, fez os exames como se fossem desafios agradáveis e pelo visto não tinha nenhum amigo. Convertera-se à Igreja católica, fazia visitas freqüentes a um jesuíta de personalidade magnética chamado padre Jack, na rua Farm, e ia todo domingo à catedral de Westminster. Estava a caminho de se tornar médica.

Andrew também estava se saindo bem, em Cambridge. Vinha bastante para casa. Por que não tinha uma namorada?, preocupava-se a mãe. Mas ele dizia que tinha arrepios só de lembrar todas as uvas verdes que tinha sido obrigado a ver "o bando todo" engolir.

Colin concordara em fazer os exames finais da escola, mas acabara largando tudo. Durante várias semanas permaneceu na cama gritando "vá embora" para qualquer um que batesse na porta. Um dia levantou, como se nada tivesse acontecido, dizendo que ia ver o mundo. "Já é tempo de eu conhecer um pouco do mundo, mãe." E lá se foi ele, cartões-postais chegando da Itália, da Alemanha, dos Estados Unidos, de Cuba. "Pode dizer ao Johnny que ele é louco de pedra. Este lugar é o fim." Brasil, Equador. Voltava entre uma viagem e outra, era polido mas pouco informativo.

Sophie terminara a escola de arte dramática e atuava em pequenos papéis. Foi se queixar com Frances de que estava sendo escolhida pelo aspecto físico. Frances não disse: "Não se preocupe, o tempo se encarrega de curar isso". Estava morando com Roland Shattock, que já fizera nome e interpretara Hamlet. Disse a Frances que não era feliz e que sabia que devia largar dele.

Frances quase voltara ao teatro. Chegara a dizer sim para um papel tentador, mas de novo fora obrigada a recusar. Dinheiro, sempre o dinheiro. As mensalidades da escola de Colin não eram mais o problema, e Julia dissera que conseguiria pagar os estudos de Sylvia e Andrew, mas aí Sylvia veio pedir para que Phyllida morasse no apartamento de baixo. O que aconteceu foi o seguinte. Johnny ligara para Sylvia para dizer que ela devia ir visitar a mãe. "E não me diga não, Tilly."

Sylvia encontrou a mãe a sua espera, vestida para dar a impressão de competência, mas com aspecto doentio. Não havia nada para comer na casa, nem um filão de pão. Johnny fora morar com Stella Linch e não estava dando dinheiro a Phyllida, nem pagando o aluguel. "Arrume um emprego", ele havia dito para ela.

"Como é que eu posso arrumar emprego, Tilly?", Phyllida perguntara à filha. "Eu não estou bem."

Isso era evidente.

"Por que você não me chama de Sylvia?"

"Não consigo. Nunca vou parar de ouvir minha garotinha dizendo 'eu sou a Tilly'. Pequena Tilly, é assim que eu me lembro de você."

"*Você* me deu o nome de Sylvia."

"Ah, Tilly, eu vou tentar." E antes mesmo que a conversa propriamente dita começasse, Phyllida estava enxugando os olhos em lenços de papel. "Se eu pudesse ir morar naquele apartamento, aí então eu me arranjaria. De vez em quando consigo algum dinheiro do seu pai."

"Eu não quero ouvir o nome dele", disse Sylvia. "Ele nunca foi um pai para mim. Eu mal me lembro dele."

O pai de Sylvia era o camarada Alan Johnson, tão famoso quanto o camarada Johnny. Lutara na Guerra Civil Espanhola — de verdade — e fora ferido. Julia, que havia acompanhado sua subida ao estrelato, o qualificava como "uma eminência vermelha itinerante — igual ao Johnny".

"O Johnny pensa que eu recebo muito mais dinheiro do que o Alan me dá de fato. Eu não vejo um tostão dele há mais de dois anos."

"Eu disse que não quero saber."

Estavam sentadas numa sala quase sem mobília, porque Johnny levara praticamente tudo para começar sua nova vida com Stella. Restaram uma mesa pequena, duas cadeiras e um velho sofá.

"Eu tive uma vida tão dura", Phyllida começou, num diapasão tão conhecido que Sylvia se levantou — não era um estratagema, nem uma tática, isso: ela se via impelida a se afastar da mãe por medo. Já começava a sentir o tremor interior que, no passado, a deixava impotente, inerte, histérica.

"Não é culpa minha", disse Sylvia.

"Também não é *minha*", disse Phyllida naquela voz de gangorra maçante de seu eterno rosário de queixas. "Nunca fiz nada para merecer a forma como sou tratada." E então notou que a filha estava parada do outro lado da sala, o mais longe possível, mão na boca, fitando a mãe como se fosse vomitar.

"Desculpe", falou. "Por favor, não vá embora. Sente-se, Tilly — Sylvia."

Ela voltou, afastou bem a cadeira, sentou-se e, com uma expressão gelada, esperou.

"Se desse para eu ir morar naquele apartamento, eu poderia me arranjar. Eu até pediria para a Julia, mas tenho medo da Frances, ela diria não. Por favor, peça por mim."

"E não é para menos", Sylvia retrucou com aspereza. Os que conheciam e amavam aquela criatura deliciosa que, como dizia Julia, "ilumina esta velha casa como um passarinho", não reconheceriam a expressão inflexível.

"Mas não é culpa minha...", Phyllida desandou de novo e depois, vendo que Sylvia se levantara para ir embora, disse: "Ah, pare, pare. Me desculpe".

"Eu não suporto quando você se queixa e me acusa", disse Sylvia. "Será que não entende? *Eu não suporto*, mãe."

Phyllida tentou sorrir e disse: "Não faço mais, prometo".

"Promete de verdade? Eu quero fazer meus exames e estudar medicina. Se você ficar me atacando o tempo todo, eu simplesmente fujo. *Eu não suporto*."

Phyllida chocou-se com a veemência da filha. Suspirou e falou: "Minha nossa, eu fui assim tão má?".

"Você é. Mesmo quando eu era bem pequena, você vivia me dizendo 'é tudo culpa sua, sem você eu faria isso ou aquilo'. Uma vez você disse que ia me obrigar a enfiar a cabeça no forno, junto com você, para morrer."

"Disse? Imagino que tinha bons motivos."

"*Mãe*." Sylvia se levantou. "Estou indo. Vou falar com a Julia e com a Frances. Mas não vou cuidar de você. Não espere isso de mim. Você só ia ficar me atacando o tempo todo."

E foi assim que, bem quando Frances decidira toda feliz abandonar o jornalismo e a Tia Vera para sempre, junto com os artigos sociológicos sérios e os bicos que fazia com Rupert Boland, Julia veio avisar que passaria a dar uma mesada para Phyllida e "cuidar dela de modo geral. Ela não é como você, Frances. Não consegue cuidar de si mesma. Mas eu disse que terá que se arrumar sozinha e não perturbar você".

"E seguramente bem mais importante que isso, não perturbar a filha."

"Sylvia me disse que acha que pode lidar com a situação."

"Tomara."

"Mas se eu der essa mesada para ela... será que você consegue pagar a faculdade do Andrew? Está ganhando o suficiente?"

"Claro que estou." E lá se foi o teatro de novo. Tudo isso acontecera no outono de 1964, bem como o seguinte: Rose se fora. Sabia que tinha ido bem nos exames: não precisava dos resultados para saber disso. Apareceu numa hora em que Frances, Colin e Andrew estavam juntos para dizer: "E agora eu tenho uma supernotícia. Estou indo embora. De modo que estão livres de mim. Vou embora para sempre. Vou para a faculdade". E saiu correndo escada abaixo. De repente, não estava mais por lá. Esperaram que ela ligasse, escrevesse — mas nada. O apartamento ficara uma bagunça, roupas pelo chão, restos de sanduíche na poltrona, meias penduradas para secar no banheiro. Mas esse era o estilo geral das "crianças" e não significava necessariamente que ela fosse voltar.

Frances ligou para os pais de Rose. Não, eles não sabiam de nada. "Ela disse que ia fazer faculdade." "Não me diga. Bem, presumo que ela acabe nos esclarecendo sobre isso, quando julgar conveniente."

Deveriam avisar a polícia? Mas isso não parecia ser adequado para Rose. Ir à polícia por causa de Rose, Jill e também de Daniel, que sumira uma vez durante semanas, costumava ser objeto de longas discussões baseadas nos princípios adequados aos anos 60, e sempre acabava idéia vencida. A polícia, para a qual não faltavam apelidos, guardiã da tirania fascista (a Grã-Bretanha), não devia ser procurada. Julho... agosto... Geoffrey soubera através dos canais que, na época, ligavam os jovens de um continente a outro, que Rose estava na Grécia com um revolucionário norte-americano.

Em agosto Phyllida fizera seu apelo e se mudara para o apartamento de baixo. Em setembro Rose apareceu, carregando no ombro uma mochila preta gigantesca, que largou no chão da cozinha.

"Voltei", disse ela, "com todas as minhas posses terrenas."

"Espero que tenha se divertido."

"Um nojo. Os gregos são um saco. Bem, eu vou me instalar lá embaixo."

"Não pode. Por que não nos avisou? Tem gente morando lá."

Rose despencou numa cadeira, uma vez na vida sem defesas, tamanho fora o choque. "Mas... por quê?... Eu disse... não é justo."

"Você nos disse que ia embora. Para sempre, foi o que achamos. E nem tentou se comunicar e nos dizer quais eram seus planos."

"Mas o apartamento é meu."

"Rose, eu sinto muito."

"Eu posso dormir na sala de estar."

"Não, Rose, não pode."

"Estou com os resultados dos exames. Tirei A em tudo."

"Meus parabéns."

"Eu vou para a faculdade. Eu vou para a LSE."

"Mas você chegou a providenciar a papelada para ser aceita?"

"Ah, merda."

"Seus pais não estão sabendo de nada."

"Entendo. Há uma conspiração contra mim."

Rose estava derreada na cadeira, e o rosto rechonchudo uma vez na vida demonstrava vulnerabilidade. Confrontava — quem sabe pela primeira vez, mas seguramente não pela última — sua verdadeira natureza, que sem dúvida a levaria em muitas outras ocasiões ao mesmo tipo de — "Merda", ela repetiu. "Merda." Depois: "*Eu tirei quatro* As".

"Eu aconselho você a perguntar a seus pais se eles podem pagar a faculdade. Se puderem, vá até sua escola e peça a eles para intercederem a seu favor, depois faça o mesmo na LSE. Mas já é muito tarde para este ano."

"Fodam-se todos vocês."

Levantou-se, mais ou menos do mesmo modo como um pássaro ferido alça vôo, apanhou sua imensa mochila preta, arrastou-se até a porta, ela e a bagagem, saiu e houve um longo silêncio no hall. Estaria se aprumando de novo? Estaria tendo novas idéias? Depois a porta da frente bateu. Ela não foi à escola, não foi para a casa dos pais e passou a ser vista por toda Londres, em clubes, passeatas e assembléias políticas.

Nem bem Phyllida se instalara, Jill chegou. Era um fim de semana, e Andrew estava em casa. Frances e ele estavam jantando e convidaram-na a lhes fazer companhia.

Não perguntaram por onde tinha andado. Havia agora cicatrizes nos dois pulsos e uma gordura de aspecto doentio. Até então fora uma jovem loira, esbelta e bem-arrumada, mas estava grande demais para as roupas, as feições disformes. Não perguntaram, mas ela contou. Estivera num hospital psiquiátrico, fugira, voltara por vontade própria e acabara ajudando as enfermeiras com os outros pacientes. Quando decidiu que estava curada, eles concordaram. "Você acha que conseguiria convencer a escola a me aceitar de volta? Se eu pudesse ao menos fazer os exames — eu tenho certeza de que passaria. Eu até já tinha começado a estudar lá no manicômio."

De novo, Frances disse que já era meio tarde para aquele ano letivo. "Mas e se você ao menos pedisse para eles?" Jill insistiu, Frances pediu e abriu-se uma exceção. Jill com certeza passaria nos exames finais do colegial, caso se aplicasse.

E onde iria morar? Perguntaram a Phyllida se Jill poderia ocupar o quarto que Franklin tinha usado, e Phyllida respondeu: "E pobre por acaso tem escolha?".

Nem bem Jill se mudou e Phyllida começou suas acusações, usando a garota como alvo. Da cozinha, eles ouviram a gangorra maçante da voz dela se queixando, sem parar, o tempo todo, e depois de um único dia Jill apelou para Sylvia, e as duas foram juntas falar com Frances e Andrew.

"Ninguém agüenta", disse Sylvia. "A culpa não é da Jill."

"Eu sei que não", disse Frances. "Nós sabemos que não", disse Andrew.

"Eu podia acampar na sala", disse Jill.

"E usar o nosso banheiro", disse Andrew.

O que fora impossível para Rose foi aceito para Jill, que não encheria a casa de nuvens carregadas de ira e desconfiança. E Julia comentara: "Eu sabia. Eu sempre soube. E chegou finalmente a hora de esta linda casa ser transformada num abrigo de indigentes. O que mais me espanta é que não tenha acontecido antes".

"Nós quase nunca usamos a sala", disse Andrew.

"A questão não é essa, Andrew."

"Eu sei que não, vovó."

De modo que era essa a situação, no outono de 1964. Andrew indo e vindo, cursando Cambridge; Jill estudando muito, sendo responsável e boazinha; Sylvia estudando tanto que Julia chorava e dizia que a menina ficaria doente; Colin às vezes em casa, às vezes não. Frances trabalhava em casa e, cada vez mais, em projetos atraentes junto com Rupert Boland, em geral no Cosmo. Phyllida ficava lá embaixo, comportava-se direito e não atormentava a filha, que se mantinha distante.

Em 1965, Jill reatou com os pais e entrou para a LSE "para ficar com todos os meus amigos". Disse que jamais se esqueceria da bondade que a salvara. "Vocês me salvaram", ela disse com sinceridade. "Sem vocês eu estaria frita." Dali para a frente souberam dela através dos outros: estava na crista da nova onda política e circulava um bocado com Johnny e seus camaradas.

E agora era verão de 1968, quatro anos depois.

Era um fim de semana. Andrew e Sylvia não tinham viajado nas férias, estavam estudando. Colin voltara para casa dizendo que iria escrever um romance. Julia dissera, não na frente dele, ainda que o comentário tivesse chegado a seus ouvidos: "Mas é claro! A ocupação dos fracassados!" — de tal sorte que o primeiro requisito para todo romancista iniciante, o desestímulo por parte dos entes mais queridos, já fora providenciado, ainda que Frances tivesse tido o cuidado de permanecer neutra, e Andrew, o de levar na brincadeira.

Johnny ligou para dizer que ia dar uma passada por lá. "E não precisa se incomodar com comida, nós já vamos jantados." Frances resolveu achar que essa espantosa ousadia — enquanto a pressão sangüínea ia até a lua e voltava — seguramente era apenas a idéia que Johnny fazia da melhor forma de ser simpático. Curioso, aquele "nós". Não podia ser Stella, que estava nos Estados Unidos, engajada nas grandes batalhas que acabariam com o pior da discriminação contra os negros no Sul do país. Stella se tornara conhecida pela coragem e capacidade de organização e, quando foi ameaçada de expulsão devido ao visto de turista expirado, se casou com um norte-americano. Telefonara para Johnny para dizer que era pura formalidade, que ele precisava entender que era seu dever revolucionário. Voltaria quando a luta estivesse ganha. Enquanto isso, rumores vindos do outro lado do Atlântico diziam que aquele casamento pró-forma estava indo muito bem, muito melhor que sua passagem meio desastrosa pela vida de Johnny. Ela era bem mais nova que ele, de início sentira imenso respeito, mas não demorou a aprender a enxergar com os próprios olhos. Tivera tempo de sobra para refletir, enquanto ele participava de assembléias e partia em missões para países amigos.

Johnny teria amado participar das grandes batalhas americanas, ansiava por elas como uma criança que ficou sem convite para a festa, mas não conseguiu o visto. Dera a entender que isso se devia a sua participação na Guerra Civil Espanhola. Mas logo em seguida houve a França, e, quando as notícias chegaram às manchetes, lá estava ele, na linha de frente. Entretanto os acontecimentos de 1968 acabaram sendo um castigo para Johnny. Por toda parte havia novos heróis, munidos de bíblias também novas. Johnny teve de ler um bocado.

Não foi o único da Velha Guarda a se ver obrigado a reabrir as páginas do *Manifesto comunista* para refrescar a memória. "*Isto* é que é leitura revolucionária", talvez tenha murmurado.

Na França, cada herói tinha seu grupinho de moças para servi-lo, estava todo mundo dormindo com todo mundo, devido ao novo pilar da plataforma revolucionária — liberdade sexual. As moças não cortejavam Johnny. Além de inglês, era considerado velho. O ano de 1968, que seria lembrado por centenas de milhares de militantes que participaram das batalhas de rua, dos confrontos com a polícia, dos apedrejamentos, da construção de barricadas e do sexo livre como o ápice resplandecente de suas façanhas juvenis, não foi um ano do qual Johnny gostaria de se lembrar.

Vendo que Stella não tinha a menor intenção de voltar para ele, retomara o apartamento vago por Phyllida, que virou uma espécie de comuna, lar para os revolucionários de todos os quadrantes, alguns fugindo da Guerra do Vietnã e muitos da América do Sul; em geral recebia também vários políticos africanos.

Assim que Johnny chegou, a cozinha pareceu de repente ficar lotada, e os três sentados à mesa, jantando, sentiram-se monótonos, sem cor, porque os recém-chegados vinham extasiados e cheios de vigor, tinham acabado de sair de uma assembléia. O camarada Mo e Johnny estavam rindo de alguma piada, e o camarada Mo se virou para Frances, dando um abraço nela: "Danny Cohn-

Bendit falou que não teremos socialismo enquanto o último capitalista não for enforcado com as tripas do último burocrata".

Franklin — ela não reconhecera de imediato o rapaz encorpado trajando um bom terno — disse para o negro que estava com ele: "Esta é Frances, eu lhe contei sobre ela, foi uma mãe para mim. Este é o camarada Matthew, Frances. Ele é nosso líder".

"É uma honra conhecê-la", disse o camarada Matthew, sisudo e formal, no velho estilo dos camaradas, quando a austeridade *à la* Lênin estava na moda. (E voltaria a estar, logo mais.) Era fácil ver que não se achava à vontade e que não apreciava estar onde estava. Permaneceu de pé, sem sorrir, e chegou até a espiar o relógio, enquanto o discípulo era cumprimentado pelas "crianças", agora adultas. Franklin parou diante de Sylvia, que se levantara hesitante, depois abrira os braços. Ele fechou os olhos para o abraço e, quando os abriu, estavam cheios de lágrimas.

"Sentem-se", disse Andrew, puxando cadeiras da pilha ao longo da parede. O camarada Matthew se sentou, de cenho franzido: espiou o relógio de novo.

O camarada Mo, que desde sua última visita estivera na China para abençoar a Revolução Cultural (como fizera com o Grande Salto para a Frente e com o Que Toda Flor Desabroche), agora dava palestras em universidades do mundo inteiro sobre os benefícios que a revolução traria para os chineses e para a humanidade inteira. Sentou-se e pegou um pedaço de pão.

Franklin disse a Frances: "O camarada Matthew é meu primo".

"Somos da mesma tribo", corrigiu o mais velho.

"Ah, mas você há de convir que tribo soa um tanto atrasado", disse Franklin. Era óbvio que sentia um certo receio de confrontar o líder.

"Estou ciente de que primo é o termo em inglês."

Estavam todos sentados, à exceção de Johnny, que disse aos filhos: "Vocês escutaram que o Danny Cohn-Bendit acabou de dizer que...". Como isso ameaçasse lançar o camarada Mo de novo num surto de Hô, hô, hô, Frances interveio: "Nós ouvimos da primeira vez. Pobre garoto, teve uma infância tenebrosa. Pai alemão... mãe francesa... sem dinheiro... foi um dos bebês da guerra... a mãe teve que criar os filhos sozinha". Sim, ela definitivamente fazia de propósito, ao mesmo tempo em que sorria de modo amistoso, e o primeiro a rir foi Andrew, depois Colin. Irritado, Johnny disse: "Receio que minha mulher não tenha tido nem mesmo uma introdução incipiente à política".

"Sua ex-mulher", disse Frances. "Em grau longínquo."

"Estes são meus filhos", continuou Johnny. Andrew pegou a taça e esvaziou-a, enquanto Colin dizia: "Temos esse privilégio".

Os três negros pareciam vexados, mas depois o camarada Mo, que andava solto no mundo havia mais de uma década, riu com gosto e disse: "Minha mulher também põe a culpa em mim. Ela não entende que a Luta vem antes das obrigações familiares".

"E por acaso ela o vê? é o que eu gostaria de saber", disse Frances.

"E fica feliz quando o vê?", indagou Colin.

O camarada Mo examinou bem o rosto de Colin, mas só encontrou uma fisionomia sorridente. "São os meus filhos", ele disse, abanando a cabeça. "Isso é tão duro para mim — Quando encontro com eles, às vezes mal os reconheço."

Sylvia por seu lado fez café e pôs bolo e biscoitos na mesa. Mas era óbvio que as visitas esperavam mais. Como tantas outras vezes, Frances pegou tudo o que a geladeira continha, mais o que sobrara do jantar, e serviu.

"Por favor, sente-se", ela disse a Johnny. E ele se sentou, com dignidade, e começou a se servir.

"Você não perguntou da Phyllida", disse Sylvia. "Você não perguntou como está minha mãe."

"Pois é", concordou Frances. "Eu também estava pensando nisso."

"Chego lá num instante", respondeu Johnny.

Franklin interrompeu: "Quando o Johnny falou que viria ver vocês hoje, eu quis vir junto. Tinha que ver vocês. Nunca vou esquecer como foram bons para mim".

"E já foi visitar seus pais?", Frances perguntou. "Você acabou não indo para a faculdade."

"Entrei para a faculdade da vida", disse Franklin.

Johnny interveio: "Frances, não se pergunta à liderança negra o que eles andam fazendo, não no momento. Até você deve saber disso".

"Não", repetiu o camarada Matthew. "Não é uma boa época para perguntas." Depois acrescentou: "Não podemos esquecer que vou falar numa assembléia em uma hora".

Os camaradas Johnny, Franklin e Mo começaram a engolir o máximo de comida o mais rápido possível, mas o camarada Matthew tinha terminado: era frugal, uma daquelas pessoas que comem porque precisam.

Johnny disse: "Antes de irmos, tenho um recado do Geoffrey. Ele esteve nas barricadas comigo em Paris. E manda lembranças".

"Minha nossa", exclamou Colin, "nosso pequeno Geoffrey, tão certinho, tão bonito, nas barricadas."

"Ele é um camarada muito sério, muito digno", disse Johnny. "Ele tem um canto em casa."

"Você parece um romancista russo", disse Andrew. "Um canto, o que significa isso, traduzido para o vernáculo?"

"Ele e o Daniel. É muito freqüente eles passarem uma ou duas noites lá. Eu tenho dois sacos de dormir guardados para eles. E agora, antes de irmos, preciso perguntar se vocês sabem o que a Phyllida anda aprontando."

"E o que ela anda aprontando?", perguntou Sylvia, com tamanha ojeriza por ele que todos enxergaram a outra Sylvia. Foi um choque. Para todos os presentes. Franklin riu, com nervosismo. Johnny se obrigou a enfrentá-la e disse: "Sua mãe anda lendo a sorte. Está anunciando seus serviços nos quadros de avisos em jornaleiros, e com o endereço daqui".

Andrew riu. Colin riu. Depois foi a vez de Frances.

"Qual é a graça?", indagou Sylvia.

O camarada Mo, achando que o *choque de culturas* estava passando dos limites, disse: "Vou dar um pulo aqui um dia desses para ela ler minha sorte".

Franklin acrescentou: "Se ela tem o dom, então os ancestrais devem gostar dela. Minha avó era uma mulher sábia. Vocês dizem feiticeiro. Ela era uma *n'ganga*".

"Uma xamã", Johnny esclareceu.

O camarada Matthew disse: "Eu concordo com o camarada Johnny. Esse tipo de superstição é reacionária e tem que ser proibida". Levantou-se para partir.

"Se ela estiver ganhando algum dinheiro, então de mim não espere mais nada além de satisfação", Frances disse para Johnny, que também se levantou.

"Vamos lá, camaradas", disse ele, "é hora de irmos embora."

Antes de sair, hesitou, e depois, para retomar o comando da situação, ainda acrescentou: "Digam a Julia para dizer a Phyllida que ela não pode fazer esse tipo de coisa".

Mas Frances descobriu que estava com pena de Johnny. Parecia tão mais velho — bem, tinham ambos quase cinqüenta anos. O paletó Mao estava largo no corpo. Pelo ar desolado, sabia que as coisas não iam bem para ele em Paris. Johnny passou da idade, pensou. Assim como eu.

Estava enganada a respeito de ambos.

Logo adiante estavam os anos 70, que, de uma ponta à outra do mundo (do mundo não-comunista), gerariam uma raça de clones de Che Guevara, ao passo que as faculdades, sobretudo as de Londres, se tornaram uma celebração quase contínua da Revolução, com passeatas, quebra-quebras, greves, batalhas de todos os tipos. Para onde quer que se olhasse, lá estavam os jovens heróis, e Johnny se transformara num velho ilustre; o fato de ser um stalinista quase impenitente o revestia de uma certa aura chique aos olhos da moçada, que, em sua maioria, acreditava que, se Trótski tivesse vencido Stalin na batalha pelo poder, o comunismo teria sido só bem-aventurança. No entanto Johnny sofria de mais uma inaptidão, o que significava que seus seguidores eram em geral rapazes, e não mocinhas animadas. Seu estilo estava inteiro errado. O correto era como faziam o camarada Tommy, Billy ou Jimmy, que chamavam uma garota com um estalar desdenhoso dos dedos e diziam: "Você é da ralé burguesa". E, implícito, *deixe tudo o que tem e venha comigo*. (Ou melhor, *me dê* tudo o que você tem.) E isso continua assim até hoje. Irresistível. E havia coisas piores. Se um dia o asseio chegara a ser tido como irmão da santidade, nesse momento a sujeira e o mau cheiro passaram a valer tanto quanto uma carteirinha do Partido. Abraços fedorentos: estes, Johnny não podia oferecer, tendo sido criado por Julia ou, melhor dizendo, pelas criadas de Julia. O vocabulário — aí sim, nisso ele se saía bem. Merda e foda, vendidos e fascistas, uma boa parte de todo e qualquer discurso político tinha de ser composto por palavras assim.

Mas essas delícias malcheirosas ainda estavam por vir.

Wilhelm Stein, que tantas vezes subiu as escadas a caminho dos aposentos de Julia, meneando gravemente a cabeça para quem quer que encontrasse, nessa noite bateu na porta da cozinha, esperou até escutar "Entre" e entrou, com uma ligeira mesura. Os cabelos branco-prateados, a barba, a bengala com o castão de prata, o terno, a própria armação dos óculos eram uma censura àquela cozinha e aos três sentados à mesa, jantando.

Convidado a se sentar, por Frances, por Andrew, por Colin, ele o fez, com a bengala ereta do lado, sob o controle de uma mão direita estupendamente conservada, que exibia um anel com uma pedra azul-escura.

"Tomei a liberdade de vir falar com vocês sobre a Julia", ele disse, olhando para eles, um após o outro, para dar a medida de sua seriedade. Eles aguardaram. "A avó de vocês não está nada bem", ele disse aos rapazes e, para Frances: "Sei muito bem como é difícil convencê-la a fazer as coisas que ela devia fazer, para seu próprio bem".

Os três pares de olhos que o fitavam lhe disseram que errara no julgamento feito. Soltou um suspiro, quase se levantou, mudou de idéia e tossiu. "Não que eu esteja achando que vocês sejam negligentes com ela".

Colin pegou a deixa. Era já então um rapagão alto, o rosto redondo ainda infantil, com aqueles óculos de aro preto tentando manter em ordem uma fisionomia que ameaçava com muita freqüência explodir num riso sardônico.

"Eu sei que ela não está feliz", disse ele. "Nós sabemos disso."

"Eu acho que ela está doente."

O problema é que Julia perdera Sylvia. Sim, a moça continuava morando com eles, era a casa dela, afinal, mas os acontecimentos obrigaram Julia a concluir que dessa vez era para sempre. Será que Wilhelm não enxergava isso?

Andrew disse: "A Julia está sofrendo por causa da Sylvia. É muito simples".

"Não sou um velho tão burro assim que não perceba os sentimentos dela. Mas não é tão simples quanto parece."

E levantou-se, decepcionado com eles.

"O que você quer que a gente faça?", perguntou Frances.

"Ela devia ficar menos tempo sozinha. Devia andar um pouco mais. Ela agora sai muito pouco, e eu preciso enfatizar que não é por causa da idade. Eu sou dez anos mais velho que a Julia e não desisti. E é justamente isso que eu temo que ela tenha feito."

Frances pensava que em todos aqueles anos nem uma única vez Julia dissera sim quando convidada para jantar fora, dar uma volta, ir a um teatro, ou a uma exposição. "Obrigada, Frances. Você é muito gentil", ela dizia sempre.

"Vou pedir a permissão de vocês para dar um cachorro a ela. Não, não um daqueles cachorrões imensos, bravos, um cachorrinho. Ela terá que levá-lo passear e tomar conta dele."

Uma vez mais, as três fisionomias lhe disseram que ele não seria informado sobre o que estavam pensando de fato.

Será que aquele velho cavalheiro imaginava que um cachorrinho iria preencher o vazio que havia dentro de Julia? Uma troca: um cachorrinho por Sylvia!

"Claro que pode dar um cachorro para ela", disse Frances, "se acha que ela vai gostar."

E então ele, que acabara de confessar o que eles jamais teriam adivinhado, que estava com mais de oitenta anos, disse: "Não se trata do que eu acho que será bom para ela. Eu tenho que admitir... Eu estou desesperado". E toda aquela sisudez, a imensa gravidade de suas maneiras, seu estilo, vieram abaixo, e, diante deles, havia um velhinho humilhado, com lágrimas escorrendo pela barba. "Não é segredo nenhum para vocês que eu sou muito apegado a Julia. É difícil para mim vê-la tão... tão..." E saiu. "Com licença, vocês me desculpem."

"E quem vai ser o primeiro a dizer 'eu é que não vou cuidar do cachorro'?", Frances perguntou.

Wilhelm apareceu com um terrier minúsculo a quem já tinha dado o nome de Stuckschel — um fiapo, um tico de cachorro — e, de brincadeira, amarrara uma fita azul no pescoço do animal. A reação imediata de Julia foi recuar, assim que Stuckschel começou a latir em volta de sua saia, mas depois, vendo a ansiedade com que o velho amigo aguardava a acolhida do presente, ela se forçou a acarinhar o bichinho, para acalmá-lo. Empreendeu um enorme esforço para fazê-lo acreditar que poderia aprender a gostar da criatura, mas, quando Wilhelm se foi, e ela teve de providenciar a comida do cachorro, e o banheiro do cachorro, sentou-se trêmula na poltrona e pensou: Ele é meu melhor amigo e sabe tão pouco a meu respeito que acha que eu posso querer um cachorro.

Seguiram-se dias desagradáveis: comida para o cachorro, sujeira no chão, odores, e aquela criaturinha irrequieta que latia e a irritava até as lágrimas. *Onde é que ele estava com a cabeça?*, ela resmungou. E, no dia em que Wilhelm apareceu para ver como iam as coisas, seus esforços para ser simpática o fizeram ver o tremendo erro que cometera.

"Mas, minha cara, seria ótimo para você levá-lo para dar uma volta. Que nome você deu a ele? Fricote! Entendo." E lá se foi ele, magoado, de modo que Julia passou a ter de se preocupar também com Wilhelm.

Fricote, que sabia que a dona o odiava, descobriu Colin, que gostou dele porque o fazia rir. Fricote virou Feroz, devido ao absurdo de aquela coisinha minúscula viver rosnando e se defendendo, arreganhando maxilares que eram do tamanho dos pegadores do açucareiro de Julia. As patas eram como bolinhas de algodão; os olhos, iguais a sementes de mamão; o rabo, um rolinho de seda prateada. Feroz passou a ir a toda parte com Colin, e assim foi que o cachorro que era para ter sido bom para Julia se tornou bom para Colin, que não tinha amigos, passeava sozinho por Hampstead Heath e estava bebendo demais. Nada muito grave, mas o bastante para Frances lhe dizer que estava ficando preocupada. Ele rebateu com um "não gosto de ninguém me espionando". O problema, no fundo, é que odiava depender de Julia e da mãe. Já escrevera dois romances, que sabia não serem bons, e trabalhava num terceiro, com Wilhelm Stein de mentor. Mas adorou ver o irmão dependente de novo das duas. Tendo passado nos exames, Andrew saíra de casa para se estabelecer com um grupo de advogados, mas depois decidira fazer Direito Internacional. Voltou para casa e para Oxford, mais precisamente para a Brasenose, onde faria um curso de dois anos.

Sylvia se tornara residente, muito mais jovem que a maioria, e trabalhava tanto quanto os colegas. Quando aparecia em casa, subia as escadas em transe, exausta, sem ver nada nem ninguém; em pensamentos, já estava na cama, dormindo finalmente. Às vezes dormia o dia inteiro, depois tomava um banho e ia para o trabalho de novo. Muitas vezes nem dava um alô para Julia, que dirá um beijo de boa-noite.

Mas havia uma outra coisa. O pai de Sylvia, o verdadeiro, o camarada Alan Johnson, morrera e lhe deixara um dinheiro, uma bela soma. A carta do advogado chegou acompanhada de uma carta dele, obviamente escrita quando estava bêbado, dizendo ter compreendido que ela, Tilly, era a única coisa real que possuía. "Você é meu legado ao mundo", pelo visto considerando o substancial legado que deixava como mera e irrisória contribuição material. Ela não se lembrava nem sequer de tê-lo visto alguma vez.

Sylvia foi ver Julia, para dar a notícia e dizer: "Você tem sido tão boa comigo, mas não vou mais precisar da sua ajuda". Julia permaneceu calada, as mãos se retorcendo no colo, como se Sylvia a tivesse estapeado. A grosseria viera da exaustão. Sylvia estava simplesmente fora de si. Não fora feita para tensões contínuas, esforços constantes, continuava um fiapo de gente, os grandes olhos azuis sempre um tanto congestionados. Estava tossindo um pouco, também.

Wilhelm cruzou com Sylvia subindo a escada, depois de uma semana de trabalho quase sem pregar o olho, e pediu a ela, como médica, um conselho para Julia, mas Sylvia respondeu: "Desculpe, não fiz geriatria" — e continuou subindo, rumo a sua cama, onde caiu e dormiu.

Julia tinha escutado. Estava ouvindo no patamar de cima. Geriatria. Ela se zangou, sofreu; tudo era uma afronta para ela, em seu estado paranóico — pois era disso que se tratava. Achava que Sylvia se voltara contra ela.

Sylvia leu a carta do advogado no momento em que ansiava por algumas horas de sono feito um prisioneiro sob tortura, ou uma jovem mãe com um bebê de colo. Desceu para falar com Phyllida e encontrou-a, aparição indistinta, embrulhada num quimono coberto de signos astrais. Cortou o "a que devo a honra ..." sarcástico dela com: "Mãe, ele lhe deixou algum dinheiro?".

"Quem? Do que você está falando?"

"Meu pai. Ele me deixou dinheiro."

Na hora o rosto de Phyllida se transformou em pura raiva, e Sylvia disse: "Ouça, apenas ouça, é tudo que eu peço".

Mas Phyllida já tinha disparado, a voz naquele sobe e desce queixoso. "Quer dizer então que eu não conto, claro que eu não conto, ele deixou dinheiro para você..." Mas Sylvia se atirara numa poltrona e dormia. Lá estava ela, frouxa, num outro mundo muito distante.

Phyllida suspeitava que fosse um truque ou alguma armadilha. Curvou-se para espiar a filha, chegou a erguer a mão flácida, mas ela caiu no meio do caminho. Sentou-se, pesada, surpresa, chocada — e calada. Sabia que Sylvia trabalhava demais, todo mundo sabia como era a vida dos médicos recém-formados... mas que pudesse adormecer assim, desse jeito... Phyllida apanhou a carta que Sylvia trouxera e que caíra no chão, leu e continuou sentada com ela na mão. Não tivera oportunidade de sentar e olhar para a filha, olhar de fato, durante anos e anos. Agora a olhava. Tilly estava tão magra, pálida e acabada — era um crime, o que eles esperavam dos médicos jovens, alguém devia pagar por isso...

Esses pensamentos transcorreram em silêncio. As cortinas pesadas estavam fechadas, a casa inteira mergulhada em silêncio. Será que devia acordar Tilly? Ela se atrasaria para o trabalho. Aquele rosto — não lembrava em nada o rosto da filha. A boca era a boca do pai, rosada e delicada. Rosado e delicado, dois termos excelentes para descrevê-lo, o camarada Alan, um herói, bem, deixe que eles pensem isso. Ela se casara com dois heróis comunistas, primeiro um, depois o outro. Qual era o problema com ela, afinal? (Essa até então inusitada autocrítica em breve a levaria a percorrer a Via Dolorosa da psicoterapia e de lá para uma nova vida.)

Quando Tilly desceu para contar sobre a herança, estaria se vangloriando? Provocando? Mas o senso de justiça de Phyllida lhe dizia que não era bem o caso. Sylvia era muito pomposa e metida, odiava a mãe, mas Phyllida sabia que não era vingativa.

Ela acordou assustada, achando que estava tendo um pesadelo. O rosto da mãe, grosseiro, avermelhado, com o olhar violento, acusatório, pairava sobre ela, e em instantes aquela voz começaria tudo de novo, como sempre, com as censuras, os berros. Você estragou minha vida. Se eu não tivesse tido você, minha vida teria sido... Você é meu castigo, a pedra no meu sapato...

Sylvia deu um grito, empurrou a mãe para o lado e endireitou o corpo. Viu a carta na mão de Phyllida e agarrou o papel. Levantou-se e disse: "Agora escute, mãe, mas não diga uma palavra, não diga nada, *por favor*, não é justo que ele tenha me dado todo o dinheiro, eu vou lhe dar a metade". Saiu correndo da sala, com as mãos tapando os ouvidos.

Depois de consultar Andrew, Sylvia informou os advogados, e os acertos foram feitos. Dar metade do dinheiro a Phyllida transformava uma herança considerável numa quantia útil, suficiente para comprar uma boa casa, seguro — segurança. Andrew lhe disse para procurar um especialista em finanças.

De repente, havia apenas uma única mensalidade para pagar — a de Andrew. Frances decidiu que, da próxima vez que lhe oferecessem um bom papel, aceitaria.

Uma vez mais, Wilhelm bateu na porta da cozinha, mas dessa vez estava todo sorrisos e acanhado como um menino. Era fim de tarde de domingo, e Frances, junto com os dois rapazes, compunham uma cena de família à mesa.

"Tenho notícias", Wilhelm disse a Frances. "Colin e eu temos notícias." Tirou uma carta do bolso e abanou-a para todos verem. "Colin, acho que você devia ler em voz alta... não? Então eu leio."

E leu em voz alta a carta de um bom editor, dizendo que o romance de Colin, *O enteado*, seria publicado em breve e que esperavam bons resultados.

Beijos, abraços, felicitações, com Colin sem palavras de tanto prazer. Na verdade, a carta já era esperada. Wilhelm lera e condenara as duas tentativas anteriores, mas essa última obtivera sua aprovação e ele arranjara um editor — um amigo. O longo aprendizado de Colin sobre a própria paciência e teimosia terminara. Enquanto os humanos se beijavam, exclamavam e se abraçavam, o fiapo de cachorro saltava e latia, os ganidos diminutos extáticos com a necessidade de participar, até que saltou para o ombro de Colin e lá ficou, o rabo penugento trabalhando feito um limpador de pára-brisas no rosto de Colin, ameaçando-lhe os óculos.

"Feroz, desça", repreendeu Colin e, engasgado de lágrimas e risos, pôs-se de pé num salto, gritando: "Feroz, Feroz...", e correu lá para cima, com o cãozinho nos braços.

"Maravilhoso", disse Wilhelm Stein, "maravilhoso", e, com um beijo no ar por sobre a mão de Frances, partiu, sorridente, para falar com Julia, que, depois de saber da notícia pelo amigo, sentou-se em silêncio durante um tempo, depois comentou: "Quer dizer então que eu estava errada. Eu estava muito errada". E Wilhelm, sabedor de que Julia detestava errar, virou-se, para não ver as lágrimas de autocrítica nos olhos dela. Serviu dois cálices de madeira, sem a menor pressa, depois disse: "Ele tem um talento considerável, Julia. Mas, mais importante, sabe que terá que perseverar".

"Então preciso pedir desculpas a ele, porque não fui generosa."

"E quem sabe amanhã você dá um pulo no Cosmo comigo? Uma voltinha, Julia, isso não lhe fará nenhum mal."

E assim foi que Julia se desculpou com Colin, que, devido à óbvia desordem emocional da avó, se deu ao trabalho de tranqüilizá-la. Depois, com o braço apoiado no de Wilhelm, Julia desceu a ladeira devagarinho até o Cosmo, onde ele a cortejou com doces e elogios, enquanto à volta todas as chamas do debate político dançavam ou esmoreciam.

Frances leu *O enteado* e o passou a Andrew, que comentou: "Interessante. Muito interessante".

Anos antes, Frances tivera de ouvir as críticas de Colin contra ela, e contra o pai dele, críticas iradas e impiedosas que começaram a fazer com que ela se sentisse mirrada em meio àqueles rios de lava fervente. E ali estava aquela imensa raiva destilada. Era a história de um garotinho cuja mãe se casara com um charlatão, um vigarista de língua hipnótica que ocultava seus crimes por trás de um véu de palavras convincentes que prometiam todos os tipos de paraísos. Era ruim com o garoto, ou o ignorava. Sempre que o menino achava que seu carrasco tinha sumido, ele aparecia de novo, e a mãe sucumbia a seus encantos. Porque encantos ele tinha, de uma maneira meio sinistra. A história, contada pelo garoto a um amigo imaginário, o tradicional companheiro da criança solitária, era ao mesmo tempo triste e engraçada porque a visão distorcida da criança podia ser interpretada pelo leitor adulto como algo exagerado, deturpado: as cenas quase de pesadelo, como se fossem sombras de vela numa parede, retratavam lugares-comuns, até um tanto vulgares. Um dos pareceres de leitura afirmara que o livro era uma pequena obra-prima, e talvez fosse. Mas a mãe e o irmão mais velho estavam vendo algo mais, estavam vendo a enorme distância que separava a infelicidade profunda da magia do relato: Colin mostrava nesse livro estar adulto, e Andrew disse: "Sabe de uma coisa, acho que meu irmãozinho passou na minha frente. Não creio que eu conseguisse atingir tamanho grau de distanciamento".

"Foi assim tão ruim?", Frances perguntou, receosa da resposta dele, que confirmou seu temor. "Sim, foi, acho que você não imagina... Não vejo como ele poderia ter sido pior como pai."

"Ele nunca bateu em vocês", disse Frances, com voz débil, escarafunchando em busca de algo que tornasse a história melhor.

Andrew falou que havia coisas piores do que apanhar do pai.

Mas, quando ficou decidido que haveria um pequeno jantar para comemorar *O enteado*, o próprio Colin acrescentou o nome do pai à lista.

De modo que a grande mesa teria "todos" em volta de novo. "Eu convidei todo mundo", avisou Colin. Sophie foi a primeira a ser convidada e a aceitar. Geoffrey, Daniel e James, assíduos freqüentadores da casa de Johnny, confirmaram presença, mas iriam chegar tarde — tinham uma reunião. Johnny também. Jill, com quem Colin se encontrara na rua, afirmou que não faltaria. Julia falou que ninguém iria querer uma velha chata, e Wilhelm interveio: "Minha cara, não me venha com essas bobagens.". Sylvia disse que tentaria estar presente, se o horário permitisse.

A mesa foi posta para onze pessoas. Wilhelm doara um bolo assombroso, menos inglês que aquilo seria impossível, na forma de uma espiral sem ponta, com uma superfície que parecia um tule rugoso brilhante — creme e merengue, na verdade. Salpicado de minúsculos flocos dourados. Sophie disse que aquilo era para ser vestido, não comido.

Sentaram-se para jantar com metade dos lugares vagos, e um pouco depois chegou Sophie, acompanhada de Roland. O jovem ator bonitão, esbanjando um charme poderoso para todos os presentes, disse: "Não, eu não vou sentar, só vim lhe dar os parabéns, Colin. Como você sabe, sou um alpinista social inveterado, e se você vai se tornar um escritor importante, então eu tenho que participar". Deu um beijo em Frances, outro em Andrew — pelo visto de bom humor —, apertou a mão de Colin, inclinou-se para Julia e fez uma mesura ampla para Wilhelm. "Vejo você mais tarde, minha querida", disse ele a Sophie, e, em seguida: "Entro em cena daqui a vinte minutos". E eles escutaram quando o carro saiu, o motor rugindo.

Sophie e Colin, sentados lado a lado, se beijavam, se abraçavam, esfregando o rosto um no outro. Todos se permitiram pensar que Sophie talvez deixasse Roland definitivamente, ele que a fazia tão infeliz, e que Colin e ela podiam...

Vieram os brindes. A comida foi servida. O jantar já estava no meio quando Sylvia entrou. Estava, como sempre naquele horário, meio fora de sintonia: pronta para despencar de sono, e eles sabiam que logo mais era o que faria. Estava com um jovem colega, a quem qualificou como outra vítima do sistema. Ambos sentaram à mesa, aceitaram taças de vinho, permitiram que a comida fosse posta em seus pratos, mas estavam cabeceando de sono ali mesmo, sentados. Frances disse: "Acho melhor vocês irem se deitar", e eles se levantaram qual fantasmas e saíram tropeçando da cozinha.

"Um sistema muito estranho, esse", veio a voz áspera de Julia, que nessa época soava ameaçadora e pesarosa. "Como é que eles podem tratar assim tão mal esses jovens?"

Jill chegou tarde, pedindo desculpas. Era agora uma moça volumosa com uma ampla cabeleira amarela encrespada e roupas destinadas a fazê-la parecer uma figura pública e competente — compreensível depois que contou que iria se candidatar a vereadora nas próximas eleições municipais. Foi efusiva, a todo momento repetindo como era maravilhoso estar ali de novo: morava a meio quilômetro de distância. Sem que ninguém perguntasse, adiantou que Rose trabalhava como jornalista freelance e era "politicamente muito ativa".

Julia indagou: "E posso perguntar qual é a causa que ela defende?".

Sem entender a pergunta, uma vez que naturalmente havia uma única causa possível, a da Revolução, Jill disse que Rose estava envolvida "em tudo".

Lá pelo final de um jantar muito alegre, Johnny chegou. Por volta dessa época, ele estava ainda mais militar, severo e sisudo. Usava uma jaqueta de camuflagem, excedente de guerra, e sob ela uma camisa pólo bem justa, preta, e calça jeans preta também. O cabelo grisalho não tinha nem um centímetro e meio de comprimento. Estendeu a mão para Colin, meneou a cabeça e disse: "Meus parabéns". Para a mãe, falou: "Mutti, espero que esteja bem". "Bem o bastante", disse Julia. Para Wilhelm: "Ah, então você também veio. Excelente". Meneou a cabeça para Frances. Para Andrew, ele disse: "Fico satisfeito que esteja fazendo Direito Internacional. Isso pode vir a ser muito útil". Lembrava-se de Sophie, porque lhe fez uma ligeira mesura, e Jill, a quem conhecia bem, recebeu uma saudação de camarada.

Sentou-se, e Frances fez seu prato. Wilhelm serviu vinho a ele, e o camarada Johnny ergueu a taça aos trabalhadores do mundo, em seguida continuou com o discurso que estivera fazendo numa assembléia da qual acabara de sair. Primeiro, no entanto, as desculpas de Geoffrey, James e Daniel, certos de que todos compreenderiam que a Luta deve vir em primeiro lugar. O imperialismo norte-americano... a máquina bélico-industrial... o papel de lacaio da Grã-Bretanha... a Guerra do Vietnã...

Mas Julia estava inconformada com a Guerra do Vietnã e interrompeu-o para pedir: "Johnny, será que você poderia dar mais detalhes... Eu realmente gostaria de saber um pouco mais. Eu simplesmente não entendo o porquê dessa guerra".

"Por quê? Seguramente você não precisa perguntar, Mutti. Por causa dos lucros, claro." E continuou com sua palestra, alternando com os bocados de comida que punha na boca.

Colin o interrompeu. "Só um instante. Pare só um instante. Você leu meu livro? Você ainda não disse."

Johnny largou os talheres e olhou com severidade para o filho. "Li, eu li, sim."

"E então, o que achou?"

Em Frances, mais ainda em Andrew, e em Julia também, essa maluquice provocou incredulidade, como se Colin tivesse decidido pegar uma vara e arreliar um leão até então sossegado. E o que eles temiam aconteceu. Johnny disse: "Colin, se você está de fato interessado em minha opinião, então vou dá-la. Mas é preciso que eu volte aos princípios. Não estou interessado nos subprodutos de um sistema podre. E é isso que seu livro é. É um livro subjetivo, é pessoal, não há a menor tentativa de colocar os acontecimentos dentro de uma perspectiva política. Toda essa classe de escrita, a chamada literatura, é o detrito do capitalismo, e escritores como você são lacaios burgueses".

"Ora, cale essa boca", disse Frances. "Uma vez na vida, comporte-se como um ser humano."

"Verdade, Frances? Veja só como você se entrega. Um ser humano. E pelo que você acha que eu e todos os outros camaradas estamos trabalhando, senão pela humanidade?"

"Pai", disse Colin, já branco e sofrendo, "eu gostaria de saber, deixando a propaganda de lado, o que achou do livro?"

Pai e filho estavam debruçados um para o outro, cada qual de um lado da mesa. Era como se Colin estivesse sendo ameaçado de levar uma surra; o pai, triunfante e com a razão. Teria se reconhecido no livro? Provavelmente não.

"Eu já disse. Eu li o livro. Estou dizendo o que penso. Se há uma classe de gente que eu desprezo é a dos liberais. E é isso que vocês são, todos vocês. Vocês são os escribas vendidos gerados pelo capitalismo decadente."

Colin levantou-se e saiu da cozinha. Ouviram-no subir aos tropeções a escada.

Julia disse: "E agora, Johnny, vá embora. Já".

Johnny continuou sentado, pelo visto pensando: estaria lhe passando pela cabeça que poderia ter se comportado de outro jeito? Rapidamente, engoliu o que estava no prato, virou o que havia na taça de vinho goela abaixo e disse: "Muito bem, Mutti. Você está me expulsando de minha própria casa". Levantou-se e pouco depois ouviram a porta da frente bater.

Sophie estava aos prantos. Saiu para ir atrás de Colin, exclamando: "Oh, mas isso foi um *horror*".

Jill comentou em meio ao silêncio: "Mas ele é um grande homem, ele é tão maravilhoso...". Olhou em volta, não viu nada além de fisionomias consternadas e raivosas, e acrescentou: "Acho melhor eu ir andando". Ninguém a impediu. Ela continuou repetindo: "Muitíssimo obrigada por terem me convidado".

Frances deu sinais de que ia cortar o bolo, mas Julia estava se levantando, auxiliada por Wilhelm. "Estou com tanta vergonha", ela disse. "Tanta vergonha." E, chorando, subiu a escada com Wilhelm.

Restaram Andrew e a mãe.

De repente, Frances começou a esmurrar a mesa, o rosto erguido, os olhos jorrando água. "Eu vou matá-lo", ela disse. "Um dia desses eu o mato. Como pôde fazer uma coisa dessas? Não consigo entender como ele foi capaz."

Andrew disse: "Mãe, escute...".

Mas Frances já tinha perdido as estribeiras e puxava os cabelos, como se quisesse arrancá-los. "Eu vou matá-lo. Como ele pôde magoar Colin dessa forma? Colin teria ficado contente com uma única palavrinha bondosa."

"Mãe, por favor, escute. Pare. Escute."

Frances deixou cair as mãos, descansou os punhos sobre a mesa e ficou esperando.

"Sabe o que você nunca foi capaz de entender? E eu não entendo por quê? O Johnny é burro. Ele é um homem burro. Como você nunca enxergou isso?"

Frances repetiu. "Burro." Era como se os pesos e as medidas estivessem se deslocando em sua cabeça. Bem, claro que ele era burro. Mas ela nunca admitira isso. E tudo por causa do grande sonho. Apesar de tudo que agüentara dele, de toda a baboseira, nunca fora capaz de dizer para si mesma, pura e simplesmente, que Johnny era burro.

Frances insistiu. "Foi a grosseria. Um comentário tão rude de..."

"Mas, mãe, e o que são eles, senão uns brutamontes? Por que iriam admirar isso tudo, se não fossem uns brutamontes?"

E então, ela própria surpresa, Frances enterrou a cabeça nos braços, entre os pratos sobre a mesa, e soluçou. Andrew esperou, de olho na enxurrada de lágrimas que se renovavam sempre que achava que a mãe tinha melhorado. Estava pálido também, abalado. Nunca vira a mãe chorando, nunca a ouvira criticar o pai daquele jeito. Ele já havia percebido que não atacar Johnny fora a forma encontrada por Frances para protegê-los do pior, a ele e a Colin, mas no fundo Andrew não se dera conta do tamanho do oceano de lágrimas que ficaram por derramar. Ou que ao menos não haviam sido derramadas onde ele ou Colin pudessem ver. E ela fizera bem, ele pensava agora, de não chorar nem esbravejar na frente deles. Sentiu náusea. Afinal, Johnny era seu pai... e Andrew sabia que sob muitos aspectos se parecia com o pai. Mas Johnny jamais chegaria a ter uma fração do autoconhecimento que o filho possuía. Andrew estava fadado a viver eternamente com um olho crítico focado em si mesmo: um olhar afável, até mesmo bem-humorado — mas sentencioso de todo modo.

Andrew girava a taça entre os dedos, enquanto Frances chorava. Por fim, terminou de tomar o vinho, levantou-se e pôs a mão no ombro da mãe.

"Mãe, deixe tudo como está. A gente cuida disso amanhã. E vá para a cama. Não adianta, você sabe. Ele vai ser sempre assim."

E saiu. Bateu na porta da avó, e Wilhelm abriu para dizer, em voz alta: "Julia tomou um Valium. Está muito nervosa".

Hesitou na frente da porta de Colin e ouviu Sophie cantando — cantando para Colin.

Depois deu uma espiada em Sylvia. Tinha deitado com a roupa do corpo; o rapaz dormia no chão, a cabeça sobre uma almofada. Não parecia nada confortável, mas obviamente já ultrapassara esse estágio de preocupação.

Foi então para seu quarto e acendeu um baseado: Andrew usava fumo para emergências emocionais ao som de jazz tradicional, quase sempre blues. Música clássica era para os bons momentos. Ou então recitava em voz alta todos os poemas aprendidos de cor — um número razoável — para se certificar de que continuavam intactos na memória. Às vezes lia Montaigne, mas fazia disso um segredo por achar que era um consolo destinado aos idosos, não à gente de sua idade.

Wilhelm deixara Julia bem acomodada em sua poltrona enorme, embrulhada numa manta e insistindo que estava sem sono. E de fato o comprimido acabou vencido pela ansiedade e ela acordou pouco depois de ter cochilado. Sacudiu irritada a manta e escutou a bagunça que o cachorro fazia no andar de baixo. Também ouviu Sophie cantando, mas achou que fosse o rádio. Lá de cima, viu que havia luz sob a porta de Andrew. Desceu pé ante pé, incerta se devia ir falar ou não com o neto, mas em vez disso desceu mais um lance e viu-se diante da porta de Sylvia. Uma fresta iluminada do outro lado do hall mostrava que Frances continuava acordada. A velha senhora sentiu que devia dizer alguma coisa, encontrar as palavras certas, sentar-se um pouco com ela, fazer qualquer coisa... *que palavras*?

Julia virou delicadamente a maçaneta da porta de Sylvia e entrou num quarto onde o luar sobre a moça mal atingia o rapaz deitado no chão. Havia se esquecido dele e agora o coração lhe trazia de novo à lembrança a infelicidade tremenda, inadmissível, que sentia. Wilhelm lhe dissera, não fazia muito tempo, que Sylvia acabaria se casando, e que ela, Julia, não devia sofrer com isso. Quer dizer então que é assim que ele me vê, Julia reclamara — consigo mesma, é verdade —, ciente de que Wilhelm tinha razão. Sylvia precisava se casar, ainda que provavelmente não com aquele homem. Caso contrário, ele não deveria estar ao lado dela, na cama? Aos olhos de Julia, era terrível que qualquer rapaz, "um colega", voltasse para casa com Sylvia e dormisse em seu quarto. Parecem cachorrinhos novos num cesto, pensou ela, se lambem um ao outro e adormecem amontoados. Devia importar que um homem estivesse dentro do quarto de uma jovem. Devia significar alguma coisa. Julia se sentou com cuidado na cadeira de onde — mas isso fazia tanto tempo — convencera Sylvia a comer. Agora divisava claramente o rosto dela e, à medida que os raios de lua avançaram pelo chão, também o do rapaz. Bem, se não fosse ele, esse jovem de fisionomia até que agradável, seria um outro.

Parecia-lhe que nunca se importara com ninguém na vida a não ser com Sylvia, que aquela menina fora sua grande paixão — ah, sim, claro, sabia que esse amor vinha de não ter conseguido amar Johnny. Mas isso era tolice porque também sabia — com a mente — quanta saudade sentira de Philip durante a velha guerra e quanto o amara depois. Os feixes de luar sobre a cama e o chão assemelhavam-se à arbitrariedade da memória, ressaltando ora isso, ora aquilo. Quando olhava para trás, para o caminho percorrido, épocas que haviam tido um sabor tão pronunciado e distinto, durante tantos anos, se reduziam a algo como uma fórmula: essa foi a Primeira Guerra Mundial. Mas, imersa naqueles cinco anos de guerra, fiel na mente e nas emoções a um soldado inimigo, os cinco anos haviam sido intermináveis. A Segunda Guerra Mundial, agora uma espécie de sombra incômoda na memória, período em que perdera o marido, sempre exausto e sem poder lhe contar nada do que fazia, fora uma época horrível que muitas vezes chegara a pensar que não suportaria. Deitava à noite ao lado de um homem preocupado em destruir o país que era dela e tinha de se sentir satisfeita de que assim fosse — e de fato ela se sentia assim, mas às vezes era como se as bombas estourassem dentro do próprio peito. No entanto agora podia se virar para Wilhelm, um fugitivo do regime monstruoso que ela se recusara a admitir como alemão, e dizer: "Isso foi durante a guerra — não, estou falando da segunda". Como se comentasse algum item de uma lista que necessitasse ser constantemente atualizada e correta, com todos os acontecimentos alinhados um após o outro, ou talvez como a luz da lua e as sombras batendo numa alameda, cada uma com uma validez precisa quando atravessadas, mas depois, ao se olhar para trás, apenas uma faixa escura de floresta, com borrões de luz tênue em volta. *Ich habe gelebt und geliebt*, sussurrou Julia, um fragmento de Schiller que ainda retinha na cabeça, sessenta e cinco anos depois, só que em forma de pergunta: Terei vivido e amado?

O luar chegara aos pés de Julia. O que significava que já estava sentada ali fazia um bom tempo. Sylvia não se mexera nem uma vez. A impressão era que não estavam respirando: podia facilmente acreditar que jazessem ali mortos, os dois. Pegou-se pensando: Se você estivesse morta, Sylvia, não perderia muita coisa, simplesmente não iria acabar como eu, uma velha com a vida lá atrás, encolhendo numa confusão de lembranças que doem. Julia cochilou, o Valium finalmente a afundou num sono tão profundo que o corpo sacudiu frouxo nas mãos de Sylvia.

Sylvia acordara com a boca seca e, ao procurar um copo de água, vira um pequeno fantasma sentado ali no quarto, sob o luar. Esperava que fosse se dissolver assim que despertasse por completo, mas Julia não se dissolveu. Sylvia foi até ela, abraçou-a e embalou-a, enquanto a velha senhora gemia, um som desconsolado, de rasgar a alma.

"Julia, Julia", Sylvia cochichava, pensando no rapaz que tanto precisava de sono. "Acorde, sou eu."

"Oh, Sylvia, não sei o que fazer, não estou bem."

"Levante-se, querida, por favor, você precisa ir para a cama."

Julia se levantou, cambaleando um pouco, e Sylvia, que também vacilava por estar semidesperta, tirou-a do quarto e subiu com ela. Já não havia mais luz sob a porta de Frances, tampouco sob a de Andrew, mas, sim, havia luz no quarto de Colin.

Sylvia levou Julia até a cama e puxou as cobertas.

"Acho que estou doente, Sylvia. Devo estar doente."

O apelo foi direto a seu eu profissional, e Sylvia disse: "Eu vou cuidar de você. Por favor, não fique assim tão triste".

Julia adormecera. Sylvia, sentindo que iria pegar no sono de novo, se ergueu com dificuldade, cruzou o quarto de manso se apoiando no encosto das cadeiras e foi para seu próprio quarto, onde encontrou o colega sentado. "Já é de manhã?" "Não, não, durma." "Ainda bem." O rapaz desmaiou de novo no chão e ela despencou na cama.

E agora todos dormiam, exceto Colin, que estava com os braços em volta de Sophie, adormecida com o cachorrinho cochilando no seu quadril, ainda que o toquinho de rabo às vezes balançasse.

Ele não pensava na linda Sophie ali em seus braços. Como a mãe, um pouco antes, prometia ensandecido: "Eu vou matá-lo, eu juro que vou". Mas eis aqui um nó! Se Johnny tivesse se reconhecido no falastrão venenoso, então o que Colin estava lhe pedindo para fazer era um julgamento isento, tão isento quanto possível — tão-somente os padrões da excelência literária deveriam alimentar seus pensamentos: "*Este é um bom romance ou não?*". Acompanhado, talvez, das lembranças dos muitos romances lidos em outra era, antes de sucumbir aos encantos simplórios do realismo socialista. Como quando se espera que a vítima de uma charge virulenta diga: "Ah, muito bem! Mas que grande talento você tem!". Para resumir, do camarada Johnny se exigia uma conduta da qual sua família havia muito já concordara ser ele incapaz. Por outro lado, se não tivesse se reconhecido, então era culpado de nem sequer desconfiar de como pelo menos um dos filhos o enxergava.

Julia sofrendo, sofrendo muito, embora não fosse capaz de dizer pelo quê, se não era por Sylvia, ou por toda a vida que levara; estudava os jornais, atirava tudo no chão, tentava de novo e, quando Wilhelm a levava ao Cosmo, procurava absorver o que era dito em volta. A Guerra do Vietnã, era sobre isso que falavam. Às vezes Johnny aparecia rodeado por seu séquito, dramático, enérgico, e às vezes meneava a cabeça para ela, ou lhe dava o cumprimento do punho erguido. Muitas vezes Geoffrey, a quem ela conhecia tão bem, aparecia junto, um belo rapaz, igual a um Lochinvar do Ocidente, como dizia com um certo desprezo a Wilhelm. Ou Daniel, com seus cabelos vermelhos, parecendo um farol. Ou então James, que foi até ela dizendo: "Eu sou James, está lembrada?". Mas ela não se lembrava de ninguém com sotaque *cockney*.

"É o certo, hoje em dia", Wilhelm explicou. "Eles têm que falar *cockney*."

"Mas para quê, se é tão feio esse sotaque?"

"Para conseguir emprego. São uns oportunistas. Se você quer conseguir emprego na televisão ou no cinema, você tem que perder o tom educado."

À volta toda, fumaça de cigarro e com freqüência vozes iradas. "Por que será que, quando se trata de política, todos brigam?"

"Ah, minha cara, se nós soubéssemos por quê..."

"Me faz pensar nos velhos tempos, quando eu ia visitar meus pais, os nazistas..."

"E os comunistas."

Ela se lembrou das brigas, dos berros, das pedradas, dos pés ressoando na rua, correndo — sim, acordar de noite e ouvir passos correndo, correndo. Depois de alguma atrocidade, eles corriam pelas ruas, berrando.

Julia se sentava na poltrona, rodeada por jornais, até que seus pensamentos a forçavam a se levantar e a rondar por seus aposentos, estalando a língua contrariada sempre que encontrava um enfeite fora de lugar ou um vestido de qualquer jeito no encosto de uma cadeira. (O que a senhora Philby estava pensando da vida?) Todas as mágoas de Julia se concentravam em torno da Guerra do Vietnã. Ela não suportava a idéia. Não bastava aquela velha guerra, a primeira, tão pavorosa, e depois a segunda, o que mais eles queriam, matar, matar, e agora essa guerra. E os norte-americanos, estariam loucos, todos eles, mandando seus jovens para o combate, ninguém se importava com os jovens, sempre que havia uma guerra eles arrebanhavam os jovens e os mandavam para o matadouro. Como se não prestassem para mais nada. De novo e de novo. Ninguém aprendera coisa alguma, era uma grande mentira dizer que aprendemos com a história, se alguma coisa tivesse sido aprendida, as bombas não estariam caindo no Vietnã, e os jovens... Julia sonhara com os irmãos, pela primeira vez depois de muitos anos. Tinha pesadelos com a guerra. Pela televisão, via os americanos em confrontos com a polícia, americanos contrários à guerra, e ela era contrária à guerra, estava do lado dos americanos que se rebelavam em Chicago, nas universidades, e no entanto, ao deixar a Alemanha para se casar com Philip, escolhera os Estados Unidos, estava do lado da América. Philip manifestara o desejo de mandar Andrew estudar lá, e, se tivesse ido, ele provavelmente estaria fazendo parte daquela América que mirava as mangueiras de água e jogava gás lacrimogêneo nos americanos que protestavam. (Julia sabia que Andrew era conservador por natureza, ou talvez fosse melhor dizer que estivesse do lado da autoridade.) A nova mulher de Johnny, que pelo visto o abandonara, estava lutando nas ruas contra a guerra. Julia odiava e temia as batalhas de rua, continuava tendo pesadelos sobre o que testemunhara nos anos 30, quando voltava para casa para visitar os pais, a Alemanha sendo estraçalhada pelas gangues que se rebelavam, destruíam, gritavam e corriam à noite pelas ruas. A cabeça, a mente e o coração de Julia rodopiavam com imagens, pensamentos e emoções contraditórias.

E o filho Johnny vivia nos jornais, falando contra a guerra, e ela achava que ele tinha razão. Entretanto Johnny nunca tivera razão, disso ela tinha certeza, mas e se agora tivesse?

Julia, sem dizer nada a Wilhelm, pôs o chapéu, o que melhor lhe ocultava o rosto, com o veuzinho espesso, e escolheu luvas que não manchassem demais — associava política com sujeira — e partiu para ouvir o filho discursar numa assembléia contra a Guerra do Vietnã.

Ia se realizar num salão que ela via como comunista. As ruas em volta pululavam de moças e rapazes. O táxi deixou-a na frente da porta principal, e, ao entrar, jovens vestidos como ciganos ou maloqueiros fitaram Julia atentamente. Os que a viram chegar de táxi comentaram que devia ser espiã da CIA, ao passo que outros, vendo aquela senhora idosa — não havia uma pessoa ali acima de cinqüenta anos —, disseram que devia ser um engano. Alguns chegaram à conclusão de que, com aquele chapéu, só podia ser a faxineira.

O salão estava lotado. Parecia arfar, inchar e oscilar. O cheiro era um pavor. Bem na frente de Julia estavam duas cabeças de cabelos oleosos, loiros e imundos — que tipo de moça poderia ter tão pouco respeito por si mesma? Depois ela percebeu que eram homens. E fediam. O barulho era tanto que não percebeu de imediato que os discursos haviam começado. Lá em cima, no palco, ao lado de Johnny, estava Geoffrey, cujo rosto limpo e cuidado ela conhecia tão bem, só que com um cabelo de viking, pernas abertas, a mão direita esmurrando o ar, como se apunhalasse algo, sorrindo numa concordância zombeteira com o que Johnny dizia, nada mais que variações do que já ouvira tantas vezes, imperialismo norte-americano... rugidos de aprovação; o complexo industrial-militar — rosnados e vaias; lacaios, chacais, exploradores capitalistas, vendidos, fascistas. Era difícil ouvir, os berros de anuência eram altos demais. E lá estava James, o homem público por excelência, corpulento e afável, transformado em cockney, e também um negro ao lado de Johnny que ela tinha certeza de que conhecia. Um bocado de gente lá no palanque. Todas as fisionomias exuberantes de vida, extasiadas de vaidade e triunfo, excessivamente confiantes na própria retidão. Como conhecia bem tudo aquilo, como a assustava tudo aquilo. Todos se pavoneavam lá em cima, debaixo de luzes possantes, derramando frases que ela podia antecipar, cada uma delas, antes que fossem ditas. E a platéia era uma unidade, um todo, era uma turba, capaz de matar ou se sublevar, inflamada pelo — ódio, exato, pelo ódio. Entretanto, excetuados os clichês medíocres, ela se via concordando com eles, estava do lado deles; como podia estar, se eles eram imundos, assustadores?; porém a violência da guerra era tudo que mais odiava na vida. Estava tendo dificuldade em se manter ereta — encostara-se numa parede, rodeada por brutamontes que podiam perfeitamente estar de porrete na mão. Julia deu uma última olhada para o palanque, viu que o filho a reconhecera e que seu olhar era ao mesmo tempo triunfante e hostil. Se não saísse logo, Johnny podia tomá-la como alvo de seus sarcasmos. Abriu caminho com dificuldade até a porta. Felizmente, não estava muito longe. O chapéu saíra do lugar, devido a um tranco proposital, no entender dela. Estava certa. O murmúrio de que era espiã da CIA acompanhou-a. Tentou segurar o chapéu e, na porta, viu uma jovem corpulenta com um carão avermelhado de emoção e álcool. Estava com crachá de organizadora. Ao reconhecer Julia, a moça disse em voz alta, para deleite dos colegas: "Ora, ora, vejam só. É a mãe de Johnny Lennox". "Com licença, por favor", disse Julia, que começava a entrar em pânico. "Com licença."

"O que foi, não está agüentando? Não está agüentando a verdade?", zombou um rapaz cujo cheiro a estava deixando literalmente nauseada. Tapou a boca com a mão.

"Julia", disse Rose, "o Johnny sabe que você está aqui? O que veio fazer? Ficar de olho nele?" Espiou em volta, sorridente, em busca de aprovação.

Julia conseguira passar pela porta, mas a sala de fora também estava lotada de pessoas que não tinham conseguido lugar.

"Abram caminho para a mãe de Johnny Lennox", gritou Rose, e a multidão obedeceu. Do lado de fora, onde alto-falantes transmitiam os discursos, a atmosfera já não era tanto de turba, de violência iminente. Os jovens miravam Julia, o chapéu todo torto, o rosto agoniado. Ela conseguiu chegar à porta de saída. Ali, zonza, se agarrou ao batente.

Rose disse: "Julia, você quer um táxi?".

"Não me lembro de ter lhe pedido para me chamar de Julia", disse a velha senhora.

"Ah, desculpe, senhora Lennox", disse Rose, olhando em volta, de novo em busca de apoio. Depois, rindo: "Quanta *merda*".

"É o *ancien régime*, eu suponho", falou uma voz norte-americana.

Julia chegara à calçada. Sabia que ia desmaiar. Rose parou nos degraus atrás dela e disse, em voz alta: "A mãe de Johnny Lennox. Está bêbada".

Veio um táxi e Julia fez sinal, mas o motorista não ia parar para essa senhora de reputação duvidosa. Rose correu atrás dele, gritando, e o carro parou.

"Obrigada", disse Julia, embarcando. Continuava segurando o lenço no rosto.

“Não tem de quê”, respondeu Rose, fazendo uma voz refinada e olhando em volta em busca de risadas, que vieram. Ao se afastar, Julia ouviu pelas janelas do táxi ondas de aplausos, zombarias, gritos, cantorias. “Abaixo o imperialismo americano. Abaixo o...”

Rose aproveitou essa oportunidade de ouro para abordar o famoso camarada Johnny, quando ele saiu, e disse, de igual para igual: “Sua mãe esteve aqui”. “Eu sei.” Johnny nem sequer olhou para ela: nunca prestara atenção em Rose. “Estava bêbada”, ela ousou, mas ele foi em frente, sem comentar nada.

Sylvia não esquecera a promessa. Marcara hora para Julia com um certo doutor Lehman. Wilhelm sabia quem era, e também que era um especialista em problemas de pessoas idosas. “Nossos problemas, minha cara.”

“Geriatria”, disse Julia.

“Isso não passa de uma palavra. Pode marcar uma hora para mim também.”

Julia sentou diante do doutor Lehman, um homem bastante simpático, ela achou, ainda que muito jovem — na verdade era de meia-idade. Alemão, como ela? Com esse nome? Então judeu, será? Um refugiado do tipo dela? Era espantoso o número de vezes que se pegava pensando essas coisas.

Falava um inglês impecável: era evidente que os médicos não precisavam falar cockney.

Sabia que ele teria inferido um grande número de coisas a seu respeito só de observá-la andar até a cadeira, e que já teria ouvido outras coisas de Sylvia, e que, uma vez analisada a urina, medida a pressão arterial e examinado o coração, o médico saberia mais sobre ela do que ela própria.

Ele disse, sorrindo: “Senhora Lennox, a senhora veio me ver por causa de problemas relacionados com a velhice”.

“É o que parece”, ela disse, ciente de que ao médico não escapara o ressentimento dessa frase. Ele sorriu de leve.

“A senhora está com setenta e cinco anos.”

“Exato.”

“Não é muita idade, nos nossos dias.”

Ela sucumbiu com um: “Doutor, eu às vezes me sinto com cem”.

“A senhora é que se deixa achar que tem cem.”

Essa não era a resposta que esperava, e, mais tranqüila, sorriu para aquele homem que não a oprimiria falando de idade.

"Não há nada de errado com a senhora, fisicamente falando. Meus parabéns. Quem me dera ter essa boa forma. Mas, enfim, todo mundo sabe que os médicos não seguem os próprios conselhos."

Julia se permitiu dar risada e meneou a cabeça, como se dissesse: Muito bem, agora vamos ao que interessa.

"Eu vejo muito isso, senhora Lennox. Pessoas que acabam sendo convencidas de que devem se sentir velhas quando ainda é muito cedo para elas."

Wilhelm? Julia se perguntou. Será que ele...

"Ou que se convenceram a si próprias de que estão velhas."

"Será que eu fiz isso? Bem... talvez tenha feito."

"Eu vou dizer uma coisa que pode parecer chocante."

"Doutor, eu não me choco com facilidade."

"Ótimo. A decisão de ficar velha, ou não, é sua. No momento, a senhora está numa encruzilhada. A senhora pode optar por ficar velha e nesse caso só resta morrer. Mas também pode decidir que não vai ficar velha. Não ainda."

Ela pensou uns instantes, depois assentiu com a cabeça.

"Acredito que a senhora tenha tido algum tipo de trauma. Alguma morte? Mas não importa o que foi. A senhora mostra sinais de uma pessoa de luto."

"O senhor é um moço muito inteligente."

"Obrigado, mas já não sou mais tão moço. Tenho cinqüenta e cinco anos."

"Podia ser meu filho."

"Exato, podia. Senhora Lennox, quero que a senhora se levante desta cadeira e se afaste — da situação em que se colocou. A senhora pode decidir por si mesma. A senhora não é uma velha. Não precisa de médico. Eu vou receitar algumas vitaminas e minerais."

"Vitaminas!"

"Por que não? Eu tomo. E volte daqui a cinco anos, e aí sim discutiremos se chegou a hora de a senhora ser velha."

Rolos dourados de nuvens despejavam brilhantes que se esparramavam à volta toda da carroceria do táxi, explodindo em cristais menores ou escorrendo pelos vidros, e suas sombras formavam pintas e manchas que imitavam o pequeno véu de bolinhas que Julia levava preso no alto da cabeça por um severo fecho de azeviche. Aquele céu de abril, mistura de sol e tempestade, era um engodo porque na verdade estavam em setembro. Julia ia vestida como sempre. Wilhelm dissera para ela: "Minha cara, *liebling*, minha querida Julia. Eu vou comprar um vestido novo para você". Reclamando e resmungando, mas satisfeita, Julia foi levada às melhores lojas, onde o velho cavalheiro convocou a ajuda de mocinhas de início arrogantes, mas depois encantadas, e saiu com um tailleur de veludo cor de vinho, em tudo idêntico àqueles que vinha usando havia décadas. Ereta dentro dele, encontrava apoio no minúsculo pontilhado com linha de seda nos punhos e na gola, e no forro de seda rosa de caimento impecável que, a ela, era uma defesa contra os bárbaros. A seu lado, no banco, Frances se dobrava em dois na tarefa de trocar as meias e os sapatos sensatos por saltos altos e um par de meias pretas transparentes. Sob todos os outros aspectos, era de esperar que seus trajes de trabalho — Julia fora buscar Frances no jornal — fossem adequados. Andrew dissera que haveria uma pequena comemoração, mas que não deviam usar nada formal. O que significaria aquilo? Comemorar o quê?

Elas avançavam com a inevitável lerdeza rumo ao apartamento de Andrew, lado a lado, num silêncio amistoso e apreensivo. Frances ia pensando que nos muitos anos em que morara na casa de Julia as ocasiões em que tinham se sentado lado a lado num táxi eram tão poucas que poderia enumerá-las nos dedos. E Julia ia pensando que não havia a menor intimidade entre elas, e no entanto aquela moça — ora, vamos, Julia, ela com certeza não é mais uma moça! — podia tirar as meias e expor suas sólidas pernas brancas sem um instante de constrangimento. Era muito provável que ninguém tivesse visto as pernas nuas de Julia, exceto o marido e os médicos, desde que se tornara adulta. Wilhelm, talvez? Ninguém sabia.

Tinham chegado ao ponto de concordar que a comemoração deveria ser por Andrew ter recebido alguma proposta de emprego numa das grandes organizações internacionais que inalam e exalam dinheiro e comandam os assuntos do mundo. Depois de obter seu segundo diploma em Direito — ele se saíra muito bem —, deixara a casa da avó pela segunda vez, agora em troca de um apartamento dividido com outros jovens, mas não esperava ficar ali muito tempo.

Até atingirem a praça Gordon, a luz se fora. Grandes gotas de chuva caíam de um céu escuro e se esparramavam invisíveis à volta delas. Era uma boa casa, ninguém tinha por que se envergonhar dela: Julia desconfiava que Andrew ainda não as convidara por vergonha do endereço, mas, se fosse esse o caso, por que sair de casa, então? Não passava pela cabeça de Julia que o neto achasse tanto a avó quanto a mãe um peso esmagador de autoridade, ou ao menos de realizações. "O quê, *eu*? — você deve estar brincando!", dizem os pais, à medida que a situação se repete através das gerações. "*Eu*? Uma ameaça? Esta coisinha tão fácil de esmagar que eu sou, o tempo todo agarrada precariamente na beirada da vida." Andrew tivera de sair de casa para poder sobreviver, mas as coisas haviam melhorado da segunda vez porque descobrira que já não temia nem a severidade da avó, sempre tão crítica, nem os pensamentos que lhe ocorriam ao ver a vida insatisfatória que a mãe levava.

Não havia elevador, mas Julia subiu com agilidade as escadas cuja passadeira já fora de qualidade um dia, e o apartamento, quando a porta lhes foi aberta por Andrew, prosseguiu no mesmo tema: amplo e cheio de mobílias variadas, parte dela outrora distinta, mas em vias de extinção. Fazia décadas vinha servindo estudantes ou jovens em começo de carreira, e o próximo passo para grande parte das coisas ali dentro seria o depósito de lixo. Andrew não as levou para a grande sala geral, e sim para uma menor, numa das extremidades, separada por uma divisória de vidro. Dois rapazes e uma moça liam, ou viam televisão na sala grande, mas ali havia uma mesa bem posta, para quatro pessoas — toalha branca de linho, taças, flores, talheres de prata e guardanapos de verdade. Andrew disse: "Vamos tomar o aperitivo na mesa, caso contrário não conseguiremos escutar nossa própria conversa".

E assim se sentaram, os três, enquanto um lugar ainda vazio aguardava a chegada de seu ocupante.

Andrew, a mãe reparou, parecia cansado. Com os adolescentes, olheiras fundas, um ar descorado, gordura, espinhas, ou um certo autodomínio trêmulo beirando a ameaça de um colapso — tudo isso é sinal de algum desarranjo emocional já esperado. Mas, quando um adulto fica com essa aparência, é preciso parar e pensar. A vida é tão difícil agora, tão cruel... Andrew sorria, um charme só, como era seu hábito, bem-vestido o suficiente para a ocasião, mas irradiava ansiedade. A mãe estava decidida a não perguntar, mas Julia falou: "Você está nos mantendo na ponta da cadeira. Qual é a novidade?".

Andrew deu uma risadinha — um som delicioso — e disse: "Preparem-se para uma surpresa".

Uma jovem saiu da cozinha ao lado e entrou com uma bandeja de bebidas. Sorridente e à vontade, disse para Andrew: "Andy, estamos meio mal no departamento de bebidas. Isso é tudo que restou daquele xerez decente".

"Esta é a Rosemary", disse Andrew. "Ela está cozinhando para nós, esta noite."

"Eu cozinho para ganhar a vida", disse Rosemary.

"Ela está na universidade de Londres, faz Direito", Andrew informou.

Ela lhes fez uma mesura brincalhona e disse: "Digam quando estiverem prontos para a sopa".

"Isto tudo não tem nada a ver com emprego", disse Andrew. "Estou esperando uma confirmação a respeito." E então hesitou, antes de ir mais fundo — havia algo prestes a se tornar verdade que continuava sendo uma aparição sombria ou etérea —, antes de contar à família, agora que a coisa estava ficando séria. "É a Sophie", ele disse por fim. "Sophie e eu... Nós estamos..."

As mulheres permaneceram em silêncio, atônitas. Sophie e Andrew! Durante anos e anos Frances se perguntara se algum dia Colin e Sophie... os dois passeavam juntos, Colin não perdia uma noite de estréia dela, Sophie chorava no ombro dele toda vez que Roland ficava impossível. Mas eram só companheiros. Irmãos. Pelo menos era o que diziam.

Reflexões práticas de natureza semelhante foram se introduzindo aos poucos na mente das duas mulheres. Andrew iria trabalhar no exterior, provavelmente em Nova York, e Sophie estava começando a ser reconhecida nos palcos londrinos. Estaria ela planejando jogar fora sua carreira? As mulheres fazem isso: fazem com freqüência excessiva, quando não deveriam. E ambas refletiam que Sophie não era a mulher mais indicada para um homem público, sendo tão emotiva e dramática.

"Bem, obrigado", Andrew comentou por fim.

"Desculpe", disse a mãe. "É que foi inesperado, só isso."

Julia pensava em todos aqueles anos passados longe de seu amado Philip, esperando por ele. Teria valido a pena? Esse pensamentozinho sedicioso andava aparecendo com freqüência cada vez maior, sem o menor rodeio, e não tinha sua entrada recusada. O fato é que, e agora Julia estava disposta a concordar com isso, Philip devia ter se casado com aquela moça inglesa, tão certa para ele, e ela — mas sua mente entrava em pânico sempre que contemplava o que poderia ter sido sua vida, com a Alemanha em ruínas, tamanho desastre, depois a política, e aí a Segunda Guerra Mundial. Não. Sua conclusão era, vinha sendo já havia algum tempo, a de que acertara ao se casar com Philip, mas que ele não devia ter se casado com ela.

Por fim ela disse: "Você há de compreender que foi um choque. Ela e o Colin são tão chegados".

"Eu sei", disse Andrew. "Mas eles são como irmãos. Eles nunca..." E gritou: "Rosie, vamos abrir o champanhe". Sem olhar para a mãe ou para a avó, acrescentou: "Acho melhor começarmos — ela está atrasada".

"Talvez alguma coisa a tenha detido — o teatro — algo assim...." Frances falou, tentando encontrar palavras para aliviar a angústia — e era justamente isso — que se apossava do rosto do filho.

"Não. É o Roland. Ele não toma conhecimento dela a maior parte do tempo, mas é ciumento. Ele não quer que ela o deixe."

"Ela ainda não o deixou?"

"Não, não ainda."

Ao ouvir isso, Frances se sentiu melhor. Sabia que Sophie não largaria assim tão facilmente de Roland, o bruxo. "Ele é minha sina, Colin", ela exclamara um dia. "É meu destino." Afinal de contas, já tinha tentado deixá-lo um bom número de vezes. E se viesse para os braços de Andrew... bastava uma olhada, Andrew era um peso-pluma emocional, reconfortante, quem sabe, depois do pavão Roland, mas sem contrapeso. Cenas, gritos, louças atiradas — certa vez um vaso pesado, que quebrou o dedo mindinho de Sophie —, lágrimas, súplicas por perdão: o que poderia o civilizado e irônico Andrew oferecer a ela, que seguramente sentiria falta disso tudo... mas talvez eu esteja errada, Frances censurou a si própria. Eu vivo querendo ver o fim de uma história antes mesmo que ela tenha começado de fato.

E foi a vez de Julia falar: "Andrew, não acho que seria uma boa idéia pedir a ela que abandone a carreira".

"Eu não tenho a menor intenção de fazer isso, vovó."

"E você vai estar tão distante."

"Nós vamos dar um jeito", ele disse, e foi abrir a porta para Rosemary, que trazia a sopa.

Por assentimento mútuo, o champanhe não foi aberto. Tomaram a sopa.

O prato seguinte foi adiado, mas Rosemary disse que depois já não ficaria tão bom, de modo que também foi servido, enquanto Andrew continuava atento à campainha ou ao telefone. E então finalmente o telefone tocou, e Andrew se retirou para uma outra parte do apartamento para falar com Sophie.

As duas mulheres continuaram sentadas, unidas pelos presságios.

Julia falou: "Talvez Sophie seja uma jovem que precisa da infelicidade".

"Mas eu torço para que Andrew seja diferente."

"E tem também a questão dos filhos."

"Netos, Julia." Frances falou de brincadeira, e não sabia que Julia sorria porque já podia sentir o cheiro de cabelo recém-lavado de bebê e que, a seu lado, parecia haver o fantasma de — quem? uma criatura jovem, uma menina, talvez.

"Sim", disse Julia. "Netos. Eu vejo Andrew como alguém que gostaria de ter filhos."

Andrew, de volta, ouviu o comentário. "Gostaria e muito. Mas Sophie pede desculpas. Ela não... pode vir." Ele estava à beira das lágrimas.

"Bem, e o que houve? Ele a trancou em casa?", perguntou a mãe.

"Ele... pressiona."

Era tudo um horror, tão ruim quanto possível, e eles sabiam disso. Com voz entrecortada, Andrew disse, como se fosse um adeus: "Não me imagino vivendo sem Sophie. Ela tem sido tão...". E, a esta altura, estava de fato desmoronando. Saiu correndo da sala.

"Não vai acontecer", disse Frances.

"Espero que não."

"Acho melhor irmos andando."

"Espere até ele voltar."

Levou uma boa meia hora até Andrew aparecer de novo na sala, e os jovens do outro lado da divisória de vidro convidaram as duas, sentadas sozinhas, a lhes fazer companhia. Julia e Frances aceitaram, aliviadas. Sentiam-se, ambas, prestes a desmoronar também.

Na roda, havia uma meia dúzia de rapazes e duas moças, uma delas era Rosemary. Ela sabia que um desastre — de vulto? de pequena monta? — ocorrera, e estava sendo diplomática, puxando conversa. Uma jovem encantadora, pensou Julia: bonita, inteligente — sem dúvida boa cozinheira. Cursava Direito, como Andrew. Seguramente eram perfeitos um para o outro, não?

Os jovens conversavam sobre o que tinham feito durante as longas férias de verão: estavam na faculdade, ainda. Pelo papo, era como se, entre eles, grande parte dos países do mundo tivessem sido visitados. Contavam como andavam as coisas na Nicarágua, Espanha, no México, na Alemanha, Finlândia, no Quênia. Todos tinham se divertido à beça, mas tinham também recolhido informações, eram viajantes sérios. Frances pensava no contraste que faziam com tudo o que ocorrera na casa de Julia, dez ou mais anos antes. Pareciam mais felizes — seria essa a palavra correta? Reviu tensões, dificuldades, criaturas avariadas. Diferentes das que estavam na sala. Bem, claro que eram mais velhas... mas ainda assim. Julia diria, claro, que ninguém ali era filho da guerra: as sombras do conflito haviam ficado lá longe.

Essa meia hora que poderia ter sido agradável foi prejudicada pela preocupação com Andrew, que voltou para dizer que pedira um táxi para elas. E que o desculpassem. Pelo jeito como os outros o olharam, as duas perceberam que ninguém ali estava acostumado a ver aquela jovialidade enorme em desarranjo. Na rua, beijou-as, um abraço em Julia, um abraço em Frances. Abriu a porta do táxi para elas, mas não estava pensando na mãe e na avó. E imediatamente depois subiu correndo as escadas.

"Será que aqueles jovens se dão conta do quanto são felizes?", disse Julia.

"Sem sombra de dúvida muito mais afortunados que nós duas."

"Coitada de você, Frances. Não teve muita chance de correr o mundo."

"Então coitada de você também, Julia."

Sentindo uma compreensão mútua, terminaram o trajeto em silêncio.

"Não vai acontecer, Frances", foram as últimas palavras de Julia.

"Não, eu sei que não."

"Portanto não precisamos passar a noite em claro, preocupadas."

Sentada sozinha à mesa da cozinha — reduzida à metade do tamanho, nessa época —, Frances tomava chá e torcia para que Colin aparecesse. Sylvia era presença rara. De residente passara à condição de médica de verdade, não ferrava mais no sono assim que se sentava, mas continuava trabalhando muito, e o quarto em frente aos aposentos de Frances estava quase sempre desocupado. Às vezes voltava para tomar um banho e trocar de roupa, ou então para dormir, e de vez em quando subia para dar um abraço em Julia, mas era só. De modo que, de todas "as crianças", era só Colin que Frances via, na época.

Ela não sabia coisa alguma da vida que o filho levava fora de casa. Uma vez, um sujeito mal-encarado com um enorme vira-lata preto tocou a campainha e perguntou por Colin, que desceu correndo a escada para combinar um encontro em Hampstead Heath. Na hora Frances ficou preocupada, será que Colin era homossexual, então? Improvável, seguramente — mas já começara a trabalhar as atitudes corretas, para o caso de ele ser, quando surgiu uma moça lânguida, depois outra, a quem teve de dizer que o filho não estava. Mas, se ele não está aqui, então por que não está comigo? — Frances sabia que era o que pensavam, porque ela teria pensado o mesmo, no lugar delas. Esses incidentes eram dicas para a vida que andava levando. Colin vagava por Hampstead Heath a qualquer hora do dia e da noite, sempre com Feroz do lado, conversava com as pessoas sentadas nos bancos do parque, fazia amizade com outros donos de cachorro, às vezes ia a algum pub. Julia dissera: "Colin, não é saudável para um jovem não ter uma vida sexual". E ouvira a seguinte resposta: "Mas, vovó, eu tenho uma vida secreta sombria e perigosa, cheia de encontros românticos desvairados, portanto, por favor, não se preocupe comigo".

Nessa noite ele entrou, acompanhado para variar do cachorrinho, viu Frances e disse: "Vou fazer um chá". O cachorro pulou para cima da mesa.

"Tira essa encrenca daí."

"Ei, Feroz, você ouviu isso?" Apanhando o cachorro, levou-o para uma cadeira, disse-lhe para ficar ali, e o animal ficou, abanando o rabo e vigiando os dois com seus olhos negros curiosos.

"Eu sei que você quer falar sobre o Andrew", ele disse, sentando-se com o chá.

"Claro. Seria um desastre."

"E não podemos permitir desastres na família." O sorriso informava à mãe que ele se encontrava em veia combativa. Frances se preparou, pensando que podia dizer o que fosse para Andrew, mas com Colin havia sempre um momento de apreensão, enquanto esperava para ver em que humor estava o filho. Quase chegou a dizer: "Esqueça — uma outra hora" — mas ele continuou falando. "A Julia também está no meu pé. O que espera que eu faça? Que eu diga não seja tolo, Andrew, não seja imprudente, Sophie? A questão é que ela precisa do Andrew para se livrar de Roland."

Depois se calou, sorrindo. Era agora um homem alto e forte, com cabelos pretos ondulados e óculos de aro preto que lhe davam um ar aplicado. Sempre pronto para o ataque, sobretudo porque continuava dependendo financeiramente delas, pelo menos em parte. Julia tinha dito a Frances: "Melhor eu dar uma mesada para ele — psicologicamente melhor". Ela estava certa, mas era na mãe que ele descontava. Frances também se calou. A batalha estava prestes a começar.

"Se você quer uma bola de cristal, então consulte a nossa prezada Phyllida lá embaixo, mas, para fazer uso de meu vastíssimo conhecimento da natureza humana — o Suplemento Literário do *Times* diz que eu tenho —, eu diria que ela ficará com o Andrew tempo suficiente para deixar que as coisas com o Roland esfriem, antes de largá-lo por um outro."

"Coitado do Andrew."

"Coitada da Sophie. Mas ela é masoquista. Você entende disso."

"Então eu também sou?"

"Você tem um certo talento para sofrimentos intermináveis, concorda comigo?"

"Não mais. Já faz um bom tempo."

Ele hesitou. A cena poderia ter terminado aí, mas Colin se levantou de um salto, pôs outro saquinho de chá na xícara, despejou água que não estava fervendo, percebeu o erro, pescou o saquinho de chá e jogou-o na pia, xingou, pegou-o para jogar na lata de lixo, levou a chaleira à fervura, pegou outro saquinho de chá, despejou a água fervendo — tudo isso numa pressa desastrada que dizia a Frances que o filho não estava gostando da conversa. Voltou para a mesa, largou a xícara. Levantou, fez um agrado apressado no cachorro e tornou a sentar.

"Não é nada pessoal. Mas estive pensando. É a sua geração. São todos vocês."

"Ah", fez Frances, aliviada de que tivessem optado pelo terreno familiar dos princípios abstratos.

"Salvar o mundo. O Paraíso fazendo parte de todas as novas agendas."

"Você está me confundindo com seu pai." E então decidiu partir ela própria para o ataque. "Eu estou cheia disso tudo. Vivo sendo implicada nos crimes de Johnny." Contemplou a palavra. "Exato, crimes. A esta altura, já podemos chamá-los assim."

"E quando não podíamos chamá-los assim? E sabe o que mais? Eu cheguei a ler no *Times* que ele falou que sim, que erros foram cometidos."

"Eu sei. Mas eu não cometi os crimes, nem compactuei com eles."

"Não, mas você é uma salvadora ainda pior. Igualzinha a ele. Todos vocês. Que presunção, minha nossa. Vocês devem ser a geração mais presunçosa e arrogante de todos os tempos." Colin ainda sorria: estava se divertindo com o ataque, mas se sentindo culpado também. "Johnny fazendo seus eternos discursos e você enchendo a casa de menores abandonados."

Ah, agora estavam no nó da questão. Ela disse: "Desculpe, mas não vejo o que isso tem a ver com o assunto. Não me lembro de algum dia ter visto Johnny ajudar alguém."

"Ajudar? É esse o nome que você dá? Se é assim, a casa dele está o tempo inteiro cheia de americanos fugindo do alistamento militar — não que eu tenha alguma coisa contra isso — e de *camaradas* de todos os cantos."

"Não é a mesma coisa."

"Alguma vez já lhe ocorreu pensar o que teria acontecido com eles se você não tivesse acolhido o bando todo?"

"O bando incluiu a sua Sophie."

"Ela nunca chegou a se mudar para cá."

"Ela praticamente morava aqui. E o que me diz do Franklin? Ele ficou aqui mais de um ano. Era amigo seu."

"E aquele saco do Geoffrey? Eu tive que agüentá-lo dia e noite na escola e depois nas férias inteiras, durante anos e anos."

"Mas eu nunca soube que você antipatizava tanto com ele. Por que não me disse? Por que os filhos nunca dizem nada quando estão sofrendo com alguma coisa?"

"Aí está — você não teve percepção suficiente nem para enxergar."

"Oh, Colin. E você agora vai me dizer que não devíamos ter deixado a Sylvia ficar aqui."

"Eu nunca disse isso."

"Talvez não agora, mas costumava dizer. Você fez da minha vida um inferno com as suas queixas. Mas, seja como for, estou farta disso tudo. Já faz muito tempo."

"Mas os resultados não fazem tanto tempo assim. Você sabia que aquela vaquinha da Rose anda dizendo por aí que a Julia é uma bêbada e você uma ninfomaníaca?

Frances riu. Uma risada irada mas genuína. Colin detestava essa risada: seu olhar fixo era todo ele de acusações desoladas. "Colin, se você ao menos soubesse a vida casta que eu levei..." Mas então, convocando o espírito dos tempos, falou: "Seja como for, se eu tivesse um novo homem a cada fim de semana, estaria no meu direito, não? Você não tem direito de me dizer uma mísera palavra sobre isso".

O absurdo disso se revelou de pronto. Colin empalideceu e silenciou. "Colin, pelo amor de Deus, você sabe perfeitamente que..." O cachorro interveio. "Au, au", ele fazia, "au, au."

Frances desatou a rir. Colin sorriu, amargurado.

O fato é que o peso de sua principal acusação estava ali, entre eles, uma coisa envenenada.

"Onde foi que vocês arranjaram tanta confiança? Meu pai salvando o mundo, alguns milhões de mortos aqui, outros milhões de mortos ali, e você, por favor entre, sinta-se em casa, eu dou uns beijinhos no machucado e faço sarar tudo." Era como se Colin estivesse sendo massacrado por todos os anos de infelicidade na infância, e na verdade parecia um garotinho, olhos cheios de lágrimas, lábios tremendo. E Feroz, deixando sua cadeira, foi até o dono, pulou em seus joelhos e começou a lhe lamber o rosto. Colin pôs a cara — o quanto coube — nas costas do minúsculo cachorro, para escondê-la. Depois tornou a erguer o rosto para dizer: "De onde foi que vocês tiraram isso tudo? Quem vocês pensam que *são* — salvadores do mundo, todos vocês, e criando desertos... Será que não percebe? Estamos todos ferrados. Você sabia que a Sophie sonha com câmaras de gás e ninguém da família jamais chegou nem perto delas?". E levantou, abraçado ao cachorro.

"Espere um pouco, Colin..."

"Nós tratamos do item principal na pauta — Sophie. Ela é infeliz. Vai continuar sendo infeliz. Vai fazer o Andrew infeliz. Depois vai encontrar um outro e continuará sendo infeliz."

Saiu correndo da cozinha e subiu a escada, o cachorrinho latindo em seus braços seu absurdo e ardido au-au.

Havia algo acontecendo na casa de Julia que ninguém da família sabia. Wilhelm e Julia queriam se casar, ou ao menos que Wilhelm se mudasse para lá. Ele se queixava, brincando a princípio, que estava sendo forçado a viver como um adolescente, com pequenos encontros marcados com a namorada para ir ao Cosmo ou a algum restaurante; podia passar o dia inteiro e metade da noite com Julia, mas depois tinha de ir para casa. Julia contornava a situação com pilhérias, dizendo que ao menos não viviam ansiando por uma cama como os adolescentes. Ao que ele retrucava que havia mais numa cama do que sexo. Lembrava-se de abraços e de conversas no escuro a respeito dos caminhos do mundo. Julia tinha lá suas dúvidas sobre dividir uma cama depois de tantos anos de viuvez, mas cada vez mais entendia o raciocínio do amigo. Sempre se sentira culpada de continuar confortavelmente instalada enquanto Wilhelm era obrigado a ir para casa debaixo de fosse qual fosse o tempo. Ele morava num apartamento muito amplo, onde outrora viveram a mulher, morta fazia bastante tempo, e os dois filhos, agora morando nos Estados Unidos. E pouco ficava lá. Não era pobre, mas também não era sensato manter o lugar, com seu porteiro e seu pequeno jardim, se havia a enorme casa de Julia. Eles conversaram, discutiram e depois brigaram sobre como seriam as coisas.

Para Wilhelm, viver com Julia nos quatro pequenos aposentos que eram suficientes para ela — nem pensar. E o que faria dos livros? Possuía milhares de livros, alguns faziam parte de seu estoque de livreiro. Colin tomara conta do andar abaixo do de Julia, colonizara o quarto de Andrew. Não se poderia pedir que fosse embora — por que ele haveria de fazê-lo? De todas as pessoas da casa, exceto a própria Julia, era o que mais precisava de um espaço, de um lugar seguro no mundo. Abaixo de Colin vivia Frances, em dois bons cômodos e um menor. E nesse andar ficava o quarto que era de Sylvia, mesmo que ela só voltasse para lá uma vez por mês. Era a casa dela e teria de permanecer assim.

Mas por que não pedir a Frances que se mudasse? — Wilhelm queria saber. Ganhava o suficiente, agora, não ganhava? Mas Julia se recusou. Viu a nora como uma mulher usada pela família Lennox para cumprir a tarefa de criar dois filhos e agora — rua. Julia jamais esquecera a forma como Johnny exigira que ela se mudasse para um apartamentinho qualquer, depois da morte de Philip.

Abaixo de Frances ficava a enorme sala de estar, que ia de uma ponta à outra da casa. Talvez pudesse acolher mais estantes para os livros de Wilhelm.

Mas Wilhelm sabia que Julia não queria que a sala fosse sacrificada. Restava Phyllida. Agora já tinha meios suficientes de se sustentar sozinha. Havia o dinheiro que Sylvia garantira para ela e rendimentos constantes como vidente, cartomante e — cada vez mais — como terapeuta. Quando a família soube que Phyllida se tornara terapeuta, as piadas, todas na linha do "mas ela não consegue curar" a si própria, foram intermináveis. Entretanto atraía pacientes. Livrar-se de Phyllida e de seus fregueses insistentes — ninguém reclamaria disso. À exceção de Sylvia, que adotara uma atitude maternal para com a mãe. Preocupava-se com ela. E com que propósito Phyllida iria se mudar? Só faria sentido se Frances se mudasse para lá, ou então Colin. E por que iriam fazer uma coisa dessas? Sem contar um outro elemento, muito forte, sobre o qual Wilhelm nada sabia, ainda que talvez adivinhasse. O sonho de Julia era que, quando Sylvia se casasse ou encontrasse um "parceiro" — frase que Julia considerava muito tola —, fosse morar na sua casa. Onde? Bem, Phyllida podia sair do apartamento lá de baixo e então...

Wilhelm começou a dizer que afinal entendera tudo: Julia no fundo não queria que ele fosse morar com ela. "Eu sempre amei você muito mais do que você me amou." Julia nunca pensara nesse amor como algo a ser pesado e medido. Era pura e simplesmente um sentimento com o qual contava. Wilhelm era seu apoio e seu esteio, e, agora que estava ficando velha (e sentia que estava, apesar do doutor Lehman), sabia que não conseguiria dar conta das coisas sem ele. Quer dizer então que não o amava? Bem, seguramente não, comparado com o que sentira por Philip. Que desconfortável essa linha de pensamento, Julia não queria ir adiante, nem ouvir as censuras de Wilhelm. Teria gostado que ele se mudasse para lá, se as coisas não fossem tão complicadas, ao menos para aliviar a consciência em relação àquele apartamento enorme dele, tão pouco usado. Estava preparada até mesmo para contemplar abraços e conversas na hora de dormir em sua cama outrora conjugal. Mas aquela cama só fora dividida com um homem, em sua longa vida: era pedir demais dela — não era? As censuras de Wilhelm se transformaram em acusações, Julia chorou e Wilhelm se arrependeu.

Frances planejava sair da casa de Julia. Por fim teria um lugar só seu. Agora que não havia mais mensalidades de faculdade para pagar, estava guardando algum dinheiro. Um lugar só seu, não de Johnny, nem de Julia. E teria de ser grande o suficiente para acomodar todo o material de pesquisa que tinha e também seus livros, no momento divididos entre o *Defender* e a casa de Julia. Um lugar grande. Que coisa mais agradável que é ter um salário regular: só quem nunca gozou de tal privilégio pode dizer isso com toda a honestidade que o comentário merece. Frances se lembrava dos trabalhos como autônoma e dos empreguinhos precários no teatro. Mas, assim que tivesse o suficiente para dar de entrada, pediria demissão de um cargo que, a seu ver, era cada vez mais falso, e isso seria o fim das quantias regulares que o jornal depositava mensalmente em sua conta.

Sempre fizera boa parte do trabalho em casa, nunca se sentira parte da redação. Que ela pudesse entrar e sair era a principal queixa dos colegas, como se esse comportamento fosse uma crítica ao jornal *The Defender*. E era. Frances se sentia uma estranha naquela instituição que se considerava sitiada, como se nada tivesse mudado desde os tempos insignes do século anterior, quando basicamente sozinho *The Defender* era o íntegro bastião dos valores altruístas: não havia uma única causa boa e honesta que não tivesse defendido. No momento, o jornal advogava as causas dos ofendidos e magoados, mas se comportava como se essas fossem questões referentes a minorias, e não — no geral — a "opiniões padronizadas".

Frances deixara de ser Tia Vera (Meus meninos fazem xixi na cama, o que devo fazer?) e passara a escrever artigos sólidos, bem pesquisados, sobre questões como a discrepância entre o salário de homens e mulheres, a desigualdade nas possibilidades de emprego, a falta de creches: quase tudo que escrevia tinha a ver com as diferenças entre a situação masculina e a feminina.

Em determinados lugares, e sobretudo aos olhos dos homens (que se achavam cada vez mais pressionados por hordas hostis de mulheres), as jornalistas do *Defender* eram vistas como uma espécie de máfia, uma facção indigesta — desprovida de senso de humor, obcecada, mas competente — de profissionais. Frances sem sombra de dúvida era competente: todos os artigos que escrevia tinham uma sobrevida na forma de panfletos e mesmo de livros, e acabavam transformados em programas de rádio e televisão. No íntimo, ela concordava com os que diziam que as colegas eram difíceis, mas desconfiava que poderia ser acusada do mesmo. Sem sombra de dúvida se sentia difícil, espicaçada pelos erros do mundo: as acusações de Colin eram verdadeiras, claro: ela acreditava no progresso e na possibilidade de que uma dedicação obstinada ao ataque às injustiças consertaria tudo. Bem, e não consertava? Ao menos de vez em quando? Frances tinha alguns pequenos triunfos dos quais se orgulhar. Pelo menos não mergulhara nos mares revoltos da última moda: nunca conseguira ter, a exemplo de Julie Hackett, um ataque furioso de raiva ao ouvir no rádio que o responsável pela malária era o mosquito fêmea. "Os merdas. Fascistas desgraçados de *merda*." Quando convencida finalmente, por Frances, de que se tratava de um fato e não de uma pecha inventada por cientistas homens, para humilhar o sexo feminino — "Perdão, gênero" —, ela sossegou e começou a verter lágrimas histéricas, dizendo: "É tudo tão *injusto*, puxa!". Julie Hackett continuava nos braços do *Defender*. Em casa, usava aventais estampados com o nome *The Defender*, bebia em xícaras *The Defender*, usava panos de prato *The Defender*. Era capaz de chorar lágrimas iradas quando alguém criticava o jornal. Sabia que Frances não era tão *engajada* — uma de suas palavras preferidas — quanto ela, e muitas vezes fazia pequenos sermões destinados a melhorar as idéias da colega. Frances achava Julie de um tédio infinito. Os aficionados pelas peças marotas que a vida prega já terão reconhecido essa figura, que tantas vezes nos acompanha por todos os lugares e momentos, uma sombra sem a qual passaríamos muito bem, mas lá está ela, ou ele, uma caricatura zombeteira de nós mesmos, mas, ah, sem dúvida, um lembrete salutar. Afinal, Frances se apaixonara pela retórica bombástica de Johnny, se encantara perdidamente pelo grande sonho e, de lá para a frente, sua vida se pautara por isso. Simplesmente não conseguira se libertar. E agora trabalhava dois ou três dias por semana ao lado de uma mulher para quem o jornal *The Defender* desempenhava papel idêntico àquele que o Partido tivera para os pais, que aliás continuavam comunistas ortodoxos e orgulhosos do fato.

Há quem já tenha concluído que nossa maior necessidade — a dos seres humanos — é ter alguém ou alguma coisa para odiar. Durante décadas, as classes alta e média preencheram essa função muito útil, obtendo em troca (em países comunistas) a morte, a tortura e a prisão, e, em países mais equânimes como a Grã-Bretanha, apenas ignomínia ou obrigações irritantes, como por exemplo a de ter de adquirir um sotaque cockney. Mas esse credo já dava mostras de estar se esgarçando. O novo inimigo, o sexo masculino, era ainda mais útil, uma vez que abrangia metade da raça humana. De uma ponta a outra do planeta, as mulheres se reuniam para julgar os homens, e, quando estava com as mulheres do *Defender*, Frances se sentia parte de um júri exclusivamente feminino que tivesse acabado de pronunciar um veredicto unânime: Culpado. Nos momentos de folga, ficavam lá pela redação, donas de uma sólida certeza, contando incidentes sobre a estupidez deste homem ou as deficiências daquele, trocando olhares satíricos, comprimindo os lábios, arqueando as sobrancelhas e, quando havia homens presentes, buscavam provas de pensamentos incorretos para então caírem matando, feito gatos em cima de passarinhos. Nunca houve uma gente mais pretensiosa, mais excessivamente confiante na própria retitude, mais desprovida de autocrítica. Mas essa foi, no fim das contas, apenas uma fase do movimento. O começo do novo feminismo, nos anos 60, lembrava muito uma garotinha numa festa, na maior animação, muito agitada, bochechas escarlates, olhos vidrados, dançando feito louca e gritando: "Eu estou sem calcinha, alguém está vendo meu bumbum?". Tem três anos de idade, os adultos fingem não ver: ela vai superar isso. E superou. "O quê, *eu*? Eu nunca fiz uma coisa dessas... oh, bem, eu era um bebê."

A sobriedade logo se estabeleceu, e, se o preço a pagar para obter um reconhecimento sólido era o excesso irritante de confiança na própria retitude, então seguramente era um preço baixo para uma pesquisa tão séria, tão escrupulosa, para o tédio infinito do embasamento em fatos, números, relatórios públicos, história, um trabalho que muda leis e opiniões e estabelece a justiça.

E essa fase, como é normal acontecer, seria sucedida por uma outra.

Frances foi obrigada a concluir que trabalhar para o *Defender* não era muito diferente de ser mulher de Johnny: tinha de fechar o bico e pensar seus próprios pensamentos. Razão pela qual sempre levava tanto trabalho para casa. Manter-se reservada, afinal de contas, suga bastante da pessoa, desgasta. Demorara muito tempo para perceber que quase todos os jornalistas do *Defender* eram filhos de camaradas, se bem que fosse preciso conhecê-los um pouco para isso vir à tona. Quando alguém tem uma educação comunista, é preciso se calar — muito complicado para explicar. Mas e quando há outros no mesmo barco? Entretanto não era só no jornal que isso acontecia. Impressionante o número de vezes que se ouvia: "Meus pais eram do Partido, sabia?". Uma geração de pessoas de fé, agora desacreditadas, dera à luz filhos que renegavam a crença dos pais, mas que admiravam sua dedicação, de início em segredo, depois abertamente. Que fé! Que paixão! Que idealismo! Mas como puderam engolir tantas mentiras? Quanto a eles, os filhos, tinham a mente livre e aberta, não contaminada pela propaganda.

Mas o fato é que a atmosfera no *Defender* e em outros órgãos liberais fora "moldada" pelo Partido. A semelhança mais imediatamente visível era a hostilidade para com todos os que não estivessem de acordo. Os filhos, de esquerda ou liberais, de pais que poderiam até ser chamados de fanáticos, mantiveram intactos os hábitos mentais. "Se você não está conosco, está contra nós." O hábito da polarização. "Se você não pensa como nós, então é um fascista."

E, assim como o Partido dos velhos tempos, havia ali figuras muito admiradas, heróis e heroínas que em geral não eram mais comunistas, ainda que o camarada Johnny continuasse sendo personalidade eminente, um homem ilustre da Velha Guarda, a ser retratado eternamente de pé num palanque, sacudindo o punho cerrado para um céu reacionário. A União Soviética ainda morava no coração, se não na mente, de muitos. Ah, sim, "erros" foram cometidos e "erros" foram admitidos, mas a grande potência era defendida, porque o hábito se arraigara.

Havia gente no jornal de quem se murmuravam coisas: deviam ser espiões da CIA. Que a CIA tinha espiões espalhados pelo mundo, não restava dúvida, de modo que deviam estar também ali. O que ninguém jamais disse foi que a KGB também metera o dedo soviético no bolo, manipulando e influenciando. Ainda que fosse verdade, uma verdade que levou vinte anos para ser admitida. Os Estados Unidos eram o grande inimigo: essa era a presunção não-verbalizada proclamada aos quatro ventos. Era um Estado fascista e militarista, e sua falta de liberdade e de democracia verdadeira era atacada continuamente em artigos e discursos de gente que passava as férias lá, que mandava os filhos para as faculdades norte-americanas e que atravessava o Atlântico para participar de passeatas, quebra-quebras, marchas e assembléias.

Um certo jovem ingênuo, que entrara para o *Defender* por causa da admiração que sentia pela grande e honrada história do jornal em defesa do pensamento livre e justo, estouvadamente argumentou que era um erro chamar Stephen Spender de fascista porque fazia campanha contra a União Soviética e tentava convencer as pessoas a aceitar a "verdade" — termo que significava o oposto de tudo quanto os comunistas queriam dizer com ela. Esse jovem argumentava que uma vez que todo mundo sabia sobre as eleições fraudulentas, sobre os julgamentos pró-forma, sobre os campos de prisioneiros escravizados, sobre o uso de trabalho forçado nos presídios e também que Stalin fora comprovadamente pior que Hitler, então seguramente era certo dizê-lo. Houve berros, gritos, lágrimas, uma cena que quase termina em vias de fato. O jovem saiu do jornal e foi qualificado como dedo-duro da CIA.

Frances não era a única que não via a hora de largar aquele trabalho espinhosamente insincero. Rupert Boland, seu bom amigo, era outro. A ojeriza secreta pela instituição para a qual trabalhavam foi o que os uniu a princípio, e, depois, quando poderiam ter saído para trabalhar em outros jornais, continuaram ali — um por causa do outro. Coisa que nem um nem outro sabiam, porque ficou por confessar durante um tempão. Frances descobrira que corria o perigo de se apaixonar por ele e aí, quando era tarde demais, se apaixonou. E por que não? As coisas progrediram sem pressa mas de forma satisfatória. Rupert queria morar com ela. "Por que não se muda para a minha casa?" Ele tinha um apartamento em Marylebone. Frances falou que uma vez na vida queria uma casa que fosse sua. Teria dinheiro suficiente dentro de um ano, mais ou menos. Ele disse: "Mas eu empresto o dinheiro para inteirar a diferença". Ela se esquivou e deu desculpas. Não seria inteiramente sua, a casa, o lugar nesta terra onde poderia dizer isto é meu. Ele não entendeu e se magoou. Apesar dos desentendimentos, o amor prosperou. Ela passava a noite na casa dele, não sempre, porque tinha medo de deixar Julia nervosa, medo de Colin. Rupert perguntava: "Mas por quê? Você é maior de idade".

Quando duas pessoas estão se entendendo, há momentos, bem freqüentes até, em que emaranhados inteiros de um passado machucado e ferido tomam chá de sumiço e não mandam mais notícia. Frances não achava que pudesse explicar isso a ele. E também não queria: que tudo permaneça em repouso. Basta. *Finis*. Rupert não iria entender. Fora casado e tinha dois filhos, que estavam com a mãe. Ele os via com regularidade, assim como Frances. Mas não passara pelas imposições brutais da adolescência. Ele disse, como Wilhelm: "Não somos mais adolescentes para nos escondermos dos adultos". "Não tenho muita certeza. Mas enquanto isso — é divertido."

Havia também algo que poderia ter sido um problema, mas não foi. Ele era dez anos mais novo que ela. Frances estava beirando os sessenta, ele dez anos mais jovem! Depois de uma certa idade, dez anos aqui ou ali não fazem grande diferença. Sem mencionar o sexo, do qual ela começava a se lembrar como algo agradável, Rupert era companhia excelente. Ele a fazia rir, algo de que precisava, e ela sabia disso. Como era fácil ser feliz, era o que estavam ambos descobrindo e, com incredulidade, confessaram. Como era possível as coisas serem tão fáceis, coisas que tinham sido difíceis, desgastantes, penosas?

Nesse meio-tempo, parecia não haver acomodação para esse amor, que era do tipo cotidiano, pão nosso de cada dia, nada que se assemelhasse a uma paixão adolescente.

A multidão que compareceu às comemorações da Independência da Zimlia transbordava do auditório para a escadaria e a calçada em frente, ameaçando congestionar as ruas da vizinhança, como já acontecera antes nas solenidades do Quênia, Tanzânia, Uganda e Zimlia do Norte. Muito provavelmente a maioria dos presentes já participara de todas as outras festanças. Havia ali todo tipo de emoção da vitória, desde a tranqüila satisfação de pessoas que haviam trabalhado anos para aquilo até o ufanismo inflado e os sorrisos exagerados dos que se inebriam tanto com as multidões quanto com o amor, o ódio ou o futebol. Frances estava ali porque Franklin ligara para ela. "Você precisa ir. É sério. Quero todos os meus velhos amigos presentes." Fora muito lisonjeiro. "E por onde anda a senhorita Sylvia? Ela também precisa ir, por favor, peça para ela ir." E era por isso que Sylvia estava com Frances, tentando abrir caminho naquele aglomerado de gente, embora não parasse de dizer: "Frances, eu preciso falar com você sobre uma coisa. É muito importante".

Alguém puxava a manga de Frances. "Senhora Lennox? Senhora Lennox?" Era uma moça importuna de cabelos vermelhos como uma boneca de trapo malfeita e um ar de desorientação geral: "Preciso de sua ajuda".

Frances parou, e Sylvia também, logo atrás. "Pois não?", Frances berrou.

"A senhora foi tão esplêndida com a minha irmã. Ela lhe deve a vida. Por favor, preciso vê-la." Ela também berrava.

Veio então a compreensão, ainda que vagarosa. "Entendo. Mas acho que você está procurando a outra senhora Lennox, Phyllida Lennox."

Suspeita desenfreada, frustração e, em seguida, espanto contorceram as feições da moça. "A senhora não quer? Não pode? Não vai..."

"Você se enganou, você deve estar querendo a outra senhora Lennox." E Frances foi em frente, com Sylvia agarrada em seu braço. "Ela estava falando da Phyllida", Frances disse. "Eu sei", Sylvia respondeu.

Logo na entrada, deu para perceber que o auditório estava lotado e que não havia a menor probabilidade de acharem um lugar, mas Rose era uma das organizadoras, bem como Jill; ambas ostentavam rosetas do tamanho de um prato, nas cores da Zimlia. Vendo Frances, Rose gritou de entusiasmo e berrou para o ouvido inclinado: "Igualzinho às velhas noites em família, está todo mundo aqui". Mas, quando viu Sylvia, o rosto retesou-se, indignado. "Não sei por que você acha que vai conseguir um lugar. Nunca vejo você em nenhum dos nossos protestos."

"Você também nunca me vê", disse Frances. "Mas espero que isso não signifique que também sou ovelha negra."

"Ovelha *negra*", zombou Rose. "Ora vejam só."

Entretanto se afastou para que Frances pudesse passar e, por pura necessidade, deixou que Sylvia também entrasse, não sem antes aproveitar a deixa: "Frances, eu preciso muito falar com o Franklin".

"Não seria melhor falar com o Johnny? O Franklin fica na casa dele quando está em Londres."

"Parece que ele não se lembra mais de mim — mas eu fui parte da família, não fui — um *tempão*?"

Explodiram aplausos. Os oradores estavam entrando no palco, bem uns vinte, Johnny no meio, acompanhado por Franklin e vários outros negros. Ao localizar Frances, que conseguira chegar até a frente, Franklin saltou lá de cima, risonho, quase aos prantos, esfregando as mãos: o rapaz derretia de alegria. Abraçou-a, depois olhou em volta e perguntou: "Cadê a Sylvia?".

Ele estava diante de uma jovem magrinha, de cabelos lisos e loiros amarrados na nuca, o rosto pálido, de malha preta de gola olímpica. Seu olhar passou por cima, vagou em volta e se fixou de novo nela, incerto.

"Olha eu aqui", gritou Sylvia por sobre o burburinho de aplausos e ovações. No palco ali pegado, os oradores, de pé, acenavam, sacudiam os braços e, de punhos erguidos, saudavam alguma entidade postada pelo visto acima das cabeças na platéia. Todos sorriam e riam, absorvendo o amor da multidão e devolvendo-o em raios inflamados decididamente visíveis.

"Aqui estou eu. Você se esqueceu de mim, Franklin."

Nunca um homem se mostrou tão desapontado quanto Franklin naquele momento. Durante anos, guardara na memória a imagem de uma menina toda fofa, feito um pintinho novo, tão doce quanto a Virgem e as outras santas das

Pinturas Sagradas da missão. Aquela moça severa, sem um sorriso no rosto, o afligiu, ele não queria olhar para ela. Mas ela saiu de trás de Frances, deu um abraço nele, sorriu e, durante um instante, ele pôde pensar: sim, é a Sylvia...

"Franklin", berraram do palco.

Bem nessa hora surgiu Rose, insistindo em abraçá-lo. "Franklin. Sou eu. Rose. Lembra?"

"Lembro, lembro", disse ele, cujas memórias de Rose eram ambíguas.

"Preciso vê-lo."

"Certo, mas agora tenho que subir."

"Vou esperar por você no final. É para seu próprio bem, não se esqueça."

Franklin voltou ao palco e se tornou um rosto brilhante e risonho entre as outras fisionomias negras, tendo ao lado Johnny Lennox, que parecia um leão velho, esquálido mas majestoso, a cumprimentar seus seguidores na platéia com uma sacudida do punho. Os olhos de Franklin no entanto continuaram percorrendo o auditório, como se em algum lugar ali embaixo estivesse a antiga Sylvia, e então, quando fixou a vista, tristonho por alguns segundos, no local onde estava a verdadeira, sentada numa poltrona na fila dianteira, ele a viu acenando e sorrindo para ele. O rosto tornou a se iluminar de contentamento, e ele abriu os braços para abraçar a platéia, mas no fundo foi Sylvia quem ele abraçou.

Comemorações de vitória, depois de uma guerra, nunca têm muito a dizer sobre os soldados mortos, ou melhor, dizem um bocado, chegam mesmo a cantar os camaradas mortos "que tornaram esta vitória possível", mas o objetivo das aclamações e da cantoria ruidosa é fazer com que os vitoriosos se esqueçam dos ossos largados na fenda de um morro ou numa cova tão rasa que os chacais chegaram até ela, espalhando costelas, dedos e crânios. Por trás do barulho há um silêncio acusador, que logo mais será preenchido pelo esquecimento. Na platéia, poucos — eram quase todos brancos — haviam perdido um filho ou uma filha na guerra, poucos tinham participado de um conflito, mas os que estavam no palco, ao menos alguns deles, haviam passado pelo exército ou visitado os combatentes. Sem contar os que tinham sido treinados para a guerra política, ou para a guerra de guerrilha, na União Soviética ou em campos criados pela União Soviética na África. E, no auditório, um bom número conhecera várias partes da África "nos velhos tempos". Entre eles e os militantes existia um abismo, mas todos aplaudiam.

Vinte anos de guerra, a começar por episódios isolados de "agitação", "desobediência civil", greves, assassinatos e incêndios premeditados nascidos de rancores funestos; só que todos esses riachos acabaram desembocando na enchente da guerra, vinte anos de guerra que seriam esquecidos em breve, exceto em ocasiões comemorativas. O barulho era infernal. Pessoas gritavam, choravam, abraçavam e beijavam desconhecidos, enquanto no palco os oradores se sucediam, pretos e brancos. Franklin falou e voltou a falar. A multidão gostava dele, do homem rechonchudo e alegre que — era o que se dizia — logo mais faria parte do governo liderado pelo camarada Matthew Mungozi, que obtivera inesperadamente a maioria nas eleições recentes; presidente Mungozi, que até algum tempo antes era apenas um nome entre meia dúzia de líderes em potencial. E lá estava o camarada Mo, um pouco atrasado, muito sorridente, acenando animado e subindo ao palco para dizer que acabara de voltar das fileiras, que os combatentes já estavam entregando as armas e, também, para planejar como tornar realidade os doces sonhos acalentados durante tantos anos. O camarada Mo, gesticulando muito, agitado, chorando, contou à platéia quais eram esses sonhos: tinham estado tão ocupados com as notícias da guerra que não tiveram tempo de pensar como se achavam próximos de ouvir "E agora, juntos, haveremos de construir o futuro". O camarada Mo não era natural da Zimlia, mas isso não importava porque ninguém, entre os presentes, estivera com os combatentes, nem mesmo o camarada Matthew, sempre muito ocupado em reuniões com o governo britânico e integrando comitês internacionais. Grande parte dos líderes mundiais já lhe garantira apoio. Da noite para o dia, havia se tornado figura internacional.

Frances e Sylvia não tinham como ir embora, e os berros, as lágrimas e os discursos continuaram até que a administração do auditório foi dizer que restavam dez minutos do tempo pago. Rugidos, vaias e gritos de *fascistas*. Todos rumaram para as portas. Frances ficou mais alguns instantes olhando para Johnny lá em cima, pensando que ele deveria ao menos dar algum sinal de que a reconhecera, e, de fato, Johnny lhe fez um meneio severo de cabeça, sem sorrir. E lá estava Rose subindo ao palco para cumprimentar Johnny, que se limitou a balançar a cabeça. Em seguida ela se pôs na frente de Franklin, bloqueando as pessoas que queriam cumprimentá-lo, abraçá-lo e até mesmo carregá-lo nos ombros para fora do auditório.

Quando Frances e Sylvia chegaram ao saguão, Rose apareceu, estourando de triunfo. Franklin lhe prometera uma entrevista, junto com o camarada Matthew. Sim, agora. Sim, sim, sim, ele prometeu, ela vai falar com o camarada Matthew, que estará em Londres na semana que vem. Rose conseguira a entrevista.

"Viu?", Rose disse a Frances, ignorando a presença de Sylvia. "De modo que eu estou no caminho."

"De onde?", era a resposta esperada, e Frances a deu.

"Você vai ver. Tudo o que eu queria era uma oportunidade, mais nada."

E saiu para retomar seus deveres de organizadora.

Frances e Sylvia pararam na calçada, enquanto pessoas felizes e relutantes em deixar a companhia umas das outras continuavam zanzando por ali.

"Eu preciso falar com você, Frances", disse Sylvia. "É importante — não só com você, com todo mundo."

"Todo mundo?"

"É, você vai entender por quê."

Eles se reuniriam dali a uma semana, e Sylvia passaria a noite em casa, ela prometera.

Rose tinha lido todos os artigos que conseguira encontrar sobre o camarada Matthew, presidente Mungozi. Mas não sobre a Zimlia. Havia um bocado de coisas sendo ditas, quase todas elogiosas, por pessoas que até então haviam escrito quase sempre coisas desagradáveis. Para começo de conversa, ele era um comunista. O que significaria isso, no contexto da Zimlia, era uma das perguntas do momento. Rose não pretendia fazê-la, ou pelo menos não de forma a confrontar o Líder. O que fez foi redigir um rascunho da entrevista antes mesmo de se encontrar com ele, com informações tiradas de entrevistas anteriores. Como jornalista freelance, vinha escrevendo apenas pequenos artigos sobre questões locais, boa parte com dados fornecidos por Jill, agora integrante de várias comissões na prefeitura. Sempre fora seu costume encaixar esclarecimentos, ou artigos alheios, nas matérias que escrevia, de modo que dessa vez seu trabalho não foi diferente, só mais importante e — ela esperava — de maiores conseqüências. Não usou nenhuma das críticas feitas ao camarada Matthew e terminou com dois ou três parágrafos de eufemismos otimistas, do tipo que tanto escutara da boca do camarada Johnny.

Esse artigo, ela levou em forma de rascunho para sua entrevista com o Líder, no hotel em que ele estava hospedado. Matthew Mungozi não era um entrevistado dos mais comunicativos, ao menos a princípio, mas, depois de ler o rascunho de Rose, deixou as suspeitas de lado e lhe deu algumas citações proveitosas. "Como me contou o presidente Mungozi..."

Passara-se uma semana. Frances devolvera a mesa ao estado pleno de antes, na esperança de que todos dissessem "como nos velhos tempos". Preparara um ensopado e pudim. Quem viria? Informada da presença de Sylvia, Julia disse que desceria e levaria Wilhelm. Colin, ao saber do que Sylvia chamara de "reunião", afirmou que não faltaria. Andrew, que andava em lua-de-mel com Sophie — palavras dele, ainda que não tivessem se casado —, avisou que iriam ambos.

Julia e Frances esperavam juntas. Andrew chegou primeiro, mas sozinho. Uma olhada bastou: tinha um ar exaurido, até macilento, e nem sinal da antiga jovialidade. Estava sombrio. Os olhos congestionados.

"Sophie talvez venha mais tarde", ele disse, servindo-se copiosamente de vinho tinto, uma taça atrás da outra. "Certo, mãe. Eu sei. Mas levei um baque."

"Ela voltou para o Roland?"

"Não sei. É provável. As cadeias do amor são difíceis de romper, abre e fecha aspas. Mas, se isso é amor, eu quero uma outra coisa." A voz já estava pastosa. "Eu vim mesmo porque pouco vejo a Sylvia. Sylvia — quem é ela? Talvez seja ela a mulher que eu amo. Mas, sabe do que mais, Frances, eu acho que a Sylvia é uma freira, no íntimo." E assim continuou ele, o jorro de palavras engrossando, embolando, até que foi à pia e jogou água fria no rosto. "Há uma superstição..." — ele disse chuperstição — "que água fria amortece as chamas do álcool. Mentira." A cabeça tombou para a frente quando ele se sentou. Andrew levantou de novo e disse: "Acho que vou dar uma deitada".

"O Colin está usando seu quarto."

"Eu fico na sala." E subiu ruidosamente a escada.

Sylvia chegou e abraçou Julia, que não conseguiu deixar de dizer: "Eu não vejo mais você".

Sylvia sorriu, sentou na outra ponta da mesa e espalhou uma papelada em volta.

"Você não vai jantar conosco?", perguntou Julia.

"Desculpe", disse Sylvia, empurrando os papéis para o lado.

Colin desceu a escada aos saltos. O rosto pálido de Sylvia se animou ao vê-lo, e ela estendeu os braços. Os dois se abraçaram.

Wilhelm, como sempre, primeiro bateu, depois perguntou se podia lhes fazer companhia, para só então sentar ao lado de Julia, não sem antes lhe beijar a mão e lançar para ela um longo olhar perscrutador. Estaria ele preocupado com ela? Julia parecia a mesma, ambos pareciam os mesmos. Wilhelm podia estar beirando os noventa, mas se achava em ótima forma.

Tendo sabido que Andrew curava a ressaca na sala, Colin disse: "*La belle dame sans merci*. Eu avisei, Frances, não avisei?"

A essa altura, Sophie chegou, pedindo muitas desculpas. Estava com um vestido branco solto, os cabelos negros cascateando por cima dele; o rosto não trazia marcas visíveis de amor ou de mágoa, mas os olhos — eram uma outra história.

Frances servia a comida, as mãos ocupadas. Virou a cabeça, para que Sophie lhe desse um beijo no rosto. Sophie se esgueirou para a cadeira em frente à de Colin e o viu examinando-a com toda a seriedade.

"Meu querido Colin", disse Sophie.

"Sua vítima está lá em cima, em frangalhos."

"Que grosseria", disse Frances.

"Minha intenção, justamente", disse Colin.

Os olhos de Sophie marejaram.

Wilhelm se dirigiu a Colin: "As belas mulheres não devem jamais ser censuradas pelos danos que causam. Elas têm a permissão dos deuses para nos atormentar". Apanhando a mão de Julia, beijou-a uma vez, duas, suspirou, largou a mão envelhecida e lhe deu um tapinha.

Rupert chegou. Sem uma palavra de explicação oferecida, nem exigida, era parte integrante e — Frances torcia — aceita. Colin olhou-o detidamente, mais com frieza do que antipatia, como se a confirmar a solidão. Ele sentou ao lado de Frances e cumprimentou a todos com um meneio de cabeça.

"Uma reunião", ele disse. "Mas é um jantar."

Frances estava pondo os pratos servidos na frente de cada um, ao estilo familiar, e as garrafas de vinho no centro da mesa.

"Isto é maravilhoso, Frances, maravilhoso — como nos velhos tempos." Sophie puxava conversa. Mas já ameaçava chorar de novo e destruía um pedaço de pão com dedos longos e magros feitos para usar anéis.

E, então, o cãozinho que havia escapado de algum confinamento entrou correndo na cozinha e saltou para o colo de Colin, onde ficou, o rabo penugento trabalhando qual um espanador animado.

"Desce, Feroz", disse Colin. "Desce já." Mas a criatura se acomodara no colo dele e tentava lhe lamber o rosto.

"Não faz bem deixar cachorro lamber o rosto da gente", disse Sylvia.

"Eu sei", disse Colin.

"Esse cachorro", interveio Julia, "será que não dava para você dar um nome mais sensato? Toda vez que eu escuto Feroz, tenho que dar risada."

"Uma risada por dia afasta o médico da nossa vida. O que você me diz disso, Sylvia?"

"Eu gostaria que continuássemos jantando", respondeu ela, que mal tocara na comida.

"Isto está uma maravilha", disse Sophie, comendo como se estivesse faminta.

Nesse momento, Andrew apareceu, mal, mas ereto. Ele e Sophie trocaram olhares tristonhos. Frances pôs um prato de comida na frente dele, que disse: "Será que já podemos começar? Sophie e eu temos que sair correndo". Seu olhar para ela era um apelo humilde, mas Sophie parecia constrangida.

"Alguma necessidade de recapitular?", perguntou Sylvia, empurrando o prato para o lado com uma sensação de alívio e arrumando os papéis a sua frente. "Eu mandei um resumo para todo mundo."

"E muito bom por sinal", disse Andrew. "Obrigado."

A situação era a seguinte. Um grupo de médicos jovens queria iniciar uma campanha para convencer o governo a construir abrigos contra resíduos radiativos; primeiro isso e, depois, quem sabe, contra um ataque nuclear em grande escala. O problema era que a organização envolvida na questão, a Campanha pelo Desarmamento Nuclear Unilateral, uma força barulhenta, vigorosa e eficiente, se opunha a toda e qualquer tentativa de providenciar abrigo antinuclear de qualquer espécie, inclusive de informar o grande público sobre medidas básicas de proteção. O tom da polêmica era zombar, e de forma violenta, até mesmo histérica, de qualquer crítica que lhe fosse dirigida.

Julia interveio. "Preciso que me expliquem uma coisa. Por que esse pessoal se queixa tanto das providências que estão sendo tomadas para proteger o governo e a Família Real?" Na época havia muita chacota, muita gente dizendo "o governo toma providências para se proteger, mas não está nem aí com a gente".

"Eu simplesmente não consigo entender", continuou Julia. "Quando há uma guerra, é essencial que o governo seja mantido. Vocês não acham que é uma questão de bom senso?"

"Não acho que o bom senso tenha muita coisa a ver com essa campanha", disse Wilhelm. "Essas pessoas não passaram pela guerra, caso contrário não diriam tanta bobagem."

"Eles pensam da seguinte forma", disse Colin. "Se a bomba cair, todos no planeta morrerão. Portanto não há necessidade de abrigos."

"Mas não é lógico", disse Julia. "Não tem a menor consistência."

Frances e Rupert, espiando os maços de artigos e recortes tirados do *Defender*, entreolharam-se e compartilharam de igual resignação. O jornal estava comprometido com a "linha" da Campanha pelo Desarmamento Nuclear Unilateral. Vários funcionários do *Defender* faziam parte dos comitês, e seus jornalistas escreviam os artigos.

"O argumento", disse Colin, "é que se por acaso o governo se julgar protegido, a salvo, irá se sentir mais disposto a jogar a bomba."

"Que bomba?", perguntou Julia. "Por que só uma bomba? Que bomba é essa de que todos tanto falam? Numa guerra, não existe uma única bomba."

"Justamente o ponto, Julia. O ponto que temos que fazer as pessoas entenderem", disse Sylvia.

"Talvez o Johnny pudesse nos esclarecer", disse Wilhelm. "Ele faz parte do comitê deles."

"De que comitê ele não faz parte?", perguntou Colin.

"Por que não ligamos para ele e pedimos para que venha até aqui se defender?", sugeriu Rupert.

Todos ficaram impressionados com a sugestão; não ocorrera à família. Andrew foi até o telefone. Discou. Johnny atendeu. Informado de que havia uma reunião, concordou em ir.

Enquanto esperavam, examinaram os recortes de Sylvia. Julia então disse: "É a coisa mais estranha que eu já vi. Essa gente parece criança".

"Concordo", disse Sylvia. "E são."

Grata pela pequena migalha, Julia segurou a mão da moça e reteve-a na sua. "Ah, minha pobre menina, você não come, você não se cuida."

"Eu estou ótima. Todos nós comemos demais."

O ensopado de Frances, ainda que criticado, estava sendo oferecido para quem quisesse mais.

Johnny chegou, mas não sozinho. Com ele vinha James. Ambos usavam paletós Mao na cor preta e botas da loja que vendia excedentes do exército. Johnny, que estivera recentemente em Cuba, com Fidel, trazia uma echarpe nas cores cubanas. James já era um homenzarrão sorridente e afável, o companheirão de todo mundo. Não ficar contente em vê-lo? Impossível! James abraçou Frances, bateu no ombro de Andrew e de Colin, beijou Sophie, enlaçou os ossos recalcitrantes de Sylvia e cumprimentou Julia com a saudação do punho cerrado, erguido até a altura do ombro — uma versão para ocasiões sociais. "Bom estar de volta", ele disse. Sentou-se numa cadeira vaga, com ar curioso, e Johnny foi se sentar a seu lado, mas, sentindo-se rebaixado pelo ângulo e no mesmo nível dos outros, levantou-se e retomou o velho posto, de costas para a janela, braços estendidos, mãos pousadas no parapeito. "Eu já comi", ele disse. "E como vai você, Mutti?"

"Como você está vendo."

James atacava a comida com vontade. "Você está perdendo um belo quitute", ele disse a seu guia e mentor. Falava com sotaque cockney, e Julia estalou a língua, irritada.

Johnny hesitou, depois sucumbiu e sentou justamente quando chegava um prato a sua frente, já que Frances conhecia a rotina.

Sylvia disse: "Isto é sério. Johnny, James, nós estamos tendo uma discussão séria".

"Quando é que as situações não são sérias?", disse Johnny. Meneara a cabeça para os filhos, ao chegar, e agora dizia a Andrew: "Me passe o pão".

"A vida", disse Colin, "como sabemos, é intrinsecamente séria."

"Cada vez mais séria, cada vez mais séria, no que me diz respeito", secundou Andrew.

"Já chega. Nós convidamos o Johnny a vir até aqui por um motivo", disse Sylvia.

"Manda ver!", disse Johnny.

"Nós somos um grupo de médicos jovens e formamos uma comissão. Já faz algum tempo que estamos preocupados, mas o fator decisivo foi uma carta saída da União Soviética..."

Com intenções dramáticas, Johnny largou a faca e o garfo e ergueu a mão para impedi-la de continuar.

Sylvia continuou. "Veio de um grupo de médicos da União Soviética. Eles dizem que tem havido acidentes em usinas nucleares, muitos mortos e gente morrendo. Grandes áreas do país estão contaminadas com resíduos radioativos..."

"Não estou interessado em propaganda anti-soviética", disse Johnny, retomando seu lugar, de costas para a janela, e largando o prato. James, com relutância, deixou o seu e foi ficar ao lado de Johnny: o capitão e o tenente.

Sylvia prosseguiu. "A carta foi trazida por alguém que esteve lá, junto com uma delegação. Foi contrabandeada. E chegou até nós. É genuína."

"Em primeiro lugar", disse Johnny, as sílabas se tornando ainda menos pronunciadas que de hábito, "os camaradas soviéticos são pessoas responsáveis e jamais permitiriam falhas em suas instalações nucleares. Em segundo lugar, não estou disposto a ouvir informações saídas tão obviamente de fontes fascistas."

"Ai, Deus", fez Sylvia. "Você não se envergonha, Johnny? O tempo inteiro repetindo as mesmas velharias que todo mundo já conhece..."

"E quem é esse todo mundo?", zombou Johnny.

Julia interveio: "Eu gostaria de saber por que a sua... gangue insiste em qualificar como crime o fato de o governo e a Família Real quererem se colocar a salvo na hipótese de haver uma guerra? Eu não entendo vocês."

"Muito simples", disse Andrew. "Eles são pessoas que odeiam qualquer um em posição de autoridade — é de praxe."

James riu. "E com razão. Com razão." Tudo num sotaque bem cockney.

"Crianças", disse Julia. "Crianças idiotas. E com tamanha influência. Se vocês tivessem vivido durante a guerra, não diriam tanta bobagem."

"Está se esquecendo", acudiu James, "de que o camarada Johnny lutou na Guerra Civil Espanhola?"

Nesse ponto, um silêncio. Os mais jovens pouco sabiam das façanhas de Johnny e os mais velhos havia muito tempo tentavam esquecer. Johnny se limitou a baixar os olhos, muito modesto, depois meneou a cabeça, recobrando o controle, e disse: "Se a bomba cair, será a cortina final para todos no planeta".

"Que bomba?", perguntou Julia. "Por que vocês sempre falam *a* bomba, *a* bomba?"

"Não é com a União Soviética que devíamos nos preocupar", continuou Johnny. "E sim com as bombas americanas."

"Ah, Johnny, como eu gostaria que houvesse um pouco de seriedade nas coisas que você diz. Você sempre fala tanta besteira", disse Sylvia.

Johnny, provocado por aquela maria-ninguém, por aquele fiapo de gente, foi aos poucos perdendo a calma. "Não creio que tenha ouvido muitas vezes alguém dizer que eu falo besteira."

"Porque você só anda com gente que fala besteira", disse Colin.

Frances, que permanecera em silêncio porque sabia que, do momento em que Johnny tinha entrado na cozinha, nada mais de sensato poderia ser dito ou conseguido, tirava os pratos e colocava na mesa o creme de limão, a musse de damasco e o creme de leite batido. James, ao ver isso, chegou a gemer de gula e retomou seu lugar à mesa.

"Quem mais faz sobremesa, hoje em dia?", indagou Johnny.

"Só a adorável Frances", elogiou Sophie, atacando seu prato.

"E não é sempre", disse Frances.

Sylvia voltou ao assunto. "Muito bem, Johnny, vamos supor que aqueles terríveis acidentes nucleares na União Soviética nunca tenham ocorrido..."

"Claro que não."

"Então qual é a objeção de vocês a que as pessoas deste país se protejam contra resíduos radiativos? Vocês não concordam nem com a distribuição de informações sobre maneiras de adaptar uma casa contra a radiação. Vocês não concordam com nenhuma proteção para o povo. Eu não entendo. Nenhum de nós entende. A simples idéia de algum tipo de proteção faz com que vocês saiam estrilando."

"Porque, uma vez que você concorde com os abrigos, fica presumido que a guerra é inevitável."

"Mas isso não tem a menor lógica", disse Julia.

"Não para as mentes comuns", disse Rupert.

Sylvia continuou. "Resumindo, Johnny, o governo não pode nem sequer sugerir algum tipo de proteção para a população, nem mesmo um simples abrigo anti-radiativo, porque você e seu bando não querem. A Campanha pelo Desarmamento Nuclear Unilateral — o poder de vocês é tamanho que o governo tem medo."

"Exato", disse James. "E assim é que tem que ser." De novo com sotaque cockney.

“Por que você fala desse jeito tão feio?”, perguntou Julia. “Não precisa falar dessa forma.”

“Porque quem não fala feio é fino”, disse Colin, acentuando a inflexão patrícia. “E não arruma trabalho neste país livre. Mais uma tirania.”

Johnny e James deram mostras de estar indo embora.

“Eu vou voltar para o hospital”, disse Sylvia. “Ao menos lá dá para eu ter uma conversa inteligente.”

“Quero ver essa carta que você mencionou”, disse Johnny.

“Por quê? Você não se dispôs nem mesmo a discutir o que está escrito.”

“Obviamente”, disse Andrew, “ele quer informar o conteúdo dela para a Embaixada Soviética. Assim os autores poderão ser descobertos e enviados para os campos de trabalhos forçados, ou fuzilados.”

“Campos de trabalhos forçados não existem”, disse Johnny. “E se existiram no passado — até certo ponto — houve muito exagero — não existem mais.”

“Ai, Deus”, disse Andrew. “Você é mesmo muito chato, Johnny.”

“Um chato não é perigoso”, acrescentou Julia. “Johnny e seus comparsas são perigosos.”

“Isso é bem verdade”, interveio Wilhelm, com a polidez de costume, dirigindo-se a Johnny. “Vocês são pessoas muito perigosas. Será que ainda não perceberam que se houver um acidente nuclear por aqui, no país, ou se algum louco resolver despejar uma bomba em cima de nós, sem falar na possibilidade de uma guerra, milhões de pessoas poderão morrer por sua causa?”

“Bem, obrigado pelo lanche”, disse Johnny.

“Obrigada por nada”, disse Sylvia, à beira das lágrimas. “Eu já devia saber que não faria o menor sentido tentar.”

Johnny e James saíram. Andrew e Sophie fizeram o mesmo, um nos braços do outro. O sorriso sardônico de Colin ao vê-los não passou despercebido, nem deles nem de ninguém.

Sylvia disse: “Seja como for, a comissão está montada. Por enquanto só de médicos, mas nós vamos expandir”.

“Pode botar a gente na lista”, disse Colin, “mas conte com cacos de vidro em seu vinho e sapos na caixa do correio.”

Sylvia deu um abraço em Julia e se foi.

“Vocês não acham estranho que pessoas tão burras tenham tanto poder?”, perguntou Julia, quase chorando, por causa da despedida descuidada de Sylvia.

"Não", disse Colin.

"Não", disse Frances.

"Não", disse Wilhelm Stein.

"Não", disse Rupert.

"Mas isto aqui é a Inglaterra, nós estamos na Inglaterra...", disse Julia.

Wilhelm colocou o braço em volta dela e levou-a lá para cima.

Sobraram Frances, Rupert, Colin e o cachorro. Uma situação meio embaraçosa: Rupert queria ficar com Frances, Frances queria que ele ficasse com ela, mas receava — não podia evitar — a reação do filho.

"Bem, vocês dois", disse Colin, e foi um esforço para ele, "hora de dormir, eu acho." Dando-lhes permissão. Depois atormentou o cachorro até o animal latir.

"Vejam vocês. Ele sempre fica com a última palavra."

Umas duas semanas mais tarde, Frances, Rupert, Julia, Wilhelm e Colin foram a uma reunião convocada pelos jovens médicos. Havia cerca de duzentas pessoas presentes. Sylvia abriu a reunião e falou bem. Em seguida vieram outros médicos, depois mais gente. Membros da oposição tinham descoberto que haveria o encontro, e um grupo de uns trinta manteve um berreiro constante, com assobios e gritos de *Fascistas! Partidários da guerra! CIA!* Alguns trabalhavam para o *The Defender*. Quando nossa turma saiu, alguns rapazes que esperavam na saída agarraram Wilhelm Stein e o jogaram contra as grades. Colin avançou na hora e pôs todo mundo para correr. Wilhelm ficou abalado, mas ninguém achou que tivesse sido mais que isso; ele porém estava com algumas costelas quebradas e foi levado para a casa de Julia.

"Assim é, minha cara", disse ele com voz arquejante, voz de velho. "Assim é, Julia, consegui o impossível: vir finalmente morar com você." Só então foi que os outros ficaram sabendo que ele desejava se mudar para lá.

Wilhelm foi colocado no quarto que havia sido de Andrew, e Julia se mostrou uma enfermeira dedicada, ainda que meio atarantada. Ele odiou a situação, tendo se considerado sempre seu acompanhante, seu galã. E também Colin, aquele rapaz esquentado, surpreendeu a todos, e talvez a si próprio, com a atenção cativante que teve para com o velho cavalheiro. Sentava-se ao lado dele, contando histórias sobre "minha vida perigosa no Heath e nos pubs de

Hampstead", nas quais Feroz figurava como algo muito semelhante ao Cão dos Baskervilles. Wilhelm ria e implorava para Colin parar, porque as costelas lhe doíam. O doutor Lehman veio e disse a Frances, Julia e Colin que Wilhelm estava indo embora. "Essas quedas não são boas nessa idade." Receitou sedativos para ele e uma série de comprimidos para Julia, que finalmente estava se permitindo pensar em si mesma como velha.

Frances e Rupert exigiram do *Defender* o direito de apresentar um ponto de vista oposto ao da turma do desarmamento unilateral e escreveram um artigo que recebeu dezenas de cartas, quase todas elas contrárias, ou ofensivas. As salas do jornal ferveram, e Frances e Rupert começaram a encontrar bilhetinhos grosseiros ou irados sobre a mesa, muitos deles anônimos. Perceberam então que essa raiva estava instalada tão no âmago de uma parcela do inconsciente coletivo que era impossível fazer uso da razão. Não se tratava de proteger ou não proteger a população: eles não faziam idéia de qual era de fato a questão. Estava tudo muito desagradável no jornal. Decidiram sair, bem antes que lhes fosse conveniente, financeiramente falando. Estavam no lugar errado, era tudo. Sempre tinham estado, Frances concluiu. E todos aqueles longos artigos bem argumentados e racionais sobre questões sociais? Qualquer um podia tê-los escrito, Frances disse. Rupert conseguiu quase que na mesma hora emprego num outro jornal, qualificado como fascista por um típico devoto do *Defender*, mas como conservador pelo populacho. "Eu suponho então que deva ser um conservador", disse Rupert, "se formos levar esses velhos rótulos a sério."

Na semana em que se demitiram, um pacote de fezes foi deixado na casa de Julia, mas não na porta da frente, e sim na que dava para o apartamento de Phyllida. Chegou uma ameaça de morte, anônima, para Frances. E Rupert também recebeu uma ameaça de morte, junto com fotos de Hiroshima depois da bomba. Phyllida apareceu lá em cima — pela primeira vez em meses — para dizer que se recusava a ser arrastada de roldão pelo "ridículo debate". Não estava preparada para lidar com merda, em qualquer nível que fosse. Estava saindo da casa. Ia dividir um apartamento com outra mulher. E se foi.

Quanto aos debates venenosos em torno da proteção ou não do público, em breve seria quase unânime a idéia de que a guerra vinha sendo evitada havia tanto tempo justamente porque as possíveis nações beligerantes possuíam armas nucleares e não as usavam. No entanto restaram algumas perguntas que a admissão do fato não respondeu. Acidentes em instalações nucleares poderiam acontecer, e aconteciam com freqüência, ainda que em geral acabassem abafados. Na União Soviética acidentes assim tinham contaminado bairros inteiros. Havia loucos no mundo que não hesitariam em lançar "a bomba", ou várias, mas era ao menos curioso que as referências a essa ameaça fossem sempre no singular. A população permaneceu desprotegida, mas a violência, o veneno, a ira dos debates simplesmente murchou — e cessou. Se algum dia houve uma ameaça, ela existiu naquele momento. Mas a histeria evaporou-se. "Uma coisa muito estranha", disse Julia, em sua nova voz vagarosa e sofrida.

Wilhelm continuou morando na casa de Julia e deixou seu luxuoso apartamento vazio. Vivia dizendo que levaria todos os seus livros para lá e poria um fim àquela "situação espantosamente absurda" de nem morar com Julia nem não morar. Vivia marcando uma data com o pessoal da mudança e cancelando. Não estava nada bem. Era preciso muita paciência para lidar com ele. Julia andava nervosa. Os dois eram agora pessoas doentes que queriam se responsabilizar uma pela outra, mas a fraqueza de ambos os impedia. Julia tivera pneumonia, e por uns tempos os dois inválidos permaneceram em andares diferentes, enviando bilhetes um para o outro. Um dia, Wilhelm insistiu em se levantar para ir visitá-la. Julia viu aquele velhinho entrar no quarto arrastando os pés, segurando na beirada das portas e no encosto das cadeiras, e pensou que ele parecia uma tartaruga velha. Wilhelm estava de paletó escuro e usava um bonezinho também escuro, porque sentia muito frio na cabeça, sempre projetada para a frente. Quanto a ela — ele ficou chocado com ela, os ossos do rosto saltados, os braços fininhos.

Ambos estavam tão tristes, tão perturbados. Como pessoas que sofressem de depressão profunda, a paisagem cinzenta que se estendia em volta se afigurava como a única verdade. "Parece, Julia, que estou velho", ele brincou, tentando reviver em si mesmo o cavalheiro obsequioso que lhe beijava a mão e se interpunha entre ela e todas as dificuldades. Essa tinha sido a convenção. Mas ele nunca fora nada nem parecido, era apenas um velho, dependente dela para, bem, para tudo. E Julia, a dama benevolente e afável, cuja casa abrigara tanta gente, apesar de seus muitos resmungos, sem ele teria sido uma indigente emocional, uma velha tola extasiada com uma jovem que não era nem sequer sua neta. De modo que pareciam um ao outro, e a si mesmos, nos piores dias, como sombras de um galho pelado projetadas no chão, um traçado vazio e ralo, sem calor nem carne em parte alguma, e os beijos e os abraços são irresolutos, fantasmas tentando se encontrar.

Johnny ficou sabendo que Wilhelm estava morando na casa de Julia e apareceu para dizer que esperava que não houvesse a menor intenção de deixar dinheiro para ele. "Isso não lhe diz respeito", Julia disse. "Nem vou discutir o assunto. E, já que está aqui, aproveito para lhe dizer que tive que manter as mulheres que você abandonou e seus filhos, de modo que não vou deixar nada para você. Por que não pede ao seu querido Partido Comunista para lhe dar uma aposentadoria?"

A casa fora deixada para Colin e Andrew, e tanto Phyllida quanto Frances receberiam uma pensão que, se não era pródiga, ao menos era decente. Sylvia tinha dito: "Oh, Julia, por favor, eu não preciso de dinheiro, não me deixe nada". Mas Julia manteve o nome dela no testamento; ela talvez não precisasse, mas Julia precisava disso.

Sylvia estava prestes a deixar a Grã-Bretanha e poderia ficar fora muito tempo. Ia para a África, trabalhar numa missão no interior da Zimlia. Ao ficar sabendo disso, Julia dissera: "Então eu não a verei mais".

Ela foi se despedir da mãe, tendo ligado antes. "Bondade sua me comunicar", disse Phyllida.

O apartamento ficava num prédio grande, em Highgate, e o nome ao lado da campainha do interfone dizia que ali seriam encontradas a doutora Phyllida Lennox e Mary Constable, fisioterapeuta. Um elevador pequeno percorreu os poucos andares feito uma gaiola obediente. Sylvia bateu, ouviu um grito e foi recebida na porta não pela mãe e sim por uma senhora volumosa e feliz, de saída. "Eu vou deixar vocês duas sozinhas", disse Mary Constable, revelando com isso que confidências haviam sido feitas. O pequeno hall tinha um aspecto eclesiástico que, examinado com mais cuidado, se revelava vir de um grande vitral em cores de balas de goma mostrando São Francisco com seus pássaros — seguramente moderno. Estava apoiado numa cadeira, como uma placa que anunciasse espiritualidade. A porta se abriu para uma sala ampla, cuja principal característica era uma poltrona espaçosa, recoberta por algum tipo de tapete oriental, e um sofá inspirado no de Freud em Maresfield Gardens, severo e desconfortável. Phyllida era agora uma mulher corpulenta, de cabelos grisalhos, presos em duas tranças grossas, uma de cada lado do rosto de matrona. Vestia uma túnica de muitas cores, contas variadas no pescoço, brincos e braceletes. Sylvia, que levava na memória uma mulher chorosa, inerte, frouxa, teve de se ajustar àquela senhora vigorosa que obviamente adquirira confiança.

"Sente-se", disse Phyllida, indicando uma poltrona que não fazia parte da sala terapêutica. Sylvia se acomodou com extremo cuidado na beiradinha. Um aroma provocante de especiarias... será que Phyllida dera para usar perfume? Não, era incenso o que emanava da sala contígua, cuja porta estava aberta. Sylvia espirrou. Phyllida fechou a porta e se sentou na cadeira do confessor.

"Quer dizer então, Tilly, que você vai converter os hereges?"

"Eu vou para um hospital, como médica. É um hospital de missão. Serei a única médica da região."

A mulher robusta e o fiapo de moça — Sylvia continuava um fiapo — foram obrigadas a tomar consciência de suas diferenças. Phyllida disse: "Que carinha mais pálida! Você é idêntica a seu pai, tão frágil! Eu costumava chamá-lo de camarada Lily. O segundo nome dele era Lillie, por causa de algum velho revolucionário da época de Cromwell. Bem, eu tinha que fazer pé firme de um jeito ou de outro, quando baixava o espírito de comissário nele. Seu pai era ainda pior que o Johnny, por incrível que pareça. Reclamando, reclamando sem parar. Aquela maldita revolução lá deles era só uma desculpa para resmungar com todo mundo. Seu pai me fazia decorar os textos revolucionários. Tenho certeza de que ainda hoje consigo recitar o *Manifesto Comunista* de cor. Mas com você a coisa reverteu para a Bíblia".

"Por que reverteu?"

"Meu pai era pastor. Em Bethnal Green."

"E como eram eles, os meus avós?"

"Não sei dizer. Eu pouco os vi depois que eles me mandaram embora. Opção minha. Fui morar com uma tia. Obviamente eles também não queriam me ver, para terem me mandado embora daquele jeito, por cinco anos, então por que eu haveria de querer vê-los?"

"Tem alguma foto deles?"

"Rasguei tudo."

"Eu gostaria de tê-los visto."

"Para que se incomodar tanto? Agora é você que vai embora. Para o lugar mais remoto que conseguiu encontrar, eu suponho. Um tico de gente feito você. Eles devem estar loucos, para aceitá-la."

"Seja como for. Mas eu vim por causa de algo bem mais importante. O que significa aquele doutora antes do seu nome, na placa lá embaixo?"

"Eu sou doutora em filosofia, não sou? Fiz filosofia na faculdade."

"Mas nós não usamos o título de doutor dessa forma, aqui. Só os alemães, que eu saiba."

"Ninguém pode dizer que eu não sou doutora."

"Você vai se meter em confusão."

"Ninguém se queixou ainda."

"Foi por isso que eu vim vê-la... mãe, essa terapia que você anda fazendo. Eu sei que não é preciso treinamento nenhum, mas..."

"Estou aprendendo enquanto trabalho. Acredite, é uma bela escola."

"Eu sei. Tem gente que diz que foi ajudada por você."

Phyllida parecia ter se transformado noutra pessoa: enrubesceu, endireitou-se na ponta da poltrona, mãos entrelaçadas, sorridente e confusa de tanto prazer. "Diz, é? Você ouviu coisas boas a meu respeito?"

"Ouvi. Mas o que eu queria sugerir é: por que você não vai fazer um curso de verdade? Tem alguns bons."

"Estou me saindo bem do jeito como está."

"Chá e simpatia, até certo ponto..."

"Pois olhe que houve momentos em que teria me feito um bem danado um pouco de chá e simpatia...", e a voz de Phyllida começou a deslizar para o dobre fúnebre de suas queixas. Os músculos de Sylvia já a impeliam para fora da cadeira quando Phyllida disse: "Não, não, sente-se, Tilly".

Sylvia se sentou e tirou de uma pasta uma pilha de papéis, que entregou à mãe. "Eu fiz uma lista dos melhores cursos. Um dia desses, alguém vai dizer que está com uma dor de cabeça ou uma dor de estômago e você vai responder que é psicossomático, mas é um câncer ou um tumor. Depois vai ficar se culpando."

Phyllida permaneceu em silêncio, com a papelada na mão. Mary Constable surgiu, toda sorrisos confiantes.

"Venha conhecer a Tilly", disse Phyllida.

"Como vai, Tilly?" disse Mary, com um abraço na titubeante Sylvia.

"Você também é psicoterapeuta?"

"Não, sou fisioterapeuta", disse a companheira... amante de Phyllida? Quem vai saber, hoje em dia? "Eu treino estudantes de fisioterapia. Nós dizemos que, entre as duas, cuidamos da pessoa holisticamente", informou a animada Mary, irradiando uma intimidade persuasiva e um vago aroma de incenso.

"Preciso ir andando", disse Sylvia.

"Mas você acabou de chegar", disse Phyllida, satisfeita de ver a filha se comportar da forma como esperava.

"Eu tenho uma reunião", disse Sylvia.

"Igualzinha ao camarada Johnny."

"Espero que não."

"Então adeus. Veja se me manda um cartão-postal do seu paraíso tropical."

"Eles acabaram de sair de uma guerra muito feia", disse Sylvia.

Sylvia ligou para Andrew em Nova York, foi informada de que ele se achava em Paris e, dali, que tinha ido para o Quênia. Em Nairóbi, ouviu a voz dele, distante e entrecortada.

"Andrew, sou eu."

"Quem? Maldita linha. Bom, não vai melhorar. Tecnologia de Terceiro Mundo", ele gritou.

"A Sylvia."

Mesmo em meio aos estalos, ouviu a voz dele mudar. "Sylvia, minha querida, onde você está?"

"Andei pensando em você, Andrew."

E andara de fato, necessitada daquela voz segura, calmante, mas o fantasma longínquo com quem falava a deixou perturbada, como se fosse um recado do quão pouco poderia fazer por ela. Mas o que esperava?

"Eu pensei que você estivesse na Zimlia."

"Na próxima semana. Ai, Andrew, é como se eu estivesse saltando num precipício."

Tinha recebido uma carta, enviada pelo padre Kevin McGuire, da Missão de São Lucas, obrigando-a a olhar firme para um futuro que até então não havia divisado. Anexa à carta, veio uma lista das coisas que deveria levar. Suprimentos médicos que tomara como certos, coisas tão básicas quanto seringas, aspirina, antibióticos, anti-sépticos, agulhas de sutura, estetoscópio e assim por diante. "E certas coisas de que as senhoras precisam, porque não vai encontrar esses artigos muito facilmente por aqui." Tesourinha de unha, agulhas de tricô e crochê, lã para tricotar. "E faça um agrado para este velho, que adora uma boa geléia de laranja bem pedaçuda." Pilhas para rádio. Um rádio pequeno. Uma boa malha de lã, tamanho 38, para Rebecca. "Ela é a empregada. Está com tosse." Um exemplar recente do *Irish Times*. Um do *Observer*. Algumas latas de sardinha "Se você conseguir um canto qualquer para colocá-las." Com os meus cumprimentos, Kevin McGuire. "*P. S.* E não se esqueça dos livros. Quantos puder trazer. Há muita necessidade deles."

"É tudo meio precário por lá", tinham dito a ela.

"Andrew, estou em pânico — eu acho."

"Não é tão ruim assim. Nairóbi não é tão ruim assim. Meio para o espalhafatoso."

"Eu vou ficar a cento e sessenta quilômetros de Senga."

"Escute, Sylvia, eu vou passar por Londres na volta e a gente se vê."

"O que está fazendo aí?"

"Distribuindo dádivas."

"Ah, sim, eles disseram. Dinheiro Global."

"Estou financiando uma represa, um silo, irrigação... um monte de coisas."

"*Você* está financiando?"

"Eu agito minha varinha de condão, e o deserto desabrocha."

Ou seja, ele estava bêbado. Nas circunstâncias, nada poderia ter sido pior para Sylvia do que aquele brado gabola vindo do éter. Andrew, seu esteio, seu amigo, seu irmão — bem, quase —, se comportando de forma tão tola, tão barata. Ela gritou "até logo", desligou e chorou. Esse foi seu pior momento: não haveria outro tão ruim. Certa de que Andrew se esquecera da conversa, não contava vê-lo mais antes de partir, mas dois dias depois ele ligou de Heathrow. "Cheguei, minha pequena Sylvia. Onde podemos conversar?"

Do aeroporto mesmo, ligou para Julia e perguntou se ele e Sylvia poderiam dar um pulo até a casa dela, para bater um bom papo. O apartamento dele estava alugado, e Sylvia dividia um apartamentinho com outra médica.

Julia permaneceu em silêncio, depois disse: "Não estou entendendo. Você está me perguntando se a Sylvia e você podem vir até esta casa? Como assim?".

"Você não iria gostar se aparecêssemos sem avisar."

Silêncio. "Você ainda tem a chave, eu creio." E desligou o aparelho.

Quando os dois chegaram, foram direto vê-la. Julia estava sozinha, severa, com um jogo de paciência esparramado na mesa. Inclinou o rosto para Andrew beijar, tentou o mesmo com Sylvia, mas não se conteve: levantou-se e abraçou a jovem.

"Pensei que você tivesse ido para a Zimlia", disse ela.

"Eu não iria sem me despedir."

"Veio se despedir?"

"Não, na semana que vem."

Os velhos olhos argutos examinaram os dois, demoradamente. Julia queria dizer que Sylvia estava magra demais e que Andrew estava com um olhar que não lhe agradava. O que seria?

"Podem ir para aquela conversa de vocês", comandou, pegando as cartas de novo.

Eles se esgueiraram com sentimento de culpa para dentro da sala enorme, cheia de lembranças, e afundaram no sofá vermelho, abraçados.

"Ah, Andrew, eu me sinto mais confortável com você do que com qualquer outra pessoa."

"E eu com você."

"E a Sophie?"

Uma risada raivosa. "*Confortável!* — mas isso acabou."

"Coitado de você. Ela voltou para o Roland?"

"Ele mandou um belo buquê, e ela voltou."

"Do quê, exatamente?"

"Calêndulas — para a mágoa. Anêmonas — Abandonado. E claro que umas mil rosas vermelhas. Para amor. Exato, basta ele dizer com flores. Mas não durou. Roland começou a se comportar do mesmo jeito de sempre, e ela lhe mandou um ramalhete declarando guerra: cardos."

"Ela está com outro homem, agora?"

"Está, mas não sabemos quem."

"Coitada da Sophie."

"Mas coitada de você, antes de mais nada. E aquele sujeito de sorte que já devia ter aparecido e de quem nunca ouvimos falar?"

Ela teria se afastado, mas Andrew segurou-a.

"Eu sou uma pessoa — sem sorte."

"Está apaixonada pelo padre Jack?"

E então ela se endireitou no sofá, afastando-o de si. "Não, como é que você pode...", mas ao ver o rosto dele, compreensivo, disse: "Já estive".

"As freiras estão sempre se apaixonando por seus padres." Sylvia não saberia dizer se a intenção fora ser cruel.

"Eu não sou freira."

"Volte aqui." E Andrew a puxou para perto.

Com aquela mesma vozinha que lembrava a Sylvia criança, ela então disse: "Eu acho que tem alguma coisa errada comigo. Eu cheguei a ir para a cama com um médico do hospital e... esse é o problema, você entende, Andrew. Eu não gosto de sexo". E soluçou nos braços dele.

"Bem, acho que não sou tão proficiente nesse departamento quanto poderia ser. Sophie deixou bem claro que, comparado a Roland, sou um caso perdido."

"Ah, coitado de você."

"E coitada de você."

Choraram ambos até adormecer, feito crianças.

Foram visitados, enquanto dormiam, primeiro por Colin, porque a inquietação do cachorrinho dizia que havia alguém na casa que não deveria estar ali. A sala se achava envolta no lusco-fusco. Colin se demorou uns instantes a espiar os dois, segurando a boca do cachorro para que não latisse.

"Você é um cachorro muito bonzinho", disse para Feroz — agora um velho cão esfrangalhado — enquanto descia a escada.

Mais tarde foi a vez de Frances. A sala estava escura. Ela acendeu uma pequena luminária que já fora de Sylvia, porque quando menor ela tinha medo de escuro, e parou, como Colin fizera, olhando para o que lhe era possível enxergar, apenas a cabeça e o rosto dos dois. Sylvia e Andrew — ah não, não, Frances pensava, com o pensamento de mãe, como se estivesse fazendo figa para evitar o mal. Seria um desastre. Ambos precisavam — claro que sim, não? — de algo mais robusto. Mas quando é que seus filhos iriam se acomodar, ter mais segurança — (*segurança?* não havia dúvida de que pensava como mãe, pelo visto não dá para evitar) — já estavam ambos trintões. Tudo culpa nossa... ela pensava: vale dizer, de todos eles, da geração anterior. Depois, para se consolar: Talvez eles levem o mesmo tempo que eu levei, para serem felizes. De modo que não posso abrir mão da esperança.

Ainda mais tarde, Julia foi até a sala. Pensou que estivesse vazia, apesar de Frances ter lhe dito que os dois continuavam lá, indiferentes ao resto do mundo. Então, no bruxuleio do abajur minúsculo, viu as fisionomias, a de Sylvia abaixo da de Andrew, repousando em seu ombro. Tão pálida, tão cansada — Julia reparou em seu estado, mesmo com aquela luz. À volta dos dois reinava um negror profundo, porque o sofá vermelho intensificava o escuro, como quando um pintor usa uma base carmim e o negro se intensifica e reluz. Nas duas extremidades do aposento amplo, as janelas deixavam entrar claridade suficiente para acinzentar o escuro, não mais que isso. Estava uma noite nublada, sem luar nem estrelas. Julia pensava. Eles seguramente ainda são jovens demais para estar com essa expressão tão devastada. Os dois rostos pareciam cinzas esparramadas no escuro.

Ela ficou ali um bom tempo, olhando para Sylvia, guardando aquele rosto na lembrança. E, de fato, Julia não a viu mais. Houve uma confusão sobre a hora do vôo e uma ligação: "Julia, ah, Julia, eu sinto tanto. Mas tenho certeza que não demoro a voltar".

Wilhelm morreu. Houve um serviço fúnebre com a presença de umas duzentas pessoas. Qualquer um que tivesse pisado no Cosmo para tomar um simples café devia estar lá, era o comentário entre os presentes. Colin e Andrew, junto com Frances, ficaram dando apoio a Julia, que não disse uma palavra, não derramou uma lágrima, parecia uma figura recortada em cartolina. "Deus meu, todo mundo que mexe com livros deve estar aqui", eles ouviram à volta toda. Não faziam a menor idéia da popularidade de Wilhelm Stein, nem de como era visto por seus pares. Havia uma sensação generalizada de que, ao enterrar o velho livreiro cortês, bondoso e erudito, estavam dizendo adeus a um passado muito melhor do que qualquer coisa que fosse ser possível no momento. "O fim de uma era", as pessoas cochichavam, e algumas choravam por causa disso. Os dois filhos, que tinham chegado dos Estados Unidos pela manhã, agradeceram educadamente aos Lennoxes por qualquer trabalho que tivessem tido com o enterro, mas disseram que dali para a frente se encarregariam de tudo: Wilhelm deixara um bom dinheiro.

Julia ficou de cama, e claro que as pessoas comentaram que a morte de Wilhelm acabara com ela, mas houve uma outra coisa, uma coisa espantosa, um golpe em seu coração que ninguém da família entendeu.

Quando saiu o segundo romance de Colin, ficou claro que *Morte doentia* não faria tanto sucesso quanto o primeiro. E de fato não era tão bom; tratava-se, no fundo, de uma dissertação sobre um governo criminosamente irresponsável que não se incomoda em proteger a população de resíduos nucleares, bombas e por aí afora. Uma eficiente campanha publicitária, inspirada por agentes de uma potência estrangeira inimiga, cria uma atmosfera histérica que faz com que o governo em questão, preocupado com a popularidade, ignore suas responsabilidades. O livro provocou rugidos de indignação por parte dos vários movimentos envolvidos com a Bomba. Algumas resenhas foram rancorosas, entre elas a de Rose Trimble. O perfil do presidente Matthew Mungozi colocara Rose no mapa, ela tivera várias oportunidades, mas fora trabalhar no *Daily Post*, famoso por sua virulência, e ali ela estava em casa. Rose usou o romance de Colin como ponto de partida para um ataque contra todos aqueles que queriam construir abrigos nucleares, em especial contra os jovens médicos e muito particularmente contra Sylvia Lennox. Quanto a Colin: "É preciso que se diga que ele tem antecedentes nazistas. Sua avó Julia Lennox foi integrante da Juventude Hitlerista". Rose se sentia segura. Primeiro porque o *Daily Post* era um jornal que já estava acostumado a ter de pagar — com bastante freqüência — indenizações por calúnia e difamação, e depois porque sabia que Julia não se dignaria a rebater um ataque daquele tipo. "Velha rabugenta", era como Rose a chamava.

Wilhelm ficara sabendo do artigo por intermédio de um amigo do Cosmo. Pensou muito, antes de contar a Julia, mas depois chegou à conclusão de que devia: e ainda bem, porque um simpatizante enviou-lhe o recorte, sem se identificar. "Não dê importância a isso", ela disse a Wilhelm. "Eles não passam de uns merdas. Acho que posso usar a palavra preferida deles com razão." "Minha *querida* Julia", Wilhelm dissera, achando graça, mas chocado também, de ouvi-la falando um palavrão.

Julia estava sentada ereta nos travesseiros, insone, enquanto as enfermeiras entravam e saíam; o recorte de jornal sempre na mesinha-de-cabeceira. Quer dizer então que ela, Julia von Arne, era uma nazista. O que doía era o descuido. Claro que essa mulher — Julia se lembrava de uma moça muito desagradável — não sabe o que diz. Eles usam palavras como fascista o tempo inteiro, qualquer um com quem tenham alguma briguinha é fascista. São tão ignorantes que não sabem que os fascistas existiram de fato e que levaram a Itália à bancarrota. E os nazistas... havia artigos na imprensa sobre o assunto, programas de rádio, de televisão, falando sobre *eles*, que ela via ou ouvia porque se sentia diretamente envolvida, mas era óbvio que nenhum daqueles jovens assimilara a questão. Pelo visto não sabiam que fascista e nazista eram palavras que significavam pessoas presas, torturadas e mortas aos milhares durante a guerra. Era a ignorância, o descuido, o que enchia os olhos de Julia de lágrimas iradas. Ela se sentia anulada, obliterada: sua história, e a de Philip também, reduzida a epítetos usados por jovens ambiciosos num jornal vagabundo. Julia permanecia ali sentada, sem sono (ela se livrava sorrateiramente dos comprimidos para dormir quando as enfermeiras não estavam olhando), envenenada por sua impotência. Claro que não iria processar, nem sequer mandar uma carta: por que dar essa honra àquela *canaille* de reparar que existiam? Wilhelm lhe mostrara o rascunho de uma carta que dizia que os Von Arnes eram uma antiga família alemã que nunca tivera nenhuma ligação com os nazistas. Ela pediu que ele esquecesse o assunto, que não enviasse a carta. Estava errada: deveria ter mandado, ainda que fosse só para apaziguar seu coração. E estava enganada a respeito de Rose Trimble, também. Descuido e indiferença para com a história — sim, ela era igual a todos os demais de sua geração, mas o que a inspirava era um ódio voltado diretamente contra os Lennoxes, a necessidade de "se vingar". Esquecera-se do que a levara até a casa deles no início, ou de que um dia dissera que Andrew a engravidara. Não, não era isso, e sim aquela casa, a naturalidade deles, o jeito como tomavam tudo como favas contadas e cuidavam uns dos outros. Sylvia, aquela vaca melindrosa; Frances, a velha abelha rainha de merda, na verdade uma vespa; Julia mandando e desmandando em tudo. E os homens, miseráveis complacentes. Seu artigo fora tirado das profundezas do fel e da malícia que espumavam e ferviam sem parar dentro dela e que só se adoçavam, ainda que temporariamente, quando tinha a oportunidade de escrever palavras que miravam direto o coração da vítima. Rose imaginava, enquanto escrevia, como arfariam e se contorceriam ao ler o que escrevera. Imaginava-os chorando de mágoa. Era por isso que Julia estava morrendo antes do tempo. Sentia-se de repente acometida por um veneno. Sentava apoiada em travesseiros num quarto onde a luz que entrava pela janela ia do chão para a cama, da cama para as paredes e das paredes de volta para a janela, numa resposta débil demais à escuridão provocada pelas forças inimigas invisíveis na qual se via encarcerada. Fugira dessas forças a vida inteira, era a impressão que tinha, e se via agora sendo engolida por um monstro de estupidez, feiúra e vulgaridade imensas. Tudo estava distorcido, deteriorado. E assim foi que permaneceu de cama e voltou a mente para a mocidade, quando tudo fora bonito, tão *schön, schön, schön*; entretanto naquele paraíso entrara a antiga guerra e o mundo se encheu de uniformes. À noite, quando o minúsculo abajur que já fora de Sylvia e que depois havia sido levado da sala para seu quarto era a única luz no escuro, seus irmãos e Philip, belos jovens cheios de bravura, paravam em volta da cama, de fardas impecáveis que não tinham uma mancha, um pingo, sujeira nenhuma. Ela implorava para que ficassem com ela, para que não a deixassem sozinha.

Falava baixinho em alemão, em inglês e em seu francês *comme-il-faut*, e Colin lhe fazia companhia, às vezes por horas e horas, segurando o feixe de ossinhos que era sua mão. Ele estava infeliz, sentia-se cheio de remorsos, pensando que nunca prestara de fato atenção em Ernst, Frederich e Max; mal sabia do avô. Atrás dele existia um hiato ou abismo, dentro do qual caíra a normalidade, a vida em família levara um tombo, e lá estava ele, um neto que nunca conhecera o avô, nem a família alemã de Julia. Mas era sua família também... Colin se curvou até bem perto dela e disse: "Julia, por favor, me fale dos seus irmãos, do seu pai e da sua mãe, você tinha avós? Me conte sobre eles". Ela saiu de seu sonho e disse: "Quem? De quem você está falando? Eles estão mortos. Foram mortos. Não há mais família agora. Não há mais casa, agora. Não sobrou mais nada, agora. É terrível, terrível...".

Ela não gostava de ser arrancada de suas lembranças, ou sonhos. Não gostava do presente, dos remédios todos, dos comprimidos, das enfermeiras, e odiava o antiqüíssimo corpo amarelado que era exposto quando lhe davam banho. Acima de tudo, sofria de uma diarréia persistente, o que significava que não obstante quantas vezes a cama e a camisola fossem trocadas, ou quantas vezes eles a limpassem, havia um cheiro no quarto. Ela exigia que espalhassem água-de-colônia por tudo, esfregava o perfume nas mãos e no rosto, mas o cheiro das fezes estava ali, e ela sentia vergonha, tristeza. "Terrível, terrível, terrível", ela murmurava, uma velha carcaça bravia que às vezes derramava lágrimas iradas.

Ela morreu, e Frances achou o recorte em sua mesinha-de-cabeceira, dizendo que Julia fora uma nazista. Mostrou ao filho e ambos riram, porque era absurdo. Colin falou que, se cruzasse com Rose Trimble, talvez lhe desse uma surra, mas Frances, assim como Julia, disse que não valia a amolação, esse tipo de gente.

O enterro de Julia não foi tão caloroso quanto o de Wilhelm.

Pelo visto ela era, ou fora, católica, mas não pedira a presença de um padre por ocasião de sua última recaída, nem constava nada em seu testamento sobre como realizar a cerimônia fúnebre. Decidiram-se então por um serviço religioso que não fosse nem uma coisa nem outra, sem denominações, mas como isso lhes pareceu desolado demais, lembraram que ela gostava de poesia. Deviam ler poemas durante a cerimônia. Que poemas? Andrew vasculhou as prateleiras e acabaram encontrando, na gaveta da mesinha-de-cabeceira, um livro de poesias de Gerard Manley Hopkins. Fora bastante lido, e algumas estavam sublinhadas. As poesias "terríveis". Andrew disse não, dolorido demais ler isso.

"*No worst there is none. Pitched past pitch of grief*" [Nada pior, nada. De cume a cume da dor arremessado]

Não.

Ele escolheu "The Caged Skylark" [A cotovia na gaiola], poesia da qual Julia devia gostar porque havia um risco a lápis do lado, e, depois, "Spring and Fall" [Primavera e outono], para uma criança pequena, que começa assim:

Margaret, are you grieving
Over Goldengrove unleaving?

[Margaret, por que choras?
Por Goldengrove, que perde suas folhas?

Também esse estava marcado a lápis, mas eram os poemas sombrios os que tinham dois, até três riscos negros bem grossos do lado, acompanhados de pontos de exclamação entrecortados.

De modo que a família achou que traíra Julia ao escolher as poesias mais suaves. E também foi obrigada a admitir que nenhum deles sabia quem fora ela de fato, que jamais poderiam ter imaginado aqueles riscos pretos ao lado de

I wake and feel the fell of dark, not day.
What hours, O what black hoürs we have spent

[Acordo e sinto o travo da treva, não o dia,
Que horas passamos esta noite — ó negras horas —]

Devia haver alguns poemas alemães, mas Wilhelm não estava lá para aconselhar.

Andrew leu-os. A voz era leve, mas forte o bastante para a ocasião: havia pouca gente presente, além da família. A senhora Philby se manteve bem afastada deles, vestida toda de negro, do chapéu guardado para os enterros até as botas, que reluziam, uma censura a todos eles: continuava em seu papel, que era o de reprovar as maneiras relaxadas da família. Nenhum deles estava de preto, só ela. Seu rosto exalava uma retidão vingativa. Porém chorou, no fim. "A senhora Lennox era minha amiga mais antiga", contou ela a Frances, numa repreensão severa. "Não virei mais. Eu só vinha por causa dela."

Na metade da cerimônia de sepultamento, uma figura magérrima, os cabelos brancos e as roupas largas adejando ao vento que soprava entre as tumbas, surgiu e caminhou em pano incerto na direção do grupo fúnebre. Era Johnny, sombrio, infeliz e parecendo muito mais velho do que devia ser. Ficou a uma boa distância, meio virado para trás, como se pronto para sair correndo. As palavras da cerimônia eram uma afronta para ele, isso estava evidente. No fim, os filhos e Frances foram até ele, para convidá-lo a ir até a casa, mas ele apenas meneou a cabeça e se foi. No limite do cemitério, virou-se de novo e lhes fez uma saudação com a mão direita aberta, a palma voltada para eles, ao nível do ombro.

Sylvia não compareceu. As linhas telefônicas na Missão de São Lucas não estavam funcionando devido a uma forte tempestade.

Enquanto isso, a vida de Frances com Rupert não estava indo como eles esperavam. Ela praticamente morava com ele, embora seus livros e papéis continuassem na casa de Julia. Não era um apartamento grande. A sala, onde também faziam as refeições, com uma cozinha minúscula do outro lado, tinha um terço do tamanho da sala da casa de Julia. O quarto maior era adequado. Os dois pequenos eram para os filhos, Margaret e William, que iam nos fins de semana. Quando Meriel foi embora para morar com outro homem, Jaspar, havia planos de comprar algo maior. Frances gostava bastante das crianças e achava que elas não desgostavam dela: eram educadas e obedientes. Da casa da mãe, iam para a escola, e com a mãe e Jaspar passavam as férias. De repente, num fim de semana, os dois apareceram macambúzios, calados, e disseram que a mãe não estava bem. E não, Jaspar não estava mais lá. As crianças não olharam uma para a outra, ao dar essa informação, mas era como se trocassem olhares cheios de receio.

Foi então que a vida real alcançou-a de novo: era assim que Frances se sentia. Nos meses — não, anos, agora — que passara com Rupert, tornara-se uma pessoa diferente, que aprendia lentamente a tomar a felicidade como certa. Santo Deus, pense só, se não tivesse havido Rupert, ela teria continuado com a mesma rotina voluntária e monótona de cumprir seu dever, sem amor, sem sexo, sem intimidade.

Rupert saiu com os filhos e foi até a casa da mãe deles, onde encontrou aquilo que temia. Anos antes, depois do nascimento de Margaret, ela sofrera uma depressão, uma depressão de verdade. Ele cuidara da mulher, ela melhorara, mas vivia aterrorizada com a possibilidade de que voltasse a acontecer. E acontecera. Meriel estava enroscada num canto do sofá, olhando fixo para o nada, numa camisola encardida, o cabelo sujo e despenteado. As crianças pararam uma de cada lado do pai, fitando a mãe, em seguida se aproximaram mais dele, para que pudesse abraçá-las.

"Cadê o Jaspar?", ele perguntou para a mulher calada, que obviamente estava a uma distância enorme dali, dentro do sofrimento horrendo dos deprimidos.

Após certo tempo, ele repetiu a pergunta, e ela disse, irritada com a interrupção: "Foi embora".

"Ele vai voltar?"

"Não."

Pelo visto seria tudo que conseguiria tirar dela, mas de repente ela disse, num resmungo pastoso e indiferente, sem se mexer, sem virar a cabeça: "Melhor levar as crianças. Não tem nada para elas aqui".

Rupert pegou os livros, brinquedos, roupas, material escolar, sob a orientação de Margaret e William, depois voltou para Meriel: "O que você vai fazer?", ele perguntou. Um silêncio arrastado. Ela agarrou a cabeça, querendo dizer: Me deixe em paz; e, quando já estavam os três na porta, disse, no mesmo tom: "Me ponha num hospital. Qualquer hospital. Não importa".

As crianças foram instaladas de volta em seus antigos quartos e na mesma hora o apartamento foi inundado pelas coisas delas. Estavam assustadas e caladas.

Rupert ligou para o médico da família, que iria providenciar para que

Meriel fosse internada numa ala psiquiátrica. Ele tentou falar com Jaspar, mas seu recado não foi respondido.

Frances começou a tecer reflexões difíceis, frias. Sabia que Jaspar dificilmente voltaria para Meriel, caso tivesse fugido de medo da experiência de viver com alguém deprimido. Ele tinha dez anos menos, era um acessório do mundo da moda, desenhava roupas esportivas e estava ganhando dinheiro. O nome dele vivia nos jornais. Por que optara por uma mulher com dois filhos ainda pequenos? Rupert dizia que o rapaz devia estar gostando de se ver como pessoa madura e responsável, para provar que era sério. Jaspar tinha fama de ser escravo dos modismos, moderno demais para seu próprio bem, drogas, festas de arromba — essa coisa toda. E presumivelmente voltara para a antiga vida. O que significava que Meriel estava sem um homem e que sem dúvida iria querer o marido de volta. E lá estavam duas crianças sofrendo de choque emocional, e lá estava ela, Frances, uma substituta de mãe. E, sim, estava passando por aquela sensação de espanto e aturdimento que vem quando a vida se repete, em padrões familiares. Ela pensou: Corro o perigo de me ver às voltas com esses meninos — ou melhor, eu *estou* às voltas com eles. Será que quero isso?

Margaret tinha doze anos; William, dez. Logo mais seriam adolescentes. Frances não temia que Rupert a deixasse na mão, transferindo a responsabilidade para ela, e sim que a intimidade deles não só sofreria — teria de sofrer —, mas poderia até desaparecer, sugada pelas exigências insensatas dos jovens. Mas gostava tanto de Rupert... gostava mesmo... amava aquele homem. Poderia inclusive dizer, a sério, que não tinha amado até então — sim, ela diria sim para o que desse e viesse. E, afinal de contas, até mesmo as depressões acabam passando, e aí então as crianças iriam querer ficar com a mãe.

Do hospital onde Meriel se internara chegavam garranchos, não se poderia chamar aquilo de cartas. "Rupert, não deixe as crianças virem me ver. Não vai ser bom para elas. Frances, a Margaret tem asma, precisa de uma nova receita."

Os médicos, quando Rupert ligava, diziam que ela estava muito mal, mas que iria se recuperar. A depressão anterior durara dois anos.

Deitados lado a lado, no escuro, a cabeça de Frances descansava sobre o ombro direito de Rupert, a mão direita dele em seu seio direito. A mão dela encaixada na coxa do companheiro, os nós dos dedos de encontro aos testículos, um peso suave mas respeitável que lhe dava confiança. Era assim, nessa cena conjugal e consagrada pelo tempo, que passavam a meia hora antes do sono, tivessem ou não feito amor. O assunto que ambos vinham contornando aguardava ser abordado.

"Onde a Meriel ficou, durante os dois anos em que esteve doente?"

"Grande parte do tempo na cama. Não conseguia fazer grande coisa."

"Ela não pode ficar dois anos no hospital."

"Não, alguém vai ter que cuidar dela."

"Desconfio que o Jaspar não virá ajudar."

"Muito improvável."

Ele falava com serenidade, até mesmo elegância, mas com uma bravura desamparada que derretia o coração de Frances. "Olha, Frances, isto tudo é muito ruim para você, pior impossível. Não pense que eu não sei." Ela não iria dizer que não era ruim, por isso hesitou, e ele acrescentou rapidamente: "Eu não culparia você se fosse embora...". A voz saiu gutural.

"Eu não vou embora. Estou só pensando." Rupert lhe deu um beijo no rosto, e foi então que ela percebeu que o dele estava molhado.

"Se você vendesse o apartamento e nós juntássemos nosso dinheiro e comprássemos um maior, mesmo assim haveria problemas — seríamos a primeira mulher e a segunda, em quartos separados, como numa poligamia africana."

"Ou uma tira de Thurber. Mas eu não consigo ver a Meriel no topo de um armário."

Eles riram. Riram de fato.

"E será que temos dinheiro suficiente para comprar uma casa?", ela perguntou.

"Não em nenhum bairro decente de Londres. Nem uma casa grande."

"Presumo que Meriel não vai trabalhar por uns tempos."

"Ela nunca foi muito de se preocupar em ter uma carreira." A voz dele saiu seca: Frances sabia que ali havia uma história. "Uma mulher à antiga. Ou a última palavra em feminismo. É claro que ela não trabalhava quando estava com o Jaspar, estava só curtindo a boa vida. De modo que, sim, podemos presumir que ela terá que ser sustentada." Uma pausa. "Eles avisaram, os médicos, que a depressão pode voltar."

"Estive pensando, Rupert. Seriam duas mulheres na mesma casa, mas ao menos não no mesmo andar."

"Suponho que você já tenha feito isso antes."

"Sou velha de guerra no assunto."

"Está planejando se casar comigo, Frances?"

"Sem sombra de dúvida seria melhor para as crianças. De amante para esposa. Nunca subestime o conservadorismo das crianças."

Frances ligou para Colin, perguntou se podiam conversar, e ele sugeriu que ela fosse visitá-lo, ele faria o jantar. De repente, ela se viu de volta à casa de Julia, na cozinha, sentada a uma mesa que nunca estivera tão pequena. Duas cadeiras. Colin chegou, todo animado, dando boas-vindas.

Abraçaram-se.

Frances perguntou: "Onde foi parar o cachorrinho?".

Ele hesitou, deu as costas para tirar os pratos da geladeira — usando aquele mesmo gesto que ela usara tantas vezes para evitar ou adiar uma notícia —, pôs uma sopa fria na frente da mãe e sentou-se do outro lado.

"O Feroz está com a Sophie. Ela está lá embaixo."

Frances largou a colher e absorveu o choque. "Vocês estão juntos?"

"Ela está doente. Uma espécie de esgotamento nervoso. O homem que veio depois do Andrew — não prestava. Ela me pediu socorro."

Tendo assimilado isso tudo, Frances se dedicou à sopa. O filho era bom cozinheiro. "Bem, isso com certeza coloca tudo sob uma luz diferente."

"Me ilumine."

Foi o que ela fez, e ele demonstrou ter captado o essencial com um: "Bem, mãe, você é louca por um castigo".

"O fato é que eu realmente...", ela ia dizer "gosto", mas disse: "amo aquele homem. Sério."

"Ele é um cara legal."

"Você já se mudou para o apartamento da Julia?"

"É tão de época que eu não consigo criar coragem para desmanchá-lo. Mas claro que nós vamos usá-lo."

"E se colocássemos a mulher do Rupert no apartamento lá de baixo?"

"Igualzinho à coitada da Phyllida."

"Mas eu espero que não seja para sempre. O Rupert diz que a Meriel mal via a hora de se livrar dele. Boba, ela."

"Certo. Meriel no subsolo. Sophie e eu na parte de cima da casa. Mas a gente vai usar o quarto que era da Sylvia, e eu vou continuar trabalhando na sala.

De modo que você, o Rupert e as duas crianças ficam com o andar que era meu e do Andrew e a sua parte. Sem contar, claro, esta boa e velha cozinha."

"Eu não teria pensado nisso se não soubesse que a casa está praticamente vazia. E isso nos daria um tempo para respirar..."

"Não é uma má idéia." Com a energia que punha em tudo, Colin tirou os pratos de sopa e apareceu com peixe grelhado. Serviu o vinho, tomou todo o dele, serviu um pouco mais.

"E você e a Sophie?"

"O Andrew não servia para ela. Ele foi uma variação sobre o mesmo tema de sempre. Ela disse que o Roland foi como um buraco negro, na hora do vamos ver, e que o Andrew — bem... cheio de boas intenções, mas ele é meio peso-pluma, você não concorda comigo? Ele não *absorve*", explicou o filho, com um sorriso aberto que presumia cumplicidade na compreensão. "Ao passo que eu", disse ele, expondo seu caso, "assumo as pessoas. Tenho vítimas no passado que podem prová-lo, torturadas e estropiadas mas *assumidas*. Não, você não sabe quem são. Eu *assumi* a Sophie."

"Dois birutas numa casa só", disse Frances.

"Dito com elegância."

"E não é a primeira vez. Mas tudo bem. As crianças estão com dez e doze anos. Não vai demorar para elas crescerem, vai?"

"Em primeiro lugar, nunca vi um momento em que o Andrew e eu — ou a Sylvia — não tivéssemos precisado de uma base familiar, mesmo depois de adultos. E em segundo lugar — bem, eu não teria entendido seu jeito peremptório de lidar com o tempo, até recentemente. O que são quatro anos? Seis? Dez? Nada. Um instante, mais nada. Nada como a morte para nos fazer entender isso... e tem mais uma coisa. Já lhe passou pela cabeça que as crianças talvez prefiram você à mãe delinqüente delas?"

"Delinqüente! Ela está doente."

"Ela foi embora com o amante maligno, não foi? Não largou todos eles?"

"Não, ela levou os filhos junto. Mas agora eles foram — largados."

"Espero que sejam ao menos aturáveis. São?"

"Até agora têm se comportado de forma impecável. Eu não sei."

"Você não se assusta com todas essas recorrências?"

"Me assusto. E como. Mas a coisa é ainda pior do que isso. Meriel é filha de Sebastian Heath — você provavelmente não se lembra desse nome. Lembra? Foi um comunista famoso, como o Johnny. Foi preso pelos camaradas, na União Soviética, e sumiu do mapa."

"Ter um pai baleado nas costas pelo seu próprio lado deve ser o suficiente para explicar uma certa dose de desarranjo emocional."

"E a mãe se suicidou. Era comunista também. Ela foi criada numa família comunista — mas, pelo que me consta, não são mais comunistas, agora."

"De modo que ela teve o que se pode chamar com toda a justiça de infância desajustada."

"Daí a minha sensação de estar sendo perseguida pelo mesmo tema de sempre."

"Coitadinha da mamãe", Colin disse alegremente. "Mas tudo bem. E não vá você pensar que seus problemas de moradia estão resolvidos para sempre, se vier para cá. Eu pretendo me casar."

"*Sophie!*"

"Deus meu, não. Não sou tão louco assim. Ela é só uma companheira. Somos companheiros um do outro. Mas estou definitivamente de olho numa mulher para casar. E hei de me casar e ter quatro filhos, nada desse dois e meio de vocês. E então precisarei da casa inteira."

"Certo", disse a mãe. "É justo."

Terminado o jantar, Frances disse que estava ficando tarde e que era hora de Margaret e William irem para a cama. A menina se levantou da cadeira e enfrentou Frances; a testa clara, virginal e um tanto sardenta lembrava um tourinho prestes a atacar. "E por quê? Você não manda em nós. Você não é nossa mãe." Em seguida foi a vez de William dizer o mesmo. Era óbvio que os dois tinham discutido a situação e resolvido tomar uma atitude. Dois rostos obstinados, dois corpos antagonísticos, e Rupert, tão pálido quanto os filhos, observando tudo.

"Não, eu não sou a mãe de vocês, mas enquanto estiver tomando conta de vocês dois, acho que terão que fazer o que eu disser."

"Eu não vou", disse Margaret.

"Nem eu", disse William.

Margaret tinha um rosto redondo de menina pequena, à espera de uma definição, com feições que a uns poucos metros de distância pareciam desaparecer num contorno pálido onde se destacava apenas a boquinha rosa. E essa boca adquirira um rito afetado de reprovação virtuosa.

"Nós odiamos você", disse William com o maior cuidado, tendo ensaiado a frase com a irmã.

Frances ficou descomedidamente, irracionalmente brava.

"Sentem-se", ela mandou e, surpresas, as crianças deslizaram de volta para as cadeiras.

"Agora escutem. Eu não contava ter que cuidar de vocês. Eu não queria isso." Neste ponto, deu uma olhada para Rupert, magoadíssimo com aquela situação pavorosa. E continuou. "Eu não me incomodo de fazer as coisas para vocês. Não me importo de cozinhar, cuidar das roupas e por aí afora — mas não vou admitir absurdos. Podem começar a esquecer as birras e os ataques de mau humor, porque eu não vou admitir nada disso." Ela estava de fato pegando o jeito, e as duas fisionomias pálidas de espanto não foram suficientes para interrompê-la. "Vocês não sabem — e por que haveriam de saber —, mas eu já tive o bastante de portas batendo, rebeldias adolescentes e toda essa cretinice *infantil*." Estava gritando com eles. Nunca, jamais, tinha gritado com uma criança. "Estão me ouvindo bem? E, se começarem com isso, eu vou embora. De modo que estou avisando com antecedência. Eu vou embora e pronto." A falta de fôlego a impediu de prosseguir. As sobrancelhas de Rupert, em geral prontas para a ironia, sinalizavam que Frances estava exagerando.

"Desculpe", ela disse — para ele, e não para as crianças. E, em seguida: "Não, não vou pedir desculpa coisa nenhuma. Eu disse isso porque é o que pretendo fazer. Portanto pensem bem".

Sem uma palavra, as crianças se levantaram e saíram em silêncio para o quarto. Mas iriam se reunir, no dele ou no dela, para discutir o caso.

"Você agiu certo", disse Rupert.

"Será mesmo?" Frances estava frouxa, tremendo, espantada consigo mesma. Sentou-se e enfiou a cabeça entre os braços.

"Claro que sim. O confronto acabaria acontecendo, mais cedo ou mais tarde. E, por falar nisso, eu não culparia você se fosse embora e pronto."

"Eu não vou embora", e estendeu a mão para ele. Continuava trêmula. "Ai, Deus", ela disse, "isso tudo é tão..." Rupert procurou a mão de Frances, ela aproximou a cadeira da dele e lá ficaram os dois, sentados bem juntos, abraçados, partilhando o espanto.

Uma semana depois houve uma repetição do "você não é nossa mãe, então porque nós havemos de..." e assim por diante.

Frances tentara o dia inteiro dar andamento ao livro de sociologia, um livro pesado, que estava escrevendo, interrompida por telefonemas das escolas das crianças, do hospital de Meriel, e de Rupert, ligando do jornal para perguntar o que devia levar para o jantar. Seus nervos resmungavam, desafinavam, praguejavam. Sentia brotar dentro dela uma reação àquela situação toda. O que fazia ali? Em que arapuca fora se meter... ao menos gostava daquelas crianças? Daquela menina com sua boquinha virtuosa afetada, daquele menino (daquele pobre menino) tão assustado pelo que acontecera que mal conseguia olhar para ela, ou para o pai, e que se movimentava pela casa qual um sonâmbulo, com um sorriso amedrontado que ele tentava transformar em sarcástico?

"Muito bem", disse ela, "para mim chega." E levantou-se da mesa, empurrando o prato para longe. Não olhou para Rupert porque fizera o imperdoável — batera nele quando ele já estava no chão.

"Como assim?", perguntou a menininha — afinal, ela ainda era apenas uma menininha.

"O que você acha? Eu vou embora. Eu avisei que iria."

E foi para o quarto que dividia com Rupert, devagar porque as pernas estavam rígidas, não por indecisão e sim porque pretendia fazer com que elas a levassem para longe de Rupert. Ali, tirou roupas dos armários, empilhou-as sobre a cama, encontrou as malas e, metodicamente, começou a arrumá-las. Estava num estado de espírito oposto a tudo quanto vinha sentindo havia semanas. Da mesma forma como uma noiva ou um noivo que, levados pelo ímpeto dos acontecimentos e sem grandes momentos de dúvida, se pegam na véspera do casamento perguntando a si mesmos como foram fazer aquela loucura; uma situação que parecera até razoável, ainda que difícil, fazia agora com que ela se sentisse como que sendo carregada, de pulsos e tornozelos amarrados, para a prisão. O que poderia tê-la levado a dizer que assumiria os filhos dele, mesmo que apenas temporariamente? E como é que ela podia saber se seria ou não uma situação provisória? Tinha de sair correndo dali, antes que fosse tarde demais. A única parte do cérebro que permanecia quase igual ao que fora antes era a que dizia respeito a Rupert. Não podia abrir mão dele. Bem, isso seria fácil. Ela finalmente teria condições de comprar um apartamento seu, *seu* apartamento, e...

a porta se abriu, só um tantinho, depois um pouco mais, e o menino parou ali na soleira. "A Margaret quer saber o que você está fazendo."

"Estou indo embora", disse Frances. "Feche a porta."

A porta se fechou, em sacudidelas cuidadosas, como se cada grau de fechamento tivesse sido interrompido por uma mudança de idéia: será que devia entrar de novo?

As malas estavam prontas e esperando em fila, quando Margaret apareceu de mansinho, olhos baixos, a boca semi-aberta, aquela boquinha afetada, só que agora inchada de lágrimas.

"Você vai mesmo embora?"

"Vou." E Frances, que estava certa de que iria, disse: "Feche a porta — sem bater".

Mais tarde, saiu do quarto e encontrou Rupert ainda sentado à mesa do jantar. E disse: "Não me saí muito bem, desculpe".

Ele sacudiu a cabeça, sem olhar para ela. Ele era uma figura solitária e corajosa cuja dor o isolava dela. Frances não suportou. Sabia que não iria partir, ao menos não daquele jeito. Pensou, num último momento de rebeldia desenfreada: Vou comprar um apartamento para mim, ele que cuide da confusão de Meriel e dos filhos, e ele pode ir me visitar e... "Claro que eu não vou", ela disse. "Como poderia?"

Ele não se mexeu, mas devagar esticou o braço na direção dela. Frances puxou uma cadeira para bem perto, sentou-se dentro daquele abraço, e ele se inclinou para ela, de tal sorte que as duas cabeças se apoiaram uma na outra.

"Bem, pelo menos eles vão parar de ser malcriados", disse ele. Quer dizer, isso se você decidir ficar."

A ocasião exigia que cimentassem as fragilidades fazendo amor. Ele foi para o quarto, e ela se preparou para segui-lo, desligando as luzes. Foi até a porta do quarto da menina, com a intenção de entrar, dar boa-noite e dizer: "Esqueça, eu não falei a sério". Mas ouviu soluços, um tenebroso soluçar baixinho, desolado, que já durava algum tempo. Frances parou perto da porta, pousou nela a cabeça, numa onda de *Ah, não, eu não consigo, eu não*... mas o som da tristeza da menina era demais para agüentar. Respirou fundo, entrou no quarto, viu Margaret tirar a cabeça do travesseiro com o susto e depois lá estava ela, em seus braços. "Ah, Frances, Frances. Desculpe. Eu não fiz por querer."

"Está tudo bem. Eu não vou embora. Na hora eu falei a sério, mas agora mudei de idéia."

Beijos, abraços e um novo começo.

Com o menino, seria mais difícil. Criança magoada, se segurando dentro de uma armadura de orgulho, reprimia as lágrimas e rejeitava os abraços de consolo, inclusive os do pai; não confiava neles. Vira a mãe, tão doente e calada, entrar tão lá no fundo de si mesma que nem escutava quando ele falava com ela, e era essa visão que lhe fazia companhia enquanto obedientemente cumpria suas tarefas, ia à escola, fazia lição de casa, ajudava a tirar a mesa, arrumava a cama. Se Frances e Rupert pudessem saber o que se passava no íntimo de William, se tivessem entendido sua imensa tristeza solitária — mas o que poderiam ter feito? Eles se sentiam inclusive tranqüilos com a obediência do menino, que começava a dar mostras — seguramente — de que seria bem mais fácil no trato que a irmã.

Sylvia estava no saguão de desembarque do aeroporto de Senga, que acomodava, além da esteira de bagagens, o serviço de imigração, a alfândega e todos os passageiros do vôo, pessoas que, numa rápida olhada, podiam ser definidas como negras, as de terno e gravata, ou brancas, as que estavam de jeans e camiseta, mais a malha com que haviam saído de Londres amarrada aos quadris. Os negros eram impetuosos e manobravam geladeiras, fogões, televisores e móveis para uma posição onde pudessem ser apresentados à aprovação da alfândega, concedida por funcionários exultantes, felicíssimos em distribuir de maneira generosa garranchos de giz vermelho aos imensos caixotes que lhes surgiam na frente. Sylvia levava um saco de viagem com seus pertences pessoais e duas enormes malas com os suprimentos médicos e tudo quanto o padre McGuire pedira; as listas foram chegando a Londres, cada uma delas acompanhada por: Não se sinta obrigada a trazer essas coisas, se for causar algum problema. No avião, ouvira alguns brancos conversando sobre os funcionários da alfândega, sua imprevisibilidade e sua parcialidade: os negros podiam entrar com casas inteiras sem o menor problema. Ao lado de Sylvia, viajava um homem calado, vestido como os demais, de jeans e camiseta, mas com uma cruz de prata numa corrente em volta do pescoço. Sem saber se era ou não uma questão de moda, indagou timidamente se ele era padre; ficou sabendo que era o irmão Jude, da missão isso ou aquilo — o nome desconhecido entrara por um ouvido e saíra pelo outro —, e perguntou a ele se as malas enormes que ela levava poderiam lhe causar algum problema. Ouvindo a história, e para onde estava indo — ele conhecia Kevin McGuire —, o padre prometeu uma mãozinha na alfândega, onde Sylvia se descobriu atrás dele na fila. O padre fazia hora, deixando os outros passarem, porque aguardava um jovem negro que o cumprimentou pelo nome, perguntou se os caixotes eram para a missão, passou-os e depois foi apresentado a Sylvia e sua bagagem. "Esta aqui é uma amiga do padre McGuire. Ela é médica. Está levando suprimentos médicos para o hospital em Kwadere." "Ah, uma amiga do padre McGuire", disse o moço, todo sorridente de amizade, "por favor, mande lembranças a ele, muitas lembranças." E rabiscou o místico sinal vermelho nas malas de Sylvia. Na imigração, ela se saiu bem, munida de todos os papéis corretos, e em seguida, já do lado de fora, na escada do prédio do aeroporto, numa manhã clara e quente, uma moça vestida com short azul folgado e uma camiseta florida se aproximou dela. "Ah", disse seu salvador, "vejo que está em boas mãos. Olá, irmã Molly", e se foi, em direção a um grupo que esperava por ele.

A irmã Molly iria levá-la até a Missão de São Lucas. Disse que não havia por que perder tempo em Senga e que deviam partir imediatamente. E lá se foram elas, numa caminhonete escangalhada, direto para a paisagem de uma África que Sylvia estava disposta a admirar, depois que tivesse se acostumado. Era tudo estranho para ela, no momento. De fato, quentíssimo. O vento que soprava pela cabina vinha empoeirado. Sylvia se agarrou na porta, escutando Molly, que não parou de falar um segundo, quase sempre sobre o lado masculino de sua instituição religiosa, a quem chamava de porcos chauvinistas. Essa expressão, que já perdera o sabor da novidade em Londres, saiu-lhe dos lábios sorridentes como se recém-cunhada. Quanto ao papa, era reacionário, intolerante, burguês, velho demais e antimulher, pena que parecia gozar de uma bela saúde. Que Deus a perdoasse por dizer uma coisa dessas.

Isso não era o que Sylvia esperava ouvir. Verdade que não gostava lá muito do papa, embora como católica soubesse que deveria gostar, e nunca achara que a linguagem do feminismo extremo combinasse com sua experiência de vida. A irmã Molly dirigia depressa demais por estradas de início razoáveis e em seguida cada vez piores até que, uma hora depois, por aí, o veículo parou num grupo de construções que deviam ser uma fazenda. Ali Molly descarregou

Sylvia e suas malas, dizendo: "Eu a deixo aqui. E não permita que Kevin McGuire faça gato-sapato de você. Ele é um doce, não estou dizendo que não, mas todos esses padres antigos são iguais". E lá se foi ela, aos trancos, acenando para Sylvia e para quem quer que estivesse olhando.

Sylvia se viu sendo convidada para um chá matinal por Edna Pyne, de cuja voz, toda cheia de vogais desconhecidas, sobressaía um ranço de autopiedade que ela conhecia bem demais. E aquele rosto idoso demonstrava insatisfação. Cedric Pyne tinha pernas compridas e queimadas dentro do short mais curto que já vira na vida, e olhos, como os da mulher, azuis e congestionados. Havia tamanho clarão em volta da varanda onde estavam sentados que Sylvia se fixou no casal, evitando a luz amarela e forte, e na verdade não viu nada nessa primeira visita a não ser eles. Era óbvio que depositar pessoas e coisas na casa dos Pynes era parte do tráfego regular, porque quando ela se pegou de novo num carro, dessa vez um jipe, havia maços de jornais, cartas para o padre McGuire e dois jovens negros, um dos quais bem doente, como Sylvia notou. "Eu vou para o hospital", disse o que estava doente, e Sylvia respondeu: "Eu também". Os dois estavam no banco de trás e ela no da frente, ao lado de Cedric, que dirigia, como a irmã Molly, como se estivesse apostando corrida. Sacolejaram por uma estrada de terra por uns quinze quilômetros mais ou menos e pararam entre árvores empoeiradas, tendo mais adiante uma construção baixa, coberta de zinco e, mais adiante ainda, num morro, mais construções espalhadas entre mais árvores empoeiradas.

"Diga ao Kevin que não vai dar para eu esperar", disse Cedric Pyne. "Venha nos visitar um dia desses." E com isso se foi, deixando nuvens de poeira flutuando no ar. A cabeça de Sylvia doía. Pensava que mal saíra de Londres, a vida inteira, e que aquela vida lhe parecera até o momento algo bastante normal, ao contrário da privação que desconfiava haveria pela frente. Os dois rapazes foram para o hospital, dizendo: "A gente acaba se encontrando". O que soou bastante tranqüilo, mas o rosto do que estava doente era um apelo à rapidez.

Sylvia foi com as malas até uma pequena varanda de chão verde de cimento queimado. E dali para uma saleta contendo uma mesa feita de tábuas manchadas, cadeiras com assento de tiras de couro, prateleiras de livros enchendo uma parede inteira e alguns quadros, todos eles de Jesus, a não ser um que mostrava uma paisagem enevoada dos Montes Mourne ao pôr-do-sol.

Uma mulher negra magrinha surgiu, toda sorrisos de boas-vindas, disse ser Rebecca e que iria mostrar a Sylvia onde era seu quarto.

O quarto dela, pegado à saleta principal, era grande o bastante para uma cama estreita de ferro, uma mesinha, duas cadeiras de espaldar reto e algumas prateleiras para livros. Nas paredes, havia pregos e cabides para as roupas. Uma cômoda pequena, do tipo que os hotéis costumavam ter, acabara indo parar ali. Acima da cama, um crucifixo modesto. As paredes eram de tijolo, o chão era de tijolo, e o forro era feito de tábuas estreitinhas. Rebecca disse que iria lhe trazer um chá e saiu. Sylvia afundou numa cadeira, tomada por um sentimento que não sabia como identificar. Sim, novas impressões: sim, já esperava por elas, sabia que se sentiria estrangeira, deslocada. Mas o que seria aquilo? — estava sendo varrida por ondas de um vazio amargo, e quando olhou para o crucifixo, para se situar, sentiu apenas que o próprio Cristo devia estar surpreso de Se ver ali. Mas seguramente ela — Sylvia — não estava surpresa de encontrar Cristo num lugar de tamanha pobreza? O que seria, então? Do lado de fora, os pombos arrulhavam, e as galinhas prosseguiam cacarejando. Eu sou apenas uma menina mimada, Sylvia disse com seus botões — a expressão vindo à tona de algum lugar lá longe, da infância. A catedral de Westminster — sim; um barracão de tijolos, pelo visto, não. A poeira soprava pela janela. A se julgar pelo que vira pelo lado de fora, a casa não poderia ter mais que três ou quatro quartos. Onde ficaria o quarto do padre McGuire? Onde Rebecca dormia? Não estava entendendo nada e, quando a moça lhe trouxe o chá, falou que estava com dor de cabeça e que iria se deitar um pouco.

"Claro, doutora, a senhora se deita que daqui a pouco vai se sentir bem", disse Rebecca, com uma alegria reconhecidamente cristã: os filhos de Deus sorriem e estão prontos para tudo. (Como a Geração das Flores.) Rebecca estava fechando as cortinas de riscado, do mesmo tecido preto e branco usado para forrar colchões e que, em certos círculos londrinos, essa era a suspeita de Sylvia, teria sido considerado a última palavra em decoração. "Eu venho chamar para o almoço."

Almoço. Para Sylvia, parecia já ser noite, o dia durara tanto. Eram apenas onze da manhã.

Deitou-se, a mão tapando a vista, viu a luz definindo os dedos magros, adormeceu e foi acordada por Rebecca meia hora mais tarde, com mais chá e um recado do padre McGuire, pedindo desculpas por ter ficado retido na escola, dizendo que iria vê-la no almoço e que ela descansasse até o dia seguinte.

Tendo transmitido o conselho, Rebecca comentou que o paciente vindo da fazenda dos Pynes estava esperando para ver a médica, e que havia outros e que talvez a doutora pudesse... Sylvia estava vestindo um avental branco, ação que Rebecca deu a impressão de apenas observar, mas de tal forma que levou Sylvia a perguntar: "Então o que devo vestir?". Na hora Rebecca disse que o avental não ficaria branco por muito tempo e que talvez a doutora tivesse um vestido velho para usar.

Sylvia não tinha vestidos. Estava com seu jeans mais velho, usado na viagem. Prendeu o cabelo numa echarpe, o que a deixou parecida com Rebecca e seu lenço. Desceu pela trilha indicada pela moça, que voltou para a cozinha. Ao longo do caminho ressequido, cresciam hibiscos, oleandros e plumbagos, todos cobertos de pó, mas com ar de estarem no lugar certo, debaixo do calor seco e sob um sol esplendoroso num céu que não tinha nem uma nuvem sequer. O caminho desceu por uma ladeira rochosa até que, na frente dela, surgiram alguns telhados de palha apoiados em estacas enfiadas na terra avermelhada e um barracão com a porta entreaberta. De lá de dentro saiu uma galinha. Outras se deitavam de lado, debaixo dos arbustos, ofegantes, bicos abertos. Os dois rapazes que viajaram no banco traseiro do jipe estavam sob uma árvore grande. Um deles levantou e disse: "Meu amigo está doente. Está muito doente".

Sylvia já tinha reparado. "Onde fica o hospital?"

"Aqui é o hospital."

Só então Sylvia notou que em volta das árvores, ou moitas, ou debaixo dos abrigos de palha, havia gente deitada. Alguns aleijados.

"Muito tempo, sem médico", disse o rapaz. "E agora temos médico de novo."

"O que houve com o outro médico?"

"Andava bebendo muito, muito. E então o padre McGuire falou que ele precisava ir embora. E nós ficamos esperando pela senhora, doutora."

Sylvia procurava os instrumentos, remédios — as ferramentas de seu ofício — e foi até o barracão. De fato, lá estavam três prateleiras e, sobre elas, um frasco bem grande de aspirinas — vazio. Vários vidros com comprimidos para a malária — vazios. Uma bisnaga grande de pomada — sem rótulo e vazia. Havia também um estetoscópio pendurado num prego, atrás da porta. Quebrado. O amigo do rapaz doente continuava a seu lado, sorrindo. "Todos os remédios acabaram", ele disse.

"Como você se chama?"

"Aaron."

"Você não é da fazenda dos Pynes?"

"Não, eu moro aqui. Fui ficar com o meu amigo, quando soubemos que vinha um carro para cá."

"E como foi que chegou até lá?"

"Andando."

"Mas — é meio longe, não é?"

"Não, não muito longe."

Sylvia voltou com ele até o jovem doente, que até então estivera largado e sem vida, mas no momento tremia violentamente. Ela não precisou de um estetoscópio para diagnosticar o problema. "Ele está tomando algum remédio? — é malária", ela disse.

"Estava, era do senhor Pyne, mas agora acabou."

"Em primeiro lugar, ele devia estar tomando muito líquido."

No barracão, Sylvia achou três garrafões de plástico com água, mas o cheiro era de água velha. Mandou que Aaron levasse um pouco de água para o doente. Mas não havia uma xícara, um caneco, um copo — nada.

"Depois que o outro médico foi embora, eu receio que tenham andado roubando."

"Entendo."

"Pois é, eu receio que a situação seja essa."

Sylvia entendeu que estava ouvindo o "eu receio" do rapaz como deveria ter soado muito tempo antes, quando recém-fabricado. Ele o empregava como um pedido de desculpas. Bem antes, quando eles diziam "eu receio", será que esperavam um tapa ou um pito?

Que sorte ter levado um estetoscópio novo e alguns remédios básicos. "Esta porta tem tranca?"

"Eu receio não saber." Aaron fez menção de procurar em volta, como se a fechadura pudesse ser achada na poeira. "E tem sim, aqui está", exclamou ele, encontrando-a enfiada na palha do barracão.

"E a chave?"

Ele procurou outra vez, mas era pedir demais encontrar a chave.

Ela não iria deixar seu pequeno estoque num barracão sem chave. Enquanto pensava, indecisa, que não estava entendendo nada ao seu redor, que precisava de uma chave, e sobretudo de um barracão, Aaron disse: "E olhe, doutora, eu receio que as coisas não andem nada boas por aqui — veja". Empurrou os tijolos da parede dos fundos do barracão e eles caíram. Uma parte deles estava sem argamassa, possibilitando um belo buraco: qualquer pessoa poderia entrar por ali.

Sylvia fez uma ronda rápida pelos pacientes, deitados aqui e ali, mas às vezes era difícil distingui-los dos amigos ou parentes que os acompanhavam. Um ombro luxado. Ela o endireitou ali mesmo, disse ao rapaz para ficar descansando, não usá-lo por uns tempos, mas ele saiu mancando rumo ao mato. Alguns cortes — infeccionados. Mais alguns casos de malária, ou ao menos foi o que achou. Uma perna inchada feito uma almofada, a pele parecendo prestes a explodir. Voltou para o quarto, regressou com uma lanceta, sabonete, atadura, uma bacia emprestada de Rebecca e, agachada, lancetou a perna, da qual saiu uma quantidade enorme de pus, que encharcou a terra, produzindo, sem dúvida, uma nova e ótima fonte de infecção. A paciente gemia de gratidão; uma mulher jovem, com dois filhos sentados no colo, um deles mamando no seio, ainda que parecesse ter no mínimo quatro anos de idade, o outro pendurado no pescoço. Rebecca envolveu a perna na atadura, na esperança de mantê-la em parte livre do pó, disse para a mulher não trabalhar demais, embora o conselho provavelmente fosse um absurdo, e examinou uma grávida, perto de dar à luz. O bebê estava na posição errada.

Recolheu seus instrumentos, a bacia, e disse que precisava falar com o padre McGuire. Perguntou a Aaron o que ele e o doente de malária planejavam comer. Ele respondeu que talvez Rebecca fosse bondosa com eles e lhes desse um pouco de polenta.

Sylvia encontrou o padre McGuire à mesa, na saleta da frente, almoçando. Era um homem corpulento, numa batina surrada, com uma generosa cabeleira branca, olhos castanhos bondosos e uma atitude acolhedora e jovial.

Ele a incentivou a partilhar com ele de um pouco de arenque em lata — levado por ela, e Sylvia aceitou; em seguida, incentivada de novo, comeu uma laranja.

Rebecca vigiava tudo de pé e falou que estavam dizendo no hospital que Sylvia não podia ser médica, era muito pequena e magrinha.

"Devo mostrar a eles meu diploma?"

"Eu vou mostrar é o peso da minha mão", disse o padre McGuire. "Que impertinência é essa, agora?"

"Eu preciso de um barracão com tranca", disse Sylvia. "Não posso ficar carregando tudo para baixo e para cima várias vezes ao dia."

"Vou dizer para o pedreiro consertar o buraco."

"E uma fechadura? Uma chave?"

"Isso já não é tão fácil assim. Vou ter que ver se temos alguma. Posso pedir ao Aaron que vá até os Pynes e peça uma fechadura e uma chave para eles."

O padre acendeu um cigarro e ofereceu outro a Sylvia. Ela tinha fumado pouquíssimo na vida, raras vezes mesmo, mas se sentiu grata em aceitá-lo.

"Ah, sim", ele disse. "Você teve um dia longo. É sempre a mesma coisa, no primeiro dia longe de casa. Nosso dia começa às cinco e meia e termina — ao menos o meu — às nove. E você estará pronta para ir para a cama, a essa altura, não obstante o que possa estar pensando agora, com seus modos londrinos."

"Estou pronta agora."

"E também deve tirar uma soneca, como eu vou fazer já, já."

"Mas e aquelas pessoas todas lá embaixo? Será que posso pegar ao menos um caneco, para lhes dar água?"

"Pode. Pelo menos isso nós podemos fazer. Nós temos uns canecos."

Sylvia dormiu meia hora e foi acordada por Rebecca com um chá. Teria Rebecca dormido também? Ela sorriu, quando Sylvia perguntou. Aaron e seu amigo tinham comido alguma coisa? A doutora Sylvia não deve se preocupar com eles, disse a moça sorrindo.

Sylvia desceu de volta para o aglomerado de barracões, abrigos e árvores frondosas onde os doentes aguardavam. O número de doentes aumentara, depois da notícia de que chegara um médico. Havia um bom número de aleijados, sem uma perna ou um braço, velhas feridas que nunca foram desinfetadas ou suturadas de forma adequada. Eram os mutilados de uma guerra que afinal acabara fazia pouco tempo. Sylvia achava que haviam rastejado até o "hospital" porque ali, ao menos, sua condição ficaria validada, definida. Eram mutilados de guerra e tinham direito a pílulas — analgésicos, aspirinas, pomadas, qualquer coisa, esses rapazes tão jovens, alguns deles pouco mais que meninos, eles eram os heróis da guerra e tinham direito a alguma prerrogativa. Mas eram tão poucas pílulas que Sylvia estava sendo parcimoniosa. De modo que ganharam canecos de água e perguntas compassivas. "Como foi que perdeu a perna?" "A bomba explodiu quando eu sentei." "Eu sinto muito, foi falta de sorte." "É, foi muita falta de sorte demais." "E o que houve com seu pé?" "Uma pedra rolou do morro, caiu numa mina e eu estava ali ao lado." "Eu sinto muito. Deve ter doído um bocado." "Doeu, e eu berrei, e meus companheiros me fizeram calar a boca, porque o inimigo estava por perto."

No final da tarde, quando o sol estava baixo e amarelo, apareceu um homem muito alto, muito magro, corcunda, de cara fechada, que disse se chamar Joshua e que seu trabalho seria ajudá-la.

"Você é enfermeiro? Estudou enfermagem?"

"Não, não estudei. Mas trabalho aqui o tempo todo."

"Então por onde andava, antes?", Sylvia indagou, querendo uma informação, sem intenção de censura.

Mas ele disse, com propósitos insolentes, de uma insolência formal, igualzinho às palavras *O diabo que a carregue*: "E por que eu haveria de estar aqui, se não havia nenhum médico?".

Ele estava intoxicado com alguma coisa. Não, não era álcool — então o quê? Sim, ela sentiu cheiro de maconha.

"O que andou fumando?" "*Dagga*." "E dá por aqui?" "Dá, ela nasce em toda parte." "Se você vai trabalhar comigo, não pode ficar fumando *dagga*."

Oscilando de um pé a outro, os braços balançando, ele grunhiu: "Eu não esperava ter que trabalhar hoje".

"Quando o outro médico foi embora?" "Muito tempo atrás. Um ano, já." "O que fazem os doentes quando chove?" "Se não tem lugar para eles debaixo dos abrigos, eles se molham. Eles são negros, isso basta para eles." "Mas vocês têm um governo de negros, agora, de modo que as coisas vão mudar."

"É", ele disse, ou rosnou. "É, agora tudo vai mudar, e nós também vamos ter as boas coisas."

"Joshua", ela comentou, sorrindo, "se vamos trabalhar juntos, então acho melhor a gente tentar se dar bem também."

E então surgiu uma espécie de sorriso. "Pois é, seria bom se nós — nos déssemos bem."

"Presumo que você não se dava muito bem com o médico que saiu. Por falar nisso, esse médico era branco ou negro?"

"Era um médico negro. Bem, talvez não fosse médico de verdade. Mas bebia um bocado. Ele era um *skellum*." "Um o quê?" "Um homem mau. Não como a senhora." "Eu espero ao menos não beber demais." "Eu também, doutora." "Meu nome é Sylvia." "Doutora Sylvia."

Ele continuava encurvado, oscilante, e o rosto se imobilizara numa carranca. Era como se tivesse decidido: Agora preciso demonstrar meu antagonismo.

"A doutora Sylvia vai subir para a casa do padre McGuire", disse ela. "Ele me disse para estar lá antes do escurecer, para o jantar."

"E eu espero que a doutora Sylvia faça bom proveito de seu jantar." E lá se foi ele por uma trilha no mato, rindo. Depois ela o ouviu cantar. Era uma canção inflamada; era a música revolucionária da época da guerra, ofensiva a todos os brancos.

O padre McGuire estava à mesa, tomando suco de laranja, uma lamparina a querosene chiando do lado. Havia um copo esperando por ela.

"Nós temos eletricidade, mas estamos sem força", ele disse.

Rebecca apareceu com uma bandeja e a informação de que Aaron mandava dizer que ficaria com o amigo durante a noite, lá no hospital.

"Por quê, ele mora aqui?"

O padre, sem olhar para ela, disse que Aaron tinha família na aldeia, mas que passaria a dormir ali na casa.

As fisionomias de Rebecca e do padre indicavam que havia ali uma situação com a qual estavam ambos constrangidos, de modo que Sylvia fez perguntas. Era uma coisa absurda, disse o padre, uma coisa ridícula, e só lhe restava pedir desculpas, mas o rapaz passaria a morar na casa em nome das aparências. Sylvia não entendeu. O padre dava mostras de impaciência, até mesmo de estar ofendido diante da obrigação de ser explícito. "Não é considerado conveniente", ele disse, "que um padre tenha uma mulher vivendo na mesma casa."

"O *quê?*", disse Sylvia. Ela estava brava, tanto quanto o padre.

Rebecca comentou que as pessoas gostavam de falar e que era de esperar esse tipo de coisa.

Sylvia rebateu, com voz amarga e empertigada, dizendo que as pessoas tinham uma mente suja, e o padre McGuire concordou calmamente que sim, que era fato.

Após uma pausa, prosseguiu contando que houvera até sugestões de que ela fosse morar com as freiras, no alto do morro.

"Que freiras?"

"Temos nossas boas irmãs instaladas numa casa, no alto do morro. Mas, como você não é freira, achei que iria preferir ficar aqui."

Havia muita coisa que não estava sendo dita. Sylvia continuou olhando do padre para Rebecca e de Rebecca para o padre.

"Nossas boas irmãs deveriam ajudar nos trabalhos do hospital, mas nem todos são talhados para o trabalho sujo de enfermagem."

"Elas são enfermeiras?"

"Eu não diria que são. Fizeram curso de enfermagem básica. Mas sugiro que deixe a cargo delas a tarefa de lavar ataduras, curativos e roupas de cama. E então isso significa que não vai ter estoques de curativos descartáveis? Exato. Você deve dar instruções ao Joshua sobre o que deve ser lavado na casa das irmãs diariamente. E eu vou instruí-las a fazer o trabalho como um serviço prestado a Deus."

"O Joshua não vai gostar nada disso, padre", disse Rebecca.

"E você também não iria gostar nem um pouco, Rebecca, de modo que estamos com um problema."

"É tarefa do Joshua, não minha."

"Pois eis aí uma pequena dificuldade para você resolver, Sylvia, e eu vou aguardar com interesse, para ver como se sai."

O padre se levantou da mesa e foi para a cama, e Rebecca, sem olhar para Sylvia, deu boa-noite e saiu.

Passara-se um mês. O buraco no barracão estava consertado e havia fechadura e chave. Em volta de dois dos abrigos de palha fora feita uma vedação com aniagem, o mesmo pano grosseiro usado para ensacar fumo, que podia ser ajustada para evitar vento e poeira, ainda que não a chuva. Uma nova palhoça fora construída, com paredes e telhado de palha, um barracão grande, com buracos recortados nas paredes para deixar entrar luz. Lá dentro era fresco e arejado. O chão era de terra batida. Ali, os muito doentes podiam se abrigar. Sylvia tinha curado velhos casos de surdez, causada por nada mais sério do que o acúmulo de cera. Tinha curado cataratas. Conseguira alguns remédios em Senga e podia fazer alguma coisa nos casos de malária, mas eram quase todos doentes antigos. Engessou pernas e braços, cauterizou e suturou feridas, distribuiu remédios para dores de garganta e tosse, às vezes fazendo uso, quando acabavam as drogas, de receitas caseiras lembradas pelo padre McGuire do seu tempo na Irlanda. Possuía uma maternidade e fazia partos. Tudo isso era bastante satisfatório, mas ela vivia permanentemente frustrada por não ser cirurgiã. Precisaria ser. Os casos mais sérios e urgentes podiam ser transferidos para o hospital, a trinta quilômetros dali, mas às vezes a demora era prejudicial, quando não fatal. Deveria estar apta a fazer cesáreas e operar apêndices, amputar mãos, abrir algum joelho fraturado. Havia uma região de penumbra onde era difícil dizer se estava do lado certo da lei ou não: às vezes cortava um braço para chegar até uma ulceração, abria uma ferida supurada para limpá-la, usando instrumentos cirúrgicos. Se ao menos tivesse imaginado o quanto iria precisar das aptidões de um cirurgião, na época em que cursava uma série de matérias que agora não lhe serviam para nada...

Mas Sylvia também exercia um tipo de atividade que não costuma aparecer no consultório de médicos europeus. Visitara aldeias vizinhas para examinar os suprimentos de água e encontrara rios sujos e poços poluídos. A água começava a ficar escassa nessa época do ano, e muitas vezes só restavam poças estagnadas, onde proliferava a esquistossomose. Ensinou as mulheres dos povoados vizinhos a reconhecer algumas doenças e a hora de levar os doentes para o hospital. Mais e mais gente a procurava, porque começara a ser vista um pouco como milagreira, sobretudo devido a ouvidos liberados da cera. Sua fama estava sendo espalhada por Joshua, porque isso ajudava a reputação dele, maculada pela associação anterior com um mau médico. Ele e Sylvia estavam "se dando bem", mas ela ignorava suas acusações, em geral violentas, contra os brancos. Às vezes o interrompia e dizia: "Mas, Joshua, eu não estava aqui, como posso ser culpada?".

"O azar é seu, doutora Sylvia. A senhora é culpada, se eu digo que é. Agora que temos um governo negro, o que eu disser vale. E um dia isto aqui será um ótimo hospital e nós teremos nosso próprio médico negro."

"Assim espero."

"E então poderá voltar para a Inglaterra e curar seus próprios doentes. Vocês têm gente doente na Inglaterra?"

"Claro que temos."

"E gente pobre?"

"Temos."

"Tão pobres quanto nós?"

"Não, nada parecido."

"Isso é porque vocês roubaram tudo de nós."

"Se você diz, Joshua, então é."

"E por que não está no seu país, cuidando dos doentes de lá?"

"Uma excelente pergunta. Muitas vezes me pergunto a mesma coisa."

"Mas não vá ainda. Precisamos da senhora, até termos nossos próprios doutores."

"Mas os médicos de vocês não vão querer vir trabalhar em lugares pobres como este. Eles querem ficar em Senga."

"Mas isto aqui não será um lugar pobre. Isto aqui será um lugar bom e rico, feito a Inglaterra."

O padre McGuire disse a ela: "Agora escute, minha filha, eu vou falar a sério com você, como confessor e conselheiro".

"Sim, padre."

Isso acabou sendo uma guinada meio cômica: ainda que não fosse o caso de dizer que tivesse abandonado o catolicismo, sem dúvida Sylvia estava tendo de redefinir suas crenças. Havia se convertido por causa do padre Jack, um homem magro e austero que se consumia num ascetismo que não caía bem nele. Os olhos do padre Jack acusavam o mundo em volta, e seus movimentos eram sempre de vigilância contra o erro e o pecado. Apaixonara-se por ele e acreditava que o padre não era de todo indiferente a ela. Até o momento, fora o amor de sua vida. Padre Jack representara o sacerdócio, a fé, a religião, e agora ela se via numa casa na selva, ao lado do padre McGuire, um homem idoso, sereno, que amava comida. Seria de imaginar que com uma dieta de mingau, carne, tomate e frutas — quase sempre em conserva, raras vezes frescas — havia pouco espaço para ser um gourmet. Bobagem. O padre berrava com Rebecca quando o mingau não saía no ponto certo, e a carne tinha de ser de um certo jeito, nem malpassada nem muito cozida, e as batatas... Sylvia gostava de Kevin McGuire, ele era um bom homem, como a irmã Molly dissera, mas a verdade é que ela reagira, primeiro, à abstinência apaixonada de um homem muito diferente, depois às glórias da catedral de Westminster e — uma vez — a uma breve viagem a Notre Dame, que ainda a inflamava por dentro, como tudo que mais amava, bem visível na lembrança. Agora, uma vez por semana, no final da tarde de domingo, numa igrejinha feita de tijolos nus, mobiliada com bancos e cadeiras produzidos na região, os moradores do distrito assistiam a uma missa que era rezada na língua local e dançada... as mulheres se levantavam dos bancos e, vigorosamente, dançavam seu credo cantando — de um jeito bonito, é verdade —, e tudo virava uma ocasião barulhenta, uma festa. Sylvia não sabia se algum dia fora uma católica de verdade, e se continuava sendo, ainda que o padre McGuire, em seu papel de mentor, lhe trouxesse alguma tranqüilidade. Perguntava a si própria se teria gostado mais se por acaso a missa naquela pequena capela, onde a poeira entrava sem cerimônia, fosse rezada em latim, e os fiéis se ajoelhassem, levantassem e respondessem ao padre ao jeito antigo. Sim, teria; ela odiava a missa que o padre Kevin McGuire rezava, odiava a dança cheia de carne, a exuberância do canto que era, no fundo, e ela sabia, apenas um afrouxamento nas amarras daquelas pobres vidas limitadas. E sem sombra de dúvida não gostava das freiras em seus hábitos azuis e brancos, feito um bando de colegiais.

O padre lhe disse: "Sylvia, você precisa aprender a não levar as coisas tão a ferro e fogo".

Ela explodiu: "Eu não suporto, padre. Não agüento o que eu vejo. Noventa por cento é desnecessário".

"Sim, eu sei, eu sei. Mas é assim que as coisas são. Verdade. Como são agora. Elas vão mudar, tenho certeza. Sim, não resta dúvida de que vão mudar. Mas, Sylvia, eu vejo em você um pendor para mártir, e isso não é bom. Você iria para o cadafalso com um sorriso, Sylvia? Iria, acredito que iria. Você está se consumindo. E agora vou passar uma receita para você, assim como você faz com essa pobre gente. Precisa comer três refeições decentes por dia. Precisa dormir mais — vejo luz debaixo de sua porta às onze, meia-noite, até mais tarde. E também precisa dar uma volta todo dia, ao entardecer. Ou então fazer uma visita. Pode pegar meu carro para ir ver os Pynes. Eles são boas pessoas."

"Mas eu não tenho nada em comum com eles."

"Mas, Sylvia, quer dizer que eles não são bons o bastante para você? Você sabia que eles resistiram durante a guerra toda dentro daquela casa — sitiados? A casa foi incendiada com eles dentro. São uma gente corajosa."

"Mas lutando pela causa errada."

"Sim, é verdade, sem sombra de dúvida, mas eles não são demônios só porque os novos jornais dizem que é isso que todos os fazendeiros brancos são."

"Vou fazer o possível para melhorar. Eu sei que me envolvo demais."

"Você e Rebecca — vocês são como dois coelhinhos do mato num ano de seca. Mas, no caso dela, são seis filhos e nenhum deles tem o suficiente para comer. Agora, você, você não se alimenta por causa de algum tipo de..."

"Nunca fui de muito comer, padre. Acho que eu não ligo para comida."

"Pena que não possamos distribuir melhor algumas de nossas características. Eu gosto da minha comida, que Deus me perdoe, mas eu gosto.

A vida de Sylvia se transformara num círculo contínuo que ia do quartinho para a mesa na saleta da frente, dali para o hospital, de novo para o quartinho, e assim sucessivamente. Poucas vezes pisara na cozinha, domínio de Rebecca; nunca entrara no quarto do padre McGuire e sabia apenas que Aaron dormia em algum lugar nos fundos da casa. Quando o padre não apareceu e Rebecca disse que ele estava doente — sim, adoecia com freqüência —, Sylvia entrou pela primeira vez no quarto dele. Havia um cheiro forte de suor novo misturado ao antigo, odores azedos de doença. Ele estava apoiado em travesseiros, mas escorregara para o lado, a cabeça bamba nos ombros. Imóvel, mas com o peito arfando. Malária. Essa era a parte quiescente do ciclo.

Janelas pequenas, uma delas quebrada, se abriam para a terra molhada, de onde subia o frescor que iria competir com os maus cheiros. Kevin McGuire estava frio, úmido, com o camisolão de dormir grudado no corpo, o cabelo empastado. Verão ou não, podia pegar um resfriado. Sylvia chamou Rebecca, e as duas o levaram até uma cadeira, uma cadeira de palha que afundou sob o peso do padre. Rebecca disse: "Eu quero trocar os lençóis quando ele adoece, mas ele sempre diz não, me deixe em paz".

"Bem, pois eu vou trocá-los."

A troca foi feita, o paciente devolvido ao leito, e, então, enquanto ele se queixava de dor de cabeça, Sylvia lhe deu um banho. Rebecca desviou a vista, diante da evidência de sua masculinidade, resmungando o tempo inteiro um pedido de desculpas. "Eu sinto muito, padre, sinto muito mesmo."

Um camisolão limpo. Limonada. E começou um novo ciclo, com os calafrios violentos e os suores da malária, ele rangendo os dentes, agarrado às barras de ferro da cabeceira da cama. A sezão, a febre quartã, a febre terçã e a tremedeira de uma doença que, não fazia muito tempo, proliferara nos pântanos londrinos e italianos, que chegava de qualquer parte do mundo onde houvesse terrenos alagadiços, nunca haviam sido presenciadas por Sylvia até então, embora tivesse lido a respeito disso no avião. Desde então, não passava um dia sem que alguém descorado e depauperado desabasse numa esteira debaixo das coberturas de palha, tremendo, com calafrios.

"O senhor está tomando seus comprimidos?", Sylvia gritou — a pessoa fica surda por causa da malária, ou dos comprimidos —, e o padre McGuire disse que sim, mas que, como tinha as sezões três ou quatro vezes por ano, achava que já passara do ponto de poder se beneficiar com eles.

Quando terminou o acesso, estava de novo encharcado, e a cama foi trocada outra vez. Rebecca demonstrou seu cansaço ao levar os lençóis embora. Sylvia perguntou se não haveria uma mulher na aldeia que pudesse ajudá-la a lavar as roupas. Rebecca disse que estavam todas ocupadas. "E as irmãs?", perguntou ao doente. Mas ele disse: "Acho que a Rebecca não vai gostar". Rebecca tinha ciúmes de sua posição e não queria dividi-la. Sylvia já desistira de tentar entender as rivalidades complicadas da missão, de modo que sugeriu Aaron. O padre tentou fazer piada, dizendo que Aaron se tornara intelectual e que não seria possível pedir tais coisas ao rapaz: estava começando os estudos que fariam dele um sacerdote.

Será que Aaron era bom demais para vasculhar no meio e ao redor das árvores e moitas, à procura da larva do mosquito? "Acho que você vai descobrir que sim." "Então por que não as freiras?" Sylvia se conteve para não dizer que elas não pareciam fazer muita coisa, mas o padre McGuire disse que elas seriam incapazes de reconhecer as larvas. "Nossas boas irmãs não são muito versadas em mato."

Os mosquitos depositam os ovos em qualquer água que encontram. As ninfas escuras, tão ativas nessa fase da vida quanto serão quando estiverem à procura de quem devorar, podem estar na dobra de uma folha seca de mamoeiro, ou numa tampa enferrujada de lata de biscoitos debaixo de alguma moita. Um dia antes, Sylvia vira ninfas numa poça minúscula escavada por uma vertente da enxurrada, sob as raízes arqueadas de um pé de milho. O sol já secava tudo, naquela hora, e as ninfas estavam condenadas, por isso não as matou, mas duas horas depois veio um pé-d'água e, se não tivessem sido arrastadas para a terra, onde morreriam, iriam completar triunfantes seu ciclo.

O padre McGuire parecia semiconsciente. Ela sabia que estava pior do que imaginava — mas era doente antigo; logo iria superar o ataque. Como tinha a pele do rosto avermelhada, uma certa palidez subjacente, até mesmo uma amarelidão, não eram facilmente visíveis. Estava anêmico. A malária provoca isso. Devia tomar comprimidos de ferro. Devia tirar umas férias. Devia...

Lá fora, no escuro, formas brancas balouçavam no vento que anunciava a chuva: o grande lote de roupas que Rebecca lavara pouco antes. Sylvia continuou ao lado dele, à espera do acesso seguinte, e olhou em volta do quarto, a atenção desimpedida.

Paredes de tijolos, como as dela, o mesmo forro de tabuinhas, o chão de tijolo. Num canto, uma estátua da Virgem. Nas paredes, a Virgem de novo, representações convencionais inspiradas, ainda que de modo muito remoto, na Renascença italiana, azuis e brancas, olhar voltado para baixo, sem dúvida alguma deslocadas ali no mato, não? Mas, espere, numa banqueta de madeira escura, e da mesma madeira escura, uma Maria nativa, uma jovem mulher cheia de vigor, amamentando um bebê. Assim estava melhor. Pendurado num prego, na parede próxima da cama, onde o padre podia alcançá-lo, um terço de ébano.

Nos anos 60, os tumultos ideológicos que afligiam o mundo assumiram uma forma localizada dentro da Igreja católica, um desassossego borbulhante que tentara destronar a Virgem Maria. A Santa Mãe estava *fora de moda*, e com ela se foram também os terços. Sylvia não tivera uma infância católica, nunca mergulhara os dedos nas pias de água benta, nem desfiara belos rosários entre eles, ou fizera o sinal-da-cruz, tampouco trocara santinhos com outras meninas. ("Eu troco três são Jerônimos por uma Nossa Senhora.") Nunca rezara para a Virgem, só para Jesus. Portanto, ao se converter, não sentiu falta daquilo que não vivera e só aos poucos, ao entrar em contato com padres, freiras e integrantes mais velhos da igreja foi que tomou conhecimento da existência de uma revolução que havia deixado muita gente de luto, sobretudo pela Virgem. (Ela voltaria a ser entronizada, décadas depois.) Nesse meio-tempo, em lugares do mundo aonde não chegava a atenta vigilância contra heresias ou apostasias, padres e freiras mantiveram seus terços e sua água benta, as imagens e os retratos da Virgem, na esperança de que ninguém repararia.

Para alguém como Rebecca, que tinha um santinho de Nossa Senhora colado na viga central de sua choça, esse argumento ideológico teria soado tolo demais para merecer atenção: mas ela nunca ouvira falar dele.

Na parede do quarto, Sylvia pregara, direto no tijolo, uma reprodução da Virgem dos Rochedos, de Leonardo, e de algumas outras Virgens menores. Seria fácil concluir, por aquela parede, que o catolicismo era uma religião que venerava as mulheres. O crucifixo era uma coisa insignificante, em comparação. Rebecca às vezes sentava na beira da cama de Sylvia, as mãos cruzadas, olhando para o Leonardo, suspirando, as lágrimas escorrendo. "Ah, elas são tão lindas." Seria possível até dizer que a Virgem escorregara pelos interstícios do dogma através da Arte. Sylvia não sabia se nutria qualquer apreço especial por Nossa Senhora, no entanto sabia que não conseguiria viver sem as reproduções de seus quadros preferidos. As traças estavam atacando as beiradas dos pôsteres. Precisava pedir a alguém que lhe trouxesse outros.

Adormeceu na cadeira, olhando para a insípida estatueta do padre e se perguntando por que alguém haveria de optar por aquilo, quando podia ter uma estátua *real*, uma imagem real. Nem lhe passaria pela cabeça dizer isso ao padre McGuire, que crescera em Donegal, numa casinha com muitos filhos, e fora direto para a Zimlia, depois da faculdade de teologia. Significaria isso, então, que ele não gostava de Leonardo? O padre passara uns bons momentos parado na porta do quarto de Sylvia, pois Rebecca havia dito: "Padre, padre, venha ver o que a doutora Sylvia trouxe para nós". As mãos cruzadas sobre o ventre, entrelaçadas no terço, subiam e desciam, enquanto ele continuava ali imóvel. "São rostos de anjos", pronunciou por fim, "e o pintor deve ter tido uma visão. Mortal nenhuma tem esse rosto."

Na manhã seguinte, enquanto as roupas de Rebecca secavam de novo, depois do banho da chuva, Sylvia perguntou a Aaron se ele poderia vasculhar o mato, atrás das larvas dos mosquitos, mas ele disse que receava ter de ler os livros que o padre McGuire mandara.

Ela foi a pé até o povoado, encontrou um grupinho de garotos — que deveriam estar na escola — e disse a eles que pagaria para que vasculhassem o mato. "Quanto?" — e ela lhes disse: "Eu dou um tanto e vocês dividem." "Quanto?" No fim, estavam exigindo bicicletas, livros de escola e camisetas novas. Isso porque viam todos os brancos como ricos e com acesso a tudo aquilo que desejavam. Sylvia começou a dar risada, depois riram eles, até que acabaram concordando em aceitar o que ela tinha nas mãos, um maço de dólares da Zimlia, suficientes para umas poucas balas no armazém. E lá se foram eles, rindo, rumo ao mato, numa grande folia: a busca seria inconsistente. Dali caminhou até o hospital, onde encontrou Joshua dando pontos num corte fundo, extenso.

"A senhora não estava, doutora Sylvia."

"Mais cinco minutos e eu estaria aqui."

"E como é que eu podia saber disso?"

Esse era um problema entre os dois. Joshua de fato suturava algumas feridas, e fazia isso bem. Mas começara a tratar de ferimentos que requeriam mais habilidade do que possuía, e Sylvia lhe dissera para parar. Estavam ambos olhando para o rosto do garoto, que fitava o braço onde a agulha deslizava pela carne arrepiada. Era corajoso, mordia os lábios. Joshua terminou de dar o ponto de qualquer jeito — Sylvia pegou a agulha dele e assumiu o controle. Em seguida, foi até o barracão trancado, para verificar os remédios. Ele a seguiu, deixando um rastro de maconha no ar. "Camarada Sylvia, eu quero ser médico. A vida toda, foi o que eu sempre quis."

"Ninguém vai aceitar alguém que consome *dagga* na faculdade."

"Se eu estivesse na faculdade, eu pararia de fumar."

"E quem vai pagar seus estudos?"

"A doutora pode pagar. É, a senhora tem que pagar para mim."

Joshua sabia — assim como todo mundo — que Sylvia pagara as novas construções, que estava pagando os remédios e que pagava inclusive o salário dele. Acreditava-se que por trás dela houvesse um daqueles doadores internacionais, uma organização assistencial. Ela tinha dito a ele que não, que era dinheiro seu, mas Joshua não quis acreditar.

Numa velha bandeja de cozinha, cedida por Rebecca, Sylvia colocou canecos com remédios e montinhos de comprimidos, muitos dos quais vitaminas. Foi com a bandeja até a árvore sob a qual ficava a maioria dos pacientes, deitados ou sentados, e começou a distribuir os canecos, os comprimidos e a água.

"Eu quero ser médico", Joshua repetiu com brusquidão.

"Você sabe quanto custa para formar alguém em medicina?", ela indagou, por cima do ombro. "Escute, mostre ao menino como engolir isto, eu sei que não tem um gosto muito bom."

Joshua falou, o garoto protestou, mas tomou o líquido. Tinha uns doze anos, subnutrido, cheio de vermes de vários tipos.

"Então me diga quanto custa."

"Bem, num cálculo por cima, com tudo incluído, talvez umas cem mil libras."

"Então a senhora paga para mim."

"Eu não tenho esse dinheiro todo."

"Então quem pagou para a senhora? O governo, talvez? Foi a Caring International?"

"Minha avó arcou com as despesas."

"A senhora tem que falar com o nosso governo para me deixar ser médico e dizer para eles que eu vou ser um bom médico."

"E por que o seu governo negro haveria de escutar o que diz esta branca terrível, Joshua?"

"O presidente Matthew disse que nós teríamos educação. E essa é a educação que eu quero. Ele nos prometeu, quando os camaradas ainda estavam lutando no mato, nosso Camarada Presidente prometeu a todos nós que teríamos o secundário, que teríamos treinamento. Então a senhora vai até o presidente e diz para ele fazer o que prometeu."

"Vejo que você confia na promessa dos políticos", Sylvia observou, ajoelhando-se para soerguer uma mulher fragilizada com o parto e que perdera o bebê. Segurou-a, sentindo a pele negra — que deveria ser quente e macia — áspera e gelada.

"Políticos", disse Joshua. "A senhora dá o nome de políticos para eles?"

Sylvia percebeu então que, na mente de Joshua, o Camarada Presidente e o governo negro — o governo dele — estavam num patamar diferente do patamar dos *políticos*, que eram sempre brancos. "Se eu fosse fazer uma lista das promessas que o seu camarada Mungozi fez quando os outros camaradas lutavam, poderíamos dar boas e belas risadas." Com delicadeza, baixou a cabeça da mulher num pedaço de pano dobrado que a separava da terra, enlameada da chuva, e disse: "Esta mulher tem algum parente para lhe dar comida?".

"Não. Mora sozinha. O marido morreu."

"Do que ele morreu?"

A AIDS começava a entrar na consciência geral, e Sylvia desconfiava que algumas das mortes que tinha visto não eram o que pareciam ser.

"Ele ficou cheio de feridas, emagreceu muito e depois morreu."

"Alguém precisa alimentá-la", disse Sylvia.

"Talvez a Rebecca possa trazer um pouco da sopa que está preparando para o padre."

Sylvia permaneceu em silêncio. Esse era o pior problema de todos. Em sua experiência, os hospitais se encarregavam de alimentar os pacientes, mas ali, se não houvesse parentes, não havia comida. E se Rebecca levasse sopa ou qualquer outra coisa da mesa do padre até ali haveria um mal-estar. Isso se ela concordasse em levar a comida: existia uma batalha entre ela e Joshua sobre que tarefas cabiam a cada um. E, pensou Sylvia, a mulher iria morrer. Num hospital decente, com quase toda a certeza viveria. Se a colocassem num carro para levá-la até o hospital a trinta quilômetros de distância, certamente estaria morta antes de chegar. Sylvia possuía em seu estoque um pouco de Complan, que ela não considerava alimento, e sim remédio. Pediu a Joshua que preparasse um pouco para a mulher enquanto pensava: estou desperdiçando um recurso precioso numa mulher moribunda.

"Por quê?", Joshua perguntou. "Ela vai morrer logo."

Sylvia, sem dizer palavra, foi até o barracão, que imprudentemente deixara sem trancar, e encontrou lá dentro uma velha com a mão estendida para uma prateleira, pegando um frasco de remédio. "O que a senhora deseja?"

"Eu quero *muti*, doutora. Eu quero *muti*."

Era a palavra que Sylvia mais escutava. Eu quero remédio. Eu quero *muti*. "Então vá para onde os outros estão esperando para serem examinados."

"Ah, obrigada, obrigada, doutora", disse a velha, rindo baixinho e saindo correndo do barracão, direto para o mato.

"Ela não presta, é uma *skellum*", disse Joshua. "Quer remédio para vender na aldeia."

"Eu não tranquei o dispensário." Era o nome que dava ao barracão, numa zombaria íntima de si mesma.

"Por que a senhora está chorando? Está com dó de mim porque eu não posso ser médico?"

"Também", disse Sylvia.

"Eu sei o que a senhora sabe. Eu olho e aprendo. Talvez eu não precise estudar muito."

Sylvia misturou o Complan e levou a bebida até a mulher, que já passara da fase de necessitar dele: estava quase morta, a respiração se esvaindo em pequenas arfadas.

Joshua virou para o garotinho sentado ao lado da mãe doente e disse: "Volte para a aldeia e diga ao Clever para cavar uma sepultura para esta mulher. A médica paga". A criança saiu correndo. Para Sylvia, ele disse: "Quero que a senhora ensine meu filho Clever, que ensine tudo, ele pode aprender aqui".

"*Clever*, de inteligente? É assim que ele se chama?"

"Quando ele nasceu, a mãe disse que o nome dele precisava ser Clever, porque assim ele seria inteligente. E ele é, ela tinha razão."

"Quantos anos ele tem?"

"Seis."

"Ele devia estar na escola."

"De que adianta ir para a escola se não tem professor nem livros onde aprender?"

"O professor será substituído."

"Mas não tem livro na escola." Isso era verdade. Sylvia hesitou, e Joshua voltou ao ataque. "Ele pode vir para cá e aprender o que a senhora sabe. E eu posso ensinar a ele o que eu sei. Nós podemos os dois ser médicos."

"Joshua, você não entende. Eu não uso mais do que uma parte mínima do que eu sei, aqui. Você não percebe? Isto aqui não é um hospital de verdade. Um hospital de verdade tem..." Desesperou-se, virou para o outro lado, sacudindo a cabeça com a enormidade de tudo aquilo, exatamente do mesmo jeito como Joshua teria feito, era um gesto africano; em seguida agachou, pegou um graveto e começou a desenhar um edifício na terra macia de umidade. O que Julia diria se pudesse me ver agora? perguntava a si mesma. Estava agachada, os joelhos separados, em frente a Joshua, que também se pusera de cócoras, mas com leveza e agilidade nos músculos da coxa, ao passo que ela tinha de se equilibrar com uma das mãos no chão. Com a outra, desenhou um prédio de vários andares, olhou para Joshua e disse: "Um hospital é assim. E tem aparelhos para tirar radiografia — você sabe o que é um raio-x? Um hospital tem...". Pensava no hospital onde fizera residência enquanto olhava para os telhados de palha por cima de enxergas, para o dispensário rústico, para o barracão onde as mulheres davam à luz sobre esteiras. Chorou de novo.

"A senhora está chorando porque este é um mau hospital, mas devia ser eu, eu é que devia estar chorando."

"Tem razão."

"E precisa dizer para o meu filho vir para cá."

"Mas ele tem que ir para a escola. Ele não pode ser médico, nem mesmo enfermeiro, sem passar nos exames."

"Eu não posso pagar escola para ele."

Sylvia pagava as despesas escolares de quatro filhos de Joshua, e de mais três de Rebecca. McGuire pagava as dos outros dois de Rebecca, mas não ganhava grande coisa, como padre.

"Mas eu já não estou pagando os estudos dele?"

"Não. A senhora ainda não está pagando para ele estudar."

Em teoria, as escolas eram gratuitas. E tinham sido, no início. Por todo o país, e diante da promessa de educação para os filhos, os pais ajudaram a erguer os prédios, deram de graça a mão-de-obra e a mais profunda dedicação para construir escolas onde não havia nenhuma. Mas depois vieram as taxas e a cada semestre elas aumentavam.

"Espero que você não vá ter mais nenhum filho, Joshua. É tolice."

"Nós sabemos que é uma artimanha dos brancos, impedir a gente de ter filhos, assim nós ficamos fracos e vocês podem fazer o que quiserem."

"Isso é tão ridículo! Por que acredita nessas bobagens, Joshua?"

"Acredito no que vejo com meus próprios olhos."

"Da mesma forma como você vê como sendo coisa dos brancos querer matar vocês com AIDS" — eles chamavam de *Slim*, ou "Finura". "Ele está com 'Finura'", as pessoas diziam; ele, ela, está com a doença que faz perder peso. Joshua absorvera tudo o que Sylvia sabia a respeito da AIDS e seguramente estava mais bem informado que os integrantes do governo, que continuavam negando a existência da doença. Por outro lado, Joshua tinha certeza de que a AIDS fora introduzida de propósito na África pelos brancos, por algum laboratório nos Estados Unidos, uma doença criada para enfraquecer os africanos.

Bem antes da Libertação, o hotel Selous em Senga fora multirracial e, em troca, só recebera calúnias; no momento era um lugar confortável, antiquado, usado com freqüência para reuniões sentimentais de gente que, sob o regime branco, fora detida — brancos presos por brancos —, banida, proibida ou simplesmente perseguida e atormentada. Continuava sendo um dos melhores hotéis da cidade, mas os novos, de padrão internacional, já se alçavam para o céu qual flechas apontadas para o futuro — um comentário do presidente Matthew muito citado em panfletos promocionais.

Naquela noite, uma mesa de cerca de vinte pessoas se destacava das demais no restaurante do hotel, onde hóspedes de menor calibre diziam uns aos outros: "Olha lá, a Global Money". "E ali o pessoal da Caring International." Numa das cabeceiras estava Cyrus B. Johnson, chefe da seção da Global Money que lidava com aquele Oliver Twist que era a África, um homem de cabelos prateados, muitíssimo bem-cuidado, acostumado a mandar. De um lado, tinha a companhia de Andrew Lennox, e, do outro, de Geoffrey Bone, Global Money e Caring International, respectivamente. Geoffrey se tornara especialista em África havia vários anos. Seus esforços tinham levado centenas de tratores de última geração a apodrecer de ferrugem num igual número de fazendas de uma ex-colônia ao norte, para onde haviam sido doados: faltavam peças de reposição, mecânicos e combustível, sem falar na concordância da população local, que teria preferido algo menos grandioso. Geoffrey também incentivara a cultura do café em regiões da Zimlia onde as plantações fracassaram redondamente. No Quênia, desembolsara milhões de libras sugadas no mesmo instante por bolsos gananciosos. E no momento distribuía mais alguns milhões ali na Zimlia, onde o dinheiro ia pelo mesmo caminho. Esses erros não afetaram em nada sua carreira, como talvez tivesse ocorrido em tempos menos sofisticados. Ele era vice-diretor da Caring International, em contato constante com a Global Money. A seu lado, estava seu sempre fiel seguidor, Daniel, cuja cabeleira ruiva continuava sendo o mesmo farolete de antes: Daniel fora recompensado por décadas de devoção com o excelente emprego de secretário de Geoffrey. James Patton, deputado trabalhista eleito por Shortlands, nos condados centrais da Inglaterra, fazia uma viagem investigativa pela Zimlia, no fundo apenas porque o camarada Mo, em visita a Londres, cruzara com ele na casa de Johnny e dissera: "Por que não vai nos visitar?". O que não significava que o camarada Mo tivesse se tornado cidadão da Zimlia, ou de qualquer outro país africano. Mas conhecia o camarada Matthew — claro, assim como parecia conhecer todo e qualquer novo presidente —, e, quando passava pela casa de Johnny, distribuía convites como que para uma África genérica, uma vasta florescência benevolente, de braços sempre abertos. Geoffrey atingira tamanha proeminência graças ao camarada Mo e seus contatos; e, também graças a um comentário dirigido a alguém no alto escalão — o camarada Mo comentara que Andrew Lennox era um advogado inteligente e de futuro, um velho conhecido "desde criança" —, a Global Money saíra atrás de Andrew e o tirara de uma organização rival. Outras pessoas em volta da mesa, entre as quais o próprio Mo, eram freqüentadoras assíduas da casa de Johnny: a ajuda internacional era a legítima herdeira espiritual dos camaradas. Na outra ponta da mesa, na cabeceira oposta à de Cyrus B. — como era afetuosamente chamado por meio mundo —, estava o camarada Franklin Tichafa, ministro da Saúde, um enorme homem público com uma ampla barriga e dois ou três queixos sobressalentes, sempre sorridente, mas cujo olhar, nos últimos tempos, adquirira a tendência de fugir às perguntas. Ele e Cyrus B. estavam mais esplendorosamente bem-vestidos do que os demais, mas a auto-satisfação era geral. Essa gente e mais uma variedade de representantes de outras organizações assistenciais, espalhados em outros hotéis, tinham passado alguns dias rodando pela Zimlia, haviam pernoitado em cidades com hotéis aceitáveis e visitado belos lugares e parques de caça famosos. Durante almoços, jantares e viagens de ônibus — onde as decisões que afetam as nações são de fato tomadas —, todos haviam concordado que a Zimlia precisava de um rápido desenvolvimento da indústria secundária já estabelecida, ainda que apenas em embrião em certos casos, e também que existiam alguns problemas com o presidente Matthew, que, aferrado à fase marxista, atrapalhava um pouco as tentativas de transformar a Zimlia num país moderno; um bocado de gente realizava manobras e se colocava em posições propícias para se beneficiar com a boa maré.

No dia seguinte seria a Celebração dos Heróis da Libertação, e o camarada Franklin queria comparecimento maciço. "Nosso Camarada Presidente ficará muito feliz", ele disse. "Vou providenciar para que tenham bons lugares."

"Estou com vôo marcado para Moçambique amanhã de manhã", disse Cyrus B.

"Cancele! Eu consigo um bom lugar para você no vôo, depois de amanhã."

"Desculpe. Tenho um encontro com o presidente."

"*Você* não vai recusar", Franklin ordenou a Andrew, a voz ríspida por causa de algum contratempo do qual não conseguia se lembrar exatamente.

"Vou ser obrigado. Estou indo visitar a Sylvia — lembra da Sylvia?"

Franklin se calou. Os olhos escapuliram. "Acho que me lembro. Sim, parece que estou me lembrando de que era uma espécie de parente."

"E ela está trabalhando como médica em Kwadere. Espero ter pronunciado certo."

Franklin sorriu. "Kwadere? Eu não sabia que já tínhamos um hospital lá. Não é uma parte muito desenvolvida da Zimlia."

"O fato é que estou indo vê-la e não poderei comparecer a sua maravilhosa cerimônia."

Algo de taciturno empanou a centelha de Franklin, e ele silenciou por alguns momentos, sobrancelhas franzidas. Depois se livrou daquilo e exclamou: "Mas estou certo de que nosso bom amigo Geoffrey estará presente".

Geoffrey se tornara um belo homem, cheio de firmeza, que continuava atraindo olhares como quando era rapaz e cujos milhões disponíveis para distribuição lhe davam um polimento prateado quase visível, o brilho da auto-aprovação. "Certamente estarei lá, ministro, não perderia a ocasião por nada."

"Mas um amigo tão antigo não deve me chamar de ministro", disse Franklin, dispensando Geoffrey da formalidade com um sorriso.

"Obrigado", disse Geoffrey, com uma ligeira mesura. "Então que tal ministro Franklin."

Franklin riu; uma risada satisfeita, sonora. "E antes que se vá, Geoffrey, quero que dê um pulo no meu gabinete, para eu lhe mostrar um pouco das coisas."

"Estava contando ser convidado para conhecer sua esposa e seus filhos. Me disseram que tem seis filhos."

"Exato, seis, e logo serão sete. Filhos e problemas financeiros", disse Franklin, olhando bem para Geoffrey. Mas não o convidou para visitar sua casa.

Risadas, risadas compreensivas. Era preciso mais vinho. Porém Cyrus B. disse que era um homem de idade que carecia de sono e se levantou, comentando que esperava vê-los na conferência das Bermudas, no mês seguinte.

"Acho que nossa velha amiga Rose Trimble se saiu muito bem", disse Franklin. "Nosso Presidente gosta muito do trabalho dela."

"Sem dúvida alguma ela está se saindo muito bem", disse Andrew, com um sorriso delicioso que Franklin não interpretou corretamente.

"E vocês são tão amigos!", ele exclamou. "É tão bom ouvir isso. Quando você a vir, por favor, dê muitas lembranças de minha parte."

"Quando eu a vir, farei isso", respondeu Andrew, mais agradavelmente ainda.

"Quer dizer então que podemos esperar para breve uma ajuda generosa", continuou Franklin, que estava um tanto bêbado. "Ajuda generosa, bem generosa, para nosso pobre país explorado."

Foi então que o camarada Mo, que ainda não contribuíra com nada, disse: "Na minha opinião, não deveria haver ajuda nenhuma. A África devia se pôr de pé sozinha".

Teria sido preferível que tivesse atirado uma bomba sobre a mesa. Piscando muito, os dentes à mostra num sorriso desconcertado, o camarada Mo resistia aos olhares de surpresa. Junto com seus contemporâneos, fizera vistas grossas ou aplaudira toda e qualquer notícia da União Soviética; com um número menor de camaradas, comemorara cada novo massacre na China; e, com um número ainda menor deles, arruinara a agricultura de seu país, obrigando camponeses infelizes a formar fazendas coletivas, enquanto os valentões do Estado surravam e perseguiam os que resistiam. Pouquíssimas das Causas por ele promovidas ou incentivadas tinham dado em alguma coisa a não ser escândalo, mas ali, naquele momento, naquela mesa, diante daquele grupo, o que dizia era de fato inspirado, era a verdade, e, por tê-lo dito, seguramente deveria ser perdoado por todo o restante.

"Isso não nos fará bem nenhum", ele disse. "Não a longo prazo. Vocês sabiam que a Zimlia, na época da Libertação, se achava no mesmo nível da França, pouco antes da Revolução?"

Risos, risos de desafogo. Sobretudo porque a França e a Revolução haviam sido invocadas, estavam em terreno seguro de novo.

"A Revolução se deveu às más colheitas, ao mau tempo — a França era basicamente próspera. E este país também — ou era até que algumas políticas talvez um tanto infelizes fossem adotadas."

Fez-se um silêncio que beirava o pânico.

"O que você quer dizer com isso?", perguntou Daniel, irado e ofendido, o rosto chamejando debaixo dos cabelos vermelhos. "Está me dizendo que o país era melhor com os brancos no poder?"

"Não", disse Mo. "Eu não disse isso. Quando foi que eu falei uma coisa dessas?" A voz saiu pastosa: com alívio, os demais repararam que estava um tanto embriagado. "O que eu estou dizendo é que este é o país mais desenvolvido da África, fora a África do Sul."

"E daí, o que está dizendo, exatamente?", exigiu saber o ministro Franklin, educado, mas mal disfarçando a raiva.

"Estou dizendo que vocês deveriam construir sobre seus próprios e sólidos alicerces, que deveriam se pôr em pé sozinhos. Caso contrário, a Global Money, a Caring International, essa e aquela Fundação — à exceção dos presentes", continuou ele, apesar da gafe e erguendo a taça num brinde circular, "daqui a pouco estarão dizendo a vocês o que fazer e o que não fazer. Além do mais, o país não está uma calamidade, como outros que poderíamos mencionar. Vocês têm uma economia sólida e uma boa infra-estrutura."

"Se eu não o conhecesse tão bem", retrucou o camarada ministro Franklin, olhando nervosamente em volta, para ver se alguém ouvira a conversa perigosa, "eu diria que você está a soldo da África do Sul. Que você é um agente de nosso vizinho gigante."

"Certo", disse o camarada Mo. "Mas não chame a polícia ainda." Alguns jornalistas tinham sido detidos e presos por sustentar a opinião errada, poucos dias antes. "Estou entre amigos. Disse o que penso. Estou dizendo o que penso. Mais nada."

Silêncio. Geoffrey espiava o relógio. Obediente, Daniel olhou para ele. Várias pessoas se levantaram, sem se voltar para o camarada Mo, que continuou sentado, em parte devido à teimosia, em parte porque teria problemas para andar em linha reta.

"Poderíamos conversar sobre o assunto?", perguntou a Franklin. Falava de modo espontâneo, com intimidade: afinal, não eram amigos havia anos, não tinham discutido a África aos brados, ainda que de forma amistosa, sempre que se encontravam?

"Não", disse o camarada Franklin. "Não, camarada, acho que não vou dizer mais nenhuma palavra sobre esse assunto." Levantou-se. Dois negros até então calados, sentados numa mesa vizinha, levantaram-se também; deviam ser assistentes ou guarda-costas do ministro. Ele fez a saudação do punho cerrado, ao nível do ombro, para Geoffrey e Daniel, e para vários outros representantes da generosidade internacional, e partiu, com um brutamontes de cada lado.

"Eu vou me deitar", disse Andrew. "Levanto cedo amanhã."

"Eu acho que o camarada Franklin se esqueceu de que prometeu nos arranjar lugar para as comemorações de amanhã", disse Geoffrey, enfezado. A intenção era criticar o camarada Mo.

"Vou providenciar isso", disse o camarada Mo. "É só mencionar meu nome. Vou reservar lugar para vocês na seção VIP."

"Mas eu também quero um lugar", interveio o deputado James.

"Ah, não se preocupe." O camarada Mo movimentou as mãos em volta da mesa, como se distribuísse riquezas, convites, bilhetes. "Não perca seu sono com isso. Vai ter, pode ficar sossegado." Seu momento de verdade passara, derrotado por aquele demônio — a *pressão dos pares*.

Na manhã em que Andrew era esperado, houve problemas no hospital. Quando Sylvia desceu a trilha entre as moitas novamente cobertas de poeira, viu as galinhas ofegando, bicos escancarados, e dessa vez não era defesa contra o calor. As latas de água estavam secas. As gamelas de comida, vazias. Encontrou Joshua parado e oscilante, de faca na mão, ao lado de uma moça aterrada, agachada no chão, os braços erguidos para afastá-lo. Joshua fedia a maconha. Dava a impressão de que pretendia assassinar a jovem, que tinha um inchaço no braço. Sylvia tomou a faca e disse: "Eu avisei que, se você voltasse a fumar *dagga*, não trabalharia mais aqui. Acabou, Joshua. Você entendeu?". A fisionomia zangada, os olhos congestionados, o corpo forte e ameaçador avultaram diante de Sylvia. "E as galinhas estão morrendo. Estão sem água."

"Isso é trabalho da Rebecca."

"Houve um acordo entre vocês de que isso ficaria a seu cargo."

"É trabalho dela."

"Agora vá, por favor. Vá."

Joshua se afastou até uma árvore a pouco mais de vinte metros, despencou debaixo dela e ali ficou, sentado com o rosto entre os braços. Pouco depois desabou, adormecido ou inconsciente. Clever tinha observado tudo. Acostumara-se a ficar por ali, louco para fazer qualquer servicinho que lhe dessem. E Sylvia então disse: "Clever, você quer por favor alimentar as galinhas e dar um pouco de água para elas?". "Pois não, doutora Sylvia." "Então veja como tem que fazer." "Eu sei como fazer." Ela ficou espiando enquanto o menino buscava água, enchia as latas e jogava o milho. As galinhas correram para as latas de água e beberam a valer, mas uma delas já passara do ponto de poder ser ajudada. Sylvia disse ao menino para levá-la para Rebecca.

Na empresa que alugava veículos, Andrew estava tendo dificuldade para conseguir o tipo de carro a que estava acostumado. Eram todos velhos e davam medo. "Isto é tudo que vocês têm?" Sabia que qualquer carro zero importado ia direto para a nova elite, mas, por outro lado, os turistas estavam sendo incentivados a visitar o país. Para a jovem negra atrás do balcão, ele disse: "Vocês têm que arrumar uns carros melhores, se quiserem atrair os turistas". O rosto dela lhe dizia que concordava em gênero, número e grau, mas que não iria criticar os patrões. Andrew pegou um Volvo arrebentado, perguntou se tinha estepe, foi informado que sim, mas que não estava muito bom, e, como o tempo passava célere, decidiu arriscar. Levava instruções detalhadas, dadas por Sylvia, do tipo pegue a estrada da represa Koodoo, passe pelo desfiladeiro Boi Preto, depois, quando vir uma aldeia grande, vire na estrada de terra que vai para a direita, siga em frente uns oito quilômetros, vire à direita no baobá grande que tem ali, continue mais uns quinze quilômetros e vai ver uma placa indicando a Missão de São Lucas, junto com a placa da fazenda Pyne.

Achou a paisagem imponente, grandiosa porém hostil, seca, com poeira parada no ar, embora soubesse que tinha chovido não fazia muito tempo. Já visitara a Zimlia várias vezes, mas jamais tivera de encontrar um lugar por si só. Perdeu-se, mas no fim topou com a placa indicando a fazenda Pyne e viu, bem a sua frente, um branco muito alto agitando os braços. Andrew parou, e o homem disse: "Eu sou Cedric Pyne. Será que poderia levar estas coisas para a missão? Soubemos que está indo para lá". Acomodou um saco enorme no porta-malas e foi se afastando, rumo à casa a algumas centenas de metros dali. Andrew deduziu que ele, ou alguém, estivera de olho na poeira da estrada, à espera do carro. Continuava esperando ver a missão quando enxergou uma casa baixa de tijolos, com acácias em volta e, mais além, algumas construções achatadas, como alojamentos militares, que ele sabia que eram a escola. Estacionou. Uma negra sorridente saiu na varanda e disse que o padre McGuire estava na escola e que a doutora Sylvia estava subindo.

Entrou na varanda e seguiu-a até a saleta da frente, onde foi convidado a sentar.

Sua experiência de África eram presidentes e governos, altos funcionários e hotéis atraentes, mas nunca descera até a África que via agora. Aquela salinha miserável o ofendia, justamente porque significava um desafio. Ao falar da Global Money, ao dispensar dinheiro da Global Money, ao representar uma fonte sempre infalível de riquezas, era disso que se tratava — ou não? Mas ali era uma missão, santo Deus! Era da Igreja católica, não era? E a Igreja não era rica? Havia um rasgo no cretone da cortina que tentava excluir a luz de um sol que acabara de subir o suficiente para não bater direto no pano. Formigas pretas minúsculas circulavam pelo chão. A mulher trouxe para ele um copo de suco de laranja. Morno. Não havia gelo?

A cozinha onde trabalhava a mulher negra se abria para a direita. Uma outra porta, entreaberta, ficava à esquerda. Na porta, um roupão pendurado num prego: sabia que pertencia a Sylvia, lembrava-se dele. Entrou no quarto. O chão nu de tijolo, as paredes de tijolos, o forro brilhante de tabuinhas pálidas que para Sylvia eram agora uma segunda pele pareceram a ele ofensivamente miseráveis. Tão pequeno, o quarto, tão nu. Sobre a pequena cômoda, viu algumas fotografias, em molduras de prata. Lá estava Julia, Frances também. E havia uma dele, com uns vinte e cinco anos, jovial, cômico, sorrindo-lhe também. Doeu, esse eu mais jovem que o encarava — ele se virou, passando inconscientemente a mão pelo rosto, como se para restaurar aquela fisionomia confiante, sem marcas, aquela fisionomia inocente. Pensou, fazendo chacota das coisas que o cercavam, tão inimigas suas — aquele pequeno crucifixo —, que na época ainda não comera do fruto do bem e do mal. Fitou com seriedade a cruz que definia uma Sylvia desconhecida dele, tentando aceitá-las, a ambas. As roupas dela estavam penduradas em pregos na parede. Os sapatos, a maioria sandálias, enfileirados numa parede. Virou e viu o Leonardo. As outras imagens de Virgens e infantes ele ignorou. Bem, havia ao menos alguma coisa decente no quarto.

Ouviu então que chegava alguém, foi até a janela que se abria para a varanda e viu Sylvia subindo a trilha. Estava de jeans, uma blusa solta parecida com a que vira na criada negra, o cabelo descorado de sol, atado atrás com um elástico. Entre os olhos, uma prega funda. Estava queimada de sol, um marrom escuro ressequido. Ainda mais magra do que antes. Saiu, ela o viu, correu para ele, e houve um longo abraço cheio de amor e lembranças.

Andrew queria ver o hospital: ela relutava, sabendo que ele não entenderia o que visse. Como poderia, se ela própria levara tanto tempo? Mas desceram juntos a trilha, e Sylvia mostrou o barracão que chamava de dispensário, os vários abrigos e a grande choça da qual, pelo visto, parecia se orgulhar muito. Alguns pretos esperavam por ali, deitados em esteiras, debaixo das árvores. Dois homens surgiram do mato, ergueram uma mulher, que ele pensou que estivesse dormindo, até uma maca feita de galhos, com maços de folhas atados por cima, para ficar mais macia, e saíram com ela rumo às árvores. "Morta", disse Sylvia. "No parto. Mas já estava doente. Eu sei que era AIDS." Andrew não sabia como ela queria que ele reagisse — se é que esperava uma reação. Soava — como? Brava? Estóica?

De volta à casa, encontraram o padre McGuire. Andrew não gostou do sacerdote e disparou a falar, como era seu hábito em situações difíceis. Passara boa parte da vida em comitês, congressos e conferências, sempre presidindo, sempre controlando pessoas de uma centena de outros países, representantes de interesses e exigências conflitantes. Nunca um homem merecera tanto o adjetivo técnico de *facilitador*: isso era ele, era o que fazia, amaciando caminhos e abrindo avenidas. Alguns usam o silêncio, sentam-se com a expressão emudecida até que por fim entram na contenda com palavras conclusivas, mas outros facilitadores falam, e os rios de palavras urbanas e afáveis de Andrew haviam dissolvido discórdias; ele estava acostumado a ver expressões iradas ou desconfiadas relaxarem em sorrisos esperançosos.

Ele discorria sobre o jantar da noite anterior, que, em sua descrição, transformou-se numa comédia social de humor leve que teria provocado nos ouvintes, naqueles que conheciam um pouco dos antecedentes, boas risadas. Mas os dois — e aquela negra parada do lado — não sorriam, e Andrew pensava: Claro, eles são uns broncos, não estão acostumados a... e ainda assim Sylvia e o padre continuavam parados ao lado da cadeira, enquanto ele já ia se sentando, pronto para o comando e no aguardo do sorriso alheio. Mas não estava obtendo grande coisa deles, na verdade não estava obtendo nada, e uma troca de olhares entre ambos de repente o esclareceu: queriam dar graças. A raiva que sentiu de si mesmo o fez corar. "Desculpe", ele disse, levantando-se.

O padre McGuire recitou algumas palavras em latim que Andrew não conseguiu acompanhar, e Sylvia disse "Amém" naquela sua voz cristalina que Andrew lembrava de uma outra vida distante.

Os três se acomodaram. Andrew estava tão passado pelo que considerava sua gafe social que ficou calado.

A mulher negra, que ele sabia se chamar Rebecca, servia o almoço. Havia frango, o que morrera pela manhã, de desidratação. Estava duro. O padre disse a Rebecca que não fazia sentido cozinhar uma galinha que acabara de morrer, mas ela respondeu que queria preparar alguma coisa boa para a visita. Tinha feito gelatina, e o padre McGuire, atacando a sobremesa, disse que deviam receber visitas com mais freqüência.

Sylvia tinha plena consciência de que, ao mesmo tempo em que tentava comer a galinha e ingerir colheradas de gelatina como se fosse remédio, Andrew a tudo observava.

Ele queria saber a história do hospital. Estava chocado com tudo e com o fato de Sylvia estar ali. Como algo tão miserável podia ser chamado de hospital? Sua repulsa pelo lugar, sua cisma, eram patentes e estavam sendo sentidas por Sylvia, pelo padre e por Rebecca, que parara de costas para sua cozinha, mãos entrelaçadas, escutando. Andrew não gostou de Rebecca. E também não gostou do fato de Sylvia se parecer com ela — a blusa no estilo nativo, certos maneirismos, certas expressões do rosto e dos olhos das quais Sylvia não tinha consciência. Andrew passava a maior parte do tempo com *pessoas de cor* — e do que se poderia chamar Sylvia, do jeito como estava, quase tão escura quanto Rebecca? Sabia que não tinha preconceito de raça. Não, mas tinha preconceito de classe, e os dois muitas vezes se confundem. O que Sylvia estava fazendo, se largando dessa maneira?

Tais pensamentos, todos bem visíveis, ainda que sorrisse e continuasse sendo a mesma criatura encantadora de sempre, estavam colocando os três contra ele. O trio, do qual dois lhe eram absolutamente antipáticos, se unira para criticá-lo.

As emoções do padre McGuire vieram à tona da seguinte maneira: "Esse terno branco seu, como lhe passou pela cabeça vestir isso e vir nos visitar nesta terra poeirenta?".

E, de fato, Andrew se dera conta de que fizera uma tolice. Possuía uns dez ou doze ternos de linho branco ou cor de creme, que o conduziam pelo Terceiro Mundo com elegância e frescor. Mas estava coberto de pó e notara a inspeção crítica de Sylvia, que enxergara o terno como um sintoma.

"Ainda bem que você não viu o hospital como ele estava quando eu cheguei", disse Sylvia.

"Verdade", concordou o padre. "Se ficou chocado com o que viu agora, o que teria pensado na época?"

"Eu não disse que fiquei chocado."

"Acho que estamos habituados com certas expressões no rosto de nossas visitas", disse o padre McGuire. "Mas, se quiser entender este hospital, então pergunte aos moradores de nossa aldeia para ver o que eles acham."

"Nós achamos que a doutora Sylvia nos foi enviada por Deus", disse Rebecca.

Isso calou a boca de Andrew. Continuaram sentados à mesa, tomando um café fraco, pelo qual o padre pediu desculpas — café decente era difícil de achar, qualquer coisa importada custava muito caro, havia falta de tudo, e isso por causa da incompetência, mais nada... E continuou, um resmungo antigo, ríspido, até que ouviu a si próprio, suspirou e parou. "E que Deus me perdoe", ele disse, "por me queixar de coisas como café ruim."

A história do hospital não seria contada, Andrew sabia disso, e sabia também que a culpa era dele. Queria ir embora, mas havia uma visita planejada à escola. Teriam de sair naquela luz que cegava de tão brilhante, reinando do outro lado da janela. O padre McGuire avisou que antes daria sua cochilada de hábito e lá se foi ele, para o quarto. Sylvia e Andrew continuaram à mesa; ambos queriam ir se deitar, mas agüentavam firme. Rebecca apareceu para tirar os pratos sujos.

E perguntou direto para Andrew: "Trouxe os livros?". Pela maneira como mantinha os olhos no chão, era óbvio que estava querendo lhe fazer a pergunta, mas estava com medo. Depois de ele ter ligado avisando que iria visitá-la, Sylvia lhe enviara uma lista de livros. Mas ele esquecera, ainda que estivesse escrito embaixo *Por favor, Andrew. Por favor.* Ele disse para Rebecca: "Esqueci, sinto muito". O rosto dela exclamava: *Não* — em seguida caiu no choro e saiu da sala, deixando a bandeja na mesa. Sylvia encaixou pratos e copos nela e continuou sem olhar para Andrew. "Significa muito para nós", ela disse. "Eu sei que você não é capaz de entender o quanto."

"Eu mando os livros para você."

"Provavelmente seriam roubados no caminho. Tudo bem, esqueça."

"Claro que não vou esquecer."

Agora lembrava que, ao entrar no quarto dela, vira prateleiras na parede e, por cima, um cartão que dizia "Biblioteca". "Espere", ele disse, e voltou ao quarto. Sylvia foi atrás. Havia dois livros nas prateleiras, um dicionário e *Jane Eyre*. Ambos caindo aos pedaços. Uma folha de papel fora pregada no tijolo: Livros da Biblioteca. Retirados. Devolvidos. *A viagem do peregrino. O senhor dos anéis. Cristo parou em Éboli. As vinhas da ira. Cry, the Beloved Country. O prefeito de Casterbridge. Bíblia Sagrada. O idiota. Mulherzinhas. Senhor das moscas. A revolução dos bichos. Santa Tereza d'Ávila.* Eram livros que Sylvia levara consigo e que iam aumentando sempre que aparecia alguém com alguma coisa que pudesse ser pedida, implorada e doada àquelas prateleiras.

"Uma coleçãozinha curiosa", disse Andrew, com humildade. Estava de fato comovido.

"É que nós precisamos de livros, entende? Eles adoram livros, e nós não temos como consegui-los. E esses já estão em petição de miséria."

"Eu vou lhe mandar o que pediu. Prometo."

Sylvia permaneceu em silêncio. Um silêncio que ela aprendera e que Andrew entendeu que estava sendo posto em prática. Desconfiava que estivesse rezando baixinho, pedindo paciência. "É que você não entende", continuou ela, em mais uma tentativa, "o que os livros significam. Você vê alguém sentado numa choça, à noite, lendo à luz de uma vela... você vê alguém mal e mal alfabetizado lutando com as palavras." A voz tremeu.

"Sylvia, me perdoe."

"Tudo bem."

A lista de Sylvia estava na pasta que levara junto: por quê? mas ele a levava consigo a toda parte.

As pequenas flores de Maria. Teoria e prática para um bom cuidado da terra na África sub-árida. Como escrever bem em inglês. As tragédias de Shakespeare. Os nus e os mortos. Gawain e o cavaleiro verde. O jardim secreto. The centre cannot hold. Aprenda a construir. Mowgli. Doenças do gado no sul da África. Shaka, o rei zulu. Judas, o obscuro. O morro dos ventos uivantes. Tarzan. E assim por diante.

Quando voltou à saleta, viu que o padre reaparecera, descansado, e mergulharam os dois no clarão quente do dia. Sylvia despencou na cama. Chorou. Prometera a todos que tinham aparecido — e voltado muitas e muitas vezes — para pedir livros emprestados que um novo estoque estava a caminho. Sentia-se abandonada. Em sua mente, Andrew significava ternura, bondade; era o irmão mais velho delicado a quem podia dizer qualquer coisa, a quem podia pedir qualquer coisa — mas agora era um estranho. Aquele terno branco brilhante! Agora eu pergunto, linho branco, para visitar a Missão de São Lucas! Linho branco tão macio que deve ser o mesmo que passar um creme espesso nas mãos. De forma muito sutil, era como se aquele terno fosse um insulto a ela, ao padre McGuire, a Rebecca. Houve um tempo, muito antes, em que poderia ter lhe dito isso, e talvez tivessem rido juntos do assunto.

Ela dormiu, acordou e fez um chá — Rebecca só voltaria para preparar o jantar. Assara biscoitos para a visita.

Os dois homens regressaram. Andrew sorria, mas de lábios cerrados, parecia esgotado: bem, ele não tirara uma soneca.

"E aí está meu chá", disse o padre. "Posso lhe dizer, minha filha, que estou necessitado, e muito."

"E então?", Sylvia falava com Andrew. A voz soou agressiva, já que sabia o que ele vira.

Seis construções, cada uma delas com quatro salas de aula, explodindo de crianças, desde as bem pequenas até rapazes e moças. Todos acolheram a visita de forma exuberante e todos se queixaram ao representante de lugares inatingíveis da falta de livros didáticos, não tinham nenhum livro didático. Às vezes havia um livro para uma classe inteira. "Como podemos fazer nossa lição de casa, senhor? Como podemos estudar?"

Não havia um globo, um atlas, na escola toda. Quando Andrew lhes perguntou, as crianças não sabiam o que eram. Jovens professores mortificados e frustrados puxaram-no de lado e imploraram por livros que lhes ensinasse a ensinar. Tinham dezoito, vinte anos no máximo, sem praticamente qualificação alguma e, com certeza, nada que os habilitasse a ensinar.

Andrew nunca vira um lugar mais deprimente: escola aquilo certamente não era. O padre McGuire o acompanhou de uma construção a outra, atravessando a poeira para escapar do sol, em busca de trechos de sombra, apresentando-o como um amigo da Zimlia. A fama de Andrew, e da Global Money — embora o padre não tivesse mencionado o nome mágico —, permeara a escola inteira. Foi recebido com gritos e canções de boas-vindas, e, para onde olhasse, topava com fisionomias esperançosas.

O padre dissera: "Vou lhe contar a história deste lugar. Nós, da Missão, dirigimos a escola aqui durante anos e anos — desde o começo da colônia. Era uma boa escola. Não tínhamos mais que cinqüenta alunos. Alguns hoje integram o governo. Você sabia que a maior parte dos líderes africanos estudou em escolas de missão? Durante a guerra, o camarada presidente Matthew prometeu a cada criança do país uma boa educação secundária. Surgiram escolas por toda parte, elas continuam se multiplicando. Mas não existem professores, não existem livros, não existem cadernos. Quando o governo assumiu nossa escola — foi o fim. Não creio que as crianças que você viu hoje acabem em algum ministério, na verdade acho que nunca vão conseguir trabalhar num lugar que exija um mínimo de escolaridade".

Depois, quando já tinha tomado seu chá, o padre disse: "As coisas vão melhorar. Você está vendo o que há de pior. Este é um distrito pobre".

"Existem muitas escolas assim?"

"Existem", respondeu o padre McGuire, muito sereno. "Muitas. Muitas mesmo."

"E o que vai ser daquelas crianças? Ainda que algumas já me pareçam adultas."

"Não vão conseguir arrumar emprego", disse o padre. "Serão desempregados. Quanto a isso, não resta dúvida."

"Suponho que seja melhor eu ir andando", disse Andrew. "Tenho que pegar o avião às nove."

"E agora, se me permite a ousadia, existe alguma possibilidade de que possa fazer alguma coisa por nós? Pela escola? Pelo hospital? Vai lembrar de nós quando estiver de volta às facilidades e aos confortos de — onde é mesmo que vocês têm a sede?"

"Nova York. E acredito que tenha havido um pequeno engano, aqui. Nós vamos direcionar o dinheiro — um grande empréstimo, para a Zimlia, mas não..."

"Ou seja, estamos aquém das atenções de vocês, é isso?"

"Não aquém da minha", disse Andrew, sorrindo. "É que a Global Money está voltada para os altos níveis de... mas vou falar com alguém. Vou falar com a Caring International."

"Ficaremos devidamente gratos", disse o padre McGuire. Sylvia se manteve calada, com aquela prega entre os olhos que a deixava parecida com uma bruxinha ranzinza.

"Sylvia, por que não tira umas férias e vai até Nova York?"

"De fato, você devia tirar umas férias", reforçou o padre, "devia mesmo, minha filha."

"Obrigada. Vou pensar no assunto." Ela não olhou para ele.

"E será que pode deixar uma encomenda nossa na fazenda dos Pynes? Pode largar na porta mesmo, não precisa entrar, se estiver com pressa."

Caminharam até o Volvo; o saco para os Pynes foi colocado no porta-malas.

"Eu vou mandar os livros, querida", ele disse para Sylvia.

Umas duas semanas depois, chegou um mensageiro especial, de moto, com uma encomenda enviada de Senga. Livros, livros de Nova York, despachados de avião para a Zimlia, apanhados pela InterGlobe, que prestava assistência na alfândega, e levados até lá, para eles. "Quanto terá custado isso?", perguntou o padre, oferecendo um chá ao exilado das luzes cintilantes da capital.

"O senhor fala no total?", perguntou o rapaz, um negro esperto, uniformizado. "Bem, está tudo aqui." E tirou uma papelada para fora. "O remetente deve ter desembolsado umas cem libras para trazer os livros até aqui", disse ele, admirando o tamanho da soma.

"Nós podíamos construir uma sala de leitura com isso, ou um berçário", disse Sylvia.

"A cavalo dado não se olham os dentes", disse o padre.

"Pois eu estou olhando todos eles, um por um", disse Sylvia. Ela conferia os livros. Andrew dera a lista à secretária, que perdera o papel. De modo que a moça fora até a livraria mais próxima e pedira os títulos mais vendidos, sentindo-se complacente, até mesmo saciada, como se tivesse lido tudo aquilo ela própria: na verdade pretendia começar a ler muito em breve. Os romances eram inadequados à biblioteca de Sylvia. Todos, sem exceção. Acabaram sendo dados a Edna Pyne, que vivia se queixando de já ter lido umas cem vezes os livros que tinha. "Porque a ela que já tem, dar-se-lhe-á."

A história do hospital que Andrew não escutou é assim.

Durante a Guerra de Libertação, a região inteira, quilômetros e quilômetros, por ser montanhosa e cheia de grutas e fendas, ideais para a guerra de guerrilha, ficou coalhada de combatentes. Uma noite, o padre McGuire acordou com alguém parado ao lado da cama, um jovem de arma apontada, que dizia: "Levanta e põe as mãos para cima". O padre estava zonzo de sono e reagiu com certa lentidão, para dizer o mínimo; o rapaz xingou e disse que ia lhe dar um tiro se não se apressasse. Mas era um mocinho ainda muito jovem, dezoito anos ou menos, e estava mais assustado que o padre: o rifle tremia. "Estou indo", disse o padre, se erguendo desajeitadamente da cama, sem no entanto poder botar as mãos para cima; precisava delas. "Vá com calma", ele disse, "estou indo." Vestiu o roupão enquanto a arma oscilava em volta, depois disse: "O que você quer?".

"Nós queremos remédio, queremos *muti*. Um companheiro nosso está muito doente."

"Então venha até o banheiro." No armarinho de remédios, não havia muito mais do que comprimidos para malária, aspirina e algumas ataduras. "Pegue o que quiser."

"Só tem isso? Eu não acredito", disse o rapaz. Mas pegou tudo o que achou e disse: "Queremos que um médico venha conosco".

"Vamos até a cozinha", disse o padre. Lá, ele continuou: "Sente-se". Fez um chá, serviu alguns biscoitos e ficou observando a comida sumir. Pegou dois filões do pão que Rebecca assara aquele dia e entregou-os, junto com um pouco de carne fria. Tudo isso desapareceu numa trouxa de pano.

"Como é que eu vou conseguir que um médico venha até aqui? O que eu vou dizer? Seu pessoal vive emboscando esta estrada."

"Diga que está doente e que precisa de um médico. Quando souber que ele está vindo, amarre um pano naquela janela. Nós vamos ficar vigiando e traremos nosso companheiro. Ele está ferido."

"Vou tentar", disse o padre. Na hora em que ia sumindo na escuridão, o jovem virou e ameaçou: "Não conte para a Rebecca que estivemos aqui".

"Quer dizer que você conhece a Rebecca?"

"Nós conhecemos todo mundo."

O padre McGuire pensou, depois escreveu para um colega em Senga, dizendo que precisava de um médico para um caso incomum. Ele deveria ir durante o dia, não parar o carro em hipótese alguma e levar uma arma consigo. "E cuidado para não alarmar nossas boas irmãs." Um telefonema: um diálogo discreto, ostensivamente sobre o tempo e o estado das colheitas. Depois: "Irei visitá-lo com o padre Patrick. Ele fez medicina".

O padre amarrou um pano na janela, torcendo para que Rebecca não reparasse. Ela não disse nada: ele sabia que a empregada entendia muito mais do que demonstrava. O carro chegou com os padres. À noite, apareceram dois guerrilheiros, dizendo que o companheiro estava mal demais para ser removido. Precisavam de antibióticos. Os padres haviam levado antibióticos, junto com um belo estoque de remédios. Foi tudo entregue, ao mesmo tempo em que o padre Patrick dizia o que devia ser feito. Uma vez mais a despensa foi esvaziada, enquanto dois moços esfaimados comiam o quanto conseguiam.

O padre McGuire continuou morando naquela casa, onde qualquer um podia entrar a qualquer hora. As freiras viviam dentro de uma cerca de segurança, mas ele odiava isso: dizia que se sentia um prisioneiro só de entrar ali para visitá-las. Em sua própria casa, estava exposto, e sabia estar sendo vigiado. Esperava ser assassinado: alguns brancos haviam sido mortos não muito longe dali. Depois a guerra terminou. Os dois rapazes apareceram dizendo que tinham ido agradecer. Rebecca lhes deu de comer, quando recebeu ordens para fazê-lo. Ao padre, ela disse: "Eles não prestam".

McGuire perguntou o que acontecera com o ferido: morrera. Depois disso, continuou vendo os dois por ali: estavam desempregados e com raiva porque haviam acreditado que a Libertação iria trazer belos empregos e casas boas. Contratou um deles para fazer serviços gerais na escola. O outro era o filho mais velho de Joshua, que começou a estudar numa classe cheia de crianças pequenas: falava um bom inglês, mas não sabia ler nem escrever. Estava doente, muito magro, coberto de feridas.

O padre não falou disso com ninguém até contar tudo a Sylvia. Rebecca não falava no assunto. As freiras não sabiam de nada.

Era preciso manter um estoque cada vez maior de remédios em sua casa, porque as pessoas apareciam pedindo. Então construiu os abrigos mais o barracão ao pé do morro e pediu a Senga que lhe enviassem um médico: o camarada presidente Matthew prometera remédios gratuitos a todos. Mandaram um rapazinho que não terminara os estudos por causa da guerra: sua intenção era ter se formado enfermeiro. McGuire não sabia disso até que uma noite o rapaz ficou bêbado e contou que queria terminar seu estágio, será que o padre não poderia ajudá-lo? Quando você parar de beber, foi a resposta dele, eu escrevo uma carta de recomendação. Mas a guerra causara danos irreparáveis àquele combatente, que tinha vinte anos quando ela começou: não conseguia parar de beber. Esse era o "médico" que Joshua mencionara a Sylvia. O padre McGuire, numa cartinha amistosa a colegas em Senga, se queixara de que não existia hospital num raio de trinta quilômetros e nem um médico sequer. Aconteceu de um padre que visitava Londres conhecer Sylvia através do padre Jack. Enfim, essa era a história.

Mas havia um bom hospital planejado para ser erguido a quinze quilômetros dali e, quando abrir, este lugar infame — disse Sylvia — poderá cessar suas atividades.

"Por que infame?", perguntou o padre. "Ele realiza coisas boas. Foi excelente para nós, quando você chegou. Você é uma bênção para nós."

E por que as boas irmãs lá em cima do morro também não foram uma bênção?

As quatro que passaram pelos perigos da guerra não tinham vivido sempre atrás de sua cerca de segurança. Davam aulas na escola, quando era ainda uma boa escola. A guerra acabou, e elas se foram. Eram brancas, mas as freiras que chegaram para substituí-las eram negras jovens que para escapar à pobreza e às amofinações da vida haviam envergado os hábitos azuis e brancos que as separavam das outras mulheres negras. Não tinham instrução e não podiam ensinar. De repente, se viram num lugar que, para elas, não era uma fuga da pobreza e sim um lembrete dela, um verdadeiro horror. Eram quatro, irmã Perpetua, irmã Grace, irmã Ursula e irmã Boniface. O "hospital" não era hospital, e, quando Joshua ordenou que fossem diariamente para lá, perceberam que estavam de volta ao mesmo lugar de onde haviam escapado: sob a dominação de um homem negro que esperava ser servido. Inventaram desculpas para não aparecer, e o padre McGuire não insistiu: eram totalmente inúteis, na verdade. Tinham optado pela fidalguia, não por feridas supuradas. Até Sylvia chegar, a inimizade entre elas e Joshua era tal que, toda vez que elas o viam, diziam que iriam rezar por ele e, em troca, Joshua zombava, xingava e ofendia.

No entanto lavavam as ataduras, ainda que se queixando o tempo inteiro de que eram sujas e nojentas, só que suas energias iam todas para a igreja, que era tão bonita e bem-cuidada quanto as igrejas que as levaram a querer ser freiras, quando meninas. Igrejas que constituíam as construções mais bonitas e limpas das redondezas, e agora a da Missão de São Lucas, como as outras, não tinha um grão de poeira no chão, porque o chão era varrido várias vezes ao dia, as imagens de Cristo e da Virgem reluziam de tanto polimento, e, sempre que a poeira ameaçava entrar, elas se levantavam e se punham a fechar portas e janelas, varrendo tudo de novo antes que assentasse. As boas irmãs serviam à igreja e ao padre McGuire e — dizia Joshua, imitando — cacarejavam feito galinhas quando ele chegava perto.

Viviam adoecendo, porque assim podiam voltar para Senga e para a casa da mãe.

Joshua passava o dia sentado debaixo da grande acácia, enquanto o sol e a sombra percorriam seu caminho por cima dele; ele ficava lá, vendo o que acontecia no hospital, mas quase sempre com olhos que distorciam o que via. Estava fumando *dagga* praticamente sem parar. O filho menor, Clever, vivia grudado em Sylvia, e de repente eram dois meninos, Clever e Zebedee. E tanto um quanto o outro não poderiam estar mais distantes da imagem adorável do pirralho pretinho de longos cílios encaracolados que a pieguice adora. Eram magros e de rosto ossudo, onde ardiam enormes olhos famintos de aprender e — é óbvio — de comida também. Chegavam ao hospital às sete da manhã, sem nada no estômago, e Sylvia os fazia subir até a casa, onde cortava nacos de pão e passava geléia, enquanto Rebecca espiava até que, numa ocasião, comentou que seus filhos não comiam pão com geléia, só mingau frio, e às vezes nem isso. O padre a tudo observava e veio dizer que Sylvia agora era mãe de dois meninos e que esperava que ela soubesse o que estava fazendo. "Mas eles já têm mãe", ela rebateu, mas o padre disse que não, que a mãe deles fora vítima de um dos muitos acidentes violentos nas ruas da Zimlia, e que o pai morrera de malária, de modo que tinham se tornado responsabilidade de Joshua: eles o chamavam de pai. Sylvia ficou aliviada de ouvir isso. Joshua já perdera dois filhos — o segundo acabara de morrer —, e ela sabia por quê, qual era o verdadeiro motivo — não a "pneumonia" que constava de suas certidões de óbito. Quer dizer então que os dois não eram filhos de sangue de Joshua: como se tornara útil, como se tornara penosamente pertinente essa expressão. Eram ambos inteligentes, como tinha dito Joshua de Clever: ele lhe contara que o irmão fora professor e que a cunhada era a primeira da classe. Os garotos observavam cada movimento que ela fazia, copiavam tudo direitinho, examinavam o rosto e os olhos dela quando falava, de modo que sempre sabiam o que Sylvia queria antes que ela pedisse; tomavam conta dos frangos e das galinhas chocas, recolhiam os ovos e nunca quebraram um que fosse; corriam de um lado para outro com canecos de água e remédios para os pacientes. Agachavam-se ambos do lado dela, quando engessava um braço ou uma perna ou lancetava abcessos, e Sylvia vivia sendo obrigada a lembrar que eles tinham seis e quatro anos de idade, e não duas vezes isso. Eram verdadeiras esponjas de informação. Mas não estavam na escola. Sylvia os obrigou a subir até a casa do padre todos os dias, às quatro da tarde, depois que ela terminava o trabalho no hospital, quando então lhes passava algumas lições. Outras crianças quiseram participar: os quatro filhos de Rebecca, para começar. Em pouco tempo, Sylvia estava com uma verdadeira escola maternal nas mãos. Mas, quando as outras quiseram ser iguais a Clever e Zebedee, e trabalhar no hospital, ela disse não. Por que privilegiava os dois? Seria justo? Ela deu a desculpa de que eram órfãos. Mas havia outros órfãos na aldeia. "Bem, minha filha", disse o padre, "agora você começa a entender por que o coração das pessoas se parte na África. Conhece a história do homem a quem perguntaram por que caminhava pela praia, após uma tempestade, atirando estrelas-do-mar de volta na água, quando milhares delas fatalmente morreriam? E ele respondeu que fazia isso porque as poucas que pudessem ser salvas iriam se ver de volta ao mar e ser felizes." "Até a próxima tempestade — é isso que o senhor ia dizer, padre?" "Não, mas talvez esteja pensando nisso. E também me interessa ver que está pensando nas mesmas linhas." "O senhor quer dizer, então, que estou pensando de forma mais realista — como diz o senhor, padre?" "É, é como eu costumo dizer. Mais realista. Mas eu já lhe disse várias vezes: você, para seu próprio azar, tem estrelas demais nos olhos."

O caminhão Studebaker, um calhambeque velhíssimo doado pelos Pynes à missão, para substituir o caminhão anterior que chegara enfim ao limite de sua existência, aguardava na estrada. Sylvia tinha pedido para Rebecca avisar na aldeia que ela iria até o Ponto de Desenvolvimento e que poderia levar seis pessoas na carroceria. Cerca de vinte já haviam subido. Parados ao lado de Sylvia estavam Rebecca e dois filhos — ela insistira que dessa vez eles é que iriam, não os meninos de Joshua.

Sylvia disse ao pessoal de trás que os pneus eram velhos e que poderiam estourar com tanto peso. Ninguém se mexeu. A missão já estava inscrita para receber pneus, mesmo que fossem de segunda mão, mas era uma esperança vã. Depois foi a vez de Rebecca, que falou primeiro numa das línguas locais, depois noutra, e finalmente em inglês. Ninguém se mexeu, e uma mulher disse para Sylvia: "Dirija devagar que vai dar tudo certo".

Sylvia e Rebecca embarcaram na cabina, com as duas crianças. O caminhão partiu, devagarzinho. Na encruzilhada dos Pynes, foram parados pelo cozinheiro da fazenda, que afirmou que precisava ir até o Ponto de Desenvolvimento, que a casa estava sem comida e que a mulher... Rebecca riu, de lá de trás também vieram muitas risadas, o homem subiu e se encaixou na carroceria, sabe-se lá como. Rebecca virou para ver como estavam as coisas — todos riam do cozinheiro: havia ali algum drama que Sylvia jamais entenderia.

O Ponto de Desenvolvimento ficava a oito quilômetros da missão. O governo branco criara a idéia de uma rede de núcleos em volta dos quais cresceria um aldeamento: um armazém, a administração pública, delegacia de polícia, uma igreja, uma oficina. A idéia deu certo, e o governo negro a reivindicou para si.

Ninguém contradisse. O Ponto de Desenvolvimento de Kwadere estava ainda em estágio embrionário, mas ia se expandindo: havia uma meia dúzia de casinhas e um supermercado novo. Sylvia estacionou em frente à administração, um prédio pequeno situado em meio à poeira pálida, onde dormiam alguns cães. Todos saltaram do caminhão, mas os meninos de Rebecca tiveram de ficar para tomar conta, caso contrário tudo seria roubado, inclusive os pneus. Receberam uma Pepsi e um pãozinho cada, com recomendações para que ao primeiro sinal da aproximação de alguém com cara de ladrão corressem para avisar a mãe.

As duas mulheres foram juntas para a repartição, em cuja sala de espera já havia umas doze pessoas, e sentaram-se na ponta de um banco. Sylvia era a única pessoa branca ali, mas com sua pele queimada e o cabelo coberto por um lenço, por causa da poeira, ela e Rebecca se pareciam, duas mulheres pequenas, magrinhas, ambas com a fisionomia preocupada, numa cena atemporal, requerentes à espera, embaladas pelo tédio. De lá de dentro, por trás de uma porta onde estava escrito *Sr. Mandizi*, tinta branca desbotada por cima do marrom, saiu uma voz prepotente; Sylvia fez uma careta para Rebecca, que fez outra de volta. Passou um tempo. De repente a porta se abriu e surgiu uma jovem negra, banhada em lágrimas.

"Que lástima", disse um velho que estava bem atrás na fila. Estalou a língua, sacudiu a cabeça e disse "que lástima" bem alto, na hora em que um negro alto e imponente, trajado com o paletó e a gravata de praxe, parou na porta, causando a maior impressão. Ele disse "próximo", recuou e tornou a fechar a porta, de modo que o seguinte teria de bater e ouvir "entre".

Passou um tempo. Dessa vez o requerente foi bem-sucedido: ao menos não estava chorando quando saiu. E batia palmas delicadamente, sem olhar para ninguém, de modo que a saudação ou o aplauso era para si próprio.

A voz possante lá de dentro: "Próximo".

Sylvia deu dinheiro para que Rebecca fosse comprar um almoço e uma bebida para os filhos, e também para conferir se os meninos continuavam no caminhão. Os dois dormiam. Rebecca trouxe uma Fanta na volta, que as duas dividiram.

Passaram-se algumas horas.

Quando chegou a vez delas, o funcionário, vendo que se tratava de uma mulher branca, ameaçou chamar o homem que viria logo em seguida, mas o velho repetiu: "Uma lástima. A mulher branca está esperando como todos nós".

"Cabe a mim decidir quem vem depois."

"Certo", retrucou o velho, "mas não é correto o que está fazendo. Nós não gostamos do que o senhor está fazendo."

O senhor Mandizi hesitou, mas acabou apontando para Sylvia e entrou de novo.

Sylvia agradeceu ao velho com um sorriso, e Rebecca lhe falou alguma coisa baixinho, na língua deles. Risada geral. Qual teria sido a piada? De novo, Sylvia achou que jamais saberia. Rebecca porém cochichou para ela, quando iam entrar no gabinete do funcionário: "Eu disse que ele era igual a um touro velho, que sabe como manter os mais novos na linha".

Elas apareceram diante do senhor Mandizi ainda sorrindo. Ele espiou a papelada, franziu o cenho, viu que Rebecca estava junto e já ia lhe dizer alguma coisa ríspida quando ela começou os cumprimentos rituais.

"Bom dia — quer dizer, vejo que já é de tarde. Portanto, boa tarde."

"Boa tarde", ele respondeu.

"Espero que esteja bem."

"Estou bem se a senhora está bem..." E assim por diante. Embora truncado, o diálogo era um lembrete notável do que significavam boas maneiras.

Em seguida, para Sylvia: "O que deseja?".

"Senhor Mandizi, eu sou da Missão de São Lucas e vim lhe perguntar por que ainda não recebemos nossa remessa de camisinhas. O senhor devia ter nos enviado o mês passado."

O senhor Mandizi deu a impressão de inchar; o corpo ergueu-se a meio na cadeira e, de espantado, o olhar virou ofendido. Depois se acalmou e disse: "E por que a senhora acha que eu deveria conversar a respeito de camisinhas com uma mulher?".

"Sou a médica do hospital da missão. No ano passado, o governo disse que iria fornecer camisinha a todos os hospitais do interior."

Obviamente o senhor Mandizi nada sabia sobre esse ucasse e procurou então ganhar tempo enxugando com um enorme lenço branco a testa brilhante de suor. Seu rosto era do tipo que precisa lutar para mostrar autoridade. Era por natureza simpático, desejoso de agradar: a carranca que lhe fora imposta não combinava. "E, se me permite perguntar, o que a senhora irá fazer com todas essas camisinhas?"

"Senhor Mandizi, o senhor já deve ter ouvido falar que há uma doença muito séria... uma nova doença muito séria, que é transmitida através das relações sexuais."

O rosto do homem era o de uma pessoa obrigada a engolir algo muito desagradável.

"Sim, sim, mas nós sabemos que essa doença é uma invenção dos brancos. Só para usarmos camisinha e assim não termos filhos, para que nosso povo enfraqueça."

"Senhor Mandizi, me desculpe, mas o senhor está desatualizado. É verdade que seu governo andou dizendo que a AIDS não existe, mas agora já falam que talvez exista e que, por isso, os homens devem usar camisinha."

Vislumbres de escárnio percorreram a fisionomia ampla, negra e simpática, deslocando a carranca. E foi então a vez de Rebecca falar, diretamente com ele e na língua nativa, e parecia estar dando certo, porque Mandizi escutava, o rosto voltado para ela, para uma mulher a quem, em sua cultura, não teria dado ouvidos para tais assuntos, ao menos não em público.

Mas, quando tornou a falar, dirigiu-se a Sylvia: "A senhora acha então que essa doença está aqui, no nosso distrito, entre nós? A 'Finura' está aqui?".

"Acho. Na verdade, eu sei que está. Eu sei que está, senhor Mandizi. As pessoas estão morrendo por causa dela. O problema é o diagnóstico, compreende? As pessoas podem morrer de pneumonia, tuberculose, diarréia ou lesões da pele — feridas —, mas o motivo verdadeiro é a AIDS. É a 'Finura'. E tem muita gente doente. Muito mais do que quando eu cheguei."

Rebecca então voltou a falar, e o senhor Mandizi a escutar, sem olhar para ela, mas balançando a cabeça.

"Quer dizer então que a senhora quer que eu ligue para o governo central e diga a eles para nos mandarem as camisinhas?"

"E também não recebemos comprimidos para malária. Não recebemos remédio nenhum."

"A doutora Sylvia tem comprado remédio para nós com dinheiro do próprio bolso", disse Rebecca.

O senhor Mandizi meneou a cabeça, pensativo. Em seguida, já um outro homem, um requerente ele também, inclinou-se na escrivaninha e perguntou: "A senhora sabe dizer, só de olhar para uma pessoa, se ela está com a 'Finura'?".

"Não. Existem testes para isso."

"Minha mulher não está bem. Ela tosse o tempo inteiro."

"Não precisa necessariamente ser AIDS. Ela perdeu muito peso?"

"Ela está magra. Está muito magra mesmo."

"É melhor levá-la para o hospital principal."

"Já levei. Eles lhe deram *muti*, mas ela continua doente."

"Às vezes eu mando amostras para Senga — quando alguém não está doente demais."

"Quer dizer que, se alguém está muito doente, a senhora não manda amostras?"

"Algumas pessoas me procuram quando já estão tão mal que eu sei que vão morrer. E não faz sentido gastar dinheiro com testes."

"Em nossa cultura", disse o senhor Mandizi, recobrando sua autoridade devido à fórmula já tão batida, "em nossa cultura, temos remédios ótimos, mas eu sei que os brancos desprezam."

"Eu não desprezo. Sou amiga do nosso *n'ganga* local. Às vezes eu peço ajuda a ele. Mas ele diz que não pode fazer nada contra a AIDS."

"Então talvez seja por isso que o remédio que ele deu não ajudou minha mulher."

Mas, ouvindo o que acabara de dizer, seu corpo pareceu se imobilizar num grande pânico; em seguida se sentou muito rígido e finalmente se ergueu de um salto, dizendo: "A senhora precisa vir comigo agora — sim, agora, neste momento — ela está aqui, em casa, a cinco minutos daqui".

Impulsionou as duas na frente dele, para fora do gabinete, na direção da sala cheia de requerentes silenciosos, dizendo: "Eu volto em dez minutos. Esperem".

Sylvia e Rebecca foram levadas através da fulgurância poeirenta e quente até uma das casas recém-construídas, dez delas enfileiradas lado a lado, feito caixotes largados no pó, idênticas aos novos casarões que estavam sendo erguidos em Senga, porém na escala condizente com a importância do Ponto de Desenvolvimento de Kwadere. Por sobre elas, primaveras escarlates, roxas e carmim destacavam a importância que tinham: ali moravam os funcionários públicos.

"Entrem, entrem", o senhor Mandizi instigou, e as duas se viram numa sala pequena, atravancada por um conjunto de sofá e duas poltronas, aparador, geladeira e pufe; no aposento contíguo, num quarto preenchido por uma cama grande, havia alguém deitado, doente, e, ao lado, uma bela negra rechonchuda, abanando a pessoa que dormia com um maço de folhas de eucalipto, cujo cheiro tentava superar os odores do quarto de doente. Mas estaria dormindo, a inválida? Sylvia parou ao lado e viu, chocada, que a mulher estava mal, muito mal — estava morrendo. Em vez do negro luzidio e saudável que deveria ser sua pele, estava cinzenta, o rosto coberto de feridas, muito magra, a cabeça sobre o travesseiro mostrava a caveira. Quase sem pulso, já. A respiração, um fiapo. Os olhos semi-abertos. De tocá-la, os dedos de Sylvia ficaram gelados. Virou para olhar o marido desesperado, incapaz de falar, e Rebecca, a seu lado, começou a gemer baixinho. A moça gorducha olhava reto, sem interromper o abano.

Sylvia saiu do quarto e teve de se encostar na parede.

"Senhor Mandizi", ela disse, "senhor Mandizi." Ele foi até ela, pegou sua mão, inclinou-se para olhá-la de frente, e sussurrou: "Ela está muito mal? Minha mulher...". "Senhor Mandizi..." Ele deixou que o corpo tombasse para a frente, de tal sorte que o rosto ficou enterrado no braço apoiado à parede. Estava tão perto de Sylvia que ela pôs o braço em seu ombro e o consolou, enquanto ele soluçava.

"Eu acho que ela vai morrer", ele murmurou.

"Vai. Eu sinto muito, mas ela está morrendo."

"O que posso fazer? O que posso fazer?"

"Senhor Mandizi, o senhor tem filhos?"

"Tínhamos uma menina, mas ela morreu."

As lágrimas pingavam no chão de cimento.

"Senhor Mandizi", ela sussurrou — Sylvia pensava na jovem carnuda e saudável no quarto ao lado, "precisa me escutar, precisa mesmo, por favor, não tenha relações sexuais sem camisinha."

Era uma coisa tão terrível de dizer naquele momento, ridícula até, mas a tenebrosa urgência da situação a impelia. "Por favor, eu sei como uma coisa dessas deve soar ao senhor, e não fique bravo comigo." Continuava sussurrando.

"Sim, sim, sim, eu ouvi o que disse. Não estou bravo."

"Se quiser que eu volte mais tarde, quando estiver... Eu posso voltar e lhe explicar tudo."

"Não, eu já entendi. Mas a senhora não está percebendo uma coisa." Afastou-se da parede que o escorava e endireitou o corpo. Voltara a falar normalmente. "Minha mulher está morrendo. Minha filha está morta. E eu sei quem é o responsável. Vou consultar nosso bom *n'ganga* de novo."

"Senhor Mandizi, o senhor não pode estar me dizendo que..."

"Sim, estou dizendo, sim. É justamente isso que estou dizendo. Algum inimigo rogou uma praga contra mim. Isso é obra de algum feiticeiro."

"Mas, senhor Mandizi, o senhor, um homem instruído..."

"Sei o que está pensando. Sei como vocês pensam."

A sua frente, Sylvia via um rosto retorcido de raiva e desconfiança. "Eu vou esclarecer isso tudo." Depois ordenou: "Digam lá no escritório que eu volto em meia hora".

Sylvia e Rebecca rumaram para o caminhão.

Ainda ouviram: "E aquele suposto hospital da missão. Nós sabemos o que se passa por lá. Ainda bem que nosso novo hospital vai ser construído logo, aí sim teremos remédios de verdade em nosso distrito".

Sylvia disse: "Rebecca, por favor, não me diga que você concorda com o que ele disse. É ridículo".

A princípio calada, Rebecca disse por fim: "É que para nós, em nossa cultura, não é ridículo, Sylvia".

"Mas é uma doença. A cada dia que passa, entendemos um pouco mais sobre ela. É uma doença terrível."

"Então por que algumas pessoas adoecem e outras não? Você pode explicar isso? E é justamente essa a questão, entende o que estou dizendo? E se tivesse alguém querendo prejudicar o senhor Mandizi, ou querendo se livrar da mulher dele? Você viu aquela moça no quarto, cuidando da doente? Vai ver ela quer ser a próxima mulher dele."

"Bem, Rebecca, nós não vamos chegar a um acordo sobre esse assunto."

"Não, Sylvia, não vamos."

Junto ao caminhão, já havia gente esperando para subir, mas Sylvia avisou: "Eu não estou indo para casa ainda. E vou deixar seis pessoas subirem, só seis. Nós vamos até o novo hospital, e a estrada é ruim". Dava para ver o começo dela, uma picada grosseira no mato.

Rebecca deu ordens peremptórias. Seis mulheres entraram na carroceria.

"Eu apanho vocês daqui a meia hora", Sylvia disse, e o caminhão se esfalfou e avançou por cima de raízes, pedras e buracos por mais um quilômetro e meio, até chegarem ao local onde se viam os contornos de uma construção iniciada numa clareira, entre as árvores. Eram árvores enormes, antigas; era mato antigo, um tanto poeirento, mas denso e verde.

As duas mulheres e os meninos saíram da cabina, e as seis na carroceria também desceram. Todas fitavam o que lhes fora descrito como um novo hospital.

Suecos? Dinamarqueses? Americanos? Alemães? — o governo de algum país, consternado com as desditas da África, direcionara uma grande quantia para aquele lugar, para aquela clareira, e, na frente delas, estavam os resultados. Como numa planta de arquiteto, as observadoras tiveram de usar a imaginação para distinguir a forma das coisas ainda por vir, que brotariam das fundações, das paredes começadas e não acabadas, porque o problema é que estava demorando um tempão a parcela seguinte do dinheiro doado, e os quartos, as enfermarias, os corredores, as salas de cirurgia e os dispensários se enchiam de poeira clara. Algumas paredes chegavam à altura da cintura, outras estavam ao nível do joelho, os blocos de concreto acumulavam água. As mulheres da aldeia, na esperança de encontrar alguma coisa útil, avançaram e recuperaram algumas garrafas e uma meia dúzia de latas, que sacudiram, para tirar a poeira, e em seguida guardaram com muito cuidado num saco grande. Alguém fizera um piquenique por lá, ou algum andarilho armara uma fogueira para espantar os bichos, à noite. O rosto delas adquiriu uma expressão muito freqüente em nossos tempos: não vamos falar nada, mas alguém meteu os pés pelas mãos. Quem? E por quê? Corriam rumores de que o dinheiro doado para o hospital fora roubado no meio do caminho; alguns diziam que o governo doador ficara sem fundos.

Do outro lado da clareira, debaixo das árvores, havia grandes caixotes de madeira largados. As seis mulheres foram dar uma espiada; Sylvia e Rebecca seguiram atrás. Um dos caixotes arrebentara. Dentro dele, havia equipamento clínico: uma cadeira de dentista.

"Pena que eu não seja dentista", disse Sylvia. "Sem dúvida alguma seria de grande utilidade."

Outro caixote, arrebentado dos lados, mostrava lá dentro uma cadeira de rodas.

"Ah, doutora", disse uma das mulheres, "nós não devemos levar esta cadeira. Talvez um dia o hospital venha a ser construído." Ela estava tirando a cadeira do caixote.

"Precisamos de uma cadeira de rodas", disse Rebecca.

"Mas eles vão querer saber de onde ela surgiu, e nós não temos como ter uma cadeira de rodas."

"Vamos levá-la", disse Rebecca.

"Está quebrada", disse a mulher. Alguém tentara tirar a cadeira de seu abrigo de madeira e uma roda se soltara.

Havia mais quatro caixotes largados. Duas mulheres se aproximaram de um deles e começaram a forçar a madeira apodrecida. Dentro havia comadres. Rebecca, sem olhar para Sylvia, levou meia dúzia de comadres para o caminhão e voltou. Outra mulher encontrou cobertores, já roídos por insetos, com ratos aninhados no meio, e fios tirados pelos passarinhos para fazer ninho.

"Vai ser um bom hospital", disse uma delas, rindo.

"Nós havemos de ter um excelente hospital aqui em Kwadere", disse uma outra.

As mulheres da aldeia riram bastante, até Sylvia e Rebecca fizeram coro. No meio do mato, a muitos quilômetros de distância dos filantropos de Senga (ou, na verdade, de Londres, Berlim, Nova York), as mulheres riram.

Voltaram ao Ponto de Desenvolvimento, apanharam as pessoas que aguardavam e seguiram devagar para a missão, todos à espera de um pneu furado. Tiveram sorte. Rebecca e Sylvia levaram as comadres para o hospital. Os doentes mais graves, no barracão grande que Sylvia construíra ao chegar, usavam garrafas velhas, latas, utensílios descartados de cozinha. "O que é isso?", perguntaram os filhos do irmão de Joshua e, quando entenderam, ficaram encantados e correram para mostrá-los a qualquer um bem de saúde o suficiente para se importar.

Colin abriu a porta a um toque tímido da campainha e viu o que pensou ser uma pobre menina pedindo um donativo, ou uma cigana; depois, com um rugido de "é a Sylvia, é a pequena Sylvia", ergueu-a para dentro de casa. Ali ele a abraçou e ela derramou lágrimas no rosto dele, inclinado para esfregar o dela, como numa saudação entre gatos.

Na cozinha, acomodou-a em volta da mesa, *a mesa*, de novo ampliada para sua capacidade máxima. Serviu um rio de vinho numa taça enorme e sentou-se do outro lado, cheio de boas-vindas e prazer.

"Por que não avisou que estava vindo? Mas não importa. Você nem imagina como me sinto feliz de vê-la."

Sylvia tentava elevar o humor à altura do dele. Estava deprimida; Londres às vezes tem esse efeito em londrinos que estiveram fora e que, enquanto moravam ali, não faziam muita idéia do peso, das numerosas dádivas e capacidades da cidade. Londres, depois da missão, estava lhe dando um murro mais ou menos na região do estômago. É um erro ir muito depressa de, digamos, Kwadere para Londres: antes é preciso passar por alguma coisa equivalente a uma câmara de descompressão.

Ela sorria, tomava goles mínimos de vinho, sem querer ir muito além porque não estava mais acostumada a beber, e sentia a casa toda como uma criatura à volta, acima e abaixo dela, a *sua* casa, a que conhecera como lar, quando tinha consciência do que se passava dentro dela, das atmosferas e temperaturas de cada aposento e de cada patamar de escada. Agora a casa estava lotada — dava para sentir —, cheia de gente, mas eram presenças estranhas, ninguém conhecido, e ela se sentia grata por Colin, ali sentado, sorrindo para ela. Eram dez da noite. Lá em cima, alguém tocava uma música que ela deveria reconhecer, provavelmente alguma coisa famosa do tipo "Blue Suede Shoes" — pelo menos assim lhe parecia —, mas à qual não conseguia dar um nome.

"Minha pequena Sylvia. E pelo visto precisando ser alimentada, como sempre. Posso lhe oferecer alguma coisa?"

"Eu comi no avião."

Mas ele já se levantara e abria a geladeira, espiando as prateleiras, e, de novo, Sylvia sentiu um baque no coração, sim, era no coração, e doía, porque pensava em Rebecca, em sua cozinha com a geladeirinha pequena, seu guarda-comida minúsculo que, para a família, representava um tremendo golpe de sorte, provisões generosas: olhava para os ovos enchendo metade da porta da geladeira, o leite reluzindo de branco, as gavetas lotadas, a abundância...

"Este não é bem território meu, é da Frances, mas eu tenho certeza..." Colin pegou um filão de pão, um prato com galinha fria. Sylvia se sentiu tentada: fora feita por Frances, Frances a alimentara; com Frances de um lado e Andrew de outro, ela sobrevivera à infância.

"E qual é seu território, então?", perguntou, começando a comer um sanduíche de frango.

"Estou lá em cima, no topo da casa."

"No apartamento da Julia?"

"Eu e a Sophie."

Isso a surpreendeu a ponto de abandonar seu sanduíche, como se por ora estivesse abandonando a segurança.

"Você e a Sophie!"

"Claro, você não sabia de nada. Ela veio para cá para se recuperar e aí... ela estava doente, por isso."

"E aí?"

"Ela está grávida", ele disse, "de modo que estamos prestes a nos casar."

"Coitado de você." E logo depois ficou vermelha de vergonha — afinal de contas, não sabia...

"Não tão coitado assim. Afinal, eu sempre gostei muito dela."

Sylvia retomou o sanduíche, mas o largou de novo: as notícias de Colin haviam trancado seu estômago. "Bem, continue. Estou vendo que você não está bem."

"Muito perspicaz, Sylvia. Mas isso você sempre foi, ainda que sempre dando uma de eu-não-estou-prestando-atenção."

Isso doeu, e a intenção fora exatamente essa. "Não, não, desculpe. Sinceramente. Estou meio fora de prumo. Você me pegou num... Bem, talvez no fundo eu esteja no prumo de sempre."

Ele se serviu de mais vinho.

"Não beba até ter me contado tudo."

Ele largou a taça. "A Sophie está com quarenta e três anos. É tarde."

"Sim, mas quase sempre a gravidez tardia..." Ela viu a careta dele.

"Exato. Gravidez tardia. Mas, acredite você ou não, crianças com Síndrome de Down — tão alegrinhas, ouvi dizer que elas são — e todos os demais horrores não são o pior. Sophie está convencida de que eu estou convencido de que ela fez isso para me usar, que de alguma forma foi ela que fez o bebê entrar em seu útero relutante, porque já está ficando tarde para ela. Eu sei que não foi de propósito, não é da natureza dela. Mas isso não adianta nada. Dia e noite eu ouço os gemidos de culpa: 'Ah, eu sei o que você está pensando...'." E Colin gemeu, numa imitação quase perfeita. "Sabe de uma coisa? Claro que sabe. Não há prazer capaz de competir com o prazer da culpa. Ela está se espojando, chafurdando na culpa, a minha Sophie, ela está se divertindo à grande, sabendo que eu a odeio por ela ter me laçado, e nada que eu diga pode fazê-la parar, porque é tão divertido ser culpada." Fora a coisa mais perversa que Sylvia já ouvira sair da boca perversa de Colin, que ergueu a taça e tomou o vinho de um só gole.

"Colin, você vai ficar bêbado, e eu o vejo tão pouco."

"Sylvia — você tem razão." Tornou a encher a taça. "Mas vou me casar com Sophie, ela já está de sete meses, e nós vamos morar lá em cima, no antigo apartamento da Julia — quatro cômodos, e eu vou trabalhar embaixo, no subsolo — quando vagar." Nesta altura, seu rosto, de avermelhado e raivoso que estava, esparramou-se naquele contentamento prazeroso que vem da contemplação do incansável sentido dramático da vida. "Você sabe que junto com o novo cara dela, a Frances arrumou mais duas crianças, não sabe?"

"Sei, ela me escreveu."

"Ela também contou que ele foi casado com uma mulher que sofre de depressão? Ela mora lá embaixo, no apartamento onde ficava a Phyllida."

"Mas..."

"Pois é. E o arranjo funcionou tão bem quanto se poderia esperar. Ela se recuperou da depressão. Os dois filhos dormem lá em cima, onde Andrew e eu dormíamos. A Frances e o Rupert continuam no apartamento que sempre foi dela."

"Quer dizer que deu tudo certo?"

"Mas os dois filhos, com bastante razão, aliás, acham que agora que a mãe deles rompeu com o namorado, o pai e a mãe deviam se juntar de novo, e a Frances sair de cena."

"Então eles estão dando trabalho para a Frances?"

"Nem um pouco. É muito pior. São muito educados e sensatos. Os méritos da questão são discutidos durante as refeições. A menina, uma verdadeira megera, por sinal, diz coisas como 'mas seria tão melhor para nós se você fosse embora, não seria, Frances?'. É sempre a menina, na verdade, nunca o garoto. Mas o Rupert não quer nem ouvir falar em abrir mão da Frances. Compreensivelmente, se você conhecesse a Meriel."

Sylvia pensava em Rebecca e seus seis filhos, dois deles mortos, provavelmente de AIDS — mas talvez não —, o marido sempre ausente, trabalhando dezoito horas por dia, sem nunca se queixar.

Ela soltou um suspiro, viu o olhar que Colin lhe deu: "Você não sabe a sorte que tem, Sylvia, de estar tão distante de toda esta nossa mixórdia emocional tão pouco edificante".

"Pois é, eu às vezes fico feliz de não ter me casado — desculpe. Continue. A Meriel..."

"A Meriel — bem, a Meriel é fora de série. É fria, manipuladora, egoísta e sempre tratou o Rupert como um cachorro. É uma feminista — sabia?

Respaldada pela lei da selva. Ela sempre disse que era dever do Rupert sustentá-la, obrigou-o a pagar um curso para ela tirar diploma nessa ou naquela besteira, interpretação de textos bíblicos, é bem provável. Nunca ganhou um tostão trabalhando. E agora está tentando conseguir um divórcio em que ele terá que mantê-la pelo resto da vida. Pertence a um grupo de mulheres, uma irmandade secreta — você não me acredita? — cujo objetivo é espremer tudo que conseguir dos homens."

"Você está inventando."

"Minha doce Sylvia, agora estou me lembrando que você nunca acreditou nos aspectos mais maldosos da natureza humana. Só que agora o destino deu uma guinada que você nem vai acreditar... A Meriel foi procurar a Phyllida para fazer uma terapia. Quem pagou foi a Frances. Depois minha mãe foi falar com a Phyllida, que é uma mulher até que bem razoável, no fim das contas — isso a surpreende?"

"Claro que sim."

"E pediu à Phyllida que treinasse a Meriel para dar aconselhamento, que ela pagaria tudo."

E então Sylvia começou a rir. "Ah, Colin. Ah, Colin..."

"Pois é, veja você. E tem mais, porque a Meriel não tinha a menor qualificação. Não terminou a escola. Mas, dando aconselhamento, ela vai se sustentar sozinha. O aconselhamento se tornou o grande recurso da mulher sem diploma — substituiu a máquina de costura das gerações anteriores."

"Não na Zimlia. A máquina de costura está muito bem, obrigada, dando de comer às mulheres." E Sylvia riu de novo.

"Finalmente. Estava começando a achar que você nunca mais sorriria." E Colin lhe serviu um pouco mais de vinho. Ela já bebera o dele. E serviu mais um pouco também para si. "E assim é. Ela vai se mudar, vai morar com a Phyllida, porque a antiga companheira dela está se estabelecendo como fisioterapeuta independente, de modo que o apartamento lá de baixo vai vagar e eu vou poder usá-lo para escrever. E, claro, para fugir às minhas responsabilidades de pai."

"O que não resolve o problema da Frances no papel de madrasta má. Mas, fora as crianças, ela está feliz?"

"Muito, delirantemente feliz. Primeiro porque ela gosta mesmo do

Rupert, e não é para menos. Mas acho que você ainda não sabe. Ela voltou para o teatro."

"Como assim? Eu nunca soube que ela fazia teatro."

"Como sabemos pouco sobre nossos próprios pais. Tudo indica que o teatro sempre foi o grande amor de minha mãe. Ela está fazendo uma peça junto com a Sophie. Neste exato momento, os aplausos estão soando para as duas." Aí a voz empastou. Colin franziu o cenho, concentrando-se na fala. "Droga. Estou bêbado."

"Por favor, meu querido Colin, não beba, eu lhe peço."

"Uma fala de Sonia. Muito bem."

"Ah, Tchékhov. Sim. Entendo. Mas estou do lado dela, quanto a isso não resta dúvida." Sylvia riu, mas não uma risada feliz. "Tem um homem na missão..." Mas como transmitir a realidade de Joshua a Colin? "Um negro. Quando não está pirado de fumo, está bêbado. Bem, se você soubesse a vida que teve..."

"E a minha não justifica o uso de álcool?"

"Não, não justifica. Quer dizer então que você preferia que não tivesse sido Sophie..."

"Eu preferia que não tivesse sido uma mulher de quarenta e três anos." E foi então que o uivo escapuliu de dentro dele, o uivo que aguardava para sair dali de dentro o tempo todo. "Eu sei que isso é ridículo, Sylvia, eu sei, eu sei que sou um idiota patético, mas é que eu queria famílias felizes, eu queria mamãe, papai e quatro filhos. Eu queria isso tudo e não vou ter nada disso com a minha Sophie."

"Não", concordou Sylvia.

"Não." Ele tentava não chorar, esfregando os punhos no rosto qual um menino. "E se você não quiser cumprimentar minha feliz Sophie e minha triunfante mamãe, ambas intoxicadas com *Romeu e Julieta*..."

"Quer dizer que a Sophie está fazendo Julieta?"

"Ela não parece ter mais que dezoito anos. Está maravilhosa. Ela é maravilhosa. A gravidez lhe caiu bem. Nem dá para notar que está grávida. Mas os jornais estão fazendo uma celeuma. Sarah Bernhardt fez Julieta com cento e um anos e uma perna de pau — esse tipo de coisa. Uma Julieta grávida dá uma dimensão inesperada a *Romeu e Julieta*. Mas o público tem adoração por ela. Nunca foi tão aplaudida na vida. Usa uns vestidos soltos, brancos, e flores brancas no cabelo. Sylvia, você se lembra do cabelo dela?" E então começou finalmente a chorar.

Sylvia foi até ele, convenceu-o a sair da cadeira, depois a subir a escada e, no mesmo lugar onde se sentara com Andrew, ela o tomou nos braços e o escutou soluçar até ele pegar no sono.

Não sabia onde poderia encontrar uma cama na casa. De modo que deixou um bilhete para Colin. Disse que queria que ele "escrevesse a verdade sobre a Zimlia". Alguém precisava.

Saiu pelas ruas e, quando viu um hotel, entrou.

Tinha dito que apareceria para o almoço. Pela manhã, percorreu algumas livrarias e comprou, e comprou: dois grandes caixotes de livros chegaram com ela à casa de Julia — para ela, a casa continuava sendo de Julia. Foi Frances quem lhe abriu a porta e, como fizera Colin, quem a levou para a cozinha, abraçando-a como uma filha pródiga e colocando-a no mesmo lugar de sempre, a seu lado.

"Não me diga que estou precisando comer", disse Sylvia. "Por favor."

Frances pôs na mesa um cesto cheio de pão fatiado e, olhando para aquilo, Sylvia pensou quanto o padre McGuire ia adorar aquela visão: ela levaria um bom pão para ele, na volta. Um pratinho cheio de rodelinhas de manteiga lustrosa: bem, isso não dava para levar. Sylvia olhava a comida, pensando em Kwadere, e Frances se movia em volta, pondo a mesa. Era então uma mulher volumosa e bonitona, o cabelo loiro — tingido — com um corte que lhe custara o olho da cara. Estava bem vestida: Julia finalmente teria aprovado.

Quatro lugares... quem? E lá veio uma criança alta, que parou para examiná-la, Sylvia, a estranha. "Este é o William", disse Frances, "e esta é a Sylvia, ela morava aqui nesta casa. A Sylvia é filha da Phyllida, a amiga de sua mãe."

"Bem, oi", disse o menino, com a mesma formalidade de um muito prazer, sentando-se; um menino lindo, de sobrancelhas franzidas e cara fechada, tentando entender aquilo tudo. Depois desistiu com um: "Frances, eu preciso ir para a natação às duas. Será que posso comer bem rápido?".

"E eu tenho que estar no ensaio. Eu sirvo você antes."

O que estava sendo servido não guardava a menor semelhança com a abundante comida caseira do passado. Havia uma variedade de pratos prontos aparecendo na mesa; Frances colocou uma pizza no microondas e depois na frente de William. Ele começou a comer imediatamente.

"Salada", ordenou Frances.

Com um olhar de empenho heróico, o garoto botou duas tiras de alface e um rabanete no prato e comeu como se fossem remédio.

"Muito bem", disse Frances. "O Colin já lhe contou todas as novidades?"

"Acho que sim." As duas se permitiram uma troca de olhares. Sylvia presumiu que Frances diria mais coisas, se o menino não estivesse presente. "Parece que vou perder um casamento."

"Eu não chegaria a chamar de casamento. Uma dúzia de pessoas num cartório, e só."

"Eu gostaria de estar presente, assim mesmo."

"Mas não pode. Você não gosta de deixar seu — hospital, não é mesmo?"

A hesitação revelou-lhe que Andrew não fora caridoso ao descrever o lugar para Frances. "Você não pode julgar *lá* pelos padrões daqui."

"Eu não fiz nenhum julgamento. Estamos apenas nos perguntando se você não estaria desperdiçando seus talentos. Afinal de contas, você teve empregos muito bons, aqui."

E foi então que Sophie fez sua entrada. Vestida com uma espécie de quimono ou penhoar antiquado, de flores negras sobre fundo branco, era uma visão, qual Ofélia flutuando na água, os longos cabelos negros rajados dramaticamente de branco, com o olhar adorável de sempre. Sua gravidez era a mais elegante das protuberâncias possíveis.

"Sete meses", disse Sylvia. "Como você consegue?"

Estava envolvida no abraço de Sophie. Ambas choraram e, ainda que isso fosse de se esperar por parte de Sophie, e lhe caía bem, Sylvia disse "droga" e enxugou os olhos. Frances também chorava. O garoto observava tudo com seriedade distanciada, por sobre mordidas de pizza. Sophie se reclinou na poltrona posta na outra ponta da mesa, as mãos eloqüentes delineando a barriga.

"Sylvia", ela disse, trágica, "estou com quarenta e três anos."

"Eu sei. Anime-se. Fez os exames?"

"Fiz."

"Então pronto."

"Mas é que o Colin..." e começou a chorar outra vez. "Será que algum dia ele vai me perdoar?"

"Ah, que bobagem", disse Frances, impaciente, já tendo escutado o suficiente dessa cantilena.

"Pelo que ele me falou ontem à noite", disse Sylvia, "não acho que perdoar ou deixar de perdoar seja a questão."

"Ah, Sylvia, você é tão boa. Todos são tão bons. E vir para cá, para *esta* casa, sempre senti como se aqui fosse minha casa de verdade, e Frances... você foi tão minha mãe quanto a minha própria mãe, e agora ela se foi, pobre alma."

"Não tanto mãe e mais ama", disse Frances.

"Exato, você sabia, Sylvia, a Frances está fazendo a Ama — ah, e tão bem", disse Sophie. "Mas agora vamos ter que ter uma ama de verdade nesta casa, porque eu vou continuar no teatro, e claro que a Frances também."

"Pois é, não acho que eu esteja preparada para assumir um bebê", disse Frances.

"Claro que não", disse Sophie, mas era óbvio que vinha esperando que acontecesse exatamente isso.

"Além do mais", continuou Frances, "você esquece que eu, o Rupert e as crianças vamos nos mudar daqui?"

"Ah, *não*", gemeu Sophie. "Por favor, fiquem. Por favor. Tem muito espaço para todo mundo."

O garoto endireitara o corpo, os olhos em pânico, fitando as três. "Por quê, para onde nós vamos? Por quê, Frances?"

"Bem, porque esta casa é do Colin e da Sophie e porque agora eles vão ter um bebê."

"Mas tem tanto espaço", disse William em voz alta, como se assim fosse silenciá-las. "Não vejo por quê."

"Psiu", fez Sophie para ele, sem o menor resultado. Em seguida virou para Frances, que teria de acalmar o desespero do menino.

"Eu gosto desta casa", William insistiu. "Eu não quero ir embora. Por que haveríamos de ir?" E começou a chorar, com as lágrimas penosamente engolidas de uma criança que chora um bocado, mas sempre sozinha, torcendo para que ninguém ouça. Levantou-se e saiu correndo. Ninguém falou nada.

Depois Sophie disse: "Mas, Frances, o Colin não falou que você precisava sair, falou?".

"Não, não falou."

"Eu também não quero que vocês se mudem."

"Estamos sempre esquecendo o Andrew. E ele há de ter algumas idéias sobre o que fazer desta casa."

"E por quê? Se ele está se divertindo tanto controlando o mundo? Ele não haveria de querer nos ver infelizes."

Sylvia interveio: "Seria melhor não exagerar, Sophie. Você não vai continuar trabalhando até o fim, vai?". Agora que o brilho da animação das boas-vindas se apagara, dava para ver que estava tensa, nervosa e evidentemente esgotada.

Sophie torceu as mãos sobre a protuberância da barriga. "Bem... Eu tinha pensado... mas talvez..."

"Crie um pouco de juízo", disse Frances. "Já basta que..."

"Que eu seja tão *velha*, ah, sim, eu sei."

"Bem", interrompeu Sylvia, "eu queria dar uma palavrinha com o Colin."

"Ele está trabalhando", respondeu Sophie. "Ninguém ousa interromper quando ele está trabalhando."

"Azar, porque eu vou ter que fazer isso."

Ao passar por Frances, para voltar ao quarto, Sophie deu um abraço rápido nela e disse: "Não se mude, Frances. Por favor. Tenho certeza de que ninguém quer que vocês se mudem".

Frances a seguiu e encontrou William encolhido na cama, feito um animal com medo do perigo, ou alguém com muita dor. Ele dizia em voz alta: "Eu não quero ir. Eu não quero ir".

Ela o abraçou. "Pare com isso. Talvez nunca aconteça. Provavelmente não vai acontecer."

"Então me prometa."

"Não posso. Ninguém deve prometer alguma coisa da qual não tem certeza."

"Mas você tem quase certeza, não tem?"

"É, acho que tenho. Tenho."

Ela esperou, enquanto o garoto se arrumava para a aula de natação, depois disse: "Eu acho que a Margaret preferia ir embora, não é mesmo?".

"É. Ela quer ir morar com a mamãe. Mas eu não. A Meriel me odeia porque eu sou homem. Eu quero ficar com você e com meu pai."

Frances foi se aprontar para o ensaio, refletindo que fazia um bom tempo já que nem se lembrava de que um dia pensara em comprar uma casa e morar nela, auto-suficiente e dona do próprio nariz. O dinheiro que economizara para pagar a tal casa encolhera de forma alarmante. Uma boa porção fora consumida pela terapia de Meriel. Também estava pagando a pensão dela. Rupert vendera o apartamento de Marylebone, e dois terços do dinheiro tinham ido para

Meriel. Rupert e Frances, em conjunto, pagavam um bom aluguel para morar ali — eles e as duas crianças. Rupert arcava com a escola dos filhos. Frances ganhava dinheiro com diversos livros, folhetos, reimpressões, mas, quando fazia a soma, parte fora parar nas mãos de Meriel. Ou seja, ela estava numa posição bastante conhecida dos nossos tempos: sustentava uma primeira mulher.

Foi até o quarto conjugal com as duas camas, aquela onde dormira sozinha durante tanto tempo e a grande, que agora era o centro emocional de sua vida. Sentou-se na cama de solteiro e olhou para o pijama de Rupert, dobrado sobre o travesseiro. Era de popelina azul-esverdeada, um pijama muito sério, seriíssimo, mas, ao ser tocado, se mostrava acetinado, macio. Rupert, à primeira vista, devia dar a impressão de solidez, de força, mas, quando se via a delicadeza do rosto, as mãos sensíveis... Frances sentou-se então no lado de Rupert da cama e acariciou o pijama.

Por acaso estaria ela arrependida de ter dito sim para ele, para os filhos dele, para a situação — ou falta de situação? Nunca, nem por um instante. Era como se tivesse tropeçado, tão tarde na vida, com um conto de fadas e entrado numa clareira cheia de sol; chegava até a sonhar com isso e sabia que era com Rupert que sonhava. Ambos tinham sido casados, ambos tinham achado que seus parceiros, absolutamente desagradáveis, resumiam o significado do casamento, mas ambos tinham encontrado a felicidade que não esperavam e na qual não acreditavam. Levavam os dois uma vida externa agitada, ele no jornal, ela no teatro; os dois conheciam centenas de pessoas, mas eram todas parte daquela vida externa, e o que estava no centro das coisas era aquela cama ampla, onde tudo ficava entendido e nada precisava ser dito. Frances acordava de um sonho e dizia — primeiro com seus botões, em seguida para Rupert — que sonhara com a felicidade. Que zombassem o quanto quisessem de quem se atrevia — e claro que zombavam —, mas a felicidade existia e estava bem ali, ali onde estavam eles, contentes, feito gatos ao sol. Mas essas duas pessoas de meia-idade — o bom-tom lhes daria esse nome — guardavam no peito um segredo que murcharia se exposto. E eles não eram os únicos: a ideologia decretara ser impossível essa condição e, sendo assim, ficavam todos de bico fechado.

Voltar para uma casa que você amou, onde foi acolhida, protegida, que a recebeu nos braços e que você puxava para cima da cabeça, como um cobertor, uma casa onde você se enfurnou feito um animalzinho perdido — mas a casa não é mais sua, é a casa dos outros... Sylvia subiu a escada com pés que conheciam cada degrau, cada volta. Aqui se agachara, ouvindo os ruídos e as risadas que saíam da cozinha, achando que jamais seria aceita nela; aqui Andrew a encontrara e a levara para cima, para a cama, e lhe dera um chocolate que tinha no bolso. Aqui fora seu quarto, mas teve de passar reto. Aqui eram os quartos de Andrew e de Colin. Subiu até o último andar, onde Julia morara, sem saber em que porta deveria bater, mas adivinhou corretamente, porque a voz de Colin disse "entre" e de repente lá estava ela, na antiga saleta de Julia, vendo Colin à — não, não era a pequena escrivaninha de Julia e sim uma outra, enorme, que pegava uma parede inteira. Se tudo que pertencera a Julia tivesse sido retirado e agora fosse tudo novo, novos móveis, teria sido fácil, mas lá estavam a poltrona de Julia e sua pequena banqueta de apoio para os pés, e foi como se o aposento ao mesmo tempo lhe desse as boas-vindas e a repelisse. Colin exibia um ar de desregramento absoluto. Estava inchado, um homenzarrão que muito em breve seria uma banha só se ele não... Ele disse: "Sylvia, por que saiu correndo daquele jeito ontem à noite? Quando eles me contaram hoje de manhã...".

"Tudo bem. Não tem importância. Eu vim porque preciso falar com você sobre outra coisa."

"E eu peço desculpas. Esqueça o que eu disse ontem. Você me pegou num mau momento. Se eu fiz críticas a Sophie — esqueça. Eu a amo. Sempre amei. Lembra que — formávamos sempre — uma dupla?"

Sylvia sentou-se na poltrona de Julia, sabendo que seu coração iria doer se não tomasse cuidado, por Julia, e ela não queria isso, não queria desperdiçar tempo com... Colin estava diante dela, de costas para a enorme escrivaninha, numa cadeira giratória. Esparramado nela, as pernas estendidas, sorriu, numa autocrítica cruel da própria bebedeira.

"E tem mais uma coisa. Que direito temos nós de esperar qualquer tipo de normalidade? Com o histórico da família? Só guerra, tumultos, e mais os camaradas? Que besteira!" Ele riu, e o cheiro de álcool encheu a sala.

"Você vai ter que parar de beber, se não quiser prejudicar o bebê. Você pode deixá-lo cair ou..."

"O quê? Eu posso o quê, minha pequena Sylvia?"

Ela soltou um suspiro e disse com toda a delicadeza, apresentando a história com humildade, como se lhe mostrasse uma ilustração num livro: "Joshua, o homem de quem lhe falei — ele é negro... ele deixou cair o filho de dois anos na fogueira. A criança sofreu queimaduras graves que... claro, se isso acontecesse aqui, haveria um tratamento adequado para ele".

"Bem, Sylvia, eu não creio que vá deixar cair nosso filho na fogueira. Estou perfeitamente ciente de que sou... de que eu poderia ser mais adequado." A resposta foi tão cômica que Sylvia riu e Colin também, mas não na mesma hora. "Eu estou um caco. Afinal esperar o quê, da prole do camarada Johnny? Mas sabe de uma coisa? Enquanto eu era apenas um urso na caverna, dando minhas passadinhas num pub, saindo para um caso aqui e um *relacionamento* ali — eis aí uma palavra que foge a toda e qualquer questão verdadeira —, bem, eu não me considerava um caco. Mas, assim que a minha Sophie veio morar comigo e nos tornamos uma família feliz, eu soube que não passo de um urso que não foi domesticado. Não entendo como ela me agüenta."

"Colin, eu queria muito falar com você sobre outra coisa."

"Eu digo para ela que, com perseverança, talvez um dia ela ainda consiga fazer de mim um marido."

"Por favor, Colin."

"O que você quer que eu faça?"

"Eu quero que você visite a Zimlia, veja as coisas por si mesmo e escreva a verdade."

Silêncio. O sorriso de Colin era delicadamente satírico. "Como isso me leva de volta ao passado! Sylvia, você se lembra quando os camaradas viviam visitando a União Soviética ou paraísos comunistas associados para ver por si mesmos, e voltavam contando a verdade? No fundo, temos pleno direito de concluir, com a percepção posterior que nos foi legada, a nós, herdeiros sortudos, que o melhor jeito de não se descobrir a verdade é ir visitar algum lugar para ver com os próprios olhos."

"Quer dizer que não quer ir?"

"Não, não quero. Não sei nada sobre a África."

"Eu poderia lhe contar. Você não percebe? O que está acontecendo não tem nada a ver com aquilo que os jornais dizem."

"Espere um pouco." Ele girou na cadeira, abriu uma gaveta, encontrou um recorte de jornal e disse: "Está vendo isto?". Estendeu o recorte.

Assinado: Johnny Lennox.

"Sim, eu vi. A Frances me mandou. É tamanha baboseira, o Camarada Líder não é como dizem os jornais."

"Mas que surpresa!"

"Quando vi o nome do Johnny, não acreditei. Ele se tornou um especialista em África, então?"

"Por que não? Todos os ídolos que possuíam acabaram mostrando os pés de barro, mas ânimo! Existe um estoque ilimitado de grandes líderes na África, velhacos, tiranos e ladrões, de modo que os pobres coitados que precisam amar um líder podem agora amar os líderes negros."

"E, quando há um massacre, uma guerra tribal ou alguns poucos milhões desviados, tudo que eles têm a fazer é murmurar: 'trata-se de uma cultura diferente'", disse Sylvia, sucumbindo aos prazeres do despeito.

"Além do mais, o coitado do Johnny precisa comer. Dessa forma, ele sempre será convidado por esse ou aquele ditador."

"Ou por uma conferência, para discutir a natureza da liberdade."

"Ou por um simpósio sobre a pobreza."

"Ou por um seminário organizado pelo Banco Mundial."

"Na verdade, eis aí parte do problema — os velhos comunas não podem tergiversar sobre liberdade e democracia, mas é o que consta da agenda, agora. Meu pai já não é mais tão procurado quanto era antes. Ah, Sylvia, que falta você faz. Por que foi morar tão longe? Por que não podemos continuar todos aqui nesta casa para sempre e esquecer o que se passa do lado de fora?" Estava animado de novo, perdera a palidez da ressaca, ria.

"Eu forneço os fatos, o material, e você podia escrever alguns artigos."

"Por que não pede ao Rupert? Ele é um jornalista sério." E acrescentou: "Um dos melhores. Ele é muito bom".

"Mas quando eles são tão conhecidos assim, não gostam de assumir riscos. Está todo mundo dizendo que a Zimlia é uma maravilha. Ele ficaria numa situação delicada, e sozinho."

"Mas é disso que eles gostam, de ser os primeiros."

"Então por que ele não é? Eu poderia pedir ao padre McGuire para esboçar um artigo que você usaria como base."

"Ah, sim, o padre McGuire. Segundo o Andrew, até conhecer o padre ele não entendia o significado de capão cevado." Sylvia ficou aborrecida. "Desculpe."

"Ele é um bom homem."

"E você uma boa mulher. Nós não somos dignos de você — sinto muito, sinto muito, mas minha pequena Sylvia, será que não percebe que estou com inveja de você? É essa sua candura límpida e sincera — de onde veio isso? — ah, sim, claro, você é católica." Ele se levantou, colocou Sylvia nos joelhos e enterrou o rosto no pescoço dela. "Eu juro que você cheira a sol. Eu estava pensando ontem à noite, quando você foi tão boazinha comigo, ela cheira a sol."

Sylvia não estava confortável. Nem ele. Era incongruente, essa posição, e para ambos. Ela voltou para a poltrona.

"E você vai tentar beber menos?"

"Vou."

"Promete?"

"Prometo, Sylvia, sim, Sonia, prometo."

"Vou lhe mandar o material."

"Farei o possível."

Sylvia bateu no apartamento do subsolo, escutou um "quem é?" ríspido, enfiou a cabeça no vão da porta e, ao pé da escada, uma mulher magra, dentro de uma calça comprida havana muito elegante, camisa havana e cabelos cor de cobre curtinhos, olhava para ela. Uma mulher afiada feito uma faca.

"Eu já morei nesta casa", disse Sylvia. "E fiquei sabendo que você vai morar com a minha mãe."

Meriel não arrefeceu na inspeção hostil. Depois virou as costas para Sylvia, acendeu um cigarro e disse, em meio a uma nuvem de fumaça: "Esse é o plano no momento, exato".

"Eu sou a Sylvia."

"Desconfiei que fosse."

Os aposentos para os quais olhava estavam do mesmo jeito de antes, mais para apartamento de estudante, só que bem bagunçados. Pelo visto, Meriel estava de mudança. Ela se virou para dizer: "Eles querem este espaço. Sua mãe gentilmente me ofereceu um lugar para eu ficar até encontrar outra coisa".

"E vai trabalhar com ela?"

"Depois que terminar meu treinamento, vou trabalhar por conta própria."

"Entendo."

"E, quando tiver minha casa, vou levar as crianças comigo."

"Ah, bem, eu imagino que vá dar tudo certo no fim. Desculpe tê-la incomodado. Eu só queria — olhar, lembrar do passado."

"Não bata a porta. Esta casa é muito barulhenta. As crianças fazem o que querem."

Sylvia tomou um táxi até a casa da mãe. Nada mudara muito por lá. Incenso, símbolos místicos em almofadas e cortinas, e a mãe, grandalhona e brava, mas toda sorrisos acolhedores.

"Que gentileza a sua ter se dado ao trabalho de vir me ver."

"Estou voltando para a Zimlia esta noite."

Phyllida examinou lenta e detidamente a filha. "Bem, Tilly, você está uma secura que faz dó. Por que não usa um creme na pele?"

"Vou usar. Você tem razão. Mãe, acabei de conhecer a Meriel."

"É mesmo?"

"E o que houve com Mary Constable?"

"Tivemos um desentendimento."

Frase que lhe trouxe de volta uma enxurrada de lembranças, ela e a mãe, numa pensão ou num quarto mobiliado, sempre de mudança, em geral por falta de pagamento do aluguel; senhorias que eram amigas do peito mas que se tornavam inimigas, e a frase: "Tivemos um desentendimento". Tantos, com tanta freqüência. E depois Phyllida se casou com Johnny.

"Eu sinto muito."

"Tudo bem. Tem muito peixe para ser fisgado. Ao menos Meriel já teve filhos. Ela sabe o que significa ter um filho roubado de si."

"Bem, eu estou indo, só dei uma passadinha."

"Eu não esperava que sentasse e tomasse um chá comigo."

"Eu aceito um chá."

"Aqueles pestinhas dos filhos da Meriel. Eles dão um trabalho danado."

"Então talvez tenha sido uma sorte se livrar deles."

"Para cá é que eles não vêm, ela que não pense."

"Se vamos tomar um chá, é melhor que seja agora. Está quase na hora de eu ir para o aeroporto."

"Então é melhor ir andando, não acha?"

De novo, lá estava Sylvia no saguão de desembarque do aeroporto de Senga, tão lotado quanto da primeira vez e com os mesmos dois tipos de gente divididos pela cor e sobretudo pelo status. Entretanto ocorrera uma mudança. Quatro — não, cinco anos antes, as pessoas pareciam vigorosamente confiantes, é verdade, mas a guerra era ainda muito recente e, nos rostos e no comportamento, havia uma inquietude traquejada, como se a notícia da paz ainda não tivesse sido assimilada pelo organismo inteiro: os nervos continuavam retesados, à espera de más notícias. Agora, porém, o pessoal estava exuberante, jubiloso com o sucesso das compras feitas em Londres que sobrecarregavam de tal maneira a modesta esteira rangente que malas enormes, geladeiras, valises e móveis despencavam e eram arrastados aos trancos por seus donos risonhos. Nunca houve viajantes mais felizes consigo mesmos; no avião, entre os brancos, a expressão *nova nomenclatura* circulara com sabor de fofoca.

E, de novo, lá estava a mesma divisão no vestuário: a nova elite de paletó, gravata e colete, enxugando o suor copioso do rosto, e os brancos de jeans e camiseta, a caminho de uma centena de diferentes postos humildes no interior ou na cidade. Não demorou para que a atenção das duas categorias tão diversas se voltasse para um único foco: uma jovem negra muito bonita, de uns dezoito anos talvez, que exibia as roupas avançadas de um estilista famoso qualquer, saltos altos como dois espetos e, no rosto, a zanga petulante dos jovens mimados. Ela pegara dois carregadores. E da esteira de bagagens estavam sendo erguidas uma, duas, três, quatro — acabou? — não, sete, oito malas Vuitton. "Boy, traga isso para cá." A ordem saíra na voz ardida e peremptória que ela aprendera com as madames brancas dos tempos de outrora — ninguém ousaria empregá-la agora. "Boy — rápido." A jovem avançou até a frente da fila. "Boy, mostre minhas malas para o inspetor." Um negro corpulento que se achava na fila lhe disse alguma coisa, avuncular, possessivo, com o objetivo de afirmar seu relacionamento com a hipnotizadora das multidões, enquanto a própria atirava a cabeça para trás, lançando para ele um sorriso semi-satisfeito e semi-Quem *você* pensa que é para me dizer o que devo fazer? Todos os negros observavam orgulhosos essa façanha da Independência, ao passo que dos meros mortais de cara branca não saiu nenhum comentário, embora houvesse sem dúvida uma troca de olhares. Eles discutiriam o incidente mais tarde, quando estivessem na segurança de suas casas. Na alfândega, ela disse: "Eu sou a filha do Fulano de Tal" — um ministro de primeiro escalão — e para os carregadores: "Boy...

boy — me sigam". E passou pelos funcionários da alfândega e depois pelos da imigração como se não existissem.

Sylvia tinha quatro caixotes grandes, além de uma mochila pequena com suas roupas, mas, mesmo vendo a facilidade com que o aval da marca a giz era distribuído a bagagens colossais, sabia que não poderia contar com tratamento semelhante. Desta vez, não tivera sorte com o companheiro de viagem. Procurava entre os inspetores da alfândega pelo jovem animado de fisionomia simpática que a atendera da primeira vez, mas ou estava de folga ou se transformara num funcionário correto. Quando chegou sua vez na fila, um homem de cenho franzido a esperava.

"E o que vem a ser tudo isso que está trazendo?"

"São duas máquinas de costura."

"E para que é que você quer máquinas de costura? São para algum negócio?"

"Não, são presentes para as mulheres da missão de Kwadere."

"Presentes. E o que elas vão lhe pagar pelos presentes?"

"Nada", disse Sylvia, sorrindo para ele: sabia que as máquinas de costura o haviam tocado, talvez tivesse visto a mãe ou a irmã trabalhando numa. Mas venceu o dever.

"Elas terão que ir para o depósito. E será informada quanto deve pagar para liberá-las." Os dois caixotes foram puxados de lado: Sylvia sabia que era muito improvável que voltasse a vê-los. Os caixotes seriam "extraviados".

"E isso aqui, o que é tudo isso?" O sujeito bateu na lateral das caixas como se fossem portas.

"Livros. Para a missão."

Na hora surgiu no rosto do homem um olhar que ela conhecia bem: fome. Ele pegou um pé-de-cabra e ergueu a tampa de um caixote — livros. Apanhou um, virou as páginas, sem pressa, e suspirou. Largou o livro lá dentro, usou o pé-de-cabra para tornar a fechar a tampa e parou, indeciso.

"Por favor — são muito necessários, esses livros."

Era uma situação delicada, de resultados imprevisíveis. "Certo", ele disse. Sylvia trocara duas máquinas de costura pelos livros, mas sabia o que as mulheres da missão teriam escolhido.

Passou pela imigração sem dificuldades e lá estava a irmã Molly esperando, sorridente, delineada por aquela luz fulgurante que indicava chuva recente e ar limpo. A estação das águas chegara. Tarde, mas chegara. No entanto a pergunta agora era: será que iria durar? Nos últimos três, quatro anos, as chuvas tinham de fato rompido com a longa seca, mas não duraram muito. A região estava oficialmente sendo classificada como área de seca, ainda que nesse dia fosse impossível acreditar nisso, com aquelas nuvens brancas complacentes navegando pelo azul e poças para todo lado. A luz do sol rebrilhava na cruz de irmã Molly, luzia nas pernas fortes, bronzeadas. Saudável, essa era a palavra para ela. E saudável era a cena que tinha pela frente, tudo robusto, vigoroso, árvores e arbustos recém-lavados de chuva e uma multidão bem-humorada desaparecendo no interior de carros oficiais e microônibus. Sylvia se sentiu bem outra vez. Sua visita a Londres não tivera muito sucesso, exceto pelas caixas de livros. Mas a experiência fechou-se de estalo lá atrás. Londres lhe parecia irreal: aquilo diante dela era real.

O banco traseiro do calhambeque de irmã Molly afundou sob o peso dos caixotes. E ela começou a falar no mesmo instante, com notícias de que tinha havido alguns escândalos. Ministros haviam sido acusados de aceitar suborno, e de roubar também. Falava com o contentamento que confirma a satisfação de estar tudo saindo conforme o esperado. "E o padre McGuire disse que houve uma encrenca na missão. Eles foram acusados de roubo."

"Que absurdo."

"O absurdo às vezes tem um poder imenso." E Sylvia achou que o olhar da freira — afinal, ela era uma freira — fora um tanto recriminatório — cautelar — demais para a ocasião. Havia algo errado, ali. Não convinha descartar nada do que ela dissesse. Irmã Molly era uma moça com excelente formação. Era responsável por um projeto que levava professores dos Estados Unidos e da Europa para lecionar durante dois anos na Zimlia, devido à carência de professores negros, providência que vinha sendo — até o momento — muito bem aceita pelo governo porque economizava salários. Alguns ensinavam em escolas de regiões remotas, e irmã Molly vivia o tempo inteiro na estrada, para ver como estava se saindo seu rebanho. "Alguns são de famílias abastadas e não fazem a menor idéia de para onde estão vindo, daí de repente se vêem numa escola como a de Kwadere, e o choque é muito grande." Crises nervosas, acessos de depressão, colapsos de toda espécie eram tratados por essa mulher competente como ossos do ofício: ainda por cima, era boa, sabia consolar, e eis que uma coisinha fofa e superprotegida da Filadélfia ou de Los Angeles de repente se pegava sendo embalada no seio das profundezas — "pronto, pronto, passou" — dos braços de Molly, que começara a vida numa casa humilde em Galway. "E soube também que houve mais problemas na escola, o diretor fugiu com o dinheiro, e o padre McGuire está trabalhando dobrado de novo. Mas é muito curioso, não é mesmo? Todos esses professores e ladrões malvados, eles acham que são invisíveis, que nenhum de nós, nem a polícia, enxerga nada, mas me diga, o que será que passa pela pobre cabeça dessa gente?" — no entanto a irmã Molly não queria uma resposta, queria falar, e queria que Sylvia escutasse. E não demorou para voltar a seu verdadeiro centro de gravidade, que era o Santo Padre e suas deficiências, porque, além de ser homem, estava "pondo idéias na cabeça" dos padres que trabalhavam em várias partes do mundo. Ouvir essa enfiada de palavras, no contexto em que eram ditas — porque já fora uma das principais queixas dos brancos que as missões "punham idéias" na cabeça dos negros —, era de uma comicidade estranha, a mesma que Colin utilizava como combustível em seus livros: a infinita incongruência de que a vida é capaz. (Pouco antes de ir para Londres, Sylvia escutara da boca de Edna Pyne que o nível de delinqüência vigente se devia ao fato de terem posto idéias na cabeça dos negros cedo demais no desenvolvimento evolucionário deles.)

"E que idéias seriam essas?", Sylvia conseguiu replicar, mas ouviu apenas o velho refrão de Molly de que o papa era sexista e não entendia as provações das mulheres. Controle da natalidade, disse a irmã, essa era a chave, o papa podia até ter as chaves do céu, e não seria ela quem iria discutir sobre esse assunto, mas ele não entendia esta Terra. Queria só ver se ele tivesse sido criado com uma tribo de nove pestinhas e não tivesse dinheiro suficiente para pôr comida na boca da turma, aí sim, ele dançaria conforme uma música diferente. E, num estado de suave e tranqüila indignação, a irmã Molly dirigiu até a Missão de São Lucas, onde largou Sylvia com suas caixas de livros. "Não, eu não vou entrar. Caso contrário, teria que fazer uma visita à moradia das irmãs." E Sylvia ouviu, como aliás fora a intenção, mordomia das irmãs.

A casa do padre sobressaindo em meio à poeira, as acácias judiadas, o sol destacando a residência das freiras, a meia dúzia de telhados da escola na pequena colina — que insignificante parecia isso tudo, um rasgo tão raso na velha paisagem —, ela estava de volta ao lar, sim, era o que sentia — e seu lar podia ser varrido por um pé de vento. Parou diante da varanda com o cheiro de terra molhada entrando pelas narinas e o calor subindo pelas pernas. Depois

Rebecca apareceu, com um grito de "Sylvia. Ah, Sylvia!". E as duas se abraçaram. "Ah, Sylvia, que falta você faz!" Nesse abraço, Sylvia voltou a sentir a mesma impressão de fugacidade, de impermanência. O corpo de Rebecca era um feixe de ossos, uma coisinha de nada, e, quando se afastou para olhá-la de frente, viu que os olhos estavam afundados no crânio, debaixo do velho lenço.

"O que houve, Rebecca?"

"Certo", respondeu ela, significando com isso: eu vou contar. Mas antes pegou Sylvia pela mão e levou-a para dentro da casa, onde a colocou à mesa, sentando-se em frente. "Meu Tenderai está doente." Sem disfarces, os dois pares de olhos se investigavam. Dois dos filhos de Rebecca já tinham morrido, outro estivera doente por um tempão, e agora era Tenderai. A fonte da doença era o marido de Rebecca, que ainda gozava de boa saúde, aparentemente, mas estava magro e bebia muito. Segundo todas as regras da probabilidade, Rebecca era soropositiva, mas, sem um teste, como saber? E, se fosse, fazer o quê? Muito improvável que estivesse dormindo com esse e aquele, espalhando a moléstia fatal.

Sylvia ficara fora uma semana.

"Certo", disse Sylvia por sua vez, usando esse novo ou quase novo idioma que agora dava a impressão de iniciar todas as frases. Significava que absorvera a informação e compartilhava o receio de Rebecca. Depois disse: "Vou examiná-lo. Talvez seja só uma doença passageira".

"Espero que sim", respondeu Rebecca e, depois, deixando as preocupações familiares, acrescentou: "O padre McGuire está trabalhando muito, muito mesmo".

"Estou sabendo. E que história é essa de roubo?"

"Uma bobagem. Por causa das caixas de equipamento do hospital que fomos ver. Estão dizendo que você roubou."

Ora, Sylvia estivera pensando — sim, porque em Londres seus pensamentos continuaram com a missão — que era apenas uma questão de bom senso voltar ao hospital abandonado e pegar dali tudo que pudesse ser usado. Mas havia algo mais, e Rebecca não estava abrindo o jogo. Ela olhava para o vazio, o rosto tenso de constrangimento e apreensão.

"Por favor, me conte, Rebecca. O que está havendo?"

Ainda assim ela não olhou para Sylvia, mas falou que era tudo uma grande bobagem. Os caixotes estão amaldiçoados. "O *n'ganga* disse que ia acontecer coisa ruim para todo mundo que roubasse qualquer coisa do hospital." Em seguida levantou-se e disse que precisava preparar o almoço do padre McGuire e que esperava que Sylvia estivesse com fome, porque fizera um arroz-doce especial.

Enquanto permaneceram sentadas frente à frente, a mente de ambas concentrada em Tenderai e nos outros filhos de Rebecca, os mortos e os vivos, houvera uma franqueza e confiança absolutas entre elas. Mas agora Sylvia não escutaria mais nada, porque desse assunto Rebecca sabia que ela não entendia.

Sylvia sentou na cama, rodeada de paredes de tijolo, e olhou para as mulheres de Leonardo, que pareciam estar lhe dando as boas-vindas. Depois virou para o crucifixo na cabeceira da cama, com a intenção deliberada de afirmar certas idéias que lhe passavam com insistência cada vez mais premente pela cabeça. Quem endossa os milagres da Igreja católica não pode acusar ninguém de superstição: era essa a linha de pensamento que seguia, e estava longe de ser uma crítica à religião. Aos domingos, a congregação que vinha receber a Eucaristia do padre McGuire acreditava estar tomando o sangue de Cristo e comendo de sua carne. Aos poucos, Sylvia começara a perceber quanto a vida dos negros com quem convivia estava enraizada em superstição. O que ela queria era entender tudo aquilo, e não fazer o que chamava de "comentários intelectuais inteligentes". Do tipo que Colin e Andrew fariam, disse consigo mesma. Mas era incontestável: havia uma área onde ela, Sylvia, não podia entrar e que não devia criticar, tanto em Rebecca quanto em qualquer outro trabalhador negro, ainda que Rebecca fosse sua amiga.

Teria de ir falar com os Pynes, se o padre McGuire não quisesse ajudar. No almoço, tocou no assunto. De pé, junto ao aparador, Rebecca confirmou, quando o padre apelou para ela: "Certo. É verdade. E agora o pessoal que pegou as coisas está adoecendo, e o povo anda dizendo que é por causa do que o *n'ganga* avisou".

O padre McGuire não estava com bom aspecto. Tinha a pele amarelada; as manchas febris no rosto irlandês, de maçãs largas, reluziam. Parecia impaciente e irritado. Era a segunda vez em cinco anos que se via obrigado a lecionar em jornada dupla. A escola caía aos pedaços, e o senhor Mandizi se limitara a repetir que informara Senga da situação. O padre voltou para a escola sem tirar a soneca de hábito. Sylvia e Rebecca desempacotaram os livros, fizeram prateleiras com tábuas e tijolos, e em pouco tempo uma das paredes, a da pequena penteadeira, estava coberta deles. Rebecca chorara ao saber que as máquinas de costura haviam sido confiscadas — contava ganhar um dinheirinho extra costurando na dela, mas as lágrimas que derramara ao ver e tocar os livros eram de alegria. Chegou a beijá-los. "Ah, Sylvia, que maravilha ter pensado em nós e ter trazido estes livros."

Sylvia desceu para o hospital, onde Joshua cochilava debaixo de uma árvore, como se não tivesse arredado pé dali na ausência dela, e onde os meninos a receberam com alegria ruidosa. Sylvia cuidou dos pacientes, muitos deles com tosses e resfriados contraídos devido à súbita mudança na temperatura, com o início das chuvas. Depois pegou o carro e foi até a fazenda dos Pynes, que preenchia um espaço preciso em sua vida: sempre que necessitava de informação, era para lá que se dirigia.

Os Pynes tinham comprado a fazenda depois da Segunda Guerra Mundial, nos anos 50; eram parte da última leva de imigração européia. Plantaram sobretudo tabaco e se deram bem. A casa ficava numa colina de onde se descortinava uma sucessão de morros altos e ondulados que, na seca, ficavam azuis de fumaça e névoa, mas que estavam então muito verdes — de folhagem; e cinzentos — das pedras de granito. A varanda de pilares era ampla o suficiente para grandes festas, que, antes da Libertação, haviam sido muitas, mas agora rareavam, com a partida de tantos brancos. O chão era de cimento vermelho encerado e, sobre ele, se espalhavam algumas mesinhas baixas, cães e alguns gatos. Cedric Pyne estava tomando chá e afagando a cabeça da sua favorita, uma cadela *ridgeback* chamada Lusaka. Edna Pyne, de calça e camisa elegantes, a pele brilhando de creme, se achava ao lado da bandeja de chá, com sua cadela Sheba, irmã de Lusaka, deitada o mais perto possível da cadeira. Escutava a peroração do marido a respeito das deficiências do novo governo. Sylvia tomava chá e ouvia também.

Obrigada a escutar a irmã Molly discorrer sobre o papa e sua arraigada masculinidade; obrigada a ouvir o padre McGuire dizer todo santo dia que estava velho, que não servia mais para aquilo, que ia voltar para a Irlanda; obrigada a agüentar as lamúrias de Colin sobre sua situação com Sophie, tinha agora de continuar atenta e dar tempo ao tempo até poder mencionar o que a levara até lá.

Não era difícil entender o principal pomo da discórdia — os fazendeiros brancos. Alvo principal do ódio dos negros, sobre eles choviam insultos toda vez que o Líder abria a boca, mas eram os fazendeiros brancos que ganhavam a moeda forte que mantinha o país funcionando e, principalmente, que pagava os juros de empréstimos forçados goela abaixo por... Com seus botões, Sylvia viu Andrew, um sujeito jovial e sorridente, apresentando numa das mãos um cheque enorme, com uma série de zeros enfileirados, e, com a outra, recebendo outro cheque com um número idêntico de zeros. Essa era a taquigrafia visual que ela inventara para explicar o mecanismo da Global Money a Rebecca, que dera uma risadinha, soltara um suspiro e dissera: "Certo".

Devido ao socialismo do Líder, adquirido tardiamente na vida e com toda a força de uma conversão religiosa, várias das medidas que ele acreditava serem essenciais ao marxismo adquiriram força de lei. Uma delas era a de que empregado nenhum poderia ser despedido, o que significava que todo empregador tinha de arcar com o peso-morto de empregados que, se sabendo seguros, bebiam, trabalhavam pouco, ficavam à toa e roubavam o que lhes aparecesse pela frente — assim como seus superiores. Esse era um dos itens da ladainha que Sylvia ouvia o tempo inteiro. Outro era que não conseguiam comprar peças sobressalentes para as máquinas que quebravam, nem comprar máquinas novas. As que chegavam a ser importadas iam direto para os ministros e suas famílias. Tais queixas, as mais freqüentes, eram as menos graves; assim como tantos outros fatos básicos, cruciais e importantes, a queixa principal quase nunca vinha à baila simplesmente porque era óbvia demais para ser mencionada. Sobre os fazendeiros brancos pesava uma ameaça perene de expulsão, eles receavam a ocupação de suas fazendas, de modo que não se sentiam seguros, não sabiam se deviam investir ou não, viviam sempre em dúvida. Então Edna Pyne interveio para dizer que estava cansada, que queria ir embora dali. "Eles que fiquem com tudo, e aí, depois que tivermos partido, é que vão entender o que perderam."

A fazenda, solo virgem quando comprada, sem um hectare limpo de terra, que dirá aquele casarão enorme, estava agora equipada com diversas benfeitorias — celeiros, galpões, currais, poços, cacimbas e, melhoria recente, um grande açude. Todo o capital que tinham estava enterrado ali. Eles não possuíam nada quando chegaram.

Num tom ríspido, que Sylvia já ouvira antes, Cedric repetiu: "Eu não vou desistir, Edna. Eles terão que me arrancar daqui".

E começou então a lamúria de Edna. Desde a Libertação, andava difícil comprar até o básico, como um café decente ou uma lata de sardinha. "Eles" não conseguiam nem sequer manter o fornecimento de fubá destinado aos trabalhadores, ela precisava estocar a farinha, um quartinho cheio de fubá até o teto, para a próxima vez em que os trabalhadores viessem mendigar comida. Não agüentava mais os insultos. Eles — os Pynes — estavam pagando a mensalidade escolar de doze crianças negras, no momento, mas ninguém do maldito gabinete do governo dava o menor crédito aos fazendeiros, por nada. Eram presunçosos, incompetentes, ineficientes, só se importavam com o próprio bolso, ela estava cheia disso tudo...

Ela necessitava desabafar, o marido sabia disso, um e outro tinham de descarregar as mágoas em cima de qualquer cara nova que aparecesse na varanda. Ele continuou em silêncio, olhando para além da plantação de tabaco — verdejante — na direção de onde as nuvens se acumulavam para uma possível chuvarada à tarde.

"Você é louco, Cedric", disse a mulher, diretamente para ele, numa evidente continuação de muitas altercações privadas. "Devíamos largar tudo isto aqui enquanto é tempo e ir para a Austrália, como fizeram os Freemans e os Butlers."

"Nós não somos tão jovens quanto eles", disse Cedric. "Você sempre se esquece disso."

Mas ela continuou. "E as besteiras que temos que agüentar. A mulher do cozinheiro está doente e diz que pegou mau-olhado. Está é com malária, porque não gosta de tomar o remédio. Eu digo para eles, vivo dizendo para eles, se vocês não tomarem o remédio, vão ficar doentes. Agora, que aquele *n'ganga* deles tem mais autoridade sobre o que se passa no distrito do que qualquer funcionário do governo, lá isso tem."

Sylvia interrompeu aquele jorro veemente: "Era isso que eu queria perguntar a vocês. Preciso de um conselho".

De imediato dois pares de olhos azuis se fixaram nela: dar conselhos, era para isso que se sabiam equipados. Sylvia esboçou a história. "De modo que agora eu sou ladra. E que praga foi essa que rogaram em cima do novo hospital?"

Edna se permitiu dar uma risada fraca, raivosa. "E lá vamos nós outra vez. Viu só? Pura burrice. Quando acabou o dinheiro para o novo hospital..."

"E por que acabou? Às vezes me dizem que era dos suecos, depois falam nos alemães, quem era o doador?"

"E importa? Suecos, dinamarqueses, americanos, a cambada toda — o fato é que o dinheiro sumiu da conta bancária em Senga, e eles puxaram o carro. O Banco Mundial, ou a Global Money, a Caring International ou qualquer outro, há centenas desses idiotas bem-intencionados, eles estão tentando obter novos fundos, mas até agora não tiveram muita sorte. Não sabemos o que está havendo. Nesse meio-tempo, os caixotes de equipamentos estão lá, apodrecendo, pelo que dizem os negros."

"E estão mesmo, eu vi. Mas por que mandar os equipamentos antes de o hospital estar construído?"

"Típico", disse Edna Pyne, com a satisfação de estar certa, uma vez mais. "Não pergunte por quê. Se é por incompetência, o melhor é nem perguntar. Era para o hospital ter ficado pronto, funcionando, em seis meses; já se viu besteira maior?; mas também esperar o quê, daqueles idiotas em Senga? De modo que o chefão local, o senhor Mandizi, como ele se auto-intitula, foi até o *n'ganga* e pediu para ele espalhar por aí que tinha rogado uma praga em qualquer pessoa que roubasse ou pusesse um dedo em alguma coisa dos caixotes."

Cedric Pyne soltou uma risada curta, desdenhosa. "Muito bom. Ora, Edna, convenhamos que foi muito bem pensado."

"Se você acha, querido. O fato é que funcionou. Mas aí, pelo visto, você foi lá e se serviu dos despojos. O encanto se quebrou."

"Meia dúzia de comadres", disse Cedric.

"Por que ninguém me disse nada? Seis mulheres do nosso povoado foram junto conosco. Elas simplesmente -— pegaram o quiseram. Não me contaram nada."

"Bem, e não iriam contar nada mesmo. Você é da missão, o seu Deus, a Igreja e o padre McGuire vivem repreendendo a todos por serem supersticiosos. Mas, com você ali, elas provavelmente pensaram que o *muti* de Deus era mais forte que o do curandeiro deles."

"Pois é, mas pelo visto não era. Porque agora as pessoas estão morrendo porque roubaram coisas dos caixotes do hospital. Pelo menos é o que diz Rebecca. Só que estão morrendo de AIDS."

"Ah, a AIDS!"

"Por que vocês usam esse tom? É fato."

"Porque essa é a última maldita gota d'água", disse Edna Pyne, "só por isso.

Eles vêm lá do alojamento deles querendo *muti*. Eu digo que não tem *muti* para AIDS, e parece que eles acham que eu tenho *muti* mas não quero dar para eles."

"Eu conheço o *n'ganga*", disse Sylvia. "Às vezes eu peço ajuda para ele."

"Para mim, parece a história da ovelha entrando na toca do leão, se quer saber", disse Cedric.

"Não mexa com essas coisas...", disse Edna sem se conter, num tom irritado e intencional.

"Quando aparecem casos que a nossa medicina não alcança — como sempre me aparecem —, eu peço ao *n'ganga* que vá vê-los, isso quando a Rebecca me diz que eles acham que estão com mau-olhado. Eu peço para ele dizer que não tem — praga nenhuma, ou seja lá o que for... Eu peço... não quero me intrometer com a medicina dele. Só quero ajuda. Da última vez, ele visitou todo mundo que estava por ali no hospital — eu achava que iriam morrer. Não sei o que ele disse, mas alguns simplesmente se levantaram e saíram — estavam curados."

"E os outros?"

"O *n'ganga* sabe sobre a AIDS — sobre a 'Finura'. Sabe mais a respeito do que o pessoal do governo. Ele disse que não tem como curar a AIDS, que só pode tratar alguns sintomas, como a tosse. Vocês não percebem — para mim é bom, poder usar a medicina dele. Eu tenho tão pouco. Metade do tempo, não conto nem com antibióticos. Quando fui verificar o barracão dos remédios, hoje à tarde — eu estive em Londres —, não havia quase nada lá, boa parte foi roubada." A voz de Sylvia soou ardida, depois lacrimosa.

Os Pynes trocaram um olhar entre si e Edna disse: "Você está levando tudo muito a sério, e isso não é bom".

"Veja só quem fala", disse Cedric.

"Reconheço", disse ela ao marido. E, para Sylvia: "Eu sei como é. Você volta da Inglaterra, e está com a adrenalina a toda, e vai em frente e, de repente — puf, está no chão e não consegue se mexer durante alguns dias. Agora você vai se deitar um pouco. E eu vou ligar para a missão e avisá-los".

"Espere um pouco", disse Sylvia, lembrando-se do mais importante que queria lhes perguntar. Durante o almoço, ouvira dizer que ela — Sylvia — era uma espiã sul-africana.

Chorando, porque parecia incapaz de parar, ela lhes contou sobre isso. Edna riu: "Não dê a menor bola. Não desperdice lágrimas com isso. Nós também, pelo que consta, somos espiões. Crie fama e deite-se na cama. Você pode roubar a fazenda de espiões sul-africanos com a consciência limpa".

"Não diga tolices, Edna. Eles não precisam de desculpas. Eles podem simplesmente pegá-la e pronto."

Dentro do círculo dos braços fortes de Edna, Sylvia foi levada para um quarto amplo, nos fundos da casa, e posta na cama. Edna fechou as cortinas e se retirou. Por sobre o algodão fino das cortinas, os movimentos das nuvens lançavam sombras velozes pelo quarto, a luz amarela do sol do final da tarde voltou, depois veio uma escuridão repentina, os trovões estralaram, e a chuva desceu com estardalhaço sobre o telhado. Sylvia dormiu. Foi acordada por um negro sorridente com uma xícara de chá. Durante a Guerra de Libertação, o fiel cozinheiro dos Pynes acabara mostrando aos guerrilheiros como entrar na casa e depois fora se juntar ao grupo. "Ele não tinha alternativa", o padre McGuire dissera. "Não é má pessoa. Agora trabalha nos Finlays, lá para os lados de Koodoo. Não, claro que eles não sabem de nada, de que adiantaria?" Os comentários do padre sobre os acontecimentos recentes eram tão isentos quanto os de um historiador, ainda que seus resmungos pessoais não o fossem. Interessante, isso: a se julgar pelo tom de uma voz, a indigestão do padre McGuire ocupava, na escala de importância, o mesmo nível das censuras de irmã Molly contra o papa, das queixas dos Pynes contra o governo negro — ou das lágrimas de Sylvia porque o barracão onde ficavam os remédios estava vazio.

Aperitivos de fim de tarde na varanda: a tempestade se fora, o mato e as flores reluziam, os pássaros cantavam a plenos pulmões. Paraíso. E se ela, Sylvia, tivesse formado aquela fazenda, construído aquela casa, trabalhado tanto, não sentiria o mesmo que os Pynes sentiam, uma violenta sensação de injustiça envenenando tudo? Enquanto os drinques eram servidos, enquanto Lusaka e Sheba comiam petiscos atirados ao chão, arranhando e estralando as unhas no cimento com os pulos, mandíbulas abrindo e fechando, e enquanto Sylvia escutava, os Pynes falaram e falaram, obcecados e amargurados. Certa vez ela se sentara naquela mesma varanda — mas era então uma neófita: "Mas se vocês, quero dizer, os brancos, tivessem educado os negros, então todos esses problemas não existiriam, não é mesmo? Eles seriam instruídos e eficientes, agora".

"Como assim? Mas é claro que nós os educamos."

"Havia um teto no funcionalismo público", Sylvia dissera. "Eles não podiam ir além de um certo nível bem baixo."

"Besteira."

"Não, não é besteira", Cedric admitira. "Nós cometemos erros."

"Mas quem é esse nós, Cedric? Nós nem estávamos aqui."

Mas se *erros* se inscrevem numa paisagem, num país, numa história, então... Cem anos antes, os brancos haviam chegado a um país do tamanho da Espanha povoado por um total de duzentos e cinqüenta mil negros dispersos por aquele imenso território. Seria de se pensar — e o *se* aqui é o Olho da História observando do futuro — que não seria necessário tomar a terra de ninguém, com tanta à disposição. Porém, da ótica do bom senso, esse Olho teria de descontar as pompas e a cobiça do Império. Além disso, se para os brancos era fundamental ter e manter suas terras dentro de cercas bem construídas, com divisas bem definidas, e para os negros a terra era mãe e, como tal, não pertencia a ninguém, havia a questão da mão-de-obra barata. Quando os Pynes chegaram, nos anos 50, a população negra de toda aquela bela terra continuava pequena, apenas um milhão e meio de pessoas, e mais uns duzentos mil brancos, no máximo. Uma paisagem vazia, aos olhos de uma Europa lotada. Quando os Pynes compraram a fazenda, os movimentos nacionalistas da Zimlia não tinham nascido. Almas inocentes, para não dizer ignorantes, saíram de uma cidadezinha em Devon dispostas a trabalhar e prosperar.

Agora, eles acompanhavam os pássaros transitando em vôos rasantes do chafariz para as asas-de-papagaio cintilantes de respingos, divisavam os morros se avolumando por causa do ar lavado de chuva, e um dizia que nada neste mundo iria obrigá-lo a partir, e a outra dizia que estava farta de ser chamada de vilã e que queria ir embora.

Sylvia agradeceu a gentileza, de coração, sabendo que o casal a tinha na conta de uma pessoinha muito estranha, com idéias sentimentais demais, e voltou para a missão pelo mato, que escurecia. Ali, durante o jantar, tocou uma vez mais no assunto de ser uma espiã sul-africana, e o padre McGuire respondeu que também havia sido acusado disso. Fora na época em que se queixara com o senhor Mandizi de que a escola era uma desgraça para qualquer país civilizado, onde estavam os livros didáticos?

"Existe uma forma muito avançada de paranóia circulando por aí, minha filha. Seria ótimo se você não desse muita bola para o assunto."

* * *

Às cinco da manhã do dia seguinte, com o sol ainda só um brilho amarelado por trás das acácias, Sylvia saiu na pequena varanda e viu, na luz do alvorecer, uma figura trágica, as mãos comprimidas no peito, a cabeça curvada de dor, ou mágoa... reconheceu Aaron.

"O que foi?"

"Ah, doutora Sylvia. Ah, doutora Sylvia..." O rapaz se aproximava dela numa indolência oblíqua, retardado pelo conflito: as lágrimas escorriam pelo rosto usualmente alegre. "Não foi por querer. Ah, desculpe, desculpe, desculpe. Me perdoe, doutora. O diabo me pegou de jeito. Só pode ter sido isso."

"Aaron, eu não faço a menor idéia do que você está falando."

"Eu roubei seu retrato, e por isso o padre me bateu."

"Aaron, *por favor...*"

O rapaz desabou no chão da varanda e encostou a cabeça na viga fina, aos soluços. Era cedo demais para Rebecca estar na cozinha. Sylvia sentou-se ao lado dele e não disse nada, apenas ficou ali. E ali, alguns minutos depois, o padre McGuire os encontrou, ao sair para aproveitar o frescor da manhã que nascia.

"E agora o que vem a ser isto? Eu lhe disse para não contar nada à doutora Sylvia."

"Mas estou envergonhado. E, por favor, peça a ela para me perdoar."

"Por onde você andou esses três últimos dias?"

"Eu estava com medo. Fiquei escondido no mato."

O que explicava o tremor — ele sentia frio por causa da fome: o calor já vinha subindo do leste.

"Vá até a cozinha, faça um chá bem forte com bastante leite e açúcar e pegue uma fatia de pão com geléia."

"Sim, padre. Eu sinto muito, padre."

Aaron se levantou, sem pressa nenhuma para preparar a refeição que lhe devolveria as forças, ainda que provavelmente estivesse faminto: olhava por sobre o ombro para Sylvia, enquanto se afastava.

"Bem, padre?"

"Ele roubou o seu retratinho, aquele na moldura bonita de prata."

"Mas..."

"Não, Sylvia, você não deve dar o retrato para ele. Já está de volta na sua mesa. Ele disse que gostou do rosto da senhora de idade. Queria olhar para ela. Acho que não tem a menor noção do valor da prata."

"Então o episódio está encerrado."

"Mas eu dei nele, e dei com força. Saiu sangue. Este velho não está em seu juízo perfeito." O sol despontara, quente e amarelo. Uma cigarra chiou, depois outra, e um pombo começou seu lamento. "Terei de servir um tempinho a mais no purgatório."

"Está tomando suas vitaminas?"

"Em minha defesa, é preciso dizer que essa gente entende muito bem que, para estragar a criança, basta poupar a vara. Mas — não tem desculpa. Eu deveria estar ensinando a Aaron como ser um servo de Deus. Mas ele não pode roubar."

"Está precisando de vitamina B, padre. Para os nervos. Eu trouxe algumas de Londres."

Vozes altercavam na cozinha: Rebecca e Aaron. O padre gritou: "Rebecca, o Aaron precisa comer". As vozes silenciaram. "Está esquentando, vamos entrar." Lá dentro, Rebecca punha a bandeja com o chá da manhã sobre a mesa.

"Ele comeu todo o pão que eu assei ontem."

"Então, Rebecca, você vai ter que assar mais."

"Sim, padre." Ela hesitou. "Acho que a intenção dele era pôr o retrato de volta. Ele queria olhar enquanto Sylvia estava fora."

"Eu sei. Eu bati muito forte nele."

"Certo."

"É."

"Sylvia, quem é aquela senhora?", perguntou Rebecca. "Ela tem um rosto bonito."

"Julia, o nome dela era Julia. Já morreu. Ela foi minha — acho que provavelmente salvou minha vida quando eu era jovem."

"Certo."

Mais do que uma decisão de punir a carne, o ascetismo pode ser fruto de temperamento. E o Líder não era do tipo de passar em revista a própria vida com o intuito de melhorar de caráter; para ele, ter sido aceito pelos jesuítas já era garantia suficiente do Paraíso; e, nas vezes em que se dava conta de que a frugalidade, supostamente, era uma coisa boa, ele se lembrava da infância, quando em geral faltava comida, assim como tudo o mais. Em algumas partes do mundo as virtudes da abstinência vêm fácil. O pai trabalhava numa missão jesuíta, fazendo um pouco de tudo, e vivia bêbado. A mãe era uma mulher calada, quase sempre adoentada, e ele era filho único. Embriagado, o pai costumava surrá-lo, e a mãe apanhava porque não conseguia lhe dar mais filhos. Não tinha ainda dez anos quando enfrentou o pai para proteger a mãe, e os golpes que seriam para ela o atingiram nos braços e nas pernas, deixando marcas.

Era um menino inteligente, chamou a atenção dos padres e foi escolhido para fazer faculdade. Magro feito um cachorro de rua — a descrição que o padre Paul fizera dele —, baixinho, fisicamente desajeitado, não praticava esporte e muitas vezes servia de saco de pancadas, sobretudo ao padre Paul, que não gostava dele. Havia outros padres, professores e curadores de almas, mas a experiência que o menino teve do mundo branco foi o padre Paul, um homenzinho descarnado, nascido em Liverpool, resultado de uma infância amarga, com uma língua que só mostrava desprezo pelos negros. Os cafres eram selvagens, animais, pouca coisa melhor que macacos. Ainda mais que os outros professores, o padre Paul não poupou a vara. Bateu em Matthew por causa da teimosia e da insolência, pelo pecado do orgulho, por falar a própria língua e, uma vez, por ter traduzido um provérbio do xona para o inglês e usado numa redação. "Não discuta com o vizinho se ele for maior que você."

Era uma imensa responsabilidade, no entender do padre Paul, livrar os alunos de tanto atraso. Matthew odiava tudo nele: seu cheiro o enojava, o padre suava muito, não tomava banho o suficiente, e suas batinas pretas exalavam um fedor azedo de bicho. Matthew odiava os cabelos avermelhados que brotavam das orelhas e narinas dele, e também dos nós dos dedos no dorso das mãos brancas, magras, ossudas. A repulsa física do menino era às vezes tão forte que ondas de puro ódio lhe subiam à cabeça e ele as refreava, trêmulo, os olhos incendiados.

Era um menino calado. De início lia livros religiosos, mas depois apareceu um aluno de uma missão vizinha, para fazer retiro, e Matthew se deixou levar pela magia da personalidade brincalhona, esfuziante, e mais ainda pelas opiniões do colega. Esse rapazote, mais velho que ele, era um ser político à maneira informe da época — bem antes dos movimentos nacionalistas — e lhe deu autores negros para ler, norte-americanos, Richard Wright, Ralph Ellison, James Baldwin, e panfletos de uma seita religiosa negra que defendia a matança de todos os brancos por serem a prole do diabo. Matthew, ainda brilhante, ainda calado, foi para a faculdade, deixando o padre Paul para trás, e ali foi classificado, muito depois, quando já se tornara o Líder, como "um jovem observador, silencioso, um asceta, sempre lendo livros sobre política, inteligente, incapaz de fazer amigos — um solitário".

Quando os movimentos nacionalistas explodiram, Matthew encontrou seu lugar e logo se viu como líder de um grupo local. Porque não achava fácil participar de discussões e debates, porque quase sempre se mantinha apartado das coisas, desejando no fundo ser como os outros, tão à vontade, tão amigos, adquiriu a reputação de possuir raciocínio frio e espírito político, além, claro, de informação, por já ter lido tanto na vida. Depois se tornou líder do Partido, após uma briguinha feia pelo poder. O fim justifica os meios: seu dito preferido. A Guerra de Libertação começou, e ele chefiou um dos exércitos rebelados. Fez mil e uma promessas, como fazem os políticos, sendo que a que causou mais prejuízos depois foi a de que todos os negros do país teriam terra suficiente para cultivar. Absurdos menores, como dizer que pulverizar carrapaticida no gado era feitiçaria de branco e que fazer curva de nível era se ajoelhar ao preconceito dos brancos, constituíam ninharias se comparadas ao engano primordial — o de que haveria terra para todos. Mas na época ele não sabia que acabaria Líder do país. Quando, depois da Libertação, seu partido chegou ao poder, Matthew achou, lá com seus botões, que seria quase impossível, entre tantos outros candidatos mais carismáticos, que o escolhessem para governar o país: não acreditava que pudesse ser amado. Respeitado... temido... ah, sim, disso ele precisava, o cachorro de rua precisava ser temido e continuaria precisando pelo resto da vida. Ao se converter — de novo por influência de uma personalidade forte e eloqüente — ao marxismo, fez discursos retóricos copiados de outros líderes comunistas. Admirava até o fundo da alma os governantes fortes e brutais. Enquanto esteve à testa do país, viajou sem parar, como fazem os Líderes, indo aos Estados Unidos, à Etiópia, Gana ou Birmânia, mas raramente optava pela companhia dos brancos, não gostava deles. Como tinha de bancar o estadista, precisava disfarçar o que sentia, mas odiava os brancos, não gostava nem sequer de ficar no mesmo recinto com eles. No exterior, gravitava por instinto na direção dos ditadores, alguns dos quais seriam em breve desalojados do poder, como as estátuas de Lênin que forravam a antiga União Soviética. Ele adorava a China, admirava o Grande Salto Para a Frente, a Revolução Cultural; já visitara os chineses mais de uma vez, levando consigo, na comitiva, o camarada Mo, que o instruíra sobre a necessidade de se ter poder bem antes que ele o tivesse conquistado.

Mas, tão logo assumiu, tornou-se um prisioneiro do medo que sentia do povo. Não via ninguém, exceto alguns asseclas e uma moça de seu povoado, com quem dormia; nunca saía de casa sem uma escolta armada; seu carro era blindado — presente de um ditador —, e contava com uma guarda pessoal que lhe fora oferecida pelo déspota mais odiado da Ásia. Todos os dias, quando o sol ia se pondo, a rua onde morava era fechada ao trânsito, obrigando os outros cidadãos a dar uma volta tremenda para chegar ao destino. Enquanto isso, enquanto ele se emparedava como qualquer vítima de um conto de horror que se vê forçada a erguer uma parede em torno de si mesma com as próprias mãos, não havia outro líder em toda a África que fosse mais amado por seu povo e de quem se esperasse mais. Ele poderia ter feito o que quisesse do povo, poderia ter seguido o caminho do bem ou do mal: qual camponeses de tempos passados, a população da Zimlia o via como um rei que iria consertar tudo que estava errado; para onde ele indicasse, eles iriam. Mas ele não liderou. O assustado homenzinho acovardou-se dentro da prisão que ele mesmo erguera.

Na época, a "opinião progressista" mundial o incensava, e todos os Johnny Lennoxes, todos os antigos stalinistas, todos os liberais que algum dia amaram um homem forte diziam: "Ele é um sujeito sólido, sabia. Um homem inteligente, o camarada presidente Matthew Mungozi". E todos os que tinham sido privados da retórica reconfortante do mundo comunista puderam reencontrá-la na Zimlia.

Qual seria o melhor jeito de penetrar nessa fortaleza sustentada pelo medo? Talvez pudesse ter acontecido de ninguém encontrá-lo, mas não foi esse o caso. Alguém o encontrou, uma mulher. Durante uma recepção para a Organização da Unidade Africana, ele a viu, aquela bela negra chamada Gloria, que tinha todos os homens a seus pés, que flertava e distribuía sorrisos, mas sempre de olho naquele que se resguardava, distante, apartado, seguindo cada movimento dela como um cão faminto segue o trajeto da comida que é levada a outras bocas que não a sua. Gloria sabia quem ele era, sabia perfeitamente, fizera seus planos e contava que fosse barbada — como de fato foi. De perto, ela era fascinante; tudo a respeito da moça o cativava. Tinha um certo jeito de mexer os lábios, como se estivesse esmagando uma fruta, e os olhos eram ternos, olhos que riam — não dele, certificou-se bem disso, tão convencido se achava de que o povo o fazia. E parecia tão à vontade com tudo, algo que para ele era impossível, à vontade com sua carne, com seu corpo magnífico, com seus movimentos, com o prazer de seus movimentos, com sua comida, com sua própria beleza. Sentia-se liberto só de estar ao lado dela. Gloria lhe disse que ele carecia de uma mulher como ela, e ele sabia que era verdade. Também o impressionava a sofisticação dela. Fizera faculdade nos Estados Unidos e na Inglaterra, tinha amigos famosos em toda parte, e isso devido a sua personalidade, não a sua política. Falava de política com um cinismo risonho que o deixava chocado, embora ele tentasse se igualar. Em suma, era inevitável que houvesse um casamento brilhante e ele vivia desmanchado de prazer. Era tudo fácil, tudo que antes fora difícil — ou, muitas vezes, impossível. Ela disse que ele era sexualmente reprimido e o curou disso, até onde lhe permitiu a natureza do Líder. Disse que ele precisava se divertir mais, que nunca soubera como viver. Quando ele lhe contou de sua infância miserável e tão castigada, ela o beijou com grandes beijos estalados, puxou-o para os seios fartos e o embalou.

Ela ria de tudo.

Pois bem, Matthew, no início de seu governo, desencorajara os camaradas, os associados, a liderança, de dar vazão à cobiça. Proibiu-os de enriquecer. Era tudo o que sobrara das influências da infância e dos jesuítas, que o haviam ensinado que a pobreza era amiga de Deus: apesar de todos os defeitos que os padres pudessem ter, eram pobres e não se entregavam à cobiça. Agora Gloria lhe dizia que ele enlouquecera, que ela queria comprar aquele casarão, aquela fazenda, depois outra fazenda, em seguida alguns hotéis postos à venda quando os brancos partiram. Ela dizia que ele devia ter uma conta num banco suíço, com dinheiro depositado. Que dinheiro, ele quis saber, e ela zombou de sua ingenuidade. Mas, toda vez que Gloria falava em dinheiro, ele ainda via nas mãos magras da mãe as poucas notas e moedas postas ali pelo pai, no final do mês. No início, quando decretou para si um salário, tivera o cuidado de não permitir que fosse mais alto do que os salários do primeiro escalão do funcionalismo público. Tudo isso Gloria mudou, varreu de sua frente, com desprezo, com risos, com carícias e com senso prático, porque assumira a vida do Líder e, como Mãe do País, podia facilmente providenciar para que o dinheiro chegasse até suas mãos. Foi ela que, em silêncio, desviou para contas bancárias próprias quantias enormes doadas por instituições e benfeitores. "Ah, pois então continue sendo um tolo", ela exclamava, quando ele protestava. "Está tudo no meu nome. Não é responsabilidade sua."

As batalhas pela alma de alguém poucas vezes são tão claras, tão visíveis — e tão curtas — quanto a batalha que o diabo travou com o camarada Matthew. E a Zimlia, antes mal governada por princípios não digeridos do marxismo, esbarrões com os dogmas e as frases tiradas de livros de economia, mergulhou velozmente na corrupção. Na mesma hora, a moeda do país começou a despencar e não parou mais. Em Senga, o bolo que era para ser de todos engordava apenas uns poucos, e, em lugares como Kwadere, o dinheiro que já chegava minguado secou por completo.

Gloria foi ficando cada vez mais fascinante, mais linda, e mais rica, adquirindo outra fazenda, uma floresta, hotéis, restaurantes — e usava isso tudo como se fossem colares. E, quando o camarada presidente Matthew viajava ao exterior, para se encontrar com sua gente predileta, os imensamente ricos, dissolutos e corruptos dirigentes da nova África e da nova Ásia, ele não ficava mais calado num canto, quando os outros exibiam suas riquezas e se vangloriavam de sua avareza. Agora também tinha do que se jactar, e o fazia, e, quando esses homens demonstravam como o admiravam, oferecendo-lhe presentes e lisonjas, aquele espaço vazio em que sempre existiria um cachorro magro de rua com o rabo entre as pernas se preenchia, ao menos por uns momentos, enquanto Gloria afagava, alisava, esfregava, lambia, chupava e o retinha junto àqueles seios imensos, beijando as velhas cicatrizes nas pernas. "Coitadinho do Matthew, coitadinho do meu pobre menino."

Na véspera da partida para Londres, voltando para casa à noitinha, Sylvia parara bem onde terminavam as moitas de oleandro, hibisco e plumbago que ladeavam a trilha para olhar o hospital com uma dose mais que desculpável de orgulho. Agora, qualquer um podia usar a palavra "hospital" para descrever aquele conjunto de barracões. Fazia muito tempo que não entrava dinheiro nenhum por intermédio do camarada Mandizi, mas a desvalorização da moeda da Zimlia transformava numa verdadeira fortuna quantias que seriam ínfimas em Londres. Ali, dez libras, o suficiente para encher um saco de supermercado com compras na Inglaterra, erguiam um barracão de palha ou refaziam o estoque de analgésicos ou comprimidos contra a malária.

Havia duas "alas", já, no hospital, barracões compridos com telhado de palha em desnível: do lado mais freqüente das chuvas, a cobertura chegava quase até o chão; do outro, terminava na altura normal. Em cada ala, doze catres com bons cobertores e travesseiros. Ela planejava um terceiro barracão, porque os leitos existentes estavam lotados com vítimas da AIDS, da "Finura", que o governo resolvera enfim reconhecer, completa e francamente, com apelos de ajuda a doadores estrangeiros. Sylvia sabia que, no povoado, aqueles barracões eram chamados de "choça dos moribundos" e pretendia construir um terceiro para os pacientes que sofriam apenas de malária ou que iriam dar à luz — aflições mais comuns da carne. Havia também uma casinha sólida, que ela mesma mandara erguer com tijolo, e que chamava de consultório, com uma cama alta de tiras de couro feita pelos rapazes da aldeia e um bom colchão por cima. Ali ela examinava as pessoas, receitava, engessava braços e pernas, tratava feridas, sempre ajudada por Clever e Zebedee. Pagara do próprio bolso as novas construções e também os remédios — Sylvia pagava tudo. Tinha conhecimento de que no povoado havia quem dissesse: "E por que ela não há de pagar? Pois se foi ela que roubou tudo de nós". Fora Joshua quem inspirara essas idéias. Rebecca defendia Sylvia, dizia a todos que sem ela não haveria hospital.

No dia em que voltou de Londres, parada exatamente no mesmo lugar, olhou para baixo, para o hospital, e sentiu um baque repentino no coração e na vontade, algo que muitas vezes assola os recém-chegados da Europa. Aquele conjunto de choças e barracões miseráveis só era tolerável se não pensasse em Londres, ou na solidez, na segurança, na permanência da casa de Julia, cada aposento recheado de coisas com um propósito certo, servindo a uma determinada necessidade, entre uma multiplicidade de outras, de tal sorte que todos os dias qualquer de seus moradores se via inteiramente amparado como se por uma série de serviçais silenciosos, por utensílios, ferramentas, aparelhos, engenhocas, superfícies onde sentar ou colocar coisas — uma rede intrincada de objetos em constante multiplicação.

No começo da manhã, Joshua se virou em seu canto junto à tora que ainda ardia no meio da choça, esticou o braço para alcançar a polenta endurecida da véspera, catou algumas pelotas com a colher de pau, engoliu apressado, atendendo às necessidades do estômago, bebeu água de um jarro de lata apoiado no parapeito que rodeava a palhoça, depois andou os poucos passos que o separavam do mato, urinou, talvez tenha se agachado para evacuar, em seguida pegou o cajado de pau, caminhou um quilômetro e meio até o hospital e foi se sentar debaixo de uma árvore, as costas apoiadas no tronco, onde ficou o dia inteiro.

Certamente que ela, uma "pessoa religiosa" como dizia Rebecca — "Eu disse a eles na aldeia que você é uma pessoa religiosa" —, deveria apreciar a evidência dos pobres de fortuna, e com certeza de espírito, mesmo que não se considerasse apta a julgar. Aquela metrópole fantástica, cobrindo tantos quilômetros quadrados, tão rica, tão *rica* — e depois estes míseros barracões e choças: África, bela África, que a oprimia com suas necessidades, carente de tudo, desejando tudo, e por toda parte negros e brancos trabalhando tão duro para — bem, para quê? Para botar um pequeno esparadrapo numa ferida aberta. E era bem isso o que ela fazia.

Sylvia sentiu que seu eu, sua substância, a essência de sua crença começavam a vazar ali mesmo na trilha. Um pôr-do-sol, um ocaso na estação das águas... de uma nuvem negra bem baixa no horizonte vermelho refulgiam grossos fachos de luz, qual raios de ouro ao redor da cabeça de um santo. Foi como se alguém zombasse dela, como se um ladrão esperto estivesse lhe roubando algo e rindo ao mesmo tempo. O que fazia ela, naquele lugar? E que bem estava trazendo de fato? E, acima de tudo, onde estaria a inocência da fé que a apoiara no início? Em que ela acreditava, de verdade? Em Deus, sim, poderia dizer que sim, se ninguém a pressionasse para dar uma definição. Convertera-se — uma conversão tão clássica nos sintomas quanto um acesso de malária — para a Fé (o termo usado pelo padre McGuire), mas sabia que tudo começara por causa do ascético padre Jack, por quem se apaixonara, embora na época, se alguém perguntasse, diria que se apaixonara por Deus. Não restava mais nada daquela admirável certeza; tudo que sabia era que tinha de cumprir seu dever ali, no hospital, porque assim o destino quisera.

Seu estado de espírito também poderia ser diagnosticado em termos clínicos: constava de uma centena de livros religiosos. Os doutores de sua Fé lhe diriam: Não ligue, não é nada, épocas de aridez acometem todos nós.

Mas não precisava desses especialistas da alma, não precisava do padre McGuire, podia fazer seu próprio diagnóstico. Então para que um mentor espiritual, se ela não iria contar nada a ele simplesmente porque já sabia a resposta?

Mas a pergunta real era outra: por que era tão fácil ao padre McGuire dizer "épocas de aridez" se para ela vinha a ser o mesmo que uma sentença de autoexcomunhão? Junto com a conversão, havia um coração faminto, necessitado, e raivoso também, embora só recentemente tivesse admitido isso. Joshua era seu espelho; nele, em quem a raiva ardia sem parar e irrompia em acusações e exigências amargas, Sylvia via o próprio passado. Quem era ela para criticar Joshua? Um dia também já soubera o significado da raiva, a ponto de se envenenar com ela, embora na época achasse que queria braços carinhosos, os braços de Julia. E por acaso agora estaria criticando Julia porque seu amor não fora suficiente para acalmar a carência que a levara direto para o padre Jack? O que acalmara essa carência? O trabalho, sempre e só o trabalho. Portanto lá estava ela, num morro ressequido em plena África, sentindo como se tudo que fazia ou pudesse fazer valia tanto quanto despejar água de um caneco (de lata) na poeira de um dia escaldante.

Pensou: Não há ninguém na Europa (a menos que tenham estado aqui para ver) que possa compreender o nível da necessidade absoluta, a falta de tudo, de uma gente a quem os governantes prometeram mundos e fundos, e foi então que um horror sóbrio começou a penetrar em seus poros. Era como o horror da AIDS, a doença calada e insidiosa que aparecera de lugar nenhum — dos macacos, era o que se dizia; quem sabe até dos macacos que às vezes vinham brincar nas árvores da missão. O gatuno que chega de noite — era assim que via a AIDS.

O coração lhe doía... tinha de dizer a Zebedee e a Clever para avisar os operários que seria preciso erguer mais uma boa casa de tijolos ali. Concordaria com as exigências da aldeia para que houvesse mais aulas.

O padre McGuire ficou sabendo que o número de aulas seria aumentado e comentou que ela parecia cansada, que precisava se cuidar.

Teria sido um bom momento para mencionar sua época de aridez, quem sabe até fazer piada do assunto, mas, em vez disso, Sylvia lhe disse para não se esquecer de tomar as vitaminas e perguntou por que não estava tirando a soneca de hábito. O padre ouviu paciente as censuras dela, sorrindo, assim como ela escutava as dele.

Colin recebera um apelo de Sylvia para "fazer algo pela África" — reparou no jeito como a questão fora encarada por ele e zombou — de si mesmo. "África!" Imagine que iria entrar nessa fria. Havia, sim, aquele continente distante, que fora impresso na mente de quase todos com a imagem de uma criança esmolando, de mão estendida. Mas na verdade Sylvia não falara da África, falara da Zimlia. Era dever dele ajudar a Zimlia. E quantas vezes já não tinha dito ele próprio que a senhora Jellaby de Dickens resumia tudo: todos preocupados com a África, quando podiam estar cuidando de necessidades locais. Por que a África? Por que não Liverpool? A esquerda européia, como sempre às voltas com acontecimentos alhures, se identificara com a União Soviética e com isso cavara o próprio túmulo. Agora havia a África, Índia, China e assim por diante, mas sobretudo a África. Era dever seu fazer algo a esse respeito. Mentiras — foram as palavras de Sylvia. Estavam dizendo mentiras. Bem, até aí, nada de novo. O que essa gente esperava? E assim Colin resmungava e chiava, um urso enjaulado em aposentos que haviam ficado pequenos demais para ele agora que o bebê nascera, meio embriagado, mas não muito, porque levara as reprimendas de Sylvia a sério. E o que a fazia pensar que ele estava preparado para escrever sobre a África? Ou que conhecia pessoas que se importariam com o assunto? Não conhecia ninguém naquele mundo de jornais, noticiários, televisão; preferia não meter o bedelho e continuar a escrever seus livros... mas, espere: conhecia a pessoa ideal, isso mesmo, sabia quem.

Durante aquele longo período em que circulou pelos pubs e conversou com estranhos no parque, ele e o cãozinho, acabou fazendo um amigo, um bom companheiro. Anos 70: Fred Cope levava sua vida de jovem como era *de rigueur* na época, participando de passeatas, atacando os policiais, gritando chavões e, de maneira geral, se fazendo notar; porém, ao lado de Colin, que desprezava tudo aquilo, às vezes se permitia algumas críticas também. Ambos sabiam que o outro era um aspecto de si mesmo contido por amarras. Afinal, se o discernimento não o tivesse impedido, o temperamento de Colin penderia para os confrontos ruidosos. Já Fred Cope descobrira nos anos 80 a responsabilidade e a sobriedade. Casara-se. Comprara uma casa. Dez anos antes, zombara de Colin por morar em Hampstead: o nome do bairro era usado em sentido pejorativo por todos aqueles que aspiravam entrar em sintonia com os tempos. Os socialistas de Hampstead, os romances de Hampstead, Hampstead como lugar para morar, tudo era um bom motivo para chacota, mas, assim que se viam em condições de bancar a hipoteca, esses críticos compravam uma casa em Hampstead. E foi o que Fred Cope fez. Era agora editor de um jornal, *The Monitor*, e às vezes eles se encontravam para tomar um drinque.

Talvez não haja geração que não fique admirada — embora seguramente a esta altura já devesse ser questão rotineira — diante da visão de antigos desocupados, delinqüentes e rebeldes dos tempos de juventude transformados em porta-vozes de juízos ponderados. Colin ligou para Fred Cope sabendo que os donos de juízos ponderados muitas vezes sentem dificuldade em se lembrar das loucuras passadas. Os dois se encontraram num pub, num domingo, e Colin foi direto ao assunto. "Tenho uma irmã — bem, uma espécie de irmã, que trabalha na Zimlia. Ela veio me visitar e disse que estão falando besteira a respeito do prezado camarada presidente Matthew: que ele no fundo é meio vigarista."

"Como todos eles", murmurou Fred Cope, de volta ao antigo papel de cético tarimbado diante de qualquer tipo de autoridade, acrescentando depois: "Mas seguramente ele é um dos bons, não?".

"Estou numa posição meio difícil, aqui", disse Colin. "Quem fala sou eu, mas as palavras são de Sylvia. Ela veio me ver. Estava muito perturbada. Acho que talvez valha a pena... você procurar segundas e terceiras opiniões a respeito."

O editor sorriu. "O problema é que não dá para julgá-los pelos nossos padrões. As diferenças são imensas. É uma cultura totalmente diferente."

"E por que não dá? Isto está me parecendo condescendência das grossas. E por acaso já não tivemos o que baste dessa história de não julgar os outros pelos nossos padrões?"

"Sssiiim", concordou o editor. "Entendo sua posição. Bem, vou dar uma investigada."

Superada uma situação que ambos classificariam de incômoda, tentaram recuperar a gloriosa irresponsabilidade de outros tempos, quando as opiniões de Colin eram tais que mal ousava ventilá-las fora da segurança de casa, e a vida do jovem Fred parecia um longuíssimo festival de desordem e anarquia. Mas foi em vão. Fred esperava o nascimento do segundo filho. Colin, como sempre, pensava apenas no romance que estava escrevendo. Sabia que muito provavelmente devia estar fazendo mais por Sylvia, mas estar no meio de um romance não foi sempre a melhor das desculpas? Além disso, sempre se sentira culpado em relação a ela, sem entender por quê. Ele havia se esquecido de como se ressentira com a chegada dela à casa de Julia e de como reclamara com a mãe. Mas, olhando para trás, via essa época com orgulho: ele e Sophie, e quem mais tivesse circulado por ali na época, lembravam com saudade os tempos em que era tudo tão divertido. Só que Colin não sabia o quanto invejara a naturalidade com que o irmão se comunicava com Sylvia. Agora, achava irritantes tanto a religião dela como o que ele via como uma necessidade neurótica de auto-sacrifício por parte de Sylvia. E essa última visita dela, que terminara com ele tentando colocá-la nos joelhos — que constrangimento para ambos! No entanto gostava dela, sim, gostava; ele se sentira obrigado a fazer algo pela África e fizera.

Mas, espere, havia Rupert, que o escutara, antes de dizer, como Fred Cope, que eles (será que falava da África, do continente inteiro?) não poderiam ser julgados pelos nossos padrões. "Mas e o que me diz da verdade?", retrucou Colin, sabendo, por experiência própria, ainda que longa e penosa, que ela seria sempre o primo pobre. Contudo Rupert não era um dos herdeiros espirituais do camarada Johnny: se fosse, talvez considerasse imprescindível a conivência. Embora "a verdade" estivesse saindo da União Soviética de conta-gotas, e não aos borbotões como dali a dez anos, embora aquele grande império continuasse existindo (ainda que mais ninguém vagamente à esquerda sonhasse em qualificá-lo como tal), já havia uma dose suficiente de verdade escoando — e continuaria havendo — para se constituir numa perpétua estocada, num lembrete de que ela deveria constar da agenda de todos. Rupert, porém, nunca fora nada além de um bom liberal e respondera: "Você não acha que dizer a verdade às vezes mais prejudica do que ajuda?".

"Não, realmente não acho", disse Colin.

Depois Colin se esqueceu do apelo de Sylvia, ocupado que estava em mudar o escritório para o apartamento no subsolo, após a saída de Meriel. Precisava terminar o novo livro: afinal, o dinheiro deixado por Julia não era tanto assim que pudessem relaxar, levar as coisas na flauta.

Fred Cope pesquisou em jornais e outros arquivos tudo que fora publicado sobre a Zimlia e concluiu que era verdade, que até prova em contrário a Zimlia era sempre considerada inocente, em qualquer circunstância. Uma das especialistas cujo nome vivia encabeçando esses artigos era Rose Trimble. Pois bem, ela nunca fora das mais analíticas. Quem mais? O *Monitor* tinha um correspondente freelance em Senga que foi convidado a escrever um artigo: "A primeira década da Zimlia". A matéria que chegou ao jornal era menos elogiosa que a maioria, conquanto lembrasse aos leitores que a África não devia ser julgada pelos padrões europeus. Fred Cope enviou uma cópia do artigo para Colin. "Espero que isto esteja mais de acordo com o que você me sugeriu". Com um pós-escrito. "Que me diz de um artigo examinando a frase de Proudhon 'Toda propriedade é roubo' e se ela não teria porventura sido a responsável pela corrupção e derrocada da sociedade moderna? Sou o primeiro a admitir que minhas idéias sobre o assunto são resultado de a minha casa ter sido assaltada três vezes em dois anos."

O artigo publicado pelo *Monitor* chamou a atenção do editor do jornal para o qual Rose Trimble escrevia regularmente, tanto sobre a Zimlia quanto sobre o camarada presidente Matthew; ela foi incentivada a voltar ao país para ver se poderia confirmar ou não as críticas do *Monitor*.

Rose já tinha nome no mundo jornalístico. Conseguira isso com os elogios oportunos que tecera em torno da Zimlia, mas isso fora apenas o começo. Tudo dera certo para ela. Poderia facilmente ter dito: "Que Deus seja louvado por ter me posto à altura de Sua hora" — caso algum dia tivesse lido uma linha de poesia ou fosse capaz de usar a palavra Deus sem zombaria. Morando na casa de Julia, se sentira inferiorizada, mas, tão logo saiu, a situação se inverteu. Rose estava era à altura dos anos 80. Tinha as qualidades necessárias àquele momento, à época em que subir na vida, enriquecer e pisar nos companheiros eram práticas oficialmente aplaudidas. Era uma mulher impiedosa, gananciosa e, por instinto, desprezava os outros. Conquanto mantivesse ligações com o jornal relativamente sério para o qual escrevia seus artigos sobre a Zimlia, encontrara um nicho no *World Scandals*, onde sua tarefa era sair atrás de fraquezas, ou de boatos, e depois perseguir a vítima noite e dia, até descobrir, triunfante, alguma sujeira. Quanto mais alta a posição do infeliz na vida pública, melhor. Acampava na soleira da casa das pessoas, fuçava em latas de lixo, subornava parentes e amigos para revelar ou inventar fatos comprometedores: era boa nesse trabalho de remexer na carniça, era temida. Era famosa sobretudo por seus "retratos", que levavam o jornalismo a novos píncaros de revanchismo, e achava o trabalho fácil porque era genuinamente incapaz de ver o bem em qualquer um: sabia que a verdade tinha de ser vergonhosa e que a essência real da pessoa está no desagradável. Essa espécie de caçoada, de troça, de deboche vinha do seu eu mais profundo e se equiparava a toda uma geração de pessoas idênticas. Era como se algo de muito feio e cruel tivesse vindo à tona na Inglaterra, algo que até então permanecera oculto, mas que agora lembrava um mendigo rasgando seus trapos para exibir as feridas. O que antes fora honrado era agora desprezado; decência, respeito pelos outros, isso se tornou ridículo. O mundo era apresentado aos leitores através de uma tela grosseira que excluía tudo que fosse agradável ou passível de ser apreciado: o tom era dado por Rose Trimble e seus pares, que não conseguiam acreditar que alguém pudesse fazer alguma coisa que não fosse por interesse. Rose detestava mais que tudo aqueles que liam livros, ou que fingiam ler — era tudo balela; odiava as artes e denegria em especial o teatro — dizia que tinha sido ela que inventara o termo *luvvies* para os atores mais efusivos, dados a rapapés; e adorava filmes violentos, cruéis. Dava-se apenas com gente como ela mesma, só freqüentava certos pubs e clubes noturnos, e nenhuma dessas pessoas fazia idéia de que eram um novo fenômeno, algo que as gerações mais velhas desprezariam e descartariam como obra do jornalismo mais sórdido, destinado às camadas mais infames da sociedade. Mas a frase lhe parecia agora vagamente elogiosa, uma garantia de bravura em sua busca da verdade. Mas como poderiam saber, ela e eles todos? Menoscabavam a história porque nunca a tinham estudado. Uma vez apenas na vida Rose escrevera aprovando, admirando: sobre o camarada presidente Matthew Mungozi e, mais recentemente, sobre a camarada Gloria, por quem tinha verdadeira adoração, amava a desumanidade da outra. Uma única vez na vida, de sua pena não pingara veneno. Leu o artigo do correspondente do *Monitor* tomada de fúria e, também, de algo semelhante a um começo de medo.

Ao se encontrar com um jornalista que trabalhava no *Monitor*, ficou sabendo que a iniciativa partira de Colin Lennox. E quem ele achava que era, esse Colin, para ter opiniões sobre a África?

Ela odiava Colin. Sempre associara romancistas e poetas com falsificadores; eles criavam algo do nada e saíam incólumes da façanha. Ela ainda estava no início da carreira para tratar do primeiro romance dele, mas desancara o segundo, e os Lennoxes junto, enquanto o terceiro a levara ao paroxismo da raiva. O romance girava em torno de duas pessoas, pelo visto muito diferentes, que nutriam um pelo outro um amor terno e quase aberrante — e o fato de esse amor permanecer aceso parecia a ambos uma brincadeira do destino. Ainda que envolvidos com outros parceiros, em outras aventuras, se encontravam qual conspiradores para partilhar o sentimento que nutriam um pelo outro, o sentimento de que se entendiam como jamais um casal se entenderia. Os críticos no geral gostaram e disseram que era um livro poético e atmosférico. Um falou que era "elíptico", palavra que quase levou Rose a ter um ataque de nervos: precisou procurar no dicionário. Ela leu o romance, ou tentou: mas a verdade é que não conseguia ler nada mais difícil que um artigo de jornal. Claro que era sobre Sophie, aquela vaca empertigada. Bem, que se cuidem os dois, só isso. Rose possuía um arquivo sobre os Lennoxes com informações de todos os tipos, algumas roubadas deles próprios muito tempo antes, quando ela vivia fuçando pela casa. Planejava "pegá-los" um dia. De vez em quando folheava o arquivo — tornara-se uma gorda bem gorda — com um sorriso permanentemente maldoso no rosto que, quando ela sabia ter achado a palavra ou frase capaz de magoar de fato, abria-se numa risada de escárnio.

No avião para Senga, sentou ao lado de um homem corpulento que ocupava espaço demais. Pediu para trocar de lugar, mas o avião estava lotado. O sujeito se mexia no assento de um jeito que Rose interpretou como agressivo, ofensivo para ela, e lhe lançava olhares de esguelha cheios de más intenções masculinas. O braço dele ocupava o descanso do meio, não havia lugar para o dela. Resolveu então empurrar com o antebraço, para exigir seus direitos, mas o homem nem se mexeu; e permanecer naquela posição exigia concentração, caso contrário o braço escorregaria. O passageiro acabou se afastando na hora em que exigiu um uísque da comissária de bordo, que servia as bebidas; emborcou a dose de um só gole e pediu outra. Rose gostou do jeito autoritário com que ele lidou com a comissária, cujo sorriso, Rose sabia, era falsificado. Pediu um uísque também e o engoliu todinho, para não ficar atrás, e deixou o copo vazio na mão, à espera de outro.

"Sujeitinhas preguiçosas", disse o homem. Rose sabia que, sendo ela mulher, ele era seu inimigo. "Acham que podem tudo."

Rose só não sabia do que ele estava se queixando e disse apenas, com uma fórmula que servia para tudo: "São todas iguais".

"É isso mesmo. Não há o que escolher entre elas."

Dois negros, que estavam na traseira do avião, foram levados por uma comissária até a classe executiva — quem sabe até para a primeira classe. Rose observou a movimentação.

"Olha lá! Bancando os importantes, como sempre."

A ideologia exigia que ela protestasse contra o comentário, mas se refreou:

sim, estava ao lado de um daqueles brancos incorrigíveis, mas restavam nove horas de contato muito próximo pela frente.

"Se eles gastassem menos tempo se exibindo e se dedicassem um pouco mais a administrar o país, já seria alguma coisa."

O braço e o ombro do homem ameaçavam sufocá-la.

"Desculpe, mas esses assentos são estreitos." E o empurrou vigorosamente de volta a seu lugar com o ombro. O sujeito abriu olhos semicerrados para fitá-la. "Você está ocupando muito espaço."

"Você também não é das mais levinhas." Mas retirou o braço.

Quando o jantar foi servido, ele recusou — "Eu como bem demais na fazenda".

Rose aceitou a bandejinha e começou a comer. Estava sentada ao lado de um fazendeiro branco. Não admira que o tivesse odiado. De novo, cogitou a hipótese de insistir para mudar de lugar. Mas não, aproveitaria a chance para ver se tirava um artigo qualquer dali. Sem disfarçar, o sujeito a observava comer. Rose sabia que comia demais e resolveu rejeitar a sobremesa apetitosa.

"Olha, se você não for comer, eu como", disse ele, esticando a mão para pegar o pote de grude cremoso, do qual deu cabo numa colherada. "Nada de muito especial." Um grosseirão, ainda por cima. "Estou acostumado a uma boa bóia. Minha mulher é uma fera na cozinha. E o boy cozinheiro também."

Boy cozinheiro.

"Quer dizer então que está bem servido", disse Rose, usando o jargão político do momento.

"Como disse?" Sabia que estava sendo criticado, mas não pelo quê. Rose não se deu ao trabalho de repetir. "E o que você faz da vida? De onde você é?"

"Sou jornalista."

"Ai, Deus, era o que nos faltava. Imagino que esteja planejando mais um daqueles artigos falando sobre as delícias do governo negro."

O profissionalismo de Rose entrou em ação. "Muito bem, a palavra é sua."

Então ele falou. E como falou. À volta toda, a azáfama do jantar, das bebidas e dos artigos duty-free prosseguiu, depois as luzes foram apagadas e ele continuou falando. Chamava-se Barry Angleton. Fora fazendeiro na Zimlia a vida inteira, e seu pai antes dele. Tinham tanto direito quanto... e assim por diante. Rose não estava mais ouvindo as palavras porque, àquela altura, compreendera que se sentia atraída por ele, embora não nutrisse a menor simpatia pelo sujeito, mas aquela voz quente, meio rouca, a fazia se sentir como que dissolvida em melado morno.

Os relacionamentos de Rose pendiam para o desastre, por causa dos novos tempos. Era, claro, uma feminista ferrenha. Casara-se no final dos anos 70 com um camarada que conhecera num protesto diante da embaixada norte-americana. Ele concordava com tudo que ela dizia sobre feminismo, homens, o fardo das mulheres: ele a secundava, sorrindo, com formulações tão progressistas quanto as dela, mas Rose sabia que eram apenas pró-forma e que o marido não entendia de fato as mulheres nem a herança fatal que carregava. Criticava-o noite e dia por tudo, e ele concordava, dizendo que milhares de anos de ofensas não poderiam ser consertados num dia. "Eu diria que você tem razão nesse ponto, Rosie", afirmava, sereno, com um arzinho de avaliação judiciosa, sempre que ela terminava uma ladainha que abrangia de tudo, do preço de uma noiva à circuncisão feminina. E sorria. Vivia sorrindo. O rosto claro, gorducho, louco para agradar, a deixava uma fúria. Rose o desprezava, mas dizia a si mesma que ele era, em essência, boa matéria-prima. Estava confusa porque, como não gostava de nada, não gostar do marido não seria razão suficiente para uma auto-análise, embora às vezes se perguntasse se aquele seu hábito de levar as broncas irritadas para a cama não poderia talvez explicar a impotência recente dele. Mas, quanto mais concordava com ela, quanto mais sorria, balançando a cabeça e tirando as palavras da boca de Rose, mais ela o desprezava. E, quando ela exigiu o divórcio, ele disse: "É justo. Você é boa demais para mim, Rosie. Eu sempre disse isso".

Agora esse Barry — era uma outra história bem diferente.

Nos degraus diante do prédio do aeroporto, ela o viu pagar um carregador de um modo que a fez ferver por dentro, de tão autoritário e presunçoso. Depois, vendo-a com a malona grande, olhando em volta à procura do carro que reservara, ele se aproximou e disse: "Eu deixo você na cidade". Largou a valise junto da dela e foi buscar o carro no estacionamento. Em instantes, havia um grande Buick parado na frente de Rose, com a porta dianteira aberta. Ela entrou. Um negro surgira do nada e pusera suas malas e a dele no carro. Barry deu mais dinheiro.

"Eu pedi um carro."

"Azar. Ele encontra outro passageiro."

No avião, ele terminara a arenga dizendo: "Por que você não vem até a fazenda e vê por si mesma?". Ela recusara e agora se arrependia. Nesse exato momento, ele sugeriu: "Por que não vem tomar café na fazenda?".

Rose conhecia as vias de acesso à cidade de Senga, que aliás ela considerava um lugarzinho chato e cheio de empáfia. Na verdade, o que ela achava da Zimlia era exatamente o contrário do que ela escrevia sobre o país. Só o camarada presidente Matthew escapava, e agora...

Ela hesitou e disse: "Por que não?".

"Por que não, ela diz, e espera uma resposta."

Eles nem passaram pela cidade e em pouco tempo estavam em pleno interior. Nem todo mundo gosta da África e nem todo mundo, depois de deixá-la, anseia por voltar a uma promessa eternamente sorridente e acolhedora. Mas Rose sabia que existiam pessoas assim: como poderia ignorar o fato, se os que amavam aquele continente eram tão estridentes, tão faladores, como se o amor que sentiam fosse prova de uma virtude interior? Entretanto a África era muito grande, para começo de conversa. Havia uma desproporção entre a cidade — aquilo que insistia em se auto-intitular de cidade —, as plantações e o ermo. Muito mato, morros desordenados demais e sempre a ameaça de uma inconveniente desordem. Rose não era de arredar pé das cidades, exceto para um passeio rápido num parque qualquer. Gostava de ruas pavimentadas e de bares, de prefeituras com gente discursando lá dentro e de restaurantes. Mas dizia a si mesma que era bom que estivesse acompanhando um fazendeiro branco a uma fazenda de brancos, embora não pudesse, é claro, escrever sobre as queixas dele, que eram quase todas sobre os negros, isso era simplesmente impossível. Mas podia dizer, com sinceridade, que estava alargando os horizontes.

Ao pararem diante de uma grande casa de tijolos nus, no meio de um bosque de acácias que ela achou feias, ele disse a Rose para entrar pela frente enquanto ele entrava pela cozinha e pedia o café. Eram sete e meia da manhã apenas, e de hábito Rose contaria com mais uma hora de sono. O sol já ia alto, estava quente, as cores eram vibrantes demais, tudo escarlate, roxo, um verde forte, e uma poeira rosada pairando em tudo. Seus sapatos tinham quase desaparecido debaixo dela.

Quando ele se afastou, ainda teve tempo de ouvir: "Minha mulher está fora, esta semana. Eu mesmo é que tenho que organizar os trabalhos da maldita cozinha". Mas não soou como um convite para ir para a cama e deixar de lado as preliminares. Ao chegar ao topo da escada e entrar numa varanda que pegava três lados da casa, e que de início pensara ser um cômodo inacabado, ela o viu surgir de novo, apressado: "Tem uma maldita crise nos celeiros. Entre que o meu *boy* vai lhe servir o café. Volto logo".

Ela não comia de manhã. E não estava com vontade de nada, no momento. Mas foi até uma sala grande, que talvez ficasse melhor com algumas coisas macias, belas almofadas, talvez — e dessa sala para uma outra com uma mesa enorme e um negro velho e sorridente parado do lado.

"Sente-se, por favor", disse o serviçal. Ela sentou e viu em volta travessas de ovos, bacon, tomate, lingüiça.

"Será que tem um café?", perguntou ao criado, a primeira vez na vida que falava com um criado — um criado negro, vale dizer.

"Ah, sim, por gentileza, café. Eu tenho café para a *missus*", respondeu o velho com ansiedade, servindo um café que — Rose teve a satisfação de constatar — jorrava forte e quente do bule de prata.

Serviu-se de um ovo e de uma fatia de bacon frito, e bem nessa hora chegou o patrão. Ele jogou alguma coisa de metal numa cadeira, arrastou outra e sentou.

"Só isso?", comentou Barry, desprezando o prato de Rose e enchendo o dele. "Vamos lá, force um bocadinho mais."

Ela pegou mais um ovo e perguntou, consciente de que a voz não saíra tão serena quanto pretendia: "E para onde é mesmo que sua mulher foi?".

"Vadiando por aí. Mulher adora vadiar, você não sabia?"

Rose sorriu polidamente: compreendera, algumas horas antes, que a revolução feminista ainda não atingira todos os cantos do planeta.

Depois de devorar vários ovos e muito bacon, e de tomar xícaras e xícaras de café, Barry disse que precisava percorrer a fazenda para ver o que os cafres tinham aprontado durante sua ausência. Ela devia ir junto, ver por si mesma. De início recusou, mas mudou de idéia ao ver a carranca dele. "Sempre se fazendo de difícil", foi o comentário, mas pelo visto sem segundas intenções. Rose teria preferido que ele dissesse: Vá para aquele quarto, lá vai ver uma cama, vá deitando que eu já vou. Em vez disso, passou algumas horas dentro de uma caminhonete velha, sacolejando de um extremo a outro da fazenda, enquanto um grupo de negros, algum mecânico ou sujeito de macacão aguardava o patrão, que dava ordens, discutia, discordava, cedia com um "Tá bem, certo, talvez você tenha razão, vamos tentar do seu jeito" ou então "Cristo Rei, o que foi que você fez, eu avisei, cansei de avisar. Agora faça de novo e veja se acerta desta vez". Rose não tinha a menor idéia do que estava vendo nem do que fazia toda aquela gente, e, conquanto tivessem aparecido algumas vacas fedorentas — e era de esperar que aparecessem, ao menos isso ela sabia —, não estava entendendo nada, a cabeça lhe doía. De volta à casa, o chá apareceu assim que Barry bateu palmas. Estava suado, o rosto vermelho e úmido, tinha graxa na manga da camisa: para Rose, estava cada vez mais irresistível, mas ele disse que precisava ir cuidar de uma papelada, que o governo o estava matando de tanta burocracia e que por favor ela se virasse sozinha até o almoço. Rose se acomodou sobre um cretone de familiaridade tranqüilizadora, numa varanda cercada por brilho intenso, e folheou revistas da África do Sul. Presumivelmente o mundo da mulher dele: e dela também.

Passou-se uma hora. Almoço. Carne, muita carne. Rose não sabia que carne era algo politicamente incorreto, mas adorava e comeu um bocado.

Depois sentiu sono. Barry estava lhe dando umas olhadas que ela achou que poderiam ser interpretadas como uma paquera, mas pelo visto não eram, porque ele disse: "Vou tirar uma soneca. Seu quarto fica ali".

Com isso, saiu numa direção, e ela encontrou sua mala parada num chão de pedra, ao lado de uma cama sobre a qual despencou e dormiu até ouvir palmas ardidas e o berro de "chá". Saiu estremunhada da cama e o encontrou na varanda, as longas pernas morenas esticadas à frente pelo que pareciam metros e metros, diante de uma bandeja de chá.

"Eu dormiria uma semana inteira", ela disse.

"Ora, vamos, você até que não se saiu tão mal assim ontem à noite, roncou que foi uma beleza no meu ombro."

"Ah, eu não..."

"Roncou, sim. Vamos, sirva-se. Faça as honras da casa."

Do lado de fora, a tarde africana se esparramava, toda brilho amarelo e canto de pássaros. Havia poeira nas mãos de Rose e no chão da varanda.

"Maldita seca. Não cai uma chuva decente nesta fazenda há três anos. O gado não vai durar muito mais, se não chover logo."

"Por que nesta fazenda?"

"As nuvens não entram, por causa dos morros. É uma área sem chuva. Eu não sabia disso quando comprei."

"Ah!"

"Bem, espero que esteja começando a entender um pouco como isto aqui funciona. Bem, se você vai voltar e escrever que nós somos um bando de Simon Legrees, ao menos terá se dado ao trabalho de ver com os próprios olhos."

Rose não sabia quem era Simon Legree, mas, pela lógica, concluiu que devia ser um branco racista. "Estou fazendo o possível."

"E ninguém pode fazer melhor que isso."

Barry voltara a se remexer na cadeira, até que se pôs de pé com um salto. "Vou ter que olhar as novilhas. Quer vir?"

Ela sabia que deveria aceitar, mas disse que preferia ficar.

"Pena que a cara-metade não esteja aqui. Assim você teria alguém com quem fofocar."

E lá se foi ele, para voltar só ao escurecer. Jantar. Depois veio o noticiário no rádio, momento em que ele xingou o locutor negro por ter pronunciado errado uma palavra, depois disse: "Desculpe, agora tenho que esticar o corpo. Estou cansado". E lá se foi ele para a cama.

Assim transcorreu uma estada que acabou durando cinco dias. Rose ficava acordada na cama, torcendo para que os ruídos que ouvia fossem de pés se arrastando sorrateiros para ela, mas qual nada. De fato rodou a fazenda inteira com Barry e tentou absorver o máximo possível. Durante conversas que sempre pareciam breves demais, interrompidas o tempo inteiro por uma crise ou outra, todas elas dotadas de um excesso de dramaticidade — essa era sua impressão e não devia estar enganada, não é? —, um trator quebrado, um incêndio natural, uma vaca machucada, ficara sabendo que seu velho amigo Franklin era "um dos piores da gangue de ladrões" e que o ídolo dela, o camarada Matthew, não poderia ser mais corrupto e tinha tanta noção de como governar um país quanto ele, Barry Angleton, tinha de como administrar o Banco Central da Inglaterra. Ela mencionou o nome de Sylvia Lennox, mas, mesmo tendo ouvido falar nela, tudo que Barry sabia era que trabalhava com os missionários de Kwadere. E acrescentou que, antes, quando era garoto, ninguém tinha nada de bom a dizer dos missionários, que educavam os cafres acima do nível deles, mas que agora as pessoas andavam achando, e ele concordava com elas, veja bem, que era uma pena que não os tivessem educado completamente, porque era de uns poucos cafres bem-educados que o país carecia. Bem, vivendo e aprendendo.

A mulher de Barry não voltou enquanto Rose esteve lá, embora tivesse ligado para dar um recado ao marido.

"Que bom que você está por aí", disse a mulher, complacente, "assim o Barry tem mais coisas com que se preocupar e não fica pensando só nele mesmo e na fazenda. Bom, os homens são todos iguais."

O comentário, feito nos termos consagrados pelas queixas feministas, mas tão distante da sofisticação dos grupos de mulheres que Rose freqüentava, permitiu que ela respondesse que os homens eram iguaizinhos no mundo inteiro.

"Pois é, mas diga ao meu velho que eu vou passar na Betty hoje à tarde e vou pegar um dos filhotinhos dela." E acrescentou: "Por favor, veja se consegue ser justa conosco e escreva algo de bom".

Barry recebeu o recado com um: "Bem, ela que não pense que esse cachorro vai dormir na nossa cama como o outro fazia".

A parada seguinte no itinerário de Rose, planejada para ser a primeira, não fosse a intervenção do Destino e de Barry Angleton, foi na casa de um velho amigo do camarada Johnny, Bill Case, que, tendo sido comunista na África do Sul, fora preso e fugira para se refugiar na Zimlia, onde continuou com a carreira de advogado, defendendo os oprimidos, os pobres e os maltratados; mas, pelo visto, sob o governo negro, eles continuavam sendo mais ou menos os mesmos da época em que os brancos detinham o poder. Bill Case era famoso, era um herói. Rose ansiava por ouvir dele, por fim, "a verdade" sobre a Zimlia.

No que dizia respeito a Barry, para quem ela teria aberto as pernas a qualquer instante, o máximo que conseguiu dele nesse sentido foi um comentário, quando ele a deixou na cidade, de que, se não fosse casado, ele a convidaria para almoçar. Mas ela reconheceu nisso um galanteio tão rotineiro quando o seu "Até mais, a gente se vê por aí".

Bill Case... quanto aos comunistas sul-africanos sob o regime do apartheid, antes de mais nada é preciso que se diga que poucas pessoas agiram com tanta bravura, poucas lutaram contra a opressão com tanta energia — mas espere um pouco: na mesma época, os dissidentes da União Soviética confrontavam a tirania comunista com igual empenho. Rose tratava a questão da União Soviética, e de como aquele império estava se saindo, não pensando, pura e simplesmente, a respeito do assunto: a responsabilidade não era dela, certo? E não fazia nem uma hora que estava na casa de Bill Case quando percebeu que a atitude dele também era essa. Durante anos, Bill sustentara que a União Soviética era uma nova civilização que conseguira abolir para sempre as velhas desigualdades e que os preconceitos de raça, para os objetivos do momento, eram de uma irrelevância absoluta. E agora, até mesmo nas províncias, que era onde Senga se achava, mesmo sendo uma capital, já se admitia que a União Soviética não era tudo aquilo que se arrogava ser. Claro que o governo negro, comprometido com as glórias do comunismo, não aceitava isso. No entanto Bill não discorreu sobre aquele grande sonho falido e sim sobre a derrocada de um sonho local: Rose ouviu dele o que ouvira durante vários dias da boca de Barry Angleton. De início, achou que Bill estivesse fazendo piada, parodiando o que com certeza ele sabia que ela deveria ter ouvido, mas não, suas queixas eram tão reais, detalhadas e furiosas quanto as do fazendeiro. Os agricultores brancos eram maltratados, viraram bode expiatório para todos os malogros do governo, entretanto eram eles que tinham de fornecer a moeda forte estrangeira, estavam sendo injustamente taxados e que pena que o país tivesse se transformado num lacaio puxa-saco do Banco Mundial, do FMI e da Global Money!

Durante aqueles dias, Rose acabou compreendendo algo doloroso: apostara no cavalo errado, com o camarada Matthew. Teria de retroceder, recuar, fazer algo para recuperar a reputação. Era cedo demais para escrever um artigo retratando o Camarada Líder como ele merecia: afinal de contas, seu último encômio saíra não fazia nem três meses. Não, teria de seguir um atalho, encontrar uma outra trilha, usar outro alvo.

Da casa de Bill Case passou para a de Frank Diddy, o simpático editor do jornal *The Zimlia Post*, amigo de Bill. A hospitalidade africana atraía Rose: era inverno em Londres, e ela vivia como queria, ali. O *Post*, ela sabia bem disso, era desprezado por qualquer pessoa inteligente — bem, pela maioria dos cidadãos. Seus editoriais invariavelmente eram assim: "Nosso grande país superou mais uma pequena dificuldade. A central elétrica sofreu uma pane na semana passada, devido às demandas de nossa economia em franca expansão, e, diz-se à boca pequena, aos esforços dos agentes secretos sul-africanos. Não podemos em momento nenhum afrouxar nossa vigilância. Olho em nossos inimigos! Não podemos nos esquecer de que nossa Zimlia transformou-se no foco das tentativas de desestabilizar nosso bem-sucedido socialismo. Viva a Zimlia".

Rose descobriu que, para Frank Diddy, esses editoriais eram o osso que mitigava a sanha dos sabujos do governo, desconfiados de que ele e os colegas andavam "escrevendo mentiras" a respeito do progresso do país. Os jornalistas do *Post* não estavam tendo uma vida muito fácil depois da Libertação. Haviam sido detidos e mantidos sob custódia sem acusação formal, foram libertados, voltaram a ser presos e estavam sendo ameaçados; os pesos-pesados da polícia secreta, conhecidos nos escritórios do *Post* simplesmente como "Os Homens", apareciam no jornal ou na casa dos jornalistas ameaçando todo mundo de prisão ao menor sinal de rebeldia. Quanto ao resto — a verdade sobre a Zimlia —, ouviu a mesma coisa que ouvira de Barry Angleton e Bill Case.

Sem desanimar, tentou conseguir uma entrevista com Franklin, com a intenção de lhe perguntar algo do gênero: Andam dizendo que você é dono de quatro hotéis, cinco fazendas e uma floresta com árvores de madeira de lei, que você está derrubando ilegalmente. Isso é verdade? Rose achava que os caruncho da verdade tinham de ser espremidos dos nós do ocultamento. Eles estavam em pé de igualdade. Franklin era um amigo, não era?

Muito embora se vangloriasse bastante dessa amizade, a verdade é que não o via fazia muitos anos. Nos tempos de camaradagem, logo após a Libertação, chegava à Zimlia, telefonava e era convidada a se encontrar com ele, ainda que nunca sozinha, porque Franklin estava sempre com amigos, colegas, secretários e, numa ocasião, com a mulher, uma senhora tímida que apenas sorriu e não abriu a boca uma única vez. Franklin apresentara Rose como "Minha melhor amiga quando eu morava em Londres". Com o tempo, ao ligar de Londres ou na chegada a Senga, diziam que ele estava em reunião. Que ela, Rose, pudesse ser posta de lado com esse tipo de mentira era um insulto. E quem diabos ele achava que era? Devia se sentir grato aos Lennoxes, a família fora tão boa com ele. *Nós* fomos tão bons com ele.

Dessa vez, quando ligou para o gabinete do camarada ministro Franklin, ficou surpresa de ouvi-lo atender prontamente, com um caloroso: "Então, Rose Trimble, há quanto tempo não nos vemos, você era justamente a pessoa com quem eu queria conversar".

E assim foi que ela e Franklin se encontraram de novo, dessa feita num canto do saguão do novo hotel Butler, um lugar chique projetado para que os dignitários em visita não fizessem nenhuma comparação desfavorável entre aquela e qualquer outra capital. Franklin estava já enorme, enchia a poltrona, e o rosto balofo se esparramava num queixo triplo e em bochechas negras lustrosas. Os olhos estavam minúsculos, embora ela se lembrasse deles como grandes, bonitos, atraentes.

"Rose, precisamos de sua ajuda. Ontem mesmo o Camarada Presidente dizia que precisamos de sua ajuda."

O *tino* profissional dizia a Rose que essa última frase era igualzinha à sua "Mas o camarada Franklin é um bom amigo". Todos mencionavam o camarada Matthew a cada duas palavras, para invocá-lo ou maldizê-lo. As palavras *camarada Matthew* deviam estar estalando e chiando pelo éter como o prefixo musical de algum programa de rádio muito ouvido.

"Sim, Rose, é muito bom que você esteja aqui", disse Franklin sorrindo e lançando rápidos olhares desconfiados para ela.

Estão todos paranóicos, Rose tinha ouvido de Barry, de Frank, de Bill e dos outros convidados que freqüentavam as casas de Senga, entrando e saindo naquele desembaraço colonial — epa, parado aí! — *pós*-colonial.

"Quer dizer então que, pelo que fiquei sabendo, vocês estão tendo dificuldades, Franklin?"

"Dificuldades! Nosso dólar despencou de novo esta semana. Hoje vale trinta vezes menos do que à época da Libertação. E sabe quem é o responsável?" Inclinou-se para ela, sacudindo o dedo gorducho. "É a Comunidade Internacional."

Rose esperava ouvir: agentes sul-africanos. "Mas o país está indo tão bem. Li hoje mesmo no *Post*."

Franklin se endireitou com grande energia na poltrona, para encará-la melhor, apoiando o corpanzil nos cotovelos. "Sim, somos uma história de sucesso. Mas não é o que os inimigos andam dizendo. E é aí que você entra."

"Não faz nem três meses que escrevi um artigo sobre o Líder."

"Muito bom, por sinal, muito bom." Franklin não lera o artigo, Rose percebeu na hora. "Mas estão surgindo uns artigos que prejudicam o bom nome deste país e acusam o Camarada Presidente de muitas coisas."

"Franklin, eles estão dizendo que vocês estão todos muito ricos, que andam comprando fazendas, que vocês agora têm fazendas, hotéis — um monte de coisas."

"E quem disse isso? É tudo mentira." Ele abanou a mão em volta, dispersando as mentiras, e se afundou outra vez na poltrona. Rose não abriu a boca. Franklin deu uma espiada nela, erguendo a cabeça, depois deixou que tombasse de novo. "Eu sou um homem pobre", gemeu. "Um homem paupérrimo. E tenho muitos filhos. Além dos parentes... você há de entender, eu sei que você entende, que em nossa cultura, quando um homem se sai bem, os parentes aparecem e nós temos que mantê-los e educar os filhos de todos eles."

"Uma cultura excelente, devo acrescentar", disse Rose, que de fato achava esse conceito comovente. Pois veja só seu próprio exemplo! Quando se pegara sozinha, fragilizada, muitos e muitos anos antes, onde estava sua família? E depois veio o filho rico de uma família de capitalistas exploradores que tirou partido da situação dela...

"Sim, temos muito orgulho de nossa cultura. Nossos velhos não morrem sozinhos, abandonados em asilos gelados, e não temos órfãos."

Isso, Rose sabia que não era verdade. Tivera notícias sobre as conseqüências da AIDS — órfãos largados sem um tostão, avós de muita idade criando crianças que não tinham mais os pais.

"Queremos que escreva sobre nós. Que conte a verdade sobre nós. Estou lhe pedindo que narre o que viu aqui na Zimlia, para que essas mentiras não se espalhem ainda mais." Franklin olhou em volta do saguão elegante, para os garçons sorridentes de uniforme. "Você pode ver por si mesma. Basta olhar ao seu redor."

"Eu vi uma lista num jornal nosso. Uma lista das posses de ministros e altos funcionários públicos. Alguns têm até doze fazendas."

"E por que não haveríamos de ter uma fazenda? Pois então estou proibido de ter uma fazenda só porque sou um ministro? E, quando eu me aposentar, como hei de viver? E vou lhe dizer: bem que eu preferiria ser um simples fazendeiro, vivendo com minha família na minha própria terra." Franziu o cenho. "E agora, ainda por cima, esta seca. Lá no vale Buvu, a criação que eu tinha morreu. A fazenda virou um areal. Minha nova cacimba secou." As lágrimas escorriam pelo rosto dele. "É terrível ver o gado da gente morrer. Os fazendeiros brancos não estão sofrendo, eles têm açudes, têm cacimbas."

Ocorreu a Rose que ali talvez houvesse um assunto. Podia escrever sobre a seca, que pelo visto estava afetando tudo, independentemente das tais áreas sem chuva, o que significava que não teria de tomar o partido de ninguém. Não sabia patavina sobre seca, mas podia pedir a Frank e Bill que a pusessem a par, daria para costurar um artigo sem ofender os dirigentes da Zimlia: não queria acabar com essa conexão lucrativa. Não. Mas podia se transformar numa guerreira ecológica... eram essas as idéias que passavam por sua cabeça enquanto Franklin discursava sobre a posição da Zimlia na vanguarda do progresso e dos feitos socialistas, encerrando com agentes sul-africanos e a necessidade de continuarem vigilantes.

"Espiões sul-africanos?"

"Exato, espiões. Essa é a palavra correta. Estão por toda parte. São eles os responsáveis pelas mentiras. Nossa segurança tem provas. O objetivo deles é desestabilizar a Zimlia para que a África do Sul possa invadir nosso país e anexá-la ao império do mal. Sabia que estão atacando Moçambique? Agora andam se espalhando por aí." Espiou-a para ver o efeito que estava conseguindo. "Quer dizer então que vai escrever alguns artigos para nós, nos jornais ingleses, explicando a verdadeira situação?"

E levantou-se com esforço, ofegando um pouco. "Minha mulher me diz que eu devia fazer um regime, mas é difícil quando se está diante de uma boa comida — e nós ministros temos que comparecer a tantas recepções..."

Momento das despedidas. Rose hesitou. Um fluxo de lembranças boas do garoto Franklin, para quem ela afinal de contas roubara roupas — mais que isso, a quem ensinara a roubar por si mesmo —, pressionava para que ela o envolvesse nos braços. E, se por acaso ele lhe desse um abraço, isso teria um peso enorme. Mas Franklin estendeu a mão e ela apertou-a. "Não, não é assim, Rose. Você precisa usar o cumprimento africano, assim, olha, assim..." E, de fato, era estimulante aquele aperto de mão que dizia como era difícil deixar partir um bom amigo. "Espero ter boas notícias de você. Por favor, não se esqueça de me mandar cópias de seus artigos. Estou esperando." E saiu rumo à porta do saguão, onde havia dois homenzarrões à espera — seus guarda-costas.

Rose contara a Frank Diddy que iria entrevistar o ministro Franklin, e ele pareceu impressionado. Agora narrava o encontro como se tivesse realizado uma façanha e, mais que isso, marcado um ponto, mas tudo que o editor disse foi: "Bem-vinda ao clube. Não quer tentar um dos nossos editoriais?".

Ela resolveu que não queria escrever sobre a seca, isso qualquer um podia fazer. Precisava de algo... e no *Post*, que lia com desprezo profissional à mesa do café da manhã, viu a seguinte notícia: "A polícia registrou o roubo de equipamentos pertencentes ao novo hospital de Kwadere. Objetos no valor de milhares de dólares desapareceram. Suspeita-se que os moradores locais sejam os ladrões".

O pulso de Rose aumentou definitivamente de ritmo. Mostrou a notícia a

Frank Diddy, mas ele deu de ombros e disse: "Esse tipo de coisa acontece o tempo todo".

"Como posso saber mais a respeito disso?"

"Não se dê ao trabalho, não vale a pena."

Kwadere. Barry tinha dito que Sylvia estava lá. E tinha mais uma coisa. Em geral, os jornais noticiavam quando Andrew passava por Londres: Andrew era notícia, ou ao menos a Global Money era. Da última vez, meses antes, ela ligara para ele. "Oi, Andrew, aqui é a Rose Trimble."

"Oi, Rose."

"Estou trabalhando no *World Scandals*, agora."

"Acho que o que eu faço não iria interessar aos leitores do *World Scandals*."

Mas, antes dessa ocasião, houvera uma outra, fazia alguns anos já, em que Andrew topara tomar um café com ela. Por quê? O primeiro motivo que lhe ocorreu foi a culpa. É, ele se sentia culpado! Embora já tivesse esquecido que um dia acusara Andrew Lennox de tê-la engravidado — os mentirosos têm péssima memória —, Rose sabia que ele lhe devia algo. Aquele encontro também lhe trouxera à lembrança a atração que sentia por ele, uma atração tamanha que não conseguira abrir mão dela. Andrew continuava atraente: a mesma elegância casual, o mesmo charme. Convenceu-se de que estava de coração partido. E achava-se pronta para elevá-lo à condição de "o homem que eu mais amei na vida" quando percebeu que tudo aquilo não passava de um aviso. Todos aqueles sorrisos eram para lhe dizer que deixasse os Lennoxes em paz. Quem Andrew pensava que era! Como jornalista, era seu dever dizer a verdade! Típica arrogância burguesa! Ele estava tentando subverter a liberdade da imprensa! A xícara de café durou um bom tempo, Andrew dando seus botes, insinuando isso e aquilo, enquanto Rose arrancava dele notícias da família, entre elas a de que Sylvia estava em Kwadere, era médica. Sim, era isso que tinha em mente o tempo inteiro. E agora havia também o fato de Sylvia, a quem continuava odiando, ser médica num lugar onde equipamentos hospitalares haviam sido roubados. Encontrara seu assunto.

Alguns dias depois de Sylvia e Rebecca terem arrumado os novos livros nas prateleiras do quarto, apareceu um grupo de moradores locais na porta da casa, logo de manhã. Assim que ela pôs o nariz para fora para ir trabalhar, um rapaz se adiantou, sorrindo. "Doutora Sylvia, por favor, me dê um livro. Rebecca disse que a senhora trouxe muitos livros para nós."

"Agora não, estou saindo para o hospital. Volte à noitinha."

Enorme foi a relutância com que se afastaram, virando a cabeça para uma última olhada na direção da casa do padre McGuire, de onde os novos livros os chamavam.

Sylvia trabalhava com Clever e Zebedee do lado; os dois haviam tomado conta de tudo enquanto ela estivera em Londres. Eram tão rápidos, tão ágeis, que faziam seu coração doer, tanto pelo potencial que possuíam como pelo que provavelmente seria feito deles. Andava pensando — não havia como não pensar — onde, em Londres, ou melhor, na Inglaterra, e mesmo na Europa, existiriam crianças tão famintas de aprender quanto essas? Sozinhos, tinham aprendido a ler em inglês com a ajuda de rótulos de pacotes de comida. Ambos, depois de terminarem o trabalho com ela, iam para casa e liam, à luz de vela, livros cada vez mais difíceis.

O pai continuava cochilando o dia todo debaixo da árvore, a mão enorme, esquelética, largada sobre o joelho erguido — um pelote ossudo entre dois ossos finos, cobertos de pele cinzenta, ressequida. Já tivera pneumonia várias vezes. Estava morrendo de AIDS.

Ao entardecer, havia cerca de cem pessoas aguardando na frente da casa do padre McGuire. Parado na porta, à espera de Sylvia, ele lhe disse: "E agora, minha filha, chegou a hora de tomarmos uma providência".

Sylvia se virou para aquele povaréu todo e disse que seria obrigada a decepcioná-los mais uma vez, mas que daria um jeito de os livros serem transferidos para o povoado.

Uma voz perguntou: "E quem vai vigiá-los para a senhora? Eles vão ser roubados".

"Não, ninguém vai roubar nada. Amanhã eu providencio tudo."

Uma vez mais, pessoas decepcionadas se espalharam pela penumbra do mato, entre pedras e moitas, entrando por caminhos invisíveis aos dois que observavam da varanda, e o padre disse: "Às vezes eu acho que eles enxergam com os pés. E agora você vai entrar, vai se sentar, vai jantar e depois vai se distrair um pouco comigo, nós vamos ouvir rádio. Agora que você trouxe as pilhas".

Rebecca não ficava para o jantar. Preparava alguma coisa para eles e deixava os pratos na geladeira. Às duas da tarde estava em sua própria casa. Mas, nessa noite, apareceu enquanto os dois jantavam: "Eu vim porque preciso lhes dizer uma coisa".

"Sente-se", disse o padre.

Havia um protocolo entre eles, que pelo visto nunca fora exposto de modo formal, estipulando que Rebecca não se sentava à mesa quando estava trabalhando na condição de empregada, e as poucas sugestões feitas pelo padre para que o fizesse haviam sido vetadas pela própria Rebecca: não seria correto. Mas quando fazia uma visita, como agora, sentava-se, e, quando lhe ofereciam, pegava uns biscoitos do prato e deixava ali do lado: eles sabiam que iria levar para os filhos. Sylvia empurrou o prato para ela, e Rebecca tirou cinco biscoitos. Diante dos olhares interrogativos do padre e de Sylvia — Rebecca só tinha três filhos, agora —, disse que estava alimentando Zebedee e Clever.

"A gente precisa arranjar um lugar para os livros. Andei conversando com todo mundo sobre isso. Tem uma choça vazia — era do Daniel, vocês sabem quem."

"Nós o enterramos domingo passado", disse o padre.

"Certo. E os filhos já morreram também. Antes dele. Mas agora ninguém quer ocupar a choça. Dizem que dá azar." — Ela usou a palavra deles.

"O Daniel morreu de AIDS e não por causa de alguma bobagem de *muti* ruim." Sylvia usou a palavra deles para as poções do *n'ganga*.

Rebecca e o padre, durante seu longo convívio, tinham tido vários bate-bocas, que ele vencia por ser padre e ela cristã, mas nesse momento Rebecca sorriu e disse "Certo".

"E para os livros, não dá azar?"

"Não, Sylvia, para os livros, não. De modo que vamos pegar as prateleiras e os tijolos do seu quarto e fazer as estantes na choça do Daniel, e o meu Tenderai pode ficar cuidando."

Tenderai estava muito doente, tinha talvez só mais alguns meses de vida: todos sabiam que estava com mau-olhado.

Rebecca leu na fisionomia dos dois e disse baixinho: "Ele tem condições de cuidar dos livros. Assim vai poder ler alguns e ficar menos triste".

"Os livros não vão dar para todo mundo."

"Vão, sim. Tenderai vai deixar eles tirarem um livro por semana, depois têm que devolver. Ele vai encapar com jornal. E cobrar..." E, sem permitir que

Sylvia protestasse: "Não, é só um pouquinho, talvez dez centavos. Não é nada, mas é o bastante para que saibam que os livros são caros e que devemos tomar conta deles".

Levantou-se. Não parecia bem. Sylvia ralhava com ela, dizia que estava se matando de tanto trabalhar, e mais os filhos doentes, que a acordavam de noite, e repetiu de novo: "Rebecca, você está se matando de tanto trabalhar".

"Eu sou forte. Sou como você, Sylvia. Posso trabalhar muito porque não sou gorda. O cachorro gordo deita no sol, cheio de moscas por cima, e dorme, mas o cachorro magro está acordado e morde as moscas."

O padre riu. "Vou usar isso em meu sermão no domingo."

"À vontade, padre." E fez diante dele a vênia que aprendera na escola, a mesura obrigatória a qualquer pessoa mais velha. Juntou as mãos magras e sorriu para ele. Para Sylvia, ela disse: "Vou pedir para alguns meninos virem buscar os livros e levar para a choça, mais as tábuas e os tijolos. Deixe os seus sobre a cama, assim eles sabem que não é para mexer".

E saiu.

"Que pena que Rebecca não possa governar o país, em vez daqueles incompetentes em Senga."

"Será que é verdade mesmo que cada país tem o governo que merece? Não acho que essa pobre gente mereça o governo que tem."

O padre McGuire fez um gesto com a cabeça, concordando, antes de falar. "Já lhe ocorreu que talvez o motivo de aqueles palhaços ainda não terem tido a garganta cortada é o desejo do populacho de estar no lugar deles, sabendo que fariam exatamente a mesma coisa, se tivessem a oportunidade?"

"Acredita mesmo nisso?"

"Não é por acaso que temos a oração 'Não nos deixeis cair em tentação'. E a outra, companheira dessa: 'Livrai-nos, Senhor, do mal'."

"Está me dizendo que a virtude é uma simples questão de não sofrer tentações?"

"Ah, a virtude. Eis aí uma palavra que eu tenho dificuldade em usar."

Sylvia, era óbvio, não estava muito distante das lágrimas, e o padre percebeu. Foi até um armário, voltou com dois copos e uma garrafa de bom uísque — que Sylvia trouxera para ele. Serviu duas doses generosas, balançou a cabeça para ela e tomou a sua de um gole.

Sylvia olhou o líquido dourado através da luz da lâmpada de mesa, um redemoinho oleoso e opulento assentado numa poça cor de âmbar. Deu um gole. "Às vezes penso que poderia me tornar alcoólatra."

"Não, Sylvia, não poderia."

"Agora entendo o porquê daqueles coquetéis quando o sol baixa — os *sundowners* dos velhos tempos."

"Por que dos velhos tempos? Os Pynes tomam os deles todos os dias, pontualmente."

"Quando o sol baixa, muitas vezes penso que eu daria qualquer coisa para esvaziar uma garrafa. É tão triste, quando o sol se põe."

"É a cor do céu. Ela nos traz à mente os esplendores do Senhor dos quais nos exilamos." Sylvia se espantou: o padre McGuire não costumava embarcar nesse tipo de coisa. "Já pensei muitas vezes em ir embora da África, mas basta olhar o sol baixando atrás daqueles morros e eu percebo que não sairia daqui por nada deste mundo."

"Mais um dia que se vai sem que nada tenha sido alcançado. Nada mudou."

"Ah, quer dizer então, Sylvia, que você é uma dessas pessoas que querem mudar o mundo, no fim das contas."

O comentário tocou num ponto sensível. Ela pensou: Talvez as besteiras de Johnny tenham me influenciado e me estragado. "Como é que alguém pode não querer mudar o mundo?"

"Como é que alguém não iria querê-lo mudado? Mas querer mudá-lo sozinho — não, aí tem a mão do diabo."

"Mas discordar como, depois de tudo que aprendemos?"

"Se você aprendeu, então se saiu melhor do que a maioria. Mas é um sonho forte demais, que não larga suas vítimas."

"Padre, não vai me dizer que quando era jovem nunca protestou, nunca saiu pelas ruas berrando contra os ingleses e apedrejando os soldados?"

"Você esquece que eu fui um rapaz pobre? Tão pobre quanto algumas pessoas da nossa aldeia, aqui. Só havia uma saída para mim. Eu só tinha um caminho. Não havia escolha."

"É, eu não consigo imaginá-lo outra coisa que não um padre, por natureza."

"É verdade — sem escolha, a não ser a única que me servia."

"Mas quando ouço a irmã Molly falando e falando, como se não levasse uma cruz no peito... Ninguém jamais iria imaginar que ela é freira."

"Algum dia você já parou para pensar que as moças pobres da Europa tinham uma única opção? Elas se tornaram freiras para poupar a família da despesa de ter que alimentá-las. De modo que os conventos viviam sempre lotados de jovens que estariam muito melhor criando suas famílias — ou trabalhando em qualquer outra coisa. Cinqüenta anos atrás, a irmã Molly teria enlouquecido num convento, porque ela não foi feita para isso. Mas agora — não sei se você sabe — já há condições para que ela diga à Superiora que vai sair do convento e ser uma freira do mundo. E, um dia, imagino que dirá para si mesma: eu não sou freira. Nunca fui freira. E simplesmente deixará a Ordem, assim, sem mais nem menos. Ela era pobre e pegou a única saída que havia. Mais nada. Sim, e eu sei o que está pensando — que para aquelas pobres irmãs negras lá do morro não vai ser tão fácil quanto para a irmã Molly."

Ao ir para o povoado depois do almoço, dia após dia, Sylvia via que, em frente a cada choça, debaixo de árvores, sentadas em toras e em bancos, as pessoas liam, ou, com um caderno diante dos olhos ou apoiado nos joelhos, se esforçavam para aprender a escrever. Ela avisara que iria supervisionar as lições da uma às duas e meia. Teria dito do meio-dia, mas o padre McGuire não permitiria que ela abdicasse do almoço. Dormir depois do almoço, porém, ela não precisava. Em pouco mais de duas semanas, sessenta livros estavam causando uma transformação naquele povoado no meio do mato, onde as crianças iam à escola mas não obtinham instrução, onde os adultos teriam no máximo quatro, cinco anos de estudo. Sylvia fora sozinha até a fazenda dos Pynes, pegara uma carona com eles até Senga e, lá, comprara uma boa quantidade de cadernos, esferográficas, lápis, um atlas, um globo pequeno e alguns livros que lhe ensinassem a ensinar. Afinal, não fazia idéia de como um profissional agiria, e os professores da escola no alto do morro, onde a poeira se avolumava nos cantos e esvoaçava em nuvens grossas, tampouco tinham o menor treinamento. Também dera um pulo no depósito para recuperar as máquinas de costura, mas ninguém sabia do paradeiro delas.

Sentada em frente à choça de Rebecca, onde uma árvore alta lançava uma sombra forte no meio do dia, Sylvia ensinava até sessenta pessoas, da melhor forma que podia, ouvindo-as ler, dando exemplos de redação e apoiando o atlas numa prateleira na árvore, para ilustrar as aulas de geografia. Entre seus alunos talvez houvesse alguns professores da escola, ajudando e aprendendo ao mesmo tempo.

Os pombos arrulhavam nas árvores. Era a hora sonolenta do dia, para todos eles, e a necessidade de dormir impelia as pálpebras de Sylvia para baixo, mas ela não dormiria, não dormiria. Rebecca distribuía água em bacias de aço inoxidável e alumínio roubadas do hospital abandonado. Não muita água: a seca estava piorando, as mulheres se levantavam às três, quatro da madrugada para ir até um rio mais adiante, depois que a escassa água do mais próximo começou a ficar fétida; levavam latas e jarros na cabeça. Pouca coisa estava sendo lavada por ali: as roupas certamente não estavam. Era o máximo que as mulheres podiam fazer, guardar água suficiente para beber e cozinhar. O cheiro da multidão era forte. Sylvia agora associava esse cheiro à paciência, a sofrimentos antigos e à raiva contida. Quando tomava um gole de água das bacias roubadas por Rebecca, sentia aquilo que deveria sentir — mas não conseguia — ao tomar o sangue de Cristo, durante a comunhão. A fisionomia das pessoas, de todas as idades, de crianças a velhos e velhas, era de embevecimento, silêncio, atenção a cada palavra. Educação, aquilo era educação, pela qual haviam ansiado a vida inteira e que esperavam obter depois das promessas do governo. Às duas e meia, Sylvia chamava alguém mais adiantado que os outros, menino ou menina, e o incumbia de ler alguns parágrafos de Enid Blyton — uma das autoras favoritas — ; ou de *Tarzan* — outro grande favorito — ; do *Livro da selva*, que já era mais difícil, mas muito apreciado; ou então do campeão dos campeões, *A revolução dos bichos*, que, segundo todo mundo, era a própria história deles. Caso contrário, o atlas era passado de mão em mão, aberto numa página que tivessem acabado de estudar, para reforçar o que haviam aprendido.

De manhã também dava um pulo no povoado, depois de se certificar de que no hospital corria tudo bem. Levava junto um dos irmãos, já que o outro tinha de ficar cuidando dos doentes. Havia vários pacientes nas choças, os que sofriam das lentas doenças crônicas, e, à beira do catre, ela e o *n'ganga* trocavam olhares admitindo aquilo que tinham o cuidado de não dizer. Porque se havia uma coisa que aquele médico do mato compreendia tão bem ou até melhor do que qualquer médico comum era o valor de uma mente animada; e estava evidente que boa parte dos *mutis*, feitiços e práticas tinham esse propósito: manter funcionando um sistema imunológico otimista. Mas, quando ela e aquele homem inteligente se entreolhavam de um certo jeito, então significava que dali a pouco o doente estaria entre as árvores, no novo cemitério, que, na verdade, era o cemitério da AIDS ou da "Finura", bem afastado da aldeia. As covas eram fundas porque a população receava que o diabo que matara aquelas pessoas escapasse e atacasse as outras.

Sylvia sabia, porque Clever lhe contara — Rebecca não dissera um á —, que aquela mulher sensata e prática, de quem tanto ela quanto o padre dependiam, acreditava que os três filhos haviam morrido, e que o quarto estava doente, porque a mulher do irmão caçula, que sempre a odiara, contratara os serviços de um *n'ganga* mais poderoso que o *n'ganga* local para atacar as crianças. A cunhada era estéril, esse era o problema, e culpava Rebecca pela falta de filhos, dizia que Rebecca pusera mau-olhado nela, encomendara feitiços.

Havia gente que acreditava que ela não tinha filhos porque a choça em que morava guardava mais coisas roubadas do hospital abandonado do que as demais. Entre os objetos roubados, o mais perigoso, e isso era de conhecimento geral, vinha a ser a cadeira de dentista, que já estivera no meio da aldeia, servindo de brinquedo para as crianças, mas que fora retirada e jogada num barranco, para livrar os moradores de suas influências malignas. Os macacos brincavam nela, sem sofrer nenhum dano, e uma vez Sylvia vira um velho babuíno sentado nela, um pedaço de capim entre os beiços, olhando em volta, muito contemplativo, feito um avô se balançando na varanda.

Edna Pyne entrou na velha caminhonete para ir até a missão porque estava sendo perseguida pelo que ela chamava de seu cachorro preto, que até nome tinha. "O Pluto está latindo nos meus calcanhares de novo", ela dizia às vezes, afirmando também que os dois cachorros da casa, Sheba e Lusaka, sabiam quando o fantasma obscuro se achava presente, até rosnavam para ele. Cedric não ria dessa pequena fantasia, nas poucas vezes em que a mulher brincava a respeito disso, mas comentava que ela estava ficando pior que os negros com suas superstições e bobagens. Nem cinco anos antes, Edna ainda possuía amigas mulheres, nas fazendas vizinhas, a quem podia visitar quando ficava desanimada, mas agora não restava mais ninguém. Tinham ido trabalhar em fazendas em Perth (Austrália), ou em Devon; tinham se mudado para a África do Sul — tinham ido embora. Ansiava por um pouco de conversa feminina, sentia-se num deserto de masculinidade, o marido, os criados, os jardineiros, as pessoas que iam até a casa, inspetores do governo, agrimensores, especialistas em curva de nível e os novos abelhudos, sempre a impor mais e mais regras decretadas pelo governo negro. Eram todos homens. Esperava encontrar Sylvia livre para um papo, embora não gostasse tanto dela quando sabia que a médica merecia: era digna de admiração, sem dúvida, mas era meio tantã. Ao chegar à casa do padre McGuire, tudo parecia vazio. Entrou na penumbra fresca, e Rebecca surgiu da cozinha com um pano nas mãos que deveria estar mais limpo. Mas a seca andava limitando a limpeza até na casa da própria Edna Pyne: a cacimba estava mais baixa que nunca.

"A doutora Sylvia está?"

"Está no hospital. Tem uma moça em trabalho de parto. E o padre McGuire levou o carro e foi visitar o outro padre na Missão Velha."

Edna sentou-se como se tivesse levado uma pancada nos joelhos. Deixou a cabeça cair no espaldar da cadeira e fechou os olhos. Quando voltou a abri-los, Rebecca continuava parada diante dela, esperando.

"Deus", disse Edna. "Eu não agüento mais. Não agüento mesmo."

"Vou lhe fazer um chá", disse Rebecca, virando para voltar à cozinha.

"Quanto tempo acha que ela vai demorar?"

"Não sei. É um parto difícil. Parto podálico."

O termo clínico fez com que Edna arregalasse os olhos. Assim como a maioria dos brancos, sua mente era compartimentada — quer dizer, mais do que a maioria. Sabia que alguns negros são tão inteligentes quanto a maior parte dos brancos, mas por inteligente entendia instruído, e Rebecca trabalhava numa cozinha.

Quando a bandeja de chá foi colocada na sua frente e Rebecca se virou para deixá-la, Edna se ouviu dizendo: "Sente, Rebecca". E acrescentou: "Você tem um tempinho?".

Rebecca não tinha tempo, correra a manhã inteira. Uma vez que o filho, o que buscava água do rio para ela, estava cuidando do pai, que se embebedara loucamente na noite anterior, ela, Rebecca, tivera de usar a água da cozinha do padre, tendo antes pedido a permissão dele, e levá-la não uma, mas cinco vezes até sua casa. O poço que tinham estava quase vazio: a água parecia estar se infiltrando de volta na terra e, em qualquer lugar, era cada vez mais difícil de atingir. Mas viu que a mulher branca estava transtornada, que precisava dela. Sentou-se e esperou. Pensou que afinal era uma sorte que a senhora Pyne tivesse aparecido, porque o padre levara o carro, e Sylvia dissera que talvez fosse preciso transferir a parturiente para o hospital, para fazer cesárea.

Palavras que fervilhavam borbulhantes dentro de Edna fazia horas, dias, saíram em golfadas inflamadas de lamúrias ressentidas, acusatórias, ainda que Rebecca não fosse a ouvinte ideal para elas. Nem Sylvia, a bem da verdade. "Não sei mais o que fazer", disse Edna, os olhos arregalados, fixos não em Rebecca e sim na borda de continhas azuis da tela contra moscas que protegia a bandeja do chá. "Estou com os nervos em frangalhos. Acho que meu marido enlouqueceu. Bom, eles são loucos, não é mesmo, os homens, você não acha?" Rebecca, que passara a noite driblando os murros e abraços do marido ensandecido sorriu e disse que sim, que os homens às vezes eram meio problemáticos.

"Nem me fale. Sabe o que ele fez agora? Comprou outra fazenda. Diz que, se não comprasse, um dos ministros iria passar a mão nela, então por que não ele? Quer dizer, se o povo de vocês ficasse com ela, tudo bem, tudo bem, mas ele diz que tem como pagar, a fazenda foi oferecida para o governo, mas ninguém quis, de modo que ele comprou. E vai construir um açude lá, perto da serra."

"Um açude", disse Rebecca, voltando à vida: estivera cochilando, ali sentada. "Certo... um açude... certo."

"É, mas assim que a gente construir o açude um daqueles negros miseráveis vem e fica com tudo para ele. Eles esperam até a gente fazer alguma benfeitoria, como um açude, por exemplo, aí eles vêm e tomam da gente. Então por que você vai fazer uma coisa dessas, eu pergunto, mas ele diz..." Edna estava sentada com um biscoito numa das mãos e a xícara na outra. As palavras jorravam muito rápido para que pudesse beber ou comer. "Eu quero ir embora, Rebecca. Você acha que estou errada? Acha? Este não é meu país, bem, pelo menos é o que todos dizem, e eu concordo com vocês, mas meu marido diz que é tanto dele quanto de vocês, e então foi lá e comprou..." De sua boca escapou um gemido. Largou a xícara, em seguida o biscoito, tirou um lenço da bolsa e enxugou as lágrimas. Depois permaneceu calada alguns instantes, inclinou-se na mesa, de cenho franzido, e esfregou a borda de contas azuis entre os dedos. "Bonito. Foi você que fez?"

"Fui eu, sim."

"Bem bonito. Muito bem-feito. E tem outra coisa. O governo não pára de nos criticar, de nos xingar de tudo quanto é nome. Mas lá na fazenda tem três vezes mais gente do que precisaríamos ter, eles largam as terras comunitárias e nós é que damos comida para eles, estamos alimentando toda aquela gente porque com esta seca estão morrendo de fome nas terras comunitárias. Bem, você sabe disso, não sabe, Rebecca?"

"Certo. Sei. É verdade. Estão morrendo de fome. E o padre McGuire abriu um refeitório na escola, porque as crianças chegam para estudar tão famintas que só choram."

"Pois é. Mas o seu governo nunca tem um elogio para nós."

Edna chorava, um choro melancólico, feito uma criança esgotada. Rebecca sabia que não estava chorando pelos famintos e sim pelo que ela, Rebecca, chamava de "muita coisa demais". "É muita coisa demais", ela dizia para Sylvia, "muita coisa demais para agüentar." E sentava-se numa cadeira, enterrava o rosto nas mãos, balançava-se para a frente e para trás e gemia, gemia, enquanto Sylvia pegava comprimidos — calmantes —, que Rebecca engolia obedientemente.

"Eu às vezes acho que é muita coisa, não consigo lidar com tudo", Edna choramingou, mas soando melhor, já. "Se estava tão ruim antes da seca, agora então, com o governo e tudo o mais..."

Foi então que Clever apareceu na soleira para dizer que a doutora Sylvia queria que Rebecca fosse correndo até os Pynes para pedir a alguém de lá que viesse buscar a mulher em trabalho de parto que precisava de hospital.

E lá estava Edna Pyne! O rosto do garoto se iluminou e, ali mesmo onde estava, na varanda, dançou alguns segundos. "Certo. Agora ela não vai morrer. O bebê entalou", ele informou, "mas se ela conseguir chegar ao hospital a tempo..." Saiu feito bala ladeira abaixo e logo mais Sylvia surgiu, apoiando a mulher embrulhada num cobertor.

"Vejo que ainda tenho alguma utilidade, no fim das contas", disse Edna e foi ajudar Sylvia a segurar a mulher, que soluçava e gemia.

"Se ao menos eles terminassem de construir o novo hospital", disse Sylvia.

"Vá sonhando."

"Ela está com medo da cesariana. Já lhe disse mil vezes que é uma operação simples."

"Por que você mesma não opera?"

"A gente comete esses erros. O mais horrendo, burro e imperdoável erro da minha vida foi não ter feito cirurgia." Sylvia falou numa voz seca, sem inflexão, mas Edna reconheceu nela a mesma explosão emocional que tivera havia pouco: Sylvia estava desabafando e ninguém deveria fazer caso. "Vou mandar o Clever com você. Estou com um homem muito doente aqui."

"Espero que não tenha que fazer um parto no caminho."

"Bem, você faria isso tão bem quanto qualquer outra pessoa. Mas o Clever é bom nisso. E eu dei um remédio a ela para atrasar um pouquinho o bebê. A irmã vai junto."

Ao lado da caminhonete, uma mulher esperava. Ela estendeu os braços, a parturiente mergulhou dentro deles e começou a gemer.

Sylvia correu de volta para o hospital. A caminhonete partiu. Era uma estrada ruim e demoraram quase uma hora para chegar, porque a paciente gritava sempre que o veículo passava num buraco. Edna entrou com as duas negras no hospital, um velho hospital construído durante o regime branco, projetado para servir alguns milhares de pessoas e que agora tinha de cuidar de meio milhão.

Edna voltou para a direção, e Clever se sentou ao lado. Ele deveria ter ido no banco traseiro, pensou ela, mas sem muita ênfase. E foi ouvindo, enquanto o menino papagueava sobre a doutora Sylvia e as aulas debaixo das árvores, sobre os livros, cadernos, canetas, muito melhor que na escola. Ficou curiosa e, em vez de deixar o garoto na bifurcação, de onde ele voltaria a pé para a missão, levou-o até lá e estacionou.

Era só meio-dia e meia. Sylvia estava à mesa, almoçando com o padre, no mesmo lugar onde ela, Edna, estivera poucas horas antes. Convidada a almoçar, já ia aceitando, mas Sylvia disse que precisava sair, que por favor Edna a desculpasse. De modo que Edna, uma mulher que apreciava comer, deixou que o padre lhe preparasse um sanduíche de tomate num pão sem manteiga — sim, estava difícil arranjar manteiga com a seca — e partiu com Sylvia. Não sabia o que esperar e estava impressionada. Todos sabiam quem era a senhora Pyne, é claro, e foi recebida com sorrisos acolhedores. Trouxeram um banco para ela e esqueceram que estava ali. Com o sanduíche enfiado na bolsa, pois desconfiava que algumas pessoas ali tinham fome, não poderia comer na frente delas, sentou-se. Santo Deus!, pensou. Quem haveria de imaginar que um dia eu veria em dois nacos de pão seco com uma fatia de tomate dentro uma extravagância nababesca?

Escutou Sylvia ler, em inglês, devagar, pronunciando cada palavra, textos de autores africanos dos quais nunca ouvira falar, embora até soubesse que os negros escreviam romances, enquanto as pessoas ouviam como se... Deus, podiam todas estar dentro de uma igreja. Depois Sylvia chamou um rapaz, em seguida uma moça, para resumirem a história. Eles fizeram tudo certinho, e Edna percebeu que ficara satisfeita com isso: queria que a iniciativa desse certo e se sentia contente de estar pensando dessa forma.

Sylvia pediu então a uma senhora idosa que contasse tudo a respeito de uma seca que ela presenciara quando menina. A velha senhora falava um inglês tropeçado, hesitante, e Sylvia mandou que uma jovem repetisse num inglês melhorzinho. Aquela seca de outrora não parecia muito diferente da seca de então. O governo branco distribuíra milho nas regiões afetadas, disse a velha, e houve aplausos de apreço, que só poderiam ser uma crítica ao próprio governo. Quando a história terminou, Sylvia passou a lição do dia seguinte: aos que sabiam escrever, a narração por escrito de algum caso antigo, e, aos que não sabiam, um relato oral de algo do qual se lembrassem.

Eram duas e meia. Sylvia deixou com os outros a mulher que contara a história da seca, mais ou menos umas cem pessoas, e voltou com Edna para casa. Agora haveria uma xícara de chá, e ela e Sylvia teriam como sentar e conversar, Edna poderia enfim bater aquele seu papo... mas, curiosamente, pelo visto a necessidade de falar e de ser ouvida a abandonara.

Sylvia disse: "Eles são uma gente tão boa. Não suporto ver a forma como estão sendo desperdiçados".

Estavam paradas diante da casa, perto da caminhonete.

"Bem", disse Edna, "acho que todos nós somos bem melhores do que temos a oportunidade de ser."

Deu para notar, pela maneira como Sylvia se virou para olhá-la, que esse não era o tipo de coisa que as pessoas esperavam ouvir da boca de Edna Pyne. E por que não? "Você quer que eu venha ajudá-la com sua escola — ou seus doentes?"

"Mas é claro, lógico, você viria mesmo? Viria?"

"Me avise quando precisar de mim", disse Edna, entrando no carro e partindo com a sensação de que dera um grande passo rumo a uma nova dimensão. Se ao menos tivesse dito ali mesmo, na hora: "Quer que eu comece já?". Mas ela não sabia disso, não sabia que Sylvia teria agradecido muitíssimo e dito: "Mas claro, venha me ajudar com um doente que está com malária, um acesso tão forte que vai morrer de tanto tremer". Sylvia deduziu que a educação falara por Edna e não pensou mais na oferta que ela lhe fizera.

Quanto a Edna, achava que durante sua vida inteira perdera as oportunidades surgidas, que, quando uma porta se abria, ela optava por não vê-la. O problema era que fazia tanto tempo que zombava das boas almas, dos que ajudavam os outros, que agora se tornar uma, assim sem mais nem menos... entretanto fizera o oferecimento a sério. Por alguns momentos, deixara de ser a Edna Pyne que todos conheciam para ser alguém bem diferente. Não disse nada a Cedric sobre ter levado a parturiente negra até o hospital: vai que ele começasse a resmungar sobre a gasolina e como andava difícil conseguir comprá-la. Mas mencionou que tinha visto vestígios das coisas roubadas do hospital no povoado. "Bom para eles", foi o comentário do marido. "Melhor que deixar aquilo tudo apodrecendo no meio do mato."

Edward Phiri, inspetor de ensino, escrevera ao diretor da Escola Secundária de Kwadere avisando que chegaria às nove da manhã e que contava fazer com ele e o corpo docente a refeição do meio-dia. Mas seu Mercedes, que comprara já bem usado — não sendo ministro, não podia ter a regalia de um carro zero —, quebrou pertinho da placa da fazenda dos Pynes. De péssimo humor, deixou o veículo na estrada e caminhou as poucas centenas de metros que levavam à sede. Ali encontrou Cedric e Edna tomando o café-da-manhã. Ele se apresentou, dizendo que precisava avisar o senhor Mandizi no Ponto de Desenvolvimento para vir pegá-lo, mas foi informado de que os telefones não funcionavam havia mais de um mês.

"E por que não foram consertados?"

"Receio que essa seja uma pergunta para o ministro das Comunicações. O sistema telefônico vive quebrando e leva meses para ser consertado." Era Edna quem falava, mas Edward Phiri olhava para o marido — para o homem, cujo papel era liderar. Cedric, pelo visto desatento à responsabilidade, não acrescentou nada.

Phiri parou, olhando a mesa do café. "Vocês tomam o desjejum bem tarde. O meu parece que foi há muitas horas."

Edna respondeu no mesmo tom acusatório: "Meu marido saiu para trabalhar logo depois das cinco. Nem tinha amanhecido ainda. Quem sabe o senhor aceita um chá — ou talvez queira tomar outro café-da-manhã?".

O inspetor sentou, com o bom humor restaurado. "Talvez eu aceite. Mas me espanta que o senhor saia tão cedo para trabalhar." Dirigia-se a Cedric. "Eu achava que vocês, fazendeiros brancos, levavam as coisas mais na maciota."

"Creio que os senhores têm muitas falsas impressões", disse Cedric. "Mas agora peço que me dê licença. Preciso voltar ao açude."

"Açude? Que açude? Não tem açude nenhum marcado no mapa."

Edna e Cedric se entreolharam. Começavam a desconfiar que o funcionário tivesse inventado uma pane no carro com o propósito exclusivo de dar uma espiada na fazenda. Ele praticamente admitira isso, ao mencionar o mapa.

"Mando fazer um novo chá?"

"Não, o chá que está no bule serve muito bem para mim. E quem sabe esses ovos que sobraram? Seria uma pena desperdiçá-los, eu acho."

"Não seriam desperdiçados. O cozinheiro os comeria."

"Agora isso me espanta de fato. Eu não acredito em mimar os empregados. Meus rapazes comem *sadza*. Ovos, jamais."

Edward Phiri pelo visto não tinha consciência de sua incorreção e sorria enquanto Edna lhe enchia o prato com ovos fritos, bacon, lingüiça. Ao começar a comer, disse: "Talvez eu pudesse acompanhá-lo para ver o açude, uma vez que obviamente não vou conseguir chegar à escola pela manhã".

"Por que não?", disse Edna. "Eu o levo no meu carro. E, depois, alguém da missão o leva até o Ponto de Desenvolvimento."

"E o meu carro, largado ali na estrada, parado? Vai ser roubado."

"Isso me parece pouco provável", disse Cedric, no mesmo tom seco de antipatia que vinha usando desde o princípio, num forte contraste com a voz severamente emotiva da mulher.

"Então talvez o senhor pudesse mandar um de seus empregados tomar conta do carro."

De novo, marido e mulher se entreolharam. Edna, restaurado seu eu responsável diante da ira de Cedric, pedia silenciosamente a anuência dele.

Cedric levantou-se da mesa, foi até a cozinha, voltou e disse: "Falei para o cozinheiro mandar o jardineiro tomar conta do carro. Mas não seria melhor ver se conseguimos fazê-lo pegar de novo?".

"Ótima idéia", disse o inspetor, que terminara os ovos e comia pedaços de um doce açucarado que, obviamente, estava achando uma delícia. "E como vamos fazer isso?"

Edna sabia que o marido reprimia algo do tipo: "E a mim, que me importa?". Rapidamente, disse: "Cedric, podemos tentar o rádio".

"Ah, então vocês têm um rádio?"

"As baterias estão fracas. As lojas não têm mais nada no estoque, como o senhor já deve ter notado."

"Isso é verdade, mas será que poderiam tentar?"

Cedric não quisera admitir a existência do rádio para não gastar a pouca energia restante com o senhor Phiri. "Vou tentar, mas não prometo nada." E desapareceu outra vez.

"Que coisa mais deliciosa é esta que estou comendo?", perguntou o inspetor, servindo-se à vontade.

"Mamão cristalizado."

"Precisa me dar a receita. Vou pedir a minha mulher para fazer para mim."

"Ela já deve ter a receita. Peguei daquele programa de rádio, *Fazendo maravilhas com nossos produtos*."

"Não me diga que a senhora escuta um programa voltado para nossas mulheres negras e pobres."

"Eu sou mulher, sou pobre e escuto rádio, sobretudo programas femininos. E, se sua mulher é boa demais para eles, então ela não sabe o que está perdendo."

"Pobre..." Edward Phiri riu com vontade, uma risada autêntica, depois, percebendo que a intenção do comentário fora seguramente ser rude, disse com azedume: "É uma boa piada".

"Me alegra que tenha gostado."

Mas Edna continuou. "É um ótimo programa. Aprendi muita coisa com ele. Tudo que o senhor vê nesta mesa foi feito aqui na fazenda."

Edward Phiri se demorou inspecionando a variedade, mas não quis confessar que boa parte lhe era desconhecida — patê de peixe, patê de fígado, peixe ao curry... "As geléias, claro. Posso experimentar esta?" Estendeu a mão para um pote: "Caruru-azedo... caruru-azedo — mas isto aqui dá em toda parte". Phiri afastou o pote sem provar.

"E daí? O que importa é que dá boa geléia. Ouvi dizer que as freiras da missão não comem os pêssegos maravilhosos que dão no pomar do convento, só comem pêssego em lata. Não querem ser consideradas primitivas." E riu, desdenhosa.

"Ouvi dizer que seu marido comprou a fazenda vizinha, é verdade?"

"Estava à venda. Vocês não quiseram. A fazenda foi oferecida a vocês. E não foi por gosto meu que ele comprou, isso eu lhe garanto."

Nesse momento os dois se encararam de fato, como até então não tinha ocorrido: os olhos fizeram de tudo, menos expressar o desejo de tentar simpatizar um com o outro.

Edward Phiri não gostou de Edna. Por princípio: era mulher de fazendeiro branco e, antes de qualquer coisa, via nela uma das que haviam empunhado armas na Guerra de Libertação, defendendo lares, estradas, depósitos de munição: naquela área do distrito, a guerra fora feroz. Sim, ele podia perfeitamente vê-la em trajes de combate, com uma arma, mirada talvez contra ele. Entretanto ele era um menino, na época da guerra, e permanecera a salvo em Senga: a guerra não o afetara de jeito nenhum.

Edna antipatizava solenemente com funcionários negros do tipo dele, chamava-os de pequenos Hitlers e adorava ficar repetindo as coisas ruins que ouvira a respeito deles. Que tratavam seus criados negros feito cachorro, pior do que qualquer branco jamais trataria seus empregados, que os próprios negros não gostavam de trabalhar para eles e sempre tentavam arranjar trabalho com os brancos. Que abusavam do poder, que aceitavam suborno, que eram — e este era um dos maiores pecados — incompetentes. E, daquele homem em especial, Edna não gostara de cara.

Os dois, a mulher tensa e sarcástica, o negro corpulento e confiante, continuaram olhando um para o outro, deixando que a expressão do rosto falasse por eles.

"Certo", disse por fim o senhor Phiri.

Por sorte, Cedric entrou nessa hora. "Recebi um recado logo antes que o maldito troço morresse. Mandizi está vindo. Mas diz que não está muito bem hoje."

"Tenho certeza de que o senhor Mandizi virá o mais rápido que puder, mas ainda assim temos tempo de ver aquele novo açude."

Os dois saíram em direção à caminhonete, estacionada debaixo de uma árvore, sem nem sequer olhar para ela. Edna sorriu consigo mesma, com aquele esgar apurado dos que se alimentam de amargura.

Cedric dirigia rápido por estradinhas ruins de fazenda, por campos, cerros e trechos de mato fechado. Edward Phiri saíra de Senga poucas vezes na vida e, da mesma forma que Rose, não sabia como interpretar o que via.

"E o que está plantado ali?"

"Tabaco. É o que mantém a economia do seu país funcionando."

"Ah, quer dizer então que aquilo é o famoso tabaco?"

"Está me dizendo que nunca viu um pé de fumo?"

"Quando eu saio de Senga para inspecionar as escolas, estou sempre numa pressa danada, sou um homem muito ocupado. É por isso que estou tão satisfeito de ter essa chance de ver uma fazenda de verdade, com um fazendeiro branco."

"Alguns fazendeiros negros estão plantando um bom tabaco, o senhor não sabia?"

Phiri se calou, pois estavam passando ao longo da base de um morro esboroado e, na frente deles, havia uma vastidão de terra amarela em montes, pilhas e cômoros, com uma escavadeira trabalhando a todo vapor, equilibrada de modo precário em declives e ladeiras íngremes. "Cá estamos", disse Cedric, saltando da caminhonete e se adiantando sem nem mesmo olhar para ver se o inspetor o seguia. Um negro, ajudante do operador da escavadeira, aproximou-se do fazendeiro e, juntos, os dois verificaram uma espécie de mapa à beira de um buraco feito no solo compacto. Phiri avançou com cautela por entre os montes de terra amarelada, tentando manter os sapatos limpos. A poeira soprava do topo das pilhas. Seu melhor terno já estava empoeirado.

"Bem, aí está." Cedric voltou.

"Mas cadê o açude?"

"Ali." Cedric apontou.

"Mas — quando estiver terminado, de que tamanho vai ser?"

Cedric apontou de novo. "Ali... ali... daquela fileira de árvores até o cerro e dali até aqui onde nós estamos."

"Um belo açude, hein?"

"Não vai ser o Kariba."

"Certo." Edward Phiri estava desapontado. Esperava ver um lago de doces águas marrons, com vacas mergulhadas até o meio do corpo e acácias nas margens, cheias de ninhos de tecelões pendurados nos galhos. Não se lembrava, conscientemente, de algum dia ter visto essa cena, mas era isso que um açude significava para ele. "Quando vai estar cheio?"

"Quem sabe o senhor poderia providenciar umas boas chuvas? Este é o terceiro ano sem praticamente chuva nenhuma."

Edward Phiri riu, mas estava se sentindo como um colegial e não gostou dessa posição. Não conseguia imaginar a água que um dia se acumularia ali, sob os morros.

"Se quer pegar o Mandizi, acho melhor voltarmos."

"Certo." Este era um "certo" em seu sentido original: Sim, eu também acho.

"Vou levá-lo de volta por um outro caminho", disse Cedric, ainda que fosse contrário a seus interesses impressionar esse homem que pretendia lhe roubar a fazenda. Queria compartilhar o orgulho e o amor que sentia pelo que fizera do mato. A um quilômetro e meio da casa, um rebanho comia espigas secas de milho. Tinham o olhar angustiado de animais sofrendo com a seca. O que o inspetor viu foram vacas, *mombies*, e estava louco para ser o dono delas. Seus olhos se encheram de admiração pelos animais: não percebeu que estavam em dificuldade.

Cedric disse: "Estou tendo que matar os bezerros assim que eles nascem". A voz saiu ríspida. O inspetor espantou-se e gaguejou: "Mas, mas... sim, eu li no jornal... mas isso é terrível". E então viu que as lágrimas escorriam pelo rosto do homem branco. "Deve ser terrível", ele disse, suspirando e tentando, diplomático, não olhar para Cedric. Estava sentindo uma simpatia real por ele, mas não tinha idéia do que faria se o homem branco desmoronasse e chorasse. "Matar os bezerros... mas não tem nada... nada..."

"Não há leite nenhum nas tetas", explicou Cedric. "E, quando as vacas ficam assim magras, os novilhos nascem muito fraquinhos."

Tinham chegado à casa.

O senhor Mandizi acabara de estacionar, mas Cedric a princípio pensou que fosse um outro funcionário: o homem estava com a metade do tamanho original.

"Você perdeu bastante peso", comentou Cedric.

"É, de fato."

Deixara o mecânico com o Mercedes e agora abria a porta de trás do carro, dizendo ao senhor Phiri: "Entre, por favor". E, para Cedric, no tom oficial: "O senhor devia mandar consertar o rádio. Mal consegui ouvi-lo".

"Um dia chegamos lá", respondeu Cedric.

"E agora, para a escola", falou o senhor Phiri, que estava deprimido por causa dos bezerros. Não abriu a boca até chegar à missão.

"Esta é a casa do padre."

"Mas eu quero a casa do diretor."

"Não tem diretor. Receio que ele esteja preso."

"Mas por que não fizeram a substituição?"

"Pedimos um substituto, mas o senhor compreende, esta não é uma área muito procurada. Eles preferem ir para a cidade. Ou o mais perto possível de uma cidade."

A raiva restaurou a vitalidade do senhor Phiri, que marchou para dentro da casinha, seguido por seu subordinado. Não havia ninguém. Bateu palmas, e Rebecca apareceu. "Diga ao padre que eu cheguei."

"O padre McGuire está na escola. Se subir aquela trilha ali, vai encontrá-lo."

"E por que não vai você?"

"Estou com comida no fogo. E o padre McGuire espera pelo senhor."

"E o que ele está fazendo lá?"

"Ele dá aula para os maiores. Acho que está dando aulas em várias classes, porque não tem diretor." Rebecca se virou para voltar à cozinha.

"E aonde você pensa que vai? Eu não lhe dei permissão."

Rebecca fez uma reverência solene, lenta, e parou com as mãos cruzadas, olhos baixos.

Edward Phiri estava furioso e não olhou para Mandizi, que sabia que o inspetor estava sendo alvo de uma zombaria.

"Muito bem, pode ir agora."

"Certo", disse Rebecca.

Os dois subiram a trilha poeirenta, com o sol batendo-lhes de rijo na cabeça e nos ombros.

Desde as oito da manhã que muitas das classes da escola estavam no maior pandemônio, com crianças ansiosas à espera do grande homem. Os professores, que afinal de contas não eram muito mais velhos que alguns dos alunos, estavam extasiados. Mas não apareceu nenhum carro, só se ouvia o ruído dos pombos e as cigarras chiando em algumas árvores perto do tanque de água, agora vazio. Todas as crianças estavam com sede havia semanas, e algumas com fome. Na verdade, não comiam mais nada além daquilo que o padre McGuire lhes dava logo pela manhã, nacos de pão doce massudo, branco, e leite em pó. Nove horas, depois dez. As aulas recomeçaram, e o alarido de várias centenas de vozes entoando as repetições necessárias, porque não havia livros nem cadernos, era ouvido a oitocentos metros da escola e só cessou quando o senhor Phiri e o senhor Mandizi surgiram, acalorados e suados.

"O que é isso? Onde está o professor?"

"Aqui", disse um jovem humilde, sorrindo de agonia e apreensão.

"E que aula é essa? Que barulhão é esse? Não me lembro de ter sido informado de que as aulas orais fizessem parte do nosso currículo. Onde estão os cadernos?"

Ao ouvir isso, cinqüenta crianças exuberantes disseram em coro: "Camarada Inspetor, Camarada Inspetor, nós não temos cadernos, nós não temos livros, por favor, mande cadernos para nós. E alguns lápis, isso, alguns lápis, não esqueça a gente, Camarada Inspetor".

"E por que eles não têm cadernos?", Phiri perguntou a Mandizi, autoritário.

"Nós mandamos os formulários de requisição, mas não recebemos nem livros nem cadernos." Fazia três anos, já, mas Mandizi não se sentia à vontade para dizer isso na frente dos alunos e do professor.

"Se o pessoal de Senga se atrasar, dê um aperto."

Foi inevitável. "Faz três anos que esta escola não recebe nem livros nem cadernos."

O inspetor olhou Mandizi de frente, depois o professor mocinho, em seguida os alunos.

O professor disse: "Camarada Inspetor, senhor, nós fazemos o possível, mas é difícil, sem livros".

O Camarada Inspetor se sentia preso numa armadilha. Sabia que em algumas escolas — bem, em várias — faltavam livros. A verdade é que ele raramente saía das cidades, sempre dava um jeito de inspecionar só escolas urbanas. Havia uma certa carência nelas, mas qual era o problema, afinal, de quatro ou cinco crianças dividirem uma cartilha ou de usarem papel de embrulho para fazer as lições? Mas não ter nenhum livro, nada, nada! Ponto de ebulição: Edward Phiri explodiu de raiva. "E olhe só para este chão. Há quanto tempo não é varrido?"

"Tem tanta poeira", disse o professor, em voz baixa, envergonhado. "Poeira..."

"Fale alto."

E então as crianças intervieram. "A poeira entra e assim que a gente varre ela volta de novo."

"Fique de pé para falar comigo."

Como os funcionários tivessem chegado sem a menor cerimônia até a sala, o jovem professor não mandara as crianças levantarem, mas agora se ouvia um alvoroço enorme de pés e cadeiras raspando no chão. "E como é que estas crianças não sabem como cumprimentar um representante do governo?"

"Bom dia, Camarada Inspetor", veio o tão ensaiado cumprimento dos alunos, ainda sorridentes e animados com a visita que resultaria, finalmente, em cadernos, lápis e quem sabe até num diretor.

"Cuide deste chão", disse o senhor Phiri ao professor, que sorria feito um mendigo repudiado. "Senhor Phiri, Camarada Inspetor..." O rapaz corria atrás dos dois homens, que já se encaminhavam para a sala seguinte. "O que é?" "Se o senhor pudesse pedir ao departamento que nos mandasse os livros..." Agora ele corria ao lado deles, feito um mensageiro tentando entregar um despacho urgente e, com toda a pretensão de dignidade dissolvida, torcia as mãos e chorava. "Camarada Inspetor, é tão difícil ensinar quando a gente não tem nem..."

Mas os funcionários tinham ido para a sala seguinte, de onde quase que instantaneamente saíram gritos e imprecações nascidos da ira de Edward Phiri. Não ficou nem um minuto na sala, passou para a seguinte e, de novo, uma saraivada de berros. O professor da primeira classe, que estivera parado, escutando as explosões e dando um tempo para se recuperar, voltou ao normal e regressou para junto dos alunos, que o aguardavam cheios de esperança. Cinqüenta pares de olhos brilhantes, fixos nele: *Boas notícias, por favor, traga-nos boas notícias.*

"Certo", disse ele, e os rostinhos perderam todo o brilho.

O professor se esforçava para não chorar. Línguas estalaram em simpatia e houve murmúrios de "uma lástima".

"Vamos ter uma aula de redação." Virou para a lousa e, com uma lasca de giz, escreveu em letras bem redondas, de criança: "O Camarada Inspetor veio visitar nossa escola hoje".

"Agora você, Mary." E uma jovem grandona, de uns dezesseis anos, talvez, mas parecendo mais velha, saiu de uma das carteiras apertadas, pegou o pedacinho de giz e escreveu a sentença outra vez. Fez uma mesura ao professor — que estivera na mesma classe dois anos antes — e voltou para seu lugar. Estavam todos calados, escutando os gritos que vinham de uma sala no bloco vizinho, todos na expectativa de serem chamados para mostrar o que podiam fazer na lousa. O problema era a falta de giz. O professor tinha aquele pedacinho, e dois outros pedaços inteiros escondidos no bolso, porque os armários da escola viviam sendo arrombados, mesmo que estivessem vazios, ou quase. Nem pensar em chamar um por um para copiar a sentença.

A tempestade ruidosa que a aproximação do senhor Phiri e do senhor Mandizi criava chegou perto da porta da sala — ah, será que estariam voltando?, pelo menos havia aquela simpática frase na lousa — não, os dois passaram reto. As crianças se precipitaram para as janelas, para ver a partida do Camarada Inspetor. As costas de dois homens iam desaparecendo na direção da casa do padre. Atrás, vinha a batina empoeirada do padre McGuire, acenando e pedindo que parassem.

Em silêncio, as crianças voltaram para suas carteiras. Era quase meio-dia, hora de parar para o almoço. Nem todos levavam comida, mas mesmo assim se sentavam, olhando os colegas comerem um pouco de polenta fria ou um pedaço de abóbora.

O professor avisou: "Vamos ter educação física depois do intervalo".

Um coro de prazer. Eles adoravam os exercícios realizados nos espaços poeirentos entre um prédio e outro. Não havia equipamento de ginástica, não havia barras paralelas, cavalos de alça, cordas nem esteiras onde pudessem se deitar.

Os dois funcionários embarafustaram pela casa do padre, que entrou logo atrás.

"Eu não o vi na escola", disse o senhor Phiri.

"Acho que o senhor não visitou a terceira ala de salas, onde eu estava."

"Fiquei sabendo que está dando aulas em nossa escola. Que história é essa?"

"Dou aulas de recuperação."

"Eu não sabia que tínhamos aulas de recuperação."

"Eu ensino os alunos que estão três ou quatro anos atrasados, por causa do estado calamitoso em que se encontra a escola deles. Eu chamo isso de recuperação. E é voluntário. Não recebo salário nenhum. Não custo um tostão ao governo."

"E aquelas freiras que eu vi? Por que elas não estão dando aulas?"

"Elas não têm qualificação para dar aula. Nem mesmo nesta escola."

Edward Phiri gostaria de vociferar e berrar — talvez bater em alguma coisa, ou em alguém —, mas sentia a cabeça pesada, latejando: o médico lhe dissera para não se emocionar demais. Parou, olhando o almoço posto na mesa, algumas fatias de carne fria e alguns tomates. Um filão de pão recém-assado exalava aromas deliciosos. Ele pensava em *sadza*. Era disso que precisava. Se ao menos pudesse pôr o peso e o calor reconfortante de um bom prato de *sadza* no pobre do estômago, que se revirava em centenas de emoções... "Talvez queira compartilhar a refeição conosco", disse o padre.

Rebecca entrou com uma travessa de batatas cozidas.

"Você fez *sadza*?"

"Não, senhor, eu não sabia que o senhor estava sendo esperado para o almoço."

O padre McGuire interveio mais que depressa. "Infelizmente, como nós sabemos, uma boa *sadza* leva uma meia hora para sair bem-feita, e nós nem pensaríamos em insultá-lo com uma *sadza* inferior. Mas quem sabe um pouco de carne? É uma pena, mas tem muita carne, agora, com os pobres animais morrendo por causa da seca."

O estômago do senhor Phiri, que relaxara na esperança da *sadza*, embolou de novo, e ele gritou com Mandizi: "Vá ver se meu carro já foi consertado". Mandizi, encantado com o pão, protestou com o olhar. Tinha direito a sua refeição. E não se mexeu. "Se não estiver pronto, volte aqui para me dizer, assim eu vou com o senhor para o escritório."

"Tenho certeza de que ele já deve ter terminado, a esta altura. Teve bem uma três horas", disse Mandizi.

"E que história é essa de me desafiar, senhor Mandizi? Eu sou ou não sou seu chefe? Sem falar na incompetência que eu verifiquei hoje. Sua tarefa é verificar as escolas locais e expor por escrito todas as deficiências." Phiri gritava, mas a voz saía tensa e fraca. Estava prestes a desatar no choro, tamanha a impotência, raiva e vergonha que sentia com tudo que vira naquele dia. O padre McGuire o salvou a tempo, movido pelo mesmo impulso que um pouco antes fizera o próprio Phiri desviar dos olhos das lágrimas que Cedric Pyne derramava por seus bezerros. "E agora, por favor, sente-se, senhor Phiri. Estou muito contente de tê-lo aqui, sou um velho amigo do seu pai — o senhor sabia disso? Ele foi meu aluno — sim, nessa cadeira, e o senhor, senhor Mandizi..."

"Ele vai fazer o que eu mandei e ver se meu carro já ficou pronto."

Rebecca, sem nem olhar para Phiri, se aproximou da mesa, cortou duas belas fatias de pão, colocou carne dentro e ofereceu o sanduíche a Mandizi com uma pequena mesura que não tinha nada de zombeteira. "O senhor não está bem", disse a ele. "Sim, vejo que o senhor não está nada bem."

Sem responder, Mandizi continuou parado, com o sanduíche nas mãos.

"E qual é o problema, senhor Mandizi?", perguntou Phiri.

Sem responder, Mandizi saiu para a varanda, onde Sylvia, voltando do hospital, o encontrou.

Com a mão no braço dele, Sylvia lhe dizia alguma coisa em voz baixa, persuasiva.

Na sala, eles escutaram: "Sim, eu estou doente, e minha mulher também está".

Com o braço em volta de Mandizi — ele perdera tanto peso que isso era fácil —, Sylvia o acompanhou até o carro.

O padre McGuire falava, falava, empurrando na direção do convidado a travessa de carne, as batatas, os tomates. "Sim, encha o prato, o senhor deve estar com fome, o café-da-manhã já foi faz tempo, e eu também estou com fome, e seu pai — ele está bem? Ele era meu aluno predileto, quando eu dava aula em Guti. Que menino mais inteligente."

Edward Phiri estava de olhos fechados, recuperando-se. Quando voltou a abri-los, viu a sua frente, na mesa, uma mulherzinha escura. Seria de cor? — não, aquela era a cor que elas adquiriam quando tomavam muito sol, ah, sim, essa é a mulher que agora há pouco falava com o senhor Mandizi. Ela sorria para Rebecca. Seria um comentário a respeito dele, esse sorriso? A raiva — que ia aos poucos sendo apaziguada pela influência da boa carne e das batatas — voltou, e ele disse: "Então a senhora é a mulher que, segundo andam me dizendo, tem tirado o material da nossa escola para dar suas aulas, suas supostas aulas?".

Sylvia olhou para o padre, que lhe fazia um sinal com os lábios bem apertados para que não respondesse nada. "A doutora Lennox comprou cadernos e um atlas com dinheiro do próprio bolso, não se preocupe quanto a isso, agora me dê notícias de sua mãe — ela foi minha cozinheira por uns tempos e digo com toda a sinceridade que eu o invejo por ter uma cozinheira daquelas como mãe."

"E o que a senhora ensina aos nossos alunos? A senhora é professora? Tem um diploma? A senhora é médica, não professora."

De novo, o padre McGuire a impediu de responder. "Sim, esta é a nossa excelente doutora, ela é médica, não é professora, mas para ler histórias para as crianças, para ensiná-las a ler e a escrever, ninguém precisa de capacitação especial."

"Certo", disse Edward Phiri. Comia com a pressa nervosa daqueles que usam a comida como tranqüilizante. Puxou o pão para si e cortou um grande naco: não tinha *sadza*, mas um bom bocado de pão faria o mesmo efeito.

De repente Rebecca se pronunciou: "Talvez o Camarada Inspetor queira vir conosco até o povoado para ver como nossa gente aprecia o que a doutora está fazendo, como ela está nos ajudando".

O padre McGuire conseguiu controlar a forte irritação. "Sim, sim", ele disse. "Sim, sim. Mas, num dia quente como este, estou certo de que o senhor Phiri prefere ficar aqui conosco, na sombra, tomando uma boa xícara de chá bem forte. Rebecca, por gentileza, faça um chá para o inspetor." Rebecca saiu. Sylvia estava prestes a abordar com o senhor Phiri o assunto dos cadernos e livros que não chegavam nunca. O padre sabia disso e falou: "Sylvia, estou certo de que o inspetor gostaria de ouvi-la contar da biblioteca que organizou no povoado".

"Pois é. Estamos com cerca de cem livros, agora."

"E quem pagou pelos livros, se me permite perguntar?"

"A doutora teve a bondade de pagar por todos eles do próprio bolso."

"Interessante. Então suponho que devemos ser gratos à doutora." Phiri suspirou e acrescentou: "Certo". E isso foi o mesmo que um suspiro.

"Sylvia, você não comeu nada."

"Acho que vou tomar só um chá."

Rebecca apareceu com a bandeja do chá, pôs as xícaras, os pires, tudo muito devagar, com gestos estudados; arrumou a pequena tela contra moscas com sua borda de continhas azuis sobre o jarro de leite e empurrou o grande bule de chá na direção de Sylvia. Em geral, Rebecca servia o chá. Mas voltou para a cozinha. O inspetor fechou a cara depois que ela se foi, ciente de que houvera insolência, mas incapaz de apontá-la com exatidão.

Sylvia serviu a bebida, sem erguer a vista daquilo que as mãos faziam. Pôs uma xícara perto do inspetor, passou o açucareiro para ele e ficou fazendo bolinhas com seu pão. Silêncio. Rebecca cantarolava na cozinha, uma das músicas da Guerra de Libertação, com o objetivo de irritar Edward Phiri, mas ele não deu mostras de ter reconhecido a melodia.

E então, felizmente, ouviram o barulho de um carro, e, em seguida, havia poeira para todos os lados. De dentro do veículo, saltou o mecânico com seu macacão azul alinhado. Edward Phiri se levantou. "Vejo que meu carro chegou", ele disse de modo vago, como alguém que tivesse perdido alguma coisa sem saber bem o quê nem onde. Desconfiava que tinha se comportado de maneira incorreta, mas seguramente não, já que estava certo sobre todas as questões.

"Espero que conte a seus pais que nós nos encontramos e diga que eu rezo sempre por eles."

"Claro, assim que for visitá-los. Estão morando no interior, para lá do Ponto de Desenvolvimento de Pambili. Estão velhinhos."

Phiri saiu para a varanda. Havia borboletas à volta toda dos hibiscos. Um turaco se fazia ouvir a quase um quilômetro de distância. Ele foi até o carro, se acomodou no banco traseiro, e o veículo partiu em meio a rios de pó.

Rebecca entrou na sala e, coisa incomum para ela, sentou-se à mesa com eles. Sylvia lhe serviu um chá. Ninguém falou por alguns momentos. Depois Sylvia disse: "Deu para ouvir lá do hospital aquele idiota berrando. Um excelente candidato para um ataque cardíaco, o nosso Camarada Inspetor".

"Verdade, verdade", concordou o padre.

"Foi uma desgraça total", continuou Sylvia. "Aquelas crianças sonharam com o inspetor semanas a fio. O inspetor vai fazer isso, vai fazer aquilo, vai nos arranjar livros."

O padre interveio: "Sylvia, não aconteceu nada de mais".

"O quê? Como é que você pode dizer..."

Rebecca fez coro: "É uma lástima".

"Como é que você pode ser tão moderado assim, Kevin?" Sylvia raras vezes chamava o padre pelo nome de batismo. "É um crime, isso sim. Aquele homem é um criminoso."

"Verdade, verdade", disse o padre. Silêncio longuíssimo, e então: "Alguma vez já lhe passou pela cabeça que essa é a história da nossa história? Os poderosos tiram o pão da boca do povo — e o povo vai se virando como pode".

"E os pobres estão sempre conosco?", disse Sylvia, em tom sarcástico.

"Alguma vez já viu coisa diferente?"

"E não há nada que se possa fazer, e tudo vai continuar como está."

"Provavelmente", disse o padre. "O que me interessa é como você enxerga isso. Você vive se espantando com as injustiças. Mas as coisas sempre foram e sempre serão assim."

"Mas prometeram tanta coisa a eles. Depois da Libertação, prometeram — bem, tudo."

"Por acaso você não sabe que os políticos fazem promessas e depois não cumprem?"

"Eu acreditei em tudo", disse Rebecca. "Fui uma idiota perfeita, berrando e saudando a Libertação. Pensei que eles estivessem falando sério."

"Claro que estavam", disse o padre.

"Acho que todos os nossos líderes ficaram desse jeito porque foram amaldiçoados."

"Ah, que o Senhor tenha piedade de nós", falou o padre, finalmente perdendo a paciência. "Eu não vou ficar aqui ouvindo besteira." Mas não se levantou da mesa.

"É sim", continuou Rebecca. "Foi por causa da guerra. Porque nós não enterramos os mortos de guerra. Vocês sabiam que as cavernas dos morros estão cheias de esqueletos? Sabiam? O Aaron me contou. E vocês sabem que, quando a gente não enterra os mortos segundo nossos costumes, eles voltam e amaldiçoam a gente."

"Rebecca, você é uma das mulheres mais inteligentes que eu conheço e..."

"E agora tem a AIDS. E essa é uma maldição que caiu sobre nós. O que mais pode ser?"

"É um vírus, Rebecca, não uma maldição", disse Sylvia.

"Eu tinha seis filhos, agora tenho só três e logo serão só dois. E todo dia aparece um túmulo novo no cemitério."

"Alguma vez ouviu falar na Peste Negra?"

"Ouvir como? Eu só fiz o primário." O que significava que ouvira falar, que seu conhecimento ia além do que estava disposta a revelar e que desejava saber mais a esse respeito.

"Houve uma epidemia, na Ásia, na Europa e no Norte da África. Um terço da população morreu", disse Sylvia.

"Ratos e pulgas", completou o padre. "Eles transmitiram a doença."

"E quem contou para os ratos aonde eles deviam ir?"

"Rebecca, foi uma epidemia. Como a AIDS. Como a 'Finura'."

"Deus está bravo conosco", insistiu Rebecca.

"Que o Senhor tenha piedade de nós", disse o padre. "Estou ficando velho demais. Vou voltar para a Irlanda. Vou voltar para casa."

Rezingava como um velho, que de fato era. E não devia estar nada bem de saúde — se bem que no caso dele, ao menos, não poderia ser AIDS. Tivera um novo acesso de malária, não fazia muito tempo. Estava esgotado.

Sylvia começou a chorar.

"Vou descansar alguns minutos", disse o padre. "E sei que não adianta lhe dizer para fazer o mesmo."

Rebecca se aproximou de Sylvia, ergueu-a da cadeira, levou-a para o quarto e ali a deitou na cama. Sylvia tapou os olhos com uma das mãos. Rebecca se ajoelhou e colocou o braço sob a cabeça dela.

"Pobrezinha", falou Rebecca, e entoou uma canção infantil, uma canção de ninar. A manga da blusa de Rebecca era larga. Bem diante dos olhos, através dos dedos, Sylvia viu um braço negro magrinho e, nesse braço, uma ferida, uma ferida do tipo que ela conhecia bem. Limpara uma ferida igual numa outra mulher, ainda de manhã, no hospital. A criança chorosa que fora até aquele momento se foi: a médica voltou. Rebecca tinha AIDS, e não havia nada que Sylvia pudesse fazer. Fechou os olhos e fingiu adormecer. Sentiu quando Rebecca retirou delicadamente o braço e saiu do quarto.

Sylvia continuou esticada na cama, escutando o teto de zinco estralar no calor. Olhou para o crucifixo com o Redentor pendurado nele. Olhou para as várias Virgens com suas túnicas azuis. Tirou um terço de vidro do gancho ao lado da cama e segurou-o entre os dedos: o vidro das contas estava quente, feito carne. Pendurou-o de volta.

Diante dela, as mulheres de Leonardo enchiam meia parede. As traças haviam atacado os lindos rostos, as beiradas do pôster tinham virado renda, os braços e as pernas rechonchudos das crianças estavam enodoados.

Sylvia se forçou a sair daquela cama e ir para o povoado, onde um grande número de pessoas decepcionadas estaria esperando por ela.

Neta de uma nazista notória, filha de um comunista de carreira, Sylvia Lennox encontrou um refúgio rural na Zimlia, onde é dona de uma clínica particular abastecida com equipamentos roubados do hospital público da região.

O problema é que aquele país ignorante ainda não sabia que o comunismo se transformara em algo politicamente incorreto; e, ali, a palavra "nazista" não provocava reações tão veementes quanto em Londres. Um bocado de gente gostava dos nazistas, na Zimlia. Reação mesmo, garantida, só com dois epítetos: um era "racista", o outro era "agente da África do Sul".

Rose sabia que Sylvia não era racista, mas, sendo branca, a maioria dos negros se disporia a dizer que sim. Por outro lado, bastaria uma carta ao *Post*, escrita por um negro, afirmando que Sylvia era amiga deles — bem, mas e que tal *espiã*? Isso também era meio espinhoso. Às vésperas do colapso do apartheid, a febre antiespionagem dos vizinhos da África do Sul estava no auge. Qualquer um que tivesse nascido na África do Sul ou morado lá; que tivesse passado férias naquele país nos últimos tempos; que tivesse parentes ali; qualquer um que criticasse a Zimlia por esse ou aquele motivo, ou que sugerisse que as coisas podiam ser feitas de um jeito melhor; todos os que "sabotassem" um empreendimento ou negócio perdendo ou danificando equipamentos, tais como uma caixa de envelopes ou meia dúzia de parafusos — qualquer um que tivesse se tornado alvo até de uma branda censura podia ser, e em geral era, qualificado como agente da África do Sul — que, naturalmente, estava fazendo o possível para desestabilizar seus vizinhos. De modo que, numa atmosfera dessas, foi fácil Rose acreditar que Sylvia era uma espiã sul-africana, mas, com tanto espião à solta, isso só não bastava.

Foi então que ela teve a ajuda da sorte. Recebeu um telefonema do gabinete de Franklin convidando-a para uma recepção em homenagem ao embaixador chinês, com a presença do Líder. No hotel Butler. No que havia de melhor. Rose pôs um vestido e foi para lá cedo. Fazia pouco tempo que chegara à Zimlia, mas, se estivesse numa festa do "pessoal alternativo", como dizia consigo mesma, já seria capaz de identificar e cumprimentar todos eles: jornalistas, editores, escritores, gente da universidade, expatriados, integrantes de ONGs — um grupo eclético, ainda composto por muito mais brancos que negros, e inteligente, qualidade esta que a deixava meio desconfiada, porque sempre achava que estavam rindo dela. Eram pessoas informais, irreverentes, trabalhadoras, e a maioria ainda cheia de fé no futuro da Zimlia, embora houvesse a ala dos amargurados e descrentes. Com o outro pessoal, aquele com quem estaria nessa noite, Rose se sentia plenamente à vontade — dirigentes e chefes, líderes e ministros, os que tinham poder, e sempre muito mais negros que brancos.

Rose parou num canto do grande salão, cujo estilo geral e elegância tinham um efeito calmante sobre ela, pareciam lhe dizer que se achava no lugar certo, e esperou a chegada de Franklin. Estava tomando cuidado para não beber demais — ainda. Mais tarde ficaria bêbada. A sala foi se enchendo, encheu-se, e nem sinal de Franklin. Viu-se ao lado de um homem cujo rosto reconhecera das páginas do *Post*. Melhor omitir que era jornalista londrina, raça tão detestada pelo governo. "Camarada Ministro, para mim é uma honra estar em seu maravilhoso país. Estou de visita."

"Certo", disse ele, satisfeito mas seguramente sem muita vontade de perder tempo com aquela branca feiosa que devia ser mulher de alguém.

"Estou certa em reconhecê-lo como o ministro da Educação?", disse Rose, sabendo que ele não era. E o outro retrucou, com voz simpática mas indiferente: "Não, vice-ministro da Saúde. Sim, com muita honra".

Espichava o pescoço para lá e para cá, por cima das cabeças que tinha à frente; queria ver se conseguia dar uma palavrinha com o Líder, quando ele chegasse. Embora famoso no mundo inteiro como um homem do povo, o Líder dava poucas oportunidades a seus ministros de vê-lo. Nas raras reuniões do gabinete às quais comparecia, comunicava seus pontos de vista e saía: não era de muita camaradagem, o Camarada Líder. Já fazia tempo que o vice-ministro vinha querendo uma oportunidade para discutir certas coisas com o Chefe e esperava trocar nem que fossem umas poucas palavras com ele. Além do mais, tinha uma paixão secreta pela fascinante Gloria. Quem não tinha? Aquele mulherão exuberante, irreprimivelmente sensual, com um rosto que era um convite... onde estava ela? Onde estavam eles, o Camarada Presidente e a Mãe da Nação?

"Estou atrás de informações sobre um hospital em Kwadere. Será que o senhor saberia me dizer alguma coisa?" Rose dizia — repetia, na verdade —, porque ele não ouvira da primeira vez. Pois muito bem, isso era de fato um solecismo. Em primeiro lugar porque, no nível em que estava, não se podia esperar que conhecesse a situação de um hospital em particular, e, em segundo, porque estavam numa recepção oficial, não era nem lugar nem hora para aquilo. Mas acontece que ele sabia sobre Kwadere. As pastas tinham estado em sua mesa naquele mesmo dia, três hospitais, começados e não terminados, porque os fundos haviam sido — sem maiores rodeios — roubados. (Ninguém lamentava mais do que ele a ocorrência desse tipo de coisa, mas, por outro lado, era preciso contar com a possibilidade de erros.) Para dois dos hospitais, os países doadores, irritados e um tanto descrentes, apresentaram um novo plano prevendo que se eles, os benfeitores originais, conseguissem levantar metade das quantias necessárias, o governo da Zimlia arcaria com a outra metade. Caso contrário, nada feito, uma pena, adeus, hospitais. Em Kwadere, o doador original enviara uma delegação para visitar as ruínas do hospital e depois dissera que não, que não iria mais bancar a construção. O problema é que havia uma necessidade muito grande na área. E o governo simplesmente não tinha o dinheiro. Havia uma espécie de hospital na missão de São Lucas, com uma médica, mas os relatórios não eram animadores. Na verdade era muito constrangedor, aquele hospital, tão pobre e atrasado: a Zimlia esperava coisa melhor. E ainda por cima chegara um relatório dos serviços de segurança, dizendo que o nome da médica fazia parte de uma lista de possíveis agentes sul-africanos. O pai dela era um comunista muito conhecido, unha e carne com os russos. A Zimlia não gostava dos russos porque eles não haviam dado pelota para o camarada Matthew quando ele estava lutando — ou melhor dizendo, quando seus soldados estavam lutando — no interior. Foram os chineses que deram apoio ao camarada Matthew. E lá estava o embaixador chinês, agora, com sua mulher, um tico de gente, ambos sorridentes, apertando mãos. Precisava se adiantar, porque, onde estivesse o embaixador chinês, lá estaria o Líder.

"Agora por favor, com licença", ele disse a Rose.

"Será que eu poderia vê-lo uma outra hora — talvez em seu gabinete?"

"E para quê, se me permite perguntar?" — isso dito com rispidez suficiente.

Rose improvisou: "A médica que trabalha no hospital de Kwadere é minha prima e ouvi dizer que...".

"Ouviu certo. Sua prima devia ter mais cuidado com os amigos que tem. Sei de fontes confiáveis que ela está trabalhando para — bem, não importa para quem."

"E — por favor, mais um minutinho só, que história é essa de que ela roubou equipamento do..."

O vice-ministro não sabia nada a esse respeito e ficou zangado com seus assessores por não saber. A coisa toda era muito irritante, e não queria pensar no assunto. Não tinha a menor idéia de como resolver o problema do hospital de Kwadere.

"Que história?", ele disse, virando-se para falar com ela enquanto avançava em meio à aglomeração. "Se isso for verdade, ela será punida, isso eu lhe garanto, e é uma pena que seja parente sua."

E se aproximou de onde a adorável Gloria aparecera, de chiffon escarlate e colar de brilhantes. Onde estava o Líder? Pelo visto não viria, sua mulher estava fazendo as honras.

Rose deixou a recepção e foi até um café sempre cheio de boatos e notícias. Ali, fez um relato da recepção formal, da ausência do Líder, do chiffon vermelho e dos brilhantes da Mãe da Nação, e reproduziu os comentários do vice-ministro sobre o hospital de Kwadere. Uma funcionária nigeriana que estava em Senga para a conferência sobre o Bem-Estar das Nações, informada sobre a espiã de Kwadere, comentou que não ouvira nada além de histórias de espiões, espiões, desde que chegara à Zimlia e que, pela experiência que tinha em seu próprio país, espiões e guerras eram sempre muito úteis quando as coisas não iam bem com a economia. Isso provocou uma discussão animada e não demorou para que todos os freqüentadores do café estivessem envolvidos. Um jornalista já fora inclusive detido como espião, mas depois acabara sendo libertado. Outros conheciam gente suspeita de espionagem e... Rose percebeu que eles continuariam falando de agentes sul-africanos a noite inteira, saiu de fininho e foi para um restaurante logo na esquina. Dois homens a seguiram até lá, se bem que ela não tivesse reparado, e perguntaram se podiam dividir a mesma mesa: o lugar lotara. Rose estava com fome, meio tensa, e gostou bastante daqueles dois, achou-os meio imponentes, de um jeito difícil de definir. Provavelmente qualquer pessoa na Zimlia teria visto logo que eles eram da polícia secreta, mas, para usar aquela velha fórmula já meio batida, há tanto tempo a Grã-Bretanha não é invadida que seus cidadãos são meio inocentes. Na verdade, Rose estava era se achando muito atraente. Na maioria dos países, vale dizer, naqueles que possuem um serviço secreto expressivo, teria ficado instantaneamente claro que, com homens daquele tipo, o melhor a fazer é ficar de bico calado. Da parte deles, o importante era descobrir mais sobre ela; por que saíra do café tão apressada quando os outros começaram a falar sobre espiões?

"Será que vocês sabem alguma coisa sobre o hospital de Kwadere?", ela perguntou, conversadeira. "Tenho uma prima que trabalha lá, uma médica. Acabei de conversar com o vice-ministro da Saúde e ele me disse que está sob suspeita de ser espiã."

Os dois se entreolharam. Sabiam sobre a médica em Kwadere porque o nome dela constava da lista. Não tinham levado a coisa muito a sério. Em primeiro lugar, que mal poderia causar, enfiada lá no meio do nada? Mas se o vice-ministro em pessoa...

Aqueles dois não estavam havia muito tempo no serviço. Tinham conseguido o emprego porque eram parentes do ministro. Não vinham da época pré-Libertação. A maioria dos novos Estados, mesmo passando por uma mudança completa no governo, mantém o serviço secreto do regime anterior, em parte porque a nova cúpula se impressiona com o alcance e a extensão dos conhecimentos arquivados sobre si mesma e, em parte, porque uma boa porcentagem dela tem segredos que não quer ver revelados. Aqueles dois ainda precisavam obter renome e, para isso, teriam de impressionar seus superiores.

"Alguma vez a Zimlia já teve que expulsar alguém por ser um agente?"

"Ah, sim, muitas vezes."

Isso não era verdade, mas fez que se sentissem importantes: pertenciam a um serviço muito rígido e eficiente.

"Ah, é?", disse Rose, animada, farejando uma matéria.

"Um deles se chamava Matabele Smith." O outro emendou: "Matabele Bosman Smith."

Uma noite, no mesmo café do qual Rose acabara de sair, alguns jornalistas, para fazer troça dos boatos de espionagem, haviam inventado um espião com um nome que abrangia o máximo possível de características desagradáveis — aos olhos do atual governo. O tal personagem era um sul-africano que fazia visitas freqüentes à Zimlia, sempre a negócios, e que já tentara explodir as minas de carvão de Hwange, o Parlamento, o novo estádio esportivo e o aeroporto. Durante algumas noites, esse espião fictício divertiu a turma. Depois perdeu o encanto. Mas chegou aos arquivos da polícia. No café, o nome Matabele Bosman Smith se tornara sinônimo da paranóia dominante, e os dois agentes secretos, que freqüentavam o local, tendo escutado o nome, não conseguiram descobrir mais nada.

"E vocês o deportaram?", perguntou Rose.

Os dois permaneceram calados, se entreolharam, e depois um deles disse: "Sim, nós o deportamos". E o outro: "Nós o deportamos de volta para a África do Sul".

No dia seguinte, Rose terminou seu artigo sobre Sylvia assim: "Sylvia Lennox, agora se sabe, é amiga íntima de Matabele Bosman Smith, que foi deportado para a África do Sul por espionagem".

O estilo geral e o ataque maldoso estavam de acordo com o tipo de jornal que, na Inglaterra, Rose gostava de usar como receptáculo para suas inspirações, mas ela resolveu mostrar o artigo a Bill Case, e depois a Frank Diddy. Ambos conheciam as origens do famoso deportado, mas não disseram nada. Não gostavam de Rose. Ela abusara da hospitalidade deles. Além disso, simpatizaram com a idéia de injetar nova vida a esse famoso Smith, para animar um pouco as coisas no café.

A matéria saiu no *Post*, que provavelmente não distinguiria um parágrafo rancoroso no meio de tantos outros. Rose enviou o artigo para o *World Scandals* e ele chegou até Colin, segundo o princípio que diz que, se alguma coisa de desagradável for publicada a seu respeito, sempre haverá uma alma bem-intencionada que irá enviá-la a você. Ele processou o jornal na hora, exigindo uma bela quantia de indenização e um pedido formal de desculpas, mas, como sói acontecer com tais jornais, a correção saiu num cantinho de página que poucas pessoas leriam. Julia fora novamente chamada de nazista; a insinuação de que Sylvia era uma espiã pareceu a Colin absurda demais para rebater.

O padre McGuire leu o parágrafo no *Post*, mas não mostrou a matéria a Sylvia. O artigo chegou às mãos de Mandizi, que o colocou na pasta da Missão de São Lucas.

E então aconteceu o que Sylvia vinha temendo desde que começara a trabalhar na missão. Uma menina com uma crise aguda de apendicite foi carregada até ela por Clever e Zebedee. O padre McGuire pegara o carro para ir visitar a Missão Velha. Sylvia não podia ligar para os Pynes: um dos telefones, o da missão ou o da fazenda, não estava funcionando. A menina precisava ser operada imediatamente. Sylvia já havia imaginado várias vezes esse tipo de emergência, ou algo parecido, e concluíra que não poderia operar. Não poderia. Operações simples — e bem-sucedidas — sim, até aí tudo bem, mas uma morte, não, eles viriam todos para cima dela na hora.

Os dois, as camisas brancas estralando de limpas (e passadas a ferro por Rebecca), os cabelos imaculadamente penteados e as mãos esfregadas e reesfregadas, se ajoelharam, um de cada lado dela, sob a cobertura de palha do barracão chamado de enfermaria, olhando para ela com os olhos transbordando de lágrimas.

"Ela está pegando fogo, Sylvia", falou Zebedee. "Olha só."

Sylvia disse: "Por que ela não veio me ver antes? Se tivéssemos sabido disso ontem. Por que ela não veio? Isso vive acontecendo, o tempo todo". A voz saiu tensa, ríspida, e era de medo. "Vocês sabem como isso é sério?"

"Nós falamos para ela vir, falamos, sim."

Não seria sua culpa, se a menina morresse, mas se ela, a doutora Sylvia, operasse e a garota morresse, então sim, seria culpa sua. Os dois rostos jovens, banhados em lágrimas, imploravam, por favor, por favor. A menina era uma prima, parente de Joshua também.

"Vocês sabem que eu não sou cirurgiã. Já expliquei isso a vocês. Clever, Zebedee, vocês sabem o que significa ser cirurgião."

"Mas você precisa operar", disse Clever. "Por favor, Sylvia."

A menina levava os joelhos ao estômago e gemia.

"Muito bem, peguem o bisturi mais afiado. E um pouco de água quente." Curvou-se até quase encostar a boca no ouvido da menina. "Reze", ela disse. "Reze para a Virgem." Sabia que ela era católica: já tinha visto a garota na igrejinha. Aquele seu sistema imunológico necessitaria de toda a ajuda possível.

Os garotos trouxeram os instrumentos. A menina não estava na "mesa cirúrgica" porque não podia ser removida, e sim debaixo da palha, perto da poeira do chão. As condições para uma operação não poderiam ser piores.

Sylvia disse a Clever para segurar o pano embebido em clorofórmio (guardado para uma emergência) o mais afastado possível do próprio rosto, que deveria manter virado de lado. Disse a Zebedee para erguer a bacia com os instrumentos o mais alto possível do chão e começou assim que os gemidos da menina cessaram. Não estava tentando uma daquelas incisões minúsculas sobre as quais conversara com os meninos, em que a operação é feita com instrumentos sofisticados. "Vou fazer uma incisão à antiga. Mas, quando vocês estiverem na faculdade, acho que esse tipo de corte já será obsoleto — ninguém mais vai usá-lo." Assim que abriu, viu que já era tarde demais. O apêndice se rompera, e o pus se espalhara. Sylvia não tinha penicilina. Mesmo assim, limpou, enxugou e depois fechou o corte. Em seguida sussurrou para os meninos: "Acho que ela vai morrer". Os dois caíram no choro, Clever com a cabeça nos joelhos, Zebedee encostado nas costas de Clever.

Sylvia disse: "Vou ter que informar o que eu fiz".

Clever sussurrou: "A gente não conta nada. Nós não vamos contar para ninguém".

Zebedee pegou nas mãos dela, ensangüentadas, e disse: "Ah, Sylvia, ah, doutora Sylvia, você vai ter problemas por causa disso?".

"Se eu não informar, e eles descobrirem que vocês sabiam, vocês também terão problemas. Tenho que informar."

Puxou a saia da menina e baixou a blusa. Estava morta. Tinha doze anos de idade. Depois disse: "Digam para o carpinteiro que precisamos de um caixão bem rápido".

Subiu até a casa, encontrou o padre McGuire, que acabara de voltar, e contou o que acontecera. "Preciso avisar o senhor Mandizi."

"Sim, acho que sim. Lembro que já tinha dito a você que isso poderia acontecer."

"É verdade."

"Vou ligar para o senhor Mandizi e pedir que venha em pessoa."

"O telefone não está funcionando."

"Vou mandar o Aaron de bicicleta."

Sylvia retornou ao hospital, ajudou a colocar a menina no caixão, encontrou Joshua como sempre dormindo embaixo de sua árvore e lhe contou que a menina morrera. Ultimamente ele levava um bom tempo para absorver as informações: Sylvia não queria ficar ali esperando até que ele começasse a praguejar contra ela, coisa que fatalmente faria — fazia sempre, não era necessária nenhuma necromancia para prever isso —, mas disse aos meninos para avisar no povoado que ela não iria dar aula e que eles, Clever e Zebedee, deveriam ouvir a leitura das pessoas e corrigir os exercícios de escrita.

Na casa, o padre tomava chá. "Sylvia, minha cara, acho que você devia tirar umas férias."

"E que bem isso traria?"

"Daria tempo para que a poeira assentasse."

"Acha que vai assentar?"

O padre não disse nada.

"E para onde é que eu iria, padre? Para mim, agora, minha casa é aqui. Até que o outro hospital seja construído, esta gente precisa de mim."

"Vamos ver o que o senhor Mandizi vai dizer quando chegar."

Mandizi já então era um amigo, e fazia muito tempo que não adotava nenhuma atitude ríspida ou desconfiada em relação a eles, mas a pessoa que iria comparecer à missão era um funcionário no cumprimento de seu dever.

Quando ele chegou, não havia nada que se pudesse reconhecer nele, a não ser o nome. Era o senhor Mandizi, ele disse que era, mas estava, de fato, gravemente doente.

"Senhor Mandizi, o senhor não deveria estar na cama?"

"Não, doutora. Ainda posso fazer meu trabalho. Em minha cama está minha mulher. Muito doente. Nós dois, lado a lado — não, acho que eu não iria gostar disso."

"Fez os testes?"

Depois de um silêncio breve, Mandizi suspirou e disse: "Fiz, doutora Sylvia. Nós fizemos os testes".

Rebecca entrou com a carne, os tomates e o pão para o almoço, viu o funcionário e disse, chocada: "Que lástima, ah, que lástima, senhor Mandizi".

Como Rebecca sempre fora magrinha, pequena, com o rosto descarnado eternamente coberto por um lenço, ele não podia ver que ela também estava doente, de modo que sentou à mesa como se fosse o condenado participando do banquete dos saudáveis.

"Eu sinto muito, senhor Mandizi", falou Rebecca, voltando aos prantos para sua cozinha.

"E agora quero que me conte tudo, doutora Sylvia."

Ela contou.

"A menina teria morrido se a senhora não operasse?"

"Teria."

"Havia alguma chance de poder salvá-la?"

"Mínima. Não muita. É que, o senhor compreende, eu não tenho penicilina, ela acabou e..."

O funcionário moveu a mão do jeito que Sylvia já conhecia tão bem: não me critique por aquilo que eu não tenho como evitar. "Terei de informar o hospital grande."

"Claro."

"Eles provavelmente vão querer fazer uma necropsia."

"Vão ter que se apressar. Ela já está no caixão. Por que não diz simplesmente que foi culpa minha? Porque eu não sou cirurgiã."

"É uma operação difícil?"

"Não, uma das mais fáceis."

"Um cirurgião teria feito diferente?"

"Não, não muito."

"Não sei o que dizer, doutora Sylvia."

Era óbvio que ele queria dizer mais. De olhos baixos, deu uma espiada nela, duvidoso, depois no padre. Sylvia percebeu que eles sabiam alguma coisa que ela ignorava.

"O que foi?"

"Quem é esse seu amigo, Matabele Bosman Smith?"

"Quem?"

Mandizi suspirou. A comida continuava intocada a sua frente. A de Sylvia também. O padre comia calmamente, de cenho franzido. Mandizi descansou a cabeça nas mãos e disse: "Doutora, eu sei que não tem *muti* para a minha doença, mas ando tendo umas dores de cabeça, dores tão fortes, eu não sabia que era possível ter uma dor de cabeça tão forte".

"Tenho alguma coisa aqui para suas dores de cabeça. Eu lhe dou os comprimidos na hora em que for embora."

"Obrigado, doutora Sylvia. Mas eu tenho que dizer uma coisa... tem uma coisa..." Uma vez mais, deu uma olhada para o padre, que balançou a cabeça, incentivando. "Eles vão fechar seu hospital."

"Mas as pessoas precisam deste hospital."

"Logo, logo teremos um novo hospital..." Sylvia se animou, depois percebeu que o funcionário estava apenas animando a si mesmo e meneou a cabeça. "Sim, logo, logo teremos nosso hospital", repetiu Mandizi. "Sim, é isso."

"Certo", disse Sylvia.

"Certo", disse Mandizi.

Uma semana depois, chegou uma carta datilografada e endereçada ao padre McGuire, informando que o hospital deveria ser fechado "a partir desta data". Na mesma manhã, apareceu um policial de motocicleta. Era um negro jovem, de talvez vinte, vinte e um anos, e não estava à vontade no papel de autoridade. O padre o convidou a sentar, e Rebecca fez um chá.

"E agora, meu filho, em que posso ajudá-lo?"

"Estou procurando propriedade roubada."

"Entendo. Bem, você não vai achar nada nesta casa." Rebecca estava parada ao lado do aparador. Não disse uma palavra. O policial se dirigiu a ela: "Talvez eu a acompanhe até sua casa para ver com meus próprios olhos".

Rebecca respondeu: "Pois é, nós vimos o novo hospital. Tem porco do mato morando lá".

"Eu também vi o novo hospital. Pois é, porco do mato, e acho que alguns babuínos também." O rapaz riu, se controlou e suspirou. "Mas tem um hospital aqui, acho eu, e minhas ordens são para dar uma olhada nele."

"O hospital está fechado." O padre estendeu a carta oficial, o policial leu e disse: "Se está fechado, então não vejo nenhum problema".

"É o que eu penso."

"Acho melhor discutir a situação com o senhor Mandizi."

"Acho uma boa idéia."

"Mas ele não está nada bem. O senhor Mandizi não anda bem, acho que logo, logo vai haver uma substituição." O policial se levantou, sem olhar para Rebecca, em cuja casa deveria dar uma busca. E lá se foi, a moto roncando e tossindo pelo mato silencioso.

Nesse meio-tempo, Sylvia devia estar fechando seu hospital.

Havia pacientes nos leitos, e Clever e Zebedee distribuíam remédios.

Falando com o padre, ela disse: "Vou até Senga falar com o camarada ministro Franklin. Ele era amigo nosso. Passou as férias conosco. Era amigo de Colin".

"Ah. Nada mais incômodo do que os conhecidos de outrora, de quando não se era Camarada Ministro."

"Mas vou tentar assim mesmo."

"Será que não seria melhor botar um vestido limpo mais bonito?"

"Claro, claro." Foi até o quarto e surgiu trajada em sua roupa de sair, um terninho de linho verde.

"E não seria melhor levar uma camisola, ou alguma coisa, para passar a noite?"

De novo ela entrou no quarto e saiu com uma mochila.

"Agora quer que eu ligue para os Pynes para ver se estão planejando uma ida a Senga?"

Edna Pyne disse que qualquer desculpa era boa para escapar da maldita fazenda e chegou à missão em meia hora. Sylvia entrou no carro ao lado dela e acenou para o padre McGuire. "Até amanhã." E assim foi que partiu para o que viria a ser uma ausência de várias semanas.

Edna se queixou durante o caminho todo e, a certa altura, disse que tinha uma coisa chocante para contar, que não devia tocar no assunto, mas que não agüentava ficar calada. Cedric fora procurado por um daqueles vigaristas, que tinha dito que, se ele abrisse mão das fazendas "quietinho", um terço do valor delas estaria em sua conta bancária em Londres imediatamente.

Sylvia absorveu a novidade, depois riu.

"Isso mesmo, ria. É só o que podemos fazer. Eu disse para o Cedric, aceite e vamos dar o fora daqui. Mas ele diz que não vai aceitar um terço do que as fazendas valem. Ele quer o valor total. Acha que vai conseguir. Diz que só o açude vai valorizar a fazenda nova em cinqüenta por cento. Eu só quero ir embora. O que eu não suporto é a maldita hipocrisia. Me dá nojo." E assim tagarelou Edna Pyne até chegarem a Senga, onde deixou Sylvia em frente aos ministérios.

Quando Franklin foi avisado de que Sylvia Lennox queria vê-lo, entrou em pânico. Mesmo achando que ela podia "tentar algo", não esperava que fosse assim tão cedo. Assinara a ordem para o fechamento do hospital uma semana antes. Procurou ganhar tempo. "Digam que estou em reunião." Atrás da escrivaninha, as palmas viradas para baixo sobre a mesa, olhava pesaroso para a parede onde se achava o retrato do Líder, o mesmo que enfeitava todos os escritórios da Zimlia.

Nas poucas vezes em que chegava a se lembrar daquela casa onde passara as férias, no norte de Londres, era como se tivesse tocado um lugar bendito, uma árvore copada com muita sombra, sem a menor ligação com o que acontecera antes ou depois. Aquela casa fora um lar no momento em que precisou de uma família, fora bondade quando ansiava por ela. Quanto à velha senhora, ele a vira algumas vezes, sim, parecia um serpentário velho zanzando para cá e para lá, entrando e saindo, mas ele não tomara conhecimento dela, da terrível nazista. E também nunca ouvira nem uma palavra nazista naquela casa. E havia a pequena Sylvia, com seus tufos brilhantes de cabelos dourados e aquele rostinho de anjo. Já Rose Trimble, toda vez que pensava nela, era forçado a sorrir: uma perfeita vigarista, a moça, mas no fim ele próprio lucrara, não dava para reclamar. Agora Rose escrevera um artigo maldoso... ela, que também fora hóspede daquela casa, como ele, certo? Só que Rose morou muito mais tempo com eles, de modo que devia ser verdade, o que escreveu. Mas Franklin só se lembrava de hospitalidade, risos, boa comida e sobretudo de Frances, uma mãe de verdade. Mais tarde, quando passou a se hospedar na casa de Johnny, bom, aí as coisas já foram bem diferentes. Não era um apartamento grande, nada parecido com o casarão onde Colin fora tão bondoso, mas vivia cheio de gente, norte-americanos, cubanos, sul-americanos, africanos... Fora uma educação em revoluções, o apartamento de Johnny. Lembrava-se da presença de pelo menos dois conterrâneos negros (com nomes falsos) que faziam treinamento para guerra de guerrilha em Moscou. A guerra de guerrilha fora vencida, e ele devia o fato de estar ali, um ministro, sentado atrás da escrivaninha, a homens assim. Nunca mais os vira, embora procurasse por eles nas platéias de comícios e assembléias. Presumivelmente, estavam mortos. Agora acontecia algo muito confuso. Franklin sabia o que estava sendo dito sobre a União Soviética, não era um desses inocentes que nunca tinham posto o pé fora da Zimlia. A palavra "comunista" estava se tornando como que uma maldição em outras partes do mundo; mas não na Zimlia, onde bastava pronunciar *Marxismo* para se ter a impressão de estar recebendo boas notas dos ancestrais. (E onde estavam eles, em tudo isso?) Uma coisa engraçada: sentia que aquela casa em Londres tinha mais em comum com a naturalidade e o calor da choça de seus avós (aliás não muito distante da Missão de São Lucas) do que qualquer outra desde então. Mas na pasta sobre sua mesa estava aquele artigo ruinoso. A cada minuto que passava, sentia mais e mais ressentimento — contra Sylvia. Por que ela fora fazer todas aquelas maldades? Roubara equipamentos do novo hospital, fizera cirurgias que não podia fazer, matara um paciente. O que ela esperava que ele fizesse, agora? Bem, o *que* ela esperava dele? Aquele hospital dela, nunca tivera existência legal. A missão resolve abrir um hospital, traz um médico, nada nos arquivos registra permissão solicitada ou dada... essa gente branca, eles vêm aqui, fazem o que lhes dá na telha, eles não mudaram nada, eles continuam...

Na hora do almoço, mandou buscar sanduíches, para o caso de Sylvia continuar por lá, esperando para vê-lo, e, quando a segunda solicitação dela chegou, rabiscada num envelope: "Por favor, Franklin, eu preciso vê-lo" — quem ela achava que era, para tratá-lo desse jeito —, deu ordens para que lhe dissessem que ele tivera de se ausentar para tratar de assuntos urgentes.

Foi até a janela, ergueu as lâminas da persiana, e lá estava Sylvia, caminhando na rua. Acusações inflamadas, que ele poderia decerto ter dirigido contra a Própria Vida, concentraram-se nas costas de Sylvia com uma intensidade que seguramente ela deve ter sentido: a pequena Sylvia, aquele anjinho, tão nítida e luminosa em sua memória quanto a imagem ou o retrato de uma santa; mas o que via era uma mulher de meia-idade, com cabelos ressecados e sem vida atados numa fita preta, igualzinha a tantas outras madames enrugadas para quem ele tentava não olhar, detestava todas elas. Franklin se sentia traído por Sylvia. Chegou inclusive a chorar um pouquinho, parado ali, segurando as lâminas da persiana e vendo a mancha verde que era Sylvia se confundir com as pessoas na calçada.

Sylvia deu de cara com um cavalheiro alto, distinto, que a tomou nos braços dizendo: "Minha querida Sylvia". Era Andrew, e ele estava com uma moça de óculos escuros e lábios muito vermelhos, sorrindo para ela. Italiana? Espanhola?

"Esta é a Mona", disse Andrew. "Nós nos casamos. E eu receio que as ruas de Senga estejam sendo um choque para ela."

"Bobagem, querido, eu acho até engraçadinhas."

"Ela é americana", Andrew informou. "Uma modelo famosa. E linda como uma bela manhã, como você está vendo."

"Só quando estou maquiada", disse Mona, pedindo licença para ir descansar e manifestando a certeza de que os dois tinham muito o que conversar.

"A altitude está fazendo mal para ela", disse Andrew, dando um beijo solícito na esposa e despachando-a para o hotel Butler, a alguns passos de onde se achavam.

Sylvia se surpreendeu de que mil e oitocentos metros fossem considerados "altitude", mas não fez caso: lá estava seu Andrew querido, e agora eles iriam sentar e conversar, pelo menos foi isso que ele disse, naquele café ali. E para lá se dirigiram; de mãos dadas, sentaram diante dos refrigerantes. Andrew exigia saber tudo.

Mal abrira a boca para começar, pensando que diante de si estava um homem importante para o mundo e que com certeza aquela história de fechar o hospital poderia se encerrar com uma palavra dele, quando um grupo de pessoas muito bem-vestidas entrou no café. Andrew cumprimentou-as, foi cumprimentado, e de repente tudo virou uma grande festa, cheia de piadas sobre a conferência que os reunira ali em Senga. "De fato é um novo lugar muito legal para conferências, mas não chega aos pés das Bermudas", disse alguém.

Sylvia não sabia que Senga vinha sendo promovida como o tipo do lugar ideal para congraçamentos internacionais e, vendo aquela gente chique e animada, compreendeu a distância existente entre as ásperas exigências de Kwadere e a possibilidade de tomar parte na conversa.

Andrew continuou segurando a mão dela, lançando sorrisos freqüentes, mas depois concluiu que talvez aquele não fosse o melhor lugar para um papo. Mais participantes da conferência vieram se juntar aos primeiros, fazendo piada sobre o tamanho do café, que, sabe-se lá por quê, servia de termo de comparação para a falta de sofisticação da Zimlia; todos aqueles especialistas em absolutamente tudo e, no caso em questão, na "Ética da Ajuda Internacional", soavam como crianças cotejando os méritos das festas mais recentes dadas pelos respectivos pais. O barulho, as risadas e a alegria eram de tal ordem que Sylvia implorou para que Andrew a deixasse ir embora. Mas ele insistiu para que fosse ao jantar, mais tarde: "É a grande recepção que encerra a conferência, e você tem que ir".

"Eu não tenho roupa."

Ele lhe deu uma olhada franca, de cima a baixo, abriu concessões e disse: "Mas não precisa ser traje de noite, essa roupa serve".

Sylvia teria de encontrar um lugar para passar a noite. Saíra sem dinheiro suficiente: fizera uma viagem — agora percebia — ineficiente, não planejada e tola. Estava tudo meio enevoado: ela se lembrava do padre McGuire assumindo as rédeas. Será que estivera meio adoentada? Estaria agora? Sentia-se meio fora de si, qualquer que fosse o significado disso: se não era a doutora Sylvia que todos conheciam no hospital, quem era ela?

Ligou para a irmã Molly, que se achava na cidade, e perguntou se poderia passar a noite na casa dela. Tomou um táxi, foi bem acolhida e escutou muita chacota, no geral bem-intencionada, a respeito da conferência sobre a Ética da Ajuda Internacional e outras similares.

"Eles falam", disse a irmã Molly. "São pagos para viajar para os lugares mais bonitos do mundo e falar umas bobagens que você nem acredita."

"Eu não chamaria Senga de um dos lugares mais bonitos do mundo."

"Isso é verdade, mas eles saem para ver leões, girafas e lindos macaquinhos, e acho que nem reparam que está tudo morrendo com a seca."

Sylvia contou a Molly sobre o jantar, disse que só tinha a roupa do corpo, ouviu a freira comentar que era uma pena que estivesse quatro tamanhos maior que ela, Sylvia, que de outra forma poderia usar seu único vestido de festa, mas que, diante das circunstâncias, ela, Molly, levaria pessoalmente seu conjunto de linho para o tintureiro e que ficaria pronto às seis da tarde. Tendo esquecido essas amenidades da verdadeira civilização, Sylvia ficou comovida além do que seria normal, tirou a roupa, deitou-se na pequena cama de ferro, idêntica à da missão, e dormiu. A irmã Molly se demorou um pouco ao lado de Sylvia, o conjunto verde dobrado no braço, o rosto derramado em raios de inquietude benevolente, judiciosa e experiente: afinal, passava a vida avaliando pessoas e situações de uma ponta a outra da Zimlia. Não gostou do que viu. Curvou-se um pouco mais para conferir e constatou uma testa suada, lábios ressecados, bochechas avermelhadas; ergueu a mão de Sylvia para lhe tomar o pulso, que batia num ritmo visivelmente imoderado.

Quando acordou, o conjunto de linho verde de Sylvia, bem alfinetado e passado, estava pendurado na porta. Sobre a cadeira havia uma seleção de calcinhas e um corpete de seda. "Essas coisas já não entram em mim faz tempo." Havia também um par de sapatos elegantes. Sylvia lavou a poeira dos cabelos, vestiu-se, calçou os sapatos, torcendo para que ainda soubesse andar de salto alto, e tomou um táxi até o Butler. Desconfiava que estivesse febril, mas, como seria uma inconveniência tremenda estar doente, decidiu que não estava.

Diante do hotel, os membros das agremiações internacionais conversavam e acenavam aos conhecidos, retomando conversas interrompidas talvez em Bogotá ou Benares. Andrew esperava por Sylvia ao pé da escadaria da entrada, com Mona do lado num vestido rosa esvoaçante que fazia pensar numa daquelas tulipas raras, pétalas recortadas, que parecem feitas de luz cristalizada. Sylvia sabia que Andrew estava preocupado com a aparência dela; afinal, se o traje de noite não era obrigatório, nenhuma das mulheres presentes parecia menos elegante que Mona. Mas o sorriso dele dizia: Você está bem. Andrew a pegou pelo braço, e os três subiram então a escadaria, grandiosa o bastante para servir de cenário de filme, mas de gosto impecável. Desembocaram num terraço onde arvorezinhas floridas e fontes enchiam de frescor o lusco-fusco. Do lado de dentro, a iluminação destacava um rosto aqui, o brilho de um terno branco ali, o reflexo de um colar. Andrew estava sendo cumprimentado por todos: como era popular, aquele belo e distinto cavalheiro grisalho que devia merecer a jovem charmosa que o acompanhava, uma vez que havia o *fait accompli* do casamento por prova.

Na hora do jantar, passaram para um salão privado, amplo o suficiente para os cerca de cem convidados, e que belo salão aquele: atingira direitinho a pretensão dos decoradores, ou seja, que os privilegiados que dele se utilizavam não soubessem se estavam em Benares, Bogotá ou Senga.

Daquela gente toda, Sylvia reconheceu algumas que vira mais cedo no café, junto com Andrew, mas para outras foi preciso olhar, e olhar de novo... sim, minha nossa, lá estava Geoffrey Bone, bonitão como sempre, e, do lado, a cabeça — outrora incendiária e agora subjugada num ruivo bem escovado — de Daniel, sua sombra. E James Patton. Para certas pessoas, é preciso esperar décadas para entender o que a Natureza lhes reserva: nesse caso, James atingira seu ápice como homem do povo, afável e simpático, confortavelmente rotundo, a mão direita sempre pronta para ir ao encontro de toda e qualquer carne que lhe aparecesse na frente. Lá estava ele, deputado pelo Partido Trabalhista de uma circunscrição eleitoral fidelíssima, e, dessa vez, hóspede da Caring International, a convite de Geoffrey. E Jill... sim, Jill, uma mulher grandalhona de cabelos grisalhos, vereadora veterana de uma subprefeitura londrina notória por malbaratar fundos públicos, ainda que a palavra corrupção talvez não possa jamais ser associada com essa sólida cidadã cujos tempos de ataque à polícia, passeatas e invasão de embaixadas norte-americanas andavam tão longe que, com certeza, já se esquecera deles ou, então, talvez murmurasse "Ah, sim, eu fui meio comuna, na juventude".

Andrew fora posto à cabeceira da mesa, flanqueado por dois sul-americanos importantes, e Sylvia estava sentada ao lado de Mona, a algumas cadeiras de distância dele. Sabia que era tão invisível aos demais quanto um passarinho marrom e anônimo ao lado do pavão exibido: as pessoas olhavam muito para Mona, cujo nome todo mundo interessado em moda conhecia. E o que fazia Mona ali? Ela contou a Sylvia que participara da conferência como secretária pessoal de Andrew e, entre muitas risadas, aproveitou para cumprimentá-la por sua recente promoção a vice-secretária pessoal de Andrew: era assim que Sylvia estava sendo apresentada a todos. E ela teve chance de observar tranqüilamente seu entorno e imaginar como Clever e Zebedee ficariam no uniforme vermelho e branco que fazia um contraste tão bonito com a pele negra dos garçons sorridentes. Sabia o quanto aqueles jovens tinham tido de trabalhar, confabular e implorar para obter o emprego, e quanto os pais haviam se sacrificado para que os filhos pudessem servir as estrelas internacionais com pratos que a maioria nunca vira até trabalhar naquele hotel.

Sylvia tinha diante de si a opção entre cauda de crocodilo com maionese rosada ou palmito importado do Sudeste da Ásia, e o tempo inteiro seu coração chorava, sim, isso mesmo, um choro silencioso que não cedia, enquanto jantava ao lado da bela mulher de Andrew. Não iria durar esse casamento, bastava ver o comportamento dos dois, a complacência untuosa de gato bem nutrido, para saber que Mona dera o sim simplesmente por achar legal dizer "eu sempre gostei de homens maduros", só para irritar os mais jovens. E que Andrew, que continuava solteiro e agüentava os rumores de hábito, mesmo tendo sido "amigo" de uma dúzia de mulheres conhecidas, sentira finalmente a necessidade de mostrar sua bandeira e se firmar, coisa que fizera, porque lá estava ela, sua noivinha.

Sylvia olhou em volta e se desesperou, pensando em seu hospital fechado, nas pessoas do povoado adoecendo, quebrando uma perna ou... não passava um dia sem que houvesse entre trinta a quarenta pessoas precisando de ajuda; lembrou-se da falta de água, da poeira, da AIDS, não conseguia evitar repassar todos esses velhos pensamentos mofados, que já tinham sido pensados vezes demais, para nada. Imaginou o rosto de Clever e de Zebedee, desconsolados porque haviam sonhado em ser médicos... como ela lidara mal com a situação, devia ter lidado muito mal, para acabar tudo desse jeito, sem mais nem menos.

Mona conversava com o homem a sua esquerda sobre sua origem pobre numa favela de Quito: chamara a atenção de um integrante de uma conferência sobre os Costumes do Mundo. Estava dizendo a ele que a Zimlia era o fim, que tinha visto o suficiente nas ruas para fazê-la se lembrar do que escapara. “Basicamente, eu gosto mesmo é de Manhattan. Lá tem tudo, não é verdade? Não entendo por que alguém haveria de pensar em sair de lá.”

Agora falavam sobre a conferência anual a ser realizada em breve, com a participação de duzentos delegados do mundo todo, com duração de uma semana, onde seria feito um discurso-chave sobre “As Perspectivas e Implicações da Pobreza”. Onde realizá-la? A delegada indiana, uma linda mulher de sari escarlate, sugeriu o Sri Lanka, embora tivessem de adotar certos cuidados, por causa dos terroristas, mas não havia lugar mais lindo no mundo. Geoffrey Bone disse que passara três noites no Rio, durante uma conferência sobre a ecoestrutura ameaçada do mundo e que havia um hotel lá... mas, disse um senhor japonês, a última conferência anual foi na América do Sul, e Bali tinha um excelente hotel, aquela região do mundo deveria ser levada em conta. Conversas sobre hotéis e seus atrativos prosseguiram durante boa parte do jantar, e o consenso foi que, dessa vez, preferiam a Europa, talvez a Itália, ainda que fosse ser necessário um policiamento severo, já que eram todos alvos suculentos para os seqüestradores.

No fim, decidiram pela Cidade do Cabo, porque o apartheid na África do Sul acabara de desaparecer, e eles queriam mostrar sua aprovação a Mandela.

O café foi servido no salão contíguo, onde Andrew fez um discurso como se estivesse dispensando a todos mas dizendo que ansiava vê-los de novo no mês seguinte em Nova York — numa conferência; em seguida Geoffrey, Daniel, Jill e James se aproximaram de Sylvia para lhe dizer que não a tinham reconhecido e como era bom revê-la. As fisionomias sorridentes diziam a Sylvia o quão chocados estavam de ver o que viam. “Você era uma coisinha tão linda”, Jill confidenciou. “Ah, não, não estou dizendo que... mas eu costumava achar que você era uma fadinha.”

“E veja como estou agora.”

“E olhe para mim. Bem, essas conferências não ajudam muito a silhueta.”

“Você podia tentar fazer uma dieta”, disse Geoffrey, que continuava magro como sempre.

“Ou ir para um *spa* rural”, acudiu James. “Eu vou para um *spa* todo ano. Eu preciso. Há tentações demais na Câmara dos Comuns.”

“Nossos antepassados burgueses iam para Baden Baden ou Marienbad para perder a gordura acumulada durante um ano de excessos à mesa", disse Geoffrey.

"Seus antepassados", retrucou James. "Eu sou neto de um vendeiro."

"Ah, bom para você", disse Geoffrey.

"O meu avô era ajudante de agrimensor", disse Jill.

"E o meu trabalhava numa fazenda em Dorset", disse James.

"Meus parabéns", falou Geoffrey. "Vocês venceram. Nenhum de nós poderá competir com tais antecedentes." E lá se foi ele, com um aceno de mão para Sylvia, Daniel em seus calcanhares.

"Ele sempre foi tão afetado", Jill comentou.

"Eu diria fresco", James interveio.

"Ora, ora, o mínimo que podemos esperar é uma atitude politicamente correta entre nós."

"Você pode esperar o que quiser. No que me diz respeito, o politicamente correto é apenas mais uma amostra do imperialismo norte-americano", disse o homem do povo.

"Elabore", disse Jill.

E, discutindo, eles se foram.

Na escadaria do Butler, Rose Trimble saçaricava muito agitada, dentro de uma roupa elegante que comprara na esperança de que Andrew a convidasse para o jantar: só que ele não respondera a seus recados.

Jill apareceu e ignorou Rose, que chamara sua subprefeitura de uma desgraça para os princípios e ideais democráticos.

"Eu só estava cumprindo o meu dever", disse Rose nas costas de Jill.

Depois veio o primo James, cujo rosto endureceu: "Que diabos está fazendo por aqui? Anda faltando sujeira em Londres?". E empurrou-a para o lado.

Quando Andrew desceu as escadas com Mona e Sylvia, ele disse de pronto: "Rose, mas que surpresa agradável vê-la por aqui".

"Você não recebeu meus recados?"

"Você me deixou algum recado?"

"Me diga alguma coisa, Andrew. Como foi a conferência?"

"Tenho certeza de que estará tudo nos jornais de amanhã."

"E esta é Mona Moon — ah, me diga alguma coisa, Mona. Como é a vida de casado?"

Mona não respondeu e se afastou junto com Andrew. Rose não reconheceu Sylvia, ou, melhor dizendo, só bem mais tarde foi que lhe ocorreu que aquela coisinha insignificante devia ser Sylvia.

Abandonada, ela disse com amargura para os delegados que passavam: "Esses desgraçados desses Lennoxes. Eles eram minha *família*".

Sylvia ganhou um abraço de Andrew, um beijinho de Mona e foi posta num táxi: eles iam para uma festa.

A casa da irmã Molly estava com todas as luzes apagadas e trancada à chave. Sylvia teve de tocar a campainha várias vezes. Estalo de trancas, rilhar de correias, tilintar de chaves, e só bem depois apareceu Molly, de camisola curtinha azul-clara, a cruz de prata balançando sobre os seios. "Desculpe, mas temos que morar em fortalezas, hoje em dia."

Sylvia foi para o quarto, com o maior cuidado, como se fosse esparramar feito geléia. Tinha a impressão de ter comido demais e sabia que vinho lhe fazia mal. Sentia-se zonza, tremia. A irmã Molly parou para observá-la, enquanto Sylvia arriava na cama.

"Melhor tirar isso", disse Molly libertando-a de uma camada externa de roupas, sapatos e meias. "Pronto. Bem que eu imaginei. Quando teve malária pela última vez?"

"Ah — faz um ano — acho."

"Então está com malária de novo. Deite-se e fique quieta. Você está com uma febre danada."

"Passa."

"Sozinha não."

E assim Sylvia atravessou seu acesso de malária, que não era do tipo ruim, a cerebral, tão perigosa, mas que assim mesmo deu trabalho. Ela teve calafrios, febre alta, sudorese, engoliu os comprimidos — revertera ao velho e antiquado quinino, uma vez que os novos remédios não estavam dando certo para ela — e, quando finalmente voltou a ser a mesma Sylvia de sempre, a irmã Molly lhe disse: "Desta vez foi por um triz. Mas vejo que se recuperou bem".

"Por favor, ligue para o padre McGuire, avisando."

"Você está pensando o quê? Claro que eu já liguei para ele, semanas atrás."

"*Semanas?*"

"Você teve uma crise brava. Quer dizer, eu diria que foi malária mais um colapso generalizado do organismo. E, para começo de conversa, você está anêmica. Precisa comer."

"O que o padre disse?"

"Ah, não se preocupe. Está tudo indo como de hábito."

Na verdade, Rebecca morrera, assim como o filho doente, Tenderai. As duas crianças que restaram foram levadas pela cunhada que Rebecca acusava de ter envenenado a família. Era muito cedo para dar as más notícias a Sylvia.

Sylvia comeu, tomou o que lhe pareceram galões e galões de água e foi ao banheiro, onde os suores da febre foram finalmente lavados do corpo. Estava fraca mas raciocinando bem. Deitada de costas na pequena cama de ferro, dizia a si mesma que, com a febre, desvencilhara-se de uma série de bobagens sem as quais poderia passar perfeitamente. Uma delas era sobre o padre McGuire: durante os tempos de dificuldade, vivia repetindo consigo mesma que o padre era um santo, como se isso justificasse tudo, mas agora pensava: Quem diabos eu, Sylvia Lennox, acho que sou, para sair por aí dizendo quem é e quem não é santo?

Disse então para a irmã Molly: "Cheguei à conclusão de que não sou católica, não de verdade, e que talvez nunca tenha sido".

"É mesmo? Mas ou você é, ou você não é. Quer dizer então que você é protestante, é? Bem, eu confesso que, na minha opinião, o bom Deus tem coisa melhor a fazer do que ficar se preocupando com nossas rusguinhas, mas nunca diga em Belfast que eu falei isso — não quero que ninguém me estoure o joelho quando voltar a morar lá."

"Andei cometendo o pecado do orgulho, eu sei disso."

"Não me diga. E não cometemos todos esse mesmo pecado? Me espanta que o Kevin nunca tenha comentado nada sobre isso com você. Ele é uma autoridade no assunto."

"Imagino que tenha."

"Muito bem, mas agora é preciso ir com calma. Quando estiver forte o suficiente, pense um pouco melhor no que vai fazer em seguida. Temos algumas sugestões para você."

Sylvia continuou deitada e percebeu que não era esperada de volta na missão. E o que teria acontecido com Clever e Zebedee?

Telefonou para eles. Suas vozes, tão jovens, tão desesperadas: Me ajude, ajude a gente.

"Quando você vem? Por favor, venha."

"Logo, assim que eu puder."

"Agora que a Rebecca não está mais aqui, as coisas estão tão difíceis..."

"O quê?"

E foi assim que Sylvia ficou sabendo da notícia. E, deitada na cama, não chorou. Era algo duro demais para lágrimas.

Apoiada em travesseiros, na cama, ela absorvia caldos nutritivos enquanto a irmã Molly, mãos nos quadris, observava sorrindo, vigiando cada bocado engolido. E, durante o dia inteiro, e até tão tarde da noite quanto era possível aos cidadãos madrugadores da Zimlia, a casa recebia gente de um tipo que turista nenhum jamais tinha visto, que Andrew Lennox nunca vira, que parentes em visita não conheciam, que nem mesmo os que, sob o governo branco, eram malvistos tinham encontrado. E tampouco Sylvia.

Ela estava sendo forçada a refletir que, embora houvesse — e muitos — lugares como Kwadere na Zimlia, talvez suas experiências tivessem sido tão limitadas quanto as daqueles que se recusavam a acreditar que lugares como a Missão de São Lucas existiam. Afinal de contas, havia escolas que ensinavam seus alunos, que tinham ao menos alguns cadernos e livros didáticos, havia hospitais dotados de equipamentos, cirurgiões e até mesmo laboratórios para pesquisas. Tinha sido a natureza de Sylvia que se encarregara de levá-la ao ponto mais miserável do país: compreendia isso com a mesma clareza com que compreendia que era absurda aquela sua aflição com a fé.

Num nível muito distante das embaixadas e do saguão do hotel Butler, das feiras de comércio e dos chefões corruptos da cúpula (a quem a irmã Molly chamava de "o bolo de chocolate"), havia pessoas que dirigiam organizações com orçamentos apertados, às vezes custeadas por um só indivíduo, que realizavam mais com seu parco dinheiro do que a Caring International ou a Global Money jamais sonhariam poder realizar, e que batalhavam para conseguir uma biblioteca, um abrigo para mulheres vítimas de violência doméstica, microcréditos e empréstimos tão insignificantes que bancos comuns desprezariam de cara. Eram negros e eram brancos, cidadãos da Zimlia ou expatriados, formando uma camada de vigoroso otimismo que se alastrava pelos escalões mais modestos do funcionalismo público. Sim, porque nunca houve um país mais dependente de seus pequenos funcionários públicos do que a Zimlia — uma gente competente, íntegra e trabalhadora. Mas ninguém louva seus feitos, eles passam despercebidos. No entanto, qualquer um, com um mínimo de conhecimento e precisando de ajuda, iria direto para uma dessas repartições relativamente subalternas, chefiadas por alguém, homem ou mulher, que, se houvesse um pingo de justiça, deveria estar governando o país abertamente; era dessas pessoas, na verdade, que dependia todo o sistema. A casa da irmã Molly e uma dezena de outras semelhantes formavam uma rede de pessoas sãs. Não se discutia política, não por uma questão de princípio e sim devido à natureza dos próprios envolvidos: em alguns países, a política é inimiga do bom senso. Nas poucas vezes em que se fazia menção ao Camarada Líder, ou a um de seus comparsas corruptos, era como se falassem do tempo — algo que tinha de ser suportado. Uma grande decepção, o Camarada Presidente, mas, até aí, nenhuma novidade.

Sylvia estava diante de uma dúzia de possibilidades para o futuro. Era médica, as pessoas sabiam que ela tinha criado um hospital onde não existia nada. Caíra em desgraça perante o governo, o que era uma pena, mas a Zimlia não era o único país da África.

Há uma frase em nossos livros didáticos de história que diz mais ou menos o seguinte: "No final do século XIX, e até a Primeira Guerra Mundial, as Grandes Potências lutaram pela África qual cães brigando por um osso". O que se lê com menos freqüência é que por essa mesma África, considerada um osso, se lutou também durante todo o século XX, ainda que as matilhas não fossem as mesmas.

Um médico ainda jovem, nascido na Zimlia (branco), voltara fazia pouco tempo das guerras na Somália. Ele sentou numa cadeira de espaldar reto no quarto de Sylvia e escutou, enquanto ela falava compulsivamente (a irmã Molly disse que fazia parte da cura) sobre o destino das pessoas na Missão de São Lucas, morrendo de AIDS, e pelo visto invisíveis ao governo. Ela falou durante horas, e ele escutou. E depois foi a vez de ele falar, compulsivamente, enquanto ela escutava.

A Somália fizera parte da esfera de influências da União Soviética, que estabelecera no país seu aparato de praxe, com prisões, câmaras de tortura e esquadrões da morte. Depois, graças a um pequeno ato de prestidigitação internacional, a Somália se tornou norte-americana, trocada por um outro pedacinho da África. Ora, os ingênuos cidadãos somalis, que esperavam que os norte-americanos desmantelassem o aparato de segurança e os libertassem, não tinham aprendido uma lição fundamental para os nossos tempos: não há nada mais estável do que esse aparato. Os marxistas e comunistas de várias tendências que proliferaram sob o domínio russo, torturando, prendendo e matando os inimigos, passaram a ser torturados, presos e mortos. O outrora até que razoável Estado da Somália parecia um formigueiro em que tivessem despejado água fervente. A estrutura de uma vida decente fora destruída. Guerreiros e bandidos, chefes tribais, criminosos e ladrões eram agora os dirigentes do país. As organizações internacionais de ajuda, no limite de suas capacidades, não podiam fazer mais nada, sobretudo porque não tinham como entrar em grandes áreas do país devido à guerra.

O médico passou horas naquela cadeira dura, falando, falando porque vira as pessoas se matando umas às outras durante meses a fio. Pouco antes de sair da Somália, parara na beira de uma trilha que atravessava uma terra esturricada e poeirenta por onde seguia uma fila de refugiados da seca. Uma coisa é ver esse espetáculo pela televisão, como ele disse (tentando se desculpar pela tagarelice), olhando fixo para Sylvia, sem enxergá-la, vendo apenas o que ele próprio descrevia, e outra bem diferente era assistir a tudo com os próprios olhos. Talvez Sylvia estivesse mais bem equipada do que a maioria para visualizar o que o colega lhe dizia, porque tudo que precisava fazer era colocar naquela trilha coberta de pó, três mil quilômetros mais ao norte, os habitantes do povoado moribundo de Kwadere. Mas o médico também vira refugiados escapando dos soldados assassinos de Mengistu, alguns com membros decepados, sangrando, alguns quase no fim, outros com crianças mortas no colo: presenciara isso tudo durante dias e dias, mas Sylvia não tinha equivalente para contrapor à experiência e portanto era difícil visualizar. Além do mais, não havia televisão na casa do padre McGuire.

Ele era médico e tinha visto, sem poder fazer nada, gente necessitada de um remédio, de um refúgio, de uma cirurgia, e tudo que tinha para oferecer eram alguns antibióticos que desapareciam em minutos.

O mundo hoje está cheio de pessoas que sobreviveram às guerras, ao genocídio, à seca, às enchentes, e nenhuma delas jamais se esquecerá das tragédias pelas quais passou, mas existem também as que testemunharam tudo isso: ficar dias e dias vendo um povo desfilar aos milhares, às centenas de milhares, aos milhões, sem ter nada para oferecer a essa gente... bem, esse médico estivera lá, nessa exata situação, e seus olhos continuavam assombrados, a expressão do rosto marcada, e ele não conseguia parar de falar.

Uma médica norte-americana queria que Sylvia fosse para o Zaire, só não sabia se ela agüentaria — era bem duro por lá, mas Sylvia disse que tudo bem, que ela era forte. Também contou que fizera uma operação sem ser cirurgiã, mas os dois outros médicos acharam graça: em campo, os médicos faziam o que dava. "Qualquer coisa que não seja um transplante. Também não recomendaria uma ponte de safena."

No fim, Sylvia concordou em ir para a Somália, integrando uma equipe paga pela França. Nesse meio-tempo, teria de voltar à missão para ver Zebedee e Clever, cujas vozes, no dia em que falou com eles ao telefone, lembravam o grito de pássaros pegos numa tempestade. Não sabia o que fazer. Descreveu os dois meninos, que não eram mais crianças e sim adolescentes, para a irmã Molly e para os médicos, mas sabia que, na opinião da primeira, acostumada a ver crianças como eles todos os dias, estavam ambos destinados ao desemprego (mas Molly ficaria de olho, talvez pudesse arrumar um serviço doméstico para eles), e que, para os médicos, com a cabeça cheia de milhares de famintos, filas intermináveis de vítimas miseráveis, seria dificílimo manifestar alguma preocupação por dois infelizes que um dia haviam sonhado em ser médicos mas que agora... Até aí, nenhuma novidade.

Irmã Molly teria de percorrer outros oitenta quilômetros depois de Kwadere para retomar as funções interrompidas pela doença de Sylvia. Combinara com Aaron, que iria pegar Sylvia no desvio. Suas queixas a respeito do papa e da hierarquia masculina da Igreja foram interrompidas diante de seis enormes silos na beira da estrada. O conteúdo dos silos — milho da última safra — fora vendido a outro país africano vítima da seca por um ministro do alto escalão que, ato contínuo, embolsara o lucro todo; por quilômetros e quilômetros, em todas as direções, estendia-se uma terra ressequida e faminta, por causa da falta de chuva.

"Eu não gostaria de ter isso na consciência", disse Sylvia, ao que a irmã respondeu que pelo visto as pessoas ainda não tinham entendido que havia gente que nascia sem consciência. Imediatamente, Sylvia embarcou num monólogo que a freira ouviu dizendo "Pois é" e "Nesse ponto você tem razão". No desvio, Aaron esperava com o carro da missão. Irmã Molly disse a Sylvia: "Bem, então é isso. A gente se vê por aí". E Sylvia disse: "Ótimo. E eu nunca vou me esquecer do que fez por mim". "Pois esqueça." E lá se foi a freira, com um aceno de mão que era o mesmo que uma porta se fechando.

Aaron estava animado, ansioso, às vésperas de uma vida nova: iria para a Missão Velha continuar os estudos para ser padre. McGuire estava indo embora. Estavam todos indo embora. E a biblioteca? "Receio que os livros já não sejam muitos, porque, a senhora entende, com Tenderai morto, e Rebecca também, e a senhora ausente, quem iria cuidar deles?"

"E Clever e Zebedee?"

Aaron nunca simpatizara muito com eles, nem os meninos com Aaron, e tudo que disse foi: "Bem".

Ele estacionou o carro debaixo dos eucaliptos e sumiu. Era final de tarde, e a luz desaparecia rápido por entre nuvens róseas e douradas. Do outro lado do céu, uma lua crescente, uma simples mancha branca, aguardava para adquirir dignidade quando baixasse a noite.

Assim que Sylvia pisou na varanda, os dois rapazes vieram correndo. Pararam. Encararam. Sylvia não entendeu a hesitação deles. Durante a doença, perdera o queimado de sol, ficara branca feito leite, e o cabelo, cortado por causa dos suores, eram mechas suaves e amarelas. Eles só a conheciam dentro de um amistoso e confortável marrom. "É tão bom ver você" — e se aproximaram rápido para o abraço simultâneo. Havia bem menos carne nos dois do que ela estava acostumada.

"Tem alguém alimentando vocês?"

"Tem, tem sim, doutora Sylvia." Eles a abraçaram e choraram. Porém Sylvia sabia que andavam comendo mal. E as imaculadas camisas brancas estavam encardidas porque Rebecca não estava mais lá para cuidar delas. Os olhos, através das lágrimas, diziam: por favor, por favor.

O padre McGuire chegou, perguntou se tinham comido e eles disseram que sim. Mesmo assim o padre pegou um filão de pão do aparador, que os dois partiram ao meio e foram comendo, famintos, enquanto desciam para o povoado: voltariam ao amanhecer.

Sylvia e o padre sentaram-se em seus lugares à mesa, a única lâmpada elétrica revelando a ele o quanto ela estivera doente e, a ela, que o padre envelhecera.

"Você vai ver os novos túmulos no morro, e os novos órfãos. Eu e o padre Thomas — é o padre negro da Missão Velha — vamos montar um abrigo para os órfãos da AIDS. Conseguimos dinheiro do Canadá, que Deus lhes pague em dobro, mas, Sylvia, já lhe ocorreu que nós podemos ter até um milhão de crianças sem pais, do jeito como as coisas vão?"

"A Peste Negra destruiu povoados inteiros. Quando eles tiram fotografias aéreas da Inglaterra, dá para ver onde ficavam."

"Este povoado não vai durar mais muito tempo. Está todo mundo indo embora, dizem que o lugar foi amaldiçoado."

"E o senhor diz a eles o que deveriam estar pensando, padre?"

"Digo."

A força acabou de repente. O padre acendeu as duas velas que guardava para emergências e jantaram com aquela luz, servidos pela sobrinha de Rebecca, uma jovem forte e saudável — pelo menos por enquanto — que viera para ajudar a tia moribunda e que ficaria até o padre ir embora.

"Soube que a escola tem um diretor novo, finalmente."

"Pois é, mas você sabe, Sylvia, eles não gostam de vir trabalhar nesta lonjura, e esse novo já teve problemas com bebida."

"Entendo."

"Mas a família dele é grande e vai ficar com esta casa."

Não havia mais nada a ser dito, tinham ambos plena consciência disso, e, por fim, o padre perguntou: "E então, o que vai fazer dos dois meninos?".

"Eu não devia ter criado tantas expectativas neles. Se bem que eu nunca prometi nada."

"Ah, mas é justamente o grande mundo rico lá fora que constitui a promessa."

"E então, o que acha que devo fazer?"

"Deve levá-los com você de volta para Londres. Mandá-los para uma escola de verdade. Deixar que estudem para ser médicos. Deus sabe que este pobre país vai precisar muito de médicos."

Sylvia permaneceu calada.

"Sylvia, eles são saudáveis. O pai morreu antes que aparecesse a AIDS. Os filhos verdadeiros de Joshua vão morrer, mas esses dois não. Ele está esperando para vê-la, falando nisso."

"O que me espanta é que ainda esteja vivo."

"Está vivo só porque quer falar com você. E a cabeça piorou muito. Prepare-se."

Antes de lhe dar uma vela para se recolher, o padre ergueu a dele bem alto, para olhá-la de frente, e disse: "Sylvia, eu conheço você muito bem, minha filha. Sei que você está se culpando por tudo".

"Estou."

"Faz muito tempo que você não me pede para ouvir sua confissão, mas não preciso ouvir o que você tem a me dizer. No estado de espírito em que está, com o organismo debilitado pela doença, não deve confiar no que pensa a respeito de si mesma."

"O diabo espreita na ausência de glóbulos vermelhos."

"O diabo espreita onde houver falta de saúde — espero que esteja tomando seus comprimidos de ferro."

"E eu, que o senhor esteja tomando os seus."

Abraçaram-se, ambos necessitando chorar, e foi cada qual para seu quarto. O padre partiria logo cedo e disse que provavelmente não a veria, o que significava que não desejava passar por mais uma despedida. Padre McGuire não diria, como fez a irmã Molly: A gente se vê por aí.

Na manhã seguinte, já havia partido: Aaron o levara até o desvio, onde seria apanhado pelo carro da Missão Velha.

Zebedee e Clever esperavam por Sylvia na trilha que ia até o povoado. Metade das choças estava vazia. Um cão faminto farejava a poeira. A choça onde Tenderai cuidara dos livros estava aberta, e os livros tinham desaparecido.

"Nós tentamos cuidar deles, nós tentamos."

"Não faz mal."

O povoado, antes de ela partir para Senga, estava aflito, estava ameaçado, mas estava vivo: agora não tinha mais espírito. Era por causa de Rebecca, que se fora. Instituições e aldeias, hospitais e escolas costumam ter sempre alguém que é a alma do lugar, um zelador, um diretor ou mesmo a criada de um padre. Quando Rebecca morreu, o povoado morreu com ela.

Os três subiram pelo mato até onde estavam os túmulos, já perto de cinqüenta agora, o de Rebecca e do filho Tenderai entre os mais novos, dois montículos oblongos de terra vermelha debaixo de uma árvore grande. Sylvia parou, observando, e os rapazes, vendo seu rosto, se aproximaram. Ela os abraçou e chorou, o rosto dos meninos sobre sua cabeça: já estavam mais altos que ela.

"E agora você precisa ir ver nosso pai."

"É, eu sei."

"Por favor, não fique brava conosco. A polícia veio e levou todos os remédios e curativos. Nós dissemos que foi você quem pagou, com o seu dinheiro."

"Não faz mal."

"Nós falamos para eles que era roubo, que os remédios eram seus."

"Sério, não faz mal."

"E as avós estão usando o hospital para as crianças doentes."

Por todas as regiões da Zimlia, mulheres velhas e, às vezes, homens também estavam tentando alimentar e cuidar de crianças pequenas cujos pais tinham morrido.

"Como é que elas estão dando comida para as crianças?"

"O novo diretor disse que vai dar a comida."

"Mas são muitas, como é que ele vai alimentar todo mundo?"

Pararam num morrinho, em frente àquele onde ficava a casa do padre, e olharam para o hospital de Sylvia. Lá embaixo havia três mulheres de idade, sentadas à sombra dos telhados de palha, com cerca de vinte crianças em volta. Quer dizer, de idade pelos padrões do Terceiro Mundo, bem entendido: em países de mais sorte, mulheres de cinqüenta anos estavam fazendo regime e à cata de amantes.

Debaixo da grande árvore de Joshua havia um monte de trapos, ou algo assim como uma grande jibóia, sarapintada de sombras. Sylvia se ajoelhou ao lado dele e disse: "Joshua". Ele não se mexeu. Existem pessoas que, antes de morrer, já adquirem o aspecto que terão depois de mortas: o esqueleto está logo abaixo da pele. O rosto de Joshua era só osso, com pele ressequida afundada. Ele abriu os olhos e lambeu os lábios gretados com uma língua rachada. "Tem água aí?", ele perguntou a Sylvia. Zebedee correu até as velhas, que pareciam protestar: por que desperdiçar água com os quase mortos? Mas Zebedee passou um copo de plástico por um balde também de plástico cheio de água, aberto à poeira e às folhas que caíam, levou para o pai, ajoelhou-se e segurou o copo junto aos lábios feridos. De repente, esse ancião (de meia-idade, por outros padrões) voltou à vida e bebeu com desespero, os tendões da garganta trabalhando feito loucos. Depois, estendeu uma das mãos esqueléticas e agarrou o pulso de Sylvia. A sensação era a de estar presa num anel de osso. Joshua não conseguiu sentar, mas ergueu a cabeça e se pôs a resmungar o que Sylvia sabia serem pragas, imprecações, os olhos afundados incendiados de ódio.

"Ele não fala para valer", disse Clever. "Não, não é para valer", reafirmou Zebedee.

Depois Joshua murmurou: "Você leva meus filhos. Precisa levá-los para a Inglaterra".

O pulso doía por causa do bracelete de osso aferrado nele. "Joshua, me solte, você está me machucando."

O aperto se intensificou. "Precisa me prometer, agora mesmo, precisa me prometer." A cabeça estava suspensa do corpo semimorto como a de uma cobra quando a vértebra é quebrada.

"Joshua, solte meu pulso."

"Você vai me prometer. Você vai..." E continuou resmungando suas maldições, os olhos fixos nela, até a cabeça tombar de novo. Mas os olhos não se fecharam e ele não parou de rogar suas pragas.

"Certo, eu prometo, Joshua. Agora me solte." O aperto não relaxou: Sylvia pensava, meio fora de si, que ele iria morrer e ela ficaria algemada a um cadáver.

"Não acredite nessas coisas que ele está dizendo, doutora Sylvia", cochichou Zebedee. "Ele não fala para valer", disse Clever.

"Ainda bem que eu não sei o que ele está dizendo."

A algema de osso se soltou do pulso. A mão dela estava adormecida. Sylvia se agachou ao quase cadáver, balançando a cabeça.

"Quem vai cuidar dele?"

"As velhas estão cuidando dele."

Sylvia foi até elas e lhes deu dinheiro, praticamente quase tudo que tinha, deixando apenas o bastante para voltar a Senga. Aquilo daria para manter as crianças alimentadas por quem sabe um mês ainda.

"E agora vão buscar suas coisas, nós vamos embora."

"Agora?" Eles recuaram um pouco, chocados com a notícia; tudo pelo que haviam ansiado estava ali, estava perto — e aquilo era uma separação de tudo quanto conheciam.

"Eu compro roupas para vocês em Senga."

Os dois correram para o povoado; ela subiu a ladeira, entre oleandros e plumbagos, até a casa, onde tudo que iria levar já estava dentro da pequena mochila. Para a sobrinha de Rebecca disse que, se quisesse ficar com os livros, podia levá-los. Podia levar o que bem entendesse. Mas o que a moça pediu foram os retratos das mulheres na parede. Gostava daqueles rostos, disse.

Os rapazes apareceram, cada qual com uma sacola plástica — suas posses.

"Vocês já comeram alguma coisa?" Não, claro que não tinham comido nada. Sentou-os à mesa, cortou pão e pôs o vidro de geléia entre os dois. Ela e a sobrinha de Rebecca ficaram olhando os dois lidarem com a faca, espalhando a geléia. Tudo isso teria de ser aprendido. O coração de Sylvia estava tão consternado quanto era possível estar: aqueles dois — órfãos, eles não passavam de órfãos — iriam ter de assimilar Londres, aprender tudo, desde usar garfo e faca até como se tornar um médico.

Sylvia ligou para Edna Pyne, que disse que Cedric estava doente, que ela não podia deixá-lo — achava que era esquistossomose.

"Tudo bem, a gente toma o ônibus até Senga."

"Mas você não pode andar nesses ônibus dos nativos, eles são mortais."

"Todo mundo anda."

"Antes você que eu."

"Estou me despedindo, Edna."

"Certo. Não se aflija. Neste continente, nossos feitos são inscritos em água. Ah, Deus, o que estou dizendo? Na areia, então. É o que o Cedric está dizendo, ele está deprimido, está com meu cachorrão preto. 'Nossos feitos são inscritos em água', diz ele. Está ficando religioso. Bem, era só o que nos faltava. Então adeus. A gente se vê por aí."

Os três se achavam no ponto onde a estrada para os Pynes e para a Missão de São Lucas se unem à estrada principal que segue para o norte. Era uma pista única de asfalto, muito esburacada, carcomida nas beiradas como os pôsteres que a sobrinha de Rebecca tinha tirado da parede pela manhã. Estava na hora de o ônibus passar, mas ele atrasara; atrasava sempre. Esperaram em pé, depois esperaram sentados, sobre pedras colocadas ali para esse fim, debaixo de uma árvore.

Nada de muito especial aquela estrada que serpenteia pelo mato, o brilho cinzento meio apagado onde a areia já cobriu o asfalto, mas, por ela, não faz muito tempo, passou uma grande carreata, com os carros mais caros do país: estavam indo ao casamento do Camarada Líder com sua nova mulher — depois do falecimento da Mãe do País. Todos os líderes mundiais foram convidados, camaradas ou não, e transportados por aquela estrada secundária, ou por helicópteros, até um Ponto de Desenvolvimento não muito distante da terra natal do Camarada Líder. Ali, entre as árvores, foram montadas duas grandes tendas. Dentro de uma delas, mesas de cavalete ofereciam pãezinhos e Fanta aos habitantes locais, ao passo que na outra o banquete aguardava em toalhas brancas a chegada da elite. Mas a cerimônia religiosa na igreja onde o casamento estava sendo realizado durou muito tempo. O povo, ou a plebe, tendo liquidado com os pãezinhos, invadiu a tenda destinada a seus superiores e consumiu toda a comida, sob o protesto vão dos garçons. Depois se embrenharam de novo no mato e sumiram. Foi preciso mandar buscar mais comida em Senga, de helicóptero. Esse incidente, que ilustra de forma tão apropriada... mas algo que se parece tanto a um conto de fadas não carece ser anotado.

Ao longo daquela estrada, dali a dez anos, nem isso, os capangas e valentões do Partido do Líder andariam para cima e para baixo, com machetes, facas e porretes, espancando todo e qualquer trabalhador rural que estivesse pensando em votar nos adversários do Líder. Entre eles haveria jovens — antigos jovens — a quem o padre McGuire dera remédio durante a guerra. Parte desse exército acabaria pegando a estrada vicinal para a fazenda dos Pynes, que já fora compulsoriamente adquirida por Edward Phiri, se bem que os Pynes ainda não tivessem partido. Cerca de duzentos bêbados, que não sabiam da venda, amontoados no gramado em frente à casa, exigiriam que Cedric Pyne abatesse um boi para eles. Cedric mataria um boi bem gordo — a seca passara —, e, naquele gramado, seria feita uma fogueira imensa para assar o animal. Os Pynes seriam arrastados até a varanda, onde receberiam ordens de cantar slogans elogiando o Líder. Edna se recusaria. "Podem esperar sentados que eu não vou dizer mentiras só para agradar vocês." Então eles dariam nela até que ela repetisse com eles: "Viva o camarada Matthew". Ao chegar para tomar posse das duas fazendas, o senhor Phiri veria o jardim da casa calcinado e imundo, a casa cheia de lixo.

Ao longo daquela estrada, oito anos antes, Sylvia fora levada, zonza e deslumbrada com a estranheza do mato, com o esplendor desconhecido, por irmã Molly, que a advertia sobre a intransigência do mundo masculino: "Aquele Kevin, então, ele ainda não percebeu que o mundo mudou muito".

Naquela estrada, não muito longe de onde estavam, numa região montanhosa cheia de cavernas, fendas na rocha e baobás, há um lugar para o qual o Camarada Líder era convocado de tempos em tempos por espíritos curandeiros (*n'gangas*, feiticeiros, xamãs) para participar de sessões noturnas. E ali, homens (e uma mulher ou duas) que talvez trabalhassem numa cozinha ou numa fábrica, pintados, vestidos com peles de animais selvagens, inclusive pêlo de macaco, entravam em transe, dançavam e diziam ao Líder que ele precisava matar ou expulsar todos os brancos, caso contrário desagradaria aos ancestrais. Ele rastejava, chorava, prometia melhorar — em seguida era levado de volta à cidade e à fortaleza onde morava, onde planejava sua próxima viagem e mais reuniões com os líderes mundiais ou com o Banco Mundial.

O ônibus chegou. Era velho, chacoalhava, tremia e soltava rolos de fumaça preta oleosa que se espalhavam por quilômetros e quilômetros, marcando sua passagem pela estrada. Estava cheio, mas mesmo assim apareceu um lugar para Sylvia e seus dois — o que eram eles, criados? —, mas as pessoas no ônibus, preparadas para criticar a mulher branca que viajava com eles — era a única branca ali dentro —, viram-na colocar os braços em volta dos rapazes, que se encolhiam junto dela, feito crianças. Estavam tristes, tentavam não chorar, receosos do que teriam de enfrentar. Sylvia, por sua vez, era só pânico. O que estava fazendo? O que mais poderia ter feito? Por cima dos sacolejos do ônibus, ela lhes perguntou, baixinho: "O que vocês teriam feito se eu não tivesse voltado?". E Clever respondeu: "Eu não sei. Não temos para onde ir". Zebedee disse: "Obrigado por ter vindo nos buscar. Nós estávamos morrendo de medo que você não viesse".

Do terminal de ônibus, caminharam até um antigo hotel que fora totalmente obliterado pelo Butler. Sylvia pediu um quarto para os três e esperou pelos comentários, mas não houve nenhum: nos hotéis da Zimlia, um quarto pode conter até meia dúzia de camas, para acomodar a família toda.

Ela foi com eles até o elevador, sabendo que provavelmente jamais tinham visto nem ouvido falar daquilo, explicou como funcionava, percorreu um corredor onde um sol poeirento desenhava as paredes e, no quarto, mostrou a eles o banheiro, a pia: como abrir torneiras e dar a descarga, como abrir e fechar janelas. Depois os levou ao restaurante e pediu *sadza*, dizendo que não deviam usar os dedos para comer; em seguida uma sobremesa, e, com a ajuda de um garçom bondoso, os rapazes deram conta de tudo sem maiores problemas.

Às duas da tarde, ela os levou de volta lá para cima e ligou para o aeroporto, reservando lugares no avião da noite seguinte. Disse que iria tirar passaportes para eles, explicou o que eram passaportes, e disse que podiam dormir, se quisessem. Mas os meninos estavam emocionados demais e continuavam saltando sobre os colchões das camas quando ela saiu, deixando escapar gritos que podiam ser de alegria ou um lamento.

Sylvia foi até o complexo de prédios do governo e parou nas escadarias, perguntando-se o que fazer em seguida, quando viu Franklin saindo de seu Mercedes. Pegou-o pelo braço e disse: "Vou entrar com você e não ouse me dizer que tem uma reunião". Ele tentou se desvencilhar dela, estava prestes a gritar por ajuda, quando viu que era Sylvia. Ficou tão atônito que parou imóvel, sem resistir, de modo que ela o largou. Algumas semanas antes, vira de longe uma impostora querendo se fazer passar por Sylvia, mas agora ali estava a moça de quem se lembrava, uma criatura frágil, cuja brancura até cintilava, de cabelos macios e dourados e dois enormes olhos azuis. Estava usando uma blusa branca, não aquele horrível conjunto verde de madame. Parecia decididamente transparente, feito um espírito, ou uma Madona de cabelos loiros dos longínquos tempos de escola.

Desarmado e impotente, ele disse: "Vamos entrar". E lá se foram os dois pelos corredores do poder, subindo os degraus, até o gabinete, onde Franklin se sentou, suspirando mas sorridente, fazendo um gesto para ela na direção de uma cadeira.

"O que você quer?"

"Estou com dois garotos de Kwadere. Eles têm onze e treze anos, respectivamente. Não têm família. Todos morreram de AIDS. Estou levando os dois comigo para Londres e quero que arrume passaporte para eles."

Franklin riu. "Mas eu sou o ministro errado. Não é meu departamento."

"Por favor, consiga. Você pode."

"E por que você haveria de roubar nossas crianças?"

"Roubar! Eles não têm família. Não têm futuro. Não aprenderam nada naquela suposta escola onde não existe nem um livro sequer. Eu é que estou ensinando a eles. São inteligentes. Comigo, poderão ter uma educação. E eles querem ser médicos."

"E por que você faria isso?"

"Prometi ao pai deles. Ele está morrendo de AIDS. Acho que a esta altura já deve estar morto. Prometi que daria educação aos filhos dele."

"Isso é ridículo. Está fora de cogitação. Em nossa cultura, alguém tomará conta deles."

"Você nunca sai de Senga, de modo que não sabe como andam as coisas. O povoado está morrendo. Tem mais gente no cemitério, agora, do que na aldeia."

"E por acaso é minha culpa que o pai deles tem AIDS? Por acaso é culpa nossa, essa coisa terrível?"

"Bem, nossa não é, como vocês vivem dizendo. E acho que você deveria saber que, nos distritos do interior, as pessoas andam dizendo que a AIDS é culpa do governo, porque vocês acabaram se tornando todos um bando de malandros."

Os olhos de Franklin vagaram pela sala. Tomou um gole de água. Enxugou o rosto. "Estou surpreso que dê ouvidos a esses boatos. São rumores espalhados por agentes sul-africanos."

"Não vamos perder mais tempo. Franklin, eu reservei lugar no vôo de amanhã para Londres." Empurrou então uma folha de papel para ele, com o nome dos meninos, o nome do pai e local de nascimento. "Aqui está. Tudo que eu preciso é de um documento para que possam sair do país. Quando chegarmos a Londres, eu providencio para que consigam passaporte britânico."

Franklin olhava para o papel sobre a mesa. Depois, muito cauteloso, ergueu os olhos e eles estavam cheios de lágrimas. "Sylvia, você disse uma coisa terrível."

"Você precisa saber o que as pessoas andam falando."

"Dizer uma coisa dessas a um velho amigo."

"Ontem eu escutei... o velho me rogou pragas, para me obrigar a levar os filhos dele comigo para Londres. Ele me rogou pragas... estou tão cheia de pragas que elas devem estar se espalhando."

E nesse momento Franklin ficou realmente inquieto. "Sylvia, o que está me dizendo? Você também está me rogando pragas?"

"Por acaso eu disse isso?" Mas entre os olhos havia aquela prega funda de tensão que a deixava parecida com uma bruxinha. "Franklin, alguma vez você já sentou ao lado de um velho morrendo de AIDS enquanto ele roga todas as pragas do mundo contra você? — foi tão terrível que os filhos se recusam a me contar o que ele disse." Ela estendeu o punho, que tinha à volta toda um hematoma negro, feito um bracelete.

"O que é isso?"

Ela se debruçou na mesa e agarrou o punho de Franklin, num aperto tão firme quanto o que sentira no dia anterior. Manteve-o assim, mesmo que ele tentasse se soltar, por alguns momentos antes de largar.

Sentado, sem se mexer, Franklin lhe lançava de vez em quando um olhar de pânico.

"Se seu filho quisesse ir amanhã à noite para Londres e precisasse de um passaporte, não me diga que você não conseguiria arranjar um para ele."

"Certo", ele disse por fim.

"Os documentos podem ser entregues no hotel Selous."

"Você andou doente?"

"Andei. Malária. Não é AIDS."

"Piada mais sem graça."

"Desculpe. Obrigada, Franklin."

"Certo", ele disse.

Quando, do aeroporto, Sylvia ligou para casa, antes de embarcar, disse que chegaria na manhã seguinte com dois meninos, sim, meninos negros, que ela tinha prometido educá-los, eram muito inteligentes — um deles aliás se chamava Clever, ela esperava que não estivesse fazendo muito frio porque, claro, os meninos não estavam acostumados com isso, e continuou falando até que Frances comentou que a ligação devia estar saindo uma fortuna, e então Sylvia disse "Sim, desculpe, ah, desculpe", e por fim desligou, dizendo que lhes contaria tudo no dia seguinte.

Colin soube da notícia e comentou que obviamente Sylvia pretendia que os garotos morassem ali. "Não seja tolo, como é que eles iam morar aqui? Além do mais, ela disse que vai para a Somália."

"Bem, mais uma razão."

Rupert, depois de pensar um pouco, como era seu costume, comentou que esperava que William não se importasse demais. O que significava que também achava que os meninos seriam deixados com eles.

Nem Frances nem Rupert estariam lá para receber Sylvia, tinham de trabalhar, mas Frances sugeriu um jantar em família. A troca de idéias ficou prejudicada por falta de informações. "Ela me pareceu meio amalucada", disse Frances.

Foi Colin quem abriu a porta para Sylvia e os meninos. Trazia nos braços sua filha Celia, dele e de Sophie, uma criança encantadora, com cabelos negros encaracolados, olhos negros namoradeiros e covinhas no rosto, tudo emoldurado por um vestidinho vermelho. A menina deu uma única olhada para os rostos negros e abriu o berreiro.

"Bobagem", disse o pai e apertou com firmeza a mão dos garotos, que, ele reparou, estavam frias e trêmulas. Era um dia gélido de novembro. "Ela nunca viu um rosto negro assim tão de perto", explicou Sylvia aos dois. "Não liguem."

Foram para a cozinha e logo em seguida para a mesa eternamente fiel. Os meninos, óbvio, estavam em estado de choque, ou algo parecido. Se um rosto negro empalidece, então o deles empalidecera. Pareciam acinzentados e tremiam de frio, embora ambos estivessem usando malha grossa, novinha em folha. Eles sentiam estar no lugar errado, Sylvia sabia disso, porque era assim que se sentia também: uma transição muito rápida das choças cobertas de palha, das nuvens de poeira, dos novos túmulos, da missão.

Uma jovem bonita, de jeans e uma alegre camiseta listrada, entrou e disse: "Oi, eu sou a Marusha", e parou junto à chaleira, enquanto a água fervia. Era a babá. Logo mais havia grandes canecas de chá diante de Sylvia e dos meninos, e Marusha pôs os biscoitos num prato, que empurrou para eles, sorrindo educadamente. Era polonesa e comprometida de corpo, alma e imaginação com o desmantelamento em franco progresso da União Soviética. Pegando Celia no colo, ela disse: "Quero ver o jornal na televisão". E subiu a escada cantando. Os rapazes observaram Sylvia colocar os biscoitos no prato dela e a maneira como despejou o leite no chá, depois o açúcar. Copiaram tintim por tintim, os olhos no rosto dela, em seus movimentos, do mesmo jeito como a tinham observado durante anos no hospital.

"Clever e Zebedee", disse Sylvia. "Eles me ajudavam no hospital. Vou colocá-los na escola assim que puder. Eles vão ser médicos. Estão tristes porque o pai acabou de morrer. Não sobrou ninguém da família."

"Ah", fez Colin, balançando a cabeça para acolher os meninos, cujos sorrisos tristes e amedrontados se afiguravam fixos para sempre no rosto. "Eu sinto muito. Imagino que isto tudo deve estar sendo tremendamente difícil para vocês. Mas vão se acostumar."

"E Sophie, onde está? No teatro?"

"Sophie está passando um tempo com o Roland — não, ela não me largou. Eu diria que está vivendo com ambos."

"Entendo."

"Pois é, as coisas estão nesse pé."

"Coitado de você, Colin."

"Qualquer desculpa serve para ele mandar quatro dúzias de rosas, recadinhos com miosótis, buquês de amor-perfeito, tudo muito cheio de significado. Essas coisas nunca me passam pela cabeça. Bem feito para mim."

"Ah, coitado de você, Colin."

"E, pela sua cara, coitada de você, Sylvia."

"Ela está doente. A Sylvia está muito doente." Eram os meninos falando. No dia anterior, no avião, haviam ficado com medo, não só do avião, que eles não conheciam, mas também porque Sylvia vomitara o tempo todo. Adormecia e de repente acordava com um grito, aos prantos. Quanto a eles, Sylvia lhes mostrara como funcionavam os banheiros e eles acharam que tinham entendido, mas Clever devia ter apertado o botão errado, porque, quando voltou ao banheiro, havia um aviso na porta dizendo "Com Defeito". Ambos acharam que a comissária de bordo estava olhando para eles com olhares de crítica, como se dissesse que, caso o avião caísse, a culpa seria deles, por terem feito alguma besteira.

Agora, quando Sylvia os envolveu nos braços, sentada ali entre os dois, sentiram que ela estava gelada, tiritando. Não se surpreenderam. Só de ver a vista da janela do carro, vindo do aeroporto, um céu cinzento e choroso, prédios intermináveis, com tanta gente embrulhada feito um pacote, eles quiseram enfiar a cabeça debaixo de um cobertor.

"Presumo que nenhum de vocês dormiu grande coisa no avião", disse Colin.

"Não muito", disse Sylvia. "E os meninos estavam muito atordoados com tudo. Eles vêm de uma pequena aldeia. Tudo isto é muito novo para eles."

"Compreendo", disse Colin, e compreendia, até onde alguém que não tenha visto com os próprios olhos poderia compreender.

"Tem alguém no quarto do Andrew?"

"Eu trabalho lá."

"E no seu antigo quarto?"

"O William está lá."

"E no outro quartinho naquele andar? Podemos botar duas camas ali."

"Meio apertado, não, com duas camas?"

Zebedee interveio: "Até minha irmã morrer, moravam cinco pessoas em nossa choça".

"Ela não era nossa irmã de verdade", disse Clever. "Era nossa prima, se a gente raciocinar pelas idéias de vocês. Nós temos um sistema diferente de parentesco." E acrescentou: "Ela morreu. Ficou muito doente e morreu".

"Eu sei que é diferente. Espero que vocês possam me explicar logo, logo." Colin começava a distinguir um garoto do outro. Clever era o magro, ansioso, com olhos graúdos muito bonitos; Zebedee era mais forte, ombros largos, e um sorriso que fazia pensar em Franklin.

"A gente pode ver a geladeira? Nós nunca vimos uma tão grande assim."

Colin mostrou a eles a geladeira, com as inúmeras prateleiras, a iluminação interna, o compartimento do freezer. Eles soltaram exclamações, admiraram, sacudiram a cabeça e depois começaram a bocejar.

"Vamos", disse Colin e subiu a escada, com os braços nos ombros de ambos, Sylvia fechando a fila. Escadas, escadas — os garotos tinham visto sua primeira escada no hotel Selous. E lá foram eles, degrau por degrau, passando pela sala de estar, pelo andar de Frances e Rupert, onde ficava também o quartinho que um dia fora de Sylvia, até o andar em que Colin e Andrew cresceram e onde, no quarto menor, já havia uma cama grande. No tempo que Colin levou para dizer "Vamos providenciar uma coisa melhor para vocês", os dois já estavam derreados no colchão e dormiam, assim, sem mais nem menos.

"Pobres meninos", disse Colin.

"Quando eles acordarem, vão entrar em pânico."

"Vou dizer para Marusha ficar de olho... e onde é que você vai dormir, já pensou nisso?"

"Posso ficar na sala até..."

"Sylvia, você não está pensando em largar esses meninos conosco e se mandar para — para onde é mesmo que você falou?"

"Somália."

Sylvia não estava pensando. Desde a promessa feita a Joshua, fora arrastada por uma série de eventos e não se permitira pensar, nem mesmo conciliar o fato de que era agora a responsável pelos rapazes com o fato de ter prometido estar na Somália em duas semanas.

Eles desceram de novo a escada, sentaram-se à mesa e sorriram um para o outro.

"Sylvia, você não esqueceu que a Frances está ficando velha, esqueceu? Ela está com mais de setenta anos. Nós fizemos um festão para ela. Não que ela aparente, ou aja como alguém da idade dela."

"E ela já tem a Margaret e o William."

"Só o William." E então, no ritmo dele — os dois tinham todo o tempo do mundo —, Colin contou a história. Margaret decidira, sem discutir o assunto com ninguém, que queria morar com a mãe. Não falara nem com a própria Meriel. Simplesmente aparecera na porta do apartamento de Phyllida e dissera para a mãe: "Vim morar com você".

"Não tem lugar", Meriel respondera na hora. "Não até eu arrumar um apartamento."

"Então arrume um apartamento", ordenara a filha. "Temos dinheiro suficiente, não temos?"

O problema é que Meriel decidira fazer faculdade de psicologia. Frances tinha ficado furiosa: achava que a ex-mulher de Rupert iria começar a ganhar seu próprio dinheiro, mas, para Rupert, era muito normal. "Eu sempre disse que ela nunca teve a menor intenção de se sustentar, não disse?" "É, disse." "Ninguém jamais acreditaria, olhando para ela, mas a Meriel é uma mulher muito dependente." "Quer dizer então que vamos ter que mantê-la para sempre?" "Eu não ficaria nem um pouco surpreso com isso."

Era esse o motivo de Meriel não querer sair da casa de Phyllida: não queria ficar sozinha. Phyllida, porém, queria que ela saísse. Pelo visto sentia uma espécie de satisfação sinistra, jamais analisada, em ver a ex-mulher de Rupert ali com ela, como se fosse uma extensão da família Lennox, mas tudo tinha um limite. Não que não gostasse dela, mas às vezes Meriel era muito deprimente, com suas maneiras agressivas, cortantes. Quando Margaret se mudou para lá, para Phyllida foi como reviver um antigo pesadelo; ela se via em Meriel, mãe e filha, aos tapas e beijos, berrando e fazendo as pazes, tudo muito barulhento, muito barulhento, lágrimas, brigas, gritos e longos silêncios de reconciliação.

De repente, Meriel teve uma nova crise e foi internada. Phyllida e Margaret ficaram sozinhas. Phyllida sugeriu que, agora que a mãe não estava, Margaret poderia voltar para a casa dos Lennoxes, mas a menina disse que gostava mais de morar ali. "A Frances é uma velha chata", ela disse. "Ela não se importa com nada, a não ser com o Rupert. Eu acho nojento, gente velha de mãos dadas. E eu gosto muito de morar com você, sério." O último comentário foi dito de um jeito tímido, titubeante, com receio de uma objeção; foi uma oferta de si mesma, por assim dizer, a essa mãe substituta: "Eu quero ficar com você".

Phyllida na verdade se comoveu; a menina gostava dela. Que diferença da dissimulada Sylvia, que mal podia esperar para se ver livre dela.

"Está bem, mas quando sua mãe estiver melhor acho bom vocês duas terem o próprio apartamento."

Meriel não estava dando sinais de recuperação. Margaret nunca visitava a mãe, dizia que ficava muito perturbada, mas William ia quase todo final de tarde e ficava sentado ao lado daquela mulher encolhida na cama, mergulhada na ausência cinzenta que é a depressão, e lhe contava, naquele seu jeito cismado e meticuloso, como fora seu dia, o que andava fazendo. Mas a mãe não respondia, não se mexia, nem olhava para ele.

Terminada a história de Meriel, restava ainda dar notícias de Sophie, e de Frances, que começara a escrever livros que mesclavam história e sociologia e que estavam indo muito bem. E de Rupert também, claro. Para Colin, ele fora a melhor coisa que já acontecera naquela casa. "Imagine só, alguém de fato razoável, finalmente."

Os dois conversaram a tarde toda, com a menininha fazendo aparições encantadoras nos braços de Marusha, esta cada vez mais exultante com a humilhação total e completa do velho inimigo da Polônia que a televisão vinha mostrando passo a passo, e então Frances chegou, carregada de comida, como nos velhos tempos. Os três devolveram a mesa a seu comprimento antigo, como se preparassem o palco para banquetes passados.

Enquanto Frances cozinhava, William entrou, e logo em seguida os dois garotos desceram a escada. Foram apresentados. "Clever e Zebedee, eles vão ficar por aqui uns tempos", disse Colin. Frances não falou nada, mas começou a pôr a mesa para nove pessoas. Sophie viria mais tarde.

Frances tomou seu lugar na cabeceira da mesa, com Colin na outra ponta, um lugar ao lado dele para Sophie e, pegado, o lugar de Marusha, mais o cadeirão da menina. Dez pessoas, contando com Celia. Rupert sentou-se a um lado de Frances, e William, do outro. Sylvia e os dois rapazes ficaram no meio. E ela então lhes contou sobre o grande jantar no hotel Butler, sobre todas aquelas pessoas extravagantes, algumas que inclusive já tinham estado em volta daquela mesa, depois sobre a mulher de Andrew, dizendo sem rodeios que o casamento não iria durar. Falava com uma voz oca, fornecia informações, sem qualquer satisfação na fofoca, nas manobras improváveis da vida. Os dois garotos não tiravam os olhos dela, tentando ver o que Sylvia sentia, já que a voz parecia decidida a não revelar nada: foi a inquietação deles que alertou os outros para a necessidade de se preocuparem com o estado dela. De fato, ela se sentia flutuando rumo a algum lugar, e não era só por falta de sono. Estava cansada, sem dúvida, tão cansada que era difícil se concentrar, entretanto sabia que precisava continuar atenta, porque os meninos dependiam dela, e ela era a única pessoa que poderia entender o quanto estava sendo duro para eles. Rupert fez perguntas, como um bom jornalista, mas apenas porque sabia que Sylvia carecia de algo que a mantivesse ali embaixo, como se ela fosse uma pipa querendo se soltar no vento: entendia a perturbação dela porque já tivera de ficar muito atento às necessidades de William, que sofria demais e dependia demais dele para ser compreendido. Nesse meio-tempo, Celia balbuciava, tagarelava e lançava olhares coquetes para todo mundo, inclusive para os meninos negros, agora que já se acostumara com eles.

Sophie entrou apressada, numa nuvem de perfume. Estava mais gorda, e "mais para madame Bovary do que para Dama das Camélias", como ela mesma dizia, trajada de brancos volumosos e elegantes, com o cabelo preso num coque. Atirou olhares apaixonadamente culpados para Colin, até que ele a beijou e disse: "Agora fecha a boca, Sophie. Você não pode ser o centro das atenções esta noite".

"O que você tem, Sylvia, pelo amor de Deus?", exclamou Sophie. "Você parece a morte."

As palavras provocaram calafrios, mas Sophie não podia saber que o pai dos garotos acabara de morrer e que durante meses os dois haviam passado as tardes de sábado assistindo ao enterro de pessoas que conheciam desde pequenos.

"Acho que vou dormir um pouco", disse Sylvia, levantando-se da cadeira. "Eu me sinto..." Beijou Frances. "Minha querida Frances, estar de volta a esta casa, com você, se você soubesse... minha querida Sophie..." Sorriu em volta de modo vago, depois colocou a mão trêmula sobre o ombro de Clever, em seguida de Zebedee. "Vejo vocês logo mais", ela disse. Saiu, se segurando na porta e depois no batente.

"Não se preocupem", Frances disse aos meninos. "A gente cuida de vocês. Só digam o que precisam, porque a gente não entende tanto quanto a Sylvia." Entretanto os dois continuavam seguindo Sylvia com os olhos e foi fácil perceber que estavam atordoados, que era coisa demais para eles. Quiseram subir e voltar para a cama e foi o que fizeram, com Marusha acompanhando, junto com Celia. Depois foi a vez de Sophie: pelo visto pretendia passar a noite ali.

Frances, Colin e Rupert encararam William, sabendo o que viria em seguida.

Ele se tornara um belo rapaz, comprido e magro, mas a pele clara do rosto estava retesada e havia tensão em volta dos olhos. William amava o pai, estava sempre tão próximo dele quanto lhe era possível, ainda que Rupert tivesse contado a Frances que não ousava abraçá-lo: o garoto parecia não gostar. E também era muito fechado, disse Rupert, não dividia seus pensamentos com ninguém. "Talvez seja melhor a gente não saber quais são eles", Frances respondera. Para ela, o jovem, que às vezes a consultava sobre pequenas dificuldades, era todo ele uma angústia controlada que não se podia alcançar — pelo menos assim ela achava — com um beijo ou um abraço. E o rapaz se esforçava tanto, tinha de ir bem na escola, como se vivesse lutando com anjos invisíveis.

"Eles vão morar aqui?"

"Tudo leva a crer que sim", disse Colin.

"E por quê?"

"Ora, o que é isso, amigão, não seja assim", disse o pai.

O sorriso de William para Colin, de quem presumiam que ele gostasse muito, equivalia a um gemido.

"Eles não têm pai nem mãe", continuou Colin. "O pai acabou de morrer." Teve receio de dizer de AIDS, por causa do terror que provocava a palavra, ainda que, ali, a AIDS estivesse tão distante quanto a Peste Negra. "Eles são órfãos. E são muito, muito pobres... Acho que não dá para gente como nós entender o quanto. E nunca tiveram escola, a não ser as aulas que a Sylvia dava para eles." Na mente de todos em volta da mesa surgiu por alguns momentos a imagem de uma sala com carteiras, uma lousa e um professor na frente.

"Mas por que aqui? Por que temos que ser nós?" Essa reação rotineira — *Mas por que eu?* — não pode ser respondida, a não ser com apelos às majestosas injustiças do universo.

"Alguém precisa ficar com eles", disse Frances.

"Além disso, a Sylvia estará aqui. Ela sabe o que fazer. Eu concordo que eles vão precisar de uma boa adaptação", disse Colin.

"Mas como é que ela vai ficar aqui? Onde ela vai dormir?"

Se a cabeça de Sylvia era um borrão de pânico por causa da impossibilidade de estar na Somália e em Londres ao mesmo tempo, a mente dos três adultos não estava em estado muito diferente. William tinha razão.

"Ah, a gente dá um jeito", disse Frances.

"E nós vamos ter de ajudá-los", disse Colin.

O que significava, e William sabia perfeitamente: Nós esperamos que você os ajude. Os meninos eram mais novos que William, o que tornava ainda mais provável que passassem a depender dele. "Se eles não se derem bem aqui, aí eles vão embora?"

Colin disse: "Nós poderíamos mandá-los embora. Mas, ao que me consta, todos na aldeia deles morreram ou vão morrer de AIDS."

William ficou branco. "AIDS! Eles têm AIDS?"

"Não. Nem poderiam, segundo o que me disse a Sylvia."

"Como é que ela sabe? Bom, quer dizer, ela é médica, deve saber, mas por que ela também está com aquela cara de doente? Parece um fantasma."

"Ela vai ficar boa. E os rapazes terão que ser acompanhados, no início, para se acostumar com todas as novidades. Mas tenho certeza de que eles logo pegam o jeito."

"Eles não podem continuar com esses nomes, Clever e Zebedee, não aqui. Eles vão virar picadinho na escola. Espero que não entrem para a minha escola."

"Não podemos simplesmente trocar o nome deles."

"Bom, mas eu é que não vou brigar por eles."

Depois William disse que ia subir: tinha dever de casa. Saiu da cozinha. Antes de fazer as lições, eles todos sabiam, brincaria um pouco com a bebezinha, se ela estivesse acordada. Adorava a menina.

Sylvia não voltou a aparecer na cozinha. Atirou-se no seio do velho sofá vermelho, os braços estirados: adormeceu na hora. Afundou lá no passado, nos braços que esperavam por ela.

Rupert e Frances estavam no quarto, preparando-se para deitar, quando Colin entrou para dizer que fora dar uma espiada em Sylvia e que ela devia estar morta de cansaço, pois dormia o sono dos justos. Mais tarde, lá pelas quatro da madrugada, uma inquietude levou Frances a descer pé ante pé até a sala e, ao voltar, ela comentou com Rupert, acordado também, que Sylvia continuava dormindo o sono dos justos. Já ia voltando para a cama quando escutou o que tinha dito e, retrospectivamente, o que Colin dissera. "Não estou gostando disso. Tem alguma coisa errada." Rupert e Frances desceram juntos até a sala: no sofá, Sylvia de fato estava morta, mas não era de cansaço.

Os rapazes choravam, deitados na cama. O instinto de Frances, que era o de envolvê-los nos braços, foi cerceado por uma inibição muito antiga: não eram dela os braços que eles queriam. Com o correr do dia, como o choro não cessasse, ela e Colin foram até o quartinho e, Frances junto de Clever e Colin junto de Zebedee, obrigaram os dois a se sentar, puseram os braços em torno deles e, embalando ambos bem juntinho, disseram que precisavam parar de chorar, que ficariam doentes, que precisavam descer e tomar alguma coisa quente, que ninguém se importaria que estivessem tristes.

Os primeiros e piores dias passaram e então veio o enterro, com Zebedee e Clever ocupando posição de destaque entre os parentes enlutados. Houve tentativas de telefonar para a missão, mas uma voz que os garotos não reconheceram disse que o padre McGuire retirara tudo que era seu da casa e que o novo diretor ainda não chegara. Deixaram recados. A irmã Molly, a quem também fora deixado um recado, ligou de volta imediatamente e perguntou, em alto e bom som, embora estivesse em pleno mato: "Já pensaram no que fazer com os rapazes?". Ela acreditava que talvez fosse possível encontrar trabalho para eles na Missão Velha, cuidando dos órfãos da AIDS. Quando McGuire ligou de volta, a linha estava tão ruim que só muito de vez em quando dava para entender o que ele dizia sobre Sylvia: "Pobre alma, teve que trabalhar até morrer de esgotamento". E: "Se vocês pudessem dar um jeito de ficar com os meninos, seria melhor". E também: "Por aqui as coisas estão terríveis".

A dor dos rapazes era tremenda, era inusitada, assustava seus novos amigos, que concordavam que era demais o que estavam passando: afinal de contas, aquelas crianças — e eles eram apenas isso, crianças — tinham sido arrancadas de tudo quanto conheciam para enfrentar esse... mas "choque cultural" não era exatamente o termo apropriado, quando a mesma expressão servia para descrever o deslocamento bastante agradável de quem sai de Londres e desembarca em Paris. Não, era impossível imaginar a profundidade do choque que Clever e Zebedee haviam sofrido, portanto não se devia dar maior atenção a rostos que eram como máscaras de tragédia, aos olhares trágicos. Olhares *assombrados*?

Havia algo do qual os novos amigos não faziam a menor idéia, e que não teriam entendido de qualquer jeito: os meninos sabiam que Sylvia morrera por causa das pragas de Joshua. Caso ela ainda estivesse ali do lado para lhes dizer "Ah, como é que vocês podem pensar tamanha besteira?", é provável que não acreditassem nela, mas a culpa teria sido bem menor. Agora, se sentiam esmagados pelo remorso e não estavam conseguindo suportar. E então, assim como todos nós fazemos com as piores e mais fundas dores, começaram a esquecer.

Tinham muito claro, na mente, cada minuto dos longos dias de espera até que Sylvia voltasse de Senga para salvá-los, enquanto Rebecca morria e Joshua adiava a morte. A longa agonia da ansiedade — disso eles não esqueceram, nem do momento em que Sylvia reaparecera feito um fantasminha branco, para abraçá-los e levá-los com ela. Depois disso, as coisas começavam a ficar confusas, a mão ossuda de Joshua no pulso de Sylvia e as palavras assassinas, o avião assustador, a chegada a uma casa estranha, a morte dela... não, isso tudo foi se apagando, e não demorou para que Sylvia se transformasse numa presença amistosamente protetora de quem eles se lembravam ajoelhada no pó, pondo uma tala numa perna, ou sentada na mureta da varanda, entre os dois, ensinando-os a ler.

Frances por sua vez continuava acordando no meio da noite, o estômago num nó de ansiedade, e Colin dizia que também andava dormindo mal. Rupert lhes disse que não haviam pensado o suficiente na decisão, que era esse o problema.

Frances acordou assustada com o próprio grito e se viu nos braços de Rupert: "Vamos descer. Eu lhe faço um chá". E, quando chegaram à cozinha, Colin já estava lá, com uma garrafa de vinho em cima da mesa.

Do outro lado da janela, reinava o escuro das quatro da madrugada de um dia de inverno. Rupert fechou as cortinas, sentou-se ao lado de Frances, pôs o braço em seu ombro. "Agora ouçam, vocês dois. Vocês têm de decidir. E, seja o que for que decidam, terão de tirar qualquer outra opção da cabeça. Caso contrário, vão ficar ambos doentes."

"Muito bem", disse Colin, e, trêmulo, estendeu a mão para a garrafa de vinho.

Rupert pediu: "Escute, amigão, não beba mais, não agora, por favor".

Frances sentiu aquela apreensão que as mulheres costumam sentir quando o homem que têm ao lado, e que não é o pai do filho delas, assume esse papel: Rupert falara com Colin como se falasse com William.

Colin afastou a garrafa. "Esta situação é inviável."

"Não resta a menor dúvida", disse Frances. "O que estamos assumindo, aqui? Vocês se dão conta de que eu já estarei morta, até eles se formarem?"

O braço de Rupert enrijeceu em volta dos ombros dela.

"Mas nós temos que ficar com eles", disse Colin, agressivo, com lágrimas nos olhos. "Quando dois gatinhos estão tentando sair do balde de água onde acabaram de ser jogados, você não empurra os dois de volta." O Colin que falava nessa hora era um Colin que Frances não via nem ouvia fazia muitos anos. Rupert ainda não deparara com aquele jovem veemente. "Não se faz uma coisa dessas", continuou ele, debruçando-se para os dois, os olhos fixos na mãe, depois em Rupert. "Não se pode empurrar os dois de volta." E então irrompeu de dentro dele aquele uivo, o uivo que havia muito tempo Frances não escutava. Depois deitou a cabeça na mesa, em cima dos braços. Rupert e Frances refletiam em silêncio.

"Eu acho", disse Rupert, "que só há uma decisão possível."

"Exato", disse Colin, erguendo a cabeça.

"Exato", disse Frances.

"Então pronto. E esqueçam a outra. Já."

"Desconfio que, uma vez anos 60, sempre anos 60", disse Colin. "Não, este pequeno *aperçu* não é meu. É da Sophie. Ela acha tudo muito delicioso. Eu cheguei a ressaltar que não é ela que vai ter que fazer todo o trabalho. Ela disse que vai dar uma forcinha — em tudo, palavras dela." Colin riu.

De volta ao quarto, Rupert falou: "Acho que eu não suportaria se você morresse. Mas, felizmente, as mulheres vivem bem mais do que os homens".

"E eu não me imagino sem você."

Essas duas criaturas da palavra nunca haviam dito mais que isso. "Nós até que não nos saímos muito mal" era praticamente o limite. Estar assim tão absolutamente fora de sintonia com os próprios tempos exige um certo teor de bravata: um homem e uma mulher que ousam se amar tão completamente — bem, não era mesmo coisa para ser confessada, nem mesmo entre si.

Então ele disse: "Que história foi aquela dos gatinhos?".

"Não faço a menor idéia. Aqui nesta casa não foi, e eu tenho certeza de que também não foi na escola. Escolas progressistas não afogam filhotes de gato. Quer dizer, não na frente dos alunos."

"Onde quer que tenha acontecido, calou fundo."

"E ele nunca tocou nesse assunto antes."

"Quando eu era garoto, uma vez vi um bando de meninos torturando um cachorro doente. Isso me ensinou mais sobre a natureza do mundo do que qualquer outra coisa que veio depois."

As aulas começaram. Rupert ensinava matemática a Clever e Zebedee: para além da tabuada, aqueles dois eram duas folhas em branco, ele disse; por outro lado, eram rápidos e aprenderiam depressa. Frances constatou que o grau de leitura era extraordinário: sabiam de cor trechos inteiros de *Mowgli*, de Enid Blyton, de *A revolução dos bichos* e de Hardy, mas nunca tinham ouvido falar em Shakespeare, deficiência que ela se propôs a reparar; eles já tinham começado a ler tudo que havia nas prateleiras da sala de estar. Colin contribuía com aulas de geografia e história. O pequeno atlas de Sylvia fizera um bom trabalho, o conhecimento que possuíam do mundo era amplo, ainda que raso; dos fatos históricos, não conheciam muita coisa além de *Os papas da Renascença* — era o livro que havia na estante do padre McGuire. Sophie iria levá-los ao teatro. E, sem que ninguém lhe pedisse, William começou a ensiná-los usando antigos livros didáticos, e foi isso o que realmente ajudou.

William se dizia constrangido com a aplicação dos dois: ele próprio se esforçava para ir bem nos estudos, mas comparado com Clever e Zebedee... "Parece até que a vida deles depende disso", e, fazendo a descoberta por si mesmo, acrescentou: "É, acho que a vida deles depende disso. Afinal de contas, eu sempre posso virar um...". "O quê?", indagaram os adultos, aproveitando a oportunidade para ter uma idéia do que se passava na cabeça dele. "Um jardineiro. Eu podia ser um dos jardineiros do Kew Gardens", William falou, muito sério. "É, é bem isso que eu gostaria de ser. Ou eu podia ser como Thoreau, morar sozinho, perto de um lago, e escrever sobre a Natureza."

Sylvia morrera sem deixar testamento, e por isso, segundo os advogados, o dinheiro dela iria para a mãe, sua parente mais próxima. Era uma boa soma e poderia ter dado conta da educação dos rapazes até o fim da faculdade. Apelaram para os préstimos de Andrew, na qualidade de velho amigo de Phyllida, e ele, estando de passagem por Londres, foi visitá-la e teve com ela a seguinte conversa.

"A Sylvia teria desejado que o dinheiro fosse usado para educar os dois meninos africanos que ela parece ter adotado."

"Ah, sim, os meninos negros, ouvi falar deles."

"Vim aqui para lhe pedir formalmente que abra mão desse dinheiro, porque nós temos certeza de que é isso que ela teria desejado."

"Não me lembro de ela ter me dito nada parecido."

"Mas, Phyllida, como é que ela poderia ter dito?"

Phyllida jogou a cabeça para trás, num gesto rápido, com um sorrisinho triunfante que também indicava satisfação, como alguém que aplaudisse os caprichos da sorte, depois de ter ganho na loteria, talvez. "Achado não é roubado", ela disse. "Além do mais, me devem algo de bom. É assim que vejo as coisas."

Houve uma discussão em família.

Rupert, ainda que fosse editor sênior do jornal onde trabalhava e ganhasse um salário adequado, sabia que, depois que acabasse de pagar a escola de Margaret (Frances estava pagando a de William), precisaria sustentar Meriel.

Os inteligentes romances de Colin, qualificados por Rose Trimble como "romances elitistas para neoliberais", não iriam render mais que o suficiente para manter sua filha, além de Sophie, que, como atriz, passava agora boa parte do tempo sem trabalho. Colin gastava tão pouco consigo mesmo que mal contava.

Frances se viu numa situação já muito familiar. Haviam lhe oferecido um emprego para ajudar a administrar um pequeno teatro experimental: tudo que queria da vida, muita diversão, mas pouco dinheiro. Seus livros sérios e prestigiados, comprados por todas as bibliotecas do país, rendiam um bom dinheiro. Teria de dizer não ao teatro e escrever mais livros. Concordou em se responsabilizar por Clever, e Andrew pagaria pelos estudos de Zebedee.

Andrew tencionava começar uma família, mas ganhava tão bem que tinha certeza de que poderia dar conta de Zebedee. As coisas não haviam saído do jeito que ele esperava. O casamento já estava fazendo água e em pouco mais de um ano terminaria, embora Mona estivesse grávida. Viriam longas brigas em juízo, mas, sempre que Andrew conseguia permissão da ex-mulher para ficar com a filha, a menina passava a maior parte do tempo com a prima, dividindo tanto a *au pair* que estivesse em serviço quanto as atenções do pai de Celia. Colin, como Sophie vivia se lamuriando, era um pai simplesmente maravilhoso, ao passo que ela era uma droga de mãe. ("Não faz mal", tagarelava a filha, quando Sophie dizia isso, "você é uma mamãe tão bonita e fofinha que a gente não se importa.")

Onde iriam se acomodar todos eles?

Clever ficaria com o antigo quarto de Andrew; Zebedee, no de Colin. Colin usaria a sala de estar para trabalhar. William estava num quarto no andar de Frances e Rupert. A *au pair* usava o antigo quarto de Sylvia.

E o apartamento no subsolo? Havia alguém ali. Johnny morava lá.

Um dia, Frances estava a caminho do ponto de ônibus quando escutou passos apressados atrás de si e um "Frances, Frances Lennox". Virou-se e viu uma mulher de cabelos brancos despenteados pelo vento, embora ela tentasse manter o lenço no lugar. Frances não a conhecia... sim, conhecia, de vista: era a camarada Jinny, dos velhos tempos, e ela começou a conversar: "Ah, eu não tinha certeza, mas claro que é você, bem, o tempo passa, sabe como é, para todos nós, ah, minha nossa, eu simplesmente precisava... é seu marido, compreende, estou tão preocupada com ele".

"Eu deixei meu marido muito bem de saúde nem cinco minutos atrás."

"Ai, Deus, que tonta que eu sou. Eu quis dizer Johnny, o camarada Johnny. Se vocês dois soubessem quanto significaram para mim, quando eu era jovem, que inspiração, vocês dois, camaradas Johnny e Frances Lennox..."

"Olhe, você me desculpe, mas..."

"Espero não estar sendo inconveniente."

"Me diga apenas: do que se trata?"

"Ele está tão velhinho, agora, coitado..."

"Ele tem a minha idade."

"É, mas certas pessoas envelhecem melhor que outras. Eu só achei que você deveria saber", disse ela, saindo apressada, com acenos assustados mas agressivos de mão.

Frances contou a Colin, que falou que para ele tanto fazia o estado do pai, ele que se virasse. E Frances disse que não seria ela que iria catar os cacos de Johnny, de jeito nenhum. Restava Andrew, que deu um pulo a Londres, uma tarde: estava em Roma. Encontrou o pai num quarto bastante agradável, em Highgate, na casa de uma mulher a quem qualificou como o sal da terra. Um velhinho frágil, com fiapos de cabelo prateado em volta de uma careca brilhante, todo vulnerabilidade patética. Ficou contente de ver Andrew, mas não daria o braço a torcer. "Sente-se", ele disse. "Estou certo de que a irmã Meg vai nos fazer um chá." Mas Andrew continuou em pé e disse: "Vim porque ficamos sabendo que você está passando dificuldade".

"Coisa cujo significado você não conhece, pelo que andei ouvindo."

"Fico contente em dizer que o que você ouviu é correto."

Pouca gente neste mundo veria algo de duro ou difícil na vida que Johnny levava, mas, afinal de contas, ele passara talvez dois terços de sua existência na camaradagem luxuosa dos melhores hotéis soviéticos, poloneses, chineses, tchecos, iugoslavos; no Chile, em Angola e em Cuba — onde quer que houvesse uma conferência entre camaradas, lá estava Johnny, com o mundo, ou mais provavelmente ostras e uma lata sempre aberta de caviar Beluga sendo servido a ele de bandeja. E agora cá está ele, num único quarto — um bom quarto, mas só um quarto. Vivendo de sua aposentadoria por idade. "E claro que poder viajar de graça nos ônibus ajuda."

"Um bom integrante do proletariado, afinal", disse Andrew, sorrindo benevolente da janela de seu trem da alegria para o pai arruinado.

"Fiquei sabendo que você se casou. Estava começando a achar que você era bicha."

"Nunca se sabe, hoje em dia. Mas deixa isso para lá. Achamos que você talvez quisesse ir morar no apartamento de baixo.

"A casa é minha, de qualquer maneira, de modo que não me venha com favores."

Mas o apartamento tinha dois quartos, não haveria despesas, e Johnny ficou satisfeito.

Colin desceu para ajudá-lo a se instalar e avisou: ele que não ficasse achando que Frances iria cuidar dele.

"Para mim isso seria novidade. Ela nunca cuidou de mim. Sempre foi uma péssima dona de casa."

Entretanto Johnny não dependia da família para ter companhia. As visitas chegavam com presentes e flores, como se estivessem num santuário. Ele estava em vias de se transformar num homem santo, seguidor de um conceituado indiano, e agora vivia comentando: "É verdade, eu já fui meio comuna". Sentava de pernas cruzadas sobre os travesseiros da cama, e seu velho gesto, palmas estendidas à frente do corpo, como numa oferta de si mesmo à platéia, se encaixava muito bem nessa nova persona. Tinha discípulos, ensinava meditação e o Caminho das Quatro Nobres Verdades. Em troca, os discípulos mantinham o apartamento limpo e lhe cozinhavam pratos nos quais lentilhas eram o grande destaque.

Mas esse era seu novo eu, ou talvez se pudesse dizer papel, numa peça em que Irmãs, Irmãos e Mães Sagradas substituíam os camaradas. O velho eu ressurgia às vezes, quando outras visitas, velhos camaradas, apareciam para rememorar, como se o grande fracasso da União Soviética jamais tivesse acontecido, como se aquele Império continuasse de pé. Homens e mulheres de idade, cujas vidas haviam sido iluminadas pelo grande sonho, se reuniam para tomar vinho num ambiente que não diferia muito das noites combativas de outrora, exceto por uma coisa: ninguém mais fumava, ao passo que teria sido difícil enxergar o outro lado da sala, antigamente, tanta era a fumaça que passara pelos pulmões de todo mundo.

Mais tarde, antes que os convidados partissem, Johnny baixava a voz, erguia a taça e propunha um brinde: "A Ele".

E, com imensa admiração, bebiam à saúde do assassino possivelmente mais cruel de todos os tempos.

Dizem que durante décadas, após a morte de Napoleão, velhos soldados costumavam se reunir em tavernas, bares e, secretamente, nos cortiços onde moravam, para beber à saúde do Outro: eram os sobreviventes da Grand Armée (cujos feitos heróicos não alcançaram absolutamente nada a não ser a destruição de uma geração), aleijados, homens sem saúde, que passaram por sofrimentos indizíveis. Mas e daí, é sempre O Sonho que conta.

Johnny tinha outro visitante freqüente, Celia, que descia pela mão de Marusha, ou de Bertha, ou de Chantal, e corria para Johnny. "Coitadinho do Johnny."

"Mas é seu avô! Você não pode dizer isso dele."

A criança encantada não dava bola, afagava a velha cabeça castigada, lhe dava um beijo e entoava sua pequena canção: "Este é meu avozinho, este é o coitadinho do Johnny".

A conjunção de Colin e Sophie produzira um ser raro: eles sentiam isso. Os rapazes, William, Clever e Zebedee, brincavam com ela delicadamente, quase com humildade, como se fosse um privilégio, um favor que ela estivesse lhes fazendo.

Ou então sentavam-se todos à mesa, Rupert e Frances, Colin e William, Clever e Zebedee, e muitas vezes Sophie também, para um jantar que podia durar horas e horas, e a menina entrava correndo, fugindo da hora de dormir. Ela queria estar perto deles, mas não queria saber de colo, de abraços, de nada. Estava profundamente envolvida em seu jogo, ou brincadeira, conversando baixinho consigo mesma, assuntos confidenciais, em vozes que eles aprenderam a reconhecer. "A Celia está aqui, é, ela está sim, esta é a Celia, e aquela lá é a minha Frances e ali o meu Clever..." Aquele tico de gente, em seu minúsculo vestidinho colorido, a tagarelar sempre consigo mesma, com a ajuda talvez de um retalho, uma flor ou um brinquedo, fazendo as vezes de uma pessoa, personagem ou amiga imaginária — ela era tão perfeitamente linda que silenciava a todos; e eles ficavam observando, encantados, atônitos... "Aquele ali é o meu William..." e estendia a mão para tocá-lo, certificar-se de sua presença, mas sem olhar para ele, no máximo para uma flor ou brinquedo, "e o meu Zebedee...". Colin se levantou da mesa, um homenzarrão desajeitado, tão rústico e pesado ao lado dela, e parou para vê-la. "E este é — o meu Colin, é, é meu papai..." Colin, as lágrimas escorrendo pelo rosto, curvou-se para ela como que em obediência a todo o seu ser, estendendo os braços com um gemido. "Ah, Frances, ah, Sophie, alguma vez vocês já viram algo tão..."

Mas a garotinha não queria colo, não queria que ninguém a pegasse. Esquivando-se com um giro em torno de si mesma, continuou cantando, sozinha e para si mesma: "É, o meu Colin, a minha Sophie, e o Johnny, coitadinho do meu Johnny...".

ESTA OBRA FOI COMPOSTA PELA SPRESS EM ELECTRA E IMPRESSA PELA
PROL EDITORA GRÁFICA EM OFSETE SOBRE PAPEL PÓLEN SOFT
DA SUZANO BAHIA SUL PARA A EDITORA SCHWARCZ EM SETEMBRO DE 2005